Retour dans le Mississippi

ROSEMARY ROGERS

Retour dans le Mississippi

Roman

Collection :
MOSAÏC

Titre original :
RETURN TO ME

Traduction de l'américain par MARIE-JOSE LAMORLETTE

MOSAÏC® est une marque déposée par le groupe Harlequin

Photos de couverture
Balustre : © CARINE GRASSET
Femme : © KATYA EVDOKIMOVA/ARCANGEL IMAGES
Réalisation graphique couverture : C. GRASSET

© 2003, Rosemary Rogers.
© 2013, Harlequin S.A.
83-85, boulevard Vincent-Auriol, 75646 PARIS CEDEX 13.
Service Lectrices — Tél. : 01 45 82 47 47
www.harlequin.fr
ISBN 978-2-2802-7838-6

A mes lecteurs,
anciens et nouveaux,
avec mes remerciements.

1

Washington, D.C.
juin 1865.

L'élégante voiture, tirée par deux chevaux bai brun foncé, s'arrêta dans l'allée pavée de briques devant l'hôtel Rowe-James à Washington. Cameron rassembla les plis de sa robe du soir de soie bleue et blanche de Pékin, et prit la main gantée de blanc qu'un valet en livrée rouge lui tendait pour l'aider à descendre. C'était une nuit d'été chaude et humide qui rappelait à Cameron sa maison dans le Mississippi. La légère brise qui venait du Potomac agita la masse de ses riches boucles rousses qui retombait dans son dos, révélant des pendants d'oreilles en diamants et saphirs étincelants qui frôlaient ses épaules nues.

Le cœur de Cameron s'accéléra. L'hôtel n'évoquait pour elle que d'heureux souvenirs. C'était là que son mari l'avait demandée en mariage voilà presque quatre ans maintenant, ce qui lui semblait une vie entière. Là encore que, le soir de leurs noces, ils avaient dansé dans leur suite luxueuse, bu du champagne et fait l'amour jusqu'à ce que l'aube jette une lumière dorée sur leurs oreillers de soie.

En s'approchant de l'entrée à colonnade, elle leva les yeux vers les bandeaux en étamine noire qui drapaient les grandes portes, et rappelaient que deux mois seulement avaient passé depuis l'assassinat du président Lincoln. Le pays, fragile, était toujours en deuil et sous le choc, comme s'il était encore incapable d'accepter que son chef bien-aimé, celui-là même qui avait libéré les esclaves, sauvé l'Union et juré de guérir de ses blessures la jeune nation, ait été si vilainement tué.

— Bonsoir, madame Logan !

Un portier en uniforme ouvrit devant elle les imposantes portes en laiton.

— Bonsoir.

Elle lui offrit un sourire aimable et entra gracieusement dans le magnifique vestibule à colonnes grecques et haut plafond, où se pressaient hommes en jaquette sombre et femmes en robe du soir.

— Madame Logan…

Un gentleman distingué, une dame ronde aux cheveux sombres à son bras, s'inclina.

— Je suis si content de vous voir. Il paraît que le capitaine Logan est de retour à Washington ?

— En effet, sénateur.

Cameron sourit, mais ne s'attarda pas à bavarder.

— Madame Logan, c'est un plaisir de vous avoir avec nous !

M. Douglas, le maître d'hôtel, lui fit une courbette, puis l'escorta à travers la salle à manger.

— Votre table habituelle ?

Elle hocha la tête, relevant ses cils sombres et souriant aimablement.

— Le capitaine me rejoindra dès qu'il aura terminé ses affaires. Je l'attends d'un moment à l'autre.

Le maître d'hôtel rayonnait en la guidant à travers un labyrinthe de tables recouvertes de nappes blanches, éclairées par des bougies. L'élégante salle à manger bourdonnait de voix basses engagées dans des conversations polies, avec pour bruit de fond les notes discrètes d'un piano à queue.

— Votre table préférée, madame Logan… Parfaite pour un retour !

M. Douglas écarta une chaise garnie de damas d'une table située près de la fenêtre. Les rideaux en velours bleu foncé étaient ouverts. Cameron pouvait voir les étincelants réverbères à gaz de la ville tout le long de la rue jusqu'à la courbe du fleuve Potomac, dans le lointain, où des navires étaient à l'ancre, leurs lanternes brillant dans l'obscurité.

— Merci, monsieur Douglas. Le capitaine sera content.

— Un rafraîchissement pendant que vous attendez ?

Cameron ôta ses longs gants de soie blanche et les posa sur la table à côté de son réticule brodé de perles.

— Du champagne.

— Bien sûr…

Le maître d'hôtel claqua des doigts à l'intention du serveur le plus proche.

— Albert ! Du champagne pour Mme Logan. Une bouteille de la meilleure cuvée Moët & Chandon, de la cave particulière du capitaine Logan.

— Regardez-la…, chuchota Alma Meriwether derrière son éventail. Regardez un peu de quelle manière éhontée elle flirte avec le maître d'hôtel ! Elle se prend pour une reine, ou quoi ?

— Qui est-ce ? demanda Noreen Meriwether, sa nièce, dans un souffle.

Elle n'était arrivée à la capitale qu'une semaine plus tôt, et c'était sa première soirée en un lieu aussi public, pour voir tout autant qu'être vue. Elle était si excitée qu'elle pouvait à peine respirer.

— Vous avez tant à apprendre, ma petite !

Les lourdes bajoues de tante Alma frémirent, et elle se servit de son éventail pour protéger sa conversation de ses voisins.

— *Cela,* ma chère, c'est Mme Jackson Logan, la femme du *capitaine* Logan.

Noreen battit des cils et réprima une exclamation. Elle avait peut-être mené une vie protégée dans le foyer méthodiste de son père, mais pas au point de ne pas avoir entendu parler du fringant héros de guerre, qui passait pour avoir été le meilleur espion de toute l'armée de l'Union durant le conflit entre le Nord et le Sud.

— Le célèbre capitaine Logan *lui-même*? demanda-t-elle à voix basse, comme si elle était à genoux devant un autel.

— Certains pourraient dire *tristement* célèbre, rétorqua sa tante.

Ralph Meriwether abaissa son menu et lança un regard sévère à sa femme à travers ses lunettes ovales.

— Madame Meriwether, baissez la voix avant que quelqu'un ne vous entende!

— Ce ne serait pas nouveau pour eux, chuchota alors Alma en prenant la main gantée de Noreen sur la table. Ma douce, Mme Logan n'est pas seulement l'épouse du capitaine Logan, elle est aussi la fille de feu le sénateur Campbell, du Mississippi.

Elle se pencha plus près, agitant son éventail en ivoire.

— On dit que la mort soudaine du sénateur n'a pas du tout été un accident, mais qu'il a été tué par son propre fils.

Noreen écarquilla des yeux aussi stupéfaits qu'excités.

— Tué par son propre fils?

— Vous n'imaginez pas quel genre d'individu était ce jeune homme! continua Alma, échauffée par l'excitation.

— Vous le connaissiez?

— Grands dieux, non! Mais l'on prétend qu'il était un pervers sexuel, ma chère enfant.

Noreen déglutit une fois. Deux fois. Elle ignorait qui était ce « on », et n'avait pas la moindre idée de ce qu'était un pervers sexuel, mais cette simple insinuation et le ton de tante Alma lui donnaient envie de tomber à genoux et de prier pour cette âme damnée.

— On dit que Grant Campbell, le frère de cette femme, donc — elle désigna Cameron d'un léger signe de tête —, a essayé de vendre la vertu de sa demi-sœur aux enchères dans un bordel de Baton Rouge, juste après le début de la guerre.

Toute tourneboulée, Noreen prit son propre éventail et s'éventa un grand coup. C'est que l'on n'entendait jamais des histoires aussi obscènes chez elle, à Dover, dans le Delaware. De tels péchés n'existaient tout simplement pas. Elle avait envie de se détourner, de se couvrir les oreilles pour ne pas entendre les scandaleux ragots de sa tante, car elle savait que cela aussi était un péché, mais elle ne put s'empêcher de réagir.

— Mon Dieu, sa propre sœur... vendue aux enchères ? C'est vraiment...

Une bouffée de chaleur la saisit soudain, et elle tira sur le col en dentelle de sa robe neuve en taffetas bleu qui frottait contre sa gorge.

— Et vous n'en savez encore que la moitié ! murmura Alma en ôtant sa main de son col. La demi-sœur en question est une N-o-i-r-e.

Elle battit pudiquement des cils comme pour s'excuser d'avoir à faire cette révélation, même en l'épelant.

— Madame Meriwether !

Noreen n'avait jamais vu le visage de son oncle aussi rouge. Quand sa tante leva les yeux, oncle Ralph désigna d'un air entendu le serveur noir qui s'occupait de la table voisine.

Alma fit un geste de la main d'un air indifférent, comme si la présence de l'homme ne signifiait rien pour elle.

— Je ne plaisante pas, dit-elle à Noreen derrière son éventail.

— Non ! s'exclama Noreen, tandis que ses yeux bleu clair s'élargissaient, puis se plissaient, braqués sur la jeune femme au teint d'ivoire et aux cheveux cuivrés assise près de la fenêtre.

Une femme qui lui paraissait beaucoup trop belle pour être réelle. Elle ? La sœur d'une négresse ?

— Mais comment...

— Son père frayait avec ses esclaves...

Alma leva les yeux au ciel, comme pour souligner l'évidence.

— Vous connaissez ces sudistes.

Noreen hocha lentement la tête, comme si elle comprenait tout à fait. En réalité, elle ne comprenait pas. Elle ne connaissait pas de sudistes ; elle n'avait aucune idée de ce que sa tante voulait dire, mais elle n'osa pas demander. Son regard passa de nouveau au-delà de l'épaule de son oncle pour se poser, une fois encore, sur la superbe Mme Logan.

— Le sénateur a reconnu légalement sa *fille* n-o-i-r-e, continua Alma en prenant le bras de Noreen pour l'obliger à la regarder. Et il lui a laissé une fortune en émeraudes et en diamants!

Pour une raison quelconque, ce dernier point choqua Noreen plus que tout ce que sa tante avait dit précédemment. Peut-être parce que son propre père accordait si peu de valeur à ses filles.

— Une fille née hors des liens du mariage, et issue d'une esclave, rendue riche par son père blanc? Cela ne peut être vrai, dit-elle dans un souffle, sachant qu'elle damnait son âme en participant à de tels ragots, mais ne pouvant s'en empêcher. Comment le savez-vous?

— Eh bien, ma sœur l'a entendu dire le mois dernier seulement. La fille a vécu à New York pendant la durée de la guerre. Chez des amis de la famille, paraît-il. Comme elle était née esclave et était encore considérée comme une *négresse,* il n'était pas sûr pour elle de vivre à Baltimore. Il fallait être au nord de la ligne Mason-Dixon, vous voyez. Ladite sœur a fait faire une broche pour Mme Logan chez Tiffany's, à New York. Et le bijoutier de ma sœur Mabel, chez Tiffany's, lui a dit que c'étaient les émeraudes les plus parfaites qu'il avait jamais vues. On ne peut même pas en imaginer la valeur.

— Juste ciel! murmura Noreen, rendue presque muette de stupéfaction.

Son regard retourna à Mme Logan, qu'elle voyait à présent sous un jour nouveau.

— Et qu'en est-il des rumeurs à propos de la conduite du capitaine avec les femmes? chuchota une femme installée à la table voisine de la leur. Il ne faut pas oublier le scandale Marie LeLaurie! Il paraît que c'était une espionne, elle aussi, et qu'elle travaillait *étroitement* avec le capitaine. Mme Logan et lui sont mariés depuis quatre ans, mais il est parti en *missions secrètes* durant tout ce temps. J'ai entendu dire qu'ils ne se sont pas vus depuis plus d'un an.

— Vous avez absolument raison, madame Connor!

Alma s'adossa à sa chaise, laissant mieux voir à Noreen une grosse femme vêtue d'une robe en satin, avec des cheveux clairsemés relevés sous une coiffe en dentelle, et qui aurait pu être sa jumelle.

— Madame Connor, voici la nièce de M. Meriwether, miss Noreen Meriwether…, dit-elle pour faire les présentations. Noreen, voici Mme Connor, une *chère* amie de longue date.

Noreen fit un signe de tête, ne sachant pas très bien quelle était l'étiquette dans de telles circonstances.

— Heureuse de vous connaître, madame, marmonna-t-elle.

Puis elle ramena les yeux sur sa tante, fascinée par cette histoire aussi choquante qu'inattendue. Jamais elle n'aurait imaginé qu'un séjour chez son oncle et sa tante serait aussi excitant.

— Mais qu'en est-il de Mme Logan ? se permit-elle de demander. Elle ne peut sûrement pas être tenue pour responsable de…

— Les chevaux, coupa sa tante.

— Les chevaux ?

Mme Connor s'éclaircit la voix pour préciser :

— Elle… en élève.

— Non !

— Si ! Des pur-sang arabes, continua leur voisine de table. Elle a un haras dans une ferme à l'extérieur de Baltimore et elle fait des affaires avec des acheteurs hommes. Et elle monte à cheval comme un homme, à travers tout Baltimore, *sans être escortée,* ajouta-t-elle vivement, comme si la première partie de sa déclaration n'était pas assez scandaleuse.

Noreen se couvrit la bouche de sa main gantée.

— Oh ! Mon Dieu !

— Et que dire de ce voyage en Europe, l'an dernier, avec sa sœur, la N-o-i-r-e, reprit tante Alma en épelant de nouveau le mot. Les journaux les ont présentées comme les coqueluches de Paris !

— Madame Meriwether ! grommela oncle Ralph.

— *Sans être escortée,* répéta tante Alma.

— C'est tout à fait choquant, souligna Mme Connor.

— Choquant, oui, répéta tante Alma. Je ne sais pas comment elle montre…

— Madame Meriwether! répéta oncle Ralph d'une voix sourde, en abattant le menu sur la table.

Mme Connor se retourna vivement, comme si un marionnettiste avait coupé ses ficelles, et feignit de s'intéresser à sa serviette.

Noreen noua les mains sur ses genoux et regarda son oncle, mortifiée. S'il la renvoyait chez elle pour mauvaise conduite, son père pourrait bien la mettre dehors!

— Je pense que c'est bien assez de ragots pour un soir, madame Meriwether.

Oncle Ralph se pencha à travers la table autant que son ventre rebondi le permettait.

— Vous ne devriez pas remplir la tête de mon impressionnable nièce de telles sottises.

— Mais, monsieur Meriwether…

Tante Alma se redressa d'un air indigné.

— Tout ce que j'ai dit est vrai!

— Je me moque que ce soit vrai ou non, espèce de vieille pimbêche!

— Oh!

Alma inspira une bouffée d'air et ne la relâcha pas.

— Le capitaine Logan est un héros de guerre, et ils méritent tous les deux notre respect éternel!

Puis il esquissa un demi-sourire et posa un regard adouci sur Noreen.

— En outre, Mme Logan est bien trop charmante pour mériter de telles attaques. Maintenant, mesdames, passez votre commande ou je vous ramène à la maison sans dîner.

Cameron était si impatiente de revoir Jackson que son estomac en chavirait sous son corset, même si boire du champagne glacé semblait la calmer. Jackson était revenu à Baltimore pour une nuit, en passant, quand il le pouvait, mais cela faisait trop longtemps qu'ils n'avaient pas été vraiment ensemble et il lui manquait plus qu'elle ne l'aurait cru possible. Elle avait de grands espoirs pour ce mariage qui semblait juste commencer ce soir-là.

Sachant qu'il appréciait toujours la dernière mode, elle avait choisi sa toilette avec soin, une robe de soie qui dénudait ses épaules et sa gorge pâles. Et bien que la mode actuelle jugeât cela provocant, elle portait ses beaux cheveux cuivrés libres dans son dos, en une coiffure bouclée simple mais élégante. Jackson avait toujours aimé ses cheveux. C'étaient eux, affirmait-il, qui avaient d'abord accroché son regard quand il était venu pour la première fois à Elmwood, la plantation de son père. Ses cheveux roux et ses yeux ambrés. C'était en été et elle avait dix-sept ans.

— Pardonnez-moi de vous déranger, madame, mais je crois que le maître d'hôtel a fait une erreur...

Cameron leva les yeux par-dessus le bord de sa flûte de champagne en cristal pour dévisager le fringant gentleman en redingote bleu azur qui se tenait debout près de sa table. Il mesurait bien plus d'un mètre quatre-vingts ; il était svelte et musclé, ses cheveux sombres retenus en catogan. Cette coiffure était complètement démodée et pourtant, sur lui, elle semblait idéale. Elle le faisait paraître énigmatique, pour ne pas dire dangereux. Des hommes comme lui pouvaient facilement égarer une femme seule comme elle.

Elle releva ses longs cils, enregistrant sa posture arrogante et son sourire plein d'assurance. Non seulement il était d'une beauté frappante, mais visiblement, il le savait.

— Une erreur ? Quel genre d'erreur, monsieur ?

— Eh bien...

Il jeta un coup d'œil par la fenêtre, puis ramena les yeux sur elle.

— Je crois que M. Douglas vous a donné ma table, par inadvertance.

Cameron sourit et reposa sa flûte.

— Monsieur, je crois que c'est vous qui faites erreur, étant donné que cette table est la mienne. Elle l'est toujours quand je viens à Washington.

Il soupira d'un air légèrement ennuyé.

— Non. Je vous prie d'excuser mon insistance, mais c'est *ma* table. C'est la seule à laquelle je m'assieds quand j'ai des affaires à Washington.

Elle s'adossa à sa chaise, amusée par cet échange avec cet insolent vaurien. Contrairement à la plupart des femmes de son âge et de sa classe, elle cherchait rarement la compagnie d'autres femmes. Elle les trouvait généralement ennuyeuses et frivoles. Son père avait toujours dit qu'elle aurait dû naître garçon ; peut-être avait-il raison.

— Alors qu'allons-nous faire, monsieur ? Comme vous pouvez le voir…

Elle écarta les bras et plissa les paupières.

— Je suis déjà assise et il y a des règles qui gouvernent l'occupation de tels lieux publics.

— Eh bien, d'après moi, nous n'avons d'autre choix que de partager la table, madame.

Il tira la chaise située face à elle et s'assit avant qu'elle ne puisse émettre une protestation.

— Monsieur, vous ne pouvez vous asseoir là. J'attends mon mari.

Les yeux ambrés de Cameron brillèrent d'un faux agacement.

Il haussa ses très larges épaules.

— Tant pis pour lui. Il n'avait pas à laisser une femme aussi magnifique non accompagnée, et sans protection contre des gentlemen à la réputation aussi douteuse que la mienne. Garçon !

Il désigna la table.

— Une autre flûte à champagne, s'il vous plaît.

— Monsieur, je ne vous ai pas invité à partager mon champagne !

Cameron se pencha en avant pour le regarder dans les yeux, des yeux gris.

— Quelle insolence! Je devrais faire appeler le maître d'hôtel pour vous faire sortir...

Quand le serveur apporta la flûte, le bel intrus se servit une bonne rasade de champagne, s'adossant nonchalamment à sa chaise pour la déguster.

— Voyons, voyons... Vous ne causeriez pas une scène qui dérangerait toutes ces belles dames et ces beaux messieurs, n'est-ce pas?

Cameron jeta un coup d'œil discret aux tables voisines. A en juger par les regards qu'on leur lançait, elle pouvait voir que tous avaient remarqué son beau visiteur.

— Monsieur, je dois de nouveau vous demander de partir. Vous allez causer un scandale. Ma réputation sera ruinée.

Les yeux gris sombre brillèrent d'une effronterie dont peu d'hommes pouvaient faire preuve avec succès. Lui y réussissait terriblement bien. Il termina son champagne et sourit d'un air énigmatique.

— Une requête, alors, avant que je m'en aille. Une danse.

— Je n'ai pas dit que je voulais danser, protesta-t-elle quand ses doigts se refermèrent sur son poignet.

Elle eut beau tirer pour se dégager, ces doigts étaient aussi implacables que des menottes en acier.

— Allons, juste une danse.

Cameron lutta pour de bon quand il la fit lever de sa chaise et passa un bras autour de sa taille fine.

Le pianiste entama une valse captivante tandis que l'homme l'entraînait vers la piste.

— Faites-moi plaisir, murmura-t-il, son souffle chaud et excitant sur son oreille.

— Je ne veux pas danser, protesta Cameron à mi-voix.

Maintenant qu'elle était debout, elle sentait les effets du champagne. Ou bien était-ce son cavalier qui la déstabilisait, lui donnant l'impression d'être légèrement ivre?

— Personne d'autre ne danse. Et la musique ne convient pas du tout...

Il serra sa main dans la sienne et plaça l'autre fermement sur sa taille.

— Vous étiez si belle assise là, à cette table près de la fenêtre, si solitaire, si vulnérable et pourtant si courageuse. Je vous placerais n'importe quand face à une bande de soldats sudistes renégats.

Il prit une boucle rousse, l'enroula autour de son doigt et la huma.

— Dieu, que vous sentez bon !

Cameron avait le tournis et se sentait complètement captivée. Cette odeur virile, le contact de ces bras autour d'elle, c'était exactement ce dont elle rêvait seule dans son lit, la nuit. Elle ne s'était jamais considérée comme l'une de ces femmes faibles qui pouvaient être séduites par un homme d'un seul regard, d'un seul compliment ridicule. Mais elle était fascinée par cet homme-là.

— J'ai dans ma poche la clé d'une suite ici même, à l'hôtel, murmura-t-il d'une voix rauque, en effleurant de ses lèvres sa joue poudrée.

La piste de danse parut tournoyer autour d'elle tandis qu'ils valsaient, et la lumière des bougies brillait comme des constellations d'étoiles.

— Monsieur, c'est impossible. Ils nous regardent tous. La table. Le dîner.

Il fit glisser sa bouche brûlante sur sa joue, lui rendant impossible toute pensée cohérente.

— Nous pourrons manger plus tard…

— J'ai laissé mon réticule.

Cette dernière protestation était faible, presque inaudible.

— Je vous en achèterai un autre et je le remplirai de pièces d'or.

Par-dessus la mélodie du piano, Cameron pouvait entendre le murmure des voix, autour d'eux. Elle allait faire jaser en ville, une fois encore, alors qu'elle ne s'était pas encore remise des derniers ragots — lorsqu'elle avait monté un pur-sang arabe qui avait jeté à terre l'un de ses entraîneurs. Il n'était pas convenable pour une dame de sa position de monter à califourchon, disait-on. *Cela ne se faisait pas.*

Son visage se mit à la brûler. Maintenant, tout le monde les regardait. Il la traîna pratiquement le long de la salle à manger, passant devant les couples qui s'asseyaient pour dîner, les douairières qui agitaient précipitamment leur éventail et haussaient les sourcils, les serveurs au visage discrètement impassible. Il la conduisit dans le vestibule de marbre et dans le grand escalier aux marches recouvertes d'un riche tapis, ne se tournant vers elle qu'une fois pour lui demander si elle préférait qu'il la porte.

Il s'arrêta à mi-chemin du long couloir et la poussa contre le papier peint, lui tenant les mains sur les côtés tandis qu'il couvrait sa bouche de la sienne.

Lorsqu'il la libéra enfin, elle ne put dire un mot. Ni penser. Rien ne comptait plus à part ce contact, tandis que des images de peau nue contre de la peau nue jaillissaient dans son esprit.

Il la prit par le bras et se hâta le long du couloir jusqu'à la double porte qui se trouvait au bout.

— Je vous en prie, parvint-elle à dire, le souffle court. Tant de gens nous ont vus. Je ne serai plus reçue nulle part…

— Comme si vous vous souciiez de ce que les gens pensent !

Il s'arrêta devant la porte de la suite Potomac et la cloua de nouveau contre le mur. Tandis qu'il prenait sa bouche, sa main chercha sa poitrine.

Ses seins la picotèrent et semblèrent s'épanouir sous le contact de cette main, soudain tendus de désir.

Tandis qu'il approfondissait son baiser, elle écarta les lèvres, savourant son goût et le champagne qu'il avait bu. Elle gémit lorsqu'il effleura la rondeur de son sein puis glissa son pouce sous son corsage décolleté pour en caresser la pointe.

— Quelqu'un va nous voir, protesta-t-elle en essayant de le repousser.

La tenant toujours contre le mur, il plaça un bras au-dessus de sa tête et la regarda dans les yeux.

— Et que verront-ils, mon amour ? Un homme qui désire passionnément sa femme...

Elle rit, et jeta ses bras autour de lui. Il la serra étroitement contre son corps dur et musclé, pressant ses hanches sur les siennes, et caressa ses cheveux.

— Vous m'avez manqué, murmura-t-elle, surprise par l'émotion qui lui serrait la gorge, et de voir qu'elle était soudain au bord des larmes. Vous m'avez tellement manqué, Jackson ! Plus encore depuis que je sais que vous alliez rentrer. Je pensais que ce soir n'arriverait jamais.

Il s'écarta et essuya doucement de son pouce la larme qui roulait sur sa joue.

— Eh bien, je suis rentré, maintenant, et si Dieu le veut je ne vous quitterai plus.

Il effleura ses lèvres des siennes.

Cameron lui rendit son doux baiser, mais dès qu'elle sentit sa bouche contre la sienne, le feu qui l'habitait s'embrasa de nouveau. Elle fondit dans ses bras, entrouvrant les lèvres, ayant besoin de sentir son goût plus qu'elle avait besoin d'air pour respirer.

D'une main, il la retint pour l'empêcher de tomber. De l'autre, il tourna la clé en laiton dans la serrure. Puis, poussant la porte en acajou du pied, il souleva Cameron dans ses bras et la porta pour franchir le seuil.

2

La luxueuse suite était tout illuminée de bougies. Les riches draps de soie foncée avaient été rabattus d'une manière attirante, et une bouteille de champagne et deux flûtes étaient posées à côté du lit. Un plateau en argent offrant des fromages, des fruits et du pain était placé entre de somptueux bouquets de roses.

— Espèce de vaurien vaniteux!

Cameron renversa la tête en arrière pour le regarder entre ses paupières plissées et se mit à rire.

— Vous aviez tout préparé!

— Je plaide coupable.

Il posa sa bouche sur sa gorge et pressa un baiser sur son pouls qui palpitait.

— Je n'ai pensé à rien d'autre pendant des semaines.

Elle leva la tête et lui passa les bras autour du cou, joignant sa bouche à la sienne, caressant sa langue de la sienne.

— Et si je vous avais repoussé? C'était très embarrassant, dans la salle à manger… Vous auriez été bien attrapé, si j'étais rentrée à la maison sans vous.

Il eut un sourire espiègle.

— Si vous m'aviez laissé, je suis bien certain que j'aurais trouvé sans grande difficulté une femme pour vous remplacer.

— Encore de l'arrogance non fondée, fit-elle tendrement, en passant la main sur le revers de sa redingote. Maintenant, fermez donc cette porte ou nous allons sûrement avoir un public.

Il repoussa la porte d'un coup de botte et la laissa glisser entre ses bras jusqu'à ce que ses nouvelles bottines de chevreau, teintes en bleu pour aller avec sa robe, touchent le sol.

— Vous n'avez pas mangé, murmura-t-elle en embrassant sa joue, son menton et de nouveau sa bouche. Vous êtes amaigri.

— Pas par manque de nourriture, répondit-il en pressant sa main sur son cœur battant. Par manque d'amour.

Elle rit, entendant le son rauque de son désir pour lui dans sa gorge.

— Mais je vous ai toujours aimé, Jackson ! Depuis ce jour où vous avez remonté à cheval l'allée bordée d'ormes de chez mon père, l'été de mes dix-sept ans.

— Ce n'est pas ce genre d'amour dont je voulais parler.

Il passa une main sous sa robe et la fit remonter sur son mollet gainé de soie, puis plus haut.

— Et vous le savez très bien.

Elle gloussa et repoussa sa main.

— Vous êtes incorrigible.

— Comme vous aimez que je sois…

Il la prit par les épaules et la fit pivoter. Ses doigts se posèrent sur la longue rangée de petits boutons nacrés qui fermaient sa robe neuve, et il se mit à les défaire un par un. Ce faisant, il enfouit son visage dans ses cheveux et respira son parfum.

Cameron s'appuya contre lui, contre son mari jusqu'à ce que la mort les sépare, et savoura la chaleur et la force de ses bras, le contact de ses doigts sur son dos nu. Elle s'arqua et pressa ses fesses contre son ventre. Il la désirait déjà ; elle le sentait dur et brûlant, même à travers les couches de soie et de drap de leurs vêtements.

— Dépêchez-vous, Jackson, chuchota-t-elle, son sang battant à ses tempes.

Elle le désirait de la pointe de ses orteils jusqu'à son cuir chevelu qui la picotait.

— Me dépêcher, mon amour ? murmura-t-il à son oreille d'une voix charmeuse.

— Oui.

Elle avait le souffle court.

— Ce déboutonnage prend trop de temps !

— Et nous ne pouvons pas l'accepter, c'est certain !

Il empoigna alors l'étoffe délicate de sa robe et tira dessus. La soie se déchira bruyamment tandis que les boutons sautaient l'un après l'autre.

— Jackson ! Ma robe neuve !

— Je vous en achèterai une autre. Une douzaine d'autres. C'est que je suis pressé, moi aussi. Je ne peux vous attendre un instant de plus.

Il la fit pivoter dans ses bras, arrachant la soie coûteuse de ses épaules.

Leurs lèvres se joignirent en une nouvelle danse tandis qu'il faisait glisser la robe sur sa taille, puis par terre. Il tira sur les lacets et les rubans de ses dessous. Et en quelques instants, elle se trouva nue à l'exception de ses chaussures et de ses bas, environnée par des montagnes de soie bleue et blanche et de crinolines amidonnées.

— Pouvons-nous souffler quelques bougies ? demanda-t-elle.

Son manque d'assurance transparaissait dans sa voix tremblante.

— Je veux de la lumière pour vous voir, chuchota Jackson, au moins pour l'instant. Vous voir tout entière…

Il lui embrassa l'épaule, la clavicule, puis fit glisser sa bouche un peu plus bas. Elle passa les bras autour de son cou, ferma les yeux et se sentit vaciller dans ses chaussures à talons quand il saisit un sein et posa ses lèvres sur la pointe durcie.

— Jackson…

Elle rit à moitié, gémit à moitié.

— Je vais tomber.

— Je vous rattraperai.

Il resserra son emprise et la blottit dans ses bras, suçant son téton, le mouillant de sa langue brûlante.

— Jackson, s'il vous plaît, ne pouvons-nous pas aller au lit ?

Il lui décocha un sourire qui aurait pu mettre n'importe quelle femme à genoux, vaincue.

— Je pensais que vous ne le demanderiez jamais.

— Vaurien arrogant! l'accusa-t-elle tandis qu'il la prenait par la main et la conduisait au lit à baldaquin drapé de soie. Vous ne changerez donc jamais?

— Vous ne m'aimeriez pas différent, Cameron…

Il la prit par la taille, l'embrassa jusqu'à ce qu'elle soit de nouveau à bout de souffle, puis la poussa doucement en arrière.

— Ce n'est pas juste, murmura-t-elle avec langueur. Otez vos habits et venez au lit vous aussi, mon mari.

— Vous n'êtes pas complètement nue, fit-il remarquer en soulevant son pied et en faisant lentement glisser sa chaussure.

Puis il attrapa l'extrémité de son bas de soie et le fit glisser le long de sa jambe en le roulant lentement, érotiquement.

Cameron retint son souffle tandis que le bout de ses doigts effleurait sa cuisse, son genou, son mollet. Chaque pouce de sa peau semblait palpiter du besoin de lui.

Jackson jeta le bas par-dessus sa tête, et il voleta jusqu'au sol tel un fanion de bataille abandonné. Elle rouvrit les yeux pour soutenir son regard alors qu'il la débarrassait de son autre chaussure et du second bas.

Elle tremblait comme une feuille de saule dans le vent, ébranlée par la violence de l'émotion.

— Déshabillez-vous, dit-elle dans un souffle.

Elle poussa sur son torse d'un coup de pied joueur.

— Enlevez vos habits. Tous!

— Oui, madame.

Il fit un salut militaire, comme si elle était le général Grant en personne. Son regard gris s'attarda sur elle, et elle le regarda ôter sa redingote, son gilet, son écharpe et sa chemise. Il se débarrassa de ses bottes et de ses bas. Le souffle de Cameron s'accéléra tandis qu'elle observait ses doigts posés sur la fermeture de son pantalon. Elle ne put retenir un sourire en voyant son sexe jaillir de l'étoffe, dans sa glorieuse virilité.

Elle aurait dû avoir honte d'elle-même, honte de son désir pour cet homme. Mais elle se dépêcha de presser son corps pâle contre celui de Jackson lorsqu'il s'allongea près d'elle, de mouler sa chair nue contre la sienne. Elle trouva sa bouche, ouvrit les lèvres pour accepter sa langue et fit glisser sa main sur son ventre plat, puis plus bas.

Il grogna.

— Vous êtes bien impatiente, ma femme !

Elle eut un rire rauque lorsqu'il la fit rouler sur le dos et se mit sur le flanc, contre elle.

— J'ai attendu longtemps ce qui me revient de droit comme votre épouse légitime. Je ne me laisserai pas rabrouer.

— Moi non plus, ne craignez rien.

Il mouilla le bout de son index et traça une ligne entre ses seins.

— Toutefois, j'ai appris la vertu de la patience, une chose que vous ignorez encore, ma chère.

Elle eut la chair de poule, bien qu'elle n'ait pas froid. Il continua la ligne plus bas. Puis il lécha de nouveau son doigt et fit descendre sa main plus bas encore.

Cameron ferma les yeux et souleva instinctivement les hanches tandis que le doigt atteignait la jointure de ses cuisses.

— Jackson, murmura-t-elle.

— Cameron, ma douce Cameron. Je ne puis vous dire ce que cela a signifié pour moi, durant tous ces mois, ces années, de savoir que vous étiez ici à m'attendre.

Il posa sa main à plat sur le nid de boucles rousses et elle gémit de plaisir.

— Aimez-moi, Jackson, implora-t-elle.

— Toujours.

Il se souleva et pressa sa bouche au creux de son ventre.

Le premier orgasme de Cameron arriva rapidement... et fut fort. Jackson la connaissait et connaissait son corps mieux qu'elle-même. Il jouait d'elle comme d'un bel instrument, sachant exactement quelles cordes pincer.

— Oh ! s'écria-t-elle, se cramponnant à ses larges épaules tandis que, l'une après l'autre, les vagues de volupté la submergeaient.

Il s'immobilisa et posa la tête sur son ventre. Elle caressa ses cheveux fraîchement lavés.

— Voudriez-vous vous allonger sur moi ? chuchota-t-elle lorsqu'elle eut repris son souffle. Je pourrais vous montrer un tour que je connais.

— Et où avez-vous appris ce tour, madame ?

Il remonta et s'allongea à côté d'elle, une main posée sur sa hanche.

Elle fit descendre un doigt au centre de son torse, passant sur sa toison sombre et bouclée.

— C'est cet homme coquin qui me l'a appris.

— Il était coquin ?

Elle se pencha et prit son mamelon entre ses dents. Il grogna.

— Coquin, en effet, murmura-t-elle. Un étranger rusé qui a pris ma vertu hors des liens du mariage et s'est servi de moi pour son plaisir dévoyé.

— Et… est-ce que vous avez apprécié ce plaisir dévoyé ?

Elle passa sa main sur son estomac musclé.

— Oh ! Beaucoup, monsieur.

Il renversa la tête en arrière et se mit à rire, son timbre grave résonnant contre le plafond peint.

Cameron referma la main sur la peau lisse de son sexe dur et chaud, et son rire mourut, se changeant en grognement de plaisir.

— Vous disiez que vous connaissiez un tour ?

— Plusieurs, même, répondit-elle d'une voix de chatte. C'était un excellent maître.

Jackson caressa sa joue de sa bouche et écarta sa main.

— Assez, femme…

Il s'allongea sur elle et se pencha pour la regarder dans les yeux.

— Ou bien l'amusement cessera avant que nous ne le souhaitions.

Elle rit à son tour et leva la tête pour rencontrer de nouveau sa bouche. Tandis qu'ils s'embrassaient, elle sentit son sexe sur sa peau chaude et moite, et elle écarta les cuisses.

Jackson la prit en un long et délicieux assaut. Elle en cria de surprise et de soulagement.

— Est-ce ce que vous aviez à l'esprit, mon amour ?

Il cloua ses poignets au lit, se haussa au-dessus d'elle et la prit de nouveau.

— Exactement, dit-elle dans un souffle, en fermant les yeux.

Elle se tortilla sous lui. Se souleva pour aller à sa rencontre. Les ondes de délice devinrent vite des vagues qui la submergèrent encore et encore. Elle essaya de se retenir, de faire durer ce moment, mais elle ne le put pas. Elle planta ses ongles dans les épaules de Jackson tandis que tous les muscles de son corps semblaient se contracter à la fois. Elle cria son nom, arquant le dos. Elle l'entendit grogner à son oreille ; ils se soulevèrent et s'unirent une dernière fois avant de retomber sur le lit, hors d'haleine.

Cameron se cramponnait à lui tandis que l'extase redevenait des vagues de plaisir, puis de simples petits frissons. Lorsqu'elle put retrouver sa voix, elle l'étreignit et murmura :

— Bienvenue chez nous, Jackson.

Il roula sur le flanc et l'attira contre lui.

— Je suis content d'être rentré.

Il lui caressa la joue du revers de sa main calleuse, endurcie par les années de guerre.

— Ah, Cameron ! J'ai de grands plans pour nous, pour vous, moi et la famille que nous aurons, j'espère.

Elle le regarda dans les yeux, puis baissa les cils, le cœur battant. Pourquoi se sentait-elle de nouveau si vulnérable ?

— Je devrais vous dire à propos... à propos de famille, dit-elle sans pouvoir croiser son regard.

Il lui prit le menton et l'obligea à le regarder en face.

— Quoi ? demanda-t-il.

— Vous allez être papa.

Il ne réagit pas immédiatement, et Cameron sentit la panique enfler dans sa poitrine. Sa lèvre inférieure se mit à trembler.

— Vous n'êtes pas content ?

Le visage de Jackson s'éclaira et il l'attrapa, l'attira contre lui et la serra dans ses bras.

— Non, non, Cam, ce n'est pas cela du tout. Je... je suis juste sous le choc.

— Sous le choc? Me croyiez-vous trop vieille, à vingt-sept ans, pour avoir un enfant?

— Bien sûr que non!

Il rit et repoussa les cheveux qui lui tombaient sur le front, puis l'étreignit de nouveau.

— C'est juste que nous avons été si peu souvent ensemble, ces dernières années.

— Apparemment, nous l'avons été suffisamment.

Elle se détendit.

— Vous rappelez-vous cette nuit que nous avons passée à New York, il y a un mois? Je rendais visite à Taye, et vous êtes entré par la fenêtre. Vous avez eu de la chance que je ne vous tire pas dessus avec mon pistolet, vous prenant pour un intrus!

— Mais c'était à peine une nuit — je suis parti avant l'aube.

— Une nuit à peine suffit, le taquina-t-elle.

— Oh! Cameron. Un bébé!

Il fronça subitement ses sourcils sombres.

— En êtes-vous bien sûre? Un mois seulement...

Elle sourit.

— J'en suis sûre. Les femmes savent avec certitude ce genre de chose.

— Vous et moi allons être parents, murmura-t-il en lui embrassant le front. Oh! Attendez que je vous explique mes plans! Attendez de voir le terrain que j'ai acheté pour nous dans la baie de Chesapeake...

— Du terrain? Que voulez-vous dire?

Le sourire disparut de son visage aussi rapidement qu'il était né.

Jackson tendit la main pour lui caresser la joue, mais elle se recula.

— Du terrain pour bâtir une maison, bien sûr. Vous n'aimez pas la vie en ville. Et je savais que vous voudriez retourner vivre à la campagne une fois que la guerre serait finie et que ce serait de nouveau sûr.

— Et vous avez acheté du terrain sans me consulter?

— C'est une plantation au bord de la baie, Cam. Il y a une magnifique maison en brique de style colonial, avec une pelouse qui descend jusqu'au bord de l'eau. Elle devra être agrandie, bien sûr. Et redécorée. Mais je sais que vous l'adorerez.

Cameron s'assit, posant une main sur son ventre encore plat.

— Mais je veux que mon bébé naisse dans le Mississippi!

— C'est impossible.

Elle se mit à genoux, face à lui.

— Ce n'est pas impossible, Jackson. Le Mississippi, c'est chez moi. Je suis seulement venue à Baltimore parce que vous avez insisté pour que j'y attende la fin de la guerre. Je n'ai jamais accepté d'y vivre pour toujours.

— Cam, s'il vous plaît, calmez-vous...

Il tendit la main vers elle, mais elle la repoussa.

— Je suis calme, dit-elle, les dents serrées. Et je vous dis calmement que je veux mettre ce bébé au monde chez moi, dans le Mississippi.

— Mais cette maison-ci est la mienne. Et avec le temps elle pourra devenir aussi la vôtre, Cam. La nôtre et celle de nos enfants.

— Je veux retourner dans le Mississippi, Jackson.

— Je comprends, mais vous ne pouvez pas, ma douce.

— Pourquoi? Sapristi, Jackson, vous ne changerez jamais! Vous êtes avec moi depuis une heure à peine et vous pensez déjà savoir ce qui est le mieux pour moi. Pourquoi ne puis-je rentrer chez moi?

— Vous avez vu les journaux, les terribles photographies de Matthew Brady... Mais même ces photos ne décrivent pas toute la réalité. Le Mississippi est en ruine, mon cœur. Tout le Sud est en ruine.

Le cœur de Cameron se contracta de douleur et cette fois, quand Jackson tendit la main vers elle, elle le laissa la prendre dans ses bras.

— Je ne peux pas vous dire à quel point le pays est dévasté au sud de la ligne Mason-Dixon, continua-t-il doucement.

C'est au-delà de ce que l'on peut imaginer. Les champs brûlés, les puits salés, les survivants brisés… Des bandes de gens qui errent sans but, Blancs et Noirs.

Il marqua une pause.

— Et où auriez-vous ce bébé, de toute façon?

Il lui caressa les cheveux, parlant d'une voix douce.

— Dans un champ brûlé? Dans une maison abandonnée?

— Oh! Jackson, murmura-t-elle en luttant contre les larmes.

— Je sais. Je sais. N'en parlons plus. Pas maintenant.

Il se rallongea, tirant la courtepointe sur eux, et l'attira contre lui.

— Nous avons demain, après-demain et les jours suivants pour parler de notre avenir.

— D'accord, murmura-t-elle. Mais cette discussion n'est pas terminée. Je ne suis plus une enfant de dix-sept ans pour être manipulée par les hommes de ma vie. Par *aucun d'eux*.

Il leva la tête et s'empara avidement de sa bouche.

— Non, vous n'êtes plus une enfant, Cam. C'est clair.

Elle eut un petit rire de gorge et se rallongea, sentant de nouveau sur sa jambe nue la force de son désir pour elle.

3

Le lendemain, Jackson et Cameron firent le trajet de Washington jusqu'à leur maison de Baltimore dans leur voiture.

Tandis que la voiture tournait dans une large avenue bordée d'arbres et d'imposantes demeures en brique, pour la plupart hautes de deux étages, Jackson sourit et posa un léger baiser sur les lèvres de Cameron.

— Nous voilà chez nous, madame Logan.

A mi-chemin de l'avenue, la voiture s'engagea dans une allée circulaire qui conduisait à un porche plein de grandeur. Un majordome en livrée ouvrit la porte d'entrée et s'empressa de descendre les marches arrondies pour les accueillir.

— Capitaine Logan. Madame Logan. Bienvenue à la maison !

L'ancien propriétaire de la résidence, un parent du gouverneur du Maryland, avait engagé un architecte européen renommé au goût prononcé pour l'Antiquité classique, afin de transformer l'intérieur de la maison géorgienne en une exposition extravagante d'art dorique grec.

Cameron appréciait de se promener dans le jardin à la française, clos par des murs, mais elle trouvait que les grandes cheminées en marbre sculpté étaient sources de courants d'air, et les dizaines de cupidons et de déesses qui la contemplaient depuis quantité de niches et de recoins l'ennuyaient. La maison, avec ses papiers peints français, ses lustres en cristal de Venise et son vestibule dallé de marbre italien blanc et noir était peut-être à la pointe de la mode, mais Cameron préférait de beaucoup la confortable simplicité de son Elmwood bien-aimé.

Retour dans le Mississippi

Durant les premiers jours qui suivirent le retour de Jackson, la maisonnée fut en effervescence. Tous devaient s'adapter au fait d'avoir le maître de maison en résidence après quatre ans d'absence. Les heures et les jours défilaient si vite que Cameron avait à peine le temps de reprendre son souffle. Jackson passait ses journées sur les quais, inspectant les navires qu'il avait achetés pendant la guerre et se réhabituant au prospère empire de navigation qu'il avait hérité de son père.

Son directeur et ami de confiance, M. Lonsford, avait travaillé pour son père avant lui. Il travaillait pour les Logan depuis sa jeunesse et avait obtenu d'excellents résultats pour la compagnie pendant la guerre. Malgré les difficultés économiques du comté, observait Cameron avec une ironie désabusée, il semblait que son mari soit maintenant encore plus riche qu'auparavant.

Chaque matin, après avoir pris son petit déjeuner au lit avec elle, il s'en allait et ne rentrait souvent qu'au moment de partir pour le théâtre ou à un dîner. Cameron étant de son côté très occupée par la maison et son haras de chevaux arabes, tous deux avaient à peine le temps de se retrouver seuls, et lorsqu'ils le faisaient, leur passion débordante prenait le pas sur les conversations sérieuses.

Un matin, tandis que l'aube teintait à peine le ciel à l'est, Jackson lui annonça qu'il devait se rendre à un rendez-vous important à Washington, mais il ne lui en révéla pas plus.

— Encore d'ennuyeuses affaires de guerre, expliqua-t-il tout en enfilant des culottes de cheval noires et de hautes bottes en cuir noir.

— Je ne comprends pas, Jackson. La guerre est finie. Comment pouvez-vous avoir encore des affaires à régler avec le ministère de la Guerre?

Drapée dans un peignoir de soie, elle était adossée aux oreillers au milieu du lit de bois de rose drapé de soie et buvait une tasse de chocolat chaud.

— Pourquoi êtes-vous si secret sur vos activités? Je suis votre femme, pas l'ennemi! Pourquoi ne pouvez-vous me dire ce que vous faites pour le président Johnson… ou le secrétaire d'Etat Seward ? Toutes ces « affaires de guerre » vous prennent trop de temps… Vous n'êtes plus un espion puisqu'il n'y a plus de guerre !

Il lui jeta un regard réprobateur à travers le reflet du grand miroir italien doré devant lequel il nouait son écharpe.

— Je préférerais que vous n'utilisiez pas ce terme.

— C'est pourtant bien ce que vous étiez. Et ce que vous êtes encore, apparemment.

Il jeta un coup d'œil prudent à la porte fermée.

— Cameron, il y a plus de trente domestiques dans cette maison, hommes et femmes. Pensez-vous réellement que c'est quelque chose que nous devions crier sur les toits ?

— Je ne crie pas, bonté divine ! répondit-elle de plus en plus agitée. Mais si vous croyez que le personnel ne sait pas que vous étiez un espion — si vous pensez que personne à Baltimore ou à Washington ne le sait —, vous vous trompez lourdement !

— Je n'ai pas le temps de discuter avec vous. Pas ce matin…

Il donna un coup sec sur le nœud.

— Je vais être en retard pour le premier train.

Cameron posa la délicate tasse en porcelaine sur la table de chevet et se mit à genoux sur le lit.

— Et vous serez absent jusque tard ce soir, je suppose ?

— J'en ai peur.

Il repoussa une mèche qui lui tombait sur le front. Elle détourna les yeux.

— Bon sang, Jackson…, marmonna-t-elle.

— Je sais, mon cœur.

Complètement habillé, il vint à elle et se pencha pour poser un baiser sur sa bouche.

Elle fronça les sourcils.

— Vous m'évitez. Vous évitez tout ici, à part votre maudite compagnie de navigation !

— Non, mais j'ai encore des obligations envers le pays, Cam. J'ai beaucoup de choses à l'esprit, en ce moment.

Il alla à une armoire et prit un chapeau de feutre noir, l'un des nombreux qu'il possédait.

— Samedi en quinze, nous donnons un bal pour le retour de nos officiers de l'Union. La liste d'invités sera réduite, environ trois cents personnes. Pouvez-vous vous en arranger ? demanda-t-il.

Il changeait de sujet. De nouveau.

Elle sortit du lit, son peignoir de soie blanche flottant derrière elle.

— Juste trois cents ? Si je peux m'en arranger ?

Elle marcha pieds nus sur le parquet ciré jusqu'à la table de toilette, versa de l'eau fraîche dans la cuvette en porcelaine et s'aspergea le visage. Elle dut réprimer la série de ripostes qu'elle avait sur le bout de la langue.

Elle garda les yeux rivés sur les petites fleurs bleues du pichet, laissant juste une pointe de sarcasme transparaître dans sa voix.

— Bien sûr, que je peux m'en arranger ! Un bal, dans quinze jours, pour cent cinquante officiers et leurs épouses ? Nous, les femmes du Sud, avons été élevées pour cela.

— Je le savais.

Il vint derrière elle, posa les mains sur sa taille et pressa un baiser sur l'arrière de sa tête.

— C'est ce que j'ai dit à Ulysses.

Il la lâcha.

— Souper ce soir, tard ? Juste nous deux ?

Elle pivota, mais il était déjà en train de franchir la porte.

— Jackson, ma sœur arrive aujourd'hui. J'espérais que vous seriez là pour dîner avec nous.

Elle prit une serviette et se tamponna le visage.

— Je vous ai rappelé deux fois cette semaine qu'elle venait aujourd'hui.

— C'est vrai.

Il se coiffa de son chapeau.

— Ainsi, vous allez rester à la maison. C'est bien. Comme ça, vous pourrez vous reposer un peu.

— Que voulez-vous dire par *me reposer*? J'irai au haras comme tous les jours.

Il s'attarda sur le seuil.

— Je crains juste que vous ne vous fatiguiez beaucoup. Votre palefrenier peut sûrement s'occuper des chevaux sans vous, pour une fois...

— Vous craignez que je ne me fatigue? Mais vous ne craignez pas que je reste ici et que je me *repose* en préparant un bal pour trois cents personnes!

Il soupira.

— Je veux m'assurer que vous prenez assez de repos pour le bien du bébé — et le vôtre, bien sûr.

— Bien sûr, rétorqua-t-elle sèchement.

— Bon, ne restez pas trop longtemps au haras alors, et embrassez Taye pour moi quand elle arrivera. J'essaierai de ne pas rentrer trop tard.

Frustrée, Cameron lança la serviette vers la porte ouverte par laquelle il avait disparu, puis la referma en la claquant de son pied nu. Elle arpenta leur chambre, des larmes de colère ruisselant sur ses joues. Ce n'était pas ainsi qu'elle s'était imaginé le retour de Jackson, ni leurs premières journées ensemble. Elle avait pensé qu'ils passeraient de longues journées à se rapprocher et refaire connaissance, à préparer l'arrivée du bébé et faire des plans pour leur vie ensemble. Elle essuya ses larmes d'un geste brusque, se sentant bien plus seule qu'au cours des jours les plus sombres de la guerre, quand elle ignorait où Jackson se trouvait, et s'il était mort ou vivant.

Elle prit une brosse à manche en argent sur sa coiffeuse et la reposa brutalement.

— Me reposer! grommela-t-elle en allant à son armoire pour prendre des dessous propres. Bientôt, il va vouloir que je fasse des promenades en voiture dans le parc et que je me mette à tricoter des chaussons!

* *
*

37

— Monsieur le secrétaire d'Etat, je suis heureux de vous revoir. Je vous en prie, ne vous levez pas.

Jackson traversa le bureau lambrissé de la Maison Blanche pour saluer William Seward, qui avait commencé à se lever derrière son grand bureau et se rassit lentement dans son fauteuil. Seward avait été blessé la nuit où le président Lincoln avait été assassiné, dans le complot qui visait à tuer les trois hommes les plus éminents du gouvernement des Etats-Unis. Le complice de John Wilkes Booth, Lewis Payne, avait fait irruption dans sa chambre et l'avait frappé de plusieurs coups de couteau. Seward se remettait lentement, mais on disait que sa santé s'améliorait de jour en jour. Il avait accepté de poursuivre ses fonctions sous le président Andrew Johnson et faisait le travail qu'il pouvait en attendant son complet rétablissement.

— Depuis quand suis-je redevenu « monsieur le secrétaire d'Etat », Jackson ? Je vous en prie ! Pas entre nous !

Jackson se mit à rire et lui serra la main, tout en s'efforçant de ne pas fixer la vilaine plaie qui lui barrait la joue, le défigurant pour le restant de ses jours. Seward commençait à se faire âgé, mais sa poigne paraissait aussi vigoureuse qu'avant l'agression dont il avait été victime.

— Je suis content de voir que vous êtes en bonne voie de guérison, Will.

— Diable, cela fait deux mois. Il était temps que je traîne ma carcasse jusqu'ici. Mais j'ai promis à ma femme : juste quelques heures par jour.

Un sourire passa sur son visage abîmé.

— Les femmes... Je comprends, fit Jackson en hochant la tête. Non... En vérité, je ne les comprends pas du tout, et c'est de pire en pire !

Il repensa à sa conversation avec Cameron ce matin-là. Elle pouvait se montrer difficile, c'était certain. Mais surtout, elle semblait ne pas comprendre du tout par quoi il était passé ces quatre dernières années, pendant qu'elle était installée confortablement dans sa maison de Baltimore. Ne comprenait-elle pas sa loyauté envers son pays ? Il ne pouvait tourner le dos à ses amis au Congrès, au Sénat et à la Maison Blanche. Pas maintenant, alors que la politique de la nation était si tourmentée. Si le but de Booth et de ses comparses avait été d'assassiner les responsables du pays pour mettre le gouvernement en difficulté, ils avaient réussi. Mais l'Union l'emporterait malgré tout. Il n'en doutait pas.

Il ramena son attention sur le secrétaire d'Etat.

— Comment va votre fils ? J'ai appris qu'il a également été blessé la nuit où vous avez été attaqué.

— Il va bien, merci.

— Vous avez fait du sacré bon boulot pour traverser tout ça, Will. Si j'avais été à votre place, je ne suis pas sûr que j'en aurais fait autant.

— Le président Johnson a de grands projets pour la reconstruction du Sud. Ce n'est pas le moment de s'apitoyer sur soi-même, répondit modestement Seward en indiquant un fauteuil devant son bureau. A présent, asseyez-vous, je vous prie. Je ne puis vous dire combien j'ai été content quand un membre de mon équipe m'a transmis votre message concernant cette mission. Je suis très heureux que vous soyez monté à bord, Jackson.

— Comme je vous l'ai déjà dit, je suis toujours disposé à servir comme il convient mon gouvernement.

Son regard se porta sur l'un des murs lambrissés du bureau. Il y avait une carte de tout le continent nord-américain avec des lignes tracées à la main. Il nota que le territoire russe, l'Alaska, avait été marqué. Il avait entendu des rumeurs selon lesquelles Seward pensait que l'achat de ces terres gelées aux Russes pourrait être avantageux pour les Etats-Unis. Mais ces rumeurs ajoutaient que l'esprit du secrétaire d'Etat avait été affecté par son épreuve. Pourquoi, sinon, envisagerait-il une transaction aussi extravagante ?

— Excellent ! déclara Seward. J'ai dit au président que nous pouvions compter sur vous. Nous cherchons une bande de hors-la-loi, Jackson…

Il poussa une liasse de papiers à travers le large bureau en noyer.

— Ils se font appeler les Thompson's Raiders.

Jackson parcourut le rapport des yeux.

— Sous le commandement du capitaine Josiah Thompson, 16ᵉ régiment du Mississippi…, lut-il à haute voix.

— Nous ne savons pas si Josiah Thompson est encore en vie. Des témoins affirment l'avoir vu se faire abattre et il est sur la liste des disparus au combat. On pensait qu'il était mort à Gettysburg, mais il est fort possible qu'il ait seulement été blessé et se soit remis d'aplomb quelque part…

— Et qu'il ne soit pas arrivé à Appomattox pour la reddition, continua Jackson.

Seward désigna les documents.

— En effet… Comme le rapport l'indique, nous en savons très peu, sauf qu'il y a eu assez de bruits pour que nous nous inquiétions. Nous ne disposons même pas d'une localisation fiable. Ces hommes fantômes semblent aller et venir entre le Tennessee, le Mississippi et l'Alabama. Mais même si Thompson a derrière lui seulement la moitié des hommes dont nous avons entendu parler, il pourrait représenter une véritable menace.

— Nous avons une foule de sudistes en colère et sans emploi qui n'aimeraient rien tant que de renverser le Congrès, commenta Jackson.

— Ou d'assassiner notre nouveau président, ajouta Seward.

Jackson leva les yeux du rapport et croisa son regard.

— Je vais regarder ceci de plus près, Will, et vous fournir un rapport complet dès que possible.

— Parfait. Bien sûr, je n'ai pas besoin de vous dire que ces informations sont sensibles. Il ne serait pas bon que des rumeurs se répandent. C'est mauvais pour le pays en ce moment, mauvais pour la reconstruction. Nous devons nous battre pour la réconciliation. Ajouter foi à des dissidents ne fera que diviser encore le pays. La guerre est finie et nous devons aller de l'avant.

Jackson se leva.

— Je vais voir ce que je peux trouver autour de Washington pour commencer, puis j'irai dans le Sud. Je m'arrêterai chez des amis çà et là, dans les zones où l'on a rapporté la présence de la bande. Je collerai l'oreille au sol et tenterai de distinguer la vérité des rumeurs.

Seward eut un grand sourire.

— Je savais que vous étiez l'homme de la situation ! Il paraît que le Cherokee arrive ici, depuis la Californie. Vous pensez qu'il vous aiderait ?

— Falcon Cortès ? Oui.

— Excellent ! Marie LeLaurie a également accepté de vous assister. Elle est ici en ce moment. Elle dit qu'elle peut vous rencontrer ce soir.

Jackson hésita. Marie ? Il avait entendu dire qu'elle était en ville, mais il ne l'avait pas vue depuis son retour.

Seward lui jeta un coup d'œil en coin et se racla la gorge.

— Hum…, j'ai entendu les rumeurs, bien sûr, mais je…

— Elles sont fausses.

— Marie peut vous voir ce soir et vous donner les informations qu'elle a rapportées de La Nouvelle-Orléans.

Seward fit glisser un autre bout de papier sur son bureau ciré, sur lequel figuraient le nom d'un petit restaurant intime à Washington et l'heure du rendez-vous.

Jackson prit le papier et l'ajouta à ceux qu'il portait déjà sous le bras. Sacrebleu ! S'il devait retrouver Marie Lelaurie dans la soirée, il devait envoyer un télégramme à Cameron pour l'avertir qu'il ne pourrait pas rentrer avant les premières heures du lendemain. Vu son humeur, il savait qu'elle serait irritée, mais il devait accepter cette mission. Il était clair que Seward voyait ces Thompson's Raiders comme une menace sérieuse.

— Merci, Will, dit-il.

Le secrétaire d'Etat se leva lentement de son fauteuil et tendit la main.

— Non, Jackson. Merci à vous.

4

— Elle est ici, miss! La voiture vient juste de s'arrêter.

Cameron leva les yeux de son bureau et vit l'une des domestiques, Addy, debout sur le seuil du petit salon qu'elle avait transformé en cabinet de travail. Elle poussa un petit cri ravi et glissa vite la lettre qu'elle était en train d'écrire dans un sous-main en cuir. Elle répondait à l'offre d'une personne intéressée par l'un de ses étalons arabes, mais cela pouvait attendre le lendemain. Même ses chevaux bien-aimés venaient après la joie d'accueillir sa sœur chérie.

— Dépêchez-vous, miss, dit Addy. Miss Taye, elle est vraiment ici!

Cameron essuya sa plume et la rangea dans un tiroir, puis se leva vivement.

— Oh! Taye, enfin! Je pensais qu'elle n'arriverait jamais!

Taye, de six ans sa cadette, avait été sa compagne permanente durant leur enfance et leur adolescence dans le Mississippi. Elle était la fille de Sukey, la gouvernante d'Elmwood. Mais sa mère, une esclave affranchie, avait été bien plus que cela. Après la mort de la mère de Cameron, lorsque celle-ci avait sept ans, elle lui avait servi de mère de substitution. Et quatre ans plus tôt, à la mort du sénateur David Campbell, le père de Cameron, les deux jeunes filles avaient découvert qu'elles avaient été élevées comme des sœurs parce qu'elles *étaient* véritablement des sœurs, toutes deux filles du sénateur.

Cameron mouilla le bout de ses doigts pour essayer de lisser une boucle rebelle.

— Impossible…, marmonna-t-elle, renonçant à remettre la boucle en place, puis elle se précipita dans le vestibule.

— Cameron !

Taye surgit de la porte d'entrée dans un gai nuage de soie et de taffetas roses. La jeune femme était une vraie beauté et l'avait toujours été, avec sa belle peau couleur de miel, ses cheveux sombres et soyeux et ses étonnants yeux bleu pâle.

Cameron écarta les bras et l'étreignit.

— Je ne peux pas croire que tu sois enfin ici ! s'écria-t-elle. Laisse-moi te regarder.

Elle prit la main de Taye et la fit tourner comme une partenaire de danse. Taye pivota gracieusement, levant la tête juste assez pour mettre en valeur son nouveau bonnet de paille et de tulle rose. En tournant, elle frappait les dalles de marbre de son ombrelle.

— Tu es magnifique ! Et pourtant, tu viens de parcourir des centaines de milles !

Cameron lissa ses cheveux cuivrés et poursuivit, d'un air gêné :

— Et regarde-moi : une épave, alors que je n'ai pas quitté la maison aujourd'hui.

Taye passa son bras sous le sien et se pencha vers elle.

— Alors ce que tu suspectais est vrai ?

Cameron hocha la tête, excitée.

— Oh ! Cam… Je suis si heureuse pour Jackson et toi.

Ses yeux bleus pétillaient de plaisir.

— Et comment te sens-tu ?

— En pleine forme !

Cameron la guida dans le couloir.

— Addy, pourriez-vous nous faire apporter des rafraîchissements dans le jardin ?

— Oui, missy Cameron. Certainement. La cuisinière a fait ces scones aux raisins que vous aimez tant.

Les deux sœurs longèrent le long couloir et sortirent sous le porche de derrière, puis traversèrent la pelouse jusqu'à une petite table à l'ombre d'un vieux chêne.

— Ce jardin est charmant.

Taye sourit en entendant le clapotis d'une fontaine, puis en apercevant deux chérubins de marbre qui versaient sans fin de l'eau dans un bassin circulaire.

— Oui, n'est-ce pas? fit Cameron. En fait, c'est la seule chose que j'aime dans la maison.

— Elle est impressionnante et assez…

Taye cherchait le mot juste.

— Assez…

— Ampoulée!

Elles rirent.

— Tu me connais, Taye, j'ai toujours été nulle en grec.

Les yeux de Taye brillèrent de chaleur.

— Et comment va Jackson? demanda-t-elle. Toujours aussi beau?

— Il va bien.

Cameron fit une grimace avant de poursuivre :

— Même si je ne suis pas sûre de savoir comment je le sais. Il ne fait que passer en allant d'un rendez-vous d'affaires à un autre.

Elle regarda sa sœur ôter son bonnet et ses gants avec des mouvements gracieux dignes d'une dame. Elle ne put s'empêcher de noter qu'elle se mouvait avec une assurance raffinée qu'elle ne montrait pas quand elle était plus jeune.

Pendant les années de guerre, Taye avait vécu chez des amis des Campbell à New York. Comme sa mère avait été une esclave et qu'elle-même était considérée comme noire, même si son père était blanc, il n'était pas sûr pour elle de vivre au sud de la ligne Mason-Dixon. Cameron était allée la voir régulièrement et avait remarqué quelques petites différences dans l'attitude de sa sœur, mais dans son esprit Taye avait toujours dix-sept ans, l'adorant et la suivant comme son ombre. Or elle soupçonnait que l'élégante jeune femme qui se tenait devant elle ne marcherait plus dans l'ombre de personne, maintenant.

— Jackson n'est jamais à la maison, en fait, confessa-t-elle.

Nous nous voyons à peine, sauf au lit ; et alors parler est la dernière chose qui l'intéresse.

Taye gloussa, mais ses joues ne se colorèrent pas comme elles l'auraient fait autrefois.

— Et tu t'en plains ? La plupart des épouses donneraient n'importe quoi pour avoir un mari aussi beau et attentionné.

Elle ajouta d'une voix teintée de mélancolie :

— Surtout maintenant, avec tant d'hommes bien qui sont morts...

— Non, bien sûr, je ne me plains pas qu'il me désire toujours. C'est juste que tant de temps a passé depuis notre mariage. J'aime Jackson et il m'aime, sans aucun doute, mais je pensais que les choses seraient...

Elle hésita.

— Je ne sais pas... Différentes...

— Laisse-lui du temps.

Taye tendit le bras par-dessus la table pour presser la main de sa sœur.

— Et laisse-toi du temps.

Une domestique toute vêtue de blanc traversa la pelouse en portant un plateau avec de la citronnade fraîche, les scones promis et des petits gâteaux glacés.

— Merci, Martha, dit Cameron. Je vais servir.

Martha sourit largement, fit une courbette et rentra dans la maison. Cameron se leva pour servir la citronnade.

— Bonté divine, dit Taye en se mettant debout pour prendre le pichet de verre soufflé des mains de sa sœur. Assieds-toi donc et laisse-moi faire.

— Je n'ai pas besoin d'être dorlotée, déclara Cameron en se rasseyant durement. Je suis enceinte, pas malade !

— Je sais...

Taye remplit les verres.

— C'est juste que j'ai envie de faire ça pour toi, Cam. Je sais que je ne pourrai jamais vous rendre, à Jackson et à toi, tout ce que vous avez fait pour moi, mais laisse-moi au moins ces petites satisfactions.

Cameron prit une serviette sur le plateau en argent et tendit la main vers un gâteau. Même si sa grossesse ne se voyait pas encore, elle avait tout le temps faim. A ce rythme, elle serait de la taille d'une génisse avant que le bébé ne voie le jour!

— Est-ce que tu as des nouvelles de Thomas? demanda-t-elle en léchant du sucre glace resté sur le bout de ses doigts.

Taye lui tendit son verre de limonade et se rassit.

— Oui, j'ai reçu une lettre juste avant de quitter New York. Il sera ici dans la semaine.

— Et combien de temps après son arrivée entendrons-nous sonner les cloches de mariage? demanda Cameron d'un air malicieux.

Thomas Burl avait été le secrétaire du sénateur Campbell. Il avait toujours eu un penchant pour Taye, et avant qu'elle aille se réfugier à New York, il lui avait avoué ses sentiments. Ils s'étaient promis de se marier à la fin de la guerre si leurs sentiments étaient toujours les mêmes, et ils étaient restés en contact régulier au fil des années. Bien que Thomas soit calme et réservé, il avait bon cœur et il aimait Taye — qui l'aimait aussi.

La jolie peau dorée de Taye rosit, moitié de plaisir, moitié d'embarras.

— Je l'ai à peine vu au cours de cette année. Peut-être ses intentions ont-elles changé.

Cameron but une gorgée de citronnade et se mit à rire doucement.

— Et peut-être que ses cheveux qui commencent à tomber ont repoussé, aussi. Bien sûr, qu'il a toujours l'intention de t'épouser! J'ai le sentiment que c'est exactement pour cela qu'il a demandé à Jackson s'il pouvait rester quelque temps ici. Il souhaite te courtiser, mais il n'a pas de proches chez qui séjourner dans la région.

— Je suis reconnaissante à Jackson de nous recevoir.

— Tu es ma sœur, Taye. Naturellement, qu'il vous recevra. Ou alors il entendra parler de moi!

Cameron but une autre gorgée de citronnade.

— En tout cas, je suis vraiment heureuse de t'avoir ici. Jackson m'a annoncé ce matin que nous allons donner un bal pour trois cents personnes dans moins de quinze jours.

Les yeux bleus de Taye s'élargirent.

— Trois cents personnes? Grands dieux!

— C'est un bal de bienvenue pour les officiers de l'Union qui rentrent chez eux. Apparemment, Jackson et M. Ulysses Grant se connaissent bien.

— Eh bien, on dirait que j'arrive juste à temps, non? Laisse-moi m'occuper de tout, Cam. Baltimore et nos officiers fraîchement rentrés auront un bal comme ils n'en ont encore jamais vu!

Elle fixa ses yeux bleus sur Cameron et ajouta :

— Dans le plus pur style du Mississippi…

— Vous voilà, Jackson…

Marie LeLaurie se leva de sa chaise et offrit sa joue. Elle était vêtue avec panache, comme toujours, d'une belle robe de soie rouge qui faisait paraître encore plus ravissants ses épais cheveux noirs et son teint mat.

— Marie…

Jackson jeta un coup d'œil autour de lui pour s'assurer de ne voir personne de sa connaissance avant de s'approcher d'elle. Il embrassa sa joue lisse qui sentait un parfum français qu'elle faisait composer spécialement pour elle à Paris, il le savait.

— Vous êtes en retard, le réprimanda-t-elle. Je craignais que vous ne veniez pas.

Il s'assit en face d'elle.

— Du vin? proposa-t-elle.

Il secoua la tête.

— C'est pourtant un excellent bourgogne.

Elle pinça ses lèvres peintes en rouge, des lèvres qu'il avait embrassées autrefois, et fit la moue.

— Je sais que vous aimez le bourgogne. Dois-je commander autre chose?

— Non, ça ira très bien.

Il l'observa tandis qu'elle servait le vin.

— Marie, je ne peux pas rester longtemps. Ma femme...

— Elle va être jalouse ? le taquina Marie, coquette.

— Ce que j'allais dire, c'est que ma femme attend notre premier enfant et que j'aimerais rentrer à Baltimore ce soir, même tard.

— Bientôt papa ?

Elle rit et fit tinter son verre contre le sien pour porter un toast. Sa voix était aussi riche que le vin qu'elle buvait.

— Félicitations, alors ! Je pense que vous serez un bon père, Jackson.

— Seward m'a dit que vous avez des informations pour moi.

Il leva de nouveau les yeux de la table et balaya la salle du regard. Il n'y avait qu'un autre couple de dîneurs, d'un certain âge, qui n'accordaient aucune attention à l'homme et à la femme qui pouvaient très bien avoir un rendez-vous galant... ou se rencontrer pour échanger des informations secrètes vitales pour le gouvernement. Marie avait choisi l'endroit parfait pour une telle rencontre et, en vérité, elle faisait une espionne parfaite. Elle était très belle et brillante, mais ne se montrait jamais menaçante. Les hommes lui faisaient naturellement confiance, pensant sans doute qu'une femme aussi charmante ne pouvait les trahir.

— Jackson... Jackson... Vous ne pensez toujours qu'au travail, jamais à l'amusement, lui reprocha-t-elle gentiment.

Elle fit claquer sa langue contre ses dents blanches et régulières.

— Vous devriez vraiment profiter davantage de la vie, faire comme moi...

Elle rejeta la tête en arrière, et ses longs cheveux noirs se déployèrent telle une bannière.

— La vie est trop courte, murmura-t-elle.

Jackson s'adossa à sa chaise, essayant mentalement de prendre ses distances vis-à-vis d'elle. Il devait penser à Cameron. A leur enfant. Il aimait Cameron, désespérément. Et il aimait leur bébé à naître. Il ne laisserait pas son attirance pour Marie lui faire commettre une erreur qui pourrait lui coûter son mariage. Il avait déjà commis cette erreur une fois et il s'était juré que cela ne se reproduirait plus jamais.

— Je n'ai pas beaucoup de temps, Marie. Dites-moi juste ce que vous savez.

Il jeta un nouveau coup d'œil au couple âgé. Il n'avait pas besoin qu'une douairière bavarde qui pourrait connaître Cameron par la Ligue des femmes le voie seul dans ce restaurant avec Marie.

— Nous ne devrions pas nous rencontrer en public, de toute façon. Je connais trop de gens ici à Washington et trop me connaissent.

Elle porta son verre de vin rubis à ses lèvres rubis.

— Alors la prochaine fois, je m'assurerai que nous nous rencontrions dans un endroit plus *privé,* dit-elle.

— Vous semblez fatiguée, Cam. Etes-vous certaine d'être en forme pour ce dîner ? demanda Jackson en s'approchant du miroir doré de leur chambre devant lequel Cameron se tenait.

Il posa ses mains sur ses hanches et se pencha pour effleurer son épaule nue de ses lèvres.

Elle trembla sous sa caresse. Ils avaient commencé à faire l'amour avant d'être mariés, durant les premiers jours de la guerre, alors que la vie entière de Cameron s'écroulait à ses pieds. Son père était mort ; son méprisable frère, Grant, vendait la plantation familiale morceau par morceau et essayait de se débarrasser d'elle en la mariant au premier venu. L'amour physique avec Jackson avait toujours été bon, mais il était encore meilleur depuis son retour. Ses caresses, ses regards brûlants l'embrasaient, au point qu'un tel pouvoir sur son corps la perturbait. Sur ses émotions aussi. Tout ce qu'elle avait à faire était d'aborder un sujet qu'il trouvait déplaisant, et il se mettait aussitôt à la séduire par ses baisers brûlants et son maudit charme de vaurien. Elle savait ce qu'il faisait, et cependant il n'avait qu'à la caresser de ses longs doigts et lui murmurer des mots doux ou coquins à l'oreille pour qu'elle tombe chaque fois dans son piège.

Elle étudia le reflet de Jackson dans le miroir tandis qu'il restait penché sur elle. Il était toujours aussi beau et séduisant. Alors que certains hommes rentrés de la guerre n'étaient plus que l'ombre d'eux-mêmes, Jackson s'était épanoui dans le tumulte et le danger. Il était même, malgré les fines rides qui barraient son front, encore plus attirant que lorsqu'il était plus jeune. Il était ce que n'importe quelle femme du Sud aurait considéré comme une *superbe prise* — extrêmement riche et grandement respecté. On parlait même de lui à présent pour un poste politique. Il était tout ce qu'une femme pouvait espérer trouver en un homme.

Mais tout cela n'était-il pas trop beau pour être vrai ? Lorsqu'ils s'étaient mariés et qu'elle était venue vivre à Baltimore, on avait murmuré que leur mariage ne durerait jamais. Que le beau capitaine n'était pas fait pour rester longtemps attaché à une seule femme.

Elle leva les yeux vers les siens tandis qu'il attendait sa réponse.

Les gens avaient-ils raison ? Cette seule pensée la mit sur le qui-vive et lui irrita les nerfs.

— Roxy a eu des coliques, dit-elle.

La jument, un magnifique pur-sang arabe, avait été un cadeau de son père pour ses vingt-deux ans. Son frère l'avait vendue, mais Jackson avait réussi à la retrouver et à la lui faire envoyer à Baltimore.

— Elle va mieux, maintenant, mais ça a été une longue journée…

Elle toucha machinalement les cheveux qui encadraient son visage. Taye était venue dans sa chambre, plus tôt, pour l'aider à s'habiller et à créer cette coiffure élaborée pour la soirée. Ils célébraient par un dîner l'arrivée de Thomas Burl.

— Je croyais que vous ne deviez pas aller tous les jours au haras.

Jackson l'embrassa dans le cou, l'observant toujours dans le miroir. Elle tressaillit et se détourna de la glace.

— Je n'ai jamais dit que je n'irais pas tous les jours, protesta-t-elle.

S'approchant d'une table de bois de rose, elle ouvrit un coffret en laque noire et sortit des boucles d'oreilles en perles.

— C'est *vous* qui l'avez dit, pas moi… de toute façon, il fallait que j'y aille aujourd'hui. Ne m'avez-vous pas entendue? Roxy était malade. Elle aurait pu mourir.

Les yeux gris de Jackson devinrent orageux.

— Cameron… Je comprends l'importance qu'ont pu prendre ces maudits chevaux durant mon absence. Mais je suis rentré, à présent. Vous n'avez pas besoin de passer toutes vos journées au haras. Ce n'est vraiment pas convenable. Et puis pourquoi avoir ces bêtes? Dieu sait que nous n'avons pas besoin d'argent!

— Pourquoi avoir ces bêtes? Peut-être parce que c'est la seule chose tangible qui me reste de chez moi. De mon père.

Il soupira.

— D'accord, gardez-les. Mais on n'a pas besoin de vous chaque jour là-bas. Je vous veux à la maison. Vous êtes ma femme et votre place est ici, maintenant.

— Pour que vous puissiez aller et venir comme il vous plaît? Et que voudriez-vous que je fasse?

Elle enfila la deuxième boucle et pivota brusquement pour lui faire face.

— Que je reste assise toute la journée, à attendre que vous rentriez des chantiers navals ou de l'un de vos rendez-vous secrets à Washington? Parlons du jour où Taye est arrivée! Je vous ai attendu, et vous n'êtes pas rentré. Pas avant 3 heures du matin!

— Je vous ai envoyé un télégramme. J'ai dû finir par louer une voiture. Je vous ai expliqué…

— Vous n'avez rien expliqué du tout! Vous avez seulement dit que vous seriez retardé.

— Je dois m'occuper de nombreuses affaires. Quatre ans d'absence, c'est long, Cam. Même avec Josiah pour veiller sur…

— Ce soir-là n'avait rien à voir avec votre compagnie de

51

navigation, le coupa-t-elle. Alors ne me dites pas le contraire. Vous étiez à Washington. Encore.

Jackson marqua une pause avant de répondre :

— Ce n'est pas parce que les combats sont terminés que la guerre est finie. Le Sud est sous pression. J'ai toujours un devoir à remplir.

— Et quand ce devoir sera-t-il accompli, exactement ? Les soldats qui ont survécu sont chez eux avec leur femme et leurs enfants.

Elle le dévisagea intensément.

— Quand rentrerez-vous pour de bon, Jackson ? Quand la guerre sera-t-elle finie pour nous ?

— Quand elle sera finie, répondit-il avec raideur. Quand mes services ne seront plus requis par mon pays.

— Et que suis-je censée faire en attendant ? Simplement être enceinte ?

— Vous avez quantité de choses à faire dans la maison.

Il fit un geste de la main.

— Le bal, par exemple. Il demande sûrement beaucoup de préparatifs.

— Certes ! Pour un bal que *vous* avez planifié sans me consulter. Tout comme les dîners que vous prévoyez sans m'en parler. Les hommes que vous amenez à la maison sans prévenir. Le personnel que vous engagez et congédiez sans même me jeter un regard.

— Cameron…

— Et maintenant que Taye est ici, votre petit plan est complet. Je ne suis utile à personne. Taye a pris l'organisation du bal en main, avec votre bénédiction apparemment. Tout ce que j'ai eu à faire, c'est choisir la couleur des nappes et indiquer quel type de buffet je préférais. Elle a même commandé une robe pour moi !

— Je suis sûr qu'elle essaie juste de se rendre utile, Cam. Taye est une jeune femme très capable.

— Evidemment. Mais moi aussi. Et je n'aime pas être traitée de cette manière. Ni par vous ni par Taye ! On dirait que tout à coup, tout le monde pense que je suis en sucre ou bien que j'ai une cervelle d'oiseau ! Que suis-je censée faire toute la journée si je ne peux pas aller voir mes chevaux et si c'est Taye qui mène la maison ?

Jackson haussa les épaules, visiblement agacé.

— Comment saurais-je à quoi s'occupent les dames de qualité ? Vous pouvez vous mettre à la tapisserie, j'imagine, ou...

— Ne vous avisez plus de me dire de telles stupidités, Jackson ! Plus jamais !

Cameron essaya de combattre les larmes de fureur qui commençaient à lui brouiller la vue.

— Je déteste coudre ou broder ! Et je ne supporte pas d'être traitée comme si j'étais un ornement ! Suis-je censée rester assise dans ce musée, sans rien faire d'autre qu'errer d'une pièce à l'autre et souhaiter être chez moi ?

Jackson attrapa sa jaquette sur le dossier d'un fauteuil et la regarda en fronçant les sourcils.

— C'est *ici* chez vous, Cam...

— Non, ma maison est dans le Mississippi, dit-elle sans savoir si elle voulait pleurer ou lui casser quelque chose sur la tête.

Il se tut tandis qu'il enfilait les bras dans les manches de sa veste neuve. Quand il reprit la parole, son ton s'était adouci.

— Plus maintenant.

Les larmes se faisaient plus impérieuses. Mais pourquoi pleurait-elle tout le temps, à la fin ? Elle avait plus pleuré depuis que Jackson était rentré que durant tout le temps où il n'avait pas été là !

— Vous avez dit que nous en parlerions.

— Et nous le ferons.

Il passa un bras autour de ses épaules.

— Mais pas ce soir. Nos invités nous attendent.

Elle leva les yeux vers lui. Elle ne voulait pas le laisser la manipuler de cette façon, mais elle ne voulait pas non plus se battre en permanence contre lui. Elle voulait passer une bonne soirée avec Taye, Thomas et les quelques amis proches qu'ils s'étaient faits les dernières années, et qui étaient aussi invités ce soir-là.

Elle renversa la tête en arrière et Jackson posa ses lèvres sur les siennes.

— Je m'incline pour cette fois, mon mari, mais je vous avertis : je ne vais pas me mettre à la tapisserie. Et vous n'avez pas entendu mon dernier mot. Vous ne pouvez pas m'amadouer simplement par des mots doux chaque fois que la conversation devient pénible pour vous.

— Ça ne coûte rien d'essayer !

Il lui décocha son sourire espiègle, et ouvrit la porte de la chambre pour la laisser passer.

— Madame Logan…

Je l'aime, songea Cameron en le précédant avec une petite courbette, *mais la vie avec lui sera-t-elle toujours aussi difficile ?*

Ils se donnèrent le bras et descendirent le grand escalier pour aller saluer leurs invités.

Le dîner — un dîner simple à huit plats, qui comportait entre autres des pigeonneaux rôtis, des côtelettes d'agneau, des pommes de terre aux oignons et un soufflet au citron, le tout servi avec trois vins — fut délicieux.

Lorsqu'ils eurent fini de manger, la douzaine de dames et de gentlemen parmi les plus raffinés de Baltimore passèrent dans l'élégant salon. Traditionnellement, les hommes et les femmes se séparaient à ce moment-là, mais Cameron dit à ses invités que la guerre l'avait séparée de son mari pendant quatre ans et qu'aucun mur ne les séparerait maintenant.

Le cognac et le champagne furent servis sous les yeux attentifs d'un panthéon de dieux et de déesses en plâtre qui occupaient la pièce, tandis que Taye jouait de la musique classique sur le piano à queue.

Cameron, qui s'était tenue jusque-là à côté de Mme Rhettish qui l'avait abreuvée des problèmes de goutte de sa mère, quitta sa chaise et alla près de la fenêtre d'où Thomas observait

Taye qui entamait à présent un morceau charmant de Jules Massenet, jeune compositeur français. L'année précédente, lors de leur séjour à Paris, toutes deux avaient entendu jouer le jeune homme et Taye s'était éprise de ses compositions.

— Vous lui avez demandé ? chuchota-t-elle.

Thomas rougit. C'était un grand homme mince avec des bras et des jambes dégingandés, ce qui avait poussé Cameron, une fois, à le comparer à une cigogne. Il avait des cheveux blond cendré qui s'éclaircissaient vers les pointes et portait des lunettes cerclées de métal perchées sur le bout de son nez fin. Le sénateur Campbell l'avait jadis considéré comme un parti possible pour Cameron, mais à ce moment-là Jackson était entré dans sa vie.

Même si Thomas était trop posé à son goût, elle l'aimait comme un frère. Il avait travaillé intimement avec son père pendant des années, dans le Mississippi et à Washington.

— Madame Logan, vous m'embarrassez !

Il était cramoisi, à présent.

— Je suis à peine arrivé depuis vingt-quatre heures.

— Depuis quand suis-je « madame Logan », Thomas ? Je m'appelle Cameron, vous vous souvenez ? Vous êtes ici depuis vingt-quatre heures et vous n'avez pas encore demandé à Taye de vous épouser ? Vous feriez bien de vous presser, alors…

Elle désigna d'un signe de tête un gentleman barbu d'un certain âge, qui parlait avec Jackson.

— M. Gorman est fou d'elle. Sa troisième épouse est morte récemment et il cherche paraît-il la numéro quatre. Il ferait un excellent parti pour notre chère Taye, mais je suis tout à fait certaine que vous êtes son premier choix.

Thomas rayonna de plaisir à ces mots et jeta un coup d'œil à Taye, puis à ses chaussures brillantes.

— Vous ne pensez pas que je serais trop hardi de le lui demander ce soir ?

— Je pense que vous devriez l'emmener se promener dans le jardin après le départ de nos invités et que vous devriez lui faire votre demande et l'embrasser fermement — sur les lèvres.

— Oh! Mon Dieu, dit-il dans un souffle en regardant Taye. Je ne suis pas certain de pouvoir...

— L'embrasser? acheva Cameron à mi-voix.

Elle se mit à rire, attirant un instant le regard de Taye de leur côté, puis cette dernière baissa de nouveau les yeux sur le clavier.

— Eh bien, continua Cameron en se penchant vers Thomas, vous feriez mieux de trouver le moyen de le faire!

Se rendant compte qu'elle l'avait terriblement choqué, elle lui fit un sourire qu'elle voulait rassurant.

— Ne craignez rien. Elle appréciera.

Elle lui pressa le bras.

— Et vous aussi. Maintenant, si vous voulez bien m'excuser, je crois que Jackson essaie d'attirer mon attention.

Elle lui fit un signe de tête poli. Thomas s'inclina avec raideur.

Et tandis qu'elle passait près du piano pour aller rejoindre Jackson, elle fit un clin d'œil à Taye.

— Vous êtes-vous bien amusée ce soir? demanda Jackson à Cameron un peu plus tard, en lui défaisant les lacets de son corset en satin et en dentelle.

Il refusait de laisser entrer la camériste de Cameron dans leur chambre, arguant que c'était son travail d'habiller et de déshabiller la maîtresse de maison maintenant qu'il était de retour.

Cameron se tenait au montant du lit et poussa un soupir de soulagement quand il desserra les derniers lacets, se demandant combien de temps encore elle pourrait le porter avant de s'en passer pour la fin de sa grossesse.

— C'était très agréable. J'aime beaucoup Mme Rhettish. Une femme selon mon cœur. Saviez-vous qu'elle a dirigé le comptoir de son mari dans Broad Street pendant qu'il était à la guerre, et que maintenant qu'il est rentré, c'est lui qui travaille pour elle?

Jackson rit.

— Violet Rhettish a dirigé les affaires de Carl et Carl lui-même bien avant la guerre, Cam !

Il lui tendit le corset.

— Il a été très désappointé quand la guerre s'est achevée. Il était obligé de rentrer la retrouver.

Elle le frappa avec le corset. Il la saisit par la taille et la hissa sur le lit. Elle tomba en arrière sur le doux matelas de plumes et il enfouit son visage entre ses seins.

— Jackson, j'essaie de me déshabiller !

— Et moi, j'essaie simplement d'aider, madame.

Il eut un grand sourire, et se releva.

Cameron glissa à bas du lit et alla pieds nus à la fenêtre. Elle écarta légèrement le lourd rideau en velours et regarda le jardin éclairé par des lanternes.

— Pensez-vous que Thomas va avoir le courage de demander Taye en mariage, ce soir ?

Juste au-dessous, elle pouvait distinguer le couple, assis sur un petit banc de pierre sous une tonnelle de roses.

— Je suis sûr que oui. Il m'a dit qu'il fait déjà des plans pour rouvrir son cabinet juridique. Il doit juste décider dans quelle ville.

Cameron observait les deux jeunes gens, souhaitant presque pouvoir entendre ce qu'ils se disaient.

— Il devrait ouvrir son cabinet dans le Nord, là où Taye sera en sécurité et acceptée.

Jackson ôta son écharpe de soie et sa chemise amidonnée, dénudant son torse.

— Peut-être. Mais le Mississippi a désespérément besoin d'hommes éduqués comme Thomas, et les bureaux de son père sont à Jackson. Il y a aussi la plantation familiale, ou ce qu'il en reste.

Tenant toujours le rideau, Cameron haussa un sourcil et se tourna vers lui.

— Alors comme ça, Taye devrait rentrer dans le Mississippi et pas moi ?

Jackson traversa la pièce complètement nu, superbe dans sa virilité, et la prit par la main.

— Allez-vous vous écarter de cette fenêtre et venir au lit, ma femme ?

Elle laissa retomber la tenture.

— Accordez-leur un peu d'intimité, dit-il en l'enlaçant d'un bras. Et à nous aussi.

Il glissa une main sous sa camisole pour saisir un sein et elle laissa ses paupières se fermer. Cet homme l'exaspérait et cependant, lorsqu'il la touchait ainsi, elle n'était que du sucre fondu dans sa bouche.

— Vous changez de nouveau de sujet, l'accusa-t-elle. Et vous oubliez que je suis toujours en colère contre vous !

— Laissez-moi un moment, et vous me direz ensuite si vous êtes toujours fâchée…

Il couvrit sa bouche de la sienne, glissant sa langue entre ses lèvres, et lorsqu'il la laissa, elle était toute molle dans ses bras.

— Tricheur ! parvint-elle à dire.

— Non…

Il la dévisagea, la capturant comme toujours par la profondeur de ses yeux gris.

— Mais *ceci* est de la tricherie…

Il posa les mains sur ses hanches et se mit lentement à genoux devant elle. Cameron réprima une exclamation lorsqu'il souleva l'ourlet de sa camisole et embrassa l'intérieur de son genou. Ce n'était qu'un tout petit baiser, aussi fugace que le contact d'une aile de papillon, mais il l'embrasa tout entière.

Elle vacilla sur ses pieds quand il effleura du bout des doigts la chair tendre de l'intérieur de sa cuisse.

— Jackson…

Relevant encore sa camisole, il enfila la tête sous l'étoffe et pressa sa bouche chaude entre ses jambes, découvrant qu'elle était déjà moite et brûlante pour lui.

Elle ne pouvait pas le combattre, dans ces conditions. Elle ne pouvait pas gagner.

— Le lit…, fit-elle tandis qu'il la taquinait de sa langue.

Elle passa les doigts dans ses cheveux soyeux. Une onde, puis une vague de plaisir la submergèrent. Il y en eut une autre et une autre encore, pendant qu'il la caressait de sa langue et de ses doigts.

— Jackson, je vous en prie...

Elle s'agrippa à ses épaules pour se stabiliser, luttant pour retrouver sa voix. Pour l'arrêter. Mais les vagues de volupté s'enchaînaient et elle se cramponna pour ne pas tomber. Les doigts de Jackson s'insinuèrent dans les tendres replis de sa chair et elle se rendit, vaincue une fois encore.

— Etes-vous certain que c'est ce que vous voulez ? demanda doucement Taye, les yeux plongés dans les yeux bruns de Thomas.

Il arrivait à peine à soutenir son regard, détournant la tête vers le jardin.

— J'en suis certain. C'est pour cela que j'ai vécu toutes ces années, répondit-il, très sérieux.

Taye tendit la main et caressa sa joue rasée.

— Vous vous rendez bien compte que ce sera difficile, Thomas... Ma peau est claire, mais nous ne pourrions cacher mes origines si quelqu'un choisissait de vous condamner pour qui je suis.

— Vous êtes une Campbell. La fille de David Campbell, l'un des plus grands sénateurs de notre temps.

— *Et* la fille d'une esclave, lui rappela-t-elle. La moitié de ma famille vient des Hautes Terres d'Ecosse, mais l'autre moitié vient des jungles d'Afrique.

Il regarda fixement les roses qui grimpaient derrière l'épaule de Taye, puis s'obligea à ramener les yeux sur elle.

— Je veux que vous soyez mon épouse, Taye Campbell. Vou... voulez-vous me faire cet honneur ?

Elle sourit.

— A partir du moment où vous comprenez bien que je ne vous tiendrai pas lié par ce que nous avons pu nous dire dans l'ardeur de l'instant, voilà des années. La guerre venait juste de commencer, et nous étions tous…

Il l'interrompit, secouant la tête.

— Je… je vous aime, Taye. Je vous ai toujours aimée, et je veux vous épouser. Je veux des enfants avec vous, si Dieu le veut aussi.

Taye sourit de nouveau. Elle avait rêvé de ce moment depuis le début de la guerre ! Quand Thomas lui avait déclaré son amour pour la première fois, dans l'escalier de service d'Elmwood le soir où le fort Sumter avait été attaqué, elle avait été si effrayée qu'elle avait nié l'aimer elle aussi. Elle l'avait fui. Mais Thomas n'avait pas renoncé à elle ; il l'avait poursuivie avec une calme détermination. Pendant toute la guerre, il lui avait écrit et il était venu la voir à New York quand il pouvait. Ils avaient parlé de mariage et d'une famille, et maintenant tout cela allait se réaliser…

Elle plongea les yeux dans son chaud regard sombre.

— Alors, oui. Je vais vous épouser, Thomas Burl.

— M… merci, balbutia-t-il.

Elle posa alors les mains sur ses épaules et l'embrassa sur la bouche.

— Oh ! Mon Dieu. Mon Dieu, marmonna-t-il, troublé.

Elle se mit à rire doucement et lui prit la main.

— Vous feriez mieux de vous y habituer, le taquina-t-elle. Si vous devez m'épouser, Thomas, je veux être embrassée. Souvent.

— Voudriez-vous faire une promenade dans le jardin, maintenant ? demanda-t-il.

Il bondit du banc comme s'il était en feu.

Taye rit encore, et son timbre léger et musical résonna dans l'air de la nuit.

— J'adorerais marcher un peu.

Elle se leva, passa son bras sous le sien, et ils suivirent l'allée pour s'enfoncer dans l'obscurité.

5

— Excusez-moi, miss Cameron... miss Taye...

Addy se tenait sur le seuil du cabinet de travail de Cameron où les deux jeunes femmes prenaient leur thé de l'après-midi.

— Y'a une fille qui veut vous voir, miss Cameron.

La jeune servante paraissait hésitante.

— Je lui ai dit qu'elle devait passer par-derrière, comme les autres nègres, mais elle ne veut pas bouger du perron de devant. Elle se tient là, où tous ceux qui passent peuvent la voir, prenant des grands airs comme si elle était *à sa place*.

Intriguée, Cameron se tapota les lèvres de sa serviette.

— Qui est-ce? Quelqu'un que nous connaissons?

— Quelqu'un qui cherche du travail, plutôt. Elle est comme toutes les négresses du Sud, je suppose. Le maît'nous libère et on sait pas où aller. On a pas de quoi nourrir nos petits. Elle dit qu'elle s'appelle Naomi et qu'elle...

— Naomi?

Cameron bondit de son fauteuil et regarda Taye.

— Est-ce possible?

Taye se leva d'une façon bien plus distinguée, mais elle était tout aussi excitée.

— Je ne sais pas. Nous n'avons plus eu de nouvelles d'elle depuis que nous nous sommes séparées sur les quais de Baltimore, le jour où nous avons retrouvé Jackson.

Naomi était une esclave qui travaillait dans la maison à Elmwood; elle était connue alors comme prêtresse vaudou. Quand Grant avait vendu tous les esclaves de la plantation, après la mort de leur père, Naomi avait réussi à s'échapper. Elle avait accompagné Cameron à Baton Rouge pour sauver Taye, puis elle avait fait le long voyage à pied depuis le Mississippi, par le Chemin de fer clandestin, avec les deux sœurs. Durant ces semaines et ces mois, un lien indestructible s'était forgé entre elles trois. Quand Cameron avait vu Naomi pour la dernière fois, en septembre 1861, la jeune femme allait vers le Nord, vers Philadelphie, pour rejoindre des membres de sa famille qui avaient fui le Sud avec succès.

Cameron sortit en courant de la pièce, relevant les jupes de sa robe verte à fleurs. Elle ouvrit brusquement la porte d'entrée et vit leur Naomi debout sur les marches de marbre, vêtue de bleu et de jaune vifs, un turban sur la tête, rayonnante comme un prédicateur méthodiste devant son premier converti.

— Dieu tout-puissant ! s'exclama-t-elle.

Elle ouvrit les bras et Naomi se jeta dedans. Elle sentait bon le trèfle, le santal et la maison.

— Naomi, c'est vraiment toi ?

— En chair et en os, répondit Naomi avec un rire rauque. Pas d'esprits, ici.

Cameron la lâcha et recula pour laisser la place à Taye.

— Je craignais de ne jamais te revoir, murmura Taye en l'étreignant à son tour.

— Qu'est-ce que c'est que ces sottises ? Je vous avais dit qu'on se retrouverait. La nuit où on marchait tous dans le champ et où la vieille Harriet Tubman nous conduisait dans le Nord, je l'ai vu dans les étoiles.

Taye recula, la relâchant.

— Eh bien, ne reste pas là, entre !

Cameron lui fit signe d'entrer dans l'exotique vestibule avec son sol de marbre et son papier peint oriental où des cigognes à longues pattes et aux plumes dorées les regardaient de haut.

— Passe par la porte d'entrée et laisse jaser les voisins.

Cameron se mit à rire en voyant la mine choquée d'Addy.

— Viens te joindre à nous pour le thé, Naomi.

— Pour ça, missy Cameron, je serais contente d'entrer, mais il y a un petit quelque chose qui me retient...

Naomi désigna une charrette grossière stationnée dans l'allée circulaire. Cameron sortit pour mieux voir le véhicule et l'homme assis sur le banc, qui tenait calmement les rênes. C'était un beau Noir d'une taille impressionnante, vêtu de culottes marron et d'une chemise de travail bleu pâle. Il avait les mains propres et portait des bottes en cuir brun.

— C'est mon mari, Noah, dit fièrement Naomi. Et ce petit ballot posé à côté de lui, c'est notre bébé, Ngosi. Il a presque trois mois.

— Tu es mariée et tu as un bébé ?

Cameron sourit, sincèrement heureuse que Naomi ait retrouvé le bonheur après les tragédies de sa jeunesse. A Elmwood, elle était l'esclave qui « s'occupait » des invités blancs, et Grant avait abusé d'elle. Cameron en était révulsée, à l'époque, mais elle ne pouvait lutter contre des décennies de traditions sudistes dans une maison menée par des hommes. Pour finir, des chasseurs d'esclaves avaient tué l'amoureux de Naomi, avec qui elle essayait de s'enfuir dans le Nord. Voir que la jeune femme avait retrouvé un homme à aimer gonfla le cœur de Cameron de joie.

— Eh bien, que fait-il dans la charrette ? s'exclama-t-elle. Entrez, entrez !

— Attendez, missy Cameron... Il faut que j'éclaircisse certaines choses avant de mettre le pied dans cette grande vieille maison et que je mange vos gâteaux. Mon Noah et moi, on avait une belle case dans le New Jersey. Mon Noah, il était un homme libre avant la guerre. Il a son commerce. Il fabrique de beaux meubles avec ses mains. On était heureux comme des coqs en pâte, mais un matin je me suis levée, j'ai lancé mes osselets et les esprits m'ont dit que vous aviez besoin de moi.

Naomi étudia Cameron avec des yeux noirs qui semblaient lire dans son âme.

— Vous avez besoin de moi, missy Cameron ?

Sa voix était lisse et soyeuse, comme la vase sombre de la rivière qui traversait la plantation d'Elmwood.

Les cheveux de Cameron se hérissèrent sur sa nuque et elle eut un petit rire pour cacher son malaise. Elle avait toujours eu un peu peur des pratiques vaudou de Naomi, comme tous les Blancs d'Elmwood et des environs. Elle ne savait même pas si elle croyait au vaudou, mais les esclaves avec qui elle avait grandi y croyaient, eux, et elle avait été élevée dans le respect de la religion qu'ils avaient amenée avec eux sur les bateaux négriers.

— Je… je ne pense pas avoir besoin de toi, répondit Cameron, troublée. Mais je suis très contente de te voir et de te recevoir avec ta famille aussi longtemps que tu le voudras, comme mes invités.

— Vous avez la fièvre, missy Cameron ? Je ne parle pas d'être vot'invitée, rétorqua Naomi en soufflant. Je parle de venir ici pour travailler pour vous ! Mener votre maison, ou ce qu'il vous faut d'autre. Mon Noah peut trouver du travail n'importe où en ville, bon comme il est avec ses mains et un bout de bois.

Cameron jeta un coup d'œil à Taye, puis regarda de nouveau Naomi.

— Notre gouvernante a annoncé justement ce matin qu'elle allait nous quitter pour prendre sa retraite. Est-ce que tu voudrais…

Naomi tendit la main et la posa sur le ventre de Cameron.

— Vous en êtes où avec cet enfant, missy Cameron ?

— Seulement un peu plus d'un mois, répondit cette dernière, soufflée…

Naomi ne sourit pas.

— Alors vous avez besoin de moi… C'est tout vu !

Elle regarda par-dessus son épaule.

— On reste, Noah. Fais le tour par-derrière avec la charrette, et sors le bébé de là. Je te rejoindrai dès que j'aurai mangé un peu de ce gâteau avec mes filles.

Quelques jours plus tard, alors qu'elle rentrait du haras, Cameron fut surprise d'entendre à l'étage le bruit rythmé d'une scie.

Elle ôta son chapeau, jeta ses gants dedans, monta l'escalier, puis longea le long couloir, passant devant sa chambre et se dirigeant vers le bruit. Tandis qu'elle marchait, les portraits des ancêtres de Jackson accrochés aux murs dans leur cadre doré semblaient la fixer d'un air réprobateur. Posant son chapeau d'amazone sur une console, elle prit une grande inspiration, ressentant une fois encore à quel point elle se sentait une étrangère dans ce couloir, dans cette maison. Elle n'était pas chez elle, et plus elle passait de temps loin du Mississippi, plus elle avait la nostalgie d'Elmwood. Ce n'était pas sa grossesse qui la faisait se sentir fatiguée, c'était d'être malheureuse.

Au bout du couloir, elle entra dans une petite chambre utilisée pour ranger des meubles. Deux charpentiers en tablier de cuir s'affairaient autour d'un trou qui avait été percé dans le mur.

— Que faites-vous là ?

L'un des hommes ôta un vieux chapeau et tripota sa barbe rousse.

— Eh bien, on ouvre la porte entre les deux chambres, madame.

Cameron regarda par le trou qui avait été ouvert dans le mur. Elle pouvait voir un petit lit à baldaquin, de vaporeux rideaux d'été tirés sur les fenêtres du mur d'en face. Il y avait aussi une commode française qu'on avait couverte pour la protéger de la poussière.

— Pourquoi ouvrez-vous une porte ?

— Parce qu'on me l'a dit, madame.

— Qui vous l'a dit ?

— Le capitaine, madame. On est des charpentiers de marine, Bernie et moi, mais il nous a envoyés ici pour ouvrir cette porte.

Cameron pivota, sortit en trombe de la pièce, redescendant

l'escalier, et se dirigea directement dans la cuisine où elle savait qu'elle trouverait le valet personnel de Jackson. Alfred occupait la fonction de majordome, de secrétaire ou toute autre fonction qui pouvait être utile à Jackson quand il était à la maison. Quand ce dernier n'était pas là, c'est-à-dire la plupart du temps, Alfred se tenait dans la grande cuisine et mangeait pas mal de parts de tartes, à en juger par sa taille qui s'épaississait.

— Alfred? lança-t-elle en entrant.

— Oui, madame.

Alfred sauta à bas de son tabouret au bout du comptoir, s'efforçant d'avaler au plus vite une bouchée de tarte aux pommes.

— Où est le capitaine cet après-midi?

Alfred déglutit et sa pomme d'Adam monta et redescendit sous son écharpe amidonnée. Dans la maison, tous les domestiques, noirs ou blancs, valet ou garçon d'écurie, s'habillaient bien. Jackson leur fournissait leurs habits et exigeait qu'ils soient toujours propres et nets.

Cameron coiffa son chapeau d'amazone et enfila ses gants.

— Il est sur les quais, je crois, madame. A l'entrepôt. Puis-je faire quelque chose pour vous?

Elle n'était pas vêtue correctement pour monter à califourchon, mais elle était trop en colère pour prendre le temps de monter se changer.

— Veuillez dire à ma sœur, lorsqu'elle rentrera, que je serai de retour pour le thé.

Elle traversa la cuisine pour sortir par la porte de derrière.

Dans la cour, elle appela un jeune valet d'écurie et lui ordonna de préparer Roxy. En dix minutes, elle était en selle.

— Voulez-vous que je vous accompagne, madame? proposa le palefrenier. Le capitaine va être furieux contre moi si je vous laisse partir toute seule sur ce cheval.

— Je vous l'ai dit, Joe, je monte seule. Je dirai clairement au *capitaine* que je vous ai ordonné de rester ici.

Joe recula et lui tendit la bride.

— Eh bien, soyez prudente, madame. Les quais, ils peuvent être dangereux.

— Pas aussi dangereux que je le suis en ce moment!

Elle sourit et adoucit le ton, sachant que sa colère n'était pas le fait des charpentiers, du valet ou du palefrenier, mais celui de Jackson. Et elle était terriblement en colère!

— Merci, Joe. Je serai prudente, je vous le promets.

Comme elle faisait juste sortir sa jument de l'allée, Taye arriva dans une calèche conduite par Thomas.

— Vous avez passé un bon moment? demanda-t-elle en ajustant ses bottes dans ses étriers.

— Un moment charmant, répondit Taye.

Son ton était forcé, et Cameron put voir dans les yeux bleus de Taye que quelque chose n'allait pas. Mais elle se rendait compte aussi que ce n'était pas le moment d'en parler.

— Où vas-tu?

Taye attendit que Thomas descende et contourne la voiture pour l'aider à mettre pied à terre. Il souleva son chapeau pour saluer Cameron avant de tendre la main à Taye.

— Sur les quais, voir Jackson. Lui et moi avons quelque chose à discuter, dit-elle d'un ton acerbe.

— Eh bien, descends... J'irai avec toi. Nous prendrons la calèche. Tu ne devrais vraiment pas...

— Je suis trop furieuse pour y aller en voiture!

Cameron alors enfonça les talons dans les flancs de Roxy et la nerveuse jument bondit en avant.

— Je n'en aurai pas pour longtemps! lança-t-elle par-dessus son épaule.

Elle négocia lentement son chemin dans les rues encombrées par des chariots chargés de marchandises, des voitures occupées par des dames et un cortège funèbre. Elle vit des hommes grisonnants et courbés, de jeunes garçons qui travaillaient comme s'ils étaient des hommes, mais très peu entre vingt et quarante ans. Le poids de la guerre, se dit-elle sombrement.

Elle sentit l'odeur du port bien avant de l'atteindre. Les relents salés de l'Atlantique, mêlés à la puanteur du poisson et de corps mal lavés, assaillirent ses narines. Juste comme ses bottes frappaient le quai en planches devant l'entrepôt, Josiah Lonsford, le directeur, accourut à sa rencontre.

— Madame Logan, vous ne devriez pas être ici sans escorte !

— C'est bon de vous voir aussi, Josiah.

Elle sourit. Durant les quatre ans où Jackson avait été absent, Josiah et elle étaient devenus de bons amis. Non seulement il l'avait tenue au courant de la santé financière de l'affaire de son mari, mais ils avaient souvent dîné ensemble chez elle. Josiah lui avait donné des conseils comme elle imaginait que son père l'aurait fait, s'il avait été encore en vie.

Il baissa la voix afin que ceux qui s'affairaient autour d'eux n'entendent pas.

— Jackson sait-il que vous êtes ici ? demanda-t-il doucement. Je ne peux imaginer qu'il approuve que vous veniez seule à cheval sur les quais.

— Parlons-en !

Elle tira impatiemment sur ses gants, un doigt après l'autre.

— Où est mon cher époux ?

La chevauchée l'avait momentanément calmée, mais elle sentait sa colère revenir. Elle inspira une grande goulée d'air salé.

— Il est à l'intérieur. Je vous accompagne.

Josiah donna la bride de Roxy à un garçon vêtu d'une chemise de marin déchirée.

— Reste ici avec le cheval et surveille-le.

Puis il offrit son bras à Cameron.

— Il est en haut, dans son bureau… Je vous accompagne…

— Ce n'est pas la peine.

Cameron lui tapota le bras.

— Merci, Josiah. J'ai été contente de vous voir. Vous devriez venir dîner un soir. Nos conversations m'ont manqué.

Elle empoigna ses jupons et s'engagea dans le grossier escalier de bois qui menait au premier étage et au bureau de Jackson.

Debout au bas des marches, Josiah la regarda monter en secouant la tête, comme s'il avait senti l'explosion à venir, mais il tint sa langue. C'était une autre raison pour laquelle Cameron l'appréciait.

Elle entra sans frapper ni s'annoncer, sans se soucier non plus de savoir si Jackson était occupé. Ses affaires devraient attendre. La pièce était spartiate. Jackson et trois gentlemen jouaient aux cartes à une table.

— J'aimerais vous parler un moment si c'est possible, Jackson, dit-elle suavement, mais se sentant bouillir intérieurement.

Les trois hommes — elle n'en connaissait aucun — se levèrent immédiatement et la saluèrent avec embarras. Ils laissèrent cartes et boissons sur la table, ramassèrent leur argent et filèrent vers la porte.

— Nous devions partir de toute façon, Jackson, dit l'un d'eux.

— Oui, nous devons partir. Nous parlerons plus tard.

Jackson resta sur sa chaise, une botte sur la table, un cigare à la bouche, la tête tout auréolée de fumée.

— Une partie de cartes ? fit-elle d'un air pincé sans savoir si c'était l'odeur du cigare ou sa colère qui lui donnait la nausée.

Il haussa les épaules. Il avait ôté sa veste et l'avait suspendue sans soin au dossier de sa chaise. Son écharpe était dénouée.

— Je gagnais.

— Je pensais que vous travailliez.

Il tira nonchalamment une dernière bouffée, puis écrasa le cigare dans un cendrier au bord de la table. Son pied et son sourire espiègle restèrent en place.

— Je *travaillais*, Cam…

— J'avais plutôt l'impression que vous jouiez de l'argent et que vous fumiez.

Elle posa un regard appuyé sur la bouteille de rhum de la Jamaïque à moitié vide.

— Et que vous buviez…

— Vous ne comprenez pas mes affaires.

Il baissa enfin son pied et se leva.

— Ces hommes aiment mélanger les affaires et le plaisir.

Ce que le bon homme d'affaires que je suis a parfaitement compris, ma douce.

Il voulut poser un bras sur ses épaules, mais elle le repoussa.

— Bon sang, Jackson! Ne m'appelez pas « ma douce »! Et maintenant expliquez-moi pourquoi des hommes sont en ce moment chez nous en train de faire un trou entre deux chambres?

Il la regarda comme si elle avait demandé pourquoi il y avait un jardin japonais dans le salon.

— Pour aménager la nurserie! J'ai pensé que la nourrice devait avoir sa propre chambre, reliée à celle du bébé. Je les ai installés au bout du couloir pour que vous ne soyez pas dérangée par les pleurs, la nuit.

— Une nurserie? fulmina-t-elle.

Elle s'en était doutée, bien sûr, mais le lui entendre dire ne fit que l'exaspérer davantage.

— Vous aménagez une nurserie et vous ne m'avez même pas consultée?

— Il s'agit juste d'ajouter une porte entre deux chambres existantes, ma douce.

— Ne jouez pas sur les mots avec moi! Vous savez ce que je veux dire. C'est *moi* qui vais avoir le bébé!

Elle jeta ses gants sur les cartes.

— Et j'aurais dû être consultée!

Il parut presque blessé.

— Il ne m'est jamais venu à l'idée que vous ne vouliez pas de nurserie.

Elle le fixa, sidérée. De toute évidence, il ne comprenait toujours pas.

— Jackson, il ne s'agit pas de savoir si je veux ou non une nurserie, il s'agit du fait que vous ne m'avez rien demandé. Vous ne me demandez jamais rien avant de prendre des décisions qui m'affectent, qui nous affectent. Et si cela ne me fait rien d'être réveillée par le bébé? Si je le veux près de nous, la nuit?

— Je ne comprends vraiment pas pourquoi vous faites tant d'histoires, Cam.

Il leva les mains comme pour se rendre.

— Faites la nurserie dans une autre chambre. Transformez-les toutes en nurserie. Je m'en moque !

Elle inspira et se calma.

— Consultez-moi avant de prendre des décisions comme celle-ci… C'est tout ce que je vous demande. D'accord ?

Il détourna les yeux.

— Je n'ai jamais été du genre à consulter les autres. Ce n'est pas ainsi que je fonctionne. Trop de gens dépendaient de moi pour être protégés. Pour que je protège leurs secrets. Personne ne se souciait que je les consulte à partir du moment où ils restaient en vie.

Il tourna vivement la tête pour la regarder dans les yeux.

— Avez-vous une idée de la façon dont un homme se sent, dans cette situation ? Combien il est dur de savoir que chaque décision que vous prenez peut occasionner la mort de l'homme qui se trouve juste derrière vous ?

Cameron prit une nouvelle inspiration et sentit sa colère se dissiper. Elle avait envie de pleurer ; elle sentait les larmes lui brûler les paupières. A présent, c'était la frustration qui bouillonnait en elle. Jackson en disait si peu sur son rôle dans la guerre, si peu sur ce qu'il avait fait et encore moins sur ce qu'il ressentait.

Elle aurait voulu s'excuser, mais elle ne savait pas comment. Il avait raison ; c'était une question sans importance et elle n'avait pas besoin de se mettre dans une telle colère, de l'embarrasser devant des clients potentiels.

Elle resta là, les mains pendant le long de sa robe. Elle n'avait jamais été bonne pour les excuses.

Finalement, Jackson leva les yeux du clou qu'il fixait dans le plancher.

— Cameron…

— Vous n'avez pas besoin de le dire.

Elle fit un pas vers lui, et lui alla à sa rencontre.

— C'est moi qui devrais m'excuser, murmura-t-elle.

— Ah, Cam…

Il la prit dans ses bras et appuya son menton sur sa tête.

— J'étais si inquiet durant toutes ces années, incapable de savoir si je serais un bon mari ou non lorsque la guerre serait terminée. Vous avez eu une vie si tragique ! Et si je la rendais encore plus malheureuse ? me demandais-je sans cesse.

Elle ferma les yeux pour réprimer ses larmes et leva le menton. La bouche de Jackson se posa sur la sienne, ferme et possessive, et quand il s'écarta, elle était tremblante, le souffle court.

— Vous ne pourrez jamais me rendre malheureuse aussi longtemps que vous m'embrasserez ainsi, chuchota-t-elle.

Les yeux de Jackson s'assombrirent de désir et il se pencha pour reprendre sa bouche.

Elle pressa une main sur son torse, glissant un doigt sous son écharpe.

— Jackson, nous ne pouvons pas... Pas ici, dans votre bureau. Quelqu'un pourrait venir.

Il l'enveloppa dans ses bras et la poussa lentement contre le mur, sans la quitter de ses yeux gris.

— Le risque serait amusant, non ? la taquina-t-il.

— Jackson, il ne faut pas.

Elle gloussa pourtant, écartant les lèvres. Elle savait déjà qu'elle allait le faire.

6

— On devrait pas faire ça! protesta Noah d'un ton bourru.

Naomi se mit à rire et referma derrière eux la porte de leur chambre. La pièce était une toute petite mansarde au-dessus de la cuisine, mais elle serait chaude en hiver et elle était fraîche, ce jour-là, du fait de sa fenêtre. Les murs étaient blanchis à la chaux, garnis de crochets de bois pour suspendre des habits, et le plancher ne grinçait pas. Mais le meilleur était l'énorme lit que Cameron leur avait offert comme cadeau de mariage tardif. Jamais Naomi n'avait dormi de sa vie dans un si grand lit. Il devait être aussi grand que celui de missy Cameron elle-même!

— Qu'est-ce que tu veux dire, on devrait pas faire ça? Tu oublies que tu t'es marié avec moi?

Il rit, mais détourna son visage quand elle essaya de l'embrasser.

— Tu sais bien ce que je veux dire, mon sucre. Il fait grand jour.

Il désigna la fenêtre ouverte de son beau menton.

— C'est comme ça que j'aime le faire, chuchota-t-elle en effleurant de ses lèvres sa barbe naissante. En plein jour, pour que je puisse voir mon homme.

Elle pressa un autre baiser dans l'échancrure de sa chemise de travail, et en même temps elle fit remonter sa main sur son pantalon.

— Mon *grand* homme...

Noah grogna et ferma les yeux.

— T'as donc pas de travail à faire, miss la gouvernante de cette belle vieille maison ?

Elle embrassa encore son torse, puis sortit la langue pour goûter sa peau sombre et salée.

— Pas qui peut pas attendre.

— Le bébé…

Naomi jeta un coup d'œil par-dessus son épaule à son fils qui dormait paisiblement dans le berceau que Noah avait fabriqué de ses mains.

— Il dort comme une souche.

— Seigneur, tu vas être ma mort, femme ! grommela Noah avec bonne humeur en enlaçant sa taille fine et en couvrant sa bouche de la sienne.

Après un bon gros baiser, il la souleva de terre et la porta jusque sur leur lit neuf. Naomi l'avait recouvert d'un quilt que sa mère avait fait pour elle. Il était de la couleur du soleil et du bonheur — ce qu'elle méritait, avait dit sa mère.

Elle renversa la tête sur l'oreiller en duvet et rit ; sa voix semblant résonner contre les murs blancs.

— Viens là !

— Quelqu'un va t'entendre, l'avertit Noah en tirant sa chemise par-dessus sa tête.

Elle tendit la main pour caresser les muscles de son torse, puis, plus bas, son estomac aux fermes aplats. Elle se rappela alors le premier homme qu'elle avait aimé. Pas le premier qu'elle avait déshabillé ; ceux-là étaient trop nombreux pour les compter. Mais Manu, Manu qui avait été son premier amour. C'était un esclave d'une plantation voisine et ils avaient été amants pendant deux ans. Ils se retrouvaient dans le marais sous un vieux cyprès. Manu étendait son manteau par terre pour elle et lui donnait son amour. Il avait été le premier à se soucier d'elle, mais le plus important, c'était qu'il lui donnait de l'espoir.

Durant l'été 1861, les esclavagistes l'avaient tué en essayant de le capturer sur les rives de la Pearl River, pas loin d'Elmwood. Elle ne le blâmait pas d'avoir couru, les laissant lui tirer dans le dos. Elle ne lui en voulait pas, parce qu'elle savait qu'une fois qu'un homme a goûté à la liberté, le poids des chaînes est trop lourd à porter pour son âme.

Naomi concentra son regard sur l'homme au-dessus d'elle, tandis qu'il relevait ses jupes et bataillait avec le lien de son pantalon. Elle écarta doucement sa main et, sans détacher son regard du sien, elle défit l'étoffe, le laissant jaillir dans sa main, dur et raide.

— Je t'aime, Noah Freeman, chuchota-t-elle.

— Je t'aime.

Noah était un homme simple aux mots simples, mais c'était tout ce qu'elle avait besoin d'entendre. Leurs regards toujours joints, elle écarta les cuisses et l'accueillit en elle, brûlant et palpitant. Laissant ses paupières se refermer, elle enlaça ses épaules de ses bras minces et remercia les dieux de lui avoir offert cette nouvelle vie.

— Taye, nous ne devrions pas !

Thomas se raidit à son contact. Taye leva les yeux au ciel, refusant de s'éloigner de lui. Ils étaient seuls dans la bibliothèque, les portes fermées. Elle l'avait fait venir dans la pièce sous le prétexte de lui demander des conseils de lecture. Mais en réalité, c'était pour qu'ils puissent être seuls quelques minutes.

Oh ! Ils avaient déjà passé toute la matinée ensemble à faire des courses dans une rue animée de Baltimore. Elle avait fait plusieurs achats pour elle-même et Cameron, et Thomas avait suivi, récupérant les paquets et les portant à la voiture. Mais de tout le matin, il n'avait rien dit de plus personnel que : « Oui, je crois que le bleu est une couleur parfaite pour des serviettes. »

Taye resta devant lui, l'empêchant de s'échapper par la porte. Elle tendit la main et effleura la manche de sa veste.

— Nous allons nous marier, murmura-t-elle. Je pense que vous avez le droit de m'embrasser à l'occasion.

Mais Thomas refusa de croiser son regard scrutateur. Une

onde rouge monta de son écharpe amidonnée et gagna son visage.

— Mais ici! protesta-t-il. Un lieu si public! N'importe qui pourrait entrer. Pensez à votre réputation, ma chère Taye.

Sa réputation? A dix-sept ans, elle avait été emmenée par son demi-frère à Baton Rouge pour être vendue dans un bordel. Elle avait été à deux doigts de voir sa virginité achetée aux enchères dans le salon d'un lupanar, et avait été sauvée de justesse par Jackson et Cameron. Si cet incident n'avait pas ruiné sa réputation, un baiser de son fiancé ne le ferait sûrement pas non plus. Mais elle tint sa langue, sachant que Thomas n'aimait pas qu'elle parle de ces jours passés.

Elle prit sa main dans la sienne. Il avait encore des petits cals de son travail sur les bateaux de Jackson pendant la guerre, et elle se demanda quel effet lui feraient ces mains sur sa peau nue.

Avoué de profession, Thomas avait été, pendant ces quatre dernières années, homme à tout faire, servant le capitaine Logan de toutes les façons qu'il pouvait.

Elle serra sa main. Elle savait qu'il était timide, mais ils devaient bien commencer, non?

— Thomas, personne ne nous verra. Juste un baiser chaste.

Elle leva le menton et le regarda d'un air provocant à travers ses cils.

— Ou peut-être un baiser pas si chaste que cela?

— Taye, je vous en prie… Il y a un moment et un lieu pour toute chose, et ce n'est ni le moment ni le lieu pour… pour ce genre de démonstration d'affection.

Elle lui lâcha la main en soupirant. Elle ne pouvait quand même pas le forcer à l'embrasser, si? Elle s'écarta légèrement de lui. Elle allait battre en retraite, mais elle ne se rendait pas pour autant. Elle ne renoncerait pas à son désir non seulement d'être aimée, mais de sentir qu'ils étaient *amoureux*.

— Alors que me recommandez-vous de lire? demanda-t-elle d'un ton affable. L'essai d'Alexis de Tocqueville sur la démocratie, ou le dernier Victor Hugo?

— Jackson! Juste ciel! Pas sur la table de jeu!

Cameron protestait, mais sa voix était altérée par le désir. Jackson rit et balaya les cartes et les verres de cognac d'un geste de la main, puis il l'assit sur le bord de la table.

— Et pourquoi pas?

Il eut un sourire déluré en délaçant son chapeau et en le jetant par terre.

— Je veux tenir compte de votre état. Pour quel genre d'homme me prenez-vous? Pensez-vous que je posséderais ma femme debout contre la porte?

Elle baissa les yeux quand il ouvrit son pantalon, et vit son sexe raidi jaillir de l'étoffe.

— Bien sûr que non, mon amour, le taquina-t-elle. Qu'est-ce qui me ferait penser que vous pourriez être aussi indélicat?

Jackson coula les doigts dans ses cheveux, sans se soucier d'abîmer sa coiffure. Il glissa son autre main sous les couches de ses jupes et de ses jupons, jusqu'à son intimité, déjà moite et gonflée pour lui. Ils s'embrassèrent, avidement, tandis qu'il caressait les replis frémissants de sa féminité, et Cameron se sentit soudain prise de la même urgence que lui.

— Nous devons faire vite. Quelqu'un risque d'arriver.

— *Nous* allons arriver quelque part, ensemble, lui chuchota-t-il à l'oreille.

Elle sentit son visage s'échauffer sous l'effet d'un mélange de désir et de gêne. Il la traitait toujours avec respect en public, mais en privé il lui parlait parfois comme si elle était une dévergondée. Et le pire, c'est qu'elle se comportait ainsi, même si cela l'irritait d'aimer ses mots crus. Elle était d'ordinaire une femme qui gardait le contrôle en toutes occasions. Sauf quand elle se trouvait avec Jackson, qui lui faisait toujours perdre le contrôle d'elle-même.

— Maintenant…, lui souffla-t-elle.

Elle se glissa au bord de la table et saisit ses hanches, le guidant en elle.

Elle réprima une exclamation lorsqu'il pénétra en elle, l'emplissant comme personne d'autre ne pouvait le faire.

Jackson ferma les yeux et la tint fermement, allant et venant en elle. En équilibre précaire sur le bord de la table, elle ne pouvait faire autre chose que de se cramponner à lui et le laisser l'entraîner dans son mouvement.

Tandis qu'il la caressait, la poussait vers l'assouvissement, les murs du petit bureau disparurent, tout comme les bruits de l'entrepôt au-dessous. Il n'y avait rien d'autre qu'eux deux, le contact de la peau de Jackson sur la sienne et son souffle entrecoupé.

Elle fut surprise, presque choquée, par la rapidité avec laquelle elle atteignit l'extase. Par la façon dont elle brûlait pour Jackson, était emplie du besoin de lui.

Comment pouvait-elle être si furieuse contre lui à un moment et le vouloir aussi ardemment le moment suivant ?

Hors d'haleine, elle abaissa les jambes et rabattit ses jupes. Il embrassa doucement sa tempe.

— Où en étions-nous, chérie ? Que disiez-vous ?

Elle rit et voulut le repousser, mais il refusa de bouger.

— Vous êtes un homme dévoyé et corrompu, et vous m'avez corrompue. Me pousser à faire une chose pareille en plein jour, et sur votre table de jeu !

Elle lissa ses jupes.

— C'est une bonne chose que mon père soit mort, car il serait mortifié de voir à quel point sa fille est devenue immorale !

Jackson rit de bon cœur.

— Vous oubliez que votre père et moi étions de bons amis et que je le connaissais bien. Peut-être mieux que vous, de certaines façons, ma douce.

Il caressa ses lèvres du bout du doigt.

— Je pense au contraire que le sénateur Campbell serait fier de savoir que vous vous êtes autorisée à aimer de cette manière.

— Que voulez-vous dire ?

Il arrangea son pantalon.

— Seulement que votre père avait une grande capacité d'amour, et qu'il a trouvé un grand bonheur dans cet amour, c'est tout.

— Vous parlez de Sukey?

C'était après la mort de son père qu'elle avait découvert qu'il avait entretenu bien plus qu'une simple relation sexuelle avec la mère de Taye. Apparemment, ils s'étaient aimés pendant plus de vingt-cinq ans.

On frappa à la porte qui s'ouvrit aussitôt après brusquement, faisant sursauter Cameron. Elle glissa rapidement à bas de la table et Jackson s'écarta d'elle. Son regard ambré se porta sur les cartes et les verres éparpillés, sur son chapeau jeté sans soin par terre. Elle ne pouvait le ramasser sans attirer davantage l'attention.

Elle tenta de ne pas paraître trop troublée quand un homme vêtu de culottes courtes et d'une marinière entra dans le bureau et ôta son bonnet.

— Madame…

Il la salua d'un signe de tête et tourna son attention vers Jackson.

— Ils sont prêts à vous voir sur le *Miss Virginy*, si vous êtes prêt, capitaine Logan.

Jackson eut un sourire tranquille, comme s'il n'avait pas failli être surpris le pantalon sur les chevilles.

— Merci, Charlie. Je descends tout de suite… Dès que j'en aurai terminé avec Mme Logan.

Il eut l'air de s'amuser de sa phrase à double sens, mais Cameron, elle, se raidit.

— Nous avons tout à fait terminé, monsieur, dit-elle.

Jackson sourit largement au marin.

— Nous avons fini, apparemment. J'arrive…

L'homme hocha la tête, sortit du bureau et referma la porte derrière lui.

— Juste ciel! s'affola rétrospectivement Cameron en ramassant son chapeau. Si cet homme était arrivé un instant plus tôt…

— Mais il ne l'a pas fait, la coupa Jackson. A présent, laissez-moi vous raccompagner à la voiture.

— Je peux y retourner seule, dit-elle suavement.

Il lui prit le coude.

— Je descends, de toute façon.

Lorsqu'ils sortirent devant l'entrepôt, il vit Roxy et se tourna vers elle, les yeux furieux.

— Vous êtes venue à cheval ? Et seule ?

Elle le regarda, frémissante.

— Je monte depuis que je sais marcher.

Elle alla à grands pas à la jument.

— Et je suis parfaitement capable de parcourir moins de deux milles dans les rues d'une ville !

— Ce n'est pas la question, Cam. Vous le savez fort bien.

Il l'avait saisie par le coude, et avait baissé la voix d'une manière dangereuse. Quand il était vraiment furieux, il se montrait paradoxalement d'un calme mortel. La colère de Cameron augmenta.

— Vous ne pouvez me commander, Jackson. Pour le cas où vous ne l'auriez pas noté, l'esclavage a été aboli aux Etats-Unis.

— Il n'est pas prudent de chevaucher ainsi, alors que vous portez notre enfant ! riposta-t-il.

— C'est ridicule. Le bébé n'est pas plus gros qu'un petit pois. Je ne vais pas me faire de mal et je n'en ferai pas à cet enfant. Aidez-moi à monter, ordonna-t-elle au garçon qui tenait la bride de Roxy.

Ce dernier regarda Jackson, quêtant son approbation. Jackson leva une main d'un geste irrité.

— Pourquoi pas ! dit-il. Si vous ne l'aidez pas à se mettre en selle, elle grimpera sur des barriques !

Le garçon joignit alors les mains et Cameron réussit à se hisser sur le dos de sa jument, non sans montrer plus qu'un aperçu de jupons bleu clair.

— A ce soir, lança-t-elle à Jackson par-dessus son épaule en saisissant la bride. N'oubliez pas le dîner que nous donnons pour les sénateurs et leurs épouses !

Elle n'attendit pas sa réponse. A la place, elle enfonça les talons dans les flancs de sa monture et partit au trot.

— Je ne sais plus que faire d'elle, Taye!

Appuyé à la balustrade du porche, Jackson but une gorgée de cognac et fixa le jardin empli d'ombre. Ils étaient sortis prendre l'air pendant que l'épouse du sénateur du Maryland leur cassait les oreilles en chantant un air populaire.

— Je savais bien que vous seriez fâché, mais je n'ai absolument pas pu l'empêcher de partir vous rejoindre à cheval. Vous savez combien elle peut être déterminée.

Il sourit, songeant aux longues journées que Cameron et lui avaient passées ensemble durant l'été 1861. D'abord à Baton Rouge, puis sur son bateau, et ensuite sur la route de Biloxi à Jackson. Elle avait été si résolue à retourner à Elmwood qu'elle avait pratiquement traversé le Mississippi à pied! C'était ce caractère décidé, qui le rendait si furieux maintenant, qu'il avait tant admiré alors. Une raison de plus pour qu'il l'aime jusqu'à ce que la mort les sépare… ou probablement au-delà.

— Je ne m'attends pas à ce que vous soyez sa gardienne, Taye.

Il jeta un coup d'œil à la jeune femme. Elle était vêtue d'une ravissante robe de satin bleu clair et blanc qui s'accordait parfaitement à la couleur de ses yeux.

— Vous l'avez été assez longtemps dans le Mississippi.

Taye sourit gentiment.

— Je le fais parce que je l'aime. Et parce que, quoi qu'elle dise, je sais qu'elle a besoin de quelqu'un pour s'occuper d'elle.

Elle était debout à côté de lui, appuyée elle aussi à la balustrade. Soudain, elle lui prit son verre de la main et but sans façon une gorgée de cognac.

— La mort du sénateur l'a plus touchée qu'elle ne veut le montrer. Celle de Grant aussi.

— Et vous?

Il l'observa dans la pénombre.

— David Campbell était votre père, aussi.

Elle lui rendit le verre.

— C'est différent. Je l'ai toujours aimé parce qu'il se montrait si bon avec ma mère et moi, mais je n'ai pas su qu'il était mon père de son vivant. Je ne pense pas que les sentiments puissent être les mêmes. Vous ne croyez pas ?

Jackson termina le cognac.

— Je doute d'être la personne à qui demander. Apparemment, je me débrouille très bien dans le noir avec une bande de soldats confédérés sur les talons, mais je ne peux pas contrôler ma propre femme !

Taye partit d'un petit rire amusé.

— Personne ne contrôle Cameron Campbell, Logan.

— Vous avez raison, dit sombrement Jackson. Je crains bien de ne rien avoir fait de bon à ses yeux depuis que je suis rentré.

Il lui jeta un coup d'œil, comme s'il cherchait à surprendre une réaction à ses paroles, puis contempla de nouveau le jardin obscur. Il était mal à l'aise, mais il avait besoin d'exprimer ce qu'il pensait. L'image de Marie apparut dans son esprit et il l'écarta. Il avait pris la bonne décision en ce qui la concernait ; il le savait. Mais la revoir, devoir travailler avec elle, faisait soudain vaciller ses certitudes.

— Cameron vous a-t-elle dit quelque chose à propos…

Il marqua une pause.

— Je ne sais pas… De regrets ?

Taye tourna la tête pour le dévisager. La lampe derrière eux illuminait sa peau de miel, la rendant encore plus jolie qu'en plein jour.

— Des regrets ? A votre sujet ?

Il hocha la tête.

— Vous êtes fou ?

Il rit, heureux de constater cette liberté de ton, nouvelle. La Taye qu'il avait connue autrefois n'aurait jamais dit une chose pareille. A l'époque, elle avait peur de lui, et sursautait chaque fois qu'il lui adressait la parole.

— Vous vous inquiétez trop, Jackson.

Elle lui tapota la main.

— Cameron vous aime de la manière dont elle seule peut aimer. Farouchement, passionnément, parfois sans pouvoir se contrôler.

Il y avait presque de l'envie dans sa voix.

— Vous êtes faits pour être ensemble et vous le savez. Il vous faut juste un peu de temps pour vous adapter à la vie conjugale.

— Nous adapter? grommela-t-il. Nous sommes mariés depuis quatre ans!

— Légalement, oui, mais vous n'avez jamais *vécu* ensemble. Avec deux taureaux aussi entêtés que vous l'êtes tous les deux, cela demande du temps.

— Je pensais qu'une fois que nous serions réunis, les choses s'aplaniraient. Surtout maintenant, avec l'arrivée du bébé.

Taye se redressa, resserrant son châle de dentelle blanche sur ses épaules.

— Vous oubliez que Cameron a été une femme complètement indépendante, durant ces quatre années. Elle n'avait pas de père ou de mari pour s'occuper d'elle, pour prendre des décisions pour elle.

— Je ne l'aurais jamais épousée et laissée ici si je n'avais pas pensé qu'elle était capable de se débrouiller seule.

— Bien sûr. Mais à présent que vous êtes rentré, capitaine, vous ne pouvez vous attendre à ce qu'elle mette son indépendance de côté et soit simplement votre gentille petite épouse.

Il y avait dans ses yeux bleus une sagesse qui dépassait de loin son âge.

— De toute façon, ce n'est pas le genre de femme que vous voulez vraiment, n'est-ce pas?

Il prit son verre, pensant qu'il pourrait avoir besoin d'en boire un autre.

— Je ne sais pas, dit-il d'un ton abattu.

Taye lui sourit de nouveau avec gentillesse.

— Je rentre. Il commence à faire froid.

— Je rentrerai aussi, dès que la femme du sénateur cessera ses cris de chat qu'on égorge.

Taye disparut en riant dans la maison dans un bruissement de soie bleu pâle, avec l'air d'une vraie dame.

7

Après être allée voir Taye, qui s'entretenait avec le cuisinier pour mettre au point le menu du bal à venir, Cameron partit à cheval pour la boutique de chapeaux de Mme Cartwright. L'un des jeunes domestiques chevauchait derrière elle pour rapporter ses achats à la maison. Il aurait été plus sensé de prendre la voiture, mais le seul fait de penser que Jackson aurait préféré cette solution l'avait poussée à se mettre en selle.

Arrivée devant la boutique de la modiste, qui se situait dans une rue animée du sud de la ville bordée de petits magasins pour dames et gentlemen de qualité, Cameron mit pied à terre et jeta sa bride au garçon en livrée qui se tenait sur le trottoir. Elle lissa sa jupe d'amazone coupée dans une peau souple couleur beurre-frais et entra dans la petite boutique remplie de rangées de chapeaux, certains importés d'Europe, d'autres confectionnés à New York.

Deux vendeuses rigides et corsetées, portant toutes les deux des robes identiques en taffetas noir et des coiffes en dentelle noire, glissaient silencieusement entre les rayons, exposant des bonnets, des rubans, des plumes et des cocardes que l'on pouvait choisir pour orner une coiffure. Ce matin-là, la boutique bourdonnait du bavardage des nombreuses clientes.

Voyant que Mme Cartwright était déjà occupée, Cameron s'engagea entre deux rangées d'étagères pour regarder des rubans de gros-grain. Elle espérait en trouver du gris tourterelle pour garnir un chapeau.

Une voix féminine monta de derrière une étagère sur laquelle s'empilaient des rouleaux de rubans.

— Vous savez qu'il est de retour en ville ? Ma voisine, Mme Ports, l'a vu hier, ce beau diable !

— Oui, je l'ai entendu dire, répondit une autre femme d'un ton de conspiratrice. Tout le monde parle de lui.

Cameron ne pouvait voir les deux bavardes, mais leur voix portait bien.

— Il est rentré depuis moins d'un mois et il paraît qu'il est déjà en train de courir le guilledou. Bien sûr, *elle* serait de retour à Washington, elle aussi.

— Elle ?

— Cette Marie LeLaurie. Elle est descendue au Grand Hôtel.

— Celle avec qui il a eu une histoire ? Non !

— Si, je vous dis ! Avec ces fameux cheveux noirs… Dieu sait qu'ils ne peuvent pas être naturels ! reprit la première d'un ton sifflant. Et il y a encore pire que cela…

— Juste ciel ! Racontez-moi.

— Eh bien, l'une de mes soubrettes a une cousine dont l'amie est blanchisseuse chez eux. Vous savez comment sont ces négresses… Elles causent… Eh bien, il paraît que la maîtresse de maison est enceinte.

— Ce n'est pas possible ! On n'en a pas soufflé mot à mon thé du jeudi.

— La blanchisseuse est sûrement bien placée pour le savoir.

Cameron prit un rouleau de ruban gris qui pourrait aller et secoua la tête avec réprobation. Elle détestait les ragots. La pauvre femme dont elles parlaient ne méritait certainement pas que l'on jase ainsi sur elle.

— Il va falloir que je creuse cette histoire. Mon mari joue aux cartes avec un gentleman qui fait des affaires avec lui dans le port.

Cameron commença à se diriger vers le comptoir, puis elle se figea. Un homme récemment rentré en ville, qui avait une épouse enceinte et qui faisait des affaires dans le port ? Elle tendit la main pour se stabiliser, serrant le ruban gris dans l'autre.

— Peut-être que l'état de sa femme a été ébruité.

— Oh! Je ne pense pas. Le capitaine Logan n'est pas du genre à faire une annonce aussi publique.

La bobine de ruban heurta bruyamment le sol et roula le long de l'allée.

— De combien peut-elle être enceinte? Il…

Cameron agrippa une étagère pour se soutenir; elle avait la tête qui tournait.

Ces ragots portaient donc sur Jackson! Et sur elle!

Soudain, l'air lui manqua et elle craignit de s'évanouir.

Se tenant aux étagères, elle suivit l'allée pour regagner la porte. Alors qu'elle saisissait le loquet, Mme Cartwright l'interpella.

— Madame Logan! Je suis désolée. Je suis à vous dans un instant. C'est juste que Mme Henry…

— Ce n'est pas grave, parvint à dire Cameron en ouvrant la porte. Je… je suis pressée. Je reviendrai un autre jour.

— Qu'est-ce qui ne va pas? demanda Taye en tendant la main à travers la petite table de jeu, les yeux élargis par l'inquiétude.

Cameron secoua la tête, mettant ses cartes de côté. Elles s'étaient installées dans le salon après avoir dîné seules pour jouer aux cartes, mais elle n'avait pas l'esprit au jeu.

— Rien.

— Je ne te crois pas. Tu erres comme une âme en peine dans la maison depuis des jours. Le bal est samedi soir. Tous nos héros de guerre seront là. Ulysses Grant en personne va danser dans ta salle de bal! Tu ne peux pas recevoir tes invités dans cette humeur.

Cameron regarda ses mains croisées sur ses genoux. Deux jours avaient passé depuis qu'elle avait entendu les deux femmes. Elle essayait de se sortir leurs paroles de la tête, mais elle n'y parvenait pas. Elle essayait de se convaincre que Jackson ne la tromperait jamais. Il l'aimait. Et quand aurait-il le temps de la tromper ? Il travaillait du matin au soir dans son bureau des quais, sauf quand il était à Washington. Et il ne batifolait sûrement pas avec une femme quand il se trouvait au secrétariat d'Etat à la Guerre !

Mais si c'était vrai, pourtant ?

Sa lèvre inférieure se mit à trembler.

— Il faut que tu me dises, insista Taye.

Cameron leva les yeux vers elle.

— Crois-tu que Jackson me tromperait avec une autre femme ?

Taye éclata de rire.

— Absolument pas !

Cameron détourna les yeux ; des larmes de soulagement lui piquaient les paupières.

— Pourquoi est-ce que tu me demandes une chose aussi ridicule ?

Taye lui prit la main dans les siennes, la forçant à la regarder.

— J'ai entendu des femmes, l'autre jour, chez la modiste, dit-elle alors d'une voix altérée. A propos de Jackson. Elles disaient…

Sa voix faiblit.

— Elles disaient que tout le monde parle du fait qu'il me trompe.

— Des inepties !

— Je sais…

Cameron fit tourner sa bague de mariage d'émeraudes et de diamants autour de son doigt, sans parvenir cependant à effacer le doute.

— Mais elles ont aussi évoqué le fait que j'étais enceinte, et c'est vrai.

— Qui étaient ces femmes ? demanda Taye avec colère. Parce que je n'hésiterais pas à aller les trouver et à me confronter à elles !

Cameron secoua la tête.

— J'ignore qui elles étaient. Je ne pouvais pas les voir. Mais ça n'a pas d'importance, de toute façon.

Elle leva les yeux.

— Je sais que ce sont juste de méchants ragots, mais…

Elle s'arrêta au milieu de sa phrase, l'estomac noué et la gorge serrée, devant l'expression de Taye.

— Tu sais quelque chose !

Taye secoua la tête avec vigueur.

— Non.

— Taye, tu n'as jamais été une bonne menteuse.

Cameron se leva de sa chaise, les mains tremblantes.

— Elles disaient que la femme était ici, en ville. Si tu sais quoi que ce soit…

— Cameron, écoute-moi…

Taye se leva à son tour, et lui serra les mains.

— Jackson ne te trompe pas. Il ne ferait jamais une chose pareille. C'est juste que…

— Quoi ?

Taye soupira.

— J'ai entendu les mêmes ragots la semaine dernière, quand j'étais au marché avec le cuisinier.

— Et tu ne me l'as pas dit ?

Cameron dégagea ses mains avec brusquerie et alla à la fenêtre drapée de lourd brocart ivoire.

— Pourquoi tu ne m'as rien dit, Taye ?

Taye alla se placer derrière elle et la prit par les épaules, la forçant à la regarder.

— Je ne t'ai rien dit parce qu'il s'agissait de deux soubrettes qui parlaient comme elles ne l'auraient pas dû. Je ne t'ai rien dit parce que la meilleure manière de faire taire les ragots, c'est de ne pas les répéter. Je ne t'ai rien dit parce que rien de tout ça n'est vrai.

— Ça a intérêt à ne pas l'être !

Cameron pivota et sortit précipitamment de la pièce.

— Parce que si c'est vrai, je jure par tout ce qui est sacré que je le tuerai !

*
* *

Taye gravit lentement les marches du bureau de Jackson à l'entrepôt, tout ôtant ses gants de chevreau.

— Entrez! répondit Jackson lorsqu'elle frappa.

Il paraissait préoccupé.

— La porte est ouverte…

Taye entra et le trouva assis à son bureau, devant des piles de papiers. C'était une pièce masculine, stricte, utilitaire, avec du mobilier en chêne simple et élimé. Il n'y avait pas de tapis sur le sol et l'unique fenêtre avait bien besoin d'être lavée.

— Taye!

Il se leva, visiblement surpris par sa visite impromptue.

— Cameron va bien? Le bébé?

— Elle va bien…

Taye referma la porte derrière elle.

— Je suis venue parce que je voulais vous parler seul à seul, Jackson. Cela ne prendra qu'un moment. Thomas m'attend en bas dans la voiture.

— Me parler de quoi? Vous n'auriez pas dû venir ici, Taye. Il y a toutes sortes de gens mal…

— Jackson, asseyez-vous et taisez-vous!

Elle fut choquée par sa propre brusquerie. Et plus encore par le fait que Jackson s'assit.

Elle étudia son beau visage, guettant attentivement une réponse muette.

— Il y a des ragots qui courent en ville, et je veux m'assurer qu'ils n'ont rien de vrai.

Les muscles de sa mâchoire semblèrent se crisper, mais Taye songea que c'était peut-être son imagination.

— Quel genre de ragots?

— Les gens disent que vous avez une liaison avec une autre femme.

Jackson se releva brusquement, appuyant les mains sur le bureau.

— C'est absurde! Je ne…

— Je l'ai entendu dire l'autre jour, et maintenant j'apprends que Cameron l'a entendu aussi.

— Quelqu'un a dit à ma femme que je la trompais ? gronda-t-il avec colère.

— Non. Elle l'a entendu dire chez la modiste il y a deux ou trois jours.

— Deux ou trois jours ? Pourquoi diable ne m'en a-t-elle pas immédiatement parlé ?

— Je ne sais pas. Probablement parce qu'elle ne l'a pas cru.

— Elle ne l'a pas cru parce que ce n'est pas vrai ! Cameron sait que je l'aime. Je ne ferais jamais rien qui mette notre mariage en danger.

— Je l'espère.

— Je vais rentrer tout de suite...

Il tendit la main vers sa veste posée sur une vieille chaise tachée de peinture verte.

— Non. Sinon elle saura que je suis venue ici et elle fera des histoires parce que je mets mon nez dans ce qui ne me regarde pas. Je voulais juste m'assurer que ce n'était pas vrai, car je lui ai affirmé que ça ne l'était pas.

Jackson laissa retomber sa veste et passa des doigts nerveux dans ses cheveux.

— Bien sûr, que ce n'est pas vrai.

Elle l'observa, voulant tellement le croire. Mais elle avait appris à connaître un peu les hommes ces dernières années et elle savait qu'ils étaient très différents des femmes dans les affaires du cœur.

— On raconte que la femme avec qui vous auriez une liaison réside au Grand Hôtel à Washington...

Il se détourna presque violemment d'elle et saisit une bouteille de scotch sur une étagère fixée au mur blanc.

— J'ai dit que je n'avais pas de liaison, Taye !

Elle hocha la tête.

— Parfait, alors !

Elle commença à enfiler ses gants.

— Je voulais juste en être sûre. Parce que si c'était le cas, si vous blessiez ma sœur de cette façon, elle n'aurait pas l'occasion de vous tuer.

Il se servit un verre et le porta à ses lèvres, croisant son regard. Elle haussa le menton d'un cran.

— Elle n'aurait pas à le faire, parce que je le ferais la première ! A tout à l'heure au dîner. Ne soyez pas en retard. Nous avons préparé un récital impromptu que vous apprécierez, j'en suis certaine.

Jackson regarda Taye franchir la porte, puis il leva son verre et vida le scotch d'un trait. Il tressaillit quand la douce morsure de l'alcool descendit dans sa gorge et lui brûla l'estomac.

— La scélérate, maugréa-t-il.

Puis il attrapa sa veste et sortit.

— Jeremy ! aboya-t-il. Faites amener mon cheval. Il faut que je prenne le prochain train pour Washington.

D'ordinaire, Jackson aurait été plus prudent, il ne serait pas entré au Grand Hôtel par la porte de devant où des grooms le saluèrent par son nom et où des sénateurs et des députés se précipitèrent pour lui serrer la main. D'ordinaire, il n'aurait pas traversé à grands pas le vestibule à colonnes grecques et monté l'escalier pour se rendre directement à la chambre de Marie. D'ordinaire, il n'était pas aussi furieux.

Il abattit son poing sur la porte.

— Ouvrez !

— Qui est-ce ? demanda Marie d'une voix douce.

— Vous le savez très bien !

La porte s'ouvrit presque aussitôt et Marie l'accueillit, dans un peignoir de soie rouge qui laissait peu de place à l'imagination. Ses pieds minces étaient nus, et sa riche chevelure d'ébène dénouée sur ses épaules.

— Jackson, très cher…, ronronna-t-elle. Si j'avais su que vous veniez…

— Par tous les diables, que faites-vous donc ?

Il entra et claqua la porte en noyer derrière lui.

— Que...

— Vous m'avez parfaitement entendu. Que faites-vous au juste ?

Mais il ne lui laissa pas le temps de répondre.

— Je vais vous le dire ! Vous avez répandu des rumeurs dans toute la ville comme quoi vous et moi avons une liaison. Des rumeurs qui ont atteint ma femme, comme vous l'espériez. Espèce de garce retorse !

— Jackson...

Elle fit une moue qui aurait pu sembler charmante en une autre occasion, sans paraître offensée le moins du monde par ses insultes.

— Je suis blessée que vous puissiez suggérer...

— Ne commencez pas avec ça, Marie !

Il empoigna son peignoir machinalement, comme on empoigne un adversaire par le revers de sa veste, mais le peignoir s'ouvrit, révélant ses seins voluptueux avec leur aréole brune et leur pointe dressée.

Elle baissa les yeux sur sa nudité, puis les leva vers lui, le regard brillant de passion.

— Jackson, murmura-t-elle.

Se rendant compte qu'il n'avait toujours pas lâché son peignoir, Jackson desserra les doigts et regarda la soie rouge glisser de sa main. L'odeur de son parfum musqué emplit ses narines, son esprit.

— Non, Marie, s'entendit-il dire.

Mais elle pressait déjà son corps presque nu contre lui.

— Juste une fois ? Une dernière fois ? demanda-t-elle dans un souffle, fermant les yeux, haussant le menton pour être embrassée. Vous m'avez tellement manqué !

Jackson la prit par les épaules et la repoussa, pas rudement, mais assez fort pour qu'elle fasse un pas afin de ne pas tomber.

— Vous m'avez aimée autrefois.

Elle ouvrit les yeux.

— Vous me l'avez dit. Pourquoi ne pouvez-vous m'aimer de nouveau, ne fût-ce qu'un moment ?

Il détourna les yeux, sentant son cœur tambouriner dans sa poitrine. Ce qu'elle disait était vrai et il ne pouvait le nier. Il l'avait aimée, jadis. Dans une vie antérieure, après avoir quitté Cameron cet été où elle avait dix-sept ans. Essayant d'oublier cette tentatrice du Sud aux cheveux de feu et aux yeux d'ambre, il avait travaillé dur pour son père. Il avait bu, joué, fréquenté des femmes. Marie était l'une d'elles, mais elle avait été spéciale dès le premier soir où il l'avait rencontrée.

A cette époque, elle était mariée à un homme âgé, déjà invalide. Leur liaison torride avait duré plus de quatre ans, et lorsque son mari mourut, il avait brièvement envisagé de l'épouser. Mais alors un autre homme avait intéressé Marie et elle avait fait un écart. Ce fut suffisant pour que Jackson se rende compte qu'il ne pourrait jamais être heureux avec elle ; sa définition de l'amour et de l'engagement ne correspondait pas à la sienne. Peu après, il était retourné à Elmwood et était tombé amoureux de la fille du sénateur David Campbell pour de bon. Puis la guerre avait commencé…

Il se força à concentrer son regard sur Marie, et il vit qu'il l'avait blessée. Sapristi, il ne voulait pas la blesser ! Il voulait seulement l'arrêter avant qu'elle ne ruine son mariage, avant qu'il ne fasse du mal à Cameron. Marie était une manipulatrice. C'était pour cela qu'elle faisait une si bonne espionne et c'était ainsi qu'elle l'avait repris dans ses filets.

— Je dois rentrer maintenant. Mais vous avez intérêt à vous taire, Marie, c'est compris ?

Elle se précipita à la porte, sans se soucier de couvrir son corps de son peignoir.

— Attendez, nous avons des affaires à discuter. J'ai reçu des informations. Nous devons aller à La Nouvelle-Orléans et parler avec un homme qui s'est entretenu avec Thompson lui-même.

— Je ne vais pas à La Nouvelle-Orléans, Marie.

Jackson posa la main sur la poignée, pressé maintenant de sortir de la chambre. Ce n'était pas qu'il était tenté par ses beaux seins ou ses délicieux tétons. Il éprouvait plutôt de la honte pour ce qu'il avait fait plus d'un an auparavant. Ce qu'il avait fait à Cameron.

— Vous devez venir, Jackson.

Elle couvrit sa main de la sienne.

— Seward compte sur nous. Je lui ai parlé ce matin. Le président Johnson compte sur *vous,* Jackson.

— J'ai dit que je devais m'en aller.

Il ouvrit brusquement la porte.

— Alors allez, dit-elle d'une voix douce. Nous parlerons à votre bal.

— Ne vous avisez pas de venir, Marie!

Il ne pouvait pas respirer. Il avait besoin d'air.

Elle rit.

— Ne soyez pas stupide. Que dirais-je au député, sinon? Et puis, vous savez, je ne le manquerais pour rien au monde, mon cher. Attendez de voir ma robe!

Jackson s'empressa de redescendre l'escalier et de traverser le vestibule; ce fut seulement lorsqu'il se retrouva devant l'hôtel, sur le trottoir pavé, qu'il inspira enfin.

L'odeur prégnante du parfum de Marie s'attardait dans ses narines.

Cameron était assise à sa coiffeuse, ôtant ses pendants d'oreilles, mais elle ne se tourna pas lorsqu'elle entendit Jackson entrer dans la chambre derrière elle. Il était plus de minuit et leurs invités à dîner venaient de partir.

— Vous êtes encore arrivé en retard ce soir.

— Je vous ai dit que j'étais désolé, Cam. Le train de Washington avait du retard.

— Je croyais que vous étiez à l'entrepôt, aujourd'hui.

Elle jeta un coup d'œil à son reflet dans le miroir doré orné de chérubins.

Il se pencha pour lui embrasser la nuque sous le chignon bouclé qu'elle avait attaché avec des rubans violets assortis à sa robe.

— Quelque chose s'est produit qui a requis ma présence…
Elle se leva, évitant de le toucher.

— Jackson, je veux vous demander quelque chose.
Il était allé à son armoire pour y ranger sa jaquette.

— Taye est une pianiste réellement douée, poursuivit-il sans paraître avoir entendu ses paroles. J'ai trouvé le récital excellent…

— J'ai dit que je voulais vous demander quelque chose, Jackson !

— Thomas, en revanche, n'est pas aussi agile au clavier qu'il semble le penser.
Il dénoua son écharpe.

— Jackson…

— Sapristi, non ! lança-t-il alors d'un ton sec, en pivotant brusquement face à elle.

Elle le dévisagea, ses mains le long du corps. Elle avait choisi pour la soirée une robe sicilienne violet foncé retombant sur une crinoline lavande. L'étoffe neuve bruissa sous ses doigts nerveux.

— Non quoi ? demanda-t-elle avec raideur. Vous n'avez pas encore entendu ma question.

— Je la connais déjà et non, je n'ai pas de liaison avec une autre femme.
Il arracha son écharpe et la jeta sur le sol.

— Comment savez-vous…
Elle s'arrêta, avant de reprendre :

— Est-ce que Taye…

— Cela n'a pas d'importance, Cam.
Il déboutonna sa chemise blanche avec des doigts fébriles.

— Ce qui compte, c'est que vous ne devriez pas écouter ce que de vieilles rombières desséchées disent dans des boutiques de modistes !
Il ôta la chemise, et la laissa tomber sur le parquet à côté de son écharpe.

— Vous ne devriez pas écouter de méchants ragots. Ce que vous devriez faire à la place, c'est interroger votre mari.

Elle eut un geste irrité.

— Voilà, vous recommencez !

— Je recommence quoi ?

— A me dire ce que je devrais et ne devrais pas faire ! Je ne suis pas un de vos soldats, Jackson. Vous ne me contrôlerez pas !

— De quoi parlez-vous ? Vous m'avez demandé si j'avais une liaison. Je vous réponds que je n'en ai pas. Comment aurais-je du temps pour une liaison ? J'ai à peine le temps de m'essuyer le…

Il poussa un grognement agacé et se détourna d'elle.

Cameron resta debout à le fixer, bouillonnante de colère.

Jackson se tint un moment face à la porte, muet, puis se retourna vers elle.

— Je pense que nous devrions reparler de ceci demain.

— Je ne veux pas en parler demain. Je veux en parler ce soir. Maintenant ! Je ne peux pas vivre de cette façon, Jackson. Vous ne pouvez pas revenir au bout de quatre ans et vouloir prendre ma vie en main.

— Cam, nous devrions *vraiment* en reparler quand nous aurons eu tous les deux une bonne nuit de sommeil.

Il alla au lit et commença à rabattre les draps damassés.

— Je ne pense pas…, dit-elle doucement.

— Je sais que vous ne le pensez pas, mais…

— Ce que je veux dire, le coupa-t-elle, c'est que je ne pense pas que vous allez dormir ici ce soir.

— Quoi ?

— Vous m'avez bien entendue.

Elle ouvrit la porte et appela la servante qui attendait dans le couloir. Elle ne referma pas en revenant dans la chambre.

— Vous allez dormir ailleurs, Jackson. Je vais dire à Addy de vous préparer une chambre au bout du couloir.

— Mais je ne veux pas dormir au bout du couloir !

— Vous voulez ci ! Vous ne voulez pas ça ! Vous voulez me commander ! Vous voulez que j'ignore les ragots vous concernant… *Me* concernant… Eh bien, moi, ce n'est pas ce que je veux ! Si vous ne voulez pas faire les choses à ma façon, allez dormir ailleurs. Je ne vous veux pas dans mon lit jusqu'à… jusqu'à ce que ceci ait été réglé entre nous.

Elle croisa les bras sur sa poitrine.

— Cameron…

Il commença à parler, puis se ravisa.

— Très bien ! dit-il d'un ton coupant.

Il attrapa ses habits, ses bottes et son pistolet dans son étui, puis sortit de la chambre sans un regard pour elle.

Cameron le suivit des yeux. Elle refusait de pleurer, refusait de s'abandonner au froid désespoir qui menaçait de la suffoquer… De noyer tout ce qui lui était le plus cher.

8

— Bonté divine, Taye, tu ne peux pas le serrer un peu plus ? grogna Cameron, s'appuyant au large cadre peint de la fenêtre de sa chambre.

Elle était en train de se préparer pour le bal que Jackson et elle donnaient en l'honneur des officiers victorieux de l'Union et leurs épouses. Un bal qui ne pouvait arriver à un pire moment, compte tenu des derniers événements. Cela faisait maintenant trois soirs qu'elle avait chassé Jackson de sa chambre, et ils s'étaient à peine parlé depuis. Jackson partait de bonne heure, Dieu sait où, et rentrait tard. Cameron savait qu'ils ne pourraient continuer ainsi indéfiniment, mais elle estimait que c'était à lui de venir à elle, et de s'excuser de sa conduite. Alors seulement, elle serait prête à parler.

Mais ce ne serait pas ce soir, car des voitures commençaient déjà à arriver et elle serait bientôt attendue en bas pour se tenir au côté de son époux, sourire à ses invités, distribuer des salutations et faire comme si rien n'allait de travers.

— Cameron, tu es encore mince comme un piquet, déclara Taye en attachant le corset de sa sœur. Si je le serre davantage, tes entrailles vont sortir — et ce ne sera pas un joli spectacle sur le parquet de la salle de bal, crois-moi !

Cameron fut forcée de rire à cette image. Elle leva les bras en signe de reddition au-dessus de ses couches de jupons et de sa crinoline en forme de cloche.

— Tu as gagné, je capitule. C'est vrai que je suis mariée. Quelle importance, à présent, si je suis aussi large qu'une grange ?

Taye prit sur le lit sa robe de bal et la lui apporta. C'était exactement comme au temps d'Elmwood, quand leur père donnait les plus belles soirées du Mississippi. Cameron avait adoré danser, dîner, voir et être vue dans ces bals, mais elle s'avisait à présent que la moitié du plaisir avait résidé dans les préparatifs de ces grands événements, en compagnie de Taye.

— Tu es ridicule, la réprimanda Taye.

Elle souleva avec soin la robe en satin broché vert feuille, ornée de ruchés de dentelle sur le devant, et l'enfila sur la tête de Cameron.

Celle-ci garda les bras en l'air et laissa sa sœur arranger la ravissante robe neuve sur ses jupons. Lorsque ce fut fait, Taye tourna autour d'elle, faisant bouffer le satin, tandis qu'elle-même tirait sur les petites manches ballon.

— Tu es toujours aussi mince qu'à dix-huit ans. Tu es toujours la plus belle n'importe où et ton mari t'adore.

— Il m'adore comme une garniture de cheminée! Comme une chose à habiller et à exhiber quand ses amis viennent en ville, puis à renvoyer dans sa chambre quand la soirée est terminée. S'il m'adorait, crois-tu qu'il supporterait de dormir au bout du couloir? S'il m'adorait, tu ne penses pas qu'il *discuterait* au moins avec moi de notre retour dans le Mississippi?

Taye vint se placer devant elle pour ajuster le corsage décolleté de la robe qui laissait ses épaules nues.

— Je sais que tu n'as pas envie d'entendre ça, Cameron, mais peut-être que pour une fois ton mari sait ce qu'il vaut mieux pour toi. Thomas dit que la ville de Jackson a été gravement endommagée par la guerre. Que beaucoup des maisons de planteurs ont été incendiées et rasées. Le sol est resté en friche si longtemps qu'il pousse des prairies à la place des champs.

Elle leva ses cils sombres pour rencontrer le regard de sa sœur.

— Je ne suis pas sûre qu'il reste un endroit où tu pourrais revenir…

— Alors tu prends son parti?

À l'instant où les mots sortirent de sa bouche, elle eut envie de les rattraper. Elle ne voulait pas se disputer avec Taye, pas alors que Jackson et elle ne s'entendaient pas.

— Excuse-moi... Je suppose que je suis encore un peu irritée contre toi parce que tu es allée à son bureau pour lui parler de ces ragots.

— Je ne prends pas du tout son parti, Cam...

Taye avait parlé avec calme, devinant que même si Jackson avait admis devant sa femme qu'elle était venue le voir, il ne lui avait pas divulgué tout ce qu'ils s'étaient dit.

— Je te rapporte juste ce que Thomas m'a appris, poursuivit-elle. Il est allé dans le Sud pour voir ce qui reste du cabinet juridique de son père. Il dit que les bureaux ont grand besoin d'être réparés. Que des vagabonds s'y étaient installés et qu'il faudra beaucoup de travail avant qu'il puisse le rouvrir.

— Alors c'est là que vous avez l'intention d'aller, après votre mariage? *Chez nous?* demanda Cameron, et sa voix se brisa sur ces derniers mots.

— Je ne sais pas encore où nous irons, répondit gentiment Taye.

Puis son ton s'allégea.

— Il est bien trop tôt pour en parler. C'est totalement inadéquat. Nous ne sommes même pas encore fiancés officiellement! Nous devons d'abord annoncer nos fiançailles.

— Eh bien, dès que cette affaire sera réglée, nous les rendrons officielles.

Cameron prit la main de Taye et la pressa entre les siennes.

— Et je donnerai pour toi le plus grand bal de fiançailles que Baltimore ait jamais vu!

Le visage de Taye s'illumina.

— C'est ce dont j'ai toujours rêvé!

— C'est pourquoi tu l'auras, je te le promets...

Cameron alla au miroir en pied pour se regarder et tendit le bras pour attirer Taye à côté d'elle. La jeune femme avait choisi une charmante robe bleue et jaune très décolletée, avec des petites manches bouffantes en tulle.

Elles n'avaient pas du tout l'air d'être sœurs. Cameron

faisait une demi-paume de plus que Taye et était pourvue de plus de courbes féminines. Ses cheveux étaient d'un roux cuivré — héritage écossais de sa grand-mère paternelle — et ses yeux étaient ambrés. Taye avait des boucles d'un noir de jais et de ravissants yeux bleu pâle, très inhabituels chez une mulâtresse. Sa peau était couleur de miel et son teint parfait. Elle avait le nez de leur père.

— Nous devrions descendre maintenant, suggéra Taye.

Leurs regards se rencontrèrent dans le miroir.

— Je suis contente que tu sois là, dit Cameron à mi-voix.

Elle avait du mal à exprimer ses sentiments quelquefois, mais elle voulait que Taye sache combien elle tenait à elle.

— Je voudrais que nous ne soyons plus jamais séparées.

Taye rit et l'embrassa, puis passa ses doigts sur sa joue pour s'assurer qu'elle n'y avait pas laissé de traces de rouge à lèvres.

— Tu es si sérieuse, ce soir, trop sérieuse pour un bal… Allons-y, Cam. Je veux danser et boire du champagne !

Cameron se tourna vers elle, déridée par son rire contagieux.

— Est-ce bien là la fille que j'ai dû forcer à mettre une de mes robes de bal et à descendre dans le salon pour *regarder* danser les autres, il y a seulement quelques années ?

Les yeux bleus de Taye brillèrent de tendres souvenirs.

— Et puis ton séduisant Jackson m'a invitée pour une danse…

— Et tu as choqué tout le monde dans le comté ! Tu t'en souviens ? Grant vous a foncé dessus et a accusé Jackson de danser avec l'une de ses domestiques.

Le regard de Taye s'assombrit à la mention de Grant, et Cameron lui toucha le bras.

— Désolée, Taye… Je n'aurais pas dû parler de lui. Ce soir est censé être une soirée heureuse.

Taye la regarda dans les yeux.

— Il faudra pourtant que nous parlions de lui, un jour. De ce qui est arrivé à Elmwood cette nuit-là, dit-elle doucement.

— Une autre fois, murmura Cameron.

— Oui, acquiesça Taye tandis que Cameron lui offrait sa main pour sortir de la chambre. Une autre fois...

Se donnant le bras, elles descendirent gracieusement le grand escalier pour accueillir les invités qui arrivaient.

Chaque pièce de la maison était pleine d'hommes en beaux uniformes bleus d'officiers et de dames dans leurs plus belles robes de bal. La guerre était finie et l'on n'avait plus besoin d'économiser ou de porter une toilette de l'année précédente. Les couleurs des étoffes paraissaient encore plus vives qu'avant la guerre : bleues, jaunes, vertes, pêche. Les femmes ressemblaient à de superbes bouquets de fleurs printanières s'épanouissant au milieu des urnes grecques, des lustres étincelants et des piliers de marbre. Les couloirs et les salons retentissaient de rires gais, de vantardises des hommes à propos de faits de guerre et de quelques larmes versées.

Et de musique... Cameron avait été très contrariée de constater que Jackson avait engagé des musiciens sans la consulter, mais elle devait reconnaître qu'il avait choisi les meilleurs de Baltimore. On entendait dans chaque pièce les accords suaves des violons et l'écho du piano à queue de la salle de bal. Dans un endroit retiré, une jeune femme, vêtue d'une tunique blanche à la grecque assortie à celle des nymphes qui batifolaient sur le très coûteux papier peint italien peint à la main, jouait de la harpe.

Cameron et Taye se séparèrent dans le vestibule, et Cameron alla de pièce en pièce, saluant ce qui semblait être toute la haute société de Baltimore et de Washington. Elle sourit aux invités de son mari, rit de leurs plaisanteries, commanda sans cesse plus de champagne et de canapés, en essayant de ne pas penser à ses propres soucis. La guerre avait été longue et coûteuse, et la haute société de Baltimore était avide de prendre une grande bouffée d'air frais et de profiter des meilleures choses que la vie avait à offrir. Et ce soir, c'était le capitaine Jackson Logan qui les leur fournissait.

Une heure après être descendue, Cameron aperçut Jackson en traversant l'un des salons. Il était élégamment vêtu d'une jaquette bleu foncé, d'un pantalon ajusté et d'une chemise et d'une écharpe amidonnées. Ses cheveux étaient attachés en arrière avec l'un de ses propres rubans de satin bleu marine. C'était si typiquement du Jackson, qu'elle eut envie de rire ! Quel homme en effet oserait porter en public un ruban de femme dans les cheveux, à part le capitaine Logan ?

Etait-ce pour lui une manière discrète et codée d'agiter le drapeau blanc ?

Il se tenait près d'une fenêtre avec un groupe de gentlemen, dont un parlait avec ardeur. Au milieu des hommes en uniforme, il ressortait comme un faucon majestueux parmi des pigeons. Tandis qu'elle traversait la pièce d'un pas glissant, elle sentit son regard posé sur elle. Un regard affamé. C'était la première fois qu'il la regardait ainsi depuis des jours.

Elle eut alors l'impression d'être nue au milieu du salon… Ce qui l'excita et l'irrita à la fois. Elle était excitée d'éprouver toujours une telle passion pour son mari, mais irritée parce que cela signifiait qu'il exerçait sur elle un contrôle qu'elle n'avait pas envie de reconnaître.

Elle lui avait dit qu'elle ne dormirait pas avec lui jusqu'à ce que leur différend soit réglé, mais elle n'avait pas mesuré à quel point elle se punirait elle-même… ni combien d'heures elle passerait éveillée, l'oreille aux aguets, espérant entendre le bruit de ses pas dans le couloir ou le grincement de la porte de sa chambre. Et elle aurait pu jurer que sa faim de lui avait augmenté depuis qu'elle avait découvert qu'elle était enceinte.

Elle leva les yeux et, malgré elle, lui décocha un sourire suggestif. Elle ne se souciait pas que ce soit totalement inconvenant en public ; en cet instant, c'était comme s'ils étaient seuls dans la pièce. Et puis, ils étaient chez eux et mariés, non ? Est-ce qu'une femme n'avait pas le droit de flirter avec son mari ? En particulier quand toutes les femmes présentes dans la maison semblaient penser qu'elles pouvaient lui jeter des œillades aguicheuses ?

Jackson fit un pas comme pour venir lui parler, et son cœur bondit dans sa poitrine. Il lui manquait tant, dans son lit! Imaginer qu'il venait la retrouver après le bal, ou imaginer qu'ils pourraient s'éclipser au milieu de leurs invités pour être ensemble fit que la pointe de ses seins se durcit et que les parties les plus intimes de son corps devinrent chaudes et moites.

Puis la réalité la submergea de nouveau, telle une pluie froide, et sa résolution se renforça tandis qu'elle quittait gracieusement la pièce. Elle n'allait pas lui rendre les choses faciles! Sûrement pas! S'il la voulait, il devrait d'abord s'excuser.

Jackson s'arrêta net lorsqu'il vit Cameron se hâter de sortir du salon pour l'éviter. Il avait envie de la suivre, de l'entraîner dans un coin tranquille de la maison pour parler avec elle et essayer d'aplanir leurs différends, mais elle rendait cela tellement dur!

— Vous voilà, Jackson…

Avant même de se retourner, il sut qui l'interpellait. Cette voix suave, ce parfum…

— Marie, dit-il doucement en lui faisant face.

— Surprise!

Elle leva les mains.

— Que pensez-vous de ma nouvelle robe? Cette mode fait fureur en Europe.

Elle avait l'air d'une déesse grecque dans une toilette blanche de style Empire, avec des mètres de soie plissée qui tombaient de sous sa poitrine en un nuage sensuel et vaporeux. Elle était si remarquable qu'on aurait dit une des statues de marbre de la maison qui aurait pris vie.

Jackson fronça les sourcils, contrarié au plus haut point.

— Je vous avais demandé de ne pas venir, fit-il à mi-voix.

Elle eut un sourire majestueux.

— Je ne pouvais pas annoncer au député que je ne venais pas avec lui, n'est-ce pas? En outre, j'ai des informations supplémentaires : nous partons demain pour La Nouvelle-Orléans.

Jackson s'approcha d'une table sur laquelle tout un assortiment d'alcools était proposé aux gentlemen. Il négligea le cognac pour du scotch. Si quelqu'un désignait Marie comme sa supposée rivale à Cameron, les deux femmes étaient capables de se battre comme des chattes au milieu de la salle de bal. Il fallait qu'il fasse sortir Marie avant que trop de gens ne la voient.

— Vous devez quitter ma maison sur-le-champ. Si c'est absolument nécessaire, je peux vous rencontrer demain matin.

— Partir ? Mais que dirai-je au député ?

Il garda le dos tourné, rigide.

— Je me moque de ce que vous lui direz !

— Mon Dieu, mon Dieu… Nous sommes bien nerveux, ce soir… Mon coiffeur, qui est venu me coiffer cet après-midi, a laissé entendre que le capitaine Logan n'est plus le bienvenu dans la chambre de sa femme. J'ai pris cela pour des ragots, bien entendu, mais je vois à présent qu'il y a du vrai…

— Marie ! coupa Jackson d'un ton vif, en lui faisant de nouveau face.

— Vous êtes sérieux… Vous voulez vraiment que je m'en aille…

Il acquiesça.

Elle le dévisagea. Elle était si ravissante qu'elle pouvait couper le souffle à un homme. Et certainement lui ôter la faculté de raisonner.

— Très bien, murmura-t-elle en levant sa main gantée pour lui caresser la joue. Mais il faut que nous parlions au plus tôt. Envoyez-moi un message demain matin. Je vous retrouverai où vous voudrez.

Jackson acquiesça de nouveau d'un hochement de tête, et vida son verre, tandis qu'elle pivotait et sortait de la pièce.

Cameron se dirigeait vers la cuisine, lorsqu'elle aperçut Jackson du coin de l'œil, en grande conversation avec une femme qui lui souriait d'un air aguicheur. Elle ralentit le pas, juste à temps pour voir la femme lui caresser la joue de sa main gantée. Qui était-elle ? Forcément l'épouse ou la fille d'un de leurs nombreux hôtes. Mais comment osait-elle flirter si ouvertement avec Jackson alors que son épouse était présente dans la maison ? Et comment osait-il, *lui* !

Une bouffée de colère la transperça.

Elle entendit quelqu'un l'appeler d'une manière frénétique, et se tourna, découvrant une matrone qui agitait son éventail de dentelle, essayant d'attirer son attention.

Cameron la reconnut vaguement, mais ne put mettre un nom sur son visage. Puis, soudain, tout lui revint. Elmwood, lors d'un bal… Cette femme, veuve, avait tourné autour du sénateur Campbell comme une ourse autour du miel pendant des mois.

— Madame Fitzhugh !

Elle marcha vers la petite femme replète et l'enlaça, sincèrement ravie de trouver en elle un lien, même ténu, avec son cher Elmwood.

— C'est si bon de vous voir !

Elle s'écarta pour regarder le visage rond de son invitée.

— La dernière fois que je vous ai vue, c'est au bal d'adieu de papa, la nuit où le fort Sumter a été attaqué. Que faites-vous ici ?

— Eh bien, je me suis remariée. Mon époux, M. Martin, travaille au ministère de la Guerre. Un poste très important.

Elle baissa ses cils et ajouta d'un air plein de mystère :

— Bien sûr, je ne suis pas libre de dire ce qu'il fait.

— Ainsi, vous êtes Mme Martin, maintenant, dit aimablement Cameron en fixant ses sourcils sombres et très arqués. Depuis combien de temps êtes-vous à Washington ?

— Pas depuis longtemps.

Le visage à la mâchoire molle de Mme Martin rosit de fierté.

— Nous venons juste de nous installer, pas loin de la Maison Blanche.

Cameron prit sa main recouverte d'une mitaine en dentelle.

— Et quand avez-vous été à Jackson pour la dernière fois ?

— Eh bien, il y a quelques mois seulement. Mon père est mort et j'avais des affaires à régler là-bas.

— Oh… J'en suis désolée. Est-ce que… Est-ce que vous êtes passée par Elmwood, par hasard ?

Elle ignorait pourquoi elle posait cette question. Elle ignorait ce qu'elle escomptait entendre, et pourquoi elle souhaitait avoir le témoignage direct de quelqu'un sur les ruines incendiées de sa maison, mais elle ne put s'en empêcher.

— Il se trouve que oui.

Mme Martin agita son éventail en ivoire, excitée par l'attention qu'elle recevait de la maîtresse de maison.

— Quelques vitres cassées et l'herbe haute, bien sûr, mais la maison m'a paru en assez bon état, considérant…

Elle pressa son éventail sur sa poitrine.

— Considérant ce que nous avons traversé…

— Pardonnez-moi. Vous devez vous tromper, parvint à dire Cameron, le cœur battant beaucoup plus vite. Elmwood a été incendié durant l'été 1861. J'ai moi-même vu la fumée, senti l'odeur de bois brûlé alors que nous nous enfuyions pour sauver notre vie.

— Non, non, j'en suis tout à fait certaine, chère madame Logan… Elmwood est toujours debout. La plupart des dépendances ont disparu, en effet, rasées par le feu, comme vous dites. Vos belles écuries n'existent plus. Mais la maison est toujours là, je vous assure.

Cameron en eut le tournis, et durant un instant elle craignit de s'évanouir.

— Allez-vous bien, ma chère ?

Mme Martin lui prit la main.

— Dois-je appeler une domestique ? Avez-vous besoin de vous allonger ?

Cameron prit une grande inspiration, puis une autre, étourdie par ce qu'elle venait d'apprendre.

Elmwood était toujours debout ? Pourquoi Jackson ne le lui avait-il pas dit ? Il était là, le jour où elles avaient fui la plantation, Taye, elle-même et un groupe de jeunes esclaves.

Il avait vu, lui aussi, les soldats entrer sur la plantation et la fumée. Ils s'étaient cachés toute une journée dans le moulin en ruine, cachés des soldats sudistes qui brûlaient tout ce qu'ils ne pouvaient pas utiliser pour empêcher les nordistes de s'en servir.

Et Jackson était allé à Elmwood pendant la guerre! Il lui avait rapporté ce fameux portrait de Grant, Taye et elle, peint quand ils étaient petits, en lui disant qu'il ne savait pas comment le tableau avait pu survivre à l'incendie.

Le scélérat! Il ne voulait pas qu'elle sache que sa maison existait toujours. Il ne voulait pas qu'elle rentre chez elle, à Elmwood.

— Si vous voulez bien m'excuser, madame Martin. Le devoir m'appelle.

La petite femme lui fit une révérence, et Cameron s'empressa de retourner où elle avait vu Jackson pour la dernière fois.

Taye se glissa dans le couloir, réprimant des larmes de frustration. Thomas et elle avaient partagé une flûte de champagne, ils avaient dansé ensemble plusieurs valses, mais il n'avait fait aucune tentative pour être seul avec elle, ou même pour lui parler en privé. Il ne semblait pas vouloir la connaître mieux, et quand elle essayait d'aborder avec lui le sujet, il ne comprenait pas ce qu'elle voulait dire. Il réagissait en homme blessé qu'elle puisse juger qu'il la négligeait en public. Mais ce n'était pas cela du tout; il se comportait en parfait gentleman. Mais Taye voulait de l'intimité. Elle voulait de la passion. Etait-ce trop demander, alors qu'ils n'étaient pas encore mariés?

Elle longea le couloir à grands pas pressés dans un bruissement de soie jaune et bleue. Grâce à l'argent que son père lui avait laissé sous forme d'un sac d'émeraudes, elle était maintenant une femme riche. Et comme elle avait judicieusement investi cet argent, elle était indépendante; elle n'était pas obligée de se marier. Mais elle souhaitait le faire. Elle souhaitait avoir des enfants. Elle désirait une vie passionnée avec l'homme qu'elle aimait, une vie comme celle que Cameron avait. Etait-ce donc trop demander ?

Arrivée au bout du couloir, elle sortit par une porte latérale et suivit une allée pavée qui contournait la maison pour aller dans le jardin. Dès qu'elle fut dehors, elle serra ses bras autour d'elle, surprise par la fraîcheur de cette soirée de juin.

Elle s'arrêta un instant pour regarder la maison imposante et songea à faire demi-tour pour aller se chercher un châle. Mais alors qu'elle contemplait les lumières qui brillaient à chaque fenêtre, qu'elle écoutait le bruit des voix et la musique des violons, elle sut qu'elle ne pouvait pas retourner à l'intérieur.

Pas maintenant.

Elle allait marcher un peu, prendre l'air, puis elle rentrerait rejoindre Thomas et essayer d'être la femme qu'il souhaitait qu'elle soit.

Le grand jardin à l'anglaise, avec ses allées tortueuses, ses bancs dissimulés et ses pergolas recouvertes de plantes grimpantes, était splendide de jour mais un peu effrayant de nuit.

Un quartier de lune brillait bas dans le ciel, et quand Taye leva les yeux elle vit les points lumineux de milliers d'étoiles. Contemplant le firmament, elle suivit un sentier qui conduisait à la fontaine avec l'ange de pierre, l'un de ses endroits favoris.

Alors qu'elle tournait au coin d'une haie de buis, elle heurta quelque chose de solide et de chaud. C'était un homme vêtu d'une redingote et d'un pantalon noirs, qui la regarda sans parler. Un bel homme…

— Oh ! Je suis désolée, dit-elle, troublée.

Elle fit un pas en arrière, éprouvant un frisson de peur, et pivota pour s'en aller, mais elle sentit alors sa main chaude sur son bras nu.

— Ne partez pas si vite.

Sa voix était chaude et fluide. Il avait un accent étranger dont elle ne put identifier l'origine.

— Je ne vous veux pas de mal.

— Vous êtes ici pour le bal ? demanda-t-elle d'une voix altérée.

Tous ses instincts la poussaient à partir en courant.

— Je ne suis pas amateur de si grandes soirées, déclara-t-il en laissant lentement retomber sa main.

Il avait des yeux noirs en amande, des cheveux noirs coiffés en arrière qui lui tombaient dans le dos et un long nez busqué. Sa peau avait à peu près la couleur de la sienne, mais elle sut tout de suite qu'il n'était pas mulâtre. Européen, peut-être ? Oui, probablement. Il devait être natif d'un pays méditerranéen, ce qui expliquerait son teint bistré. Pourtant, son accent n'était pas italien, ni grec.

— Je… je suis sortie prendre l'air, balbutia-t-elle, essayant de se ressaisir. Je suis Taye Campbell.

Elle ne lui tendit pas la main, préférant garder les doigts serrés sur sa taille pour cacher leur tremblement.

— Je sais qui vous êtes.

Il y avait quelque chose dans le timbre grave de sa voix qui la captivait.

— Vraiment ? Avons-nous été présentés ? Pardonnez-moi, dit-elle, j'ai rencontré tant de personnes ce soir… Le capitaine Logan a de nombreux amis.

— Nous n'avons pas été présentés. Mais je vous ai observée toute la soirée.

— Vous m'avez observée ?

— Vous êtes très différente de votre sœur.

Taye sentit ses joues s'échauffer.

— Nous avions le même père, mais pas la même mère, expliqua-t-elle avec raideur.

— Ce n'est pas ce que je voulais dire.

L'homme se trouvait trop près d'elle pour que ce soit convenable. Elle pouvait sentir l'odeur de ses cheveux, de sa peau. Il portait un parfum frais, évoquant les bois.

— Je… je dois y aller, maintenant.

— Non.

Il l'enlaça d'un bras, l'attirant contre lui.

Taye ouvrit la bouche pour crier, mais le mystérieux inconnu la couvrit de la sienne.

9

Taye voulut repousser l'inconnu, mais il était trop fort pour elle. Sa bouche était dure et brûlante sur ses lèvres, et elle ne pouvait plus ni bouger ni respirer. Sa chaleur et son odeur virile l'enveloppaient.

Contre son gré, ses lèvres s'entrouvrirent.

Il l'attira alors encore plus près, l'enlaçant de ses bras. Sa langue pénétra dans sa bouche, chaude, mouillée, avec un goût de bon cognac.

L'esprit de Taye criait « non », mais une partie de son corps disait « oui ». Sa bouche s'amollit... Elle n'avait jamais rien éprouvé d'aussi stupéfiant. Sa chair réagissait d'une manière totalement inédite.

Il finit par la lâcher et elle recula brusquement, puis lui envoya une gifle magistrale.

— Vous devriez avoir honte de vous ! Je suis fiancée, monsieur !

Un sourire joua sur les lèvres sensuelles de l'homme.

— Vraiment ? Pourtant, vous n'embrassez pas comme une femme fiancée à un autre homme.

Taye releva l'ourlet de ses jupes, pivota et se mit à courir dans la direction d'où elle était venue avant que l'homme ne décide de l'attirer à lui de nouveau.

Grâce au ciel, elle réussit à sortir du jardin. Elle franchit en courant la porte de derrière, traversa la cuisine et monta l'escalier de service, n'ayant pas l'intention de s'arrêter avant d'avoir atteint le sanctuaire de sa chambre.

Comment cet homme, ce butor, avait-il osé l'embrasser ? Il

ne s'était même pas présenté! Elle ne connaissait même pas son nom!

Inconsciemment, elle passa le bout de ses doigts sur ses lèvres encore gonflées de ce baiser, tandis que des vagues de chaleur la submergeaient. Elle déglutit, la gorge serrée, et s'efforça d'ignorer son odeur persistante qui s'accrochait à sa robe et à sa peau.

Elle était doublement choquée. D'abord que cet homme ait osé l'embrasser, ensuite par sa propre conduite. Une partie d'elle avait pris plaisir à cette ivresse ; une partie d'elle avait apprécié l'intensité de ce baiser.

Elle longea le couloir qui menait à sa chambre et claqua la porte derrière elle, encore toute tremblante. Ici, elle serait à l'abri de cet homme détestable, mais serait-elle à l'abri d'elle-même ?

Cameron trouva Jackson entouré d'un groupe d'officiers. Où était passée cette superbe femme en robe blanche ? Elle pénétra dans le cercle sans même un « pardonnez-moi » et haussa le menton pour croiser le regard charmeur de son mari.

— Puis-je vous parler en privé, capitaine Logan ? demanda-t-elle d'un ton glacé.

— Eh bien, certainement, madame. Messieurs, si vous voulez bien nous excuser ?

Jackson lui sourit en lui offrant son bras et l'escorta hors de la pièce. Elle l'entraîna le long du couloir.

— Est-ce qu'ici ne convient pas ? demanda-t-il alors qu'ils dépassaient un domestique portant un plateau de champagne sur son épaule.

— Je ne pense pas. Je veux aller quelque part où je pourrai crier.

— Cameron, le général Grant est attendu d'un instant à l'autre…

— Ce que j'ai à vous dire ne peut pas attendre, le coupa-t-elle, les dents serrées, en stoppant devant une porte qui donnait sur la cour de derrière et en l'ouvrant.

— Il fait frais, dehors, dit-il tandis qu'ils s'éloignaient de la maison. Je vais aller vous chercher quelque chose pour couvrir vos épaules...

— Je ne veux pas d'un châle !

— Cameron...

Elle pivota brusquement. La cour était éclairée par une douzaine de torches et pleine de voitures et de chevaux. Il n'y avait personne, cependant, à part les valets qui se tenaient près des portes de l'écurie.

Elle croisa le regard de Jackson et le soutint, l'air farouche.

— Elmwood est encore debout ! dit-elle à voix basse, contenant mal son envie de crier.

— Quoi ?

Il battit des cils comme s'il s'était attendu à ce qu'elle lui parle d'autre chose.

— Mme Martin, autrefois Mme Fitzhugh... Vous vous souvenez d'elle, sans doute ? Elle faisait toujours les yeux doux à mon père ? Elle assistait au dernier bal d'Elmwood, le soir où le Sud a attaqué le fort Sumter.

— Vous m'avez fait venir ici pour me dire qui est à présent Mme Fitzhugh ?

— Qui elle est n'a pas d'importance, Jackson. Ce qui compte, c'est qu'elle est passée par Elmwood voilà quelques semaines à peine.

Sa voix se coinça dans sa gorge.

— Et elle me dit que la maison existe toujours. Qu'elle n'a pas du tout été rasée par le feu... Seuls les communs ont brûlé.

— Cam...

Jackson tendit la main pour lui prendre le bras. Elle esquiva, reculant comme s'il l'avait brûlée. Ses yeux s'emplirent de larmes et elle essaya de les chasser d'un revers de main.

— Vous m'avez menti, Jackson ! J'ai été trahie ! Trahie par la personne que j'aime le plus au monde. D'abord il y a eu... ces ragots cette semaine, et maintenant ceci ! Comment avez-vous pu ? Vous savez pourtant ce qu'Elmwood signifiait... signifie encore pour moi.

Il fronça les sourcils, baissa les yeux sur ses bottes brillantes, puis la regarda de nouveau.

— Qu'a dit exactement Mme Fitzhugh ?

— Mme Martin, corrigea-t-elle.

— Peu importe comment elle s'appelle !

— Elle a dit qu'Elmwood est encore debout. Qu'y a-t-il de plus à dire ?

— Vous a-t-elle dit aussi que la cuisine, à l'arrière de la maison, a disparu ? Que beaucoup de fenêtres sont cassées ?

Il fit un pas vers elle, devenant plus dur à chaque mot qu'il prononçait.

— Vous a-t-elle dit que des soldats se sont abrités dans le cabinet de travail de votre père et qu'ils ont brûlé ses livres rares et ses meubles anciens pour se chauffer ? Que des chevaux étaient parqués dans le grand salon ? Et les pigeons qui nichent dans les chambres du haut, les chauves-souris dans les cheminées ? A-t-elle mentionné cela aussi dans son *rapport* ?

— Il ne s'agit pas de Mme Martin ! Il s'agit de vous. Elle pointa un doigt accusateur sur lui.

— Vous m'avez menti !

— Je ne vous ai pas menti. La maison est en si mauvais état, Cameron ! Qu'elle n'ait pas brûlé ne change rien… Vous ne pouvez pas rentrer chez vous.

Cameron sentit sa lèvre inférieure se mettre à trembler. Elle se moquait de la cuisine, des fenêtres, des pigeons et même des livres de son père. Tout ce qui importait pour elle, c'était qu'Elmwood existait toujours. La maison était debout, et elle *pouvait* y retourner. Retourner aux souvenirs de son père. Et nul ne pourrait l'en empêcher.

Jackson détourna les yeux, le corps raide, les mâchoires contractées par la colère.

— Ce n'est ni le moment ni l'endroit de parler…

— Quand est-ce que ce sera le moment, alors ?

— Pas maintenant.

Un frisson la secoua. N'avait-elle pas dit quasiment la même chose, un peu plus tôt, quand Taye avait voulu parler de ce qui s'était passé la nuit où Grant était mort ? Pendant un instant, elle eut presque le tournis.

— Pas pendant que nous recevons des invités, acheva Jackson, la ramenant brusquement au présent.

Elle ouvrit la bouche pour parler, puis la referma. Elle ne ferait pas de nouveau son jeu. Elle avait essayé durant des semaines d'amener Jackson à parler d'Elmwood avec elle, au moins de bien vouloir considérer l'idée de retourner là-bas. S'il n'avait pas voulu le faire, qu'est-ce qui lui faisait penser qu'il changerait d'avis maintenant ?

— Très bien, dit-elle platement.

— Cameron, ne réagissez pas ainsi…

De petites rides se formèrent autour de ses yeux et de sa bouche.

— Ecoutez-moi… Je n'ai pas fait ça pour vous blesser. Vous devez le croire. Ma seule intention était de vous protéger.

Elle refusa de rencontrer son regard.

— Vous n'avez aucune idée de ce à quoi ressemble le Sud. La désolation dépasse l'imagination. La typhoïde. Le choléra. La tuberculose. Ce n'est pas une atmosphère saine pour une femme dans votre état.

— Je ne suis pas une fleur fragile, Jackson. Je suis forte. Notre bébé est fort.

— Vous n'êtes pas immunisée contre les maladies. Le Mississippi n'est plus l'endroit que vous avez connu. Les gens ne sont plus ceux que…

— Il est clair que vous pensez savoir, une fois encore, ce qui est le mieux pour moi. Que vous me croyez incapable d'avoir un avis raisonnable concernant ma propre vie… notre vie.

— Bon sang, Cam ! Ce n'est pas ça du tout !

— Non ?

Elle haussa les épaules.

— Je vais retourner à mes devoirs d'hôtesse. De cela au moins je suis capable de m'acquitter, même avec mon intelligence limitée. Si vous voulez bien m'excuser…

Soudain, elle eut froid et fut secouée de frissons. Elle passa brusquement devant lui, releva ses jupes et se hâta vers la porte qui donnait dans la maison, déterminée à ne pas lui montrer à quel point il l'avait blessée.

— Cameron…

Au lieu de rejoindre ses invités, elle monta en courant l'escalier de service et se retira dans sa chambre.

— Maudite soit cette guêpe de Mme Fitzhugh! fulmina Jackson, envisageant un instant de suivre sa femme.

Mais il savait qu'il ne pourrait pas lui parler maintenant. Pas ce soir. Il devait attendre qu'elle se calme, qu'elle soit capable d'entendre raison.

Tout en jetant un coup d'œil à la porte qui s'était refermée en claquant sur Cameron, il glissa une main dans sa jaquette et en sortit un cigare français. Sapristi, il semblait bien qu'il avait tout gâché!

Qu'est-ce qui lui avait permis de penser qu'il serait capable de tenir son nouveau rôle? D'être un mari? Un père? Qu'est-ce qui lui avait laissé croire qu'il pourrait réussir d'un côté comme de l'autre? Avait-il été un tel benêt, aveuglé par l'amour?

Et cette belle femme gâtée au tempérament vif qu'il avait épousée, pourrait-elle jamais se satisfaire du rôle de dame, d'épouse et de mère?

Il traversa l'allée et se dirigea vers l'écurie où plusieurs jeunes gens s'étaient éclipsés pour fumer.

— Puis-je vous demander du feu? demanda-t-il sombrement.

Un jeune homme s'empressa de lui offrir une allumette. Jackson tira sur son cigare, puis souffla lentement tout en regardant les volutes de fumée qui se dissipaient dans l'obscurité. Il n'aurait pas dû s'attarder ainsi, loin de ses invités, mais au contraire aller converser avec le général Grant dont l'arrivée avait été annoncée, mais sa dispute avec Cameron lui laissait un mauvais goût dans la bouche. Tout comme l'apparition hardie et provocatrice de Marie chez lui. Il faudrait qu'il la contienne ou qu'il dise à Seward qu'il ne pouvait plus travailler avec elle.

Il laissa très vite tomber son cigare par terre et l'écrasa de sa botte, se rendant compte qu'il n'en avait pas vraiment envie. L'un des valets d'écurie le ramassa pour le jeter, et il le remercia d'un signe de tête.

Puis il leva les yeux vers la massive maison de brique rouge, et un mouvement sur la gauche accrocha son regard. Il aperçut la silhouette d'un homme au fond de l'allée du jardin, et plissa les paupières à la lueur des torches pour voir si c'était bien celui qu'il pensait.

— Cortès ? appela-t-il dans l'obscurité.

L'homme s'avança dans la lumière.

— Jackson !

Il tendit la main et Jackson la serra, puis ils se donnèrent l'accolade. Ce n'était pas dans les habitudes de Jackson, mais c'était celle de Falcon.

— C'est bon de vous voir, mon ami…

Quand il était avec Falcon Cortès, il se rendait compte qu'il se mettait à parler avec la même cadence mesurée que lui. Il y avait quelque chose de simple et de direct dans la façon dont Falcon s'exprimait, et Jackson admirait son franc-parler.

— Je ne pensais pas que vous viendriez. Je sais ce que les réunions publiques vous inspirent.

Jackson avait rencontré Falcon Cortès à La Nouvelle-Orléans durant l'hiver 1862. Falcon travaillait à l'occasion comme espion pour l'armée de l'Union, et tous deux avaient essuyé ensemble plusieurs dangereuses escarmouches, du genre qui lie des hommes pour la vie. Jackson estimait qu'il devait à l'Indien de lui avoir sauvé la vie au moins deux fois, peut-être trois, et réciproquement. Les hommes comme Cortès, né d'une mère cherokee et d'un père mexicain, souffraient presque autant de discrimination que les Noirs, mais Jackson ne se souciait pas de la couleur de sa peau. Il avait vu son courage, et pour ce courage il aimerait Falcon comme le frère qu'il n'avait pas eu durant le reste de ses jours.

Falcon recula et haussa ses larges épaules.

— C'était aimable à vous de m'inviter, et ne pas venir aurait été déshonorer votre nom.

Il parlait parfaitement l'anglais, mais il y avait dans sa voix un accent chantant que Jackson n'avait jamais entendu que chez les Indiens.

Il rit doucement.

— Je ne sais pas, mon vieil ami, mais je suis content que vous soyez venu. Vous restez pour la nuit, n'est-ce pas ?

Falcon hocha la tête. Jackson indiqua le jardin.

— Une petite promenade ?

— Est-ce que vous savez que vous avez un nid de lapereaux près de la grille du fond ?

— Je l'ignorais.

— Et une belle femme près de la statue d'un ange.

Jackson sourit à cette remarque. Falcon aimait les femmes, mais il ne l'avait jamais vu poursuivre une relation plus de quelques jours. La plupart ne duraient même qu'une seule nuit. Il n'avait jamais approuvé la relation que Jackson avait entretenue avec Marie.

— Vous avez trouvé des lapereaux *et une femme* dans mon jardin ? Apparemment, vous avez eu une bonne soirée !

Jackson croisa les bras sur sa poitrine, heureux du prétexte pour rester dehors un peu plus longtemps. Il fallait espérer que lorsqu'il rentrerait, Marie serait partie et Cameron se serait un peu calmée.

— Alors, qui était la jeune dame qui a eu la chance de vous croiser, si je peux le demander ?

— Elle a la peau couleur de miel et des yeux de topaze bleue, répondit Falcon. Et elle s'appelle Taye, à ce qu'elle m'a dit.

Jackson haussa un sourcil amusé.

— C'est donc Taye ?

Puis il partit d'un petit rire.

— Taye est ma belle-sœur. Elle est vraiment très belle. Elle est prise par un autre homme.

— Je n'en suis pas sûr, déclara Falcon d'un ton mystérieux.

Jackson l'étudia avec attention, mais l'Indien ne donna pas d'autre explication et il le connaissait assez bien pour savoir qu'il n'avait pas à en attendre.

— Eh bien, mon ami, je dois à présent rentrer rejoindre mes invités. Je suis resté dehors assez longtemps…

Falcon regarda la grande maison, d'où musique et rires s'échappaient par les fenêtres ouvertes.

— Je me demandais pourquoi vous étiez ici et non à l'intérieur.

— Une petite dispute avec ma femme…

— Ah… Cheveux de feu, langue de feu !

Jackson gloussa.

— C'est tout à fait ça !

Il mit les mains dans les poches de son pantalon.

— Elle est un peu irritable depuis ces dernières semaines. Elle attend notre premier enfant.

Falcon hocha la tête.

— Vous devez être très fier.

— Terrifié, si vous voulez la vérité.

Il y eut une pause dénuée de tension. C'était une autre chose que Jackson admirait chez Falcon : il était à l'aise avec le silence, contrairement à la plupart des hommes blancs.

— Venez, Cortès… Rentrons partager un verre d'alcool et je vous présenterai au général Grant. Il est temps que vous rencontriez l'homme pour qui vous avez travaillé.

Jackson longea le couloir, ses bottes à la main pour ne pas déranger les invités qui passaient la nuit chez lui. La dernière voiture était partie vers 3 heures du matin, et il venait d'envoyer les domestiques se coucher. Le bal avait été un formidable succès, et le nettoyage pouvait attendre le lendemain. Tout le personnel avait travaillé de façon impeccable, et il devinait que tous souhaitaient la même chose que lui : un oreiller moelleux sous leur tête.

Il s'arrêta devant la chambre conjugale. Il avait décidé en montant qu'il avait besoin de dire au moins bonne nuit à Cameron. Il savait qu'il finirait probablement au bout du couloir une fois encore, mais il voulait faire ce petit geste.

Après leur dispute, il ne l'avait revue qu'une fois ; elle dansait avec le général Grant.

Il posa la main sur la poignée, puis se ravisa. Et au lieu d'entrer sans autre forme de procès, il frappa.

— Cameron ?

Il perçut un mouvement et la porte s'ouvrit brusquement.

— Que voulez-vous ? lança-t-elle sèchement.

Elle portait un peignoir jaune pâle et avait attaché ses cheveux en arrière par un ruban comme une jeune fille, les yeux gonflés d'avoir pleuré.

Jackson se mit aussitôt sur la défensive.

— Je suis juste venu…

— Vous ne dormirez pas ici, si c'est ce que vous pensez !

— Je vous en prie, Cam… Les invités…

— Ne me dites pas ce que je dois faire ! Je crierai si j'en ai envie !

— Très bien, dit-il en se détournant. Bonne nuit.

— Et ne revenez pas ! Car la porte sera fermée à clé.

— Ne craignez rien, maugréa-t-il en se tournant pour repartir, ses bottes à la main.

— Quoi ?

Il n'avait pas la force d'affronter une nouvelle dispute. Il était épuisé et s'inquiétait à propos de la mission Thompson. Les derniers renseignements qu'ils en avaient étaient assez dérangeants et qu'il le veuille ou non, il lui fallait rencontrer Marie le lendemain. Il avait besoin qu'elle lui dise tout ce qu'elle savait.

Contente-toi de partir», se dit-il. Mais il ne le put pas. Il pivota de nouveau pour faire face à Cameron.

— Je disais que vous n'avez rien à craindre. Je ne refrapperai pas à votre porte de sitôt, Cam. Vous surestimez de beaucoup l'emprise que vous pensez avoir sur moi.

— C'est parfait ! cria-t-elle. Parce que je ne vous veux pas près de moi !

Il eut un petit rire sans joie.

— Vous n'avez pas à vous inquiéter que je frappe de nouveau à votre porte, parce que je pars demain.

Il n'attendit pas qu'elle lui demande où il allait. Il n'avait pas eu l'intention de partir avec Marie, mais maintenant qu'il avait prononcé les mots, sa décision était prise.

— Je vais à La Nouvelle-Orléans. J'ignore pour combien de temps. Peut-être votre humeur se sera-t-elle arrangée le temps que je revienne.

— Et peut-être que non! cria-t-elle en lui claquant la porte au nez.

Espèce de salopard, se dit-elle en tournant la clé dans la serrure et en essuyant les larmes brûlantes qui roulaient sur ses joues.

Qu'il aille donc à La Nouvelle-Orléans! Qu'il l'abandonne comme il le faisait toujours! Mais cette fois, elle ne serait pas là quand il reviendrait.

Jackson n'alla pas jusqu'à la chambre où il avait été relégué. Il était trop furieux pour dormir. A la place, il redescendit le grand escalier dans le noir, ses bottes toujours à la main, pour aller boire un verre. Peut-être qu'un bon scotch le calmerait. Pour l'instant, il avait envie de frapper quelque chose. Ou quelqu'un.

Il fut étonné de voir de la lumière filtrer sous la porte de son cabinet de travail. Il entra, et fut agréablement surpris de voir Falcon Cortès.

Falcon se détourna de la fenêtre ouverte qui donnait sur le jardin obscur.

— Je pensais que vous étiez parti vous coucher...

Jackson haussa les épaules et s'assit au bord d'un fauteuil en cuir. Il laissa tomber ses bottes.

— Pas de lit où aller, grommela-t-il.

Falcon gloussa.

— Jeté dehors?

— Bien sûr que non!

Il donna un coup de pied dans une botte, puis reprit :

— Si. Jeté dehors, si vous tenez à le savoir. Et je soupçonne que tout le monde dans un rayon de cent milles doit le savoir.

Il se releva, alla à son bureau et prit une bouteille de scotch.

— J'aurais pu entrer, si je l'avais voulu. Après tout, cette maison était la mienne bien avant que j'aie la brillante idée d'épouser cette petite peste !

— Evidemment, agréa placidement Falcon.

— Mais qui a envie d'entrer dans cette tanière ?

— Une ourse peut être dangereuse. Quelquefois, il vaut mieux la laisser tranquille. Provoquez-la, et elle peut vous couper la tête.

Jackson arrangea le devant de son pantalon de flanelle.

— Ou pire !

Il leva la bouteille. Le seul fait d'avoir Falcon avec lui améliorait déjà son humeur.

— Un verre ?

L'Indien hocha la tête. Jackson les servit tous les deux et ils burent en silence. Puis il emplit de nouveau les verres, en poussa un vers son ami et porta l'autre à sa bouche. Le deuxième verre glissa mieux que le premier, et il commençait à se détendre. Sapristi, il était le maître de maison et Cameron était sa femme ! Elle était tenue par la loi et devant Dieu de lui obéir, non ?

— Cameron veut retourner chez elle dans le Mississippi, expliqua-t-il à Falcon. Elle veut avoir le bébé là-bas.

— Le Sud a été pas mal dévasté.

— C'est… c'est ce que j'ai essayé de lui dire.

Il entendit son débit se ralentir. Ces deux verres s'ajoutaient à ceux qu'il avait déjà bus durant la soirée.

— Elle dit qu'elle veut retourner dans la maison où elle est née, mais…

Ses mots se perdirent par la fenêtre ouverte.

Falcon écoutait calmement, tenant son verre à deux mains. Jackson s'en servit un autre.

— Eh bien, je vais juste lui dire que c'est hors de question.

Il hocha la tête, appréciant le ton et le volume de sa voix.

— Demain matin, je lui dirai qu'elle restera où elle est, en sécurité, point final. Elle n'ira pas à Elmwood.

Il abattit son poing sur le bureau.

— Puis je me rendrai à La Nouvelle-Orléans, pour voir si les renseignements de Marie nous mènent quelque part. Et ensuite je reviendrai. Si je laisse Cameron mijoter une semaine ou deux, je suis certain qu'elle sera prête à entendre raison.

Falcon se contenta de hocher pensivement la tête.

— C'est dit!

Jackson tendit de nouveau la main vers la bouteille de scotch, puis abandonna.

— Vous voulez venir à La Nouvelle-Orléans? demanda-t-il à son ami.

Falcon l'étudia de son intense regard noir.

— Avec Marie?

Jackson fit signe que oui.

— Vous pensez que c'est sage, vu votre passé?

— Ecoutez, vieux…

Jackson lui donna une tape dans le dos.

— Je ne veux pas que vous me sermonniez à ce sujet. Quoi qu'il y ait eu entre Marie et moi autrefois, c'est fini. Il s'agit uniquement d'affaires. Nous y allons. Nous récoltons les informations qu'il y a à récolter, et je reviens à mon épouse acariâtre.

Il eut un petit rire.

Falcon fixa le sol pendant un moment, puis il releva les yeux.

— Je vous ai dit quand je suis arrivé que je resterai ici aussi longtemps que vous aurez du travail pour moi.

Il ouvrit ses larges mains couleur de bronze.

— Alors, c'est parti pour La Nouvelle-Orléans.

10

De bonne heure le lendemain matin, Taye trouva Cameron en train de faire ses bagages. Elle avait entendu dire par les domestiques que Jackson était parti à l'aube sans parler à sa femme.

— Qu'est-ce que tu fais ? demanda-t-elle, sachant très bien ce que faisait sa sœur.

Elle referma la porte pour éviter les oreilles indiscrètes.

— Je rentre à Elmwood, répondit Cameron. J'aimerais que tu viennes avec moi, ne serait-ce que pour quelques semaines, mais je comprendrais que tu veuilles rester ici avec Thomas.

— Si j'hésite, mes hésitations ne concernent pas Thomas.

Taye ramassa par terre une crinoline blanche et la jeta sur le lit. En vérité, s'avisa-t-elle, l'idée de quitter Baltimore et de s'éloigner de Thomas la tentait. Elle avait besoin de temps pour réfléchir, se remettre la tête d'aplomb. Heureusement, l'étranger arrogant qui l'avait embrassée était parti avec Jackson, avant qu'elle ne descende prendre son petit déjeuner. Elle n'était pas certaine qu'elle aurait pu se retrouver face à lui avec Thomas dans la même pièce, pas quand ses lèvres la brûlaient encore de son baiser.

— Il n'est pas prudent de partir seules, Cameron. Deux femmes non accompagnées… Dieu sait ce qui pourrait arriver ! Surtout si ce que Thomas et Jackson ont dit au sujet du Sud est vrai.

— Sottises ! Ils essayaient juste de nous effrayer. Nous serons parfaitement en sécurité. Nous prendrons le train.

Cameron souleva un sac pour le porter jusqu'à la porte, mais Taye l'intercepta et le lui prit.

— Il y aura d'autres personnes à bord, continua Cameron. En outre, j'ai pris mon pistolet.

Elle tapota la poche intérieure de sa robe de voyage, cousue à cet effet.

— Nous allons partir comme ça, sans le dire à Jackson ? demanda Taye.

— Et comment le lui dirais-je ?

Cameron pivota avec colère pour lui faire face.

— Il est parti !

Sa voix s'étrangla et sortit de sa gorge comme un sanglot.

— Il est parti et je ne sais pas quand il reviendra.

— Là, là…, l'apaisa Taye en la prenant dans ses bras. Tout ira bien. Il est parti en colère, mais il reviendra.

— Mais s'il est parti avec cette horrible femme ?

Elle renifla.

— S'il ne revient pas ?

— Je te dis que je connais Jackson et que je te connais aussi.

Taye lui lissa les cheveux.

— Toute cette querelle finira par s'apaiser.

— Tu crois ?

Cameron frémit, puis fit un pas en arrière, acceptant le mouchoir que Taye pressa dans sa main.

— Mais oui. Et je crois aussi que tu ferais mieux d'attendre Jackson ici, au lieu de le laisser rentrer dans une maison vide.

Taye secoua la tête, imaginant déjà le tumulte.

— S'il doit te poursuivre jusque dans le Mississippi alors qu'il vient de rentrer de La Nouvelle-Orléans, il va être sacrément furieux, Cam.

Cameron s'essuya les yeux.

— Eh bien, qu'il le soit ! Et s'il veut me reprendre comme sa femme, s'il veut *vraiment* me reprendre, il devra venir à moi à mes conditions !

*
* *

— Merci de me recevoir un dimanche, Will.

Jackson tendit la main au secrétaire d'Etat par-dessus son large bureau.

— Je vous prie de m'excuser pour le dérangement, mais les informations relayées par Mme LeLaurie exigent une action immédiate.

Seward secoua la tête.

— Inutile de vous excuser, Jackson. Votre message m'a permis d'échapper à un long après-midi à écouter un des sermons interminables du pasteur Wicket.

— J'aimerais vous présenter Falcon Cortès... Comme je vous l'ai dit plus tôt, M. Cortès a joué un rôle essentiel dans plusieurs missions vitales durant la guerre...

— Les exploits de M. Cortès sont bien connus dans les cercles les plus élevés de Washington. Le pays a envers lui... envers vous deux, une dette dont nous ne pourrons jamais nous acquitter. Votre dévouement à l'Union et les actes répétés de courage que vous avez accomplis tous les deux...

— Nous faisions simplement notre devoir, le coupa Jackson. Et nous avons eu de la chance.

Il sourit à Falcon.

— Même si j'ai rarement vu quelqu'un d'aussi peu soucieux de sa propre sécurité !

Falcon fronça les sourcils.

— Comme vous dites, nous avons eu de la chance. Beaucoup d'hommes courageux n'en ont pas eu autant.

— Falcon va nous accompagner, Marie LeLaurie et moi, à La Nouvelle-Orléans, continua Jackson.

Falcon s'approcha du bureau et inclina la tête avec respect avant de tendre la main à Seward.

— Je suis heureux de vous rencontrer, monsieur le secrétaire.

— Moi aussi, Cortès.

Seward lui serra la main.

— Jackson chante vos louanges depuis des années.

— Jackson est trop bavard !

— Je vous en prie, messieurs, asseyez-vous...

— Nous ne pouvons pas, monsieur, objecta Jackson. Nous avons laissé Marie s'occuper de tout à la gare d'Union Station. Mais vous, asseyez-vous. Je sais que vos médecins n'approuveraient même pas que vous soyez ici. D'abord cet accident de voiture, puis la tentative d'assassinat...

— Sans parler de ma femme ! ajouta Seward en gloussant.

Il se rassit cependant dans son fauteuil avec une pénible lenteur ; il était évident que ses blessures n'étaient pas encore entièrement guéries.

— Jackson, vous comprenez combien il est important que Thompson et sa bande soient arrêtés au plus vite. Le président Johnson n'a pas besoin d'autres distractions en ce moment. Il a de nombreux opposants à son plan de Reconstruction du Sud, et les humeurs flambent régulièrement au Sénat et au Congrès.

Seward toucha distraitement la cicatrice rouge vif de sa joue, un rappel qui serait permanent de l'attaque dont il avait été victime.

— Beaucoup disent qu'Andrew Johnson, tailleur autodidacte devenu politicien, n'aurait jamais dû devenir président après l'assassinat de Lincoln. On dit que Lincoln lui avait seulement demandé de se présenter en 64 pour contrer les sudistes qui restaient encore à Washington. Beaucoup de républicains radicaux voient notre président né dans le Tennessee comme un confédéré et un ennemi, malgré ses paroles et ses actions. Les Thompson's Raiders doivent être arrêtés ! A présent, dites-moi ce que vous savez, quels sont vos plans, et où vous irez. Je ferai le nécessaire pour vous trouver des maisons sûres, si vous en avez besoin, et de l'argent liquide. Vous faut-il des armes supplémentaires ?

Jackson secoua la tête avec un petit sourire ironique.

— Nous sommes tous armés, naturellement, même Marie LeLaurie, mais nous préférons utiliser notre cervelle plutôt que des armes quand c'est possible. Nous vous ramènerons ces hommes, Will. Vivants.

— Je sais que vous le ferez, Jackson. C'est pourquoi j'ai tant insisté pour que vous nous aidiez, au moins cette dernière fois.

Seward écarta les bras avant de conclure :

— Après, ce sera à vous de voir.

Jackson hocha la tête et regagna la porte.

— Merci de nous avoir reçus.

— Bon voyage, Jackson. Cortès...

— Merci, répondirent-ils ensemble.

Une fois hors du bureau, Jackson referma la lourde porte derrière eux.

— Vous êtes vraiment sûr de vouloir faire ceci, mon ami ? demanda Falcon.

Jackson fronça les sourcils en s'éloignant.

— Ne me posez plus cette question. Pour l'heure, je ne peux plus attendre pour quitter cette ville.

— Cameron, tu es sûre que c'est ce que tu veux faire ? demanda Taye alors qu'elles quittaient la chambre. Tu es certaine de ne pas vouloir attendre au moins un jour ? Jackson pourrait avoir des regrets et...

— Je pars aujourd'hui !

Un sac de voyage à la main, elle ferma la porte, puis elle attrapa son autre sac.

— J'espère que j'ai emporté ce qu'il me faut... Je ne voulais pas prendre de malle. J'aimerais autant ne pas créer plus d'agitation que nécessaire et partir d'ici aussi vite que possible, en mettant au courant aussi peu de domestiques que possible. Je pourrai toujours me faire envoyer mes affaires plus tard.

Taye la suivit dans le couloir, portant elle aussi deux lourds sacs de toile.

Cameron s'arrêta en haut de l'escalier de service et tendit l'oreille. Elle entendit des plateaux qui tintaient, des ordres donnés à des domestiques qui quittaient la cuisine, mais il n'y avait personne dans l'escalier.

— Nous pouvons peut-être simplement nous échapper par-derrière.

Taye équilibra les sacs dans ses mains. Elle avait revêtu une robe de voyage comme celle de sa sœur, un bonnet pratique et des bottes solides.

— Je ne peux toujours pas croire que tu fais vraiment ça, Cameron, murmura-t-elle. Et je ne peux pas croire que *je* vais le faire aussi.

— Est-ce que tu veux dire au revoir à Thomas ?

Taye secoua la tête.

— Ce n'est pas nécessaire.

Cameron trouva son intonation bizarre.

— Vous vous êtes disputés ?

— Non, pas du tout. Maintenant, allons-y, si nous devons y aller.

— Tu ne t'es pas disputée avec Thomas, c'est sûr ? insista Cameron.

Taye pinça les lèvres et fit signe que non.

Mais Cameron pouvait voir à l'expression de sa sœur que quelque chose s'était produit. Elle ignorait quoi. Cela lui fit un drôle d'effet que Taye ne lui dise pas tout de suite de quoi il s'agissait, car autrefois, elles partageaient tout. Mais elle ne la bousculerait pas maintenant. Elles auraient bien le temps de parler dans le train.

Cameron s'arrêta en bas des marches étroites, et jeta un coup d'œil dans la cuisine, où l'une des cuisinières se disputait avec une autre au sujet de biscuits brûlés. Elle s'avança dans le couloir et passa rapidement devant la porte de la cuisine. Les pas pressés de Taye résonnèrent doucement derrière elle.

Elle posa la main sur la poignée de verre blanc et inspira à fond. Dans un instant, elles seraient sorties de la maison.

— Missy Cameron ! Missy Taye ! Où vous allez comme ça, toutes les deux ?

Cameron tourna sur elle-même.

— Ça ne te regarde pas, Naomi, répondit-elle sèchement. Va faire ton travail.

Mais Naomi s'approcha d'elles, s'essuyant les mains sur son tablier blanc.

— Où vous allez, avec vos sacs à la main et vos bottes aux pieds ? Hein ? Vous vous faufilez hors de la maison comme des voleurs qui ont pris une miche de pain !

Elle secoua la tête d'un air dégoûté.

— Naomi, nous n'avons pas le temps pour une scène, chuchota Cameron. Quand mon mari rentrera et demandera où nous sommes allées, tu n'auras rien à dire si tu ne sais rien.

Naomi ôta brusquement son tablier, secouant toujours la tête. Ce geste rappela à Cameron le temps où Sukey était gouvernante à Elmwood et la prenait à faire des bêtises avec Taye. C'était le même regard déçu, la même voix sévère. Elle dut lutter pour ne pas se sentir âgée de douze ans, de nouveau.

— Vous rentrez à la maison, pas vrai, missy Cameron ?

Naomi agita le tablier dans sa direction. Cameron la fixa d'un air entêté.

— Je sais que le capitaine, il est parti fâché ce matin, mais c'est pas une raison pour déguerpir comme ça !

Cameron ne répondit pas.

— Je savais bien que c'était juste une question de temps avant que vous partiez.

Naomi se dirigea en grognant vers la cuisine.

— Attendez ici que je parle à mon Noah et que je récupère mon bébé. Vous n'allez nulle part sans Naomi !

Taye porta les yeux de Cameron à Naomi, puis de Naomi à Cameron, les lèvres pincées.

— Ce n'est pas nécessaire, dit Cameron de son meilleur ton de maîtresse. Taye et moi sommes parfaitement capables de…

Naomi revint vers elle, l'air menaçant.

— Ou bien vous m'attendez, missy, ou bien je poursuis le capitaine jusqu'à La Nouvelle-Orléans s'il le faut, et je lui dis ce que vous mijotez !

— Tu ne ferais pas ça, dit Cameron.

Mais Naomi tint bon, les bras croisés sur sa poitrine.

Pendant un bref moment les deux femmes, autrefois maîtresse et esclave, maintenant beaucoup plus, se défièrent du regard. Ce fut Cameron qui baissa les yeux la première.

— Je suppose que cela ne ferait pas de mal d'avoir quelqu'un avec nous, dit-elle d'un ton réticent.

— Je suppose que non.

Les yeux noirs de Naomi semblaient étinceler.

— Maintenant, vous allez à l'écurie et vous dites à ces paresseux jeunes nègres d'atteler une voiture. J'arrive tout de suite.

Naomi les regarda se glisser par la porte de derrière et secoua la tête, désappointée. Elle avait vu venir ce départ, ainsi que cette dispute entre Cameron et le capitaine, et les ragots... Néanmoins, Cameron ne devait pas filer dans le Mississippi, surtout vu ce que les os lui avaient dit. Et si elle n'avait pas le bon sens de savoir que fuir n'allait pas résoudre ses problèmes, Taye, elle, aurait dû le savoir. Mais cette fille ressemblait chaque jour un peu plus à sa sœur. Aussi têtue et volontaire. Aussi sotte.

Naomi savait cependant qu'elle accompagnerait Cameron que ce soit mauvais ou non pour son mariage. Elle l'accompagnerait parce que Cameron avait besoin d'elle et parce que, dans les mois à venir, elle savait que sa missy serait éprouvée à en être presque brisée. Elle savait aussi que son rôle serait alors de la rattraper quand elle tomberait.

Elle monta l'étroit escalier qui menait aux petites pièces au-dessus de la cuisine et trouva son Noah assis à une petite table. Bébé Ngosi dormait dans le berceau à côté du lit, son pouce dans la bouche.

Noah avait allumé une chandelle sur la table et serrait dans ses grosses mains un livre que Cameron avait pris dans la grande bibliothèque du capitaine pour le lui prêter. C'était un livre pour les enfants, mais Noah le tenait comme s'il était fait d'or.

Naomi n'avait aucun désir d'apprendre à lire — c'était un aspect de la vie des Blancs dont elle ne voulait aucune part —, mais c'était important pour Noah. Il voulait être capable d'apprendre à lire à Ngosi à son tour quand il serait assez grand, parce que, insistait-il, les chiffres et les lettres seraient la seule manière pour l'homme africain libre de faire son chemin dans le nouveau monde que le président Lincoln avait créé.

Selon Naomi, Noah était trop entortillé dans la vie des Blancs. Il n'appelait même pas leur fils par son nom africain, Ngosi, qui voulait dire *bénédiction* dans l'ancienne langue. Non, il l'appelait Nathan, comme si lui donner un nom blanc ferait oublier aux gens la couleur de sa peau. De la stupidité, pensait Naomi. Un garçon avait besoin d'être élevé dans la fierté de ses origines, de se rappeler qu'il avait dans les veines le sang de guerriers et de rois africains.

— Il faut que j'aille dans le Mississippi, dit-elle en tripotant la petite bourse de gris-gris qu'elle portait autour du cou, soigneusement caché sous sa robe.

Elle alla à un coffre de bois sous la fenêtre et en sortit un sac de marin. Elle fourra dedans un jupon propre et se mit à rassembler les choses sans lesquelles une prêtresse vaudou ne voyagerait pas — sa bourse en cuir d'os à lancer qui avait appartenu à sa grand-mère, des bougies de plusieurs couleurs, de l'encens et des enveloppes en papier qui contenaient des poudres et des herbes. Elle parlait tout en préparant ses affaires, craignant, si elle donnait trop de temps à Taye et Cameron, que les deux femmes fassent quelque chose de stupide comme essayer de partir sans elle. Elles étaient intelligentes, toutes les deux, mais de l'avis de Naomi, elles n'avaient parfois pas assez de bon sens pour trouver un œuf dans un poulailler.

— Je vais prendre Ngosi avec moi parce qu'il a encore besoin du lait de sa maman, mais…

— Aller dans le Mississippi ? tonna Noah en pivotant sur son trépied. Sûrement pas !

— Je sais pas combien de temps je serai partie, continua Naomi comme s'il n'avait rien dit. Je présume que le capitaine se lancera après nous dès qu'il aura fini ses affaires à N'Arlins, alors je serai peut-être de retour d'ici la fin du mois.

Noah se leva de son siège.

— Tu m'entends, femme? J'ai dit que tu n'irais pas seule dans le Mississippi!

— J'y vais pas seule. J'y vais avec missy Cameron et miss Taye.

— Tu ne vas sûrement pas emmener mon fils là-bas!

Naomi ne ralentit pas ses préparatifs.

— Toi, tu continues à aller travailler en ville tous les jours comme tu es supposé le faire. Je dirai à Addy de te faire une boîte pour ton midi.

Noah lui arracha le sac des mains.

— Tu m'écoutes? J'ai dit que ma femme n'allait pas dans le Mississippi, pas question! Les temps sont dangereux. Ils lynchent des négresses comme toi, là-bas.

Naomi fronça les sourcils et lui reprit son sac.

— Tu as encore écouté ces idiots du Bayou, pas vrai?

Le Bayou était une forge qui servait aussi de saloon pour les hommes noirs libres de la ville. L'endroit, qui se trouvait près du port, était un endroit dangereux et Naomi pensait que son mari n'avait pas à y aller. Mais comme son nom le disait, Noah *Freeman* — « homme libre » — était libre d'être un imbécile comme les autres.

— Missy Cameron a besoin de moi, dit-elle. Je dois y aller.

— Le capitaine sait que missus Logan s'en va dès qu'il est parti? demanda Noah.

— Non. Et si tu le préviens — Naomi agita un doigt menaçant sous le nez de son mari, sans se soucier qu'il la dépasse d'une tête et qu'il pèse vingt kilos de plus qu'elle —, je jetterai un sort à ton gros bâton, pour qu'il ne se dresse pas pendant un mois!

Noah fit un pas en arrière.

— Tu es sûre que miss Cameron et miss Taye seront en sécurité? J'ai entendu dire que ce n'était pas sûr pour des dames convenables là-bas, blanches ou noires.

Il marqua une pause.

— Je pourrais aller avec vous…

Naomi secoua la tête.

— T'es un brave homme de le proposer, mais c'est quelque chose que j'ai à faire seule. Te casse pas la tête. Entre mes os et le pistolet de missy Cameron, que je sais qu'elle a dans sa poche, je pense que nous serons suffisamment en sécurité.

Elle se haussa sur la pointe des pieds et lui tendit la bouche.

— Maintenant, donne un baiser à Naomi et passe-moi ce paquet de bébé. Mes dames m'attendent. Je crois qu'on a un train à prendre.

Noah souleva l'enfant endormi et le mit dans la bande de mousseline que Naomi avait attachée en travers de sa poitrine. Tandis que Ngosi s'installait contre son sein et se blottissait au chaud dans l'étoffe, Naomi tendit la main et caressa le menton ombré de barbe de son mari, ne voulant pas voir les larmes qui se formaient dans ses yeux.

— Je serai pas partie longtemps, mon amoureux. Garde ce lit chaud pour moi.

11

Cameron, Taye et Naomi prirent le train à Baltimore. Leur première étape au Sud était Richmond. Elles avaient prévu d'y passer la nuit et espéraient trouver de là un train qui les emmènerait plus près de Jackson, dans le Mississippi. Toutefois, aucun employé du chemin de fer ne parut capable de leur dire exactement comment elles feraient ou quel train elles devraient prendre. Malgré cette incertitude, Cameron était déterminée à continuer.

Enormément de voies ferrées avaient été détruites volontairement par les soldats de l'Union. Il faudrait des mois, des années pour restaurer la circulation des trains comme avant la guerre. D'ici là, les voyageurs se débrouillaient comme ils le pouvaient.

Ce fut seulement quand le train roula au sud de Washington et entra en Virginie que le paysage commença à changer et que les traces de la guerre leur apparurent dans ce qu'elles avaient de monstrueux. Cameron connaissait par cœur les lieux des combats — Manassas, Fredericksburg, Chancellorsville, Petersburg, Wilderness, Cedar Creek… Mais tandis que le train avançait, ces endroits n'étaient plus seulement des points sur une carte ou de l'encre noire dans les journaux. Les champs de bataille étaient bien réels autour d'elles dans le pays ravagé.

Dans le wagon presque vide, elles devinrent silencieuses, regardant par les vitres maculées de suie le paysage qui défilait d'une façon presque irréelle. Aucune d'elles ne parlait ; il n'y avait rien à dire qui pouvait exprimer la douleur qu'elles ressentaient, une douleur à leur briser le cœur.

Juste au sud de Washington, une maison et ses dépendances avaient été brûlées entièrement. Cameron avait déjà vu des maisons incendiées, mais jamais avec quatre croix de bois peintes en blanc dans la cour. La petite ferme était devenue un cimetière.

Elle sentit des larmes lui brûler les paupières tandis qu'elle se demandait qui reposait là. Etaient-ce tous les membres de la famille qui vivait dans la maison et qui étaient morts de faim, ou avaient-ils été tués par des soldats renégats ? Ou bien des hommes étaient-ils morts en se battant en ce lieu et avaient-ils été enterrés sur place par leurs camarades, les gens qui les aimaient ne devant jamais voir leur tombe ? Qu'est-ce qui était le plus tragique ? se demanda-t-elle.

Tandis que le train cheminait vers le Sud, Cameron se rendit compte qu'alors que les champs du Maryland étaient plantés et prospères, ceux de Virginie qui n'avaient pas été brûlés étaient tombés en friche parce qu'il n'y avait plus de graines à semer, plus d'hommes en bonne santé pour travailler la terre. En maints endroits, les routes étaient devenues des chemins envahis par les mauvaises herbes. Des pelouses soignées, jadis tondues à la faux ou par des moutons, étaient devenues des prairies échevelées. Et les marques du feu étaient partout. Des feux de fourrés avaient brûlé les champs, les bois et les maisons. Les arbres plantés le long des routes et des vergers avaient été abattus pour chauffer des soldats transis et affamés. La campagne était noire et vide.

Et les tombes... Les tombes étaient le plus dur à supporter. Il y en avait partout. Dans les cimetières. Dans les propriétés privées. Au bord des routes, même, sans rien d'autre pour marquer la mort d'un homme qu'une grossière croix de bois. Qui pleurerait ces disparus ? Qui s'occuperait de leur sépulture ?

Quand la guerre avait éclaté quatre ans plus tôt, Cameron avait compris intellectuellement pourquoi elle devait être livrée. Son père, bien qu'il soit sénateur sudiste et propriétaire d'une très grande plantation, avait été un fervent partisan du mouvement antiesclavagiste. Il lui avait expliqué que pour libérer des hommes et des femmes, on pouvait en venir à se battre. Mais jamais, dans ses pires cauchemars, elle n'avait considéré le prix que les Américains, nordistes et sudistes, auraient à payer pour ce conflit.

Le temps qu'elles arrivent à Richmond, elle était épuisée, tant mentalement que physiquement. Elle se rappela à peine le trajet en voiture jusqu'à l'un des rares hôtels qui acceptaient encore des clients et elle fut heureuse de l'obscurité qui protégerait au moins jusqu'au lendemain matin ses yeux des horreurs que la ville avait subies.

— Est-ce le mieux que vous pouvez nous proposer? avait-elle demandé au cocher qui arrêtait la voiture bringuebalante devant un bâtiment de bois à un étage avec une porte d'entrée cassée et un tuyau de poêle rouillé qui sortait d'une fenêtre condamnée. Etes-vous sûr que cet endroit est respectable?

— Richmond House a des matelas sur les lits, des chambres privées pour les dames et un toit qui ne fuit pas, sauf s'il pleut à verse.

Il pointa le bout de son fouet vers la façade de l'établissement.

— Ça ne paie pas de mine, mais ils ont un puits couvert et une salle à manger. A moins que vous ne vouliez dormir toutes les trois sur la route, vous feriez mieux de prendre les lits qu'ils ont à offrir. Les rues de Richmond ne sont pas sûres pour les gens corrects, à la nuit tombée.

— Retournons à la gare, proposa Taye. Cet endroit ne me dit rien qui vaille.

— Il n'y en a pas d'autres, les avertit le cocher. La plupart des hôtels ne prendront pas des femmes qui voyagent sans leur mari.

— Cela ira, trancha alors Cameron. A partir du moment où nous pouvons avoir un bain chaud, des draps propres et quelque chose à manger. Je ne sais pas vous, mais moi, je meurs de faim!

L'intérieur de Richmond House ne valait guère mieux

que l'extérieur. La seule chambre disponible était une étroite pièce à l'arrière, coincée sous un toit incliné en fer-blanc. Le sol était nu, les couvertures minces et reprisées, et le papier peint auréolé d'humidité.

L'hôtel sentait le moisi, la graisse et les oignons cuits. Refusant de dîner dans la salle à manger sans Taye et Naomi qui n'étaient pas les bienvenues dans la salle « publique », Cameron demanda qu'on leur apporte leur repas dans la chambre. Là, elles mangèrent un dîner froid composé de jambon, de chou et d'eau, puis, exténuées par le voyage, elles sombrèrent dans le sommeil.

Vers le milieu de la nuit, Cameron se sentit mal. Elle se leva, but de l'eau d'un pichet et se servit du pot de chambre. Elle pria de ne pas tomber malade, espérant qu'elle était juste fatiguée et pas habituée à la nourriture qu'elles avaient mangée.

Au matin, elle se sentait encore plus mal, mais elle était déterminée à arriver à Elmwood aussi vite que possible. Là-bas, tout serait plus clair et moins déprimant. Il fallait qu'elle y arrive.

— Cam ? Est-ce que tu vas bien ? lui demanda Taye, qui refaisait un de leurs sacs, l'air inquiet en la voyant presser une main sur son ventre.

— Oui, ça va, répondit-elle d'une voix altérée.

En vérité ça n'allait pas. La pièce semblait tourner autour d'elle. Elle avait de nouveau mal au cœur, et des crampes lui brûlaient le bas du ventre. Elle craignit que quelque chose n'aille pas avec le bébé, et une peur toute-puissante l'empoigna tandis que ses yeux s'emplissaient de larmes. Elle ne pouvait penser qu'à Jackson. Elle aurait tant voulu que Jackson soit là !

— Cameron ? répéta Taye.

Mais elle l'entendit à peine. Sa voix semblait venir de très loin.

— Naomi ! dit cette voix lointaine. Je pense que quelque chose ne va pas avec Cameron.

— Non, non, je vais bien, marmonna-t-elle.

Elle baissa les yeux sur sa robe pour s'assurer qu'elle n'était pas tachée de sang. Non, pas de sang… Juste une indigestion alors. Le bébé allait bien, Dieu merci ! Mais sa tête la martelait et sa langue était épaisse et pâteuse dans sa bouche.

— Je… je suis juste un peu fatiguée, c'est tout, s'entendit-elle dire. Je… je n'ai pas bien dormi cette nuit.

Elle vit Taye venir vers elle. Puis la pièce se mit à tourner plus vite encore autour d'elle, et sa sœur parut disparaître de sa vue. Une autre crampe lui crispa le ventre et elle se plia en deux. Au même moment, le sol sembla monter vers elle et elle sentit fléchir ses genoux. Sa tête dut heurter le montant du lit quand elle tomba, car elle sentit une vive douleur sous son crâne.

Puis ce fut l'obscurité.

Cameron reprit conscience dans un univers flou et cotonneux. Elle ne savait pas où elle était ni avec qui. Elle avait l'impression de flotter, mais sa tête était douloureuse et son ventre encore plus. Elle gémit et quelqu'un pressa un linge humide et frais sur son front brûlant.

— Cela fait presque une semaine. Et elle ne va pas mieux !

Etait-ce Taye ?

— Ça va s'arranger, dit une autre voix familière. C'était juste cette mauvaise eau, je vous dis. Si on la fait bouillir, elle ira mieux.

— Je ne comprends pas comment cela peut être l'eau. Tu en as bu. J'en ai bu. Je pense que nous devons trouver un médecin…

Oui, ce devait être Taye. Et l'autre femme ? Cameron connaissait cette voix fluide. Naomi ! C'était Naomi…

— Amenez-lui un docteur et elle ira plus mal ! persifla cette dernière. C'est la seule qui est tombée malade parce que son corps était le plus faible, pour commencer ! Je remercie le Dieu de Noah que mon garçon ait bu mon lait et pas cette eau, sinon il pourrait bien être malade aussi. Les tétines d'une maman, elles filtrent les mauvais esprits !

— Je ne peux pas croire qu'il n'y ait rien à faire à part rester assises et attendre qu'elle aille mieux, protesta Taye en ajustant le linge frais sur le front de Cameron.

Cameron voulut parler. Elle voulut dire à Taye qu'elle ne voulait pas être ici. Ici, c'était Richmond, elle s'en souvenait à présent. Mais elle n'était pas censée être à Richmond. Elle voulait aller à Elmwood. Elle savait qu'elle ne serait pas malade si elle retrouvait son cher Elmwood.

Elle voulut leur dire, mais elle ne trouvait pas les mots. Ou plutôt, sa bouche ne voulait pas lui obéir, et les deux jeunes femmes continuaient à parler comme si elle n'était pas là.

— En plus, on ne fait pas rien, déclara Naomi. Je vous l'ai dit, on fait bouillir de l'eau et tout ce qui peut entrer dans sa bouche. La chaleur tue les mauvais esprits. Il faut qu'on continue à lui en donner. Laver les mauvais esprits avec les bons.

— J'aimerais savoir comment trouver Jackson. Il sera si fâché contre nous quand il comprendra que nous avons quitté Baltimore et que Cameron est tombée malade à Richmond.

— Pas moyen de le trouver. Vous l'avez dit vous-même. Il est allé en Louisiane. Il rentrera bientôt. Il va voir que sa femme est partie et il partira après nous. C'est sûr.

Cameron sentit que Taye pressait de nouveau le linge rafraîchi sur son front. C'était si bon que cela lui donna envie de dormir.

— J'espère qu'elle vivra assez longtemps pour que Jackson puisse nous trouver, fut la dernière chose qu'elle entendit avant de sombrer dans un épais sommeil.

— Faites vos jeux, messieurs, dit un homme en chemise blanche et gilet de soie rouge.

Jackson jeta nonchalamment plusieurs billets pour son prochain pari, puis prit les dés en ivoire et les lança.

L'attroupement qui s'était formé autour de la table de jeu sur le *Saint Louis,* le bateau à aubes qui le conduisait en Louisiane, applaudit en poussant des exclamations excitées : Jackson avait de nouveau gagné. Des hommes et des femmes qu'il ne connaissait pas l'appelèrent par son nom. Certains offrirent de lui payer à boire. Une femme s'offrit même à lui en un murmure rauque à son oreille.

Les lampes à huile qui se balançaient au plafond jetaient une lumière brillante sur la pièce. Le whisky coulait à flots et des dames de petite vertu allaient d'une table à l'autre pour le plaisir des clients. La lumière, les femmes et le bruit avaient pour but de garder un homme debout, à dépenser son argent, mais Jackson souhaitait surtout être n'importe où ailleurs.

Il poussa un soupir d'ennui. Dans les années qui avaient précédé la guerre, il avait beaucoup joué. Il était considéré comme un client qui misait de fortes sommes, et il avait été acclamé dans la plupart des tripots du Sud. Il lui arrivait de rester des jours sans manger ni dormir pour faire des parties sans fin de poker ou de dés. Mais ces passe-temps ne l'intéressaient plus.

Cela faisait une semaine qu'ils étaient en route et il devenait impatient d'arriver. Il n'avait obtenu aucune information sur Thompson et ses pillards. S'il s'attardait dans cette salle de jeu, c'était parce qu'il espérait être contacté, mais il était à présent minuit bien passé et son contact anonyme ne se montrerait probablement plus. Jackson en vint à se demander si ce contact existait vraiment ou si Marie avait inventé toute l'histoire afin de l'avoir seul ici avec elle. Elle en était fort capable!

Il soupira, irrité. Son père lui avait toujours dit qu'une femme n'était qu'une épine dans le flanc d'un homme, et il commençait à penser qu'il avait raison. On ne pouvait vivre avec elles, on ne pouvait vivre sans elles.

Il leva les yeux de la table de jeu pour inspecter le groupe de joueurs. Tous étaient riches et bien habillés. Si son contact était parmi eux, ne se serait-il pas fait connaître, à cette heure? Il avait envie de se retirer pour la nuit, d'aller dormir et de s'évader dans un oubli béni où il n'avait pas besoin de jouer la comédie. Et où il n'avait pas à penser non plus à la beauté rousse au vif tempérament qui était toute sa vie.

Il lança les dés une fois encore. Il s'était trompé en pensant que mettre des centaines de milles entre eux atténuerait sa colère… ou la douleur de son rejet.

Une partie de lui avait envie de rentrer immédiatement à Baltimore, pour redresser tout ce qui était allé de travers. Mais l'autre partie restait butée. C'était Cameron qui était à l'origine de ce différend entre eux. Elle n'était pas satisfaite de son rôle d'épouse alors que lui l'était parfaitement. Elle méritait de mijoter un peu à la maison.

— On parie de nouveau, messieurs, annonça l'homme au gilet rouge.

Jackson prit une partie de ses derniers gains et la jeta sur la table sans compter les billets, puis il leva les yeux et vit Marie s'approcher, un verre de whisky dans chaque main. Ce soir-là, elle était vêtue d'une robe de soie rose qui faisait ressortir son teint mat et sa chevelure d'ébène, la rendant encore plus jolie qu'en plein jour. Et ces lèvres rubis… N'importe quel homme normalement constitué ne pouvait détacher les yeux de ces lèvres et des promesses qu'elles semblaient chuchoter, même quand elle se taisait.

— Vous voilà, Jackson, fit-elle d'une voix de chatte en se glissant à côté de lui et en lui mettant d'office un verre dans la main.

Elle leva le menton pour lui réclamer un baiser et il se pencha sur elle, bénéficiant d'une belle vue sur ses seins et d'une bouffée de son parfum enivrant. Il effleura ses lèvres rouges de sa bouche et elle soupira, coquette.

— Vous gagnez ?

Elle le regarda à travers le voile de ses cils noirs en sirotant son whisky.

— Je gagne toujours.

Il voulut reprendre les dés, mais elle les saisit.

— Donnez-les-moi, ma douce, dit-il en s'efforçant de ne pas montrer son impatience.

Des yeux regardaient. Des oreilles écoutaient. Il devait bien prendre soin d'être ce qu'il voulait paraître.

Marie rejeta la tête en arrière, ses boucles lustrées relevées en une coiffure élaborée, et embrassa chaque dé en ivoire.

— Pour vous porter chance.

Il accepta les dés qu'elle laissa tomber dans sa main et les lança. Il gagna de nouveau.

Marie posa son verre et applaudit avant de ramasser l'argent à poignées.

— Je vous avais dit que mes baisers portaient chance !

Jackson baissa les yeux sur elle.

— Je pense que j'en ai assez, dit-il. Je vais me retirer.

— Excellente idée, approuva-t-elle. Ajoutez les gains du capitaine Logan à son compte, ordonna-t-elle en s'éloignant au bras de Jackson. Il est las de vos petits jeux.

Ils quittèrent les lumières vives de la salle et sortirent sur le pont, s'éloignant en direction des cabines des passagers. La brise chaude et odorante qui montait des eaux noires du Mississippi rappela à Jackson l'époque où il était encore un jeune homme travaillant pour son père dans la compagnie de navigation familiale et voguant sur l'océan. C'était une époque tellement plus simple, alors !

— Nous attendons encore un soir, dit-il à mi-voix. Et si votre contact ne vient pas…

— Il viendra. Je vous assure, mais il a dit qu'il devait être prudent. Nous accostons demain matin. C'est sûrement là qu'il montera à bord.

— Un soir de plus, répéta Jackson, et nous quitterons le bateau.

Il s'arrêta devant la porte de la cabine de Marie.

— Voulez-vous entrer prendre un verre ?

Elle posa la main sur son bras, et même à travers l'étoffe de sa jaquette il sentit la chaleur de son désir pour lui. Ce désir l'irritait, alors que Cameron, sa propre femme, l'avait chassé de son lit.

Mais il n'entrerait pas. C'était une mauvaise idée. Marie était trop tentante et il était de trop mauvaise humeur.

— Bonne nuit, Marie.

Elle sourit et lui caressa la joue. Il la laissa faire, se disant que c'était pour les apparences. Tout le monde connaissait sa réputation, alors il était plus facile de prétendre être lui-même que quelqu'un d'autre. Il avait embarqué sur le *Saint Louis* avec elle sous le prétexte de se rendre à La Nouvelle-Orléans pour affaires. Il présumait que tout le monde supposerait qu'il voyageait avec sa maîtresse ; c'était la parfaite couverture. Il avait même dit au commissaire de bord que, afin de « sauvegarder les apparences », Mme LeLaurie et lui utiliseraient des cabines séparées.

— Bonne nuit, murmura-t-elle docilement en se glissant sans bruit dans sa cabine.

Jackson retrouva alors Falcon qui attendait près de sa porte, fixant l'obscurité.

— Du nouveau ? demanda l'Indien.

— Non. Je vais me coucher. Si nous ne sommes pas contactés d'ici demain soir, j'ai dit à Marie que nous arrêterons là et rentrerons.

Falcon hocha la tête. Il y avait assez de place pour qu'il partage la cabine de Jackson, mais il passait chaque nuit sur le pont, disant qu'il préférait dormir sous les étoiles.

— Alors à demain matin, mon ami.

Jackson lui fit un petit signe et entra dans sa cabine. Elle était plutôt spacieuse pour un bateau à aubes et décorée de panneaux de chêne, de draperies et de draps luxueux. Il ôta ses habits et les laissa tomber par terre, puis traversa nu le tapis d'Orient cloué au sol pour gagner la couchette encastrée. Le clair de lune entrait par le hublot ouvert et jetait une bande de lumière qui allait du lit à la porte.

Il s'allongea en travers des draps lisses et passa un bras sous sa tête. Il fixa alors le plafond lambrissé tout en écoutant les grincements et les grognements du bateau qui descendait le Mississippi. Il était fatigué, mais il savait qu'il mettrait longtemps à s'endormir. Des images de Cameron et de Marie dansaient dans sa tête, l'une se superposant souvent à l'autre. Il entendait leurs voix, si différentes et si familières. Marie était facile à vivre, docile. Alors que Cameron était souvent si… difficile… Mais il n'aimait plus Marie. Il aimait Cameron.

Il n'était pas au lit depuis dix minutes qu'il entendit un bruit devant sa porte. Il se figea, tendant l'oreille. Pas de doute, quelqu'un se tenait là… Quelqu'un qui n'aurait pas dû être là. D'un geste vif, il tira un pistolet de sous le matelas. Et quand la porte s'ouvrit doucement, il était à genoux sur le lit, son arme pointée vers l'intrus.

— Doux Jésus, Jackson ! Quelle façon d'accueillir une femme !

Marie referma la porte derrière elle tandis qu'il abaissait le pistolet. Tout son corps tremblait, mais ses mains serraient l'arme fermement.

— Bon sang, Marie, j'aurais pu vous tirer dessus ! grommela-t-il en remettant le pistolet chargé sous le matelas.

Elle s'avança dans le rayon de lune et il retint son souffle, constatant qu'elle était entièrement nue.

Son corps réagit contre son gré, et il ne pouvait le cacher.

— Comment diable avez-vous longé la coursive dans cette tenue ? demanda-t-il d'un ton sec.

Elle posa les mains sur ses hanches arrondies. Elle avait des formes plus épanouies que Cameron. Sa poitrine et ses hanches étaient plus généreuses, sa taille plus fine. Elle avait dénoué ses cheveux et ils tombaient en vagues noires sur ses épaules et le long de son dos. Un corps parfait de maîtresse…

— Depuis quand êtes-vous devenu aussi ennuyeux, Jackson ? Est-ce l'effet que le mariage a sur vous ?

Elle s'avança vers lui.

— Il vous a donc rendu si terne ?

Jackson déglutit fortement, essayant de penser à autre chose qu'au nid de boucles noires entre ses cuisses. Il résolut une équation. Compta mentalement les poutres du plafond. Fit l'inventaire de ses chaussures dans la malle au pied du lit. Lentement, son excitation se calma un peu.

— Jackson…, dit Marie dans un souffle.

Et juste ainsi, sur un simple mot d'elle, son sexe se durcit et se dressa de nouveau.

Ce serait une nuit, pensa-t-il. Juste une nuit. Après tout, Cameron l'avait chassé de sa chambre. Elle lui avait dénié ses privilèges d'époux. N'avait-il pas le droit, en ce cas, de chercher consolation dans les bras d'une autre femme ? Des bras si désireux de l'étreindre ?

Il bondit du lit et arracha le drap. Quand elle se glissa dans ses bras écartés, il couvrit son corps nu, prenant soin de ne pas toucher sa peau.

— Par tous les diables, que faites-vous ici, Marie ?

Elle répondit en pressant sa bouche sur la sienne, une bouche chaude et douce. Il y avait quelque chose d'irrésistible dans la familiarité de son goût et dans le fait qu'elle le voulait.

Sa résolution se brisa. Le drap tomba et il saisit à deux mains ses fesses nues, fiévreusement.

Marie gémit, pressant ses hanches contre lui, le provoquant.

Il s'empara d'un sein lourd et courba la tête pour prendre sa pointe sombre dans sa bouche. Il le téta avidement, ne se souciant pas de lui faire mal.

Elle s'accrocha à lui, poussant de petits cris haletants.

— Prenez-moi, gémit-elle, baissant la main pour saisir son sexe engorgé. Je vous en prie, Jackson, prenez-moi tout de suite avant que je ne meure de désir pour vous !

Jackson l'attrapa par les cheveux et lui renversa la tête en arrière, couvrant sa bouche de la sienne. Juste cette fois. Personne ne le saurait, se dit-il. Il méritait de l'avoir.

Puis il ouvrit les yeux et vit des yeux ambrés fixés sur lui, pas noirs. *Cameron...* C'étaient ses yeux qui le regardaient.

Il avait aimé Cameron dès l'instant où il l'avait rencontrée. Il l'avait aimée d'un amour profond, féroce, un amour très différent de ce qu'il avait éprouvé pour Marie, très différent de ce qu'il pourrait jamais éprouver pour elle.

Ce qui l'agitait à présent était purement physique. Il s'agissait de concupiscence, de colère et de douleur d'être rejeté. Il le savait.

Alors, rassemblant toute la force qu'il possédait, il prit Marie par les épaules et la repoussa.

— Non, dit-il.

Il serra les poings, combattant le désir qui pulsait en lui comme une blessure qui ne voulait pas guérir.

— Je ne comprends pas.

Elle paraissait sincèrement blessée et il sentit sa poitrine se contracter.

— Qu'est-ce que vous ne comprenez pas? Je ne suis pas intéressé, Marie… C'est pourtant simple.

— Mais, Jackson, vous m'avez embrassée tout à l'heure à la table de jeu.

Ses lèvres rouges firent la moue. Elle paraissait tellement décontenancée.

— Vous m'avez embrassée et j'ai pensé…

— Ne confondez pas le jeu que nous jouons en public avec la réalité, Marie. Là-bas… cela faisait partie du jeu.

— Et ici? murmura-t-elle.

— Je suis désolé…

Il fit un autre pas en arrière. La contraction de ses reins commençait à se dissiper. Son esprit reprenait le contrôle de son corps. Marie était aussi belle qu'un ange noir, le parfum de sa peau était paradisiaque, mais il ne pouvait se permettre de flancher.

— Vous me manquez, Jackson. J'ai besoin de vous. Ne me désirez-vous pas encore? demanda-t-elle d'une voix rauque et sensuelle.

Il fit un geste raide, et répondit de façon plus raide encore :

— Je suis un homme marié, maintenant.

Elle se rapprocha.

— Vous étiez aussi un homme marié cette nuit-là, près d'Atlanta…

Jackson se détourna d'elle, de son corps nu qui se découpait voluptueusement sur le clair de lune.

— C'était une erreur.

Elle s'approcha, promena une main sur son dos nu, sur ses fesses.

— Non, ce n'était pas une erreur. C'était la meilleure…

— Marie !

Il la prit par les deux bras et l'écarta de lui.

— C'était une erreur !

Il détourna les yeux, incapable de la regarder en face… de se regarder en face.

— Je me sentais seul. J'étais effrayé. Je…

— Vous ne pourriez jamais être effrayé par rien, Jackson. C'est pourquoi je vous aimerai toujours, murmura-t-elle.

— Eh bien, vous ne devriez pas.

Il s'obligea à plonger son regard dans ces yeux noirs dont il craignait qu'ils le prennent dans un sortilège.

— Vous ne devriez pas, parce que j'aime une autre femme, maintenant.

Il avait envie de lui dire qu'elle avait eu ses chances des années auparavant, mais il ne le fit pas. Il ne voulait pas revenir sur leur passé. Il voulait juste qu'elle sorte de sa cabine.

— J'aime Cameron et je ne vous aime pas.

— Espèce de butor ! fulmina-t-elle.

On frappa doucement à la porte et le regard de Jackson alla au panneau de bois.

— Jackson ?

— Entrez, dit-il d'un ton bourru.

Marie fit entendre un petit cri de dérision et resserra le drap sur sa nudité. Elle n'aimait pas plus Falcon qu'il ne l'appréciait.

Le Cherokee parut sur le seuil, dans l'ombre.

— J'ai entendu des voix, dit-il. Je voulais être sûr que vous n'aviez pas besoin de moi.

Jackson sourit dans la pénombre. Falcon était malin ; il lui revaudrait cela.

— Marie allait juste partir. Voudriez-vous la raccompagner à sa cabine, s'il vous plaît ?

Falcon tint la porte ouverte, ne laissant à Marie d'autre

choix que de sortir le plus dignement possible, étant donné les circonstances.

— Plus qu'un jour, lança doucement Jackson derrière elle. Et je rentrerai chez moi, par tous les diables !

Sur l'insistance de Jackson, ils débarquèrent à Baton Rouge deux jours plus tard. Le contact de Marie ne s'était jamais montré et Jackson était d'une humeur noire. Il avait l'impression d'avoir perdu son temps.

— Je ne comprends pas pourquoi vous ne voulez pas rester un jour ou deux de plus, dit Marie sous la dentelle de son ombrelle jaune clair, tandis qu'ils traversaient le quai pourrissant où le bateau avait accosté. Vous avez toujours aimé Baton Rouge.

Elle fit glisser sa main sur son épaule.

— Et Baton Rouge vous a toujours aimé, Jackson…

L'ignorant, il jeta un coup d'œil à Falcon.

— Dès que les sacs seront déchargés, nous irons à la gare. Dieu sait combien de temps nous devrons attendre un train pour le Nord ! Les voies ferrées sont encore détruites partout dans le Sud.

Falcon hocha sa tête brune, balayant du regard les quais tout autour d'eux tandis qu'une nuée de vendeurs se frayaient un chemin entre les Noirs transpirants qui déchargeaient les bateaux pour prendre d'assaut les passagers qui débarquaient. La foule le mettait toujours mal à l'aise.

Une femme sale, avec un énorme goitre, suppliait les voyageurs de lui acheter son lait frais. Un jeune garçon coiffé d'un chapeau de paille offrait des bonbons. Derrière eux, un nain à la peau couleur café et à la tête rasée faisait des affaires en proposant des écrevisses cuites à la vapeur. L'air était humide et lourd des relents de poisson pourri, de goudron et d'eau stagnante. Cette puanteur assaillait Jackson, heurtant ses sens tout autant que la cacophonie de sifflets, de jurons, de grincements de roues de charrettes, de braiements de mules, auxquels s'ajoutait la musique d'une bande de musiciens qui pensaient visiblement que le volume sonore pouvait compenser leur manque de talent et de sobriété.

— Monsieur, quelques sous pour un homme qui a soif?

Un soldat barbu et manchot, vêtu des haillons gris de ce qui avait été jadis un uniforme confédéré, planta son visage devant celui de Jackson, le faisant sursauter.

Marie glapit de dégoût, reculant de crainte que l'homme ne la touche.

— Ecartez-vous! grogna Falcon en essayant de se mettre entre Jackson et le soldat.

Jackson mit la main dans sa poche pour prendre quelques pièces, ne pouvant s'empêcher de reculer devant l'odeur de l'homme.

— Vous feriez mieux de vous acheter un repas et une barre de savon, au lieu de whisky! lui dit-il.

— Capitaine Logan…, chuchota alors le soldat en rapprochant encore son visage. J'ai un message pour vous.

Il parlait comme un homme éduqué.

Le regard de Jackson alla à Falcon, lui faisant comprendre qu'il devait s'écarter. Puis il revint au soldat et sortit une bourse en peau de sa veste, sachant que n'importe qui pouvait les observer.

— Vous n'avez donc aucune fierté, mon gars? dit-il d'un ton sévère.

— Je ne peux croire que vous allez lui donner de l'argent, protesta Marie en secouant l'ourlet de sa robe jaune. Les mendiants n'apprendront jamais à trouver un travail honnête si nous continuons à leur faire l'aumône!

— Qu'est-ce que c'est? murmura Jackson au soldat, en prenant son temps pour tirer les pièces de sa bourse. Et pourquoi devrais-je croire un mot de ce que vous dites?

— Au nom de Puck's Hill, répondit le vétéran.

Jackson hocha la tête, reconnaissant le mot de passe que Marie elle-même ignorait.

— Jessop, l'homme que vous deviez rencontrer, est mort, chuchota le soldat.

— Mort?

Jackson croisa des yeux marron clair qui s'étaient soudain emplis de larmes.

— Ils l'ont tué.

— Comment le savez-vous?

L'homme s'essuya les yeux du revers de sa main sale.

— Parce que je l'ai enterré. C'était mon fils. Il a trempé là-dedans pendant quelque temps. Quand il s'est rendu compte de sa folie et qu'il a essayé de se retirer, ça lui a coûté la vie.

— Qui l'a tué?

— Vous savez bien qui. Les hommes de Thompson.

— Alors ils existent vraiment?

Jackson mit des pièces dans la main crasseuse du soldat. Pour quiconque les regardait, il offrait simplement de l'argent et de la sympathie à l'un des braves du Sud, tombé dans la misère.

— Bien sûr, qu'ils existent! Quand est-ce que vous cesserez de nous sous-estimer, vous, maudits yankees? Les Thompson's Raiders sont réels et deviennent plus nombreux chaque jour, grommela le soldat à mi-voix.

— Dans quel but?

Jackson se remit à marcher, comme s'il essayait de se débarrasser du mendiant.

— La guerre est finie.

— Il ne s'agit plus de droits des Etats. Il s'agit de haine. De vengeance.

— Où est Thompson?

— Je ne sais pas. Mon fils n'a pas voulu me le dire. Vous devez voir un homme appelé Spider Bartlett à Birmingham, mais il ne sera pas en place avant le mois prochain. C'est l'un des hommes de Thompson. Thompson le croit, du moins.

— Bartlett à Birmingham, répéta Jackson.

— Merci pour l'argent, reprit le soldat à voix haute. Il paiera une bouteille de réconfort. Les boissons fortes sont tout ce qui me fait tenir, maintenant. Le monde n'est plus ce qu'il était... et ne le sera plus jamais.

Il disparut dans la foule animée. Marie passa un bras sous celui de Jackson, les yeux plissés de plaisir.

— C'était lui, n'est-ce pas? chuchota-t-elle. Il était juste un peu en retard.

— Non, ce n'était pas lui.

— Vous mentez.

— Nous en parlerons plus tard.

— Jackson?

Elle lui pressa le bras; l'agacement rendait sa voix stridente. Il se libéra de sa main.

— J'ai dit plus tard.

— Combien de temps? murmura Cameron, la voix râpeuse.

Taye porta le verre d'eau à ses lèvres.

— Onze jours.

Cameron plissa les paupières devant la lumière vive qui filtrait entre les rideaux fermés.

— Onze jours? Presque deux semaines!

Elle but une autre gorgée d'eau et se rallongea sur le lit, épuisée par ces quelques gestes.

— Il me semble que nous sommes arrivées il y a quelques minutes à peine.

— Tu as été très malade.

Taye posa le verre et plaça un linge humide sur le front de sa sœur.

Se rappelant soudain, Cameron posa sa main sur son ventre.

— Le bébé? chuchota-t-elle.

Taye sourit, lui essuyant le front et les joues.

— Il va bien. Naomi pense que c'était l'eau. De mauvais esprits.

Elle leva les yeux au ciel, indiquant qu'elle ne croyait pas à ces superstitions.

— Elle dit que ton âme est plus faible parce que tu portes le bébé. Je ne sais pas... Nous avons toutes bu cette eau le premier soir, au dîner...

Elle enleva le linge et le plongea dans la cuvette près du lit.

— Je pense surtout qu'elle est pleine de sottises vaudou.

Elle haussa une épaule.

— Cela dit, j'ai quand même fait bouillir l'eau et tu as semblé aller mieux. Nous ne buvons plus que de l'eau bouillie, nous aussi.

Cameron promena les yeux sur la médiocre chambre d'hôtel. Elle avait été nettoyée pendant qu'elle était malade, mais le papier peint était toujours fané et déchiré, les rideaux toujours en lambeaux. Au moins, elle ne sentait plus la fumée de kérosène et le moisi !

— Où est Naomi ?

— Elle est allée au marché. Depuis que tu es tombée malade, nous n'osons plus manger la nourriture de l'hôtel. Naomi fait la cuisine pour nous dans la cheminée.

Elle désigna les braises d'un signe de tête.

— Ça rend la pièce chaude, mais au moins personne d'autre n'a été empoisonné !

— Et Ngosi ?

Taye sourit.

— Il pousse bien avec le lait de sa maman. Il grandit de jour en jour.

Cameron sourit et s'adossa à l'oreiller. Elle avait envie de demander à Taye si elle avait eu des nouvelles de Jackson, mais c'était stupide. Il était à La Nouvelle-Orléans et la croyait à Baltimore, en sécurité et en bonne santé.

— Je veux aller à la maison, Taye. A Elmwood…

— Dans deux ou trois jours. Naomi dit que tu as besoin de reprendre des forces avant que nous voyagions de nouveau. Elle est allée à la gare plusieurs fois et pense qu'elle a trouvé un moyen de se rendre à Jackson.

Cameron tendit le bras et prit la main de Taye.

— Merci beaucoup de m'avoir soignée, murmura-t-elle.

— Ne sois pas ridicule.

Taye pressa la main de Cameron et se leva, s'affairant avec la cuvette.

— Je n'ai rien fait que tu ne ferais pour moi dans les mêmes circonstances.

Cameron se redressa pour regarder sa jolie sœur d'un œil neuf. Elle avait cru Taye faible, autrefois, mais elle était aussi forte que n'importe quel Campbell. Peut-être même plus forte du fait de l'héritage de sa mère.

— J'espère que tu dis vrai.

— Bien sûr que je dis vrai! Maintenant, cesse de parler et laisse-moi te donner quelque chose à manger. Naomi a préparé une savoureuse soupe de lentilles et je sais que tu voudras la goûter.

Cameron s'adossa à l'oreiller. Quelle merveilleuse chose que son père ait suffisamment aimé une femme comme Sukey pour lui donner une sœur comme Taye!

12

Jackson arriva à Baltimore juste après le lever du jour. Lorsqu'il entra dans la maison, tout était encore silencieux. Tandis qu'il montait l'escalier et pénétrait dans une chambre d'invités pour prendre un bain avant d'aller trouver Cameron, il ne rencontra pas une âme, à part un jeune domestique tout ensommeillé.

Le garçon lui apporta de l'eau chaude, et Jackson se rasa et lava de son corps la crasse de son voyage infructueux. En revêtant des habits propres, il songea à ce qu'il allait dire au secrétaire d'Etat quand il le verrait le lendemain, car il n'en savait pas plus sur Thompson que deux semaines plus tôt et sa frustration était à son comble.

Il estimait qu'il était de son devoir de citoyen de soutenir et d'aider le président de toutes les façons qu'il pouvait, par loyauté envers lui, mais aussi envers son prédécesseur assassiné.

La maison était encore relativement silencieuse, mais il distinguait maintenant du bruit en bas, du côté de la cuisine. Nul doute que Naomi faisait s'affairer les femmes, préparant la journée. Elle s'avérait une excellente gouvernante, peut-être parce qu'elle ne se voyait plus comme une esclave, contrairement à beaucoup de ses employés.

Alors qu'il longeait le couloir, il décida qu'il passerait toute la journée avec Cameron. Ils feraient ce qu'elle voudrait. Des emplettes, monter à cheval au parc, même voir ses maudits pur-sang si cela pouvait lui faire plaisir. Il lui devait bien ça.

Peut-être que son entière attention était ce dont elle avait besoin... ainsi qu'un petit cadeau.

Il s'arrêta devant la porte de la chambre et tira de sa veste le pochon de velours noir. Il défit le cordon et sortit l'un des pendants d'oreilles en émeraudes pour l'admirer. Il ne doutait pas que Cameron adorerait les pierres de la taille d'un gland ; leur vert profond irait à merveille avec ses cheveux roux.

Il laissa retomber le bijou dans son écrin et frappa légèrement à la porte.

— Cameron ? Cam, c'est Jackson. Je suis rentré.

Il tourna le bouton, se demandant encore s'il allait la surprendre en la réveillant, ou simplement laisser le pochon en velours sur l'oreiller à côté d'elle.

Juste avant d'ouvrir la porte, il aperçut Addy qui arrivait de l'escalier de service, les bras chargés d'une pile de linge propre.

— Capitaine ! s'écria-t-elle, paraissant aussi saisie que si elle avait vu un fantôme.

— Bonjour, Addy. Je viens tout juste de rentrer...

Il fit un signe de tête vers la porte entrouverte.

— Mme Logan n'est pas encore réveillée, je suppose ?

Addy ouvrit et referma la bouche, mais aucun son n'en sortit. Quelque chose n'allait pas.

Il ouvrit brusquement la porte.

La belle chambre, avec ses rideaux de velours et ses tentures de brocart, était vide, et leur grand lit sculpté pas défait.

Cameron était invisible. Il n'y avait pas de tasse de thé sur la table de chevet. Pas un seul livre ou un seul jupon n'était jeté par terre à côté du lit.

— Addy ! cria-t-il.

Il voulait croire qu'il y avait une explication parfaitement simple à l'absence de Cameron à 8 heures du matin. Elle s'était levée de bonne heure pour aller chevaucher avant que le soleil estival ne soit trop chaud, ou bien elle avait un rendez-vous matinal chez sa couturière.

Mais son estomac contracté lui disait que ce n'était pas l'explication. *La petite peste !* pensa-t-il.

— Addy, où est Mme Logan ? aboya-t-il, connaissant la réponse mais ayant besoin de l'entendre quand même.

— Partie, couina la soubrette, serrant les draps dans ses bras.

— Partie !

Addy se recroquevilla comme s'il allait la frapper et Jackson détourna les yeux, se forçant à se calmer. Sa tête le martelait soudain, et il serrait les poings. Il n'avait aucun droit de diriger sa fureur contre quiconque, à part contre celle qui le méritait.

— Où est-elle allée, Addy ?

— Dans le Mississippi, à ce qu'on croit, murmura la jeune fille. Miss Taye et Naomi aussi.

Jackson serra de nouveau les poings, mais ne haussa pas la voix.

— Depuis combien de temps ?

Son esprit galopait. Peut-être venait-elle juste de s'enfuir. Peut-être pouvait-il la rattraper. Peut-être…

— Cela fait près de deux semaines.

— Deux semaines ? Et personne ne m'a fait prévenir ?

— On savait pas où vous étiez, capitaine. Tout le monde disait que c'était un secret, répondit Addy d'une voix tremblante.

Il lui tourna le dos. Personne n'aurait pu le contacter en effet. Il l'avait voulu ainsi, pour se venger de Cameron.

— Vous pouvez aller, Addy, dit-il doucement.

Il l'entendit dévaler l'escalier de service tandis qu'il refermait la porte derrière lui. Seul dans la chambre, il sortit le pochon de velours de sa veste et le jeta par terre. Puis il l'écrasa du talon de sa botte et sentit craquer les bijoux, ce qui lui fit plaisir. Serrant la mâchoire, il appuya encore. Un des pendants s'échappa par l'ouverture et il avança le pied pour achever de le mettre en pièces.

Mais ce ne fut pas suffisant pour calmer sa fureur. Il fixa le lit vide et surprit son reflet dans le miroir en pied de Cameron. Il croisa son regard empli d'une rage sourde.

Apparemment, sa prochaine destination était le Mississippi.

*
* *

— Je ne peux vous dire que faire, Thomas. Je peux seulement vous rappeler à quoi ressemble la ville maintenant et le genre de personnes qui hantent les rues.

Tout en parlant, Jackson préparait son cheval. Falcon sellait sa monture dans la stalle voisine.

— Vous y êtes allé, poursuivit-il sombrement. Vous savez donc que ce n'est pas un endroit pour des femmes convenables, à l'époque actuelle.

Thomas parut se tortiller dans sa redingote marron.

— Je ne peux pas croire que Taye ait laissé ce message disant que Cameron et elle étaient parties pour New York, dit-il.

Sa pomme d'Adam s'agita.

— J'ai supposé que c'était vrai parce que vous étiez parti très abruptement pour La Nouvelle-Orléans et que…

— Et que Cameron était furieuse contre moi ?

— Je ne peux pas croire que Taye m'ait trompé de cette façon ! répéta Thomas.

— Bien sûr que si, vous pouvez le croire !

Jackson vérifia la courroie une dernière fois, se forçant à prendre son temps pour ménager le cheval.

— Cameron dit : « Jackson ne veut pas que j'aille dans le Mississippi. Mais j'y vais quand même parce que je suis une petite fille à papa gâtée et égoïste qui refuse de grandir. » Elle regarde Taye et demande : « Veux-tu venir avec moi ? » Et Taye accepte sans y réfléchir à deux fois. Ça a toujours été comme ça avec elles !

— Mais pourtant, Taye comprenait mes inquiétudes et mes réserves concernant le fait qu'elle aille là-bas après notre mariage !

Thomas toussa et sortit un mouchoir pour le presser sur sa bouche.

— Cela ne lui ressemble pas de se montrer aussi irresponsable !

— Sauf si ma femme s'en mêle, nuança Jackson avec aigreur.

— Je ne sais que faire, marmonna Thomas dans son mouchoir.

J'ai un rendez-vous important cet après-midi. Un homme qui envisage de me prendre sous contrat pour sa compagnie de navigation à La Nouvelle-Orléans. Les honoraires de départ à eux seuls seraient suffisants pour rouvrir mon cabinet.

— Ecoutez, Thomas, pourquoi ne restez-vous pas ici ? Occupez-vous de vos affaires et laissez-moi aller à Jackson pour ramener ces deux péronnelles à la maison. Je peux gifler Taye pour vous, si vous voulez.

Thomas leva les yeux en repliant son mouchoir, le visage solennel.

— Je ne frapperais jamais une femme et j'espère que vous ne le feriez pas non plus.

— Je plaisantais, Thomas, répondit un peu sèchement Jackson en jetant sa sacoche en cuir sur le dos de son cheval. Je ne frapperais jamais ma femme ni aucune autre Vous me connaissez.

Il secoua la tête.

— Non pas que Cameron ne m'ait pas tenté de le faire ! Et ne me tente encore maintenant ! Bon sang, à quoi pensait-elle ? Ne se rend-elle pas compte qu'elle risque sa propre vie ? Et celle de Taye ?

— Nous devons y aller, mon ami, si nous voulons attraper le train, lui rappela Falcon de l'autre stalle.

Jackson lui jeta un coup d'œil. Le Cherokee était toujours si silencieux qu'il était facile d'oublier sa présence. Mais Jackson était content qu'il soit là, content qu'il l'accompagne dans le Mississippi. Il serait la voix de sa raison comme il l'avait été tant de fois par le passé.

— Je vous enverrai un télégramme dès que nous les aurons retrouvées, Thomas. Elles sont probablement en sûreté, campant misérablement dans la salle de bal d'Elmwood et regrettant ardemment de ne pas nous avoir écoutés.

Il saisit le bras du jeune juriste.

— Essayez de ne pas vous inquiéter. Elles sont résistantes, et Naomi est avec elles. Je suis sûr qu'elles vont bien.

Thomas recula pour le laisser passer avec son cheval, puis

se tint dans la cour des écuries pendant que les deux hommes montaient.

— Nous reviendrons bientôt, dit encore Jackson en levant son chapeau pour le saluer.

Puis Falcon et lui se dirigèrent vers le nord, en direction de la gare. S'ils se dépêchaient, ils pourraient prendre le prochain train pour Richmond.

Falcon jeta un coup d'œil vers la maison par-dessus son épaule.

— C'est un homme bien…

— Thomas? releva Jackson en s'installant plus confortablement sur sa selle. Oui. Il était loyal au sénateur Campbell et il a été un bon ami pour moi.

— C'est un homme bien, reprit Falcon, mais ce n'est pas l'homme qu'il faut à Taye.

Jackson le dévisagea, intrigué, mais son compagnon ne donna pas d'explication et il sut qu'il n'y en aurait pas. Du moins pour le moment.

Taye serra la main de Cameron, la forçant à détacher son regard de la fenêtre du train. Elles s'étaient habituées aux paysages, à présent, mais elles n'étaient pas devenues indifférentes aux dévastations qui continuaient à défiler devant elles.

— Nous devrions rentrer à Baltimore, Cam, dit-elle fermement.

— Je ne rentre pas, Taye!

— Je savais que c'était une mauvaise idée, poursuivit Taye. J'ai été égoïste d'accepter de t'accompagner. Quand tu es tombée malade à Richmond, j'aurais dû insister pour que nous rentrions.

Le regard de Cameron glissa vers la fenêtre et se perdit de nouveau dans la contemplation des maisons abandonnées, des champs en friche. Plus elles descendaient vers le Sud, plus elles avaient vu des hommes, des femmes et des enfants noirs qui marchaient le long des routes et des voies ferrées, dépossédés de tout. Sans moyen de gagner de l'argent pour se nourrir ou se mettre à l'abri de la pluie, ils étaient condamnés à errer sur les routes et à grappiller ou voler ce qu'ils pouvaient trouver à manger.

Tandis qu'elle regardait un groupe de femmes noires vêtues de haillons qui traînaient des enfants le long de la route, son cœur se serra et elle crut qu'il allait se briser. Lentement, le train les dépassa et elles levèrent vers elle des yeux vides.

Il y avait des soldats, aussi. Des soldats partout. Ceux qui étaient habillés en bleu semblaient s'en être mieux sortis. Ils voyageaient en train, à cheval ou sur des charrettes, rentrant lentement chez eux dans le Nord. Mais les soldats confédérés, vêtus de haillons gris, marchaient vers le Sud dans des chaussures trouées, privés peu ou prou de nourriture. Ces hommes-là regardaient aussi devant eux avec des yeux vides, des yeux qui exprimaient la reddition et la défaite.

Cameron pensait qu'elle avait tout connu de la tristesse, mais des scènes comme celles-là, comme ce qu'elle voyait de la fenêtre du train, étaient à fendre le cœur. Les paroles de Jackson avaient été trop douces quand il avait dit que le Sud était dévasté.

— Pourquoi les sudistes se sont-ils autant obstinés ? murmura-t-elle en regardant disparaître le groupe de femmes et d'enfants.

— Cameron !

Taye lui tapota la main pour avoir son attention.

— Tu dois m'écouter… Nous n'aurons même pas à descendre de ce train pour retourner à Richmond. Le conducteur dit qu'il repart aussitôt arrivé. Il nous suffira de rester à bord et…

— Non ! dit Cameron avec l'impression de sortir d'un rêve. Je dois y aller, Taye ! Je dois revoir Elmwood. Ensuite, je déciderai ce que je ferai.

Taye soupira et jeta un coup d'œil à Naomi qui tenait Ngosi contre son épaule, lui tapotant les fesses. Naomi leva ses yeux sombres au ciel.

— On arrive, marmonna-t-elle. On entre dans la gare, ou ce qu'il en reste. Trouvons une chambre, au moins pour la nuit.

Missy Cameron, elle n'a pas besoin de dormir une nuit de plus dans ce train, pas après avoir été malade y'a si peu de temps. Le bébé remuait depuis un bon moment dans les bras de sa mère. Cameron tendit les mains.

— Laisse-moi le prendre, Naomi. Repose-toi donc une minute...

Naomi lui donna l'enfant enveloppé d'une couverture rouge, et Cameron le blottit contre elle. La chaleur du bébé, son poids dans ses bras étaient réconfortants et elle pensa à l'enfant qu'elle attendait.

Taye l'observait d'un air soucieux.

— Tu es sûre que c'est ce que tu veux, Cam ? Tu ne penses pas que ce sera pire de revoir Elmwood, maintenant que tu sais à quoi il va certainement ressembler ?

Cameron secoua la tête. Ngosi commençait à se calmer.

— Non, j'ai besoin de voir la maison de mon père.

— Alors nous prendrons une chambre dans un hôtel. Nous dînerons et demain matin nous louerons une voiture qui nous emmènera à Elmwood. Nous verrons la maison, puis nous retournerons à la gare.

Taye poursuivit, ignorant le froncement de sourcils de Cameron :

— Et nous prendrons le premier train pour le Nord, *quelle que soit sa destination !*

Cameron ne discuta pas. Ce n'était pas la peine de dire à sa sœur qu'elle n'avait pas l'intention de reprendre ce train. Pas pour le moment du moins. Rentrer à Baltimore pour quoi ? pensa-t-elle. Pour y retrouver quoi ? Qui ? Un mari qui lui mentait ? Qui l'avait abandonnée ? Il pouvait bien rôtir en enfer ! Elle avait de l'argent, et une maison. Le bébé et elle resteraient dans le Mississippi.

Le sifflet retentit et le train commença à ralentir. Cameron en ressentit les secousses ; elle serra plus fort le bébé de Naomi qui s'endormait.

Elle espérait que les hôtels de Jackson avaient mieux survécu que ceux de Richmond. Elle avait envie d'un long bain et d'un repas chaud, et elle voulait dormir sans craindre que des cafards ne lui grimpent dessus dans le noir.

Elle savait exactement où elles iraient. Le Magnolia — s'il avait survécu à la guerre — était un hôtel respectable avec une belle salle à manger, tenu par M. et Mme Pierre, d'Atlanta, et leurs deux filles adultes. Si elle se souvenait bien, Annie s'était mariée juste avant le début de la guerre. C'était une gentille fille de son âge, et elle lui parlait souvent à l'église le dimanche matin.

Le train s'arrêta et Naomi se leva. Cameron lui tendit le bébé endormi et la regarda, fascinée, l'installer dans le châle qu'elle portait en travers de la poitrine et qui le tenait au chaud et en sécurité. Elle n'avait jamais vu une femme blanche porter son bébé de cette façon, mais cela lui semblait si sensé et si pratique qu'elle décida de faire la même chose avec son propre enfant. Elle se souciait peu de ce que l'on dirait. Quelle importance à partir du moment où l'enfant et elle seraient contents ?

Les passagers commencèrent à descendre et Taye lui tendit la main.

— Prête à y aller ?

Cameron se leva sans son aide.

— Je vais bien, Taye, et oui, je suis prête. J'espère que Mme Pierre a préparé quelque chose de bon pour dîner. Je suis affamée !

Les trois femmes débarquèrent du train dans un champ où les rails s'arrêtaient, à un quart de mille de la gare — un cadeau d'adieu de l'armée de l'Union. Cameron éprouva un serrement de cœur à ce premier aperçu de chez elle, tandis qu'elle prenait ses sacs et se frayait un chemin dans la boue avec les autres voyageurs.

Une odeur atroce montait du sol et Cameron dut lutter contre la nausée. A chaque pas qui la rapprochait de la gare, elle cessait de regarder, horrifiée, tous les changements qui s'étaient produits à Jackson depuis qu'elle était partie.

Elle s'était tenue informée de la progression de la guerre dans le Mississippi après avoir fui vers le nord en septembre

1861, mais les photographies granuleuses en noir et blanc et les mots des journaux ne pouvaient pas, se rendait-elle compte maintenant, décrire précisément l'état de dévastation de la ville.

Début mai 1863, le général Joseph Johnson avait été envoyé dans le Mississippi par le secrétaire à la Guerre confédéré pour défendre Jackson contre deux corps d'armée de l'Union. Sous les ordres de Sherman et de McPherson, les troupes de l'Union avançaient dans le Mississippi. Avec six mille soldats seulement pour défendre la ville, Johnson l'avait fait évacuer. Les troupes sudistes avaient engagé le combat et subi des tirs de mortier jusqu'à ce que l'évacuation soit complète. A ce moment-là, Johnson avait reçu l'ordre de se retirer. Les troupes de l'Union avaient alors rapidement pénétré dans la ville, coupé les voies ferrées qui la reliaient à Vicksburg et incendié une bonne partie des bâtiments.

Une odeur de bois brûlé emplit d'ailleurs les narines de Cameron tandis qu'une fine pluie chaude commençait à tomber, et elle pouvait presque voir l'armée de Johnson battre en retraite et se traîner hors de la ville, épuisée, affamée et vaincue, tandis que les soldats de l'Union entraient, victorieux. Elle se représentait les soldats en uniforme bleu monter et descendre les belles rues de sa ville natale, mettant le feu aux bâtiments.

Elle était tellement perdue dans ses pensées qu'elle trébucha presque sur la carcasse d'un grand animal qu'elle ne put identifier. Ce devait être cela, la source de la puanteur qui les avait saisies à la descente du train. Des mouches en montaient et bourdonnaient, et Cameron réprima un haut-le-cœur. Taye lui prit le bras et lui fit contourner le cadavre gonflé.

Bras dessus bras dessous, elles finirent par atteindre la gare et entrèrent par un trou dans le mur du fond du hall d'accueil. La gare avait souffert pendant la guerre, mais elle était encore debout et la reconstruction des murs extérieurs avait commencé. A l'intérieur, la peinture s'écaillait et les murs étaient gris, teintés par la fumée. Tandis qu'elles traversaient pour sortir dans la rue, Cameron essaya de ne pas penser à la jolie gare que c'était autrefois, ni à sa joie quand elle s'embarquait là avec son père pour aller à Washington. Ces années avaient disparu ; elles n'étaient plus que des souvenirs.

Le temps qu'elles émergent dans la rue, le soleil s'était couché à l'horizon. C'était aussi bien, se dit Cameron. Elles en avaient assez supporté pour la journée. Au moins, dans l'obscurité, la réalité s'estompait.

— Le Magnolia est à quelques pâtés de maisons d'ici, dit-elle en ressentant un soudain regain de force la parcourir.

Il était temps qu'elle reprenne les choses en main, qu'elle commence à agir comme la fille du sénateur David Campbell qui rentrait chez elle.

— Ce sera bon de revoir des visages familiers...

Elles avancèrent dans la rue, regardant droit devant elles pour ne pas trop voir les bâtiments brûlés, les fenêtres cassées, l'évidence des tirs de mortier partout. Même dans l'obscurité qui tombait, Cameron pouvait distinguer les coques vides de maisons et de magasins incendiés, les voitures abandonnées, des restes de meubles calcinés, les détritus qui jonchaient le sol.

Lorsqu'elle déboucha au coin de la rue, elle s'arrêta net et regarda fixement l'hôtel — ou ce qu'il en restait. Les volets avaient disparu, le porche était rasé. L'établissement lui-même était toujours debout, mais il paraissait abandonné.

— Non..., murmura Taye.

— Pas Le Magnolia, aussi ! fit Cameron à mi-voix, atterrée.

— Nous devons trouver un autre endroit, dit Taye. Et vite !

Elle jeta un coup d'œil méfiant par-dessus son épaule. Il y avait beaucoup d'hommes qui déambulaient dans la rue, mais peu de femmes.

Un chien galeux trottait à côté d'elles, montrant les dents.

— Ouste ! lança Naomi d'un ton sifflant, en agitant les bras.

— Cam..., chuchota Taye, visiblement effrayée.

Cameron leva les yeux vers une fenêtre du premier étage.

— Attendez ! Je crois que je vois de la lumière. Les Pierre sont peut-être toujours là.

— L'hôtel ne paraît pas ouvert, murmura Taye. Nous devrions continuer.

— Pour aller où ? Ne sois pas sotte, Taye ! Si nous ne pouvons pas dormir ici, il se peut que nous devions dormir à la gare. Allez, venez.

Elle mit le pied sur ce qui restait du porche et indiqua un trou brûlé dans les planches.

— Attention...

Elle poussa la porte d'entrée et pénétra dans le vestibule autrefois élégant, et maintenant taché d'eau et de fumée.

— Ohé ? appela-t-elle. Madame Pierre ? Monsieur Pierre ?

Elle écouta le silence dans l'hôtel jadis si animé, essayant d'ignorer l'impression sinistre qui lui donnait la chair de poule.

— Des esprits, murmura Naomi en faisant un signe vaudou pour se protéger.

— Sottises ! Madame Pierre !

Le raclement d'une porte qui s'ouvrait résonna lugubrement en haut, suivi par des pas hésitants.

— Il y a quelqu'un ? demanda une voix faible.

Une silhouette portant une lampe à kérosène apparut au sommet de l'escalier tournant.

— Madame Pierre ? C'est Cameron Campbell.

— Cameron Campbell ?

La vieille femme descendit lentement l'escalier en se tenant à la rampe. Cameron reçut un choc en la voyant et elle dut se forcer à sourire.

— Madame Pierre, c'est si bon de vous revoir !

La femme, autrefois replète, n'était plus que l'ombre d'elle-même. Ses cheveux autrefois sombres étaient tout blancs, et se dressaient sur sa tête. Elle portait une robe déchirée, trop délavée pour qu'on puisse en distinguer la couleur, et qui paraissait bien trop large pour elle.

Mme Pierre tendit une main maigre et tremblante vers elle.

— Cameron Campbell...

Elle parlait comme si elle voyait un fantôme du passé.

— Et regardez, j'ai amené ma sœur Taye, continua Cameron d'un ton enjoué. Et Naomi, une amie très chère...

Le regard de la femme se posa sur Naomi et un air réprobateur passa sur le visage ridé. Cameron l'ignora. Elle savait que les vieilles traditions changeraient lentement dans le Sud.

— Où est M. Pierre? Où sont vos filles?

— M. Pierre est mort. Bataille de Vicksburg. Dieu ait son âme.

Elle se signa.

— Alison est morte en couches l'année dernière.

— Je suis tellement désolée, murmura Cameron.

Alison n'avait qu'un an de plus qu'elle.

— Et Annie? demanda-t-elle avec appréhension.

— Oh! Annie...

La bouche fatiguée de Mme Pierre esquissa un sourire.

— Elle va bientôt rentrer. Elle travaille pour un capitaine de l'armée, en ville. Elle lave, fait la cuisine. J'ai son petit avec moi en haut.

— Elle a un enfant?

— Oui. Brett. Il a trois ans. Son père, Charles, a été capturé et envoyé en prison au fort Delaware.

Elle secoua la tête.

— Un endroit terrible... terrible... Nous n'avons jamais eu de nouvelles de lui.

Elle pinça ses lèvres fines.

— Mort, bien sûr.

Ses paroles pesaient lourdement sur le cœur de Cameron. Une part d'elle avait envie de pleurer pour les pertes de cette pauvre femme, et pour tout ce que les gens du Sud avaient perdu, mais elle ne pouvait se montrer faible. Elle avait une responsabilité envers Taye, Naomi et le bébé.

— Madame Pierre, je me demandais si nous pouvions louer une chambre pour une nuit ou deux. Je suis revenue à Elmwood.

La femme leva la tête comme si elle entendait des bruits que personne d'autre ne pouvait entendre, puis elle fixa l'obscurité de l'hôtel vide.

— Nous sommes fermés depuis l'évacuation. Ce que Sherman n'a pas volé, il l'a brûlé, dit-elle amèrement.

Il faisait nuit dehors, maintenant, et elles étaient épuisées. Il y avait sûrement une chambre encore en état qu'elles pouvaient utiliser.

— Madame Pierre, j'ai de l'argent. Nous serions prêtes à prendre ce que vous pouvez nous offrir pour manger et dormir.

— De l'argent de l'Union ? Pas ces billets sans valeur des confédérés ? demanda la femme, une lueur d'intérêt dans les yeux.

— Oui, du bon argent. Je vous paierai bien. C'est juste que nous venons de si loin ! De Baltimore… Et nous sommes fatiguées. Nous avons besoin d'un endroit où passer la nuit en sécurité.

— La chambre sera médiocre, rien de ressemblant à ce que Le Magnolia offrait autrefois.

— Juste un toit sur notre tête, madame Pierre…

— J'ai une chambre au deuxième avec un matelas. Peut-être un drap et une couverture.

— Ce sera parfait, répondit Cameron.

— Mais il n'y a pas de nourriture. Brett et moi avons mangé les derniers navets pour dîner. Annie mange chez le capitaine avant de rentrer.

Cameron soupira de soulagement. Elle fit entrer Taye et Naomi dans le vestibule et referma la porte derrière elles.

— Je sortirai chercher quelque chose à manger dès que nous serons installées. Merci, madame Pierre. Merci !

Mme Pierre n'avait pas exagéré en disant que la chambre serait médiocre. Elle réussit à trouver une autre lampe, et lorsqu'elle éclaira la pièce, Cameron se dit qu'elle aurait préféré finalement rester dans l'obscurité.

Le papier à fleurs se décollait et le plancher autrefois ciré était très abîmé. L'air de la nuit entrait par les vitres cassées et les bruits de la rue montaient. Les meubles avaient disparu à part les restes d'un fauteuil de bois que quelqu'un avait cassé pour faire du feu. Dans un coin, un matelas était posé par terre sur lequel Mme Pierre étendit son seul drap et une couverture. La chambre sentait les crottes de souris et le moisi, mais au moins ce n'était pas un banc à la gare.

— Je... je peux vous trouver une table, dit Mme Pierre d'une voix tremblante, manifestement embarrassée.

— Nous irons la chercher nous-mêmes, répondit aimablement Cameron. Ça ira bien. Après avoir dormi assises dans le train, ce matelas nous paraîtra délicieux.

Elle accompagna la vieille femme jusqu'à la porte tandis que Taye et Naomi entraient et posaient leurs sacs.

— Maintenant, retournez auprès de votre petit-fils, madame Pierre. Si nous avons besoin de quelque chose, nous appellerons.

Cameron lui mit plusieurs billets dans la main.

— Je n'aurais jamais pensé le dire un jour, mais vous êtes une sainte, Cameron Campbell !

— Allons ! Allons ! Sottises ! Bonne nuit...

Une fois Mme Pierre partie, les trois femmes fouillèrent les autres chambres de l'étage et trouvèrent des chaises, une table et une caisse de bois pour coucher Ngosi.

Lorsqu'elles eurent aménagé la pièce, Cameron ouvrit un de ses sacs, prit de l'argent et glissa son pistolet dans la poche de sa robe.

— Je vais nous chercher quelque chose à manger. Je reviendrai vite, promis...

Naomi s'assit sur le matelas et mit le bébé au sein.

— Soyez prudente, jeune fille.

— Bien sûr.

Cameron afficha un sourire forcé. Taye se tordait nerveusement les mains.

— Tu veux que j'aille avec toi ? Il n'y a pas une semaine que tu es remise.

— Je suis complètement remise et forte comme un bœuf, chaton. Je veux que tu restes ici et que tu voies si tu peux trouver autre chose qui puisse faire office de draps. Des assiettes, aussi.

Cameron alla à la porte.

— Et de l'eau fraîche ! Il y a des bougies sur la table.

Mme Pierre a dit que la pompe marchait encore, en bas, dans la cuisine. Tire de l'eau et fais-la bouillir. Ne courons pas de risques avant de savoir si les puits sont sains.

Taye la suivit dans le couloir.

— Tu es certaine que c'est prudent de sortir seule?

— Je suis née et j'ai été élevée à Jackson, Mississippi, répondit fièrement Cameron. J'ai le droit de marcher dans ces rues. En outre, j'ai mon ami...

Elle tapota le pistolet dans sa poche.

— A présent, ne tourmente pas ta jolie petite tête. Je reviens tout de suite.

Elle parlait avec plus de courage qu'elle n'en avait en réalité, et le temps de longer un demi-pâté de maisons, elle commença à regretter sa décision. La rue était complètement noire à part de la lumière qui brillait à des fenêtres sales. Des chiens affamés rôdaient et un chariot passait de temps en temps, son cocher affalé sur le banc.

Il y avait autrefois un saloon au coin de la rue, O'Shea's, et Cameron pensait que si quelque chose devait encore être ouvert dans cette ville, ce serait cet établissement. Quoi qu'il advienne dans la vie — la guerre, la mort, les ravages —, les hommes avaient besoin d'alcool. Elle n'y était jamais entrée elle-même, son père ne l'aurait jamais permis, mais elle supposait que si l'endroit était ouvert, elle pourrait peut-être y acheter à manger.

— Hé, missy!

Du coin de l'œil, elle vit une silhouette bouger dans l'ombre, à l'entrée d'une allée. Instinctivement, elle fit un écart, s'éloignant. Mais elle ne fut pas assez rapide.

— Tu entends que je te parle? lança la voix, tandis qu'une main lui saisissait le poignet.

Cameron ouvrit la bouche pour crier, mais une autre main l'en empêcha et elle fut soulevée du trottoir et traînée dans l'obscurité.

171

13

Cameron mordit la main de l'homme, qui grogna de douleur. Au même instant, elle lui planta son coude dans l'estomac, de toutes ses forces. Si seulement elle pouvait attraper son pistolet dans sa poche...

Un autre grognement. Des injures.

— Alors c'est comme ça que tu l'aimes, hein, missy? A la dure? marmonna l'homme. Très bien. Je vais te donner ce que tu veux!

Il gifla Cameron si violemment que sa tête partit en arrière, et elle dut fermer les yeux pour combattre une bouffée de nausée.

L'homme avait l'haleine qui sentait le whisky, et ses habits empestaient. Elle se débattit frénétiquement tandis qu'il l'entraînait plus loin dans l'allée, mais il était trop fort pour elle.

— Vous allez quelque part, monsieur?

Les yeux de Cameron s'élargirent de stupeur en reconnaissant la voix.

— Jackson?

— Lâchez-la et vous vivrez, déclara très calmement Jackson à son ravisseur.

Il devait tenir un pistolet braqué sur l'homme. Elle n'y voyait rien dans le noir, mais son agresseur se raidit et desserra son emprise.

— Mais si vous laissez vos sales mains sur elle une seconde de plus, je vous assure que je vous mets une balle dans la tête, continua Jackson aussi benoîtement que s'il commandait un cognac, mais dans cette allée sombre, il était juge et bourreau.

L'homme dut le comprendre, car il la relâcha — si brusquement qu'elle tomba en avant. Elle atterrit les deux mains en avant sur le sol boueux, mais se remit rapidement sur pied.

Tandis qu'elle se relevait, Jackson se rua dans l'obscurité et bondit sur l'homme. Elle entendit alors un horrible bruit d'os qui se brisaient et de cartilage qui craquait, et supposa que son mari venait de donner un coup de poing sur le nez de l'individu.

— Jackson! cria-t-elle.

Il frappa de nouveau son adversaire avec une telle force qu'ils tombèrent tous les deux par terre. Même au sol Jackson continua à le larder de coups de poing.

— Jackson, s'écria Cameron, vous allez le tuer!

— Le tuer, ce n'est pas encore assez bon pour lui, fulmina-t-il, lançant un autre direct.

Mais les mots de Cameron ou sa présence avaient dû l'atteindre, car il cessa de frapper l'homme.

— Cameron, reculez! ordonna-t-il.

Elle s'écarta immédiatement et pressa son dos contre le mur humide d'un bâtiment. Jackson se leva, tirant l'homme étourdi avec lui.

— Vous allez bien? lui demanda-t-il.

— Oui, oui, je vais bien, répondit-elle en brossant sa robe. Il m'a juste fait une peur bleue. Mais il ne m'a pas touchée. Je le jure.

— Bon…

Jackson bougea dans le noir, traînant l'homme avec lui, et pointant son pistolet sur sa tête.

— Maintenant, nous allons sortir lentement de cette allée et descendre la rue, dit-il. Je crois qu'il y a une cellule de prison qui vous attend. Cameron, restez derrière nous. Que cet homme fasse un geste qui ne me plaît pas, et je lui explose la tête!

Une fois qu'ils furent de nouveau dans la rue, Cameron suivit Jackson et son prisonnier qui levait les mains en l'air. Elle pouvait voir qu'il avait le visage en sang. Jackson l'aurait-il tué, si elle ne l'avait pas arrêté ? Etait-ce là l'homme qu'elle avait épousé ?

Tandis qu'ils longeaient la rue en silence, son cœur tambourinait violemment dans sa poitrine. Elle avait presque aussi peur de Jackson, maintenant, que de l'homme qui l'avait entraînée dans l'allée. Non pas qu'elle craigne qu'il lui fasse du mal ; elle savait qu'il ne le ferait jamais. Mais elle avait peur de sa colère.

Il avait eu raison, tellement raison ! Cet endroit était trop dangereux pour une femme non accompagnée. S'il n'était pas apparu, elle ignorait ce qui lui serait arrivé. Un viol ? Un enlèvement ? Pire ? Elle se sentit presque défaillir à cette idée.

Jackson s'arrêta devant la prison brillamment éclairée. Par la fenêtre, elle vit plusieurs hommes en uniforme bleu qui jouaient aux cartes sur une élégante table de salle à manger en merisier. Des soldats avaient été laissés dans chaque ville importante du Sud pour protéger les habitants et s'assurer que les lois de l'Union soient appliquées. Par un édit du président, le Mississippi restait sous la loi martiale.

— Pouvez-vous m'attendre ici un moment, Cameron ? demanda alors Jackson, la voix lourde de colère et de sarcasme. Ou dois-je vous traîner à l'intérieur, vous aussi ?

— Non, murmura-t-elle. Je vais attendre ici.

Ses paroles semblaient assurées, mais elle ne l'était pas du tout. Elle attendit son mari, les bras noués autour d'elle, tremblant d'un mélange d'appréhension et de froid qui la pénétrait jusqu'à la moelle.

Il ressortit moins de cinq minutes après.

— Savez-vous qui c'était ? demanda-t-il en la prenant par le bras et en l'entraînant sans douceur dans la rue.

— N... non.

— Un profiteur nordiste, un violeur que les autorités essayaient d'arrêter depuis deux mois ! Il y a quelques semaines, il a enlevé une jeune fille, l'a violée et l'a à moitié battue à mort avec un gourdin avant de la laisser nue et couverte de sang dans la rue.

— Je suis désolée, dit-elle dans un souffle.

— Vous l'auriez été bien plus s'il vous avait violée ! insista cruellement Jackson. Les soldats m'ont dit que c'était une jolie écolière de quinze ans avant qu'il ne pose les mains sur elle. Maintenant elle est folle, borgne et son visage et son avenir sont détruits. Elle ne reconnaît même pas son père ou son frère. Elle hurle et se roule en boule dès qu'un homme entre dans la même pièce qu'elle.

Des larmes emplirent les yeux de Cameron. Comment avait-elle pu entraîner Taye et Naomi dans une aventure aussi dangereuse sans réfléchir ?

— Comment avez-vous su où me trouver ? demanda-t-elle en luttant contre les larmes.

— Il n'était pas difficile de deviner où vous étiez allée, une fois que je suis rentré à la maison pour découvrir que vous vous étiez enfuie !

— Je ne me suis pas enfuie, rectifia-t-elle en chassant sa main. Je voulais dire *ici*. Comment m'avez-vous trouvée dans cette rue ?

— Par pur hasard et pure chance pour vous ! Mon train est arrivé à Vicksburg il y a deux ou trois heures et je suis venu à cheval à Jackson. J'ai demandé à la gare si l'on vous avait vue. Vous n'êtes pas difficile à repérer. Vous êtes probablement la seule femme blanche assez stupide pour vous trouver dans la rue à la nuit tombée ! Je vous ai suivie jusqu'au Magnolia.

— Et Taye et Naomi ?

— Elles vont bien. Mais pas grâce à vous. Falcon les a aidées à rassembler leurs affaires. Il n'est pas sûr de rester au Magnolia. Sapristi, Cameron ! Mme Pierre n'a même pas de serrure à la porte de l'hôtel ! La nuit, ces rues grouillent de vermines. C'est pourquoi les soldats de l'Union sont toujours là.

— Vous avez dit que Taye et Naomi rassemblent leurs affaires ?

Elle se risqua à lui jeter un rapide coup d'œil. Même dans la rue sombre, elle pouvait voir la fureur sur son visage, la façon dont sa bouche sensuelle était pincée et ses yeux gris plissés.

— Est-ce que nous allons à Elmwood ? demanda-t-elle avec espoir.

— Non, bon sang, nous n'allons pas à Elmwood ! explosa-t-il. Il la prit par les épaules comme pour la secouer.

— Ne pouvez-vous mettre ça dans votre maudite tête obstinée ? Elmwood est en ruine ! *Il n'y a plus d'Elmwood !*

Cameron se mordit la lèvre, mais refusa de céder.

— La maison est toujours debout, dit-elle d'un ton de défi.

Il baissa les yeux sur elle et un instant, elle craignit sa réponse. Mais il ne dit rien. A la place, il lui empoigna le bras et se remit en marche dans la rue.

Au Magnolia, Cameron dit au revoir à Mme Pierre et la remercia pour l'offre de la chambre. Taye et Naomi étaient déjà parties avec Falcon dans une maison aux abords de la ville que Jackson avait apparemment achetée pendant la guerre — un autre de ses irritants secrets. Comme des officiers de l'Union y avaient été consignés et avaient mené de là quelques opérations, lui expliqua-t-il, la maison avait été épargnée quand Sherman et McPherson avaient marché sur la ville. Elle était complètement meublée et disposait même de quelques domestiques.

Jackson donna à Mme Pierre plusieurs billets supplémentaires, pour la remercier d'avoir accueilli sa femme. Elle voulut les refuser, mais il l'enjôla si bien à la manière dont il avait toujours su enjôler les femmes, jeunes ou vieilles, jolies ou ordinaires, qu'elle finit par mettre l'argent dans la poche de sa robe passée.

Dans la rue, Jackson détacha son cheval.

— Pouvez-vous monter ?

Avant qu'elle puisse répondre, il continua :

— Et ne me dites pas que vous allez bien ! Taye m'a appris que vous avez été malade à Richmond.

Il eut un rire sans humour.

— C'est probablement cette crise de dysenterie qui vous a sauvé la vie. Si vous étiez arrivée ici voilà quinze jours…

Il n'acheva pas sa phrase, la laissant se rappeler l'homme dans l'allée. Cameron se redressa, raidissant le dos.

— Je vais bien, dit-elle d'un ton obstiné. Et je n'ai pas eu la *dysenterie*. C'était simplement un petit embarras d'estomac, et Taye ferait mieux de tenir sa langue. Bien sûr, que je peux monter !

Il la hissa sur le cheval comme si elle ne pesait rien, puis monta devant elle. Pour s'empêcher de tomber, elle dut nouer les bras autour de sa taille. Elle s'efforça de rester à distance et de ne pas le toucher plus que nécessaire, mais c'était si inconfortable que moins d'un pâté de maisons plus loin, elle céda et s'appuya contre lui, posant sa joue sur son dos tout chaud.

Ils chevauchèrent en silence jusqu'à la sortie de la ville, puis remontèrent un long chemin menant à Atkins' Way. Même si elle n'était pas aussi luxueuse qu'Elmwood, la demeure semblait un endroit magique au milieu du Mississippi dévasté. Cameron put voir malgré l'obscurité que la grande pelouse de devant et les haies de buis étaient bien taillées, et que la maison en forme de L, pourvue d'un étage, avait été récemment peinte en blanc et ses volets en vert. Cameron sentait l'odeur de la peinture fraîche dans l'air humide de la nuit.

Jackson alla jusqu'au porche, mit pied à terre et fit descendre Cameron. Un jeune garçon noir se précipita pour prendre la jument.

— J'ai besoin d'un bon bain, dit Cameron en relevant ses jupes et en gravissant les marches devant Jackson.

Sans attendre, elle ouvrit la porte d'entrée et une jeune fille menue, à la peau d'ébène, bondit aussitôt d'une chaise placée non loin derrière. Elle ne semblait pas avoir plus de douze ou treize ans, et apparemment, elle s'était endormie à son poste.

— Bonsoir, madame. Capitaine… On savait que vous deviez arriver.

— Bonsoir, Patsy. Voici ma femme, madame Logan, dit Jackson d'un ton bref. Veuillez l'escorter à la chambre de maître. Ses sacs ont été apportés par M. Cortès et devraient déjà être dans sa chambre.

Patsy fit une révérence, tenant à deux mains un tablier blanc flambant neuf.

— Par ici, madame Logan, dit-elle en traversant le vestibule dallé de marbre italien vers le grand escalier tournant.

Cameron pivota lentement sur elle-même au pied de l'escalier, examinant ce qui l'entourait.

La maison, accueillante, semblait décorée avec goût, aussi éloignée des ravages de la guerre que la Terre est éloignée de la Lune. Le vestibule était assez spacieux pour y danser, même s'il n'était pas aussi grand que celui de la maison de Baltimore. Des murs de plâtre blanc immaculé surmontaient un bandeau de bois peint et des lambris joliment sculptés. Les draperies du palier étaient en velours épais, mordoré, parfaitement assorties aux boiseries peintes. Deux chaises anciennes à dossier droit et un coffre reine Anne étaient poussés contre un mur. Au-dessus était accrochée une gravure de chasse anglaise dans un beau cadre doré.

Sur sa droite, par la porte ouverte, Cameron put voir une élégante bibliothèque avec une cheminée de marbre, une table de jeu ronde en noyer, trois chaises, un canapé et un piano. Les autres portes donnant sur le vestibule étaient fermées, mais elle imagina derrière un salon et la salle à manger. C'était une maison du Sud comme elle en avait connu beaucoup dans son enfance, une demeure construite et meublée pour une vie agréable, qui aurait été sans prétention et bien peu remarquable dix ans auparavant. Mais à présent, Atkins' Way était un vrai trésor.

— Je suis née ici, dans cette plantation, dit l'adolescente. Ma maman était la gouvernante. Elle est morte, Dieu ait son âme, et maintenant c'est moi qui la remplace.

Elle rayonna de fierté.

Cameron lui sourit en prenant la rampe en noyer pour monter l'escalier. Elle était morte de fatigue, pas seulement physiquement, mais aussi émotionnellement.

Quand elle atteignit le palier du premier étage, elle vit qu'il était dominé par un immense miroir dans un cadre doré, avec des visages de chérubins sculptés à chaque coin. En se voyant dedans, elle repoussa une mèche de cheveux ternes derrière son oreille, subitement embarrassée. Elle était affreuse à voir!

— J'essaie de ne pas regarder, chuchota Patsy tandis qu'elles passaient devant le miroir pour s'engager dans le couloir.

Cameron ne put s'empêcher de sourire. Ce soir-là, c'était un bon conseil.

— Cette chambre sera la vôtre pendant votre séjour, madame Logan.

Patsy poussa une porte blanche à mi-longueur du couloir bien éclairé.

— Mme Atkins l'appelait la Chambre Jardin, à cause de toutes les jolies roses sur les murs. Elle venait d'un endroit appelé Ang'terre où son père faisait pousser de magnifiques roses.

Elle paraissait répéter un conte de fées magique qu'elle avait entendu cent fois.

Cameron pénétra dans la grande pièce dont les murs étaient recouverts de papier peint à la main, représentant des roses rouges et de délicates feuilles vertes. Des rideaux vaporeux, du même vert, étaient drapés devant une série de quatre portes-fenêtres qui donnaient sous la véranda, ainsi qu'autour du lit à baldaquin. Il y avait des fauteuils de bois de rose sculpté, un secrétaire chinois, une coiffeuse et une grande armoire, tous si charmants et délicats que Cameron se demanda comment ils avaient survécu à une maison pleine de soldats.

— Miss Taye m'a demandé de faire monter la baignoire.

Patsy indiqua d'un geste la grande baignoire en cuivre dans un coin.

— Elle a dit que vous devez l'appeler si vous avez besoin d'elle. Il y aura de l'eau chaude en un clin d'œil. Vous voulez que je vous aide à vous déshabiller? Vous avez l'air aussi battue qu'un tapis.

— Non. Merci…

En passant devant le lit, Cameron effleura du bout des doigts les rideaux de gaze. Il faisait chaud; elle avait oublié combien il pouvait faire encore chaud dans le Mississippi à la nuit tombée.

— Occupez-vous juste de l'eau du bain et de m'apporter un petit quelque chose à manger. Du thé et des toasts, peut-être.

— Oui, madame. Tout de suite, madame.

Patsy sortit à reculons de la chambre, referma la porte derrière elle et Cameron alla se poster devant l'une des portes-fenêtres. Elle écarta les draperies délicates pour regarder dans l'obscurité.

Le long de la route, vers l'est, elle aperçut des lumières qui bordaient l'orée des bois à un mille environ, et elle se demanda d'où elles venaient. Elle ne se rappelait pas qu'il y ait des constructions si loin de la ville.

Quand Patsy revint avec deux jeunes garçons portant des seaux d'eau, Cameron désigna les lumières.

— Patsy, cela fait presque quatre ans que je ne suis pas venue ici, mais je ne me souviens pas d'habitations dans cette direction. D'où viennent ces lumières ?

Patsy laissa les garçons emplir la baignoire et vint la rejoindre à la fenêtre.

— Ça ? C'est J-Ville. C'est là que vivent les nègres qui ne savent pas où aller. C'est un mauvais endroit, madame Logan. Il ne faut pas y aller, même en plein jour. La plupart des hommes qui habitent là n'ont pas de travail. Ils cherchent les ennuis. Quand on libère les nègres, il faut bien qu'ils aillent quelque part, pas vrai ? C'est pas comme s'il y avait un bateau pour retourner en Afrique. Je remercie Jésus que le capitaine ait acheté Atkins' Way quand M. et Mme Atkins sont morts, parce que moi au moins, j'ai un endroit où poser ma tête. C'est pas tout le monde que je connais qui a autant de chance !

Cameron laissa retomber le rideau. La jeune fille avait raison ; c'était une question à laquelle la plupart des avocats de l'abolition de l'esclavage n'avaient pas réfléchi. Une fois que les esclaves étaient affranchis et libérés de leurs tâches dans les champs, dans les maisons de leurs maîtres ou dans les boutiques, *où allaient-ils ?*

— Le bain est prêt, missus.

— Merci, Patsy. Maintenant, si vous voulez juste dégrafer ma robe… Après vous pourrez partir. Je vous appellerai si j'ai besoin de vous.

Elle tourna le dos à la jeune fille qui défit ses boutons, puis fit sortir les garçons avec leurs seaux.

— Il y a des serviettes et du savon à côté de la baignoire, missus, dit encore la jeune fille avant de disparaître, refermant la porte derrière elle.

Cameron s'assit sur le bord du lit et ôta ses bottes et ses bas. Elle s'allongea un moment, et le lit lui parut si bon qu'elle fut tentée de se coucher sans prendre son bain. Mais elle savait qu'elle en avait grand besoin, aussi se leva-t-elle et se dépouilla-t-elle de ses couches de vêtements sales et poussiéreux. Les laissant en tas sur le sol, elle monta dans la baignoire et poussa un soupir de bien-être en se coulant dans l'eau. Elle s'appuya au rebord, ferma les yeux et laissa l'eau parfumée lui monter jusqu'au menton. C'était si bon qu'elle craignit de s'endormir sur place.

Alors qu'elle rinçait ses longs cheveux, elle entendit la porte s'ouvrir.

— Posez le plateau sur la table à côté du lit, Patsy, dit-elle. Je vous appellerai si j'ai besoin d'autre chose.

— Bien, madame, répondit Jackson d'un ton sarcastique. Je peux vous rendre un autre service, madame Logan ?

Cameron ouvrit brusquement les yeux.

Jackson entra dans la chambre, tenant devant lui un plateau de nourriture. Il referma la porte de son coude et porta le plateau à côté du lit, comme elle l'avait demandé.

— Ouvrir votre lit, peut-être ?

Cameron s'adossa de nouveau à la baignoire et referma les yeux.

— Je pensais que vous étiez Patsy.

— De toute évidence non !

Sa voix était coupante. Il était toujours en colère contre elle. Très en colère.

Eh bien, qu'il le soit ! C'était lui qui avait menti à propos

181

d'Elmwood et il ne lui avait laissé d'autre choix que de venir seule se faire sa propre idée !

Elle éprouvait néanmoins de l'appréhension. Il était sans doute furieux d'avoir dû parcourir toute cette route de Baltimore à Jackson alors qu'il était si occupé.

Elle l'écouta les yeux fermés, tandis qu'il se déplaçait dans la chambre, se préparant visiblement à se coucher. Il ôta sa redingote et son chapeau, ses bottes et le pistolet qu'il portait dans un étui à sa ceinture. Elle l'entendit ensuite tirer une chaise jusqu'à la baignoire et s'asseoir à côté d'elle. Il ne dit rien, se contentant de la regarder.

Quand elle ne put plus supporter son examen, elle rouvrit les yeux.

— Que voulez-vous, Jackson ?

— J'attends l'explication que vous me devez.

— J'ignore de quoi vous parlez.

Elle referma les yeux et feignit de se détendre, même si chacun de ses nerfs était tendu à craquer.

— Je pense que vous le savez très bien, au contraire…

Le silence retomba, ce qui la rendit folle. Elle releva les paupières.

— Quelle explication ?

Elle eut un geste de colère, frappant l'eau et éclaboussant le sol.

— Je pense que cela se comprend de soi-même !

— Je suppose que vous avez raison. Vous étiez en colère, alors au lieu d'en discuter avec moi à un moment qui convenait mieux, comme une adulte mûre, vous avez décampé dès que je suis parti. Non seulement vous vous êtes mise en danger vous-même, mais vous en avez mis d'autres, y compris notre enfant…

— Je n'ai pas mis le bébé en danger ! rétorqua-t-elle. Et j'ai essayé de parler d'Elmwood avec vous pendant des semaines !

Elle s'assit dans la baignoire.

— Depuis le jour où vous êtes rentré à la maison, Jackson,

mais vous n'avez pas voulu m'écouter. Et quel droit avez-vous de dire quoi que ce soit à propos de mon départ ?

Elle lui jeta de l'eau.

— Qu'avez-vous fait, vous, quand vous êtes parti pour La Nouvelle-Orléans pour votre *mission* ?

Il se pencha, approchant son visage du sien.

— Votre demande n'était pas raisonnable, Cameron… Vous agissez comme la fille à papa trop gâtée que vous êtes, exigeant de n'en faire qu'à votre tête. Il est temps que vous grandissiez, *mon chou*.

— Comment puis-je être une fille à papa trop gâtée ? Mon père est mort !

Elle frappa de nouveau l'eau du plat de la main et lui éclaboussa le visage. Il se pencha sur la baignoire, prit une poignée d'eau et la lui jeta à la figure.

— Oh ! crachota-t-elle, s'essuyant les yeux pour y voir. Vous voyez bien : je ne peux pas vous parler !

Elle se leva, l'eau ruisselant sur son corps nu.

— Vous me traitez d'enfant gâtée et vous dites que je veux n'en faire qu'à ma tête, mais vous n'êtes pas différent. Vous n'écoutez personne. Vous voulez que tout le monde fasse ce que vous ordonnez, comme si nous étions votre petite armée et que vous étiez le commandant en chef.

Elle esquissa un salut militaire.

— Eh bien, j'en ai assez de vos ordres, capitaine Logan !

Elle le poussa rudement pour l'écarter, et perdit l'équilibre dans la baignoire. Jackson la prit dans ses bras et la sortit du bain.

— Posez-moi par terre ! commanda-t-elle en luttant contre lui.

Il s'assit sur la chaise, ignorant le fait qu'elle était toute mouillée et qu'elle trempait ses vêtements, et attrapa une grande serviette de bain. Cameron tenta de lui échapper, mais il la coinça entre ses cuisses musclées et elle ne put se dégager.

Il l'enroula dans la serviette et se mit à la frictionner avec vigueur tandis qu'elle se débattait toujours.

— Laissez-moi tranquille, vous m'entendez ? Je veux que vous partiez. Quittez cette chambre immédiatement !

— Vous ne me chasserez plus de ma propre chambre, ma chère. Plus jamais.

— Eh bien, c'est ce que nous allons voir, lâcha-t-elle en pressant ses paumes sur son torse, laissant des marques mouillées sur sa chemise.

Il ouvrit le grand drap de bain et le resserra étroitement autour d'elle, lui clouant les bras sur les côtés.

— Lâchez-moi, Jackson, vous m'entendez ?

Ignorant ses protestations, il la souleva dans ses bras et la porta jusqu'au lit.

— Jackson, si vous ne me relâchez pas tout de suite, je jure que je vais hurler, et tous les hommes, femmes et enfants de cette maison viendront à cette porte !

— Fermez la bouche, Cameron, avant que je vous bâillonne.

Il la laissa brusquement tomber sur le lit, et elle poussa une exclamation de surprise. Elle était si furieuse contre lui qu'elle aurait pu lui lacérer le visage de ses ongles. Toutefois, lorsqu'il se pencha et approcha son visage du sien, elle sentit son cœur battre plus précipitamment. Elle poussa un grognement frustré tout en essayant de se libérer du linge humide.

En serait-il toujours ainsi entre eux ? se demanda-t-elle. La colère, les méchantes paroles et puis la passion qui leur tombait dessus si subitement qu'ils ne pouvaient contrôler leur désir ?

Non. Elle ne voulait pas qu'il en soit ainsi !

— Jackson…

Il couvrit sa bouche de la sienne, la faisant brusquement taire. Il sentait ce mélange inexplicable de tabac, de virilité et, d'une certaine manière, de salut.

Elle libéra une main et la fit glisser sur son épaule jusqu'à son cou puissant et nerveux. Il était plus mince qu'avant la guerre, plus solide et musclé.

Elle n'avait pas envie de discuter. Elle n'avait même pas envie de parler. Elle voulait juste sentir sa bouche sur la sienne, goûter sa langue, savourer le contact de sa main entre ses jambes, en cet endroit qui appelait ses caresses.

Elle attira sa tête à elle et écarta les lèvres pour accueillir sa langue. Il arracha le drap de bain, le déroulant et l'envoyant atterrir en un petit tas sur le parquet.

Nue sous lui, elle arqua le dos, ayant besoin de sentir son poids sur elle la pressant dans le matelas de plumes. Il glissa les doigts dans ses cheveux mouillés et l'embrassa avidement.

Elle tira sur sa chemise et passa les mains dessous pour sentir sa peau, ses muscles frémissants, les boutons de ses mamelons.

Jackson poussa un grognement et lui mordit doucement la bouche, puis pressa ses lèvres au creux de sa gorge. Elle arqua le cou, sentant la pointe de ses seins se durcir avant même qu'il en prenne une dans sa bouche.

Quand il le fit, aspirant le téton et l'aréole entière, elle poussa des exclamations de plaisir et glissa les doigts dans ses cheveux épais pour mieux le guider, l'encourager.

Il se saisit de l'autre téton, le taquina d'abord en le mordillant, puis le prit dans sa bouche. Cameron gémit. Depuis le début de sa grossesse, il lui semblait que ses seins étaient encore plus sensibles qu'auparavant. Tout en en suçant la pointe, il prit son sein dans sa main, le massant, le caressant jusqu'à ce que le temps paraisse s'arrêter.

Cameron fit glisser ses doigts sur son dos et ses épaules, le long de son torse, et de nouveau sous sa chemise. Jackson fit descendre sa main le long de son ventre qui serait bientôt rond, puis plus bas.

Une chaleur intense naquit entre ses cuisses tandis que sa main descendait lentement. Elle écarta les jambes et tout son corps trembla, frémissant d'attente.

Les doigts trouvèrent l'amas de ses boucles rousses, les doux replis de sa féminité et le minuscule bouton d'où toutes les sensations semblaient venir.

— Cameron, murmura-t-il en la caressant. Si seulement vous me laissiez vous aimer. Si seulement vous me laissiez être pour vous l'homme que je veux être…

Elle ferma les yeux, s'agrippant à lui. Il serait si facile de se rendre à Jackson. De lui donner ce qu'il voulait. Ce qu'elle voulait, elle aussi, ce dont elle avait même besoin, désespérément. Mais...

Elle s'assit brusquement et le repoussa de ses deux mains.

— Non! cria-t-elle, haletante.

Interdit, il s'assit à son tour. Ses cheveux lui tombaient sur un œil.

— Non quoi?

— Non, je ne vous laisserai pas me faire ceci ou cela...

Elle tira le drap pour couvrir sa nudité.

— C'est de cette façon que vous obtenez toujours ce que vous voulez, Jackson. En... en profitant de moi, bredouilla-t-elle. Je ne ferai plus votre jeu!

Deux yeux gris la fixèrent alors avec la plus parfaite expression de la stupéfaction.

— Vous êtes en train de dire que vous ne voulez toujours pas...

— Non, je ne veux pas, le coupa-t-elle. Pas tant que vous et moi ne serons pas parvenus à une sorte d'agrément mutuel.

Il se glissa à bas du lit et ramassa son pantalon. Quand il reprit la parole, son ton était dur. Blessant.

— Vous savez que c'est le droit d'un homme. Le droit d'un mari.

— Votre droit? persifla-t-elle. Et mes droits à moi, quels sont-ils?

— Vous me déniez le droit à dormir avec vous, marmonna-t-il, alors ne vous étonnez pas si je vais...

Cameron se mit à genoux, serrant le drap. Elle tremblait tout entière, mais c'était maintenant de colère plus que de désir.

— Si vous allez quoi? demanda-t-elle.

Il attrapa sa chemise par terre et enfila un bras dans une manche tout en se dirigeant vers la porte.

— Si je vais trouver consolation ailleurs!

Cameron bondit hors du lit, traînant le drap derrière elle,

mais il était trop tard. Jackson avait déjà franchi la porte qui claqua bruyamment derrière lui.

Cameron s'arrêta au milieu de la chambre.

— Eh bien, allez-y! cria-t-elle en essuyant les larmes qui roulaient sur ses joues échauffées. Allez donc chercher votre contentement ailleurs!

14

Le lendemain matin, Taye se glissa au rez-de-chaussée et jeta un prudent coup d'œil des deux côtés du vestibule avant de traverser en hâte le sol de marbre italien jusqu'à la salle à manger. La pièce était richement meublée ; son parquet, patiné par des années de service, était semé de tapis turcs élimés mais exquis. Les rideaux de velours fleuri qui ornaient les trois grandes fenêtres étaient écartés, si bien que le soleil entrait à flots dans la pièce, se reflétant sur les carafes, soupières et plateaux en argent alignés sur le buffet irlandais et faisant étinceler les verres en cristal.

Si elle n'avait pas eu aussi faim, et si l'odeur appétissante de saucisses et de bouillie de maïs ne l'avait pas tentée autant, elle serait restée dans sa chambre, se faisant seulement monter un plateau de thé et de petits pains.

La veille au soir, lorsqu'elle avait découvert devant leur porte, au Magnolia, l'homme qui l'avait embrassée dans les jardins de la maison de Baltimore, elle avait éprouvé un grand choc. Elle savait, bien sûr, que Jackson se lancerait à la poursuite de Cameron en apprenant qu'elle était partie ; elle avait même vaguement espéré que Thomas ferait le voyage pour elle. Mais ce Falcon Cortès ? Que faisait-il là ?

Le seul fait de penser à lui lui échauffait le visage. Le souvenir du baiser qu'ils avaient partagé deux semaines plus tôt la hantait. Enfin, partagé… Non, ils n'avaient pas *partagé* ce baiser. Il le lui avait tout bonnement volé !

— Bonjour à vous, miss Taye, dit Patsy en apportant un

plat couvert en porcelaine qu'elle posa sur le buffet, près de la lourde table en acajou. Il y a des bougies sous les plats pour que tout reste chaud. Prenez ce qui vous plaît. Il y en a encore dans la cuisine. Le capitaine Logan, il laisse la cuisinière acheter assez de nourriture pour l'armée de Sherman! ajouta-t-elle avec fierté, en ouvrant de grands yeux.

— Est-ce que personne d'autre n'est descendu?

Taye prit une délicate assiette en porcelaine bordée de roses roses. Française ou allemande, se dit-elle. Et propre à orner la table d'un roi. L'argenterie, dont chaque pièce portait le monogramme *C*, reluisait. Le service était anglais, visiblement très ancien et entretenu avec amour. Elle ne put s'empêcher de se demander comment cette vaisselle avait atterri sur la table de Jackson, et quelle famille avait été obligée de se séparer de cette précieuse partie de son passé.

— Non, miss Taye, répondit Patsy. Personne n'est encore descendu, mais je suppose qu'ils descendront bientôt. Le capitaine Logan, il aime son gros petit déjeuner.

Sur le point de quitter la pièce, elle s'arrêta et précisa :

— Chaque fois qu'il venait pendant la guerre, il prenait toujours un gros petit déjeuner avant de partir.

Taye souleva le couvercle d'un plat en argent et se servit une portion d'œufs moelleux. Elle mangerait rapidement, se dit-elle, espérant ainsi éviter Falcon, puis elle remonterait dans sa chambre et attendrait Cameron pour l'interroger. Sa sœur saurait sûrement pourquoi il était là et quand il s'en irait. Le plus tôt serait le mieux, en ce qui la concernait...

Elle souleva un autre couvercle et découvrit de minuscules crêpes de sarrasin.

— Votre visage s'illumine quand vous souriez, dit une voix masculine un peu rauque, depuis le seuil. Vous devriez toujours sourire.

Saisie, Taye laissa retomber bruyamment le couvercle.

— Oh! Mon Dieu!

Elle battit des cils et reprit le couvercle. Elle refusait de laisser cet homme la troubler. Il n'en avait tout simplement pas le droit.

— Bonjour, dit-elle d'un ton qu'elle espéra neutre.

— Bonjour à vous, aussi. Avez-vous bien dormi dans votre lit ?

Elle se tourna vers lui ; il avait pris une assiette et était venu se placer à côté d'elle.

— Comment j'ai dormi dans mon lit ne vous regarde pas, monsieur, et c'est grossier à vous de le demander !

— Les hommes et les femmes blancs sont décidément très étranges…

Il tira un long et fin couteau à manche en os de sa ceinture et piqua avec une grosse saucisse. Tandis que Taye l'observait avec fascination, pour ne pas dire avec horreur, elle se demanda comment il n'avait pas remarqué qu'elle n'était pas blanche, mais mulâtre.

— Ils parlent toute la journée et jusque tard dans la nuit de choses qui ne signifient rien, et ils sont incapables de parler de choses de tous les jours. Ils parlent, parlent, parlent, mais ils ne peuvent pas parler de ce qui leur tient à cœur. L'avez-vous remarqué, vous aussi ?

Il dit cela comme s'il l'excluait du groupe ; il avait donc vu qu'elle était différente. Elle n'aurait su dire si cela lui faisait plaisir ou l'inquiétait. Elle s'écarta d'un pas et prit une tranche de pain grillé, plus pour faire quelque chose que parce qu'elle en avait vraiment envie. L'appétit qui l'avait fait descendre s'était soudain évaporé.

— Je n'ai pas la moindre idée de ce que vous voulez dire, répondit-elle d'un ton hautain.

— Je pense que si…

Il sourit comme s'il connaissait un secret à son sujet, leva la saucisse piquée sur son couteau et mordit dedans.

Taye s'éloigna et alla s'asseoir à l'autre bout de la table. En tirant sa chaise, elle sentit son pouls s'emballer. Elle avait le vertige. Où étaient Cameron et Jackson ? Elle pria silencieusement pour qu'ils apparaissent bientôt et la sauvent de ce tête-à-tête forcé et déplaisant. Elle ne voulait pas manger avec cet intrus aux cheveux noirs et à la peau sombre. Il était grossier, parlait comme il ne le devrait pas et prenait des libertés qu'il n'avait pas le droit de prendre. Mais elle n'allait pas partir en courant, non plus. Ah, ça non! Elle ne lui donnerait pas la satisfaction de savoir qu'il l'avait fait fuir.

Elle lui jeta un coup d'œil discret. Il lui tournait le dos et elle pouvait voir le contour de ses épaules larges et de ses hanches minces. Ses cheveux, aussi noirs que l'aile d'un corbeau, étaient attachés en arrière avec un lacet de cuir. Il portait de souples bottes de daim qui lui arrivaient presque aux genoux. Il paraissait totalement déplacé dans la salle à manger de cette élégante maison de Jackson, Mississippi.

Et cependant, à cause de lui, de sa présence, sa peau la picotait d'excitation... Il la faisait se sentir si consciente de lui, si vivante...

— Vous pouvez venir à cheval avec moi à Elmwood, proposa froidement Cameron à Jackson tandis qu'ils descendaient le grand escalier arrondi, sinon j'irai seule.

Ils s'étaient rencontrés par hasard dans le couloir. Elle ignorait où il avait passé la nuit et ne s'en souciait pas.

— Mais j'irai et personne ne m'en empêchera.

— Ni moi, ni l'armée de Grant, c'est sûr! commenta Jackson, tout aussi acerbe. Très bien... Nous irons à Elmwood, *ensemble*. Mais d'abord, je vais manger quelque chose. Je suis affamé. Et je vous avertis, si vous essayez de partir sans moi, je vous attacherai à votre chaise!

Lorsqu'ils atteignirent le bas de l'escalier, elle passa devant lui la tête haute, et s'éloigna à grands pas. Jackson s'arrêta, saisissant le pommeau de la rampe. Maudite soit cette femme! Mesurait-elle combien elle était belle ce matin? Aussi furieux qu'il puisse l'être contre elle, il n'en devenait pas pour autant aveugle...

Il déglutit et grogna, tandis que des souvenirs de la nuit précédente lui revenaient. Il pouvait encore sentir l'odeur de son corps... son goût... Ses lèvres se serrèrent en un pli amer. Bon sang, ce qu'il la désirait! Mais il ne la forcerait pas. Il ne lui avait pas menti non plus la veille. Si elle lui refusait les plaisirs du lit conjugal, il les chercherait ailleurs. Marie ne l'aurait jamais repoussé, elle. Jamais.

Cameron entra dans la salle à manger et s'aperçut soudain qu'elle mourait de faim. Depuis sa maladie, son appétit semblait avoir doublé.

— Bonjour! lança-t-elle.

Taye était assise tout au bout de la table. A côté d'elle se trouvait Falcon Cortès, l'ami que Jackson s'était fait pendant la guerre. Cameron n'avait jamais rencontré d'Indien auparavant et elle le trouvait un peu déconcertant. Il n'agissait pas et ne parlait pas comme les autres hommes qu'elle connaissait, or elle préférait toujours savoir à quoi ou à qui, en l'occurrence, elle avait affaire.

— Bonjour, répondit Taye en se levant brusquement de sa chaise.

Sa voix paraissait haut perchée et curieusement tendue.

— Bonjour, chaton. Monsieur Cortès...

Cameron inclina poliment la tête, portant les yeux du visage de Falcon à celui de Taye. Taye avait l'air étrangement troublée. Se connaissaient-ils? Cela ne se pouvait pas, et pourtant...

— Je vous en prie, dit-il en se levant à son tour. Mes amis m'appellent Falcon...

Cameron acquiesça en prenant une assiette.

— Falcon, donc.

Elle empila plusieurs tranches de bacon dans son assiette.

— Avez-vous eu assez à manger, Falcon? J'espère que la nourriture vous a plu.

— C'était très bon, merci.

Il hésita un instant et ajouta :

— Mais c'est dommage qu'il n'y ait pas de viande d'ours crue...

Il fallut un instant à Cameron pour comprendre qu'il plaisantait. Jackson, qui était entré dans la salle à manger à sa suite, rit d'abord, lui donnant le signal. Lorsqu'elle rit, Falcon sourit. Taye se laissa simplement retomber sur sa chaise, l'air agacé. Pouffant toujours, Cameron finit de se servir et rejoignit les autres à table. Il était 10 heures passées quand Jackson eut enfin terminé son repas et annonça qu'il était prêt à partir pour Elmwood.

Lorsque Cameron sortit par la porte d'entrée pour le rejoindre, elle fronça les sourcils en voyant la calèche arrêtée devant les marches du porche.

— Nous n'y allons pas à cheval ?

Jackson lui ouvrit la portière.

— Après votre aventure d'hier soir, je pensais que vous vous seriez peut-être avisée qu'il était temps pour vous de ralentir et de commencer à agir comme une femme mariée qui va bientôt être mère.

— Et je suppose que les femmes mariées enceintes prennent des voitures ?

— D'ordinaire, oui…

Elle croisa les bras sur sa poitrine.

— J'aurais dû me précipiter à l'écurie quand je le pouvais, dit-elle avec aigreur.

— Et moi, j'aurais dû vous attacher à votre chaise quand j'en avais la possibilité !

Elle le provoqua d'une grimace et lui lança un regard de défi.

— Vous savez, le fait que je monte à cheval ne fera pas de mal au bébé. Avoir un enfant, un corps de femme est fait pour cela. Nous avions des esclaves qui accouchaient le soir et retournaient au champ le lendemain.

— Intéressant… Je le garderai à l'esprit. Si je veux planter du tabac, je saurai que vous êtes disponible.

Elle le fusilla du regard en acceptant sa main pour monter dans la calèche.

— Ne croyez pas que vous avez gagné la bataille, capitaine. Il s'agit juste d'une escarmouche insignifiante.

— C'est noté.

Alors qu'elle s'installait sur le siège avant, Taye sortit de la maison. Elle s'était changée, et portait une simple robe de voyage bleu pâle qui lui allait très bien, et dont la couleur était parfaitement assortie à ses yeux.

Jackson l'aida à monter à son tour. Tandis qu'elle s'asseyait, Falcon déboucha à cheval de l'arrière de la maison. Il montait un grand étalon noir qui semblait avoir du sang allemand, observa Cameron en connaisseuse.

— Il est magnifique, murmura-t-elle en se tournant sur son siège pour mieux voir l'animal, impressionnée.

— J'ai dit à Falcon que vous l'apprécieriez.

Jackson sauta sur le siège et leva les rênes.

— Il vient aussi ? demanda Taye en indiquant l'Indien d'un signe de son menton délicat.

Cette question lui ressemblait si peu que Cameron la dévisagea.

— Pourquoi ? demanda-t-elle doucement.

De toute évidence, il s'était passé quelque chose… Cette suspicion à peine voilée n'était pas dans les habitudes de sa sœur. Jackson lui avait dit que la veille Falcon avait escorté Taye et Naomi à Atkins' Way. Y avait-il eu un accrochage quelconque ?

— Est-ce qu'il y a un problème avec Falcon ? demanda-t-elle.

Taye baissa les yeux, arrangeant les plis de sa robe avec un soin exagéré.

— Absolument pas, répondit-elle avec raideur.

— Falcon et moi allons peut-être nous associer dans une nouvelle entreprise, annonça alors Jackson en guidant les chevaux dans l'allée poussiéreuse. Il se peut donc qu'il reste quelques semaines à Atkins' Way.

Des affaires ? eut envie de souligner ironiquement Cameron. Elle savait très bien que les seules *affaires* que Cortès menait avec Jackson relevaient de l'espionnage. Elle ignorait ce que les deux hommes mijotaient. Il semblait que Falcon se contentait pour le moment de jouer le rôle de garde du corps, chevauchant derrière la calèche, deux pistolets à la ceinture.

Tous quatre prirent la route d'Elmwood en silence. Cameron eut un autre aperçu de ce qu'elle avait vu du train : des maisons et des champs brûlés, des prairies négligées, des fenêtres condamnées et des jardins à l'abandon. Seulement, maintenant, elle était chez elle. Maintenant, elle savait qui habitait chaque maison, à qui appartenait chaque lopin de terre, chaque moulin désormais silencieux.

Jackson arrêta la calèche dans la longue allée bordée d'ormes entièrement envahie d'herbe. Quatre ans plus tôt, elle était parfaitement entretenue, sa terre battue tassée par les fréquents visiteurs et les véhicules agricoles.

— Je pense que nous allons devoir marcher, dit-il en mettant le frein.

— Je vais passer le premier, offrit Falcon, et ouvrir un chemin.

Cameron descendit de voiture sans l'assistance de Jackson. Maintenant qu'elle était à Elmwood, elle avait envie de courir dans l'allée comme elle l'avait si souvent fait avec Taye et Grant quand ils étaient enfants.

Mais alors, ni son père ni Sukey ne se tiendraient sous la véranda pour l'accueillir à bras ouverts. A cette pensée, des larmes lui brûlèrent les paupières. Son père était le monde entier pour elle, et Sukey... Sukey était devenue sa mère après la mort de la sienne. En vérité, une bien meilleure mère que la raffinée et distante Caroline Campbell ne l'avait jamais été.

— Les arbres ont survécu, fit observer Taye tandis qu'ils avançaient le long du sentier que Falcon leur ouvrait à cheval dans l'herbe qui leur arrivait à la taille. Du train, nous avons vu tant de beaux et vieux arbres qui ont été coupés juste parce que les soldats étaient trop paresseux pour aller chercher de quoi faire du feu dans les bois.

Cameron leva les yeux vers les grands ormes qui se dressaient haut dans le ciel bleu de chaque côté de l'allée, et les protégeaient du soleil brûlant de leurs frondaisons vertes et brillantes.

Elle se revit alors petite fille de six ou sept ans, courant en tirant derrière elle un cerf-volant que son père lui avait acheté. Elle se souvint aussi de l'été où Jackson était venu pour la première fois à Elmwood, remontant l'allée à cheval pour entrer dans sa vie. Puis il y avait eu cette terrible nuit, quatre ans plus tôt… La dernière nuit… Taye et elle étaient revenues pour trouver Grant fulminant et divaguant, et les tragiques événements avaient suivi…

Elle crispa les paupières pour se protéger de la douleur de ces souvenirs.

— Au moins, c'est toujours cela, dit-elle à voix haute, en écartant résolument les images du passé.

Au détour de l'allée la maison se dressa soudain devant eux, comme si elle renaissait des cendres dans lesquelles Cameron pensait qu'elle avait disparu.

Elle s'arrêta et porta le dos de sa main à sa bouche en poussant un petit cri d'horreur mêlée de soulagement.

La peinture blanche de la belle demeure était aussi passée et délavée qu'une vieille robe. Beaucoup des immenses fenêtres étaient brisées, tels des yeux qui ne pouvaient plus voir. Le porche s'affaissait par endroits, mal soutenu par ses colonnes inclinées.

La pelouse n'était plus qu'un enchevêtrement de chardons et de mauvaises herbes. Il y avait des chariots renversés, sans roues, des arbres tombés et des restes de toile pourrie là où une armée avait dressé des tentes. Sur le côté de la maison, des buses tournaient en rond au-dessus de ce qui devait être une dépouille d'animal en train de pourrir à en juger par la puanteur.

Mais c'était la maison. Sa maison. Son cher Elmwood…

Taye glissa sa main fine dans la sienne et leurs doigts s'enlacèrent et se pressèrent.

— Je veux aller à l'intérieur, dit-elle fermement.

— Je ne suis pas certain que la structure soit sûre.

Jackson se fraya un chemin dans l'herbe haute vers le porche.

— Faites attention dans la salle de bal. Quelqu'un a fait un feu de camp au milieu de la pièce et a brûlé le parquet.

— Tu viens avec moi ? demanda Cameron à Taye.

Taye sourit courageusement.

— Je pense que je vais d'abord aller sur la tombe de maman…

Cameron envisagea de lui proposer de l'accompagner, mais elle sentit que Taye voulait être seule. Sukey était morte en tentant de traverser la Pearl River pour s'échapper avec les autres esclaves de la plantation. Des chasseurs d'esclaves lui avaient tiré dessus. Mais elles savaient que la vie de Sukey avait pris fin bien avant qu'elle ne tente de fuir. Elle n'avait plus jamais été la même après que le sénateur était mort en tombant du balcon, la nuit où les sudistes avaient attaqué le fort Sumter.

Taye avait besoin de gravir la colline où se trouvait autrefois le quartier des esclaves, tout comme elle-même avait besoin d'aller se recueillir un moment seule dans le cabinet de travail de son père. Elles avaient toutes les deux des fantômes à mettre en paix.

Jackson regarda Falcon, qui n'était pas descendu de cheval, et Cameron sut qu'il s'assurerait que Taye soit en sécurité.

— Vas-y, chuchota-t-elle en lui tapotant la main.

— J'en ai pour quelques minutes.

Taye l'embrassa sur la joue, sourit et s'éloigna.

Jackson lui offrit la sécurité de sa main depuis les marches abîmées du porche et elle l'accepta au nom du bon sens. Tandis qu'elle traversait la large véranda, elle leva les yeux vers un nid de sansonnets qui gazouillaient.

— Cela ne fait que quatre ans, murmura-t-elle. Pourquoi ai-je l'impression que cela en fait dix ?

Elle tourna la poignée branlante de la porte d'entrée et celle-ci céda, pas verrouillée. Elle inspira, presque effrayée d'aller plus avant.

Elle se força à mettre un pied devant l'autre.

— Oh ! fit-elle en pénétrant dans le grand vestibule haut de deux étages.

Sa bouche était sèche et son cœur tambourinait contre ses côtes.

Les dalles de marbre noires et blanches étaient abîmées. Le

papier peint jaune des murs, avec ses majestueux magnolias, était tout humide et se décollait par endroits. Des caisses cassées étaient éparpillées sur le sol et le miroir doré de sa mère avait disparu. Le grand escalier sculpté avait perdu son pommeau en forme d'ananas et les marches, autrefois cirées et brillantes, présentaient des échardes.

Mais si elle fermait les yeux, elle pouvait voir le vestibule tel qu'il était avant la guerre. Elle se rappelait le jour où Jackson était arrivé pour parler à son père de la guerre imminente. Elle avait franchi cette même porte dans sa tenue d'amazone tachée d'herbe, insouciante, heureuse, et Taye, dans sa jolie robe jaune, l'avait suppliée de se changer avant d'aller retrouver les hommes dans le cabinet de travail du sénateur.

Et si elle serrait les paupières encore plus fort, si elle retenait son souffle, elle pouvait presque entendre le rire étouffé de son père.

Elle ouvrit les yeux, luttant contre l'émotion, la nostalgie qui menaçait de la submerger dans un flot de larmes.

— Eh bien, Jackson, fit-elle d'une voix qu'elle voulait dure, sarcastique, il me semble que la maison est encore debout.

— Cam…

L'ignorant, elle s'élança à travers le vestibule, avide d'explorer la maison de la cave au grenier. Mais il y avait un endroit où elle avait besoin d'aller en premier — le cabinet de travail de son père. Elle passa le bout des doigts sur le papier peint, remarquant les traces de suie ; quelqu'un avait fait du feu dans les pièces mêmes. Pourquoi ne pas avoir utilisé les cheminées ?

— La *structure* du bâtiment me paraît assez sûre, insista-t-elle.

— Cam, écoutez-moi… Ce n'est pas seulement la maison qui m'inquiète. Vous ne voyez donc pas que ce n'est pas la seule raison pour laquelle il n'est pas sûr pour vous de rester ici ?

Il la suivit dans le vestibule.

— La nuit dernière ne vous a pas suffi ? Le Sud a changé. Ce n'est pas un endroit sûr pour vous ou pour n'importe quelle femme, maintenant.

Cameron entendit à peine ses paroles. Elle venait d'arriver

devant la porte du cabinet de travail. Elle la poussa du bout d'un doigt tremblant et resta sur le seuil qui craquait. Les bibliothèques en acajou qui allaient du sol au plafond étaient renversées et la plupart des précieux livres de son père avaient disparu. Brûlés pour faire du feu, lui avait dit Jackson.

Le grand bureau sculpté était debout sur un côté, bloquant la porte-fenêtre, et son fauteuil manquait. Les cartes du Mississippi et des Etats-Unis avaient été arrachées des murs. Mais la pièce gardait encore légèrement l'odeur qu'elle avait toujours sentie là, et le souvenir de son père lui emplit le cœur.

— Papa, murmura-t-elle.

Puis elle s'écria, affligée :

— Oh! Le secrétaire de ma grand-mère n'est plus là!

Elle alla jusqu'à l'endroit où il se trouvait et fixa le coin vide. Le meuble n'était pas particulièrement de belle facture, ni de grande valeur, mais elle l'avait toujours aimé parce que la mère de son père l'avait apporté d'Ecosse. Il renfermait la preuve que Taye était la fille de David Campbell — ce qu'elles avaient découvert après sa mort. Elles y avaient aussi découvert des émeraudes qu'il avait cachées pour fournir à Taye de quoi vivre en sécurité et indépendante.

D'une certaine façon, le secrétaire représentait la vie de Cameron avec tous ses compartiments, certains qui la rendaient très heureuses et d'autres très tristes.

— Il n'est plus là, murmura-t-elle en s'asseyant par terre.

Elle leva les yeux vers Jackson, qui se tenait au-dessus d'elle, l'air mal à l'aise.

— Le secrétaire de ma grand-mère a disparu. Brûlé pour se chauffer, je suppose.

— Il faut que vous pensiez à cette plantation que j'ai achetée dans la baie de Chesapeake, Cameron. Je veux que vous regardiez les plans d'agrandissement. Si vous acceptiez de voir la maison, je sais que vous l'adoreriez.

Elle s'adossa au mur lambrissé et se couvrit le visage de ses mains, avec l'impression que toute énergie l'avait quittée. Qu'elle vivait un cauchemar.

— Ne me parlez plus de cet endroit, Jackson !

Alors qu'elle s'appuyait contre le panneau de bois poussiéreux, il sembla s'incurver légèrement. Elle bougea légèrement pour pouvoir y poser la main et appuya de nouveau.

— Oh !

— Qu'y a-t-il ?

Elle se détourna et se mit à genoux.

— Ce panneau de bois… Je crois qu'il a bougé.

Jackson s'agenouilla près d'elle.

— Je ne pense pas…

Il poussa sur le lambris.

— Sapristi, c'est vrai !

— C'est une porte secrète ou quelque chose comme ça.

Cameron poussa un peu plus fort. Le bois grinça et un panneau guère plus grand qu'une bible s'ouvrit comme par magie.

Elle enfila la main dans le trou noir. Elle n'y voyait rien, mais sentit sous ses doigts un objet familier. Une reliure en cuir.

— C'est un livre ! dit-elle dans un souffle.

Elle le secoua, essayant de le dégager, mais il restait coincé.

— Laissez-moi essayer.

Avec réticence, Cameron sortit sa main du mur et laissa Jackson enfiler la sienne. Il fit la grimace, puis tira du compartiment secret un volume poussiéreux qu'il lui tendit. Elle se rassit par terre et le posa sur ses genoux. Passant la main sur la couverture en cuir bleu foncé, elle essuya les toiles d'araignée et la poussière.

Puis elle ouvrit le livre et reconnut l'écriture de son père sur la première page.

— Oh ! fit-elle en voyant la date.

Puis elle lut à haute voix.

7 juin 1817. Plantation d'Elmwood, Jackson, Mississippi.
Je commence à écrire aujourd'hui parce que aujourd'hui, ma vie a changé pour toujours.

Elle leva les yeux vers Jackson.

— Je pense que c'est… un journal. Le journal de mon père.

Il devait avoir vingt ans, en 1817. Il était tout juste rentré de l'université William et Mary. Il n'avait pas encore épousé ma mère.

Elle baissa la tête et continua à lire.

Ma vie a changé parce que j'ai rencontré une femme qui fait chanter mon cœur.

Cameron pinça les lèvres. Il lui était difficile d'imaginer son père plus jeune qu'elle ne l'était, plus jeune et amoureux de la femme qui deviendrait son épouse deux ans plus tard seulement. A cette époque-là, David Campbell avait encore toute la vie devant lui — un mariage, des enfants, un siège au Sénat des Etats-Unis.

Elle continua à lire à voix haute.

Nous avons reçu aujourd'hui une nouvelle cargaison d'esclaves, et papa m'a envoyé à Jackson pour les ramener à la maison dans un chariot. La paralysie agitante de maman a empiré et elle a besoin de plus de domestiques dans la cuisine. J'ai accepté deux hommes et deux femmes. Il est impossible de dire quel âge ils ont exactement, mais ils semblent tous avoir entre quatorze et vingt ans. Il n'y a rien d'extraordinaire dans le fait d'acheter des esclaves. Nous en achetons souvent. Ce qui est extraordinaire, c'est la magnifique jeune femme que j'ai ramenée aujourd'hui. Elle s'appelle Sukey. Et je crois que je suis tombé amoureux d'elle.

15

Saisie par ce qu'elle venait de lire, Cameron referma brusquement le journal.

— Oh! ciel! murmura-t-elle. Oh! ciel!

Elle avait l'impression d'être redevenue une enfant et d'avoir surpris une conversation privée qu'elle n'aurait pas dû entendre. La conversation privée de son propre père.

— Vous ne vous doutiez pas que le sénateur connaissait Sukey depuis si longtemps, dit Jackson.

C'était une affirmation, pas une question.

Elle secoua la tête, comprenant ce qui n'avait pas été dit. A savoir que Jackson, lui, était au courant. Comment ou pourquoi, elle l'ignorait, mais ce n'était pas le moment de demander. Elle n'était même pas sûre d'avoir envie de savoir. La révélation que son père connaissait Sukey depuis l'âge de vingt ans lui faisait comprendre tout à coup qu'elle n'avait pas été aussi proche de son père qu'elle l'avait cru. Et cette découverte était troublante.

— Papa ne parlait jamais de sa relation avec Sukey.

Avant que Jackson ne puisse poser la question qu'elle devinait, elle rencontra son regard.

— Non, bien sûr, je n'ai pas demandé, dit-elle, ayant presque l'impression qu'elle devait se défendre. Je savais qu'elle était sa maîtresse, évidemment, tout le monde le savait. Je supposais simplement qu'elle…

— Accomplissait un *service*?

Cameron fronça les sourcils, n'appréciant pas l'ironie de son ton, ni qu'il soit dans la pièce avec elle.

— Vous n'êtes pas du Sud. Vous ne pouvez pas comprendre nos traditions. C'est la façon dont les choses se font ici. Je ne dis pas que j'aie jamais admis ces pratiques, mais c'était ce qui se faisait.

— Cameron ?

La voix de Taye résonna dans le couloir.

— Je suis dans le bureau de papa !

Taye franchit la porte et regarda autour d'elle. Son visage se défaisait au fur et à mesure qu'elle découvrait la pièce préférée de leur père dans un si triste état.

— Le secrétaire a disparu, dit-elle doucement, fixant son attention sur l'espace vide derrière Cameron.

— Oui, mais regarde ce que j'ai trouvé !

Cameron se mit debout et se précipita vers sa sœur, le journal dans ses bras.

— Il était derrière un panneau, dans le mur. Caché pendant tout ce temps. Taye, c'est le journal de papa et il commence ici, à Elmwood, quand il avait vingt ans.

Elle feuilleta les pages, montrant à sa sœur les dates qui se succédaient.

— Et il se prolonge sur des années et des années.

— Le journal de papa ?

Taye plissa le front.

— Tu ne vas pas le lire, n'est-ce pas ?

— Bien sûr que si ! Ecoute le premier passage…

Elle chercha la page.

— Papa dit qu'il a rencontré ta mère. Tu savais qu'il n'avait que vingt ans et Sukey à peu près autant, quand elle est arrivée à Elmwood ?

Taye posa la main sur la sienne, refermant le volume relié de cuir.

— Tu ne devrais pas le lire, Cameron. Ce n'est pas bien.

Elle croisa le regard de sa sœur, ses yeux bleus troublés.

— S'il avait voulu que tu le lises, il te l'aurait donné.

— Il ne savait pas qu'il allait mourir, répliqua Cameron.

Taye alla à une chaise renversée et la redressa.

— Ce n'est pas une raison. Ce n'est pas bien de lire quelque chose d'aussi personnel.

— Tu n'as pas envie de savoir à quoi ressemblait la vie de notre père ? Quelle sorte d'homme il était ?

— Je sais déjà quel genre d'homme il était.

Taye sortit du cabinet de travail, ses jupons bruissant derrière elle.

— Je monte voir mon ancienne chambre.

— Eh bien, moi, je vais le lire.

Elle mit le précieux journal dans la main de Jackson.

— Nous allons le rapporter à Atkins' Way.

— Vous êtes certaine de ne pas ouvrir la boîte de Pandore ? demanda-t-il.

— Ça ne peut être un hasard, répondit-elle. Je *devais* trouver ce journal. C'est un cadeau de mon père, quelque chose pour combler le vide de son absence.

— Apparemment, Taye n'est pas d'accord avec vous.

— Lorsqu'elle aura pris le temps d'y réfléchir, elle comprendra que je dois lire le journal de papa. Il aurait voulu que je le fasse.

Jackson secoua la tête.

— Cameron Logan, vous êtes la femme la plus têtue que j'aie jamais connue ! Vous prenez le mors aux dents et foncez en avant sans jamais considérer que vous pourriez avoir tort et que quelqu'un d'autre pourrait avoir raison.

— Sottises !

Elle fit un signe de dénégation.

— Faites juste attention à ce journal. Je ne veux pas qu'il lui arrive quelque chose avant que j'aie eu une chance de le lire.

— Où allez-vous, maintenant ? demanda-t-il, perplexe, en la voyant sortir en hâte de la pièce.

— En haut, bien sûr. Je ne vais pas m'enfuir si c'est ce que vous craignez. Je vous rejoindrai quand nous serons prêtes à partir.

Elle disparut. Jackson resta debout au milieu de la pièce et écouta les pas de Cameron s'éloigner.

Il aurait dû prévoir qu'elle viendrait dans le Mississippi et l'arrêter avant que cela n'aille si loin. Il ignorait comment il allait l'arracher à Elmwood, maintenant. Elle avait beau voir l'état de la maison, de la ville et de tout le Sud, elle ne comprenait pas encore vraiment. Malgré son âge et tout ce qu'elle avait traversé, elle restait naïve et incroyablement gâtée. Son mode de vie avait disparu, mais elle ne s'en rendait pas compte. Ne voulait pas s'en rendre compte…

Comment, dans ces conditions, allait-il l'en convaincre ?

Tenant toujours le journal à la main, il alla à la fenêtre où il se souvenait qu'il s'était tenu deux semaines seulement avant l'attaque du fort Sumter. Il regarda à travers les vitres sales la véranda abîmée. Des mauvaises herbes poussaient et fleurissaient entre les planches comme si elles prenaient possession de l'endroit où la famille Campbell dînait par des soirées embaumées.

Il soupira, désolé de ce qu'il voyait : la véranda abandonnée, l'herbe qui recouvrait le sol et les allées, le chariot retourné qui avait été laissé là par les soldats. De son point d'observation, tout lui semblait tellement sans espoir ! Pas seulement la restauration d'Elmwood, mais le Sud lui-même. Le président Johnson jurait que les Etats du Sud seraient reconstruits ; il commençait déjà à appliquer son plan de Reconstruction, même s'il n'était pas encore complètement au point. Il avait dit au Congrès que cela prendrait du temps, mais que le Sud renaîtrait de ses cendres. Il soutenait que les Américains seraient de nouveau unis maintenant que l'Union avait été restaurée. Mais en regardant la plantation, en sachant ce qu'elle avait été autrefois, Jackson en doutait. Est-ce qu'un pays qui avait livré une guerre civile et assassiné son propre président pourrait de nouveau être unifié ?

Il s'éloigna, aussi sceptique sur cette idée que sur le fait que Cameron pourrait jamais revenir à Elmwood et y mener la vie qu'elle avait vécue auparavant. Reconstruire prendrait une existence. Trois existences, même! Et le Sud que sa femme cherchait ne renaîtrait jamais de ses cendres. Ses lèvres se durcirent à cette pensée. Et c'était probablement pour le mieux. Certaines choses, dans le vieux Sud, étaient trop pourries pour qu'on veuille les ressusciter.

Cameron était assise sur un banc de pierre, dans le fatras de plantes grimpantes et de mauvaises herbes qui était jadis la roseraie d'Elmwood. Sa mère avait fait venir les rosiers d'Europe et les avait plantés dans le style des vieux jardins anglais. Malgré la végétation envahissante et les insectes qui pullulaient, le jardin était encore beau, mais d'une manière différente. Et si elle fermait les yeux et humait le parfum des fleurs, elle pouvait se le représenter comme il était quand son père était encore en vie.

Elle aperçut Jackson qui tournait au coin de la maison. Il lui fit un signe de main.

— Prête à partir? demanda-t-il. Je crois que Taye a eu assez de soleil et de souvenirs pour la journée. Elle vient de passer une heure à nettoyer la tombe de sa mère.

— Je sais… Juste une minute, encore…

Cameron leva une main pour abriter ses yeux du soleil et le regarda.

— Vous avez le journal?

— Taye le porte à la calèche. Falcon va l'accompagner pour être sûr qu'elle ne risque rien. Dieu sait quel genre de vauriens pourraient se cacher par ici!

— Savez-vous pourquoi Taye se conduit si bizarrement avec Falcon? Ils ne se connaissent pas, que je sache.

Il se tint avec raideur devant elle. Il était encore en colère à propos de la nuit précédente, c'était évident. A propos de sa venue dans le Mississippi et d'Elmwood, aussi, mais il ne pouvait certainement pas être plus irrité contre elle qu'elle ne l'était contre lui.

— Je pense qu'ils se sont rencontrés au bal, répondit-il.

Elle fronça les sourcils.

— Quelque chose ne semble pas aller. Taye semble lui en vouloir et ça ne lui ressemble pas d'être en colère contre quelqu'un qu'elle vient juste de rencontrer.

— Il est possible qu'elle soit un peu agacée, suggéra Jackson d'un ton insouciant. Il se peut que Falcon ait badiné avec elle.

— *Il se peut?* Qu'est-ce que c'est censé signifier?

— Seulement qu'ils se sont rencontrés dans le jardin, le soir du bal. Je n'étais pas là, alors je ne peux pas vous dire ce qui s'est passé, mais Falcon m'a beaucoup questionné au sujet de votre sœur, après.

Il se frotta le front comme s'il avait la migraine.

— Ecoutez, faut-il vraiment en parler maintenant?

— Oui, nous devons en parler maintenant, dit-elle d'un ton coupant. Vous avez dit à Falcon que Taye est fiancée à Thomas?

Comme il ne répondait pas tout de suite, elle le dévisagea, sa colère montant.

— Jackson?

— Bien sûr que oui!

Sa réponse semblait sincère, mais Cameron avait toujours l'impression qu'il lui cachait quelque chose. Elle décida qu'elle en parlerait à Taye plus tard, dans la soirée, et si nécessaire elle parlerait à Falcon lui-même. Taye et Thomas avaient l'intention de se marier. Ils étaient parfaits l'un pour l'autre, et elle ne voulait pas qu'un homme comme Falcon Cortès brouille les cartes.

— Bien, je suis contente que vous ayez mis les choses au point avec Falcon, dit-elle, essayant de calmer sa colère.

— Très certainement...

Elle ne put dire s'il était sarcastique ou non, mais elle n'était pas d'humeur à se disputer avec lui à ce sujet. Pas aujourd'hui. Au lieu d'insister, elle contempla le jardin en broussailles, laissant la nostalgie de la journée la pénétrer de nouveau. C'était bon d'être dans la roseraie de sa mère, même si la plupart des roses avaient disparu. C'était bon de se sentir proche de ceux qu'elle avait aimés, en particulier de son père qui lui manquait encore tellement.

— Je n'arrive pas à croire que nous ayons trouvé le journal de papa, reprit-elle d'un ton pensif.

Elle avait envie de dire que cela seul valait ce terrible voyage dans le Sud, mais elle se retint. Il était inutile de provoquer Jackson.

— Je ne pense pas que je le lirai en entier tout de suite, poursuivit-elle, autant pour elle-même que pour lui. Mais plutôt passage par passage, jour après jour, en rebâtissant Elmwood, savourant les mots de papa, ses pensées, ses expériences…

Jackson se détourna brusquement d'elle un instant, puis lui refit face.

— Cameron, je voulais attendre et vous parler de ceci ce soir en privé, mais…

Il leva une main et la laissa retomber sur son côté.

— Mais quoi?

Elle fut aussitôt sur la défensive.

— De quoi vouliez-vous me parler?

— Nous ne restons pas, annonça-t-il de but en blanc. Nous ne restons pas à Jackson et vous ne rebâtissez pas Elmwood. Vous rentrez à la maison, à Baltimore, où est votre place.

Elle bondit du banc en pierre, les mains sur ses hanches.

— C'est *ma* plantation, *ma* maison, Jackson! Je pensais qu'une fois que vous me verriez ici, que vous verriez ce que je ressens pour ma maison de famille, vous comprendriez et changeriez d'avis… Mais je vois à présent, avec une terrible clarté, que vous ne comprenez pas et ne comprendrez jamais! Parce que vous *ne voulez pas* comprendre. Vous n'avez aucun droit de me dire où je peux et ne peux pas aller, capitaine Jackson Logan!

— Vous vous trompez, Cameron, dit-il d'une voix froide. En tant que ma femme, vous avez une obligation légale de faire ce que je dis. Et de par la *loi,* tout ceci — il écarta les bras — est devenu mien quand vous m'avez épousé.

Ses yeux gris devinrent d'un noir orageux et Cameron se

rendit compte, un instant trop tard, qu'elle l'avait poussé trop loin.

— En vérité, poursuivit-il — et sa voix prit une intonation cruelle —, je ne peux peut-être pas vous forcer *légalement* à vous soumettre à moi physiquement, mais il est dans mes droits de vendre cette propriété sans valeur si je le veux.

— Espèce de scélérat, vous n'oseriez pas!

Elle se jeta sur lui, le heurtant de toute la force de son corps. Elle l'aurait frappé de ses poings, mais il saisit ses poignets et les rabattit le long de son corps. Elle se sentait trembler de la tête aux pieds.

— Vous n'oseriez pas..., répéta-t-elle, avec le sentiment poignant d'être trahie.

— Je le ferai si vous continuez à agir comme une sotte, mettant en danger votre vie et celle de mon enfant.

Il croisa et soutint son regard, et elle se demanda ce qui avait pu lui faire penser un jour qu'elle pourrait faire fonctionner ce mariage. Et surtout ce qui lui avait fait penser qu'il l'aimait réellement...

Elle se mordit la lèvre jusqu'à sentir le goût du sang pour s'empêcher de lui lancer des injures.

— Lâchez-moi, espèce de vaurien!

— Allez-vous vous conduire correctement?

— Lâchez-moi!

Il la lâcha, et elle partit en courant. Elle courut à travers le jardin, passa devant la maison et descendit l'allée bordée d'ormes. S'il la suivit, elle ne l'entendit pas. A mi-longueur de l'allée, les poumons prêts à éclater, elle ralentit et se mit à marcher. Mais lorsqu'elle aperçut la calèche, elle releva ses jupes et se remit à courir.

— Cameron, qu'est-ce qui ne va pas? demanda Taye en se levant du banc.

— Nous avons fini ici pour aujourd'hui.

Cameron attrapa le côté de la voiture et se hissa sur le siège à côté de sa sœur.

Falcon s'empressa de descendre de sa monture pour venir

l'aider, mais le temps qu'il arrive sur le côté, Cameron passait déjà sur le banc de devant pour prendre les rênes.

— Ecartez-vous! lui ordonna-t-elle en tirant sur les lanières.

— Que faites-vous? demanda Falcon en essayant d'attraper le harnais des chevaux.

— Otez-vous de mon chemin! cria Cameron.

Elle empoigna le long fouet et le brandit au-dessus de la tête de l'Indien.

Il leva les mains en signe de reddition et recula.

Elle lança un ordre et les chevaux obéirent. Ils firent demi-tour dans l'allée et rejoignirent la route.

— Cameron, je t'en prie! s'écria Taye. Tu me fais peur!

— Tiens-toi bien, répondit Cameron.

— Où pensez-vous aller, femme insensée? cria Falcon. Comment est-ce que Jackson va rentrer à la maison?

— Je m'en moque! lança-t-elle par-dessus son épaule en poussant les chevaux et la calèche en avant.

16

Lorsque Cameron fut à une bonne distance d'Elmwood, elle tira sur les rênes et ralentit la voiture, parlant d'une voix apaisante aux chevaux.

— Tu vas bien? demanda Taye en venant s'asseoir à côté d'elle.

Cameron regarda droit devant elle la route pleine d'ornières.

— Je vais bien.

Elle inspira pour se calmer et se tourna vers Taye.

— J'ai recommencé, murmura-t-elle en éprouvant vraiment des remords.

— Recommencé quoi?

— Jackson avait raison sur un point. Je n'aurais pas dû te laisser venir avec moi. J'ai eu tort de t'exposer au danger, et j'ai eu tort de t'enlever à Thomas. Et maintenant j'ai de nouveau fait quelque chose de dangereux en faisant rouler cette calèche à cette allure. Elle aurait pu verser.

— Attends une minute, Cameron Campbell-Logan! Nous ne sommes plus des enfants et je ne suis plus la petite sœur accrochée à tes basques dont tu dois te sentir responsable!

— Mais je t'ai suppliée de venir. Tu savais pourtant que ce n'était pas une bonne idée.

— Je suis venue dans le Mississippi de mon plein gré, Cam. Tout le monde semble oublier que le Mississippi, qu'Elmwood, c'est chez moi, aussi. Et qu'est-ce que tu racontes... M'avoir enlevée à Thomas?

Elle eut une petite moue méprisante.

— Nous sommes parties depuis plus de deux semaines et je ne suis même pas sûre qu'il s'en soit aperçu !

— Oh ! Taye, tu sais que ce n'est pas vrai.

— Ce n'est pas comme s'il était arrivé à bride abattue pour me sauver comme Jackson l'a fait, non ?

Cameron rencontra le regard de sa sœur, choquée par son ton sarcastique. Elle ne savait pas très bien quoi faire de cette jeune femme emportée qu'elle ne reconnaissait pas.

— Je… je suis sûre que Thomas voulait venir. Jackson lui a probablement demandé de rester à Baltimore…

— Comme si un troupeau de chevaux sauvages aurait pu empêcher Jackson de prendre le premier train pour le Sud, lorsqu'il a su que tu étais partie !

— Taye…

Cameron fit passer les rênes dans sa main droite et couvrit la main de sa sœur de la gauche.

— Est-ce que Thomas et toi vous vous êtes querellés ?

Taye parut s'absorber subitement dans la contemplation du paysage qu'elles traversaient.

— Non, bien sûr que non, répondit-elle dans un soupir, toute énergie semblant l'avoir quittée d'un coup. C'est juste que…

— Que quoi ?

— Je ne sais pas. Juste que… je ne ressens pas ce que pensais ressentir à son sujet. Ni au sujet de notre mariage…

— Est-ce que ça a quelque chose à voir avec Falcon Cortès ? Parce que alors là…

— Ça n'a rien à voir avec cet homme ! la coupa vivement Taye, mue par un regain soudain de vitalité. Qu'est-ce qui pourrait te faire penser une chose pareille ?

Elle se concentra, pour les arranger, sur les plis de sa robe de voyage bleue, qui était maintenant couverte de la terre de la tombe de sa mère.

— M. Cortès ne signifie rien pour moi. Je le connais à peine.

Cameron n'était pas certaine de la croire, mais elle savait, à la voix aiguë de Taye, qu'elle n'obtiendrait rien de plus à ce sujet pour l'instant.

— Je voulais simplement te faire mes excuses, reprit Cameron en prenant la grande route qui conduisait à Jackson.

— Pourquoi ? Je te l'ai dit, je ne suis plus une enfant qui doit être couvée par la fille de son maître — *la grande dame de la plantation.*

C'était la première fois que Cameron l'entendait se référer à sa position dans la maisonnée d'Elmwood. Il lui vint soudain à l'esprit que Taye avait pu être contrariée que, à cause de la couleur de sa peau, personne ne l'ait reconnue toutes ces années comme on la reconnaissait, elle, bien qu'elle ait été aussi la fille de David Campbell. Et soudain, son cœur se serra pour l'enfant que Taye avait été. Elle n'avait jamais été à sa place parmi les autres esclaves, mais elle n'avait jamais été une Campbell non plus aux yeux du monde.

— Ce que je voulais dire, expliqua-t-elle gentiment, c'est que je regrette de ne pas avoir été là pour toi ces dernières semaines. Tu es venue à Baltimore pour moi et j'étais vraiment heureuse de te voir, Taye, heureuse de savoir que Thomas et toi alliez vous marier. Puis je me suis laissé absorber par mes propres problèmes.

Elle soupira.

— Et je dois l'admettre, j'étais un peu fâchée contre toi.

— Fâchée contre moi ? Pourquoi donc ?

— Tu es arrivée à la maison et tu as tout pris en main. Le bal, ma robe... Je n'étais pas habituée à te voir si... efficace.

Taye lui fit un grand sourire et lui tapota le genou.

— Eh bien, je suppose que tu devras t'y habituer. Ta petite Taye est devenue adulte et elle ressemble peut-être plus à sa grande sœur que toi ou moi ne voulions l'admettre.

Ses yeux bleus pétillèrent malicieusement.

— A présent, dis-moi à propos de quoi Jackson et toi vous vous êtes disputés pour que tu l'obliges à rentrer à pied à Atkins' Way... ou à se faire porter comme un petit garçon sur le dos du cheval de Falcon.

Cameron se concentra pour arranger les rênes dans ses mains nues, déterminée à dominer ses émotions.

213

— Ça ne va pas marcher, Taye…

— Qu'est-ce qui ne va pas marcher ?

— Jackson et moi.

Taye eut un rire sans humour.

— Tu ne crois quand même pas ces ragots stupides ? Tu ne penses pas qu'il te trompe avec une autre femme ?

— Nous n'en avons même pas discuté. Ça ne marchera pas, c'est tout.

Elle n'osait pas regarder Taye de peur de se mettre à pleurer.

— Nous voulons des choses différentes.

— C'est la chose la plus ridicule que j'aie jamais entendue ! Jackson et toi formez le couple le plus parfaitement assorti que j'aie jamais rencontré. Il t'aime passionnément.

— La seule chose qu'il *aime,* c'est me contrôler, répliqua Cameron. Il pense qu'il a le droit légal de me dire où je peux aller et ce que je peux faire ou ne pas faire. Il me dit que s'il n'est pas le bienvenu dans mon lit, il ira là où il sera bien accueilli. Eh bien, j'ai de bonnes nouvelles pour lui… Il peut avoir son autre femme, si ça lui chante ! Il peut me faire jeter en prison, je m'en moque ! Je reste ici et il ne m'en empêchera pas.

Taye soupira et secoua la tête.

— Oh ! Cameron… Je t'accorde une chose : tu es fervente dans tes convictions.

— Je suis ici chez moi. Tu ne crois pas que j'ai le droit de rentrer chez moi ?

— Ce que je pense pour l'instant, c'est que tu devrais rentrer à Atkins' Way, prendre un long bain, boire un grand verre de citronnade, manger quelque chose et te reposer. Une femme enceinte se fatigue plus facilement qu'elle ne s'en rend compte.

— Je ne suis pas fatiguée. Et je ne veux pas me reposer. J'ai un million de plans à faire. Je dois trouver des hommes pour commencer à rebâtir Elmwood. Je veux que tu viennes dans ma chambre afin que je te dise ce que je prévois. J'aimerais vraiment ton avis…

Taye détourna les yeux, et son regard s'attarda sur le paysage en friche. A travers les arbres, elle pouvait voir la Pearl River qui serpentait entre un bosquet de saules.

— Jackson rentrera tôt ou tard, dit-elle, autant pour elle-même que pour Cameron. Et je n'ai pas l'intention d'être là quand il arrivera.

Cameron avait la ferme intention de commencer sur-le-champ à tracer des plans pour la reconstruction d'Elmwood, mais quand elle atteignit Atkins' Way, elle ne se sentait pas bien. Peut-être Taye avait-elle raison. Peut-être avait-elle besoin de s'allonger et de se reposer quelques minutes pour commencer.

— Qu'est-ce qui ne va pas ? demanda Taye tandis qu'elles montaient côte à côte le grand escalier.

— Je ne sais pas. Soudain, je me sens... faible... J'ai un peu le tournis. Ce doit être le soleil.

— Quand je te disais que tu avais besoin de t'allonger ! souligna Taye d'un ton de mère poule en glissant un bras autour de la taille de Cameron. Maintenant, laisse-moi te mettre au lit et demander à Patsy de t'apporter quelque chose à manger.

En haut de l'escalier, Cameron surprit son propre reflet dans le grand miroir doré et ne put s'empêcher de remarquer combien elle était pâle.

Taye la laissa sur le seuil de la chambre afin d'aller préparer le lit.

Cameron fit glisser sa main sur le bas de son ventre. Elle s'inquiéta en se rendant compte qu'une partie de son inconfort venait de crampes similaires à celles qu'elle avait parfois pendant ses menstrues. Taye s'affairait toujours à rabattre les couvertures et à faire gonfler les oreillers de duvet. Comme le bébé avait survécu à sa maladie à Richmond, elle avait pensé que...

— Va chercher Naomi ! s'écria-t-elle.

Taye leva les yeux vers elle, un oreiller dans les bras.

— Quoi ?

Cameron posa la main sur le cadre de la porte, baissa la

tête et ferma les yeux en caressant son ventre. Elle eut très peur subitement. Elle n'avait jamais eu autant peur de sa vie. Même pas quand les chasseurs d'esclaves la pourchassaient. Ni quand son frère pointait un pistolet sur sa tête.

— Va chercher Naomi, Taye. S'il te plaît, dépêche-toi !

— Comment ça, je ne peux pas entrer ? demanda Jackson d'un ton autoritaire.

Il tendit la main et attrapa le bras de Taye sans douceur.

— Taye, vous savez que je vous aime bien, mais vous ne vous mettrez pas entre ma femme et moi. Pas cette fois. Parce que cette fois, elle est allée trop loin.

— Jackson, écoutez-moi…, dit Taye sans se débattre.

Il croisa son regard, et vit que ses yeux bleus étaient pleins de larmes.

— Qu'y a-t-il ? demanda-t-il en lâchant son bras. Qu'est-ce qui ne va pas, Taye ?

— Vous ne pouvez pas entrer parce que Naomi l'examine.

— De quoi parlez-vous ?

Il essaya d'atteindre la poignée en la contournant, mais elle lui barra le passage. Pour une femme si menue et si douce, elle pouvait être tenace.

— Naomi examine Cameron ? L'examiner pour quoi ?

A l'instant où ces mots sortirent de sa bouche, il eut envie de les ravaler.

— Pas le bébé !

Taye hocha lentement la tête. Des larmes ruisselaient maintenant sur ses jolies joues.

— Je suis désolée, Jackson. Naomi dit que cela arrive plus souvent que ce qu'on croit.

Jackson se détourna de la porte, abasourdi.

— Je n'aurais pas dû me disputer avec elle. Je n'aurais pas dû dire ce que j'ai dit. Ni hier soir. Ni aujourd'hui.

Il mit un pied devant l'autre, longeant le couloir comme s'il était somnambule.

— Je n'aurais pas dû la bouleverser comme je l'ai fait. C'est à cause de moi si elle est partie en courant. Si elle s'est enfuie avec la calèche.

— Non. Non, ce n'est pas votre faute, Jackson. Vous ne devez pas le penser.

Taye le suivit dans le couloir et prit sa main froide dans la sienne.

— Jackson, ce n'est la faute de personne. C'est juste la volonté de Dieu.

— La volonté de Dieu? La volonté de Dieu!

Il s'écarta d'elle et expédia son bras en arrière. Il envoya son poing aussi fortement qu'il put dans le miroir doré du palier et se tint debout sous la pluie de verre brisé.

Cameron était allongée sur le côté, les genoux remontés sur sa poitrine. Des larmes silencieuses coulaient sur son visage et mouillaient l'oreiller sous sa tête.

Naomi, assise au bord du lit, posa une main sur sa hanche. Même à travers le drap, Cameron put sentir la chaleur de sa peau douce.

— Vous vous sentez mieux?

Elle hocha la tête, se sentant encore bien trop fragile pour parler. Sa fausse couche avait été si rapide! Et maintenant, après deux tasses d'une infusion au goût étrange que Naomi avait préparée, les crampes commençaient à s'atténuer.

— C'est la façon de votre corps de dire que ce n'est pas le bon moment. Rien de plus. Il y aura d'autres bébés, missy Cameron, je vous le promets.

Cameron ne répondit pas, mais la seule pensée d'une autre grossesse lui donna envie de se remettre à pleurer. Elle avait voulu ce bébé, elle l'avait tellement aimé… Comment Naomi pouvait-elle parler d'un autre?

— Bon, la vieille Naomi comprend que vous n'avez guère envie de parler maintenant, alors laissez-moi juste faire la conversation. Vous voyez, quand ce genre de chose arrive, certaines femmes se mettent à penser qu'elles ont fait quelque chose de mal, que c'est elles qui ont causé ça. Mais vous devez comprendre les lois de la nature, missy… C'était juste une âme qui ne devait pas exister. A voir votre saignement, c'est arrivé y'a des jours, probablement des semaines. Peut-être même avant que vous tombiez malade à Richmond. C'est juste la façon de votre corps de nettoyer les choses, de préparer un nouveau nid.

— Peut-être que si je n'étais pas partie ainsi dans la calèche…, dit Cameron d'une toute petite voix.

— Sottises, missy Cameron! Vous avez grandi dans une plantation. Vous savez comme les femmes sont dures et fortes.

Elle lui caressait la hanche d'un geste rythmé.

— Et ne me racontez pas que les esclaves sont différentes! Noah m'a lu sa Bible le soir et il dit que Dieu nous a tous créés pour être comme Lui. Et moi, ce que je vois, c'est que Dieu a fait toutes les femmes fortes, plus fortes que les hommes pour ce qui compte.

Elle leva la main et écarta les cheveux de Cameron de son visage.

— C'est pas un petit trajet en calèche qui allait décrocher ce bébé, sauf si y'avait quelque chose qui allait pas pour commencer. C'est la façon de votre Dieu de nous donner de parfaits petits bébés comme mon Ngosi.

Cameron leva des yeux pleins de larmes vers Naomi, voulant désespérément la croire.

— Tu crois vraiment que c'est ça?

— Bien sûr! Toutes les femmes passent par là un jour ou l'autre, les Noires, les Blanches, les Vertes.

Cameron n'aurait su dire comment, mais elle sourit.

— Merci d'être là, Naomi. De prendre soin de moi. Je ne sais pas ce que j'aurais fait sans toi.

— Je vous ai pas dit que mes os m'ont envoyée? Je savais que vous aviez besoin de moi.

Cameron crispa la bouche, effrayée.

— Tu savais que ça allait arriver?

— Bien sûr que non, missy Cameron!

Elle se remit à lui caresser les cheveux.

— Mais même si j'avais su, on aurait rien pu y faire, vous ou moi.

Elle se rassit au bord du lit.

— Maintenant, si vous vous taisiez et vous vous reposiez ? Vous voulez que je fasse entrer le capitaine ?

— Non. Non, ne le fais pas.

Cameron se redressa. Naomi l'avait aidée à enfiler une chemise de nuit propre et avait attaché ses cheveux.

— Je ne suis pas prête à le voir. Pas encore.

Naomi lui tapota l'épaule.

— Ne vous tracassez pas, missy Cameron. Ce n'est pas la place d'un homme ce soir, de toute façon. Les hommes n'ont pas à se mêler des affaires des femmes.

Cameron reposa la tête sur l'oreiller ; elle avait terriblement sommeil. Elle se demanda si cela venait des événements de la journée ou de quelque chose dans l'infusion de Naomi.

— Naomi ? dit-elle en laissant ses paupières se fermer.

Naomi avait commencé à ranger la chambre.

— Oui, ma douce ?

— S'il te plaît, ne m'appelle plus missy Cameron.

— Vous voulez que je vous appelle Mme Logan ?

La voix de Naomi monta d'un cran.

— Non, murmura Cameron. Je veux que tu m'appelles Cameron. J'aurais dû te le demander voilà des années.

Elle rouvrit les yeux et sourit d'un air ensommeillé.

— Toi et moi, nous avons traversé une foule de choses ensemble, pas vrai ?

Naomi sourit.

— Pour ça oui !

Cameron ferma les yeux et glissa dans un sommeil sans rêves.

Taye longeait le couloir de service vers la cuisine, une lampe à kérosène à la main pour s'éclairer. Il était tard, plus de minuit, et elle venait de quitter le chevet de Cameron. Sa sœur ne s'était pas éveillée depuis des heures, et Naomi disait qu'elle ne se réveillerait pas avant le lendemain matin.

Taye était épuisée émotionnellement et physiquement, mais elle avait faim, et si elle ne mangeait pas quelque chose, son estomac gargouillant la tiendrait éveillée toute la nuit. Peut-être juste une part de tarte, songea-t-elle, accompagnée d'une tasse de lait froid, et elle serait rassasiée et prête à aller se coucher.

Elle poussa la porte et fut surprise de voir de la lumière à l'intérieur. Un des domestiques devait être encore debout. Mais Taye n'avait pas besoin que quelqu'un lui prépare un en-cas ; elle pouvait le faire elle-même.

Elle posa sa lampe sur la table au milieu de la pièce et alla au garde-manger.

— Il est tard, et pourtant vous ne dormez pas.

Elle pirouetta. Décidément, Falcon semblait être partout où elle se tournait ! La suivait-il ? Non, évidemment… C'était ridicule. Il était dans la cuisine avant elle.

— Bonsoir.

Elle refit face au garde-manger et ouvrit la porte ; l'odeur suave de pommes, de cannelle et de clous de girofle lui emplit les narines.

— Comment va Mme Logan ?

Taye pinça les lèvres, mal à l'aise pour répondre. Les femmes ne parlaient pas de choses aussi personnelles qu'une fausse couche avec des hommes.

— Elle… elle dort. Naomi dit qu'elle ira bien.

Elle prit le plat à tarte et le porta sur la table. Malgré elle, elle releva les yeux et regarda Falcon. Ses paroles l'avaient touchée.

— C'est gentil à vous de le demander, murmura-t-elle.

— Je sais que c'est dur pour Mme Logan. La perte d'une âme, même si elle est encore à venir, nous brise le cœur. Elle met des larmes dans nos yeux et dans les yeux de ceux qui sont partis avant nous.

Taye scruta ses yeux d'obsidienne, étonnée. Elle n'était pas habituée à entendre un homme parler de larmes… ou de sentiments.

— Notre logique nous dit que cela arrive pour une bonne raison, et cependant...

Elle laissa sa phrase en suspens.

— Et cependant, poursuivit-il en venant de son côté de la table, nous ne pouvons nous empêcher de nous demander ce qui aurait pu être. Quel être aurait pu exister.

Taye hocha lentement la tête, serrant le plat à tarte contre elle. Sans détacher les yeux des siens, Falcon le lui prit et le posa sur la table.

— Vous êtes une bonne sœur. Et une bonne amie. J'espère qu'elle le sait.

Elle ne pouvait détourner les yeux de lui. Elle était captivée par lui, par sa voix, par le riche parfum boisé de sa peau.

— Mme Logan doit être fière de vous appeler son amie, poursuivit-il. Je sais que je le serais.

Sa lèvre inférieure se mit soudain à trembler et Taye craignit de fondre en larmes. Son cœur souffrait, non seulement pour Cameron et Jackson, mais aussi pour cette petite âme qui n'existerait jamais.

— Chut..., l'apaisa Falcon.

Il tendit les mains pour la prendre dans ses bras et elle fut impuissante à résister. Elle savait que ce n'était pas bien de le laisser la toucher avec une telle familiarité ; elle appartenait à un autre. Et pourtant, elle ne trouva en elle aucune résistance à lui opposer. Ses yeux noirs étaient des lacs d'une eau hypnotique qui l'attirait plus près, plus profondément, à chaque instant qui passait.

Elle ne comprit pas que Falcon allait l'embrasser jusqu'à ce qu'il soit trop tard. Sa bouche effleura la sienne très légèrement, et elle fut incapable de s'écarter.

Ses lèvres s'entrouvrirent toutes seules. Son pouls s'accéléra et ses paupières tombèrent. Sa chaleur, son odeur, le contact de sa bouche sur la sienne... Elle le goûta, s'abreuva de lui.

Elle s'entendit soupirer — non, *gémir* — tandis que son baiser s'approfondissait.

Les rares et trop chastes baisers de Thomas ne l'avaient jamais fait gémir.

Falcon moula son corps contre le sien, pressa son ventre sur ses hanches, et même à travers les couches d'étoffe de sa robe et de ses jupons elle perçut sa virilité.

Elle aurait dû en être choquée, horrifiée. A la place son cœur battit la chamade, et une chaleur intense commença à irradier de la partie la plus intime de sa personne dans tout son être. Plus que de la chaleur, c'était une tension à la fois pénible et délicieuse.

Elle se sentit chanceler. Falcon recula. Son regard se planta de nouveau dans le sien et pendant un instant, elle eut peur de le supplier de l'embrasser de nouveau.

Mais le charme était rompu. Elle poussa un petit cri de mortification, pivota et courut se réfugier dans sa chambre.

17

Jackson hésita devant la porte de la chambre. Il était midi passé et il n'avait pas vu Cameron depuis la veille, dans la roseraie d'Elmwood. Naomi et Taye l'avaient ensuite empêché d'entrer, et il n'avait pas cherché à la voir durant la matinée ; il s'était dit qu'elle avait besoin d'être seule. Il s'était persuadé que cette chambre n'était pas un endroit pour un homme, et qu'il fallait du repos à Cameron. Mais à présent il devait l'affronter.

Il avait passé une nuit blanche, en bas, dans la bibliothèque de Charlie Atkins, partageant avec Falcon une bouteille de scotch et des récits de guerre. Il avait bu plus que sa part de l'alcool, et maintenant il avait une terrible migraine.

Falcon avait essayé de lui parler de la fausse couche de Cameron. Il avait déballé des absurdités sur la volonté de Dieu et le désir des hommes de la contrôler, mais Jackson l'avait fait taire, préférant parler des nouveaux fusils Smith & Wesson qui étaient fabriqués.

Il leva la main pour saisir la poignée de verre blanc, puis la laissa retomber le long de son corps. Il avait besoin de rassembler ses idées avant de voir Cameron. Il fallait qu'il se prépare. Que lui dirait-il ? S'excuser simplement de s'être disputé avec elle, de l'avoir menacée, de lui avoir dit qu'il chercherait du réconfort dans les bras d'une autre femme, la rendant ainsi si malade qu'elle avait perdu le bébé, paraissait presque sacrilège. Comment pourrait-elle jamais accepter des excuses de lui ?

A l'aube, il avait compris qu'il ne pourrait plus forcer Cameron à rentrer à Baltimore. Pas après ce qui s'était passé… Après ce qu'il avait fait… Il était toujours inquiet pour sa sécurité à Jackson, et devrait veiller sur elle. Il ferait ce qu'il pourrait, personnellement, pour la protéger, et se renseignerait sur ce que faisaient les forces de l'ordre pour rendre les rues plus sûres pour tout le monde.

Il devrait partir pour Birmingham dans quelques jours, mais une fois qu'il aurait cerné les Thompson's Raiders, son travail pour le gouvernement prendrait fin. Il irait alors à Washington et dirait au secrétaire Seward qu'il avait donné assez d'années de sa vie pour son pays ; que c'était au tour de quelqu'un d'autre. Quant à Marie… Son image flotta un instant dans son esprit, mais à la place du désir qu'il avait combattu sur le bateau, il ne ressentit rien. Rien que des regrets.

Lorsqu'il irait à Washington, il lui annoncerait qu'il ne travaillerait plus avec elle et ne la reverrait plus, écartant ainsi toute tentation. Considérant ce qui était arrivé à Cameron, c'était le moins qu'il puisse faire.

Il fixa de nouveau la porte. Il redoutait d'entrer. Il détestait la perspective de regarder les yeux ambrés de Cameron, sachant qu'il était responsable de la perte de leur bébé. Mais il fallait qu'il en passe par là. Il resterait cinq minutes, lui parlerait de l'architecte qu'il avait contacté le matin même et qui serait prêt à discuter avec elle de la restauration d'Elmwood dès qu'elle serait en mesure de le recevoir.

Il posa la main sur la poignée froide, et avant de reculer de nouveau, il frappa d'une main et tourna le bouton de l'autre.

— Oui ?

C'était la voix de Cameron, enrouée et étonnamment forte.

Naomi lui avait juré qu'elle allait bien et qu'elle serait debout d'ici à la fin de la semaine, mais il attendait de le constater par lui-même. Il avait besoin de s'assurer qu'elle n'était pas morte dans une flaque de sang, comme sa propre mère.

Il n'avait rien d'un lâche, mais ses entrailles se nouèrent lorsqu'il franchit la porte.

— Jackson…, murmura Cameron.

Sa voix le transperça.

— Bonjour, Cam.

Elle était appuyée à une pile d'oreillers, vêtue d'une chemise de nuit bleu pâle et vaporeuse. Ses longs cheveux cuivrés étaient partagés en deux et nattés en deux épaisses tresses soyeuses. Elle avait l'air d'avoir de nouveau dix-sept ans, aussi douce et innocente que le jour où ils s'étaient rencontrés.

— Comment vous sentez-vous ? demanda-t-il, gêné.

Elle referma le journal de son père et le plaça sur la table de chevet de bois de rose.

— Bien, merci.

Elle paraissait tout aussi mal à l'aise que lui.

Jackson s'approcha du lit, mais pas trop près, les mains dans les poches de son pantalon.

— Alors… vous vous sentez mieux ?

Il voulait rencontrer son regard, mais ne le pouvait pas. Il ne pouvait supporter la pensée de voir dans ses yeux l'accusation qu'il était sûr d'y trouver.

— Oui, vraiment. Naomi dit que je dois me reposer quelques jours, mais je ne sais pas combien de temps je pourrai tenir au lit.

Il hocha la tête et le silence tomba entre eux, un silence tendu qui résultait des mots qui avaient été échangés et ne pouvaient être retirés malgré l'envie qu'ils pouvaient en avoir. Elle était sa femme, mais en cet instant, elle lui semblait être une étrangère. L'intimité qu'ils avaient partagée avait disparu, peut-être à jamais.

Et c'était sa faute. Comment pourrait-elle jamais lui pardonner ? se demanda-t-il avec désespoir. Et pourquoi le ferait-elle ? Si elle éprouvait seulement la moitié du vide qu'il ressentait dans ses entrailles, comment pourraient-ils réparer les dommages qu'il avait causés ?

— Je vois que vous lisez le journal de David.

Il désigna le volume d'un geste maladroit.

Elle hocha la tête et passa les doigts sur le cuir lisse.

— Je me suis promis de ne lire qu'un passage par jour, mais je ne peux me retenir. Papa était un vrai poète, dans sa jeunesse.

Elle sourit à un souvenir.

— Je n'avais jamais pensé à lui de cette façon auparavant. Ecoutez ceci…

Il la regarda prendre le livre, l'ouvrir et tourner une page. Il était si fasciné qu'il entendit à peine ce qu'elle lui lut. Elle paraissait si angélique, dans ce lit, vêtue de sa chemise de nuit. Des années semblaient avoir glissé de son visage, un visage dont il aurait pu facilement retomber amoureux.

Comment avait-il pu penser que Marie pourrait arriver à la cheville de Cameron ?

C'est comme si mes yeux s'étaient ouverts pour la toute première fois. Les écailles en sont tombées, lut lentement Cameron. *C'est la plus belle femme que j'aie jamais vue, avec une peau de la couleur du cacao et des yeux cannelle.*

Elle leva les yeux pour le regarder par-dessus le livre.

— Jusqu'ici, il a à peine dit un mot à Sukey. David Campbell timide. Imaginez-vous cela ?

Elle eut un petit rire qui serra le cœur de Jackson au lieu de lui faire plaisir. Elle avait un rire magnifique, un rire si plein de vie et de possibilités ! Un rire qu'elle aurait pu partager avec leur enfant si lui-même n'avait pas été un tel imbécile.

Il fixa le sol.

Cameron referma le journal et le serra sur sa poitrine.

— Vous ne voulez pas vous asseoir ? demanda-t-elle avec hésitation. Sur une chaise ? Ou ici, sur le lit ?

Elle passa la main sur la courtepointe. Jackson secoua la tête.

— Non. Non, merci. Vous devez vous reposer.

— Me reposer m'ennuie déjà.

— Je voulais juste vous dire que nous allons rester ici, à Jackson.

Il ne la regarda pas pour voir sa réaction.

— Je possède plusieurs affaires en ville — achetées pendant

la guerre — dont je pourrais m'occuper. Et j'ai également du terrain entre Vicksburg et ici.

Il ne lui dit pas qu'il lui serait aussi plus facile de traquer les Thompson's Raiders, en particulier s'ils se trouvaient dans la région de Birmingham. Il était inutile de l'inquiéter, d'autant que ce serait sa dernière mission pour le département d'Etat.

— Et vos bateaux à Baltimore ? demanda-t-elle. Je pensais que vous aviez besoin d'être sur place.

— Josiah est très capable, probablement plus capable que moi. Je dois aller en Alabama, puis rentrer à Baltimore pour faire les arrangements dans le courant de la semaine prochaine, mais ensuite je serai de retour.

Sapristi ! Comme il était formel ! On aurait dit qu'il parlait à une simple connaissance, et non à la femme qu'il aimait... La femme qui l'avait aimé autrefois...

Il se risqua à la regarder. Elle hochait la tête, mais elle ne leva pas les yeux pour croiser son regard.

— Je voulais aussi vous dire...

Il s'éclaircit la gorge, fixant la courtepointe blanche.

— Un certain M. Jasper est prêt à vous rencontrer dès que vous serez en mesure de le faire. C'est un architecte qui peut vous aider à établir les plans pour rebâtir ce qui a été détruit à Elmwood. Non seulement il peut dessiner des plans, mais il paraît que c'est un expert en solidité des structures. Si des murs ou le toit ont besoin d'être consolidés, il pourra vous le dire.

— Merci, dit-elle doucement.

Le regard de Jackson alla à la fenêtre ouverte. Les rideaux avaient été écartés pour laisser entrer le soleil, et les vitres relevées afin que la brise chaude et humide pénètre dans la chambre. Il se demanda comment cette pièce pouvait être si claire et gaie, et lui si transi et découragé.

Il remit les mains dans ses poches.

— J'y vais... Reposez-vous et nous nous reverrons ce soir.

Cameron regarda Jackson quitter leur chambre, le cœur serré. Elle avait attendu la plus grande partie de la journée qu'il vienne la voir, elle avait même envisagé d'envoyer Patsy le chercher. Et quand il était enfin venu, il s'était comporté comme un étranger poli et détaché. Il n'avait même pas mentionné le bébé!

Elle serra le journal de son père sur sa poitrine et réprima un sanglot. Elle ne savait pas si elle voulait poser sa tête sur l'oreiller et pleurer, ou le pourchasser dans le vestibule pieds nus et en chemise de nuit, pour le frapper avec quelque chose.

Elle savait qu'il la blâmait pour sa fausse couche. Pourquoi, sinon, n'aurait-il pas croisé son regard?

— Je suis désolée, Jackson, murmura-t-elle tandis que des larmes roulaient sur ses joues. Je suis tellement désolée!

— Jackson, il faut que je vous parle!

Taye le trouva près de la grange.

Il était appuyé à une barrière peinte en blanc et se penchait par-dessus. Il avait quitté sa veste et son écharpe, ouvert sa chemise, et ressemblait plus ainsi à un valet d'écurie qu'au célèbre héros de guerre qu'il était.

Il se tourna vers elle. Le soleil commençait juste à descendre à l'horizon, jetant des ombres sur son visage soucieux. Elle savait combien il était bouleversé par la perte du bébé. Elle espérait juste que Cameron et lui pourraient traverser cette épreuve et laisser ce malheur renforcer leur mariage au lieu de l'affaiblir.

— J'ai besoin de rentrer à Baltimore. Tout de suite, lui dit-elle en le regardant avec détermination. J'ai besoin... de voir Thomas.

— Quelque chose ne va pas?

Il s'écarta de la barrière.

— Non, bien sûr que non. C'est juste que je suis partie sans m'être montrée honnête avec lui à propos de l'endroit où j'allais et j'ai besoin de m'excuser.

Ce n'était pas vraiment un mensonge. Elle avait bel et bien besoin de faire des excuses à Thomas. Il était inutile d'ajouter qu'il fallait aussi qu'elle parte pour se rappeler qui elle était — et s'éloigner de Falcon !

— C'était mal de ma part, poursuivit-elle. Je veux lui dire combien je suis désolée.

Elle l'était véritablement. Désolée surtout d'avoir embrassé Falcon comme elle l'avait fait la nuit précédente. Elle était plongée dans une telle confusion ! Durant les quatre dernières années, elle n'avait pensé qu'à être avec Thomas. A le revoir. A l'épouser. Et maintenant qu'ils étaient réunis, rien ne se passait comme elle avait imaginé que ce serait. Les choses avaient changé. Les sentiments n'étaient plus les mêmes.

Sa première pensée était que cela devait venir de Thomas. Il était différent de l'homme qu'elle se rappelait. Oui, c'était cela… Ce qui n'allait pas… Non, elle n'était pas honnête… Thomas n'avait pas changé. Il était toujours le gentleman tranquille et studieux d'autrefois. C'était *elle* qui avait changé.

Tout ceci était sa faute, et elle se devait d'arranger les choses. Et si elle pouvait le retrouver, elle savait qu'elle pourrait les arranger. Ce baiser avec Falcon… Une simple impulsion… Il ne signifiait rien. Elle était fatiguée et à bout émotionnellement, vulnérable, et cet homme en avait profité.

— Vous n'avez pas besoin d'aller à Baltimore, Taye, dit Jackson.

— Vous ne comprenez pas.

S'il le fallait, elle partirait sans son accord !

— Je…

— C'est lui qui vient ici. Il est peut-être même déjà en route.

— Il vient ici ? Pour moi ?

— Eh bien, pour vous voir, bien sûr. Vous savez aussi qu'il envisage de rouvrir le cabinet de son père ici, à Jackson. Cameron et moi allons rester ici un certain temps et j'ai pensé que vous voudriez rester avec elle. J'ai envoyé un télégramme à Thomas ce matin en lui suggérant de nous rejoindre et de commencer à travailler sur son projet. D'après ce que j'ai entendu en ville, les gens sont désespérément avides de conseils juridiques, en ce moment. Un bon juriste comme lui serait très utile.

— Alors il vient ici…, dit doucement Taye.

— Je suis désolé pour le grand bal de fiançailles que nous vous avions promis à Baltimore, Taye, mais vu les circonstances, je pense que nous avons besoin de rester à Jackson. Cameron a besoin de temps pour se remettre et je pense qu'Elmwood sera le meilleur baume pour elle. J'espère que vous comprendrez.

— Bien sûr, dit Taye avec soulagement. C'est très bien ainsi.

En vérité, la pensée d'annoncer publiquement ses fiançailles avec Thomas, en grande pompe, l'effrayait.

Elle tendit la main pour ôter une feuille de l'épaule de Jackson. Ses pensées, tournées jusque-là sur elle-même, s'évanouirent tandis qu'elle étudiait son beau visage tiré par la tristesse.

— C'est bien d'avoir changé d'avis et décidé de rester, Jackson… Je comprends votre position, mais être ici pourrait bien être ce qu'il faut à Cameron pour se remettre, en effet.

— Tout ce qui peut la rendre heureuse, dit-il en s'éloignant. N'importe quoi.

Cameron garda le lit quatre jours. Le cinquième, elle se leva à son heure habituelle, prit son thé dans sa chambre et s'habilla avec l'aide de Patsy. Elle n'avait pas bien dormi la nuit précédente. Elle avait passé des heures à fixer le plafond peint, repassant dans son esprit toutes ses disputes avec Jackson depuis son retour.

Il lui avait demandé de ralentir ses activités. Il avait voulu qu'elle cesse d'agir comme la jeune femme remuante qu'elle était autrefois, et se comporte davantage comme la femme mariée qu'elle était. Cameron ne se blâmait pas de la fausse couche — ce que disait Naomi se tenait —, mais Jackson, lui, la jugeait responsable. Pourquoi, sinon, aurait-il mis si longtemps à venir la voir après la perte du bébé ? Pourquoi, sinon, ne l'avait-il pas regardée dans les yeux une seule fois quand il était enfin venu dans leur chambre ? Pourquoi, sinon, ne l'avait-il pas touchée et n'avait-il pas mentionné le bébé ?

Elle se contempla dans le miroir et se pinça les joues pour

y mettre un peu de couleur. Que devait-elle faire au sujet de Jackson ? Se confronter à lui ? Lui crier que la fausse couche n'était pas sa faute et qu'il n'y avait personne à blâmer ? Devait-elle lui dire qu'il y aurait d'autres bébés, ou simplement le laisser tranquille quelque temps ?

Depuis qu'il était revenu de la guerre, elle avait réagi vis-à-vis de lui, en ce qui concernait leurs différends de couple, en lui faisant face de manière agressive. Ce n'était pas la bonne méthode, de toute évidence. Il n'y avait qu'à voir ce qui s'était passé quand elle l'avait interrogé sur ces rumeurs à propos d'une autre femme. Cela n'avait fait que les opposer et mettre une barrière entre eux. Peut-être que si elle faisait marche arrière, il reviendrait. Peut-être que si elle lui accordait le temps de réfléchir, il se rendrait compte qu'elle avait voulu ce bébé autant que lui. Que ceci n'était pas sa faute. Entre-temps, elle se concentrerait sur Elmwood. La seule pensée de restaurer sa maison de famille rendait la douleur d'avoir perdu le bébé un peu plus facile à supporter.

Tandis qu'elle traversait la pièce pour sortir, elle combattit la crainte que Jackson ne revienne pas. Qu'il aille vraiment chercher du réconfort auprès d'une autre femme. Auprès de *cette* autre femme. Elle avait peur que ce qu'elle avait dit à Taye, à propos de leur mariage qui ne marchait pas, puisse être vrai. Mais elle ne voulait pas penser à cette éventualité pour l'instant. Elle avait le journal de son père pour la réconforter. Elle avait un architecte à rencontrer dans l'après-midi à Elmwood pour la tenir occupée. D'une manière ou d'une autre, de toute façon, elle passerait cette journée.

— Jackson a ouvert un compte dans plusieurs magasins de la ville, annonça Taye à Naomi tout en descendant de la calèche avec l'aide d'un homme d'Atkins' Way que Jackson avait envoyé pour les escorter à Jackson. Il dit qu'il veut soutenir autant de commerces que possible, alors sens-toi libre d'acheter tout ce qu'il faut pour la maison. Tu pourras faire livrer les plus gros achats.

Naomi, vêtue avec éclat d'une jupe jaune et doré et d'un corsage bleu, ses cheveux relevés sous un turban multicolore, approuva d'un vigoureux hochement de tête. Une fois l'installation dans le Mississippi décidée, elle avait pris les rênes comme gouvernante et dirigeait déjà les domestiques d'Atkins' Way pour mettre la maisonnée en ordre.

— Vous voulez que je vous retrouve à la gare ? demanda-t-elle.

Taye ouvrit son ombrelle bleue pour se protéger du soleil qui tapait fort. Ses franges bleu pâle étaient assorties à celles de sa robe et de son bonnet. Cameron avait trouvé le petit chapeau français qu'elle portait *aguichant* sur elle. Elle espérait que ce serait aussi l'avis de Thomas.

— Oui. Jackson a dit que le train de Thomas arrivait à 3 heures. Noah et plusieurs domestiques de la maison de Baltimore l'accompagnent.

Naomi eut un grand sourire qui découvrit ses belles dents blanches.

— Je peux pas attendre de voir mon homme ! dit-elle d'une voix enrouée. On se rend pas compte combien un homme vous manque avant d'être séparée de lui.

Taye sourit. Elle était impatiente, elle aussi, mais elle craignait que ses sentiments pour Thomas ne soient pas les mêmes que ceux de Naomi pour Noah. Elle voulait le voir pour qu'ils puissent reprendre leur relation au début. Elle voulait se concentrer sur leurs projets d'avenir. Elle aurait préféré retourner à Baltimore pour s'éloigner de Falcon et de la sotte attirance qu'elle éprouvait pour lui, mais si Thomas avait décidé de reprendre le cabinet juridique de son père, elle ne pouvait pas protester. Il avait établi dès le début entre eux que revenir dans le Mississippi était une possibilité.

— Je te retrouverai à 3 heures, donc, dit-elle à Naomi en relevant ses jupons jaune clair pour enjamber une flaque de boue.

Naomi prit un couffin dans la calèche, afin d'y mettre ses achats.

— Où vous allez, Taye ? demanda-t-elle.

— Je pensais aller voir les étoffes chez Madeline, si sa boutique est ouverte. La plupart des rideaux d'Elmwood doivent être remplacés et j'ai promis à Cameron de voir ce que je pourrais trouver. Je pensais aussi me renseigner pour trouver des couturières.

Naomi agita un doigt en direction de leur escorte, un adolescent de quinze ou seize ans à la peau d'ébène, avec de grands yeux noirs et une boucle en métal à l'oreille.

— Tu gardes un œil sur miss Taye, Moses, tu m'entends ? Tu portes les sacs qu'elle peut avoir et tu tiens la racaille à l'écart d'elle.

Elle secoua la tête d'un air dégoûté.

— Y'a des mauvaises gens qui fréquentent les rues, ces temps-ci. C'est pas sûr pour les personnes correctes, blanches ou noires.

— Oui, m'dame, répondit Moses, visiblement avide de bien faire.

Trouver un emploi n'était pas facile pour un jeune esclave récemment affranchi, et Moses semblait se rendre compte de la chance qu'il avait de travailler pour la famille Logan.

— Je laisserai rien arriver à miss Taye, je le jure sur la tombe de ma maman !

— Ne jure pas sur la tombe de ta maman.

Naomi lui donna une légère tape sur la joue, puis toucha la petite bourse de gris-gris qu'elle portait toujours autour du cou.

— Laisse ta maman reposer en paix. C'est à toi de prendre tes propres responsabilités, mon garçon.

— Oui, m'dame, dit Moses en hochant la tête. Je ferai de mon mieux, m'dame.

— Et m'appelle pas « m'dame », non plus. Appelle-moi Naomi.

Elle commença à s'éloigner sur le trottoir en planches.

— Et si tu as besoin de quelque chose, viens me trouver !

— Oui, m'd… Naomi. Comme vous voudrez.

Taye s'engagea à son tour sur le trottoir, en essayant d'éviter les amoncellements de détritus qui bloquaient encore la rue par endroits. Tout en marchant, elle ne put s'empêcher de remarquer les regards qu'elle attirait. Des visages blancs et noirs la fixaient, et elle se demanda un instant si sa robe était déboutonnée ou s'il y avait dans sa tenue un autre problème aussi embarrassant.

Puis elle comprit, avec un choc, pourquoi ils la dévisageaient. Avant la guerre, tout le monde connaissait le sénateur David Campbell, à Jackson. Et personne n'ignorait qu'elle-même était la fille mulâtre de sa gouvernante, et qu'elle était traitée à Elmwood avec le même respect que sa fille légitime. Mais ces gens, dans la rue, étaient des étrangers…

Ces gens — des boutiquiers sur le pas de leur porte, des esclaves affranchis qui erraient dans la rue — se demandaient pourquoi une jeune femme à la peau sombre comme elle était habillée aussi richement. Ils se demandaient comment elle avait atteint si vite une telle position. Ils se méfiaient d'elle.

Il n'en avait jamais été ainsi dans le Nord, mais tandis qu'elle marchait dans la rue, elle commença à se rappeler ce que c'était que de vivre à Jackson, autrefois. Personne n'osait parler mal d'elle par crainte de la colère du sénateur, mais elle n'avait jamais été considérée comme une dame de la bonne société du Mississippi, contrairement à Cameron. Elle n'avait jamais été que la petite curiosité métisse de David Campbell.

Taye aperçut enfin la boutique de Madeline et poussa un soupir de soulagement en voyant la pancarte annoncer que le magasin était ouvert. Elle entra ; une clochette tinta au-dessus d'elle, et elle fut heureuse de voir tout de suite Mme Madeline Portray.

— Madame Portray ! dit-elle en agitant une main gantée.

Pendant un instant, la femme la regarda sans la reconnaître.

— C'est Taye… Taye Campbell, d'Elmwood.

Les yeux de la boutiquière s'éclairèrent.

— Oh ! Mon Dieu, mais oui ! Mais oui !

Elle se précipita à sa rencontre dans un bruissement de jupons amidonnés.

— C'est si bon de vous voir, ma chère ! Nous avons entendu dire au tout début de la guerre, par je ne sais qui — elle agita une main dodue, aux doigts courts —, que le sénateur vous avait reconnue sur son lit de mort.

Les choses ne s'étaient pas passées exactement ainsi. La mort du sénateur avait été soudaine. C'était seulement des mois plus tard que Taye et Cameron avaient découvert sa filiation. Mais Taye ne vit pas l'utilité de l'expliquer à la commerçante. Ce qui comptait, c'était qu'elle soit désormais reconnue pour ce qu'elle était, une Campbell, comme Cameron.

— Miss Cameron est-elle ici, elle aussi ? demanda Mme Portray.

— Oui. Nous sommes revenues à Jackson. Cameron espère restaurer Elmwood...

— Nous avons entendu dire qu'elle a épousé ce séduisant capitaine Logan.

Ses sourcils épais se froncèrent et ses joues roses se gonflèrent.

— Mon Dieu, il n'a pas été tué à la guerre, j'espère ? J'ai perdu trois fils, vous savez, et M. Portray a perdu sa jambe gauche à cause de la gangrène.

— J'en suis désolée, madame Portray. Non, le capitaine n'a pas été tué à la guerre. Il est aussi à Jackson. Il a acheté l'ancienne maison des Atkins. C'est là que nous résidons, au moins pour le moment.

— Eh bien, je suis très contente d'apprendre que quelques-unes des meilleures familles du comté commencent à revenir !

Le regard de Mme Portray se déplaça tandis qu'elle parlait, et Taye jeta un coup d'œil par-dessus son épaule pour voir ce qu'elle regardait.

Une jeune fille noire leur tournait le dos et touchait quelque chose sur un comptoir.

— Depuis que j'ai rouvert, j'ai eu des moments très difficiles avec ces gens de couleur qui me volent, chuchota la boutiquière d'un ton âpre. Ils me prendront ma maison et le reste si je ne les tiens pas à l'œil ! Si vous voulez bien m'excuser...

Elle se hâta dans l'allée, ses talons frappant le plancher.

— Puis-je vous aider, miss? demanda-t-elle d'un ton hautain.

— Non. Je veux juste choisir quelques boutons, répondit la jeune fille qui portait un bonnet lavande défraîchi.

Elle était mieux habillée que la plupart des femmes noires que Taye avait vues dans la rue, mais ses vêtements étaient visiblement usés et très probablement achetés d'occasion. Sa robe était trop courte dans le dos et son corsage si serré que ses seins ronds remontaient, révélant beaucoup plus de peau nue qu'il n'était convenable à cette heure de la journée.

— Choisir des boutons à acheter, ou à voler? demanda aigrement Mme Portray.

La jeune fille se tourna pour lui faire face, et Taye la regarda fixement. Pendant un instant elle étudia le visage rond, essayant de le situer.

— Efia? demanda-t-elle enfin.

La jeune fille leva les yeux. Elle était jolie, avec du rouge sur les lèvres. Elle avait aussi les traces d'un œil au beurre noir.

— Miss Taye? s'écria-t-elle, stupéfaite.

Taye se précipita vers elle.

— Efia, je ne peux pas croire que c'est toi!

18

Taye ouvrit les bras à la jeune fille que Naomi avait prise sous son aile juste après le début de la guerre. Efia et sa sœur jumelle Dorcas, esclaves toutes les deux, avaient accompagné Taye, Cameron et Naomi dans la longue marche du Chemin de fer clandestin, l'organisation qui aidait les esclaves à s'enfuir.

Mme Portray recula d'un pas.

— Vous… vous connaissez cette jeune personne ?

— Oui.

Taye enlaça Efia, heureuse de voir qu'elle était saine et sauve. Elles s'étaient séparées de nuit, dans un champ, quelque part dans le Maryland. Efia et Dorcas avaient traversé la baie pour rejoindre le Delaware et leur famille, tandis que Taye continuait avec les autres vers Baltimore.

— Et je peux me porter garante de son honnêteté, insista Taye, regardant la mercière droit dans les yeux.

— Eh bien…

Mme Portray lui jeta un coup d'œil prudent, comprenant sans doute que si elle voulait la clientèle des sœurs Campbell, elle avait intérêt à céder et que la perte éventuelle de quelques boutons ne serait rien comparée à la perte du revenu que Taye et Cameron pourraient lui rapporter.

— Eh bien, venez me voir, toutes les deux, si vous avez besoin de quoi que ce soit.

Elle fit demi-tour et retourna derrière le comptoir où elle coupait du tissu lorsque Taye était entrée dans sa boutique.

— Comment vas-tu ?

Taye s'écarta et pressa les mains d'Efia dans les siennes, notant qu'elles étaient rêches.

— Comment es-tu revenue à Jackson ? Je pensais que tu étais dans le Delaware.

Efia haussa ses épaules minces, mesurant Taye du regard.

— Les choses n'ont pas marché là-bas, alors je suis revenue chez nous. J'ai trouvé un homme qui s'occupe bien de moi.

Elle sourit, révélant une dent de devant cassée.

— Je suis sûre que vous le connaissez… Clyde Macon. Il était contremaître chez les Filbert.

Le visage de Taye se défit à ce nom, mais elle se hâta d'esquisser un demi-sourire. Elle connaissait de réputation Clyde Macon, un homme blanc originaire de Floride. Avant la guerre, il était connu dans le comté comme un contremaître injuste et brutal et l'on pensait qu'il était responsable de la disparition de plus d'une jeune esclave. La rumeur prétendait qu'il aimait le sexe avec de très jeunes filles, et qu'il aimait les prendre à la dure.

Mais Efia paraissait contente de sa situation, et ce n'étaient que des rumeurs.

— Alors tu t'en sors bien ? demanda Taye.

— Assez bien. Mieux que la plupart des nègres, c'est sûr. Au moins, j'ai un toit sur la tête et de la nourriture dans le ventre.

Taye hocha la tête.

— C'était terrible de revenir ici et de voir ce qui est arrivé à notre ville. A Elmwood.

— Je ferais mieux de rentrer.

Efia commença à se diriger vers la porte, serrant une bourse en velours noir dans la main.

— Clyde n'aime pas beaucoup que je sorte.

— J'ai été contente de te voir, lança Taye derrière elle tandis qu'elle ouvrait la porte, faisant tinter la clochette. Je sais que Cameron et Naomi seront contentes d'apprendre que tu vas bien. Je suis sûre que nous nous reverrons en ville.

Taye la regarda passer devant la vitrine et disparaître. Elle était inquiète pour l'œil au beurre noir de la jeune fille et sa dent cassée, au regard de la réputation de Clyde. Néanmoins, Efia semblait heureuse. Taye en conclut qu'elle se faisait probablement du souci pour rien.

— Que puis-je vous montrer, miss Taye?

Mme Portray s'empressa de contourner le comptoir.

— J'ai une ravissante soie damassée de la couleur de vos yeux, qui ne demande qu'à faire un châle du soir…

— Où tu étais? lança Clyde du porche fléchissant de la cabane à une pièce qu'ils occupaient à J-Ville.

Il se leva d'un fauteuil à bascule en rotin volé et reposa avec douceur le chiot qu'il avait sur les genoux près de sa mère, dans un panier.

Clyde était un homme laid aux cheveux qui s'éclaircissaient ; il avait de gros bras velus et un filet de jus de tabac coulait en permanence sur son menton barbu. Il était méchant, aussi, avec les hommes qui travaillaient pour lui, avec leurs voisins et en particulier avec Efia. Quelquefois, elle souhaitait être cette chienne dans le panier sous le porche. Il montrait plus de gentillesse à l'animal qu'il ne lui en avait jamais montré.

Mais quand elle était revenue dans le Mississippi après avoir fui la loi du Delaware, il l'avait recueillie. Au début, elle avait cru que ce serait un simple arrangement. Elle avait pensé qu'elle allait faire la cuisine et le ménage pour lui et ses hommes, et qu'il la paierait. Comme elle avait été naïve de croire que ce seraient les seules tâches qu'il attendrait d'elle ! Efia se hâta sur le chemin boueux qui menait à la maison, un sac de provisions au bout de chaque bras. Le trajet d'un mille entre Jackson et J-Ville avait été très pénible, à porter les sacs de farine et de lard, d'abord parce qu'il faisait très chaud et surtout parce qu'elle était vêtue de ses habits et de ses chaussures du dimanche, qui étaient trop petits. Elle savait qu'avec la chaleur et l'humidité la plume de son chapeau retombait, et que la sueur coulait de ses aisselles et tachait le tissu de sa robe. Le savoir la mettait presque au bord des larmes. Elle avait travaillé dur pour gagner de quoi acheter cette robe avec le chapeau et les chaussures assorties dans la boutique d'occasion à la lisière de la ville. Plus dur que n'importe quelle femme ne devrait le faire, en particulier sur le dos.

— Je vous ai dit que je devais aller en ville acheter de la farine pour faire des petits pains.

Elle monta rapidement les marches, contournant Clyde, espérant éviter une gifle.

— Les garçons ont faim. Y'a rien à manger à part du pain de maïs qui a des vers dedans.

Efia franchit la porte ouverte qui laissait entrer une brise chaude dans la pièce. Elle laissait aussi entrer les mouches.

Les « garçons » étaient la bande de vauriens, blancs, noirs et mulâtres, qui travaillaient pour Clyde. Beaucoup n'avaient nulle part où aller et dormaient par terre dans la cabane. Efia devait cuisiner pour eux et nettoyer après eux.

— J'ai du bœuf salé, aussi. Je vais préparer du bœuf avec du jus et des petits pains en un rien de temps. Vous savez que vous aimez comme je les fais.

— J'avais faim y'a une heure !

Clyde la suivit à l'intérieur et lui donna une poussée entre les omoplates.

Efia se rattrapa avant de tomber. Elle s'était arrêtée en route chez Orpa et avait échangé des œufs contre les boutons volés. Elle ne voulait pas les casser, ils étaient précieux.

— Je vais me rattraper, Clyde.

Elle posa les sacs sur la belle table de salle à manger en merisier qu'il avait volée dans la maison d'une plantation voisine. Elle ne savait pas d'où elle venait. Elle ne s'en souciait pas.

— Tout de suite, tu vas te rattraper !

Il vint se placer derrière elle.

— Parce que ma queue me démange depuis que je suis levé.

Il la saisit par la taille et la poussa contre la table. Efia ferma les yeux en grognant tandis que ses cuisses heurtaient durement le bois.

Clyde releva sa jupe lavande et son jupon de dentelle. Elle

n'avait pas voulu payer les treize cents de plus pour les pantalons. Une fille comme elle n'avait pas besoin de pantalons. Elle entendit Clyde baisser le sien, et la boucle de sa ceinture heurta le sol. Elle pensa suggérer qu'ils aillent sur le lit étroit qu'ils partageaient derrière le rideau qu'elle avait tendu. N'importe qui passant devant la cabane pourrait les voir par la porte ouverte, mais elle craignait de le mettre encore plus en colère. Elle l'avait irrité la veille au soir en renversant de l'eau de vaisselle sur les marches, et elle avait récolté un œil au beurre noir en paiement. Il lui faisait très mal et elle n'en voulait pas un autre, alors elle garda la bouche fermée.

Clyde poussa fortement sur son dos et elle se pencha en avant, l'estomac soulevé. Elle savait ce qu'il voulait. Il aimait faire ça de cette façon parce qu'il disait qu'elle était plus étroite. Elle pensait que ça lui plaisait surtout parce qu'il savait que ça lui faisait mal.

Mais elle savait qu'elle n'avait pas intérêt à crier. C'était comme ça qu'elle avait récolté sa dent cassée, voilà deux ou trois mois, en protestant contre ses désirs contre nature.

Elle crispa les paupières contre la douleur et se cramponna à la table. Ses cuisses heurtaient le bord, faisant un bruit rythmé tandis que Clyde grognait derrière elle.

S'efforçant de l'ignorer, elle pensa à Taye. Taye avec sa peau claire et ses yeux bleus. Taye avec sa jolie ombrelle assortie à son chapeau, et un nouveau nom de famille pour aller avec. Un nom blanc, Campbell. Le meilleur du comté, peut-être même de tout le Mississippi. Qu'est-ce que Taye avait fait pour mériter tout ça ? Et qu'est-ce qu'elle, Efia, avait fait pour *ne pas* le mériter ?

La joue appuyée sur les sacs de provisions posés sur la table, elle espéra que Clyde ferait attention quand il aurait fini. Elle ne voulait pas qu'il tache sa robe.

***

Après un délicieux repas de truites et de pommes de terre nouvelles, et une conversation entre Jackson, Falcon et Thomas, Taye était impatiente de s'échapper. Cameron avait pris son dîner dans sa chambre, disant qu'elle était fatiguée, mais elle avait insisté pour que Taye se joigne à Thomas et aux deux autres hommes, arguant qu'elle ne devait pas manquer l'occasion d'être avec Thomas pour le premier soir où ils se retrouvaient.

Taye aurait pourtant préféré manger avec Cameron dans l'intimité de sa chambre. Etre assise à la même table que Falcon et Thomas, et faire comme s'il ne s'était rien passé entre le Cherokee et elle dans la cuisine, avait été difficile. Durant tout le repas, elle s'était concentrée sur Thomas, essayant d'anticiper chacun de ses besoins, tout en prétendant ignorer Falcon. Mais il avait été difficile de ne pas faire attention à lui alors qu'il la regardait constamment. Elle espérait que Jackson et Thomas ne l'avaient pas remarqué.

— Aimeriez-vous aller marcher dehors? demanda-t-elle à Thomas à la fin du repas tandis qu'il l'aidait à se lever.

— Dehors?

Il parut déconcerté. Taye baissa la voix.

— La soirée est agréable et… et nous pourrions être seuls quelques minutes. Vous m'avez manqué…

C'était vrai. Il était devenu un bon ami au fil des années. Elle appréciait ses opinions et aimait discuter avec lui, une chose que bien des femmes ne pouvaient pas dire de leur futur époux. Elle souhaitait seulement qu'il lui ait manqué comme Noah avait manqué à Naomi.

A la gare, la conduite de la jeune femme et de son compagnon avait été complètement inconvenante. Noah avait sauté du train avant même qu'il se soit arrêté, avait traversé le quai en courant et l'avait soulevée dans ses bras. Ils s'étaient embrassés aux yeux de tous, avec passion. Ils avaient ri ensemble comme s'ils étaient seuls au monde.

Thomas avait chastement embrassé la joue de Taye comme si elle était une parente éloignée et s'était enquis de sa santé. Il ne lui avait même pas reproché d'avoir quitté si brusquement Baltimore sans lui faire part de ses intentions.

Taye savait très bien qu'il n'était pas le genre d'homme à se donner en spectacle dans un lieu aussi public qu'une gare. Elle souhaitait juste qu'il ait au moins *eu envie* de la prendre dans ses bras. *Un seul* regard affamé de sa part l'aurait contentée.

— S'il vous plaît…, chuchota-t-elle. Juste un petit tour dans le jardin. Beaucoup de choses se sont passées cette semaine. Je veux vous en parler.

— Je suppose que nous pourrions nous promener un peu, en effet.

Il jeta un regard incertain à Falcon et à Jackson, qui se retiraient déjà dans le cabinet de travail pour prendre un cognac. Ils discutaient avec ardeur de la nécessité de reconstruire les voies ferrées afin de redonner de l'élan au commerce dans le Sud.

Ce sujet ennuyait Taye, mais elle pouvait voir à l'expression de Thomas qu'il avait envie de les suivre et de participer à la conversation. Cela la blessa de constater que sa compagnie lui paraissait moins attirante qu'une discussion sur les kilomètres de rails nécessaires à cette reconstruction.

— Juste un petit tour, insista-t-elle en passant la main sur sa manche. Et ensuite je vous laisserai discuter du plan de Reconstruction du président Johnson.

Ses yeux bruns se posèrent sur les siens et il lui sourit avec affection.

— L'air frais me fera du bien. Dois-je demander que l'on vous apporte un châle?

Elle rit.

— Grands dieux, non! Avez-vous oublié combien les nuits de juillet sont chaudes dans le Mississippi?

Se donnant le bras, ils sortirent par une porte-fenêtre ouverte du salon et s'engagèrent dans l'allée sinueuse pavée de petites pierres claires.

— Je voulais vous dire combien je suis désolée d'avoir quitté Baltimore sans vous dire que je partais.

Elle tenait fermement son bras, l'empêchant de s'écarter s'il en avait eu envie.

— Je n'aurais pas dû vous mentir de cette façon.

— Ce n'est pas grave, Taye. Vous oubliez que je connais Cameron depuis longtemps. Elle peut être impulsive. Et très persuasive quand elle veut.

— Je sais. C'est pour cela que je suis venue — à cause de Cameron.

Ils contournèrent un buisson en fleur et elle huma son parfum.

— Mais j'aurais dû faire plus cas de vous. Après tout, nous allons nous marier. Bientôt, j'espère, se risqua-t-elle à ajouter, en le regardant.

— Oui, eh bien… Considérant les circonstances, Jackson et moi sommes d'accord pour qu'il n'y ait pas de grand bal de fiançailles…

— Je lui ai dit que j'acceptais, dit vivement Taye. Cela ne me fait rien. Vraiment. Je préfère même qu'il en soit ainsi. Nous devrions nous marier tranquillement, en présence de Jackson et Cameron.

— Je vais être très occupé ces prochains mois, Taye. L'immeuble de mon père est en ruine, et j'ai déjà reçu des messages de deux gentlemen qui veulent faire appel à mes services. Il n'y a pas d'urgence, n'est-ce pas ?

Taye s'arrêta dans l'allée et se tourna face à lui. Il y avait quelque chose de troublant dans sa voix. Avait-il changé d'avis ? Si oui, pourquoi ? Elle voulait le lui demander, mais ne put se résoudre à le faire. Peut-être parce qu'une partie d'elle-même soupirait de soulagement, même si elle se sentait terriblement coupable.

Mais peut-être que Thomas n'avait pas du tout changé d'avis. Peut-être qu'il énonçait juste une réalité, qu'il serait très occupé et n'aurait donc pas le temps de penser à une jeune épouse et à l'installation d'une maison.

— Bien sûr que non, il n'y a pas d'urgence, s'empressa-t-elle de répondre. Faisons ce qui vous semble le mieux.

Il sourit et baissa la tête, mais de nouveau il l'embrassa sur la joue, pas sur la bouche.

— Jackson m'a invité à rester ici, à Atkins' Way, pendant que ma maison de famille sera nettoyée, repeinte et préparée. Je lui ai dit que je devais vous consulter d'abord. Je ne voudrais pas que vous vous sentiez mal à l'aise, avec moi si près. Je sais que je vivais dans la même maison que vous à Baltimore, mais la situation pourrait durer des mois...

— Il n'y a pas de problème, dit-elle vivement.

Au moins, sa proximité écartera mon esprit de Falcon, pensa-t-elle, *et m'écartera, moi, du contact de sa chaleur et du goût de sa bouche.* Le seul fait de penser à lui provoqua un picotement dans son ventre et lui fit monter le rouge aux joues.

— Je sais que vous serez bien occupé en ville, mais nous pourrons nous voir le matin, peut-être, et puis au dîner, bien sûr.

Il se remit à marcher, la conduisant le long de l'allée.

— Je crains de ne pouvoir faire de promesses, mais je ferai certainement de mon mieux pour ne pas vous négliger.

Taye hocha la tête, craignant de parler de peur que sa déception ne s'entende dans sa voix. Elle ne voulait pas simplement ne pas être négligée. Elle voulait que Thomas *ait envie* d'être avec elle. Elle voulait qu'il ait envie de couvrir son visage de baisers. Qu'il la touche, ou rêve au moins de la toucher.

— Parlez-moi des plans pour vos bureaux en ville, dit-elle en écartant ces pensées de son esprit. Pensez-vous que vous devez refaire le toit?

Assise au bord du lit à la lumière d'une lampe de chevet, Cameron écoutait le bruit des bottes de Jackson tandis qu'il longeait le couloir dans la direction opposée à sa chambre.

Il était venu lui demander si elle avait besoin de quelque chose, mais il n'avait montré aucune envie de rester avec elle plus longtemps que nécessaire. Il n'avait même pas refermé la porte derrière lui en entrant.

Retour dans le Mississippi

Et maintenant, il s'était retiré pour la nuit dans une des chambres d'hôtes, et elle allait de nouveau dormir seule.

Elle se laissa retomber sur les oreillers, allongée sur la courtepointe, et fixa le plafond sombre. Elle savait qu'elle avait chassé Jackson de son lit, mais elle voulait qu'il *ait envie* d'être ici avec elle. Même s'ils ne pouvaient pas faire l'amour pour le moment. Mais bien sûr, elle ne pouvait guère le forcer à rester, n'est-ce pas ? Et elle ne le supplierait certainement jamais !

Avec un soupir, elle se mit sur le côté et reprit le journal de son père.

Cela fait trois jours que j'ai amené les nouveaux esclaves à Elmwood. Papa m'a chargé des nouvelles arrivées, ce qui me convient. Je dois m'assurer qu'ils soient correctement logés, nourris et mis au travail. « Les esclaves doivent être bien traités », m'a rappelé papa ce matin au petit déjeuner. « Ce sont des investissements coûteux et ils doivent être traités comme des biens de valeur. »

Il m'est venu à l'esprit qu'il ne parlait pas du fait qu'ils étaient aussi des êtres humains dignes de compassion et de décence, mais je n'ai pas osé le dire de crainte qu'il ne retarde mon départ. J'avais l'intention de m'occuper d'abord des nouveaux arrivants, puis de Sukey. En gardant le meilleur de ma journée pour la fin.

Je l'ai trouvée près de la rivière, accroupie au bord de l'eau. Elle lavait un morceau de tissu de couleur vive. C'est seulement quand je me suis tenu à la lisière du bois, à l'observer, que je me suis avisé qu'elle ne ferait peut-être pas attention à moi. Pour elle, je n'étais peut-être pas plus qu'un nouveau maître.

Elle avait dû m'entendre, car elle se retourna et leva les yeux. Je lui souris. Elle me rendit un sourire hésitant et je sus alors qu'elle aussi sentait quelque chose entre nous. Une étincelle.

— Bonjour, ai-je dit prudemment, ne voulant pas l'effrayer.

— *Bonjour, a-t-elle répondu, son sourire s'élargissant.*
J'ai su alors qu'avec le temps elle m'aimerait.

Cameron referma le journal et le tint un moment sur sa poitrine, ayant presque l'impression de serrer de nouveau son père contre elle. Elle jeta un coup d'œil à la pendule sur la cheminée. Il se faisait tard. Elle savait qu'elle devrait essayer de dormir, mais elle n'avait pas encore sommeil. *Plus qu'un passage*, se dit-elle.

Aujourd'hui, j'ai eu un bon aperçu du bois dont ma Sukey est faite, lut-elle dans l'écriture masculine de son père. *Je suis tombé sur elle incidemment. J'inspectais à cheval un des champs de canne à sucre et j'ai vu trois femmes rassemblées au bord du champ. M. Wright, l'un de nos contremaîtres, tenait une autre femme à terre. J'ai entendu la voix de Sukey avant de la voir. Elle parlait lentement, mais d'une voix forte. Pleine de défi. Elle s'en prenait à M. Wright, lui disant qu'il devrait avoir honte.*

J'ai entendu la jeune esclave qui était par terre crier et l'ai vue lui donner des coups de pied furieux, mais elle ne pouvait échapper au contremaître parce qu'il était assis sur elle et la clouait dans l'herbe, lui tenant les mains au-dessus de la tête. Je suis immédiatement descendu de ma monture en criant. M'efforçant de prendre la voix la plus autoritaire de mon père, j'ai exigé de savoir ce qui se passait.

L'une des femmes a crié mon nom, mais elle était si affolée que j'ai à peine pu comprendre ses paroles. Elle pleurait abondamment, comme les autres — toutes sauf ma Sukey. Quand elle m'a vu, il y a eu une lumière dans ses yeux qui m'a donné envie de la prendre dans mes bras. Je ne l'ai pas fait, bien sûr. Je dois faire très attention que personne ne soupçonne mes sentiments pour elle. Je ne suis pas sûr pour l'instant que même Sukey connaisse la profondeur de ce que je ressens pour elle.

J'ai demandé à Sukey ce qui s'était passé, et elle m'a

répondu que M. Wright avait essayé de profiter de Sugar, la femme à terre. Malgré l'intensité du moment et mon embarras devant cette situation, je n'ai pas pu m'empêcher de remarquer que Sukey ne parlait plus comme les autres esclaves. Son élocution s'est nettement améliorée depuis son arrivée. Sont-ce nos conversations tard le soir, quand nous marchons dans les bois ? A-t-elle appris à mon insu ? Si oui, elle apprend vite, et l'esprit qui se cache derrière ce beau visage est plus vif que je ne le soupçonnais.

M. Wright était furieux que Sukey ose en appeler à moi — ou que je demande des explications à une esclave au lieu de questionner un homme blanc. Il a traité ma Sukey de sale menteuse et lui a dit de garder sa gueule noire fermée. Mais Sukey n'a pas reculé, apeurée. A la place, elle a levé les yeux vers moi. J'ai immédiatement senti que c'était un test. Elle voulait voir si je suis bien l'homme que je prétends être.

J'ai regardé mon contremaître, puis la fille effrayée qui était toujours allongée par terre, tremblant de peur. Sa robe en toile de jute avait été déchirée et laissait voir ses petits seins bruns et fermes. Elle ne pouvait pas avoir plus de quatorze ans. Ma colère a flambé. J'ai eu envie de frapper M. Wright de mes poings, de lui infliger de la souffrance comme il en avait infligé de façon si inconsciente à ces femmes impuissantes. A la place, je lui ai ordonné de remettre Sugar debout et de lui faire des excuses.

Quand il a protesté, je n'ai plus pu me contrôler. Je l'ai empoigné par le bras et l'ai secoué si fort qu'il a chancelé en arrière et a failli tomber. Sukey est aussitôt allée au côté de la jeune fille et l'a aidée à se relever, se servant de ses mains pour cacher ses seins nus à ma vue.

Je me suis de nouveau tourné vers M. Wright et j'ai exigé une explication de sa conduite. Il s'est mis aussitôt à trouver des excuses, disant qu'il avait envoyé ces femmes paresseuses dans les champs pour ôter des insectes des plantes et que Sugar avait essayé de s'enfuir. Il a affirmé qu'il avait posé la main sur elle pour l'empêcher de s'échapper, rien de plus. Sukey a secoué la tête en protestation. Tenant toujours son amie dans ses bras, elle a déclaré sans ciller que M. Wright mentait. Elle a dit qu'il les avait bien envoyées ôter des parasites, mais qu'ensuite il avait appelé Sugar pour qu'elle vienne le rejoindre hors du champ. Elle a ajouté qu'elles avaient entendu Sugar crier et qu'elles avaient couru l'aider. Elles l'avaient trouvée se débattant contre le contremaître.

Tandis que Sukey présentait leur version de l'histoire, Sugar pleurait silencieusement. Des larmes roulaient sur ses joues sales. Il m'a semblé que ses larmes étaient aussi vraies et ressenties que celles de n'importe quelle autre femme, à ce moment-là. Et en en prenant conscience, je n'ai pu m'empêcher d'admettre qu'elle était aussi humaine et digne d'humanité que moi.

J'ai rappelé au contremaître ce que pensait mon père des employés qui prenaient de force des esclaves. Tout en parlant, je me sentais de plus en plus outragé. Tout ce que je pouvais penser était : Et si c'était Sukey que j'avais trouvée clouée au sol ? J'aurais pu sortir mon pistolet de mon étui et tirer sur M. Wright pour le tuer, et c'était un aspect de moi-même que je n'avais jamais vu auparavant.

M. Wright a protesté avec vigueur de son innocence, me demandant si je croyais la parole de négresses avant la sienne. J'ai regardé ses yeux verts, troubles, et j'ai su qu'il mentait. Je savais aussi qu'il avait peur. Je lui ai dit d'aller trouver M. Melbourne, l'intendant, pour qu'il le transfère immédiatement dans une équipe d'hommes. Je me suis approché de lui, j'ai enfoncé mon doigt dans son torse et je l'ai menacé, lui disant que si jamais je le voyais près d'une de nos esclaves, il se retrouverait sans travail. Pas seulement à Elmwood, mais dans tout l'Etat. Puis, en criant, je lui ai dit de disparaître de ma vue.

Les femmes sont restées groupées et ont regardé le contremaître enfourcher son cheval et s'en aller. Je me suis retourné vers Sukey, qui avait confié son amie aux bras des autres femmes.

J'ai parlé doucement à ma Sukey, ne voulant pas que les autres m'entendent, lui disant quelle chose courageuse elle avait faite. Elle a levé les yeux vers moi, le visage très solennel, et a répondu qu'elle n'était pas courageuse, qu'elle avait seulement fait ce qui était juste. Quand son regard brun a croisé le mien, j'ai senti mon cœur voleter. Je savais qu'elle ne parlait pas d'elle, mais de moi. Elle me trouvait courageux.

Et mon cœur a cessé de voleter pour se mettre à chanter.

19

Cameron se dirigea au bout de la table de salle à manger en acajou avec son assiette de petit déjeuner. Un soleil éclatant entrait par les fenêtres ouvertes, et l'odeur riche et réconfortante de la terre fraîchement retournée dans le potager emplit ses narines. Elle avait oublié combien elle aimait l'odeur puissante de la terre du Mississippi, à quel point elle lui insufflait de la vie.

Elle hésita près du buffet chargé de viande rôtie, d'œufs et de douceurs, puis jeta un coup d'œil à Jackson qui penchait la tête, absorbé dans un journal. A la lumière du soleil, elle distingua une touche de gris dans ses cheveux sombres et en fut déconcertée. Puis elle se rappela qu'il avait douze ans de plus qu'elle. Tenant la délicate assiette en porcelaine, elle l'étudia et décida que ces cheveux gris le rendaient peut-être encore plus séduisant. S'ils avaient été des étrangers dans une salle de bal, est-ce qu'elle aurait recherché sa compagnie ? Et lui, l'aurait-il invitée à danser ?

Elle s'assit au bout de la table et prit sa serviette.

— Quelles nouvelles ? demanda-t-elle.

— Le général Hoffman, commissaire général des Prisonniers, a accepté d'envoyer une délégation d'hommes au camp de prisonniers d'Andersonville, en Géorgie, pour essayer d'identifier et de marquer les tombes des soldats de l'Union qui sont enterrés là-bas, répondit-il sans lever les yeux de son journal.

— Leurs tombes ne sont donc pas marquées ?

Il jeta un coup d'œil par-dessus le journal, la regardant comme s'il la prenait pour une idiote.

— Les sudistes n'ont pas dressé des pierres tombales en marbre sur les tombes des prisonniers quand ils les ont enterrés. Ils ont jeté leurs restes dans des fosses communes.

Il ramena les yeux sur son journal et ajouta :

— Mais on a au moins enregistré l'ordre dans lequel les hommes ont été jetés dans les fosses. Le Ssecrétaire à la Guerre semble penser que l'on réussira à les identifier.

Cameron hocha la tête et prit une bouchée de muffin, même si elle n'avait pas particulièrement faim.

— Taye m'a dit que vous partiez demain pour Birmingham, reprit-elle après plusieurs minutes de silence.

— Oui.

Il ne leva pas les yeux.

— Falcon a accepté de rester ici et de vous servir d'escorte, à Taye et à vous.

Il tourna une page.

— Il y a deux jours, la ferme Coverdale, à trois milles à l'ouest d'Elmwood, a été attaquée au milieu de la nuit. Une bande d'hommes s'est introduite dans la maison, a pris de l'argent sous la menace de pistolets et a violé la mère et la fille de seize ans.

Horrifiée, Cameron pressa sa serviette sur sa bouche. Si Jackson avait eu l'intention de la choquer, il avait réussi. Mais s'il voulait la décourager de rebâtir Elmwood, ses espoirs étaient vains. Elle était faite d'un bois plus solide que cela et n'était plus étrangère à la violence insensée. Les années de guerre avaient enflammé sa volonté et l'avaient trempée jusqu'à ce qu'elle soit aussi dure que de l'acier. Elle était encore une jeune fille quand son père s'était tué en tombant de ce balcon, mais à présent elle ne l'était plus. Elle était une femme intelligente qui savait quand livrer bataille. Et en vérité, elle ne voulait pas que Falcon la suive chaque fois qu'elle mettrait un pied hors de la maison ; elle avait besoin de son indépendance. Mais elle n'était pas stupide, et la réalité du pays dans lequel elle était revenue la frappait durement. Les nouvelles du journal local l'inquiétaient, aussi.

Quatre ans plus tôt, Jackson était une ville où toute femme, noire ou blanche, pouvait marcher en sécurité dans la rue. A présent, Cameron faisait même escorter Naomi lorsqu'elle allait en ville.

— Je pensais prendre la voiture pour aller à Elmwood ce matin, dit-elle.

Elle repoussa un morceau de saucisse sur son assiette avec une fourchette en argent très semblable à celles qui venaient de l'argenterie de sa mère. Physiquement, elle se remettait bien de sa fausse couche, mais elle ne se sentait pas encore de monter à cheval.

— J'aimerais savoir ce que vous pensez de mes plans et de ceux de l'architecte, Jackson… Votre avis m'intéresse…

Il leva la tête, et la regarda dans les yeux pour la première fois depuis qu'elle avait perdu le bébé. Elle ne put déchiffrer l'expression de son visage, n'avait pu la déchiffrer depuis qu'elle avait quitté le lit. Mais au moins, il acceptait de la regarder.

— Si vous avez le temps, bien sûr, ajouta-t-elle, se trouvant bien sotte d'avoir le cœur qui battait quand elle lui parlait.

C'était comme s'ils étaient redevenus des étrangers et qu'elle sondât avec hésitation l'eau autour de lui.

— J'ai rendez-vous avec un banquier à 13 heures.

— Nous pourrions y aller maintenant, alors…, dit-elle vivement, scrutant son expression en quête d'un signe de pardon. Ou plus tard. Bien sûr, il n'est pas nécessaire que vous veniez, acheva-t-elle, éprouvant le besoin de se protéger.

Il prit sa tasse de café noir. Naomi avait réussi à trouver le café à la chicorée qu'il aimait, et l'arôme en était délicieux.

— Si vous vous en sentez capable, je pourrais vous accompagner ce matin.

Pas de sourire. Aucun enthousiasme dans sa voix.

Cameron piqua le morceau de saucisse et le mit dans sa bouche en se levant de table.

— Laissez-moi juste prendre ma plume, mon papier, mon encre et mon bonnet. Je vous retrouverai dehors.

Retour dans le Mississippi

Le trajet en calèche d'Atkins' Way à Elmwood se déroula sans incident. Ils croisèrent plusieurs chariots et voitures, et rencontrèrent des voisins, dont beaucoup revenaient seulement dans la région. Cameron parla gaiement à ces anciennes connaissances, comme si sa vie avec Jackson était parfaite, comme si elle était de nouveau la maîtresse d'Elmwood, comme avant la guerre. Elle promit à toutes les femmes d'aller les voir bientôt, ou les invita à prendre le thé à Atkins' Way.

Ils croisèrent aussi plusieurs groupes d'esclaves affranchis, portant ce qu'ils possédaient sur le dos. Comme les hommes et les femmes que Cameron avait vus du train, ils paraissaient perdus, désorientés. Elle chercha à reconnaître sur chaque visage quelqu'un qui avait vécu à Elmwood, en vain.

Ils ne parlèrent pas beaucoup entre eux en revanche, et quand ils le firent c'était de sujets anodins. Mais au moins, constatait Cameron avec soulagement, Jackson lui parlait de nouveau.

Il approuva l'idée de laisser Noah superviser les ouvriers qu'elle engageait pour commencer la restauration de la maison. Il s'enquit des instructions qu'elle pouvait avoir à donner aux domestiques de Baltimore, demanda ce qu'elle aimerait qu'il lui rapporte, quelles robes, quels bijoux… Il voulait qu'elle lui fasse une liste, et Addy s'assurerait que toutes les affaires soient mises dans des malles et expédiées dans le Mississippi.

Ils purent cette fois arriver en calèche jusqu'à la maison. Jackson avait engagé des hommes pour nettoyer non seulement la longue allée bordée d'ormes, mais tous les terrains qui entouraient la maison et les quelques dépendances encore debout. La belle écurie où Cameron gardait ses chevaux arabes n'existait plus. C'était ce bâtiment qu'ils avaient vu brûler la nuit où ils avaient fui les soldats. Mais l'architecte avait bien écouté sa description et semblait certain de pouvoir dessiner le bâtiment tel qu'il était autrefois.

Lorsqu'ils arrivèrent devant la maison, Jackson mit le frein et Cameron attendit qu'il l'aide à descendre. Physiquement, elle ne se sentait plus faible. Comme Naomi le disait, un corps de femme était comme un carré de bruyère. « Donnez-lui un peu de paix, un peu de soleil, et il repartira aussi dru que jamais. » Les saignements avaient presque cessé et sa force était presque ce qu'elle était auparavant. Mais émotionnellement, elle se sentait encore très fragile ; elle pouvait fondre en larmes à tout moment. Le simple contact des doigts de Jackson tandis qu'il l'aidait à descendre fut réconfortant.

Ses yeux gris croisèrent accidentellement les siens lorsqu'elle mit le pied dans l'herbe et elle le regarda, souhaitant désespérément dire quelque chose, n'importe quoi, pour réduire la brèche qui béait entre eux. Mais elle ne sut que dire et il ne parut pas enclin à aller à sa rencontre, ni même intéressé.

Cameron se détourna alors et marcha vers le porche de devant, le ton léger et concentré sur le sujet qui les occupait.

— Toutes les colonnes sauf celle-ci peuvent être réparées, expliqua-t-elle en posant la main sur un pilier de coin qui semblait avoir essuyé des tirs de mortier.

Il n'y avait pas eu de bataille sur le terrain d'Elmwood, mais apparemment les soldats s'étaient entraînés à tirer.

— Et elle peut être remplacée quand on restaurera la véranda du premier étage.

Jackson hocha la tête, et la suivit, tandis qu'elle faisait le tour de la maison en indiquant des fenêtres cassées, des volets qui manquaient et une cheminée branlante qui avait aussi été endommagée par des tirs de mortier. Il faisait quelques commentaires mais ne semblait pas vouloir engager véritablement de conversation. Mais au moins il était là, se répétait Cameron, et cela lui redonnait de l'espoir.

— La cuisine est bien sûr le plus grand obstacle…

Elle se fraya un chemin à travers les débris noircis, à l'endroit de l'ancien jardin d'herbes.

— On me dit que le plus simple serait de détruire ce qui reste de la cuisine à l'arrière de la maison et de la rebâtir entièrement. Pour M. Jasper, c'est un miracle que le feu ne se soit pas étendu au reste de la maison… D'après lui, c'est le mur que mon grand-père a eu la prévoyance de bâtir entre la cuisine et la maison qui a sauvé Elmwood.

Elle écarta les bras.

— Bien sûr, il faudra des semaines pour nettoyer. Regardez ce fatras!

— Les restes peuvent être brûlés ou enterrés, suggéra Jackson. Une fois que ce sera dégagé, la construction pourra commencer.

Cameron pénétra dans les restes calcinés de la cuisine et redressa un morceau de table sur lequel les aides-cuisinières étalaient autrefois de la pâte à tarte et découpaient des biscuits. L'odeur âcre qui persistait s'intensifia quand elle bougea la table et lui piqua les narines. Au-dessous, elle trouva un plat, miraculeusement entier. Elle tira un mouchoir de dentelle de sa manche et en frotta la surface, révélant un iris violet peint sur la porcelaine.

— Oh! Mon Dieu! Regardez : c'est un des plats de ma mère!

Quelque chose heurta alors le sol juste devant elle, et elle leva les yeux, surprise. Il n'y avait rien au-dessus de sa tête à part le ciel bleu. Qu'est-ce qui avait pu tomber? Elle regarda à ses pieds. Une petite pierre claire se trouvait au bout de sa botte, qui n'était pas là un instant plus tôt. Elle reconnut un galet de la Pearl River ; Grant, Taye et elle en ramassaient quand ils étaient enfants. Elle reporta les yeux sur Jackson. Il bougeait une poutre noircie pour atteindre quelque chose.

Cameron se remit à frotter le plat et révéla un autre iris. *Bing!* Cette fois, une autre pierre frappa les restes de la table avec un bruit distinct. Elle regarda Jackson. Il avait entendu lui aussi.

Il leva la main, lui indiquant ainsi de ne pas bouger. Il était en alerte. Il reposa avec soin une assiette aux iris qu'il avait trouvée sous la poutre, et tira de son étui son pistolet à crosse en ivoire.

Cameron se tint immobile, le plat de sa mère pressé contre elle comme s'il pouvait la protéger. Il ne lui était pas venu à l'idée que quelqu'un pourrait se trouver à Elmwood, pas quand tout le monde, dans la région, savait maintenant que Taye et elle étaient venues reprendre possession de leur héritage.

Jackson vint se placer à côté d'elle.

— Elle venait d'où ? demanda-t-il doucement.

Elle secoua la tête, regardant dans la direction où la cuisine était attenante à la maison. Lorsqu'elle était venue la première fois, des chevrons brûlés bloquaient la porte entre la cuisine et le couloir ; elle constatait seulement qu'ils avaient été ôtés. On pouvait passer à présent des ruines de la cuisine dans la maison.

— Je n'en suis pas sûre, murmura-t-elle, mais je crois qu'elle venait de là…

Elle indiqua la porte.

Jackson fit un pas en avant, et une pierre le frappa en plein milieu de la poitrine.

— Ouille ! Nom de Dieu !

Il attrapa Cameron et la tira derrière lui.

— D'où diable cela vient-il ? Je veux que vous retourniez à la voiture, Cameron…

— Non ! protesta-t-elle. Je veux savoir qui s'est introduit dans ma propriété !

Elle le contourna et se rua vers la porte de communication.

— Cameron, maudite sotte ! cria-t-il en courant après elle. Vous voulez vous faire tuer ?

— Avec des galets ? demanda-t-elle, plus agacée qu'effrayée. Si cette personne voulait vraiment nous faire du mal, elle l'aurait fait, à présent.

Elle s'écarta de lui.

— Ohé ! cria-t-elle. Ohé ! Qui est là ? Je suis Cameron Campbell et c'est ma maison. Je veux savoir qui…

Une autre pierre passa en sifflant, frôlant dangereusement sa joue, et frappa de nouveau Jackson. Cette fois, il jura en français.

Cameron aperçut alors un éclair de couleur et de mouvement dans la maison, et elle courut dans le couloir. Un bruit de pas résonnait devant elle, mais l'intrus avait une longueur d'avance. Elle ne réussit pas à le voir.

— Arrêtez! cria-t-elle, passant en courant devant la porte du cabinet de travail de son père. Personne ne vous fera de mal.

— Cameron, revenez ici!

— Attendez! continua-t-elle. Je veux juste vous parler!

Elle aperçut un autre éclair d'étoffe bleu vif alors que la personne disparaissait pour foncer vers l'entrée. C'était une jupe de femme.

Jackson la dépassa en courant, et ils pénétrèrent dans le vestibule.

Une femme — non, une enfant, son visage juvénile presque caché par un amas de cheveux blond-roux — montait le grand escalier à toute allure.

— Arrêtez-vous! cria Jackson en gravissant les marches deux par deux.

— Faites attention! cria Cameron qui saisit ses jupes à deux mains pour le suivre. Ne lui faites pas de mal!

— Ne pas lui faire de mal? gronda-t-il par-dessus son épaule. Elle aurait pu m'éborgner!

Parvenu sur le premier palier, il attrapa la robe de l'intruse, mais sa proie se débattit en glapissant comme une chatte sauvage et se libéra, le laissant avec un morceau de tissu dans la main.

Tandis que la fille détalait, Cameron aperçut des genoux croûteux et des pieds nus et sales.

— Bon sang, nous voulons juste vous parler! lança Jackson en se remettant à sa poursuite.

— Non, Jackson. Vous la terrifiez!

La gorge de Cameron se serra, et des larmes de compassion lui montèrent aux yeux. Elle n'était plus en colère contre cette enfant misérable et affamée qui avait trouvé refuge chez elle, et qui paraissait si pitoyable dans sa robe déchirée et trop grande qui avait été coupée aux genoux...

En haut de l'escalier, la fille fonça dans le couloir en direction des chambres d'hôtes. Cameron entendit claquer une porte, et tout de suite après les pas de Jackson et un bruit de bois qui éclatait.

— Jackson, ne lui faites pas de mal !

Elle le suivit à travers la porte d'une resserre qu'il avait enfoncée, puis vers une autre porte qui claqua alors qu'elle entrait dans la pièce.

— Où cette porte mène-t-elle ? demanda-t-il en tournant violemment le bouton.

Elle n'était pas fermée à clé, mais elle refusa de s'ouvrir quand il poussa. L'intruse avait coincé quelque chose sous le loquet.

— C'est l'un des greniers.

Elle avait elle-même essayé d'ouvrir cette porte plus tôt dans la semaine et elle était déjà coincée. Sur le moment, elle avait simplement noté d'envoyer un des ouvriers pour l'ouvrir. L'enfant l'avait-elle bloquée à ce moment-là aussi ? Etait-elle déjà dans le grenier quand ils étaient venus la première fois ?

Jackson empoigna le bouton, cala un pied contre le mur et secoua la porte. Elle s'ouvrit si brusquement qu'il faillit tomber en arrière.

— Restez ici, ordonna-t-il en grimpant l'étroit escalier.

Mais Cameron courut après lui. Tenant ses jupes dans une main, posant l'autre sur les marches grossièrement taillées, elle se hissa dans le grenier où elle n'était pas allée depuis des années.

Dès qu'elle arriva en haut, elle sut que l'enfant était là depuis quelque temps. Des semaines au moins, peut-être des mois. Une petite table qui venait du salon supportait le service à thé en argent de sa mère. Il y avait deux chaises autour de la table, comme si la petite voleuse attendait quelqu'un pour le thé. Un endroit avait été arrangé en lit sous une petite lucarne, avec un matelas d'une des chambres et un rideau pour couverture.

— Où est-elle ? demanda Jackson, haletant.

Il se tenait au milieu du grenier où sa tête touchait presque les chevrons du toit en pente.

Il fallut un moment aux yeux de Cameron pour s'adapter à la maigre lumière qui entrait par la lucarne. Le grenier était encombré par trois générations de chaises, de malles et de caisses reléguées par la famille Campbell. Elle vit même un vieux rouet, un portemanteau, et un mannequin de couturière.

— Je sais que vous êtes ici ! gronda Jackson. Nous vous avons piégée, alors vous feriez aussi bien de sortir !

Cameron promena son regard avec attention d'un objet plongé dans l'ombre à un autre. Elle aperçut une autre chaise, une table, une pile de cartons à chapeau. Puis quelque chose accrocha son œil. Elle regarda de nouveau la table et sourit.

— Sapristi, Cameron, je vous avais dit de rester en bas ! Vous ne devriez pas courir ou grimper des escaliers !

Tandis qu'il protestait, elle se dirigea vers la table. Lorsqu'elle l'atteignit, elle plia lentement les genoux et s'accroupit, se tenant au bord poussiéreux d'une main.

Son regard en rencontra un autre.

— Tout va bien, dit-elle doucement. Nous ne te ferons pas de mal.

Elle tendit la main.

— Si tu sortais, que je puisse te voir ?

Au bout d'un moment, l'enfant prit sa main avec hésitation. Il était évident qu'elle ne le faisait pas parce qu'elle en avait envie, mais parce qu'elle savait qu'elle était piégée.

— C'est bien… Sors, pour que nous puissions mieux te voir, insista-t-elle gentiment, comme si l'intruse était une pouliche effarouchée. Juste là, à la lumière.

La fillette, car c'était bien une fillette, se laissa tirer de sous la table jusque dans le rayon de soleil qui tombait au milieu de la pièce. Son visage était maculé de poussière, tout comme sa robe bleue déchirée, qui ressemblait à celles que portaient les prostituées de La Nouvelle-Orléans. Ses genoux nus étaient éraflés et tachés d'herbe.

— Grands dieux, quel âge as-tu ? demanda Cameron en tenant bien la petite main sale. Dix, douze ans ?

Entre la crasse et la maigre lumière, il était difficile de lui donner un âge.

L'enfant sentait mauvais, comme si elle n'avait pas pris de

bain depuis des semaines, et elle était terriblement maigre. Même dans la pénombre, Cameron pouvait voir ses clavicules qui ressortaient et ses joues creuses.

La petite s'écarta lentement, son regard fixé sur celui de Cameron, qui se garda de faire le moindre mouvement pour ne pas l'effrayer

— Peux-tu me dire ton nom ?

— Lacy, répondit l'enfant, qui semblait encore se demander si elle allait s'enfuir de nouveau ou pas.

Mais elle écarta une touffe de cheveux emmêlés de son visage et resta hardiment où elle était.

— Je m'appelle Lacy Campbell.

20

Sous le choc, Cameron fixa le visage sale et malingre de la petite fille. Lacy *Campbell*? Ce pouvait être une simple coïncidence. Mais une froide intuition au creux de son estomac lui suggéra que ce n'en était pas une. Il y avait quelque chose chez cette enfant — sa façon de parler, de se tenir — qui retenait toute son attention.

— Qu'as-tu dit?

— Vous êtes sourde? lança la fillette d'un ton de défi en mettant les mains sur ses hanches minces, révélant une fronde de bois faite d'une branche en forme de Y.

Sa timidité s'était changée en une attitude bravache qui, Cameron le devinait, n'était pas du tout naturelle.

— Hé! gronda Jackson. Tu vas te montrer plus respectueuse! L'enfant ne lui accorda aucune attention et ne cilla pas.

— J'ai dit que je suis Lacy Campbell! répéta-t-elle, soutenant le regard de Cameron avec un défi puéril. Et ici, c'est ma maison, aussi.

— Je veux que tu prennes ce qui est à toi et que tu t'en ailles, lui dit Jackson. Va-t'en et ne reviens pas, et alors je n'appellerai pas les autorités pour te faire arrêter.

Les grands yeux intelligents de Lacy étaient d'une couleur d'herbe verte piquetée de miel. Des yeux méfiants — et étrangement familiers — qui observaient farouchement Cameron.

— J'ai dit que je ne préviendrai pas les autorités si tu t'en vas *maintenant*, répéta Jackson.

Il tendit la main pour lui attraper le bras, et elle bondit en arrière comme si elle avait été piquée.

— Jackson, non...

Cameron se plaça entre eux pour les séparer. Etudiant toujours Lacy avec attention, elle tourna le dos à son mari et parla doucement, comme elle aurait approché un cheval sauvage.

— Tu te trompes, Lacy. Cette maison est la mienne. La mienne et celle de ma sœur. Mon père nous l'a laissée quand il est mort.

La fillette secoua la tête, serrant les mâchoires, la fixant avec des yeux trop âgés pour son visage.

— Elle est peut-être à vous, mais elle est à moi aussi, soutint-elle avec entêtement.

Cameron lui offrit de nouveau sa main.

— Mon nom est Cameron Campbell.

Elle tordit le cou pour jeter un coup d'œil à Jackson, puis se retourna vers l'enfant.

— Enfin, je m'appelais Campbell avant de me marier. Maintenant, je suis Cameron Logan.

— J'sais qui vous êtes.

Lacy chassa ses cheveux emmêlés de devant sa figure, mais ne fit pas un geste pour accepter la main de Cameron.

— Ah oui?

Elle hocha la tête.

— J'vous ai vue en ville, avant la guerre. Vous et la mulâtresse. Vous aviez toujours de jolies robes et de jolis bonnets. Vous, vous étiez celle avec les beaux chevaux...

Cameron fronça les sourcils, cherchant dans ses souvenirs. Elle était certaine de n'avoir jamais vu la petite fille auparavant, mais en quatre ans, on pouvait beaucoup changer, surtout à cet âge.

— Je te connais?

Lacy secoua la tête.

— J'crois pas.

— Et tu dis que tu as des droits sur Elmwood? C'est impossible. Le fait que nous ayons le même nom de famille est une simple coïncidence. Ma demi-sœur Taye et moi sommes les dernières Campbell dans le Mississippi. Dans tous les Etats-Unis, même. Nous n'avons pas de parents ici. Il te faudrait prendre un bateau et traverser l'océan pour aller dans un endroit appelé l'Ecosse avant de rencontrer un parent de mon père…

Lacy croisa les bras sur sa poitrine, et les plis de sa robe bâillèrent sur son corsage pour révéler une peau nue et piquetée de taches de rousseur, presque cachées sous plus de crasse que Cameron aurait cru possible d'en trouver sur un seul enfant. Elle ne portait pas de dessous ; il était clair que, quel que soit son âge, elle n'avait pas encore de poitrine.

— J'sais ce que j'sais.

Cameron réfléchit un instant. Les affirmations de la fillette n'étaient pas vraies, évidemment. Si Lacy l'avait vue avec Taye à Jackson avant la guerre, ses prétentions sur Elmwood étaient très probablement des désirs imaginaires. Pourtant, quelque chose dans ces yeux lui disait qu'il y avait davantage dans l'histoire de l'enfant, une histoire qu'elle craignait de ne pas avoir envie de connaître.

— Tu as faim ? demanda-t-elle, changeant de sujet.

— Bien sûr, que j'ai faim ! Y'a rien dans le jardin derrière la cuisine. Juste quelques haricots et oignons dans le vieux jardin des esclaves. De temps en temps, je me prends un rat ou un oiseau.

Cameron frémit.

— Eh bien, descendons et je te donnerai quelque chose à manger. J'ai apporté de la nourriture avec moi et je partagerai.

— Cameron…

Les doigts de Jackson se refermèrent sur son avant-bras et il la fit pivoter, la forçant à le regarder. Il baissa la voix.

— Vous ne devriez pas faire ça. Je comprends qu'elle vous apitoie, mais des filles comme elle, il y en a partout dans le Sud. Vous ne pouvez pas toutes les sauver. Nous devrions lui donner un peu d'argent et l'envoyer promener. Elle ne peut signifier que des ennuis, et nous n'avons pas besoin de plus d'ennuis en ce moment.

Cameron lui jeta un regard noir, se demandant ce qu'il entendait par là, mais elle ne posa pas la question. Il ne s'agissait pas d'elle, de lui ou des troubles entre eux. Il s'agissait d'une fillette abandonnée, sans toit et à moitié morte de faim.

Elle dégagea son bras de son emprise.

— Descendons, dit-elle à Lacy en essuyant son front qui transpirait. Il fera plus frais en bas.

Lacy la suivit dans l'escalier, et Jackson ferma la marche. Au pied du grand escalier, Cameron se retourna et demanda :

— Jackson... Il y a un panier de provisions à l'arrière de la voiture. Voudriez-vous l'apporter sous la véranda ?

— Cam, il est à peine 11 heures...

— Nous pouvons manger là. Nous sortirons une table et quelques chaises. Papa et moi mangions tout le temps sous la véranda.

Il se tenait sur le carrelage italien abîmé, la regardant fixement.

— Je ne vous laisse pas seule avec cette gamine. Elle pourrait vous faire du mal.

— Avec sa fronde ?

Cameron arracha l'arme de la main de Lacy.

— Hé ! protesta celle-ci.

— C'est juste pour la garder en sûreté. Je te la rendrai, lui promit-elle en glissant la fronde dans la ceinture de sa jupe d'amazone bleu marine.

Puis elle jeta un coup d'œil à Jackson.

— *S'il vous plaît...*

Il s'exécuta en maugréant, laissant derrière lui la porte d'entrée ouverte.

Le temps que Jackson, la mine toujours aussi sombre, revienne avec le panier préparé par Naomi, Cameron et Lacy avaient apporté sous la véranda une table de bois et trois chaises dépareillées qu'elles avaient trouvées dans la salle de bal. Rien ne ressemblait à ce que c'était autrefois, ni la véranda, ni la maison, ni le jardin bien entretenu jadis, mais Cameron était tout de même chez elle et cette pensée lui réchauffait le cœur.

— Je n'ai pas faim, grommela Jackson en posant le panier devant Cameron. Il faut que je rentre en ville.

— Si vous devez y aller, allez-y, dit-elle.

Elle agita la main.

— Prenez la voiture et renvoyez-la-moi plus tard.

— Je ne vous laisse pas ici avec elle!

Cameron haussa un sourcil.

— Alors vous attendrez que nous ayons mangé…

Il s'éloigna pour se tenir près de la porte ouverte et les fusilla du regard. Cameron l'ignora.

— Voyons voir… Qu'avons-nous donc là-dedans?

Elle sortit du panier plusieurs morceaux de poulet emballés dans du papier brun.

— Du poulet. Du fromage. Des poires. Oh! Et la citronnade de Naomi. Tu vas adorer cette boisson, à la fois douce et piquante.

Lacy s'assit sur une chaise et regarda avec de grands yeux émerveillés la nourriture que Cameron disposait sur la table.

— Je t'en prie, mange…

Cameron regarda les deux petites mains de la fillette se tendre avec avidité pour attraper à la fois deux morceaux de poulet et une poire.

— A moins que tu ne veuilles d'abord te laver, suggéra Cameron en la voyant mordre voracement dans une cuisse de poulet, serrant l'autre dans sa main sale.

— J'ai pas besoin de me laver, répondit Lacy entre deux bouchées.

Cameron prit une poire et mordit dedans.

— Ainsi, tu dis qu'Elmwood est à toi aussi. Comment donc?

Lacy mâcha, puis contempla l'os qu'elle avait rongé et le jeta par-dessus son épaule.

— Soyez pas bête. J'vous l'ai dit. Parce que j'suis une Campbell, comme vous.

Jackson fit entendre un soupir de dérision derrière elles. Cameron suivit des yeux l'os qui vola dans le jardin et atterrit dans une allée. Elle ignorait où la pauvre enfant avait été élevée, mais visiblement on ne lui avait pas appris les bonnes manières.

— Alors tu es une Campbell. Une cousine perdue de vue, je suppose ?

La bouche de Cameron esquissa un sourire amusé quand Lacy ne répondit pas. La petite avait probablement entendu dire que l'héritière Campbell était revenue et comptait rendre à Elmwood sa splendeur d'antan. Elle était sans doute ici pour voir ce qu'elle pouvait lui soutirer.

— Tu n'es pas une cousine ?

— Non.

Lacy mâcha la poire, puis prit une autre bouchée de poulet.

— Vous êtes ma tante.

Cameron faillit s'étrangler sur sa poire. Elle ignorait ce qu'elle s'attendait à entendre, mais certainement pas cela. Elle avala sa bouchée.

— Tu n'espères pas me faire croire que tu es ma nièce, quand même ?

Lacy hocha pourtant la tête. Si, de toute évidence, c'était bien ce qu'elle cherchait à lui faire croire. Du jus de poire coulait sur son menton, et ses lèvres brillaient de graisse.

— Vous allez manger ce poulet ?

Elle fixa le morceau qui restait.

— Il est vraiment bon.

L'appétit de Cameron avait disparu. Elle posa sa poire entamée.

— Sers-toi…

Elle se pencha en avant, les coudes sur la table, et étudia l'enfant.

— Comment pourrais-tu être ma nièce ?

— Parce que je suis la fille de Grant Campbell.

Cameron se radossa brusquement à sa chaise, comme si le fantôme de son frère venait de flotter jusqu'à la véranda. Elle prit une grande inspiration, écartant l'étrange impression qui l'avait saisie à la mention du nom de Grant.

Lacy mentait, bien sûr. Grant n'avait pas eu d'enfant.

— Mon frère est mort sans descendance, dit-elle froidement. Il n'avait pas d'enfants, légitimes ou non.

— Pas que vous connaissiez, j'suppose.

Lacy jeta l'autre pilon par-dessus son épaule.

— Mais l'autre M. Campbell, il savait.

Cameron bondit de sa chaise.

— L'autre M. Campbell ? De qui parles-tu ?

— Du père.

Lacy se lécha bruyamment les doigts.

— De votre père…

— Je pense que nous en avons assez entendu, dit Jackson. Il faut qu'elle parte, maintenant, Cameron.

Cameron leva un doigt pour lui demander un instant.

— Non. C'est impossible, insista-t-elle, tournée vers Lacy. Mon père ne savait rien de l'existence d'une petite-fille. Tu mens.

Lacy secoua la tête. Elle finit la poire en claquant des lèvres, mangeant tout, y compris le trognon.

— Maman disait bien que vous diriez que je suis une grosse menteuse. Mais j'en suis pas une !

Son regard vert et miel, qui ressemblait soudain étonnamment à celui de Grant, croisa celui de Cameron.

— Au fond de vous, vous savez que j'en suis pas une.

Cameron pressa une main sur sa bouche.

— Qui était ta mère ? demanda-t-elle. Quel âge as-tu ?

— J'aurai quatorze ans à la fin de l'année, et ma maman s'appelait Morrie. Maureen Matthews. Elle travaillait au saloon L'Oreille de Chien.

Cameron se souvenait vaguement du saloon, bien qu'il ait fermé des années auparavant, quand le propriétaire avait été tué d'un coup de pistolet dans une rixe. C'était un endroit miteux où des hommes jouaient aux cartes, buvaient… et s'amusaient apparemment d'autres façons.

— Ainsi, ta mère était…

— Une *femme de ménage,* coupa Lacy en la regardant en face, la mettant au défi de dire autre chose.

Elle avait du cran pour une enfant de son âge, songea Cameron, admirative de son aplomb.

Lacy remarqua un bout de poulet sur son doigt et le lécha.

— Ma maman faisait le ménage chez le vieux Carter, mais il payait pas beaucoup. Elle disait que M. Campbell était gentil avec elle, au moins au début. Il lui achetait des jolies choses.

— Tu veux dire Grant ? Mon frère ?

Lacy hocha la tête.

— Maman disait qu'il était jeune, à ce moment-là, qu'il avait une mauvaise jambe et qu'il voulait se venger. Il se prenait pour un étalon.

Cameron pâlit. Grant boitait, en effet. Il était tombé d'un de ses chevaux quand il avait douze ans et s'était si mal cassé la jambe qu'elle était restée plus courte que l'autre. Après l'accident, la personnalité de son frère avait empiré. Il avait passé le reste de sa vie à essayer de compenser sa faiblesse physique en bousculant les autres.

Lacy essuya sa bouche graisseuse d'un revers de main, puis la passa sur le devant de sa robe tachée.

— Il l'a laissée tomber quand son ventre s'est arrondi, maman disait. Il a arrêté de venir. Il disait qu'elle ressemblait à une vieille truie.

Cameron ne parvenait pas à croire ce qu'elle entendait. Comment Grant avait-il pu engendrer une enfant et l'ignorer ? Mais au fond d'elle-même, elle savait quel genre d'homme était son frère. Elle savait quel genre de choses il faisait.

— Si c'est vrai — bien que je ne dise pas que je te crois, précisa Cameron en levant un doigt en manière d'avertissement — pourquoi ta mère n'est-elle jamais venue nous trouver ? Comment se fait-il que je n'aie pas su que tu existais ?

— Elle est venue. Elle est venue à cette maison quand j'étais encore un bébé. M. Carter l'avait chassée parce que j'pleurais. Maman trouvait pas de travail. Grant Campbell l'a renvoyée, dit Lacy sans chercher à cacher sa haine. Mais alors le vieux M. Campbell, le sénateur, maman l'appelait…

Son visage s'éclaira.

— Il est venu au saloon et il nous a donné de l'argent. Il nous a installées dans un bel endroit au-dessus de l'apothicaire. Il apportait de l'argent chaque mois, pendant des années, jusqu'à...

Cameron agrippa le dossier de la chaise, perdue un moment dans le souvenir de cette terrible nuit à Elmwood.

— Jusqu'à sa mort, murmura-t-elle.

Lacy hocha la tête.

— Au début, maman a pensé que le sénateur nous avait juste oubliées, avec la guerre et tout ça, et comme il était un homme aussi important, mais après on a appris...

Elle baissa les yeux sur la table.

— Et on a eu de la peine, parce qu'il était bon.

Des larmes montèrent aux yeux de Cameron. David Campbell *était* quelqu'un de bien, et cette petite fille en était la preuve vivante.

— Qu'est-il arrivé à ta maman? demanda-t-elle.

— Bon sang! s'exclama Jackson. Vous croyez ces fadaises?

Cameron se rassit et attendit que Lacy parle.

— Elle a pas pu trouver de travail. Pas quand la guerre a commencé. On a pas pu rester au-dessus de l'apothicaire et on a commencé à dormir ici ou là. Quand les soldats sont arrivés en ville, bleus ou gris, ils lui ont donné à manger pour laver et recoudre leurs habits.

Elle releva les yeux vers Cameron, et son chagrin était visible.

— Des fois, ils voulaient autre chose... Des choses d'hommes.

Cameron se mit à trembler. La mère de Lacy avait vendu son corps à des soldats pour nourrir son enfant. Pour nourrir la petite-fille du sénateur David Campbell! C'était une histoire si affligeante qu'elle savait au fond de son cœur qu'elle était vraie. Elle devait l'être. Tout se tenait parfaitement. Grant avait eu un bébé quand il avait une quinzaine d'années. Pour protéger le nom des Campbell, le sénateur avait discrètement pris soin de l'enfant et de sa mère. S'il était en vie aujourd'hui, il remplirait toujours ce qui était pour lui une obligation.

— Où est ta maman, maintenant? demanda-t-elle.

Lacy fixa ses mains sales sur ses genoux.

— Elle est tombée malade. Ses boyaux se vidaient. Elle avait des plaies sur les nénés et sur les bras. J'ai essayé de l'aider du mieux que j'ai pu. J'ai essayé de nous trouver à manger. J'ai même volé du thé et une belle théière, mais elle est morte quand même, acheva doucement la fillette.

— Et tu es seule depuis ce moment-là?

Lacy hocha la tête.

— Je suis venue ici vers le mois de mars.

Elle eut un demi-sourire.

— Avant que maman meure, je me couchais à côté d'elle et j'inventais des histoires… Des histoires de nous vivant dans cette belle maison. Buvant de la citronnade sous la véranda comme ça, fit-elle d'un air important, en haussant ses épaules minces.

Elle eut un rire enfantin à ce souvenir.

— Tu es donc venue ici quand elle est morte.

Nouveau haussement d'épaules.

— J'savais pas où aller.

— Et tu as vécu seule ici tout ce temps?

— Je me suis fait une maison dans le grenier. J'ai trouvé à manger du mieux que j'ai pu. Si quelqu'un venait comme votre mari il y a un mois — elle désigna Jackson —, je me cachais jusqu'à ce qu'il parte.

— Mais alors je suis revenue, glissa Cameron.

— Oui, et tout à coup ça s'est mis à grouiller comme la grand-rue du 4-Juillet avant la guerre, dit Lacy. Des ouvriers qui vont et viennent. Vous et lui dans le jardin, à vous crier après.

Cameron sentit ses joues se colorer. Lacy les avait donc observés le jour où ils s'étaient disputés?

— J'en ai assez, dit Jackson depuis le seuil. Je rentre en ville et vous venez avec moi, Cameron. Peu m'importe où elle ira.

Cameron prit son temps pour se lever et ranger les affaires

dans le panier, sans rien dire. Lorsqu'elle eut fini, elle repoussa la chaise avec soin sous la table.

— Va chercher ce que tu veux au grenier et rejoins-moi à la calèche devant le porche, dit-elle à Lacy.

Elle se tourna vers Jackson, le mettant au défi d'objecter, et ajouta :

— Tu viens à la maison avec moi.

21

Quand Cameron entra dans le salon, elle trouva Taye et Thomas assis l'un face à l'autre, tous deux plongés dans un livre. Jackson avait ouvert la porte-fenêtre et se tenait sous la véranda, fixant l'obscurité.

— Dieu sait pourquoi elle avait peur de dormir seule dans la chambre, dit Cameron à personne en particulier. Elle dormait pourtant seule dans le grenier d'Elmwood… Mais Naomi a eu la bonne idée de placer un matelas par terre pour la fille d'une aide-cuisinière, et finalement elles dorment toutes les deux.

Taye leva les yeux de son livre.

— Je suis contente que Lacy soit installée. Maintenant, tu devrais t'asseoir et te reposer, Cam. Tu as eu une longue journée.

Thomas sourit aimablement à Cameron et continua sa lecture. Jackson, lui, ne bougea pas ni ne dit un mot. Soit il était tellement perdu dans ses pensées qu'il ne l'avait pas entendue entrer, soit il l'ignorait délibérément.

— Je me sens très bien, merci. Demain, nous irons en ville voir ce que nous pouvons trouver pour habiller Lacy. Je pensais que nous pourrions lui acheter deux ou trois robes d'occasion en attendant d'en faire faire par une couturière.

— J'irai, si tu veux.

Taye sourit et ajouta :

— Je pensais rendre visite à Thomas dans ses bureaux, demain, de toute façon. Il me dit que les travaux ont bien avancé.

Elle lui jeta un coup d'œil, mais il ne leva pas les yeux de son ouvrage juridique.

Cameron passa près de sa sœur et lui tapota l'épaule.

— Je savais que je pouvais compter sur *toi,* au moins.

Elle jeta un coup d'œil à Jackson, pour tester l'effet de sa pique, mais il ne lui accordait toujours aucune attention.

— Nous pourrions en faire une journée spéciale. J'ai plusieurs autres courses à faire, dit-elle en sortant sous la véranda.

Elle avait troqué sa jupe d'amazone contre une robe de bombasin vert pomme avec des manches en V qui lui arrivaient au coude. Le décolleté était profond, ce qui convenait au soir, et dévoilait joliment ses seins ronds.

Elle alla s'appuyer à la balustrade, à côté de Jackson, et renversa la tête en arrière pour sentir la brise chaude et humide, et humer le délicieux parfum du chèvrefeuille.

— Où est Falcon? demanda-t-elle, essayant de trouver un terrain neutre pour parler.

— Je l'ignore. Il est parti après dîner.

— Une femme, probablement, fit-elle remarquer d'un ton léger.

Il ne sourit même pas.

— J'en doute. Falcon reste le plus souvent seul.

— Eh bien, il est libre d'aller et venir à sa guise, et je n'ai certainement pas besoin d'un garde du corps ici, dans la maison.

— Je n'en serais pas si sûr, Cameron. Il y a eu un autre raid contre une ferme pas très loin d'ici dans la nuit d'avant-hier. Ils ont brûlé la grange, pris les chevaux et les poules de l'homme, puis tué et éventré sa truie gravide devant ses enfants.

Cameron secoua la tête.

— Jackson, la guerre est finie. Pourquoi…

— Ces hommes pensent qu'ils ont été acculés à ce genre de chose. Ils croient que la guerre ne leur a pas laissé d'autre choix. Il n'y a pas de travail, pas d'argent…

Elle étudia son visage dans l'ombre.

— Vous défendez les maraudeurs?

Il fronça les sourcils.

— Bien sûr que non! Ces hommes et leurs semblables doivent être arrêtés si le Sud veut se redresser. Je dis seulement que c'est une question plus compliquée que la plupart des gens ne le pensent.

Il marqua une pause et annonça :

— Je retourne à Baltimore demain.

Cameron lui jeta un coup d'œil, l'estomac noué.

— Si tôt?

— Vous n'avez pas besoin de moi ici. Et j'ai des affaires à traiter.

Elle se tourna face à lui, incapable de contrôler sa colère.

— Washington, encore, n'est-ce pas? Ou bien cette femme? Quand vous avez dit que nous vivrions dans le Mississippi, je supposais bien que vous devriez retourner à Baltimore de temps en temps pour votre entreprise. Mais je supposais aussi qu'en vous installant ici, Jackson, vous en auriez fini avec ces maudites histoires d'espionnage!

— Voudriez-vous ne pas parler aussi fort? demanda-t-il à mi-voix, en regardant si quelqu'un les avait entendus.

— Je me moque de qui m'entend! Je ne veux pas que vous vous engagiez dans d'autres missions pour le département d'Etat.

Le visage de Jackson était dénué d'émotions, et son ton fut si froid que ses paroles la blessèrent.

— Mais nous n'avons pas toujours ce que nous voulons, n'est-ce pas, Cameron?

Elle poussa un grognement de frustration.

— Si vous parlez de Lacy, pourquoi ne dites-vous pas tout simplement que vous ne voulez pas d'elle ici? C'est une Campbell, Jackson. Et nous ne pouvons pas lui en vouloir d'être l'enfant de Grant.

Elle soupira, fixant l'obscurité. Elle savait que Jackson la désapprouvait au sujet de Lacy, mais elle ne bougerait pas en ce qui concernait la fillette. Elle savait au fin fond d'elle-même que Lacy était bien la fille de Grant, et donc sa nièce. Et son père attendrait d'elle qu'elle prenne soin de la bâtarde de son frère. Jackson pensait qu'elle n'avait pas de preuves. Comment pouvait-elle lui expliquer que la preuve était dans les yeux de Lacy, dans ce mélange de tristesse et de fierté qu'elle avait entendu dans sa voix quand elle parlait de son grand-père, le *sénateur*?

— Lacy ment, Cameron.

— Elle ne peut pas mentir! Elle en sait trop pour l'avoir inventé.

Il eut un rire sans humour.

— N'importe qui ayant vécu dans cette ville, ou ayant *connu* quelqu'un qui y vit, aurait pu répéter devant elle les choses qu'elle sait sur Grant et votre famille!

— Vous vous trompez. Cette histoire ressemble trop à mon frère cruel et égoïste pour ne pas être vraie.

— Je ne vais pas me disputer avec vous à ce sujet, Cameron, dit Jackson d'un ton abrupt. Pas ce soir.

— Tant mieux, répondit-elle du même ton coupant. Parce que la discussion est terminée. Lacy reste.

— Je ne sais pas combien de temps je serai parti. J'ai transféré de l'argent sur un compte à la banque de la ville.

— Je n'ai pas besoin de votre argent. Vous oubliez que j'ai le mien.

— Falcon a accepté de rester ici et de garder un œil sur vous, poursuivit-il en ignorant sa remarque. Taye et vous ne devez pas sortir au-delà des grilles de la plantation sans Thomas ou quelqu'un appointé par lui pour vous accompagner.

Cameron ouvrit la bouche pour protester, mais il l'empoigna rudement par le bras.

— Ce n'est pas un souhait, c'est un ordre! Falcon a des instructions. Si vous me désobéissez, vous n'aurez plus le droit de quitter la maison. Et faites-moi confiance, il mettra en œuvre mes consignes. Sa loyauté est vis-à-vis de moi, pas vis-à-vis du nom sacré des Campbell.

Ses doigts s'imprimaient dans la chair de son bras.

— Cessez de me traiter comme une enfant! exigea-t-elle.

— Dès que vous cesserez d'agir comme telle.

Cameron scruta ses yeux gris en quête d'une étincelle de

l'amour qu'elle voyait encore dedans quelques courtes semaines auparavant. Elle n'en vit pas, et se demanda si cet amour avait jamais été là, pour commencer.

Il lâcha son bras et elle pinça les lèvres, tout emplie de colère et blessée.

— Si c'est tout ce que vous avez à dire, alors je vais aller me coucher.

Elle fixa le bout de ses chaussures vert pomme et se rappela le soir où il les lui avait enlevées et les avait lancées à travers la chambre dans sa hâte de faire l'amour.

— Je vous verrai à votre retour.

— J'enverrai un télégramme pour vous faire savoir combien de temps je resterai absent. Cela pourrait être deux ou trois semaines.

Cameron brûlait de lui dire qu'il était son mari et que sa place était auprès d'elle. Mais elle se souvint alors qu'il avait accepté de la laisser rester à titre de consolation pour la perte du bébé seulement.

Elle quitta le salon sans rien ajouter et se retira dans sa chambre. Là, au moins, elle trouverait le réconfort des mots de son père.

— David, non, dit doucement Sukey. Nous ne devons pas.

Je serrai fortement sa main, la conduisant à travers bois le long de la rivière. Un clair de lune doré éclairait notre chemin comme une pluie magique de poussière de fées. Je savais que personne ne se rendrait compte de notre absence. Mon père et ma mère étaient à un bal dans une plantation voisine et me croyaient au lit avec un mal de ventre. Sukey avait terminé ses tâches à la laiterie où elle travaillait et ne manquerait à personne, non plus.

Je lui jetai un coup d'œil par-dessus mon épaule, et le seul fait d'apercevoir son beau visage rond et ses superbes yeux cannelle fit presque cesser mon cœur de battre.

— Nous y sommes presque. Attends de voir cet arbre.

Je la conduisis hors du sentier. A une centaine de mètres

de la rivière, il y avait un vieux cyprès dont les branches touchaient le sol, formant une cachette parfaite, comme une chambre fermée par des rideaux. J'écartai les branches et elle passa au travers, se fiant entièrement à moi.

— Il fait si noir, murmura-t-elle.

Je traversai les branches à mon tour.

— J'ai apporté des bougies et quelque chose à manger. J'ai pensé que nous pourrions faire un pique-nique.

Je me tournai et la heurtai. Soudain, nous étions nez à nez. Je pouvais sentir son souffle léger, qui sentait bon, sur mon visage.

— Sukey, chuchotai-je.

Elle passa sa main sur mon torse. Je savais que je n'aurais pas dû, mais je ne pus me retenir. Si je ne la goûtais pas en cet instant, j'en mourrais. Je baissai la tête et frôlai ses lèvres des miennes, hésitant, m'attendant presque à ce que la foudre frappe.

Elle frappa, mais pas comme je m'y attendais.

Sa lèvre inférieure tremblait. Ce que nous faisions était défendu ; elle aussi le savait.

— David, murmura-t-elle.

— Chut, dis-je dans un souffle.

Alors ses lèvres s'écartèrent, et elle me prit avec avidité. Je sus à ce moment-là que l'on ne pourrait revenir en arrière.

Efia sut que Clyde était rentré quand elle entendit la chienne lancer des aboiements excités sous le porche. Il était bien plus de minuit et elle était déjà couchée, portant la seule chemise qu'elle possédait. Il faisait si chaud ce soir-là qu'elle était tentée de dormir nue, mais elle n'osait pas. Ce serait une invitation trop marquée pour Clyde, trop marquée pour n'importe lequel d'entre eux.

— Fee ! gronda Clyde.

Elle n'avait pas envie de sortir du lit. Elle était fatiguée et son dos était courbatu d'avoir transporté des caisses d'un chariot dans une maison abandonnée pas très loin de la ville, à l'écart de la route de Vicksburg. Elle ne savait pas ce qu'il y avait dans ces caisses et ne voulait pas le savoir. Elle ignorait pourquoi Clyde et ses garçons utilisaient cette maison abandonnée et elle ne voulait pas le savoir non plus.

— Fee! cria de nouveau Clyde. Où es-tu, par tous les diables?

Il était ivre.

La chienne hurla, puis gémit pour saluer son maître. Efia entendit Clyde monter lourdement les marches. Il y avait des hommes avec lui. Elle pouvait les entendre rire, puis elle perçut le bruit de leurs bottes sales sur son plancher propre tandis qu'ils entraient dans la cabane.

— Y'a quelque chose à manger? aboya Clyde. Fee, bon Dieu, où es-tu? Tu m'entends pas appeler?

Il écarta brutalement le rideau qui cachait leur lit.

Efia se recroquevilla, essayant de couvrir ses épaules nues avec un drap déchiré qu'elle avait trouvé dans les ordures. Quelqu'un avait allumé la lampe à kérosène sur la table. Les hommes tiraient des chaises, riant entre eux d'une plaisanterie. Ils étaient tous ivres. Elle vit que l'un d'eux avait apporté de l'alcool de contrebande dans un pichet et qu'un autre, particulièrement mauvais, portait ce qui ressemblait à une redingote jaune flambant neuve.

— Vous étiez où, Clyde? demanda-t-elle en se serrant contre le mur. Qu'est-ce que vous avez fabriqué? Le shérif et les soldats sont déjà venus à J-Ville une fois cette semaine.

— Ce que j'ai fabriqué, ça te regarde pas. Maintenant, debout et donne-moi quelque chose à manger!

Comme elle ne bougeait pas assez vite, il l'empoigna par le bras et la tira hors du lit.

— Laissez-moi m'habiller, au moins, murmura-t-elle. Je vais vous faire un bon plat de légumes. J'ai du saindoux.

— T'as pas besoin de t'habiller.

Il lui donna une forte tape sur les fesses.

— Y'a rien chez toi que mes gars ont pas déjà vu.

Il rit de sa remarque et les autres l'imitèrent.

— Et à présent, remue-toi avant que je plante ma botte dans ton cul noir ! Mets du pain de maïs et de la mélasse avec les légumes. J'ai envie de sucré, ce soir.

Efia alla pieds nus au fourneau et sortit une marmite rouillée d'une caisse posée contre le mur. En prenant des poignées de haricots dans un panier, elle regarda les hommes.

Quelqu'un avait sorti un jeu de cartes et cinq d'entre eux, y compris Clyde, s'assirent pour jouer. Il y en avait d'autres sous le porche ; elle pouvait voir rougeoyer leurs pipes et entendre leurs mots grossiers.

A la table de jeu, Bucky portait un beau chapeau noir comme Efia en avait vu dans la vitrine du chapelier en ville. Tandis qu'elle jetait du petit bois dans le poêle pour attiser les flammes, quelque chose de brillant au cou de Pot attira son regard. On aurait dit un collier de femme.

Efia n'osa pas demander d'où venaient ces choses. En ville, elle avait entendu parler d'une bande de voleurs qui terrorisaient le comté. Elle se doutait bien un peu d'où venaient les habits et les bijoux, mais ce n'était pas sa place de dire quoi que ce soit sur ce qui était bien ou mal. Elle savait que si elle parlait, elle ne récolterait qu'une tombe.

Elle se tourna vers le fourneau. Tandis qu'elle remuait les légumes avec un bâton dont elle avait ôté l'écorce, elle repensa à Taye Campbell et à Atkins' Way. Elle ignorait ce qui la faisait penser à la belle mulâtresse, mais elle se demanda ce qu'elle faisait en ce moment. Elle dormait probablement dans une belle chemise de nuit, dans un grand lit avec des draps propres qui sentaient le soleil.

Clyde saisit l'ourlet de sa chemise et le releva lentement, montrant aux hommes une partie de ses fesses nues. Elle pivota et lui lança le bâton, en prenant soin de ne pas le toucher. Si elle le touchait, il l'enverrait par terre d'un coup de poing et lui casserait sûrement une autre dent.

Les hommes hurlèrent de rire et Clyde saisit de nouveau

l'ourlet de sa chemise. Il était comme un vilain petit garçon qui aimait taquiner les autres. Il ne se lassait jamais de la même plaisanterie stupide. Il allait recommencer encore et encore, sans se soucier de qui il blessait et à quel point il faisait mal.

— Fee, il faut que je sorte pisser, dit-il, ses paroles étant visiblement destinées à son auditoire. Tu crois que tu pourrais garder mes cartes pour moi ?

Il glissa la main sous sa chemise et essaya de coincer les cartes entre ses fesses. Les autres éclatèrent de nouveau d'un rire vulgaire, et l'un d'eux se balança sur sa chaise.

Clyde aurait réussi si elle n'avait pas esquivé sa main en sentant les cartes toucher sa peau.

— Attention, l'avertit-elle en attrapant la marmite. Y'a de l'eau qui bout pour les légumes. J'voudrais pas vous brûler.

Clyde abattit ses cartes sur la table et sortit, riant encore de sa propre malice. Efia l'aperçut debout au bord du porche, observant fièrement son jet qui dessinait un arc dans l'obscurité.

Elle avait entendu une rumeur en ville disant que Taye Campbell était fiancée à l'avoué Thomas Burl. Un homme blanc. Elle aussi elle avait un homme blanc, mais elle devinait que celui de Taye ne pissait pas du porche dans ses fleurs. Et ça ne lui plaisait pas. Ça ne lui plaisait pas du tout.

Jackson buvait une pinte de bière maison au fond d'une taverne miteuse dans le quartier pauvre de Birmingham, en Alabama.

Il éprouvait une bouffée de culpabilité de se trouver là au lieu d'être dans le Mississippi. Son devoir était de rester au côté de Cameron pendant qu'elle se remettait de sa fausse couche, mais elle ne voulait pas de lui. C'était assez clair. La preuve ? Elle avait à peine cillé quand il lui avait annoncé qu'il devait partir. Si elle lui avait demandé de rester, ou si elle avait protesté, il aurait peut-être pu envoyer Falcon à sa place pour trouver ce Spider Bartlett. Mais elle n'avait rien dit. Elle avait simplement hoché la tête et pris congé pour aller s'occuper d'une affaire domestique urgente.

Voilà pourquoi il était là, buvant de la bière chaude par une soirée brûlante, vêtu des habits d'un de ses domestiques. Il avait une barbe de deux jours, de la poussière de la route sur les mains et le visage, et son goût dans la bouche. La nuit précédente, il avait dormi dans une église incendiée, entouré par la mer de croix blanches du cimetière voisin. Quelques questions discrètes dans une forge et un bordel l'avaient conduit en ce lieu.

Un homme noir s'approcha de sa table.

— Il paraît que vous cherchez Spider. Vous êtes qui ?

Jackson vit briller un couteau dissimulé dans les plis de sa chemise sale et s'obligea à rester détendu. Il portait un pistolet dans la ceinture de son pantalon, dans le dos, un autre dans sa botte, et il pouvait les attraper rapidement s'il le fallait.

— Qui le demande ?

Le Noir eut un grand sourire.

— Ça ira bien plus vite si l'un de nous se fie à l'autre.

Jackson prit calmement sa bière.

— C'est vous qui portez une lame, mon ami.

Il fit une pause.

— Je vous paie à boire ?

L'homme regarda autour de lui, vit que personne ne faisait attention à lui et se glissa sur le banc en face de Jackson.

— Vous ne croyez pas qu'un homme noir affranchi peut faire lui aussi quelque chose pour son pays, capitaine ?

Jackson le regarda par-dessus le bord de sa chope de bois.

— L'époque est dangereuse. Un homme doit être prudent.

— Un homme noir encore plus. Je m'appelle Spider.

— Je crois savoir, *Spider,* que vous pourriez avoir des informations pour moi concernant un certain soldat.

— Ce certain soldat a un nom ?

— Thompson.

— Vous cherchez à le rejoindre ?

Jackson regarda intensément son interlocuteur. Parfois,

il devait jouer des deux côtés pour avoir l'information qu'il cherchait. Il ignorait si l'homme était avec Thompson ou contre lui, mais il y alla à l'instinct.

— Je cherche à l'arrêter avant qu'il ne fasse quelque chose de stupide.

Spider secoua la tête et prit sans faços sa chope.

— Il a beaucoup d'hommes de son côté. Beaucoup de gens les nourrissent, ses hommes et lui, les cachent, les aident à rassembler des armes et des munitions. Et pas seulement en Alabama. Dans le Mississippi et en Virginie, aussi.

— J'ai besoin de savoir ce qu'il compte faire avec cette armée qu'il constitue.

Spider eut un demi-sourire et porta la chope à sa bouche.

— Si vous allez à une de ses réunions, ses hommes parlent d'en remontrer à Washington. Ils parlent de restaurer l'honneur perdu. De faire peur au gouvernement.

— Une tentative d'assassinat?

Spider haussa une de ses épaules massives.

— Ça se pourrait, mais je ne pense pas. Il y a trop d'hommes. On parle d'une armée, ici.

Jackson l'étudia.

— Vous pensez qu'ils comptent marcher sur Washington? Ou attaquer?

Un jeune homme blond avec une vilaine cicatrice en travers du front sortit de l'obscurité et s'approcha d'eux.

— Spider, il faut qu'on y aille, chuchota-t-il d'un ton pressant, en regardant derrière lui. Vous savez que vous ne pouvez pas être pris à parler à des types comme lui. Ou vous allez vous balancer par votre gros cou noir avant l'aube.

Spider vida le reste de la bière et abattit la chope sur la table.

— Merci.

— Non, merci à vous.

Jackson fit glisser sa main à travers la table et la souleva pour révéler une pile de pièces.

Spider regarda l'argent un long moment.

— C'est pas le genre d'homme que je suis.

Jackson jeta un coup d'œil à sa chemise sale et déchirée, à ses chaussures usées.

— Peut-être votre famille…

— Ma famille est morte. Je fais ça parce que je crois dans ce gouvernement qu'on a à Washington. Parce que je le dois.

Il souleva un chapeau imaginaire.

— Je vais voir ce que je peux faire pour vous, capitaine.

Jackson se leva à moitié de la table tandis que Spider disparaissait dans l'ombre.

— Comment vous trouverai-je?

Il entendit un rire.

— Ah, capitaine Logan, c'est nous qui vous trouverons!

22

— Je n'en aurai pas pour longtemps, assura Taye à Cameron en descendant de la calèche. Je sais que Thomas est très occupé et je veux simplement voir où en sont les travaux...

— Prends ton temps, dit Cameron. Lacy et moi allons continuer jusqu'à la boutique de robes, et je te renverrai la voiture.

Lacy, rayonnante, était assise sur le siège en cuir à côté de Cameron, visiblement transportée de rouler aux yeux de tous dans une calèche.

— Merci, mais ce ne sera pas la peine, répondit Taye en ouvrant son ombrelle rose et blanche. Je peux marcher. Ce n'est pas loin.

Falcon fronça les sourcils, désapprouvant visiblement, et Cameron échangea un regard entendu avec lui.

— Je te renverrai la voiture, Taye.

Elle agita la main.

— Passe un bon moment !

— Passez un bon moment, tante Taye ! l'imita Lacy, copiant ses manières.

Ce matin-là, à la table du petit déjeuner, Taye avait assisté pendant dix minutes au cours que Cameron avait donné à la fillette pour lui apprendre comment dire bonjour correctement. Elle trouvait l'idée de Cameron enseignant les bonnes manières à Lacy à la fois amusante et ironique. Quand elles étaient plus jeunes, c'était Cameron qui se rebiffait toujours contre le décorum et elle-même qui essayait de l'orienter dans la bonne direction.

Taye regarda la petite jeune fille assise à côté de sa sœur, espérant avec ferveur que sa sœur savait ce qu'elle faisait avec ce garçon manqué. L'enfant n'avait aucune éducation, accumulait les mauvaises manières et était aussi irritable qu'une ourse piquée par des abeilles. Cameron maintenait qu'elle était réellement la fille de Grant. Taye espérait qu'elle avait raison et qu'elle ne s'était pas attaquée à une tâche qui la dépassait.

Comme pour la rassurer, Lacy était assise très correctement à côté de Cameron, les mains croisées sur ses genoux comme on le lui avait enseigné. Peut-être avait-elle juste besoin d'être guidée, comme disait Cameron.

Taye suivit des yeux la calèche qui s'éloignait, ignorant volontairement Falcon. S'il devait la fixer de la sorte en public, elle n'allait certainement pas l'encourager !

Ajustant son chapeau de paille bordé d'un ruban rose, elle franchit des planches qui avaient été disposées pour les clients et ouvrit la porte du cabinet juridique. La première pièce était une pièce de réception, qui venait d'être repeinte en pêche et sentait encore la peinture fraîche. Quelqu'un plantait des clous quelque part dans le bâtiment, et elle pouvait entendre grincer une scie.

— Thomas ? appela-t-elle.

Elle entendit une toux et quelqu'un qui se raclait la gorge. C'était lui. Il toussait depuis son arrivée à Jackson, et si cela ne s'améliorait pas, Taye allait insister pour qu'il consulte un médecin.

— Vous êtes là ? lança-t-elle en suivant un étroit couloir jusqu'à la pièce qui serait son bureau lorsque le mur du fond, détruit par les canons de Sherman, serait remplacé.

Des ouvriers avaient scié du bois par terre, et elle dut relever ses jupons roses pour enjamber un tas de sciure.

— Thomas ! dit-elle d'un ton enjoué en l'apercevant près de la fenêtre neuve.

Il avait un visiteur, un gentleman aux cheveux sombres et à l'air distingué, qui portait une petite moustache.

— Taye…, dit Thomas en s'essuyant la bouche de son mouchoir et en le remettant dans sa poche. C'est si aimable à vous de passer !

Elle sourit, pensant qu'il semblait vraiment content qu'elle soit là.

— J'espère que je ne dérange pas.

Elle tapota sa nouvelle coiffure, un chignon délicat.

— Bien sûr que non. Je vous attendais. Monsieur Gallier, laissez-moi vous présenter la fille de feu le sénateur David Campbell, Taye Campbell.

Taye se figea. *La fille du sénateur ?* C'était ainsi qu'il la présentait ? Comme la fille du sénateur et non comme sa fiancée ?

Le gentleman lui prit la main, puis s'immobilisa et la fixa. Plusieurs secondes embarrassantes s'écoulèrent avant qu'il ne batte des cils et hoche poliment la tête.

— Pardonnez-moi, *mademoiselle,* c'est seulement que vous me rappelez beaucoup quelqu'un d'autre. Quelqu'un que j'ai perdu. C'est un plaisir de vous rencontrer, dit-il avec un accent français créole très prononcé.

— Un plaisir pour moi aussi.

Taye lui permit de baiser sa main gantée, se forçant à continuer à sourire poliment, même si son cœur sombrait. Pourquoi Thomas ne l'avait-il pas présentée à ce gentleman comme sa fiancée ?

— M. Gallier est un client potentiel, Taye. Il a connu Jackson à la guerre. C'est aimable à lui d'être passé voir l'avancement des travaux, ne pensez-vous pas ?

Taye garda son sourire plaqué sur sa bouche.

— Très aimable, en effet.

— Eh bien, je dois y aller maintenant, mais je repasserai quand je reviendrai à Jackson, *n'est-ce pas, monsieur* Burl ? Et nous pourrons étudier plus à fond mes options.

— Oui, oui, bien sûr.

Thomas lui serra la main avec vigueur.

— Je suis impatient de vous revoir. Lorsque vous m'enverrez ces dossiers, je me mettrai immédiatement au travail.

M. Gallier s'inclina devant Taye et coiffa son chapeau melon.

— *Au revoir.*

— Eh bien, dit Thomas en joignant les mains tandis que le gentleman créole sortait du bâtiment. Passez-vous une bonne journée ?

Taye l'étudia, espérant avoir mal interprété ses paroles précédentes. Peut-être était-il juste nerveux d'avoir un nouveau client et avait-il raté les présentations. Après tout, Thomas n'avait jamais été particulièrement à son aise avec les mondanités ou ce qui s'en rapprochait. Peut-être avait-il mesuré son erreur, mais n'avait-il pas su comment la corriger gracieusement. Ce genre de petit manquement était pardonnable. Ce qui serait impardonnable, en revanche, ce serait que Thomas garde intentionnellement leurs fiançailles secrètes parce qu'elle l'embarrassait.

— Je passais une bonne journée jusqu'à mon arrivée ici, répondit-elle en le regardant fixement.

Il fronça les sourcils et passa une main nerveuse sur sa calvitie naissante.

— Que voulez-vous dire ?

Taye s'approcha de lui, ne voulant pas partager leur conversation avec les ouvriers qu'elle entendait dans la pièce voisine.

— Vous m'avez présentée à M. Gallier comme la fille de David Campbell.

— Eh bien, oui. La plupart des gens l'ont entendu dire pendant la guerre. Cela ne date pas d'hier, Taye. Je doute sincèrement que quelqu'un…

— Vous m'avez présentée comme la fille de David, mais pas comme votre fiancée.

Il rougit violemment, et alors que Taye avait espéré s'être trompée, elle sut à sa réaction que non. Elle eut l'impression que son cœur tombait dans ses chaussures roses.

— Pourquoi ?

— Je... je ne sais pas, avoua-t-il. J'allais dire que nous étions fiancés. Vraiment...

Il se mit à tousser et sortit de nouveau son mouchoir. La toux dura une bonne minute, une vilaine toux sèche qui semblait venir de la profondeur de sa poitrine.

— Mais vous ne l'avez pas dit.

Il se tortilla, essuyant les coins de sa bouche.

— Je suis désolé, Taye. J'ai eu tort. C'est seulement que je viens juste de revenir à Jackson, et quantité de gens ici ont beaucoup souffert. Ils essaient désespérément de s'accrocher à leur ancien mode de vie et...

— Et ils désapprouvent qu'un homme blanc épouse une négresse? lança-t-elle sur un ton de défi.

— Non, non, ce n'est pas cela! Taye, voyons! C'est juste que...

Il baissa la tête.

— Oui, je suppose que c'est cela, en fait..., murmura-t-il. Je suis désolé.

Il semblait plein de remords, mais cela n'atténua pas la douleur de Taye.

— Vous devriez avoir honte de vous-même!

Elle avait envie de pleurer, mais elle ravala ses larmes.

— J'ai honte.

Il hocha la tête.

— J'ai vraiment honte, Taye. C'était... une erreur de jugement. Je vous aime.

— Est-ce que vous voulez toujours m'épouser? Parce que si ce n'est pas le cas, Thomas, vous devriez le dire tout de suite.

Il mit un peu plus de temps à répondre que ce qu'elle aurait aimé.

— Bien sûr, que je veux toujours vous épouser.

Il mit son mouchoir dans la poche de son pantalon et lui prit la main.

— C'est seulement que... C'est plus dur que ce que je pensais.

Elle s'écarta de lui, ne voulant pas qu'il la touche.

— Qu'est-ce qui est plus dur que ce que vous pensiez?

Il ne croisa pas son regard.

— D'être ici. De parler à tant de gens qui ont tant perdu. Je sais que ce n'est pas bien, mais… mais vous pouvez comprendre pourquoi ils blâment les esclaves affranchis de tout ce qui leur est arrivé.

— Voyons, Thomas, qu'est-ce que cela a à voir avec moi ? Mon père m'a affranchie et a affranchi ma mère il y a des années. Ce n'est pas moi qui ai commencé cette guerre !

— Je sais.

Il secoua tristement la tête.

— Je sais. De grâce, ne soyez pas en colère contre moi, Taye. Je ne sais pas si je pourrais supporter que vous soyez en colère contre moi. C'est juste que vous êtes si forte et moi… je suis faible, murmura-t-il. C'est votre sang Campbell, je suppose.

— Non, Thomas. Vous vous trompez. Vous n'êtes pas un homme faible.

En essayant de le convaincre, elle essayait de se convaincre elle-même.

— Pensez à toutes les choses que vous avez faites pendant la guerre ! Vous êtes un homme courageux. Un héros…

— Grâce à Jackson, murmura-t-il. Je l'ai fait pour lui. J'ai tout fait avec lui. Moi, je n'ai pas de colonne vertébrale…

Taye soupira, emplie de tristesse. Thomas avait raison. Ce n'était pas ce dont elle aurait aimé convenir, mais il avait raison.

— Vous avez été courageux de m'avouer que la couleur de ma peau vous préoccupe, dit-elle doucement.

— Je vous en prie, laissez-moi me rattraper, la supplia-t-il. Ne partez pas fâchée…

Sa colère avait complètement disparu, à présent, mais à la place il y avait le vide douloureux qu'elle ne connaissait que trop bien et qu'elle avait espéré voir combler par Thomas. Mais elle se rendait compte qu'il ne le pourrait jamais.

— Je pense que nous devrions reparler de ceci plus tard, quand nous aurons eu tous les deux le temps de réfléchir, proposa-t-elle gentiment.

Il hocha la tête, semblant soulagé qu'elle s'en aille.

— Vous avez raison. Bien sûr, vous avez raison. Je... je vous verrai ce soir. Nous pourrons peut-être faire une promenade après le dîner.

Taye pivota et sortit du bureau. Il ne chercha pas à la retenir. Elle tira son mouchoir de sa manche et tamponna ses yeux humides. Elle avait été si sûre qu'épouser Thomas était ce qu'elle voulait ! Et maintenant, elle se sentait comme une barque à la dérive sur la mer.

A mi-chemin du couloir, elle faillit rentrer dans Falcon.

— Oh ! s'exclama-t-elle. Je ne m'étais pas avisée que vous étiez entré.

Elle croisa son regard et se rendit compte qu'il avait entendu au moins une partie de sa conversation avec Thomas.

— Vous écoutiez ! l'accusa-t-elle.

— Je vous attendais comme Cameron m'en a donné l'ordre.

Taye reprit son chemin et traversa la réception à grands pas pour gagner la porte, trop remuée pour savoir que dire ou que faire, et très mortifiée que Falcon ait entendu ce qui s'était passé entre son fiancé et elle — si toutefois Thomas était toujours son fiancé.

Elle s'empressa de traverser le trottoir.

Lorsqu'elle fut à la calèche, Falcon la saisit par la taille et la souleva avant qu'elle puisse protester. Elle retomba assise sur le siège de devant et se glissa sur le côté pour lui faire de la place.

— Je suis désolé, dit-il doucement en ôtant le frein et en faisant démarrer les deux chevaux bais.

— Désolé de quoi ? demanda-t-elle d'un ton sec, en recouvrant sa douleur de colère comme elle avait vu Cameron le faire si souvent. Vous n'avez rien fait de mal.

— Je suis désolé que dans cet endroit du monde une femme puisse encore être jugée sur la couleur de sa peau. Mon peuple a souffert de ces préjugés aussi.

Taye se tourna vers lui, et pour la première fois elle s'avisa que de tous les gens qu'elle connaissait, il était la seule personne qui pouvait vraiment comprendre sa position.

— Jackson m'a dit que votre mère est cherokee, dit-elle
doucement.

Il acquiesça d'un hochement de tête et ajouta :

— Elle est morte.

— Je suis désolée.

Il se tourna pour la regarder, et Taye eut l'impression de
vaciller et de tomber dans le puits noir de ses yeux.

— Je le crois, dit-il, et il couvrit sa main de la sienne.

Tandis qu'ils roulaient le long de la rue, leurs mains jointes
sur le siège entre eux, Taye se demanda ce qu'elle allait faire,
quels étaient ses choix et si Falcon jouait un rôle dedans.

Thomas restait debout dans le bureau vide, immobile. Il
fixait la porte que Taye venait de franchir, et ne pouvait pas
croire qu'il lui avait fait une chose pareille. Comment avait-il
pu se montrer aussi faible, aussi méchant ?

Taye avait toujours été bonne avec lui. Elle lui avait offert
son amour sur le bateau, dans le golfe du Mexique, la première
femme qui l'avait jamais aimé. Et c'était ainsi qu'il la récom-
pensait ?

Il se mit à tousser et sortit son mouchoir, pris d'une quinte
si forte qu'il dut s'asseoir d'urgence sur une chaise dans un
coin de la pièce. Cela empirait. Il avait essayé diverses mixtures
d'apothicaires, à Baltimore, toutes sortes de remèdes à la
mauvaise odeur et au mauvais goût, mais rien ne semblait
soulager les symptômes.

Il toussa jusqu'à avoir l'impression que ses poumons allaient
éclater, et finalement la crise cessa. Il tamponna sa bouche de
son mouchoir, essayant de penser à ce qu'il dirait à Taye ce
soir-là quand ils sortiraient se promener.

Peut-être devrait-il aller s'installer dans la maison de ses
parents. Plusieurs pièces avaient été nettoyées et étaient de
nouveau habitables. Vivre séparé de Taye donnerait à la jeune
femme le temps de réfléchir. Il lui avait dit qu'il l'épouserait,
et si c'était ce qu'elle souhaitait, il tiendrait sa promesse.

Mais maintenant qu'elle l'avait vu comme l'homme qu'il était vraiment, il espérait qu'elle réfléchirait longuement à la proposition. Et si elle décidait de ne pas l'épouser...

Il regarda le mouchoir blanc, maintenant parsemé de taches rouges de sang, qu'il serrait en boule dans sa main.

Si elle décidait de ne pas l'épouser, ce serait peut-être pour le mieux.

Jackson fit un signe de tête au domestique qui l'avait introduit dans la bibliothèque personnelle de William Seward et referma la porte derrière lui.

Le secrétaire d'Etat était assis près d'une cheminée éteinte, un livre sur les genoux. La pièce lambrissée de bois sombre parut appropriée à Jackson ; elle sentait le tabac à pipe et le savoir.

— Pardonnez-moi de vous déranger chez vous, monsieur, dit-il en se tenant avec raideur, les mains dans le dos. Votre secrétaire personnel m'a dit que vous n'aviez pas l'intention de vous rendre à votre bureau dans les prochains jours et j'avais besoin de vous parler. Des informations me sont parvenues ce matin, qui réclament que je parte tout de suite pour Chattanooga.

— Jackson, je vous en prie...

Seward lui fit signe d'approcher.

— Assez d'excuses. Je reste surtout à la maison pour tranquilliser ma femme. Elle craint que je ne retourne trop vite au travail.

Il leva une main bandée.

— Une petite inflammation autour d'une de mes blessures. Ce n'est rien.

Il lui indiqua un fauteuil.

— S'il vous plaît, asseyez-vous... Comment puis-je vous aider ? Si vous avez besoin d'aller à Chattanooga, vous savez que nous avons des fonds et des hommes à votre disposition. Vous n'avez pas besoin de demander ma permission.

— En fait, monsieur, c'est pour cela que je suis venu.

Jackson ne s'assit pas.

— Vous avez besoin d'argent ? D'hommes ?

Jackson secoua la tête.

— J'ai besoin de la permission de travailler seul. Falcon Cortès est resté dans le Mississippi pour veiller sur ma femme et...

— Ah, je vois... Nous parlons de Mme LeLaurie.

L'expression de Seward se fit solennelle.

Jackson fixa le tapis d'Orient, coûteux mais usé, sous ses pieds. Durant toute la semaine précédente, il n'avait fait que débattre intérieurement de ce qu'il devait faire au sujet de Marie. Il savait qu'il pouvait ne pas la revoir. C'était le moins qu'il puisse faire pour Cameron. Et même s'il ne voulait pas que ses affaires personnelles interfèrent dans les affaires d'Etat, il sentait qu'il ne pouvait plus travailler en contact étroit avec elle. Ce n'était pas dans son intérêt et donc pas dans l'intérêt de l'Union non plus. Si Seward voulait qu'il traque Thompson et ses raiders, il le ferait seul.

Le secrétaire prit sa pipe.

— Alors les rumeurs...

— Will... Ma femme a récemment fait une fausse couche. Vous savez combien les rumeurs peuvent blesser. Elles n'ont pas besoin d'être vraies pour toucher.

Seward l'étudia un moment, puis hocha la tête.

— Mme LeLaurie sera retirée de la mission.

— Si vous préférez, je peux me retirer, moi.

— Jackson, je vais être franc.

Seward prit une pincée de tabac dans une tabatière et la pressa dans le fourneau de sa pipe.

— Vous n'êtes pas le premier gentleman à trouver qu'il est difficile de travailler avec Mme LeLaurie. C'est un excellent agent, mais elle... Disons qu'elle aime à rendre ses missions plus *personnelles* que nécessaire. Vous n'êtes pas le premier homme à venir me voir avec ce souci. Et bien qu'elle ait d'excellents contacts, c'était l'une de mes inquiétudes quand nous avons accepté son offre de nous aider au tout début de la guerre. Dirons-nous que sa réputation avec les hommes mariés l'a *précédée* ?

Jackson sentit le rouge de l'embarras colorer ses joues. Il n'était pas le seul homme à avoir été pris dans la toile de Marie ? D'une certaine manière, il se sentit mieux de l'apprendre. Ce n'était pas une excuse, mais cela mettait du baume sur sa conscience. Il ne voulait pas blesser Marie, mais à tout prendre, mieux valait la blesser, elle, que blesser Cameron.

— En vérité, j'ai déjà une autre mission pour elle, continua Seward. Une qui lui conviendra beaucoup mieux, à La Nouvelle-Orléans, impliquant quelques bordels.

C'était la première fois que Jackson se rendait compte que Seward n'aimait pas Marie. Avec un sursaut de surprise, il fut frappé de constater qu'il ne l'avait jamais vraiment appréciée non plus. Bien sûr, il y avait eu cette nuit... mais... avait-il jamais ressenti avec Marie ce qu'il ressentait avec Cameron, sa femme, la femme qu'il avait juré devant Dieu d'honorer et de protéger de sa vie ?

Comme il avait été faible ! Il avait laissé le besoin et les circonstances influer sur son sens du bien et du mal. On ne pouvait effacer la vérité. Ni changer ce qui s'était passé, seulement ce qui se passerait. *Plus de Marie, se jura-t-il en silence, et plus personne comme elle, jamais.*

Seward s'éclaircit la gorge et tassa le tabac.

— Puis-je faire autre chose pour vous, Jackson ? Je suis désolé d'apprendre l'accident de santé de votre épouse.

Jackson secoua la tête, espérant qu'il ne s'était pas trop ridiculisé.

— Je partirai pour Chattanooga dans un jour ou deux.

Il recula d'un pas, avec l'impression qu'un grand poids venait de lui être ôté des épaules.

— Merci de m'avoir reçu, monsieur.

— Je prendrai contact avec Mme LeLaurie et l'avertirai du changement de plans.

— Non, dit Jackson. Je... j'ai besoin de lui parler moi-même. Si cela vous convient, bien sûr. Je l'informerai du changement de mission et lui ferai savoir qu'elle peut vous contacter pour avoir les détails de sa nouvelle mission.

— Prenez soin de vous, dit Seward tandis que Jackson quittait la bibliothèque. Et prenez soin de votre femme. Je n'ai eu le plaisir de la rencontrer qu'une fois, mais je connaissais son père et je sais de quel bois sont faits les Campbell. C'est une très belle femme, intelligente. Un homme a bien de la chance d'avoir une telle personne à ses côtés.

— Merci, monsieur. Je suis d'accord avec vous. J'ai beaucoup de chance de l'avoir. Bonsoir.

Jackson referma la porte derrière lui. Maintenant que cette étape était franchie, il était impatient de voir Marie et de mettre fin à ce qu'il avait pu y avoir entre eux. Alors, peut-être, il pourrait retourner à Cameron et se rattraper.

Si la chose était encore possible.

— Jackson chéri !

Marie entra dans son cabinet de travail au rez-de-chaussée de sa maison de Baltimore avec sa grâce habituelle et aussi séduisante que toujours.

Elle était vêtue pour l'Opéra d'une robe de soie mordorée qui dénudait ses épaules et une bonne partie de ses seins ravissants. Un diadème de petites plumes et de perles dorées ornait sa chevelure d'ébène. Une déesse d'une civilisation antique, descendue sur Terre pour une nuit.

— Je suis venue aussi vite que possible quand j'ai eu votre message.

Jackson regarda au-delà de sa visiteuse, vers Addy, qui l'avait introduite dans la pièce et se tenait sur le seuil avec un air buté, sa loyauté pour sa maîtresse inscrite sur le visage. Il était évident que Cameron s'était gagné la dévotion de tout son personnel en son absence. Elle lui avait dit que cette maison n'était pas chez elle. Fichtre, il n'était plus chez lui non plus, apparemment !

— Vous pouvez vous retirer, Addy, dit-il.

La servante recula, saisissant la poignée en laiton.

— Mais laissez la porte ouverte, ajouta-t-il.

Addy prit alors soin d'ouvrir la porte toute grande, en jetant un regard noir à Marie.

— Juste ciel ! persifla celle-ci. Ces nègres sont montés sur leurs grands chevaux depuis que ce treizième amendement a été voté au Congrès, vous ne trouvez pas ? Avant que l'on ne s'en rende compte, ils vont dire que ça leur donne le droit de vote !

Jackson se leva derrière son bureau, étudiant le beau visage de Marie. Il y vit une dureté qu'il n'avait pas remarquée auparavant. Avait-elle toujours été là ?

— Je suis navré de perturber votre soirée. Je sais que vous devez aller à l'Opéra, dit-il avec raideur.

— Pour vous, Jackson, je traverserais le désert à pied, ronronna-t-elle. J'escaladerais…

— Marie, la coupa-t-il, pas d'humeur à supporter ces manipulations. Ce que j'ai à vous dire ne prendra qu'un instant.

Il ne contourna pas le bureau pour la saluer comme il l'aurait pourtant dû. Il n'aurait su dire si c'était parce qu'il craignait de trouver son corps bien disposé encore tentant, ou parce qu'elle le dégoûtait soudain.

Comment avait-il pu être assez sot pour croire que cette femme l'avait aimé ? Pendant la guerre, quand elle proclamait son amour pour lui lors de ces nuits solitaires où ils se cachaient dans des maisons abandonnées et des granges, elle disait exactement la même chose à d'autres hommes. Comment avait-il pu être un tel idiot ? Ne l'avait-il pas quittée des années plus tôt parce qu'elle avait partagé ses *affections* avec un autre homme tout en proclamant sa dévotion envers lui ?

— Y a-t-il des nouvelles de Thompson ? demanda-t-elle en l'observant avec attention.

Elle paraissait surprise par son ton.

— Je peux être prête dans deux heures.

— Marie, vous avez été assignée à une autre mission.

Il jeta un coup d'œil aux papiers étalés sur le bureau en acajou qui avait été celui de son père.

— Une autre mission ?

Elle fit la moue.

— Que voulez-vous dire, Jackson ?

— Mes paroles sont pourtant claires, il me semble… Je vais continuer à enquêter seul sur les Thompson's Raiders. Seward a une autre mission à vous confier.

— Il ne peut pas me nommer ailleurs !

Elle contourna le bureau pour s'approcher de lui.

— Je dirai simplement à *monsieur le secrétaire d'Etat* que…

— Marie… Ce n'est pas l'idée de Seward. C'est la mienne.

Elle s'arrêta, ses yeux noirs s'élargissant de stupéfaction.

— Quoi ?

— J'ai dit à Seward que je ne voulais plus travailler avec vous.

— Grands dieux, Jackson, ne me dites pas que votre femme…

— Laissez ma femme en dehors de ceci ! Je ne veux plus travailler avec vous parce que j'ai découvert que je ne peux plus supporter de vous voir.

Elle recula, une étincelle blessée dans ses yeux sombres, puis son visage se durcit.

— Vous ne pouvez décider une telle chose, murmura-t-elle. Les hommes ne rejettent pas Marie LeLaurie.

— Non ? Eh bien, considérez ma décision comme une première. Je quitte Baltimore demain. J'ignore quand je reviendrai.

Il jeta un coup d'œil à la pièce garnie de livres.

— Je ne sais pas si je reviendrai.

— Attendez un instant, capitaine Jackson Logan ! dit-elle d'un ton sec. Je ne tolérerai pas ce genre de traitement de votre part !

Elle saisit les revers de sa jaquette noire.

— Ce ne sera pas fini entre nous avant que *je* dise que c'est fini, et si vous ne reprenez pas vos esprits, je…

— Vous quoi ? demanda-t-il froidement en posant les mains sur les siennes et en les ôtant de ses revers.

— Je dirai tout à votre femme.

Jackson avait bien pensé, en la convoquant chez lui ce soir-là, qu'elle userait de cet argument. Mais elle n'irait sûrement pas jusque dans le Mississippi pour parler à Cameron. S'il en croyait Seward, elle avait d'autres hommes mariés à poursuivre.

— Vous n'avez pas intérêt, la mit-il en garde en la regardant dans les yeux.

— Ou quoi ? glapit-elle. Que ferez-vous ?

Il s'éloigna d'elle et alla à la porte.

— Ce n'est pas moi que vous avez à craindre, dit-il en quittant la pièce d'un pas nonchalant. C'est Cameron Campbell.

Il appela Addy.

— Addy, veuillez raccompagner Mme LeLaurie...

23

— Nous avons vu Efia en ville aujourd'hui, dit Cameron à Taye.

Taye leva les yeux du recueil de poèmes de Longfellow qu'elle lisait. Elle avait déjà relu trois fois la même page.

— Elle a demandé de tes nouvelles.

Cameron s'assit sur une chaise, Lacy perchée devant elle sur un tabouret. Elle essayait de brosser et de démêler les cheveux blond-roux de l'adolescente, qui n'avaient pas été peignés depuis des mois.

— C'est gentil de sa part.

Taye sourit, n'écoutant qu'à moitié.

Thomas lui avait envoyé un message en fin d'après-midi pour dire qu'il ne pourrait pas les rejoindre pour dîner. Une affaire urgente, expliquait-il, avant de s'excuser abondamment. Et ce qui perturbait Taye, c'était qu'elle n'était pas très déçue. La culpabilité lui avait mis les nerfs à vif. Elle ne voulait pas se montrer peu aimable ou ingrate. Elle souhaitait vraiment être la personne que sa mère voulait qu'elle soit, et pour laquelle elle avait été élevée, mais intérieurement elle luttait pour devenir la vraie Taye. Simplement, elle n'était pas encore sûre de savoir qui cette vraie Taye était.

Pour ajouter à son inconfort, alors que Thomas n'avait pu être là pour le dîner, Falcon avait été heureux de se joindre à elles. Il était arrivé vêtu d'une redingote de flanelle rouge avec des boutons brillants en argent, vêtement qui aurait paru ridicule sur n'importe quel autre homme, mais qui était très beau sur lui.

Après s'être conduit comme le parfait gentleman sudiste que Taye savait qu'il n'était pas, les escortant, Cameron et elle, à la salle à manger et leur avançant leur chaise, il leur avait raconté des histoires de l'Ouest, des histoires dans lesquelles il chevauchait avec des troupeaux de bisons et escaladait des montagnes gigantesques où les Indiens avaient construit leurs maisons il y avait fort longtemps.

Il était plein d'assurance, constatait Taye, et vraiment amusant quand il voulait. Il semblait passionné par les aventures qu'il racontait et son enthousiasme était contagieux. Elle avait beau s'efforcer de l'ignorer, elle ne pouvait s'empêcher de boire ses paroles. Lorsqu'il décrivit le désert aride, elle eut l'impression de sentir le sable chaud sous ses pieds nus, ou d'entendre les sabots des bisons qui franchissaient la crête d'une colline.

Et quand son regard sombre croisait le sien à travers la table, elle ne pouvait étouffer le feu qu'il attisait en elle. Il suffisait d'un coup d'œil, d'un mot de lui, et elle crépitait à l'intérieur d'une énergie indéfinissable. Elle pouvait à peine rester en place, remuant plus que Lacy! Elle pouvait à peine manger. Tout ce qu'elle pouvait faire, c'était repenser aux baisers qu'ils avaient partagés et au contact de sa main sur la sienne dans la calèche. Il s'était montré compréhensif et réconfortant sans porter de jugement, après la conversation qu'elle avait eue avec Thomas, et elle ne pouvait s'empêcher d'apprécier la gentillesse qu'il lui avait alors offerte.

Elle s'efforça de détacher ses pensées de Falcon pour se concentrer sur ce que Cameron était en train de dire. Elle bavardait gaiement, et Taye était contente de voir qu'à chaque jour qui passait, elle redevenait un peu plus elle-même.

— C'était vraiment étrange… Efia a demandé des nouvelles de Thomas, quand vous alliez vous marier et où vous alliez vivre.

— Je suis sûre qu'elle était juste curieuse.

Taye se força à sourire.

— Veux-tu que j'essaie de démêler les cheveux de Lacy ? demanda-t-elle en changeant de sujet.

— Non !

Lacy bondit du tabouret, le peigne accroché à ses cheveux, ses yeux lançant des éclairs.

— C'est Cameron qui le fait !

— Très bien…

Taye leva les mains, parlant doucement.

— C'est bon, Lacy. J'offrais d'aider, c'est tout. Cameron peut le faire et je regarderai.

— Assieds-toi, dit gentiment Cameron à l'adolescente, en appuyant sur son épaule. Sinon, je vais t'arracher les cheveux de la tête.

Lacy regarda Taye avec méfiance, et se rassit sur le tabouret.

Elle ne semblait pas craindre Taye plus que n'importe laquelle des autres femmes de la maison, mais elle ressentait une affinité toute particulière avec Cameron. Avec les hommes, c'était une autre histoire… Il était évident qu'elle se méfiait d'eux. Quand Jackson avait tenté de l'aider à descendre de voiture en arrivant à Atkins' Way, elle avait essayé de le mordre. Il avait fallu Cameron, Naomi, Taye et un bâton de sucre candi pour la faire sortir de sous le siège où elle s'était réfugiée.

Taye supposait que Lacy, qui qu'elle soit véritablement, avait probablement été abusée par des hommes, et elle n'était pas spécialement perturbée par la méfiance de la fillette à son égard. Il était naturel qu'elle s'attache à Cameron, qui l'avait trouvée. Et c'était sans doute exactement ce qu'il fallait à Cameron en ce moment.

— Je crois que nous allons nous coucher, Longfellow et moi, annonça-t-elle en refermant son livre et en se levant.

— A demain matin…

Elle regarda Lacy.

— Et, jeune dame, toi et moi nous retrouverons après le petit déjeuner pour ta première leçon de lecture.

Lacy ouvrit la bouche pour protester.

— Allons, allons, dit Taye gentiment, mais fermement.

Nous pourrons nous asseoir à une table dans le cabinet de travail pendant que Cameron travaille. Tu pourras la toucher. Mais tu as besoin d'être éduquée... et tu le seras, ajouta-t-elle en agitant un doigt.

Puis elle sourit.

— Et laisse-moi te le dire, tu préféreras mes méthodes aux siennes.

Elle désigna Cameron du pouce.

— Elle n'a aucune patience. C'est un professeur terrible!

Cameron se mit à rire, passant le peigne dans une mèche des cheveux propres de l'adolescente.

— Elle a raison, Lacy.

Lacy eut un sourire hésitant.

— Merci. Bonne nuit... tante Taye.

— Bonne nuit, mon cœur.

Taye envoya un baiser à Cameron, puis, son livre sous le bras, monta se coucher. Elle avait presque atteint sa chambre quand elle sentit une main toucher son épaule. Elle sursauta violemment.

— Oh! s'écria-t-elle, craignant à moitié que ce soit une des âmes perdues de Naomi hantant le couloir.

Elle serra son livre sur sa poitrine.

— Falcon, vous m'avez fait une peur bleue!

Son cœur tambourinait dans sa poitrine.

— Je suis désolé.

— Vous ne devriez pas prendre les gens par surprise comme cela.

— Je ne voulais pas vous prendre par surprise. Je voulais seulement vous demander comment vous vous sentez.

Il se tenait devant elle, l'étudiant, ne lui permettant pas de détourner les yeux malgré l'envie qu'elle en avait.

— Il n'est pas rentré.

— Ce n'est pas grave. Il...

Elle se sentait trembler. Elle ignorait si c'étaient les émotions de la journée ou juste le fait d'avoir Falcon si près d'elle. Elle nageait en pleine confusion. Ne savait que penser de ses sentiments pour Thomas et de ses sentiments pour cet homme qu'elle connaissait à peine, et dont elle rêvait la nuit.

Il prit sa main dans sa main chaude et elle se calma aussitôt.

Elle le regarda, fascinée, tandis qu'il la portait à sa bouche et baisait le bout de chacun de ses doigts, faisant naître une étincelle de plaisir qui traversait sa main, remontait le long de son bras, atteignait sa poitrine. Au troisième doigt, il avait allumé un feu jusqu'au creux de son ventre.

Elle en trembla de plus belle. Elle ne comprenait pas. Comment un homme pouvait-il lui faire éprouver ce genre de chose en posant simplement les lèvres sur un doigt ?

Falcon termina par son pouce, puis pressa sa main sur son visage hâlé. Perdue dans les profondeurs de ses yeux d'ébène, elle se retrouva en train de caresser sa joue rasée, savourant la chaleur de sa peau.

Il guida ses doigts jusqu'à son menton puis ses lèvres sensuelles. Elle promena le bout de ses doigts dessus, se rappelant leur contact sur sa bouche.

Il lui parut naturel qu'il se presse contre elle, qu'elle incline la tête et lève le menton pour le laisser effleurer sa bouche de la sienne. Tandis qu'il approfondissait son baiser, elle caressa son menton et un petit soupir lui échappa.

Elle sentit son corps se tendre d'une suave anticipation alors que Falcon la prenait dans ses bras, l'enveloppait de sa chaleur et de sa force. Lorsqu'elle sentit sa main sur sa taille, elle ne s'écarta pas. Rien ne comptait à part son goût. Elle ne pouvait s'en rassasier. Puis, avant qu'elle ne puisse penser, avant qu'elle ne puisse l'arrêter, il fit remonter sa main sous sa poitrine.

Elle fit entendre un son étranglé. Un son qui aurait dû être une protestation, mais qui fut autre chose. Un soupir... un gémissement...

Même à travers l'étoffe de sa robe et de ses dessous, elle sentait la chaleur de sa main sur un sein. La pointe se durcit, et soudain la douce soie de sa camisole lui parut aussi rêche que de la laine sur sa chair nue.

Il se contenta de tenir son sein dans sa paume, de le caresser un instant à travers sa robe avant de la lâcher.

Mais elle désirait plus.

Elle baissa la tête, sentant la chaleur de l'embarras lui brûler les joues. Ou bien était-ce autre chose, ce feu qui pulsait dans ses veines comme du plomb fondu ?

Elle ne savait que dire. Tout ce qu'elle savait, c'était que si elle ne s'écartait pas de Falcon tout de suite, elle le suivrait dans sa chambre. Et alors elle ignorait ce qu'elle ferait, envoûtée comme elle l'était.

— Taye…, chuchota-t-il, et son nom sonna d'une manière délicieusement exotique.

Comme un nom chéri.

Elle leva une main pour l'arrêter.

— S'il vous plaît. Ne dites rien. Pas ce soir.

Puis, serrant toujours son livre, elle se glissa dans sa chambre et ferma à clé derrière elle.

Durant plusieurs minutes, elle resta adossée à la porte, les yeux fermés, attendant que ses battements de cœur ralentissent. Elle écouta la respiration régulière de Falcon de l'autre côté. Puis elle entendit ses pas s'éloigner.

Ce fut seulement lorsqu'ils s'éteignirent qu'elle s'autorisa à ouvrir les yeux.

— Oh ! Mon Dieu, dit-elle dans un souffle. Qu'est-ce que je suis en train de faire ?

Elle jeta le livre sur une table et alla au fond de la pièce où elle se servit un verre d'eau fraîche, laissée dans un pichet par Patsy. Il faisait presque nuit dehors, à présent, et la chambre était emplie d'ombres. Et il faisait si chaud, bien plus chaud qu'un moment auparavant.

Elle finit le verre d'eau et ôta ses chaussures. Elle enleva ses bas et déboutonna le devant de sa robe. Elle laissa tomber la robe et son corset en tas par terre. Ce n'était pas son genre de laisser un tel désordre, mais elle ne pouvait toujours pas retrouver son souffle. La chaleur, bien sûr… Elle avait besoin de se débarrasser de ses vêtements.

Finalement, vêtue seulement de sa fine camisole de soie, elle s'allongea sur le lit, sur la courtepointe. La maison était silencieuse. Dehors, elle entendait coasser des grenouilles et l'appel d'un oiseau de nuit. Elle crispa les paupières, essayant de chasser le goût de la bouche de Falcon sur la sienne. Le contact de ses mains.

Sans avoir véritablement conscience de ce qu'elle faisait, elle glissa une main sur sa poitrine, imaginant que c'était celle de Falcon. Elle fut choquée de constater que son mamelon était encore dur de sa caresse. Elle passa le bout des doigts sur la chair tendre et fut surprise par l'onde de plaisir qui la parcourut immédiatement.

Elle ne s'était jamais sentie dans un tel état de sensibilité auparavant. Qu'est-ce que le Cherokee avait éveillé en elle?

Elle caressa son autre sein, doucement d'abord, puis avec plus de détermination. De petites ondes de chaleur la traversaient. Se rendant compte que la source de son plaisir semblait venir de la pointe de ses seins, elle en toucha une, avec appréhension au début, puis recommença. Elle en frotta la pointe dure de son pouce, fascinée.

Une onde de plaisir, plus forte, la traversa.

Elle ferma les yeux et entrouvrit les lèvres, respirant profondément. Son pouls s'était accéléré. Son cœur battait plus vite, même si elle se tenait parfaitement immobile dans l'obscurité.

Elle leva son autre main et toucha ses deux seins à la fois. D'autres vagues la secouèrent, des vagues qui semblaient se propager vers le bas.

Son souffle se fit plus court lorsqu'elle glissa les mains sur son ventre plat, la seule barrière entre ses doigts et sa chair étant la camisole de soie qui collait à sa peau moite.

Quelque chose lui dit qu'elle devrait s'arrêter. Elle savait qu'il ne fallait pas éveiller ces sensations, mais c'était plus fort qu'elle.

Sa main glissa encore, d'elle-même. Elle retint une exclamation quand elle effleura l'endroit secret entre ses cuisses.

Elle n'avait jamais pris conscience que de telles sensations pouvaient venir de *là*.

D'un doigt, elle caressa hardiment la chair tendre de son sexe sous sa camisole. A chaque frôlement, son plaisir s'intensifia. Sa respiration s'accéléra.

Soudain, elle eut l'impression d'être en une sorte de mission. Elle ne savait pas très bien ce qu'elle cherchait, ni comment elle l'atteindrait, mais c'était là…

Elle glissa sa main plus bas encore et releva lentement sa chemise. La soie collante remonta sur sa taille.

Elle effleura l'intérieur de sa cuisse jusqu'à la source de sa volupté. Elle gémit presque et dut se mordre la lèvre pour retenir des cris.

Elle laissa ses doigts caresser d'une façon rythmée la chair veloutée de sa féminité. Elle se sentait devenir moite, plus tendre, plus malléable. Elle était tout échauffée. L'air nocturne semblait s'emplir de l'odeur étrange, mais pas déplaisante, de son excitation.

Sans bien comprendre pourquoi, elle bougea sa main plus vite, massant plus profondément les replis intimes de sa chair. Elle n'aurait pu s'arrêter maintenant, même si elle l'avait voulu.

Elle frotta plus fort, soulevant les hanches, bougeant au rythme de ses doigts. Et soudain, sans prévenir, son sexe parut exploser d'un plaisir intense, inattendu.

— Oh…, gémit-elle, choquée.

Elle cessa les mouvements de sa main et la laissa retomber sur le lit.

— Oh! dit-elle dans un souffle. Juste ciel!

Son pouls commençait à ralentir, à redevenir normal.

Soudain fatiguée plus que de raison, Taye roula sur le côté et glissa dans le sommeil en pensant à un homme à la peau sombre, au doux sourire et aux mains magiques.

24

Taye attendait au bas du grand escalier. Le tic-tac régulier de la haute horloge en merisier semblait s'accorder aux battements de son cœur tandis qu'elle guettait Thomas. Elle se sentait ridicule de marcher sur la pointe des pieds et de se cacher derrière les marches comme une voleuse dans la nuit, mais elle voulait lui parler en privé et c'était la seule façon de le faire — à part le retenir en otage dans ses bureaux.

Durant les deux semaines qui venaient de s'écouler, il était descendu et sorti de la maison à 8 heures tapantes chaque matin, sans parler à quiconque. Il se rendait directement à cheval à son cabinet et y restait bien après l'heure du dîner. Lorsqu'il voyait Taye, il se montrait toujours poli, s'enquérant de sa santé, mais il ne franchissait jamais la ligne d'une intimité quelconque. Il ne paraissait pas vouloir revenir sur l'incident avec M. Gallier.

Les premiers jours qui avaient suivi leur confrontation, Taye s'était dit que Thomas avait juste besoin de temps pour réfléchir. Mais elle était lasse à présent d'attendre qu'il engage la conversation. S'il ne voulait pas le faire, elle allait le faire, elle.

Elle l'entendit tousser au premier étage, puis son bruit de pas léger et précis résonna dans le couloir d'en haut. Juste avant qu'il n'atteigne le bas de l'escalier, elle sortit de sa cachette.

— Taye ?

Il sursauta et parut si surpris de la voir qu'elle craignit un instant qu'il ne remonte en courant.

— Thomas…

Elle sourit, essayant de l'apaiser.

— Bonjour. Je me demandais si vous auriez quelques minutes. Je pourrais vous servir quelque chose pour le petit déjeuner ?

— Non, non, merci. C'est… c'est très aimable à vous, bredouilla-t-il, mais je n'ai pas très faim.

— Une tasse de café, peut-être ? Du thé ?

Il secoua la tête, et son regard se tourna désespérément vers la porte d'entrée, comme un prisonnier cherchant l'occasion de s'échapper.

— Non, merci. Je n'ai vraiment pas le temps. J'ai un nouveau client qui vient à 9 heures au bureau et je dois me préparer.

Taye fut tentée de s'écarter et de le laisser partir. Elle n'avait aucun droit d'interférer dans ses affaires, ni de l'ennuyer davantage. Il était déjà si fatigué qu'il paraissait pâle et amaigri.

— Thomas, dit-elle gentiment mais fermement en lui prenant le bras. Ça ne prendra qu'une minute, mais nous *devons* parler.

Elle étudia son visage et attendit.

Finalement, il porta avec réticence son solennel regard brun sur le sien.

— Je suppose, répondit-il.

Elle hocha la tête.

— Pourquoi ne vous accompagnerais-je pas jusqu'à l'écurie ? proposa-t-elle. Ces temps-ci, la maison semble avoir des oreilles.

Elle sourit.

— J'ignore comment fait Lacy, mais elle sait ce qui arrive dans la vie de tout le monde dans un rayon de deux milles, de Cameron et moi jusqu'à la vieille femme de J-Ville qui apporte des œufs deux fois par semaine.

Côte à côte, ils franchirent la porte d'entrée et suivirent le chemin qui conduisait à l'écurie. Bien qu'il ne soit que 8 heures du matin, le soleil d'août tapait déjà fort et Taye regretta de ne pas avoir pris son bonnet.

— Nous avons eu tous les deux le temps de réfléchir et je me demandais juste…

Soudain, elle ne sut comment dire ce qu'elle avait à dire,

malgré les phrases qu'elle avait tournées et retournées dans sa tête. Elle n'était même pas sûre de vouloir connaître la réponse.

— Je me demandais, reprit-elle courageusement, si vous aviez reconsidéré nos… intentions de départ.

Le regard plein d'appréhension de Thomas accrocha un instant le sien, puis se détourna.

— Vous commencez à avoir des doutes et je le comprends, dit-il vivement.

Elle fut surprise par sa réponse. Il n'allait quand même pas tout lui mettre sur le dos ? C'était lui qui avait admis ne pas souhaiter la reconnaître comme sa fiancée devant un client parce que ses origines l'embarrassaient.

— Nous ne parlons pas de ce que *je* veux, Thomas. Nous parlons de ce que *vous* voulez.

S'il lui avait déclaré sa flamme immortelle, à ce moment-là, elle se serait alors fait la promesse de tout entreprendre pour le rendre heureux. De faire en sorte que leur relation fonctionne parce qu'il était un homme bien, un homme honnête, et que cette union aurait fait plaisir à son père. D'œuvrer à leur bonheur parce que cela aurait satisfait Cameron, qu'elle aimait tant.

Mais Thomas ne répondit pas tout de suite et elle sentit sa gorge se serrer, sachant que ses craintes n'étaient pas infondées. Cette idée l'attrista. En même temps, elle en éprouva du soulagement.

— Thomas…, dit-elle doucement.

— Je pense que nous devrions tous les deux prendre un peu plus de temps.

Il sortit son mouchoir de sa poche et le pressa sur son front moite.

— J'avais l'intention de vous annoncer aujourd'hui que je vais m'installer dans ma maison de famille. Elle… elle est acceptable, maintenant.

Il s'essuya la bouche.

— Bien sûr, je vous verrai quand j'aurai le temps.

Il avait l'air si pitoyable qu'elle ne put égoïstement le forcer à prendre sur-le-champ une décision qui les affecterait tous les deux pour le restant de leur vie.

Elle baissa la tête.

— Très bien. Si c'est ce que vous estimez le mieux. Nous... nous prendrons un peu plus de temps.

— Maintenant que ceci a été réglé — il rangea son mouchoir, paraissant énormément soulagé —, je ferais mieux d'y aller.

— Thomas, attendez.

Taye le retint par la manche de sa veste.

— Avez-vous vu un médecin pour cette toux ?

— Oui, et il dit que je ne dois pas m'inquiéter. Le changement de climat, c'est tout.

Il eut un bref sourire.

— Je dois partir. Bonne journée, ma chère.

Il ne fit pas un geste pour l'embrasser, comme il l'aurait fait autrefois. Ni sa joue, ni même sa main.

Taye resta debout dans le soleil éclatant et regarda Thomas disparaître dans l'écurie, souhaitant être n'importe où ailleurs.

— Par tous les diables, qu'est-ce que tu fabriques, à faire tout ce maudit vacarme !

Clyde tira brutalement le rideau et sortit du lit en remontant son pantalon.

— Pardon, dit Efia en baissant docilement la tête. Je pensais juste que vous voudriez peut-être un bon petit déjeuner.

Elle tourna le bacon dans la poêle avec une fourchette. De la graisse brûlante sauta et lui brûla la main. Elle la retira vivement, suçant son pouce.

— J'ai des œufs frais et du bacon, et je vous ai gardé un petit pain d'hier soir.

Elle lui offrit un sourire.

— Si vous vous asseyiez et que je vous serve du café ?

Elle alla à la table, la fourchette à la main, et tira une chaise.

Clyde lui lança un regard suspicieux tout en se laissant choir sur la chaise, puis il remonta une bretelle sur son torse nu.

— Qu'est-ce qui te prend, Fee ?

— Rien.

Elle emplit une tasse de fort café noir au fourneau et la lui apporta en prenant soin de ne pas en renverser sur la table. Il détestait qu'elle renverse du café.

— Et voilà votre sucre…

Elle glissa vers lui un petit sachet en papier avec une cuillère dedans.

Elle retourna au poêle, prit les trois grosses tranches de bacon et les posa sur une assiette peinte de fleurs violettes. Volée, bien sûr, mais elle lui plaisait. Elle cassa quatre œufs dans la poêle et la graisse sauta de nouveau.

A la table, Clyde versa une troisième cuillerée de sucre dans son café, le remua bruyamment avec la cuillère et en rajouta.

— Ils sont où, les garçons ? demanda-t-il en regardant autour de lui.

— Ils sont allés pêcher à la rivière. Ils voulaient vous réveiller, mais je leur ai dit de vous laisser dormir. Vous devez être fatigué, à rester dehors si tard…

Clyde abattit la cuillère sur la table, la faisant sursauter violemment.

— Qu'est-ce que ça veut dire ? Ça te regarde pas, où je vais la nuit.

— J'disais juste que vous aviez l'air fatigué hier soir. C'est tout.

Efia retourna les œufs en prenant soin de ne pas crever le jaune. Il la regarda et but bruyamment son café. Quand les œufs furent cuits, coulants comme il les aimait, elle les fit glisser avec précaution sur l'assiette de bacon. Elle ajouta le petit pain et porta le tout à la table, plaçant l'assiette et une fourchette devant lui.

— Du sel !

Elle courut à l'étagère au-dessus du fourneau et attrapa la salière.

— Encore du café !

Elle prit la cafetière et remplit sa tasse. Puis elle s'écarta et

le regarda avaler les œufs et tremper le pain dans les jaunes.
Il rota et leva la tasse.

— J'pensais, Clyde…, commença Efia en espérant avoir
choisi le bon moment.

— Quoi?

— Il faut que j'aille en ville acheter quelque chose et j'me
demandais…

Elle s'arrêta, pensant qu'elle risquait de recevoir une gifle.
Mais elle avait tellement envie de ce chapeau!

— J'me demandais si vous aviez peut-être quelques cents
pour moi, vu que j'ai lavé les habits des garçons et que je leur
ai fait leurs repas, et qu'ils vous payent pour…

— Qu'est-ce que tu jacasses?

Clyde pivota brusquement sur sa chaise et la fixa.

— Tu m'demandes de l'argent?

Elle hocha la tête.

Il bondit sur ses pieds, faisant tomber bruyamment le siège
derrière lui.

Efia tressaillit, mais ne bougea pas. Clyde adorait bousculer
les gens, mais si on lui tenait tête, on obtenait parfois ce qu'on
voulait.

— J'ai besoin de vingt-deux cents, dit-elle courageusement.
J'ai économisé le reste.

Il avança jusqu'à elle, se mit nez à nez avec elle, lui soufflant
son haleine aigre au visage.

— T'as besoin de vingt-deux cents pour quoi?

— Pour un chapeau.

Elle crispa la mâchoire.

— Un chapeau bleu.

— Bon sang, t'as pas besoin d'un chapeau bleu, Fee!

Il la poussa en arrière, mais pas au point de lui faire heurter
le fourneau.

— T'es déjà assez jolie. T'as pas besoin d'un chapeau.

Sa chienne entra par la porte ouverte. Il alla à elle et s'accroupit pour lui gratter les oreilles.

— Mais je veux ce chapeau, insista-t-elle doucement,

fixant son dos, souhaitant avoir le cran d'attraper le couteau de boucher sur l'étagère et de le lui plonger dans les côtes.

— J'ai dit que t'aurais pas vingt-deux cents, et que t'aurais pas de chapeau. Elle en aura pas, hein ? roucoula-t-il en parlant à la chienne. A présent, fais refroidir cette graisse et laisse Sally la lécher. C'est une bonne fille, non ?

Il parlait plus gentiment à sa chienne qu'à elle.

Efia tourna le dos et attrapa la poêle avec un chiffon pour ne pas se brûler. Elle avait envie de frapper Clyde avec. Un bon coup sur la tête… A la place, elle la porta sous le porche pour la faire refroidir sur la balustrade. Elle ne dit plus rien au sujet du chapeau, mais elle y pensa. Elle y pensa très fort et s'imagina rouler dans une belle calèche, coiffée de ce chapeau.

— Non !

C'était Lacy, qui glapissait dans le couloir.

— Cameron ! cria Naomi. Cameron, vous feriez mieux d'attraper cette fille nue avant que je fouette son derrière blanc !

Cameron longea le couloir, chaussée de ses bas, et lissa l'étoffe légère de son corsage. Elle tentait de s'habiller pour donner sa leçon d'équitation à Lacy, mais elle avait déjà été interrompue deux fois. D'abord par Patsy, qui avait voulu ôter ses draps pour les laver, puis par Taye qui s'était arrêtée pour lui demander d'engager deux maçons de plus pour la cuisine d'Elmwood.

Taye s'était portée volontaire pour superviser les ouvriers et elle s'était déchargée de la tâche avec gratitude. Entre la restauration de la maison et l'éducation de Lacy, il était bon de pouvoir faire reposer une partie des responsabilités sur les solides épaules de sa sœur !

— Missy Cameron ! cria encore Naomi. Vous entendez que je vous appelle ? J'ai pas de temps pour ces bêtises !

— Au nom du ciel, que se passe-t-il ici ?

Cameron entra dans la chambre de Lacy juste à temps pour voir la jeune fille arracher une robe de la main de Naomi et grimper sur le lit, où elle se percha en équilibre, les bras écartés, prête à bondir comme une chatte sauvage si quelqu'un venait vers elle.

— Dites-lui ! insista Naomi en agitant un doigt menaçant dans la direction de Lacy. Dites-lui que les jeunes dames se lavent sous les bras *tous les matins,* dans cette maison, ou bien elles mettent pas leurs robes neuves !

— Lacy, excuse-toi tout de suite d'avoir arraché cette robe à Naomi, dit Cameron d'une voix calme.

— Elle est à moi, répliqua Lacy d'un ton obstiné. Vous me l'avez donnée.

— Je m'en moque. Je ne te laisserai pas traiter Naomi de la sorte. Maintenant excuse-toi ou je découperai cette robe avec des ciseaux !

Lacy parut considérer si Cameron le ferait ou non, avant de lâcher un rapide « pardon ».

Cameron soupira.

— Je vais m'en occuper, Naomi. Merci.

— Le capitaine vous a bien dit que c'était une mauvaise idée, marmonna Naomi en passant devant celle pour sortir de la pièce. C'est pas possible que cette sauvageonne soit une Campbell !

— Que dis-tu, Naomi ? demanda Cameron en jetant un coup d'œil dans le couloir. Tu me parlais ?

— Bien sûr que non, répondit Naomi avec hauteur. Mais ça aurait pas d'importance, de toute façon, parce que vous écouteriez pas.

Cameron leva les yeux au ciel et entra dans la chambre. De maintes façons, Naomi gouvernait cette maison et tout le monde le savait, y compris elle. Elle avait besoin de la jeune femme pour gérer Atkins' Way et s'occuper du personnel que Jackson avait envoyé de Baltimore, plus les gens qui étaient déjà là. Et l'énorme maisonnée de domestiques et d'ouvriers semblait augmenter chaque semaine, parce que Cameron trouvait trop dur de renvoyer des gens affamés désireux de travailler pour être nourris et logés. Alors, non, elle ne pouvait pas se permettre de fâcher Naomi.

— Lacy ! S'il te plaît, descends de ce lit, ordonna-t-elle en sachant qu'elle devait être patiente avec sa jeune protégée. Les jeunes dames ne se tiennent pas debout sur un lit en ne portant que leur camisole…

Elle battit des cils soudain, choquée.

— Et où sont vos pantalons, miss ?

Avec le soleil qui entrait par la fenêtre ouverte, on ne pouvait faire autrement que de voir par transparence que la jeune rebelle ne portait rien d'autre sous la fine chemise de soie que ce que Dieu lui avait donné.

— J'en ai pas besoin…

Cameron lui lança un tel regard, que Lacy se reprit aussitôt.

— Je *n'en* ai pas besoin, corrigea-t-elle en haussant les sourcils d'un air hautain. Ce n'est pas la peine de mettre des pantalons longs par cette chaleur.

Cameron écarta les bras, exaspérée.

— Mais je peux voir ton petit jésus !

A sa grande surprise, au lieu de faire un éclat, Lacy se laissa tomber sur le lit en éclatant de rire.

— Voir mon petit jésus ! Voir mon petit jésus ! Vous êtes drôle, tante Cammy. Vous êtes sacrément drôle !

Le rire de Lacy était contagieux. C'était si bon d'entendre rire quelqu'un dans la maison !

— *Vraiment* drôle, rectifia Cameron en gloussant, tandis qu'elle allait au lit et se laissait choir dessus, à côté de l'adolescente.

Lacy roula sur le dos, serrant contre elle la robe jaune toute neuve que Cameron lui avait fait faire.

— Vous êtes *vraiment* drôle, répéta-t-elle docilement. Je vous aime bien.

Le regard de Cameron rencontra celui de sa nièce. Elle fit passer une mèche de cheveux roux derrière son oreille, touchée par ces simples mots.

— Moi aussi, Lacy, je t'aime bien, dit-elle doucement.

Lacy se mit à plat ventre et se redressa sur ses coudes, soudain pensive.

— Vrai de vrai ?

Elle leva les yeux vers Cameron, ses cheveux brillants retombant autour d'elle comme un rideau d'or filé.

— Sur le nom de Moïse ?

Lacy lui rappelait l'adolescente qu'elle-même avait été des années auparavant. Vive, curieuse, prête à conquérir le monde et à se faire obéir de tous. Jadis, elle voulait tout avoir — la fortune, le respect, l'admiration... Maintenant, ce qu'elle désirait le plus au monde, elle craignait de l'avoir perdu à jamais.

— A présent, lave-toi et habille-toi.

Cameron se leva du lit.

— Tu peux laisser tomber les pantalons si tu veux, mais je te préviens : ce ne sera pas très confortable quand tu monteras à califourchon.

Elle s'arrêta sur le seuil et regarda Lacy qui était descendue du lit pour aller à la table de toilette.

— Crois-moi. J'ai essayé.

— Je ne comprends pas pourquoi je ne peux pas aller en ville toute seule ! s'insurgea Taye, en s'installant sur le banc de la calèche et en faisant de la place pour Falcon.

Cet homme avait-il des yeux derrière la tête ? Elle avait juste voulu s'éclipser une heure, afin d'aller voir Mme Pierre et sa fille.

Falcon eut un grand sourire.

— Vous savez pourquoi je ne peux pas vous laisser y aller seule, Taye... Mon ami vous a confiée à mes soins.

Taye s'efforça de garder le buste immobile tandis que la voiture bondissait en avant, pour ne pas frôler la large épaule de Falcon.

— Vous pourriez envoyer l'un des hommes. Il n'est vraiment pas nécessaire que vous veniez chaque fois que je me rends en ville. Vous avez déjà fait savoir à tous les hommes, femmes et enfants alentour que je dois être traitée avec des gants. Juste ciel, plus personne n'ose ouvrir la bouche devant moi !

Falcon guida la calèche sur la route et fit claquer les rênes, si bien que la crinière des chevaux se mit à danser dans la brise chaude.

— Je sais que je pourrais envoyer quelqu'un d'autre, mais je ne veux pas.

Il lui jeta un coup d'œil de côté.

— Je veux vous escorter parce que j'ai envie d'être assis à côté de vous. J'ai envie d'entendre votre voix et de sentir le parfum de vos cheveux.

Ses paroles échauffèrent Taye ; elle s'efforça de les ignorer.

— Vous voulez dire que vous appréciez de me suivre de boutique en boutique, et de porter mes paquets ?

Elle ajusta son bonnet bleu, lissant le voile blanc qui tombait sur ses cheveux foncés.

Il la regarda de nouveau.

— Je *vous* porterais de boutique en boutique si vous me le demandiez.

Taye rit à l'idée du grand Cherokee la portant dans ses bras de la mercerie à l'épicerie et à la banque.

Il haussa un sourcil sombre, ne comprenant visiblement pas ce qu'elle trouvait de si amusant dans ses paroles.

— Pardonnez-moi, dit-elle dans un gloussement, en pressant sa mitaine de dentelle sur sa poitrine. Je ne ris pas de *vous,* Falcon.

Elle effleura son bras de sa main comme si c'était la chose la plus naturelle, et à en juger par son expression, son geste innocent ne passa pas inaperçu.

Elle détourna les yeux, mais laissa le bout de ses doigts sur la manche. Quelque chose était en train de se produire entre eux, quelque chose qu'elle sentait plus qu'elle ne se l'expliquait. Chaque jour qui passait, elle se sentait plus éloignée de Thomas… et plus proche de Falcon.

Au début, elle avait essayé de se dire que ces sentiments étaient naturels. Thomas l'avait ignorée. Il était donc normal qu'elle reporte son attention sur un homme qui paraissait, lui, intéressé. Mais elle n'avait pas poussé la réflexion plus loin. A présent, elle était en train de comprendre que l'homme assis à côté d'elle commençait à emplir en elle un vide profond dont elle n'avait pas été consciente jusque-là.

Falcon la poursuivait de discrètes mais bien réelles attentions, et d'une façon qui n'appartenait qu'à lui. Il lui faisait rarement des compliments sur ses talents de musicienne ou son adresse aux cartes. Il ne s'intéressait pas aux livres qu'elle lisait ou aux langues qu'elle parlait. Pas de sots badinages derrière un éventail, pas d'insinuations osées. Il parlait très peu contrairement à la plupart des hommes qui faisaient leur cour, mais quand il le faisait, ses paroles étaient dangereusement honnêtes et venaient toujours du cœur. Il lui faisait des cadeaux insolites qui n'avaient rien à voir avec les traditionnels savons parfumés ou les partitions de musique. Un soir, il avait laissé une belle plume rouge sur son oreiller, une autre fois une pierre noire et brillante.

Falcon Cortès n'était en rien ce qu'elle avait pensé vouloir chez un homme. Et pourtant, il était tout.

— Qu'est-ce que tu lorgnes ? aboya Clyde à l'adresse d'Efia. Hisse ton cul noir dans ce chariot avant que je te laisse en plan !

Efia était figée près d'un poteau, regardant Taye Campbell passer dans sa jolie calèche, et ce beau Peau-Rouge qui la conduisait où elle voulait aller. Et elle portait le bonnet bleu ! *Son* bonnet bleu ! Celui qu'elle avait tant admiré dans la vitrine !

Des larmes brûlantes emplirent ses yeux. Elle les essuya d'un geste coléreux en suivant la calèche du regard avec envie.

Taye avait l'air de se croire la reine du bal, la tête haute, coiffée de ce bonnet bleu, comme si elle valait mieux que les autres !

— Tu la connais ? demanda Clyde en remarquant Taye. Un joli petit morceau, pas vrai ?

Efia essuya de nouveau ses larmes, empoigna le côté du

chariot et monta. Si elle devait attendre que Clyde l'aide, l'enfer pourrait bien geler!

— J'la connais, c'est vrai. Une garce qui s'croit supérieure, persifla-t-elle. Vous la connaissez aussi, et vous le sauriez si vous aviez une tête, homme stupide!

Clyde pivota pour la gifler, mais elle esquiva et il la manqua. Elle savait qu'elle allait avoir droit au fouet; elle s'était montrée insolente avec lui toute la journée, mais elle s'en moquait.

— C'est Taye Campbell, reprit-elle, la mulâtresse que le sénateur Campbell a eue avec sa gouvernante.

— Sacrebleu! fit Clyde en la regardant passer. Et comment tu la connais si bien, au juste? Elle a pas exactement l'air du genre de fille qui croise ta route.

Efia s'adossa au siège en soupirant.

— J'vous l'ai dit, vous vous rappelez? Elle nous a aidées, moi et ma sœur. On était sur un bateau. On a marché de Biloxi à Jackson.

Elle songea un instant à leur retour à Elmwood, à ce qui s'était passé.

— Ensuite, on a marché tout le long jusqu'au Maryland, moi, Cameron Campbell et elle.

Elle souffla d'un air de mépris.

— Dieu sait que j'devrais la connaître! Elle a dormi à côté de moi un tas de nuits.

Elle jeta de nouveau un coup d'œil à Taye de l'autre côté de la rue; l'Indien était en train de l'aider à descendre de la calèche. Le bonnet bleu était exactement de la couleur de ses yeux.

Ça la rendit malade. Si seulement ce vaurien de Clyde lui avait donné cet argent, c'est elle qui porterait ce bonnet en ville, maintenant, à la place de Taye.

— Oui, m'sieur, et j'connais une ou deux choses sur miss Taye que d'autres seraient choqués d'entendre, marmonna-t-elle.

*
**

— Vous êtes sûr que c'est là qu'ils sont censés être ? chuchota l'homme à côté de Jackson, tirant sur sa pipe rougeoyante. Jackson fit passer son fusil sur son bras, ajustant son poids contre son épaule. Il fixait dans l'obscurité l'entrepôt de l'autre côté de la rue. Il était gardé par deux soldats de l'Union, un simple soldat et un sergent. Le sergent était parti une demi-heure plus tôt et n'était pas revenu. Le soldat était occupé à bâtir un château de cartes sur un tonneau, à la lumière d'une lanterne.

C'était un jeune homme qui ne devait pas avoir plus de dix-huit ans. Il l'ignorait probablement, mais il gardait un entrepôt de munitions qui attendaient d'être renvoyées à New York. A l'intérieur, il y avait assez d'explosifs pour brûler de nouveau Atlanta. Ce qu'ils faisaient dans le Tennessee, personne ne semblait le savoir de source sûre.

Après avoir appris par Spider que l'entrepôt était une cible de Thompson, il avait fallu trois jours à Jackson pour trouver quelqu'un dans l'armée de l'Union qui sache ce qu'il y avait à l'intérieur. Une fois que cela avait été établi, il avait fallu trois jours de plus et un tas de paperasses pour que quelqu'un d'autre, doté d'assez d'autorité, ordonne le transfert de ces fournitures militaires vers le Nord, en sécurité. Le train devait partir le lendemain matin. Avec un peu de chance, les Thompson's Raiders n'arriveraient pas à temps. Toutefois, quelle était la probabilité qu'ils ne soient pas au courant du transport prévu ?

Jackson pariait au contraire que Thompson en avait été averti et que ses hommes seraient là. S'ils venaient, Jackson espérait avoir de la chance. Des soldats arrêtés pour trahison étaient souvent enclins à parler, et même à donner leur commandant, pour éviter d'être pendus ou de moisir dans une prison militaire.

— Personne ne vient, patron, se plaignit l'homme derrière lui, un lieutenant. On est là depuis plus de quatre heures et…

Un bruit dans la rue attira soudain leur attention.

— Chut ! fit Jackson d'un ton sifflant. Eteignez votre pipe.

Le jeune officier obéit, mais il était clair qu'il voyait ce guet nocturne avec un civil comme une nuit de sommeil perdue.

Il tapa le fourneau de sa pipe contre son talon, faisant un petit bruit. Jackson scruta la nuit noire, essuyant la sueur qui perlait sur sa lèvre supérieure. Son regard alla à chaque poste où ses hommes étaient cachés. Il espérait qu'ils étaient tous bien éveillés, leurs armes prêtes, car il savait que c'était le moment. Un cheval hennit dans la rue. Un bruit de sabots étouffé par des chiffons résonna dans sa tête. Dans son esprit, Jackson pouvait voir tourner les roues des chariots qui approchaient. Il ne voyait toujours rien, mais il était presque certain de sentir l'odeur de corps pas lavés dans l'air nocturne humide et chaud. Il épaula son fusil.

La seule lumière dans la rue était la lanterne du jeune soldat. Il travaillait au deuxième étage de son château de cartes.

Jackson était inquiet pour lui. A l'origine, il avait proposé de remplacer les gardes de l'entrepôt par des hommes à lui, mais il avait découvert alors que certains des soldats locaux étaient probablement des complices, soit en travaillant directement pour Thompson, soit en étant achetés. La mystérieuse disparition du sergent semblait suggérer qu'il était complice, ce qui signifiait que le soldat ne l'était peut-être pas. Jackson espérait seulement que le moment venu, il pourrait atteindre le jeune homme avant les hommes de Thompson.

Du coin de l'œil, il vit le premier chariot approcher. Derrière, il crut voir un deuxième véhicule. Avant qu'il ne comprenne ce qui se passait, un homme sortit de l'obscurité qui entourait l'entrepôt et s'avança dans la lumière de la lanterne.

Le soldat pivota, faisant s'effondrer le château de cartes dans le même mouvement. Son assaillant tendit le bras, et fit glisser une lame brillante sur son cou. Le jeune homme s'affala sur le sol. Jackson siffla et ses hommes chargèrent de tous les coins de l'obscurité. C'était plus tôt qu'il n'avait prévu, mais il ne voulait pas d'autres morts dénués de sens s'il pouvait l'éviter.

Des coups de feu retentirent des deux côtés, emplissant l'air d'éclairs et de fumée âcre. Les hommes dans les chariots, dont beaucoup portaient des uniformes gris en haillons, abandonnèrent les véhicules et s'échappèrent à pied en tirant par-dessus leur épaule.

— J'en veux autant de vivants que possible! cria Jackson, qui traversa la rue en courant jusqu'au soldat gisant par terre. Des coups de feu résonnèrent autour de lui, ricochant sur l'entrepôt, tandis qu'il se mettait sur un genou et cherchait un pouls. Il n'y en avait pas.

Il se leva et fit tourner son fusil pour viser un homme qui s'enfuyait entre le mur de l'entrepôt et un bâtiment abandonné.

— A genoux et je ne tirerai pas! cria-t-il.

— Longue vie aux Thompson's Raiders! hurla l'homme en détalant.

Jackson abaissa alors son fusil d'un cran et appuya sur la détente. Il toucha le fuyard à l'arrière du genou.

Les coups de feu avaient déjà diminué. Ses hommes mettaient les voleurs à terre. A part le jeune soldat, il semblait qu'il n'ait perdu qu'un autre homme. Un troisième gisait par terre, blessé, mais ce n'était qu'une blessure superficielle au bras.

Ce n'était pas si mal, considérant combien de gens auraient pu être tués si les hommes de Thompson avaient pu partir ne fût-ce qu'avec la moitié des munitions et des explosifs de l'entrepôt. Néanmoins, deux vies, c'était encore trop cher payé quand la guerre en avait déjà tant coûté.

Ce travail le rendait malade. La mort le rendait malade. Il voulait juste rentrer chez lui, retrouver Cameron — si toutefois il lui restait encore un foyer.

25

Il rentrait à la maison ! Enfin, Jackson rentrait à la maison !
Cameron, qui se tenait devant le bureau du télégraphe, relut
le télégramme qu'elle serrait dans ses mains gantées. Après
des semaines de secrets et de télégrammes brefs, imperson-
nels, envoyés d'endroits comme Chattanooga ou Memphis,
il prévenait qu'il arriverait à la fin de la semaine.

— Mon mari va bientôt nous faire la faveur de sa présence,
Taye, murmura-t-elle en rangeant le télégramme dans son
réticule.

Mais maintenant que ce retour était proche, elle ignorait si
elle l'attendait avec impatience ou le redoutait.

Elles reculèrent pour laisser passer trois soldats confédérés en
haillons, portant encore une partie de leur uniforme. C'étaient
des hommes maigres et tristes aux yeux vides ; l'un d'eux, à
qui il manquait une jambe à partir du genou, marchait sur
un pilon avec des béquilles.

Lorsqu'ils furent passés, Taye glissa son bras sous celui de
Cameron et l'entraîna le long du trottoir en planches.

— C'est merveilleux, Cam ! Tu vois, je t'avais dit qu'il
rentrerait. A présent, Falcon dit que nous devons nous hâter.
Il se fait sombre et il veut que nous soyons en sécurité avant
que la nuit tombe.

Cameron eut un froncement de sourcils contrarié.

— Falcon…, grommela-t-elle. Il en fait trop, tu ne trouves
pas ?

Puis elle dévisagea Taye, espérant pouvoir découvrir une

trace de la relation clandestine qu'elle soupçonnait entre sa sœur et le Cherokee.

Taye détourna les yeux, se concentrant sur les planches qui avaient été placées par terre pour éviter aux ourlets des jupons et des crinolines des dames de traîner dans la boue.

— Il y a eu une autre attaque de cette bande de maraudeurs la nuit dernière... Juste hors de la ville, cette fois. Ils se font plus hardis de jour en jour. Un autre viol et des coups. La femme n'a pas survécu, dit-elle gravement.

— Je ne comprends pas pourquoi les soldats ne peuvent pas traquer ces scélérats. On vient de transférer un capitaine de l'armée, ici. Je pensais qu'il était censé s'occuper de ces histoires !

Les yeux ambrés de Cameron étincelèrent de colère.

— Pourquoi est-il si difficile de leur mettre la main dessus ? Ils doivent vendre ce qu'ils volent. Et ils parlent sûrement de leurs équipées. La plupart des hommes ne peuvent pas se taire quand ils commettent un crime. Ils ont besoin de s'en vanter à un moment ou à un autre... C'est toujours ainsi qu'ils finissent par se faire prendre.

Lorsqu'elles arrivèrent à la calèche, Falcon offrit sa main pour aider Cameron, puis Taye, à monter.

— Vous le savez probablement déjà, dit Cameron à l'Indien, mais Jackson rentre à la maison à la fin de la semaine.

— C'est bien, répondit-il avec cette douce cadence à laquelle elle s'était habituée. Il est temps qu'il revienne à ses responsabilités. Un homme ne peut se racheter si loin de son tipi.

Cameron vit les regards de Taye et de Falcon se joindre en une communication silencieuse et elle se demanda s'ils avaient parlé de Jackson et d'elle dans son dos. Il faudrait qu'elle en parle à Taye, décida-t-elle. Et la première question serait : pourquoi est-ce qu'elle parlait à Falcon d'affaires si personnelles ? Quelles étaient exactement ses relations avec lui ? Elle était censée épouser Thomas, bien que cette union semble compromise. Thomas avait déménagé et elles ne le voyaient plus que rarement. Taye ne le mentionnait pas souvent, mais quand Cameron insistait, elle soutenait qu'ils étaient toujours fiancés.

Taye était encore jeune et naïve de tant de façons, et Cameron ne comprenait pas comment un homme comme Falcon Cortès pouvait dévoyer une innocente qui ne se doutait de rien. Or plus elle les observait, plus elle trouvait évident qu'il y avait quelque chose entre eux. Heureusement, Jackson serait là très vite et elle pourrait lui faire part de ses préoccupations. Il était peut-être temps que l'Indien s'en aille.

Jackson s'avisa qu'il était nerveux en descendant du train. Pourquoi était-il donc si inquiet ? Après tout, il rentrait chez lui retrouver sa femme... Il avait en outre mis fin à ce qui restait de son histoire avec Marie, et Cameron n'aurait jamais besoin de le savoir. Elle avait sûrement eu le temps de réfléchir durant les semaines où il avait été absent. Son corps avait guéri, et elle en serait certainement venue à lui pardonner ce qu'il avait fait. Si la chose était possible, il aurait volontiers donné son âme immortelle pour le défaire !

Tandis qu'il traversait la gare, un seul sac en cuir à la main, il se prit à espérer que Cameron serait là pour l'attendre dans sa robe vert pomme qu'il aimait tant, celle qui révélait ses seins voluptueux et accentuait la belle couleur cuivrée de ses cheveux.

Il se fraya un chemin parmi la foule d'hommes et de femmes qui saluaient des parents et accueillaient des amis perdus de vue depuis longtemps. Il s'imagina la voir de loin, aussi jolie qu'elle l'était le jour où il était retombé amoureux d'elle. Il se représenta en train d'ouvrir les bras et elle courant se jeter dedans, puis il considéra ce que ce serait d'aller à Atkins' Way pour partager avec elle un dîner avec du vin et des bougies, avant de la porter au lit et de lui faire l'amour toute la nuit.

C'étaient des fantaisies stupides, bien sûr, étant donné qu'il n'avait pas précisé dans son télégramme par quel train il arrivait, ni même en provenance de quelle ville. Pourtant, lorsqu'il aperçut Falcon près de la porte extérieure, il ne put réprimer une bouffée de déception.

— Falcon, dit-il en tendant la main.

L'Indien l'enlaça, et il fut à la fois surpris et embarrassé par la boule d'émotion qui lui monta dans la gorge. Il n'aurait pas pensé qu'un homme pouvait en réconforter un autre de cette façon.

— Mon ami, dit simplement Falcon.

Jackson recula, mal à l'aise.

— C'est bon de vous voir.

Falcon hocha la tête, le fixant de ses yeux d'obsidienne qui semblaient beaucoup plus sages que son âge.

— Je suis venu avec le chariot prendre des tonneaux pour Naomi. J'espère que vous n'avez rien contre ce moyen de transport?

Jackson rit doucement.

— On dirait que Naomi a toute la maison sous contrôle!

— En effet. Et Noah a pris en charge la reconstruction de la cuisine d'Elmwood. Ce sont des gens bien.

Jackson fronça les sourcils au nom d'Elmwood. Il ne pouvait s'empêcher de penser que c'était cette maison, cette maudite maison, qui avait causé tous ces ennuis pour commencer. Si les soldats sudistes avaient brûlé cette satanée plantation de fond en comble quatre ans plus tôt, il serait encore à Baltimore avec sa femme, et ils attendraient toujours un enfant.

Il jeta son sac à l'arrière du chariot et grimpa sur le siège à côté de Falcon.

— J'ai beaucoup de choses à vous dire. Je sais que mes messages étaient vagues.

— Etes-vous près de trouver Thompson et ses hommes?

Falcon relâcha le frein, leva les rênes et le chariot se mit en branle.

— J'en ai été près plus d'une fois, mais Thompson est plus futé que nous ne pensions. Et ces sudistes vouent à leur cause perdue une dévotion qui va plus loin que ce que nous, nordistes, pouvons comprendre. Des gens cachent ces hommes, des gens bien qui devraient être mieux fixés sur ceux qu'ils aident. Nous avons capturé certains de ses hommes qui tentaient d'attaquer un de nos entrepôts. J'espérais que l'un d'eux nous fournirait des informations, mais cela n'a rien donné jusqu'à présent.

Jackson regardait les vitrines qui défilaient, notant tous les changements survenus en ville durant ses cinq semaines d'absence. Il savait que le processus serait lent et difficile, mais le plan de Reconstruction du président était bon. Il remarqua aussi qu'il y avait beaucoup plus de soldats confédérés errant dans les rues. La veille, il avait lu dans le journal que plusieurs prisons nordistes avaient été vidées, Hart's Island, Camp Chase, Fort Delaware. Les prisonniers libérés prenaient les routes du Sud, priant de parvenir à rentrer chez eux avant de mourir de faim.

— Si nous trouvons ce capitaine Thompson, pensez-vous que ce sera la fin de ceux qui le suivent? demanda Falcon.

— Je crois, oui… Spider a été un contact intéressant. D'après ce que j'ai pu recueillir, beaucoup de ceux qui ont servi Thompson pendant la guerre sont dévoués à l'homme plutôt qu'à sa cause. Je ne peux m'empêcher de penser que nombre d'entre eux espèrent que notre gouvernement mettra rapidement fin à cette résistance pour pouvoir rentrer chez eux.

— Dites-moi ce que vous avez besoin que je fasse. Je le ferai.

Jackson lui fit un grand sourire.

— Vous savez, vous feriez une sacrément bonne épouse!

Falcon gloussa et tira sur la longue natte noire qui tombait dans son dos.

— Vous n'êtes pas le genre d'homme que j'épouserais, désolé de vous le dire aussi abruptement, mon ami.

Ils rirent tous deux de bon cœur, puis reprirent leur conversation. Falcon mit Jackson au courant des exactions de la bande de malfaiteurs locale qui n'avait toujours pas été capturée et semblait devenir plus hardie de jour en jour. Il parla aussi du personnel qui augmentait à Atkins' Way et du nombre de Noirs affranchis et de soldats sans abri qu'ils avaient engagés. Aucun d'eux ne mentionna Cameron ou Taye qui, ils le savaient tous les deux, occupaient l'esprit de l'autre.

Efia se tenait devant la prison dans sa meilleure robe, pensant non seulement au bonnet bleu, mais à tous les bonnets qu'elle avait vus dans sa vie, qu'elle avait convoités sans jamais pouvoir se les offrir. Par la fenêtre, elle observait deux soldats en uniforme bleu qui buvaient du café dans des timbales en fer-blanc. Elle ne comprenait pas ce qu'ils disaient, mais elle entendait leur rire. Pourquoi sa vie lui faisait-elle toujours cet effet : elle, se tenant seule dehors, pendant que les autres étaient dedans, souriants et heureux ?

Elle n'était pas assez sotte pour penser que l'argent était la seule chose qui pouvait donner le bonheur. Elle savait que la couleur de sa peau serait un désavantage toute sa vie. Mais la peau de Taye Campbell était presque de la même couleur que la sienne, et regardez comme elle était allée loin !

Efia se rappela une fois de plus le bonnet bleu posé sur la tête de Taye, puis entra dans la prison.

Un soldat blond à la grosse moustache était assis derrière une grande table, lisant un journal. Il ne leva même pas les yeux vers elle.

— Je peux vous aider ?

Efia jeta un coup d'œil à la porte, derrière elle, serrant les cordons de sa bourse de toutes ses forces. Si elle ressortait maintenant, personne ne saurait jamais rien.

— Je peux vous aider ? répéta le soldat, levant enfin les yeux et la regardant des pieds à la tête par-dessus son journal. La jugeant.

— Oui. Je me demandais…

Elle s'interrompit, cherchant en elle le courage d'oser continuer.

— Quoi ?

L'homme posa le journal sur la table, lui accordant à présent toute son attention.

— Je vous écoute…

Efia pinça les lèvres et croisa son regard.

— Vous payez pour des informations?

— Quel genre d'informations?

— Sur des crimes. Des crimes que des gens ont fait sans être pris.

Ah! Elle avait sa complète attention, maintenant!

Il appuya ses paumes sur le journal.

— Quel genre de crimes?

Et sans attendre sa réponse, il tourna la tête et appela :

— Capitaine Grey, vous pouvez venir?

Puis il ramena son regard sur elle.

— Vous pouvez le dire à notre capitaine.

Elle secoua la tête.

— Non, je veux d'abord savoir combien vous payez.

— Cela dépend de la gravité de l'offense. Si vous parlez de voler des poules à un voisin, nous n'avons pas de temps pour ça. Si vous parlez de vrais crimes — il se pencha en avant —, on peut s'arranger.

— Je parle d'un crime grave, dit-elle en le fixant. Je parle d'un meurtre.

Arrivé à la maison, Falcon déposa Jackson devant l'entrée à colonnade, puis conduisit le chariot derrière pour décharger les tonneaux dont Naomi se servirait pour conserver les cornichons qu'elle préparait dans la cuisine d'été. Jackson gravit les marches du porche et franchit la porte d'entrée. Il n'y avait personne en vue, mais la maison bourdonnait comme une ruche par un chaud dimanche après-midi. Des voix montaient de partout, de la cuisine et de la salle de bal, d'en haut et même des fenêtres ouvertes. A travers le salon et la véranda latérale, il vit un jeune garçon qu'il ne connaissait pas qui ramassait de l'herbe coupée.

Il monta le grand escalier, remarquant qu'à l'endroit où ce superbe miroir était accroché autrefois sur le palier, on avait placé un grand tableau représentant des chevaux qui paissaient dans un champ. Le papier peint passé révélait les anciennes dimensions du miroir. En passant devant, Jackson se rappela le bruit du verre brisé et cette sensation, alors, de son cœur qui se brisait aussi.

Tandis qu'il longeait le couloir, il réprima l'impulsion d'appeler Cameron. Si elle refusait de le rejoindre ou, pire, lui lançait des insultes? Il n'avait aucune envie de partager leurs problèmes de couple avec un personnel de la taille de celui qu'il entretenait maintenant, d'après Falcon.

Il s'arrêta devant la porte de la chambre. Elle était légèrement entrebâillée. Il tendit l'oreille et entendit bouger à l'intérieur.

— Cameron?

Il poussa la porte juste à temps pour voir Lacy descendre du lit. Serrant une ardoise d'écolier sur sa poitrine, elle lui jeta un regard noir et surpris.

Jackson regarda autour de lui, mais Cameron n'était pas là.

— Où est-elle? demanda-t-il.

Au moins, Lacy était habillée décemment, maintenant, d'une robe bleu clair à fleurs jaunes. On aurait même dit que quelqu'un avait tenté de dompter ses cheveux frisés.

Elle fit la moue et haussa une épaule mince.

— J'sais pas.

— Ce n'est pas vrai! dit-il d'un ton coupant.

Lacy recula d'un pas.

Il s'arrêta, se rendant compte qu'il l'effrayait. Il n'aimait pas qu'elle soit là. Il ne croyait pas un instant son histoire de filiation, mais il ne voulait pas la terrifier ou lui faire du mal. Elle était juste une enfant, une enfant qui avait manifestement eu une vie difficile.

— Je sais que tu sais où elle est.

Il leva les mains pour montrer qu'il ne ferait pas un mouvement vers elle.

— Dis-le-moi.

— A Elmwood, marmonna Lacy.

Jackson sortit à grands pas de la chambre. Elmwood, bien

331

sûr ! A quel autre endroit pourrait-elle être ? Comment avait-il pu être assez sot pour penser qu'elle serait là à l'attendre, alors que son précieux Elmwood l'appelait ?

Il descendit le grand escalier.

— Jackson, c'est si bon de vous revoir à la maison !

Taye le rejoignit au bas des marches avec un grand sourire chaleureux. Elle l'embrassa sur la joue et il fit de même.

Lorsqu'elle s'écarta, les sourcils gracieux de sa belle-sœur se froncèrent.

— Oh ! Mon Dieu, Cameron… Je suis désolée. Elle n'est pas là. Elle voulait être ici quand vous arriveriez, mais elle a dû aller à Elmwood. Il y a eu…

— Bien sûr, coupa-t-il sèchement, traversant déjà le vestibule qui résonna du bruit de ses pas.

— Jackson, où allez-vous ?

Il ouvrit brusquement la porte d'entrée, pensant que ce n'était pas ainsi qu'il avait imaginé son retour.

— Où, à votre avis ?

— Vous êtes sûr que tout le monde va bien ?

Cameron enjamba des poutres tombées à l'emplacement de l'ancienne écurie, portant un seau d'eau qu'elle avait tiré du puits pour offrir à boire aux ouvriers fatigués. Alors qu'elle passait par-dessus des planches fraîchement sciées, un peu d'eau aspergea le corsage de sa robe vert pomme. Elle était fraîche et cela lui fit du bien, vu la chaleur.

— Tout le monde va bien, miss Cameron.

Noah, torse nu, entassait proprement des poutres.

— Cessez de vous inquiéter… Jake a une jambe cassée et Pouty s'est tordu le cou. Les autres n'ont rien eu à part des genoux écorchés et la peur de leur vie. Rien, en tout cas, que Naomi ne puisse arranger.

Cameron s'arrêta et posa le seau par terre. Les ouvriers montaient le mur sud de la nouvelle écurie quand un morceau de charpente avait apparemment lâché. Toute la structure leur était tombée dessus. Quand un jeune garçon était arrivé à Atkins' Way pour lui dire ce qui s'était passé, personne ne savait s'il y avait eu des blessures graves. Noah l'avait simplement fait appeler tout de suite.

— Regardez, c'est juste comme j'ai dit…

Il lui apporta une planche de six pieds de long.

— Elle a cassé au nœud. Les garçons devraient mieux regarder ces planches avant de les clouer.

Cameron poussa un soupir de soulagement en voyant les derniers ouvriers s'installer dans le chariot avec lequel Noah les ramènerait à la maison. Naomi était assise à l'arrière, lavant le genou ensanglanté d'un homme.

Elle plongea une main dans le seau et la passa sur sa nuque, savourant l'eau froide qui coulait dans son dos tout moite de transpiration. Elle était venue à cheval à bride abattue. C'était la première fois qu'elle remontait depuis sa fausse couche.

Le bruit d'un cheval qui arrivait au galop dans l'allée les fit tous se retourner pour voir qui approchait.

— Oh! Non! gémit Cameron en reconnaissant le cavalier.

Elle lissa une mèche qui s'était échappée de son chignon.

— C'est le capitaine Logan. Je l'ai complètement oublié, dans toute cette confusion!

Alors qu'elle regardait Jackson traverser la cour de l'écurie, se dirigeant droit sur le nouveau bâtiment en construction, sa bouche s'assécha et elle sentit des picotements d'excitation lui parcourir l'échine.

— Bonjour, capitaine, le salua Noah en levant son chapeau, tandis qu'il allait au chariot pour charger sa boîte à outils.

— Il était temps que vous reveniez, marmonna Naomi.

— Tais-toi, femme! lui intima Noah en agitant son chapeau vers elle. Arrête, avec ton toupet!

Jackson secoua la tête en mettant pied à terre.

— Il paraît que vous faites du bon travail, tous les deux, en mettant tout le monde au pas pour moi.

Noah sourit en contournant le chariot, visiblement heureux du compliment.

— Je fais juste mon travail, capitaine. Tu es prête, Naomi ?

— Oui. Ramenons ces garçons à la maison.

Le chariot tourna et s'engagea dans l'allée, laissant Jackson et Cameron seuls. Elle se tenait à une centaine de pas de lui. Elle avait envie de relever ses jupes et de courir à lui, de se jeter dans ses bras, de lui dire combien elle était désolée pour tout. Mais ses pieds refusaient de bouger.

Il fallut plus d'une éternité pour que Jackson se tourne enfin vers elle.

Lentement, ils se rapprochèrent l'un de l'autre.

— Vous... vous êtes de retour, balbutia-t-elle.

— Falcon est venu me chercher à la gare.

Il leva une main, comme s'il avait voulu la poser doucement sur son visage, puis la laissa retomber.

Elle hocha la tête.

— Je... je voulais être à la maison quand vous rentreriez, mais...

— J'en suis sûr, rétorqua-t-il, sarcastique.

Le demi-sourire de Cameron s'évanouit.

— C'est vrai !

Elle le regarda, ses yeux ambrés étincelant.

— J'ai eu un tas de responsabilités ici, pendant que vous arpentiez le Tennessee, l'Alabama et Dieu sait quoi encore — elle leva vivement une main — pour faire Dieu sait quoi !

Il battit des cils et baissa les yeux, l'air contrarié.

— Je pourrais vous répondre que je ne serais pas allé dans ces endroits et que vous n'auriez pas eu à faire face à toutes ces responsabilités, si vous n'aviez pas quitté Baltimore, pour commencer.

Il marqua une pause.

— Mais je ne le dirai pas.

Cameron eut envie de prendre le seau et de lui lancer son contenu à la figure. Elle avait envie d'attraper un chevron cassé et d'en frapper sa tête dure. A la place, elle resta immobile à le fixer.

Elle l'entendit jurer à voix basse. Est-ce qu'il l'injuriait ?

— Cameron…

Il soutint son regard. Ses yeux gris étaient couleur d'orage, mais il y avait aussi dedans…

— Jackson…, murmura-t-elle.

Il l'attira rudement dans ses bras et elle ne se débattit pas.

— Cameron, Cameron! Que faisons-nous? Est-ce vraiment ainsi que nous voulons qu'il en soit entre nous? Est-ce ainsi que nous laisserons finir les choses?

Elle ne put répondre.

Jackson lui releva le menton et couvrit sa bouche de la sienne.

26

Jackson saisit Cameron par la taille et la serra fiévreusement contre lui. La pression de sa bouche, l'odeur de sa peau étaient si enivrantes qu'il avait le tournis, comme s'il avait bu des verres et des verres de scotch.

— Jackson, murmura-t-elle en entrouvrant ses lèvres douces.

Il avait envie de lui dire qu'il regrettait ce qu'il avait fait, la manière dont il avait agi, mais les mots ne venaient pas. Il pouvait seulement murmurer son nom.

Qu'est-ce qui lui avait le plus manqué? se demanda Cameron. Elle-même ou seulement le fait de la tenir dans ses bras? C'étaient deux choses très différentes. Elle lui aurait posé la question, mais Jackson glissa sa langue brûlante dans sa bouche et elle ferma les yeux, savourant de retrouver son goût.

Tandis qu'il l'embrassait, il posa sa main sur sa hanche, puis sur sa taille si fine. Il avait du mal à croire qu'elle ait porté son enfant. Pouvait-il espérer qu'elle pourrait le faire de nouveau?

Elle se pressa contre lui, l'encourageant, et il fit remonter sa main pour saisir un sein.

Elle gémit.

Il ne comprenait peut-être pas la femme, mais il comprenait son corps. Il comprenait ses besoins, peut-être parce qu'ils ressemblaient tant aux siens. Il caressa son sein à travers sa robe et ses dessous, et elle glissa une longue jambe mince entre ses cuisses.

Ce fut lui qui gémit, alors, tandis qu'elle frottait doucement son genou contre la bosse dure qui grossissait à chaque seconde dans son pantalon.

— Voulez-vous que nous allions dans la maison ? demanda-t-il d'une voix haletante, sachant qu'il ne pourrait attendre qu'ils soient rentrés chez eux pour assouvir sa passion.

— Ce n'est pas la peine. Tout le monde est rentré. Il n'y a plus personne ici à part nous.

Elle coula les doigts dans ses cheveux et attira de nouveau sa bouche sur la sienne.

— Aimez-moi, Jackson, chuchota-t-elle.

Il y avait dans sa voix une attente désespérée qui lui contracta la poitrine.

— Toujours, répondit-il en faisant glisser sa bouche sur son menton, puis le long de son cou et jusqu'à la vallée moite et brûlante entre ses seins.

D'une certaine manière, il semblait juste à Jackson de faire l'amour ici, à Elmwood, à l'endroit où les écuries seraient rebâties. Sa robe était humide et fraîche sous sa joue, contre la chaleur de sa peau nue... Il tira sur le corsage coupé dans un fin tissu d'été.

Cameron passa une main derrière elle et tira sur les boutons, sa respiration lourde dans l'oreille de Jackson. Elle dégrafa son corsage pour lui offrir un meilleur accès à sa poitrine, et il caressa avidement sa chair crémeuse. Il fut récompensé par un petit bouton de chair rose qu'il se mit à lécher. Elle gémit et, pour l'encourager, pressa ses hanches contre lui.

Puis elle saisit les revers de sa veste et la lui enleva, la laissant tomber sans soin par terre. Elle tira ensuite sur sa chemise amidonnée jusqu'à la faire sortir de son pantalon de toile, et glissa les mains sous l'étoffe. Elle trouva du bout des doigts le creux de ses reins et fit naître de petites ondes de plaisir sur sa peau nue.

— Nous allons tomber, dit-elle, vacillant dans ses bras.

— Non.

Il ouvrit les yeux et vit qu'elle riait. L'enlaçant toujours de ses bras, elle se laissa tomber à genoux dans une flaque de tissu vert et de jupons blancs, et l'attira avec elle.

Le soleil descendait à l'ouest par-dessus les rangées d'ormes et de chênes, mais l'herbe était encore chaude de ses rayons et sa chaleur semblait s'insinuer jusque dans les os de Jackson. Il baissa la tête et plongea les yeux dans le regard ambré de Cameron. Il retira une à une les épingles de ses cheveux et les laissa tomber dans l'herbe douce autour d'eux. Il passa les doigts dans ses mèches épaisses et brillantes jusqu'à ce qu'elles cascadent sur ses épaules.

Elle appuya son front contre son menton et fit glisser sa main sur sa cuisse, prenant son temps. Il grogna quand le bout de ses doigts effleura son érection.

— Vous avez dit que je vous ai manqué, fit-elle dans un souffle, renversant la tête en arrière pour le regarder. Est-ce ceci qui vous a manqué ?

— Oui…

— Et ceci ?

Elle fit descendre sa main expérimentée et saisit sa chair dure, le faisant trembler tout entier.

Il vint alors à l'esprit de Jackson que s'il ne faisait pas attention, il mettrait fin à cet épisode bien avant que les besoins de Cameron ne soient satisfaits. Il se força donc à écarter sa main et s'allongea sur sa veste, l'entraînant avec lui.

Elle s'étendit sur lui, pressant de façon suggestive ses hanches sur les siennes.

— Allumeuse, grogna-t-il et, d'un geste, il la fit basculer sous lui.

Elle s'étira longuement, comme une chatte, les mains au-dessus de la tête, le regardant sous ses paupières lourdes. Attrapant des poignées d'herbe verte, elle les lui lança et ils se retrouvèrent couverts de brins brillants. Un brin atterrit dans les cheveux de Jackson, et elle le saisit entre ses doigts en riant.

— Comme ça, dit-il doucement, avec vos cheveux défaits et ce sourire espiègle sur vos lèvres — il dessina le contour de sa bouche de son index —, vous avez l'air d'avoir de nouveau dix-sept ans.

— Mais j'en sais tellement plus qu'à dix-sept ans !

Elle prit le bout de son doigt dans sa bouche, le suça et le mordilla pour s'amuser.

Avec un grondement de désir, Jackson lui cloua les bras dans l'herbe au-dessus de la tête. La tenant ainsi, une main bloquant ses poignets, il fit glisser son corsage pour dénuder un téton durci qu'il prit entre ses dents. Il tira doucement dessus, puis le taquina du bout de la langue.

Un désir brûlant se mit alors à pulser dans les veines de Cameron. Elle libéra ses bras pour passer les doigts dans les cheveux épais de Jackson et guider sa bouche sur son autre sein.

Jackson roula sur le flanc et l'entraîna avec lui de sorte qu'ils soient face à face. Il posa sa bouche affamée sur la sienne et elle fit descendre un doigt le long de son torse, puis sur son ventre jusqu'à la ceinture de son pantalon. Du bout du doigt, elle suivit la ligne fine de poils noirs qui disparaissait sous la toile.

— Touchez-moi, Cam, l'encouragea-t-il en levant les yeux.

Il vit qu'elle lui souriait, avec dans les yeux une tendresse dont il avait désespérément besoin. Soutenant son regard, elle défit son pantalon et glissa une main sous l'étoffe tendue et le saisit fermement, la main brûlante et sûre. Il ferma les yeux, tout frémissant.

Elle le caressa avec des gestes rythmés, ralentissant quand son souffle s'accélérait, puis augmentant l'allure de ses pressions lorsqu'il se calmait. Elle taquina ainsi ses sens jusqu'à ce que les siens s'envolent, jusqu'à ce qu'elle pense qu'elle ne pourrait supporter un instant de plus sans le sentir profondément en elle.

— Jackson…, chuchota-t-elle.

Il savait ce qu'elle voulait. Il écarta doucement sa main et saisit l'ourlet de sa robe. Ses doigts effleurèrent l'intérieur pâle de sa cuisse, et elle se sentit fondre dans l'herbe chaude. Elle retint son souffle ; sa peau la picota de plaisir anticipé tandis qu'il glissait sa main plus près de l'endroit qui palpitait, moite de désir pour lui.

Enfin, ses doigts atteignirent les boucles rousses de sa féminité et elle haussa les hanches pour mieux s'offrir à cette caresse.

— Venez, supplia-t-elle en écartant les jambes, la voix altérée.

Jackson couvrit son corps du sien, et la force de son sexe durci contre sa jambe nue la fit gémir. Il la prit en un seul assaut. Un frisson la parcourut et elle cria, crispant les doigts sur ses épaules. Un élan, un seul, et elle basculait déjà dans les abîmes éclatants du plaisir.

Jackson s'immobilisa un instant, la laissant reprendre son souffle et s'habituer. Puis il se mit à bouger, sachant exactement comment elle aimait être caressée. Il varia le rythme et la profondeur, la taquinant, la tentant, jusqu'à ce qu'elle frétille sous lui.

Il arqua le dos et saisit la pointe durcie d'un sein dans sa bouche. Elle cria de nouveau, cette nouvelle extase encore plus forte que la précédente. Elle sentit tous les muscles de son corps se crisper, puis se détendre, puis se contracter de nouveau tandis que des spasmes de plaisir parcouraient chaque fibre de son être.

Jackson courba la tête et baisa ses joues striées de larmes. Il écarta une boucle de cheveux de son front pour y poser un baiser.

Cameron rouvrit les paupières et s'abreuva de son sourire. Puis elle haussa ses hanches vers les siennes et il se remit à bouger en elle. Fixant ses yeux gris assombris par le désir, elle se porta vers lui, encore et encore, sentant combien il était proche de l'orgasme, l'entendant dans sa respiration. Soudain, elle se sentit de nouveau au bord de l'extase. Elle tenta de se retenir, mais n'y parvint pas. Elle noua les bras autour du cou de Jackson et l'attira contre elle... plus profondément.

Elle cria tandis que tout son être semblait basculer et exploser en des myriades de lumières blanches et de volupté. Elle entendit Jackson grogner de contentement et sentit tout son corps frissonner sous les ondes de plaisir.

Ils finirent par rester immobiles, chacun écoutant le souffle apaisé de l'autre. Puis Jackson se détacha d'elle et roula sur le flanc, la prenant dans ses bras. La nuit commençait à tomber, et elle ne pouvait plus distinguer les formes des planches de l'écurie qui se dressaient autour d'eux.

Jackson embrassa ses joues humides, le bout de son nez, sa bouche meurtrie par les baisers. Elle ouvrit les yeux et leva une main pour lui caresser la joue.

— Bienvenue à la maison, murmura-t-elle.

— Ai-je l'air présentable ? demanda Cameron en lissant son corsage irrémédiablement froissé, tandis qu'ils arrivaient à Atkins' Way.

Jackson l'avait aidée à retrouver ses épingles éparpillées dans l'herbe, et elle avait rassemblé ses cheveux en un chignon à peu près correct, mais la jupe de sa robe vert pomme était tachée d'herbe. Elle s'inquiétait de ne pas pouvoir se faufiler dans la maison et se changer avant que quelqu'un ne la voie.

— Vous êtes magnifique, lui assura Jackson en ôtant une petite feuille de ses cheveux et en la laissant voleter jusqu'au sol.

— Qu'en savez-vous ? Un homme qui vient d'abuser d'une femme en plein jour dirait n'importe quoi !

— C'est à peu près ça, la taquina-t-il. Surtout quand il espère recommencer après le dîner !

La chaleur qui gagna alors les joues de Cameron la surprit agréablement. Jackson avait été capable de la faire rougir ainsi, autrefois. S'il pouvait de nouveau le faire, il existait peut-être une chance qu'ils puissent repartir de l'endroit où ils s'étaient égarés.

— Je vais vite monter me changer, dit-elle. Je pourrais vous retrouver dans le salon pour un verre de vin avant le dîner, si vous voulez.

Il se pencha en avant, posa un baiser sur ses lèvres et lui ouvrit la porte d'entrée.

— Cela me plairait beaucoup.

Il jeta des coups d'œil des deux côtés tandis qu'ils péné-

341

traient dans le vestibule éclairé, puis, comme la voie était libre, Cameron se hâta d'aller au grand escalier.

— Etes-vous certaine que c'est sûr pour moi ? demanda-t-il. Personne n'est en train de me guetter avec une fronde pour me tirer dessus ?

Déjà à mi-hauteur des marches, Cameron tourna vivement sur elle-même.

— Jackson, s'il vous plaît... Je pensais que nous ne parlerions pas de Lacy ce soir.

Ils étaient rentrés lentement à cheval, profitant du temps qu'ils avaient ensemble. Ils avaient brièvement évoqué l'adolescente et étaient convenus qu'ils n'étaient pas d'accord à son sujet pour le moment. Mais ni l'un ni l'autre n'avait évoqué les conditions dans lesquelles ils s'étaient séparés, ni mentionné le bébé qu'ils avaient perdu. Tandis qu'ils remontaient l'allée, ils avaient également décidé de faire une trêve pour la soirée. Ils verraient le lendemain ce que la journée apporterait.

Jackson eut un grand sourire et leva les bras en signe de reddition.

— Chardonnay ou bourgogne, chérie ?

— Choisissez.

Cameron se remit à monter, serrant ses jupes à deux mains, se sentant plus heureuse que depuis des mois et des mois. Jackson avait dit qu'elle avait l'air d'avoir de nouveau dix-sept ans, et ce soir, c'était exactement l'impression qu'elle avait.

— Je redescendrai vite.

Jackson alla dans le salon et sortit sous la véranda pour s'appuyer à la balustrade. Il souriait pour lui-même dans l'obscurité, satisfait de son retour. Cameron n'avait rien dit, mais il sentait que même si elle ne lui avait pas encore pardonné ce qui était arrivé, elle était en bonne voie. Il prit une grande inspiration. Si Cameron lui pardonnait, il pourrait peut-être alors se pardonner à lui-même.

— Bonsoir, capitaine...

Jackson se retourna et vit Patsy debout sur le seuil.

— Bonsoir, jeune dame.

Elle lui sourit timidement et se dandina dans sa jupe blanche.

— Quelqu'un à la porte pour vous, capitaine. Un capitaine Grey. Il a un uniforme de soldat.

Jackson fronça les sourcils. Il connaissait vaguement John Grey. C'était un militaire de carrière du New Jersey qui avait récemment été affecté à la prison de Jackson. Grey et des soldats de l'Union comme lui resteraient en place jusqu'à ce que chaque Etat confédéré soit en accord avec toutes les lois fédérales et constitutionnelles et soit réintégré dans l'Union. Mais Jackson ne voyait pas du tout pourquoi John Grey venait le voir.

Il alla dans le vestibule.

— John !

Il tendit la main, notant que deux soldats accompagnaient le capitaine.

— Capitaine Logan ! Content de vous revoir, monsieur...

— Que puis-je faire pour vous ? Ne me dites pas que vous avez finalement décidé d'accepter mon invitation pour prendre un verre sous ma véranda ?

Le capitaine tira un morceau de papier de son uniforme et le contempla, visiblement très mal à l'aise. Il était évident que quelle que soit sa mission, elle était difficile.

— Je suis navré de vous apprendre que je suis ici pour affaires officielles, monsieur. J'ai un mandat d'arrestation contre Taye Campbell.

— Je vous demande pardon ? fit Jackson, pensant qu'il avait mal entendu.

Le capitaine Grey prit une inspiration étranglée et répéta :

— J'ai l'ordre d'arrêter Taye Campbell, fille du sénateur David Campbell.

— Oh ! Mon Dieu ! s'écria Cameron de la cime de l'escalier.

Jackson leva les yeux.

— Qu'est-ce que ça signifie ? demanda-t-elle en descendant aussi vite qu'elle le put.

Elle portait une ravissante robe du soir de soie beige et

blanche qui révélait très plaisamment ses épaules nues et la rondeur de ses seins.

— Je l'ignore, répondit Jackson.

Il se tourna vers le capitaine, gardant une voix basse et calme.

— Je crois qu'il y a une erreur, monsieur. Une erreur qui peut être rapidement redressée, j'en suis sûr.

— Pas d'erreur, je le crains, dit Grey. Il n'existe qu'une seule Taye Campbell de la plantation d'Elmwood à Jackson, Mississippi.

Cameron atteignit le bas de l'escalier et traversa vivement le sol de marbre, agitant dans la direction du capitaine un éventail en teck refermé.

— Arrêter Taye ? C'est la chose la plus ridicule que j'aie jamais entendue ! Qu'a-t-elle fait ? Acheté trop de bonnets ? Nourri trop de femmes et d'enfants affamés à la porte de derrière ?

Le capitaine garda les yeux rivés sur le papier qu'il tenait à la main.

— Madame, elle doit être arrêtée pour le meurtre de votre frère, Grant Campbell.

Taye se tenait dans le couloir du premier, le dos pressé contre le papier peint fleuri. Elle ne pouvait plus respirer et durant un instant, elle craignit de s'évanouir.

Elle porta une main à sa poitrine et sentit son cœur qui tambourinait comme s'il voulait s'échapper.

— Taye ?

Falcon longea précipitamment le couloir pour venir à sa rencontre. Il portait une redingote rouge avec des boutons en argent qu'elle aimait beaucoup sur lui.

— Vous avez l'air d'avoir vu un mauvais esprit. Qu'est-ce qui ne va pas ?

Elle tendit la main vers lui et lui couvrit la bouche de crainte que les soldats, en bas, ne l'entendent.

— Des sol… soldats, murmura-t-elle.

Il fronça ses sourcils noirs.

— Je ne comprends pas.

Il lui prit la main.

— Venez dans ma chambre et dites-moi ce qui se passe. J'arrangerai les choses, si c'est en mon pouvoir.

Les yeux de Taye s'emplirent de larmes, et elle secoua furieusement la tête.

Falcon s'approcha et lui enlaça la taille d'un bras.

— Dites-moi...

Comment pouvait-elle le lui dire? La détesterait-il quand il saurait ce qu'elle avait fait? Elle ne pourrait le supporter.

— Il y a des soldats en bas, dit-elle dans un souffle, la bouche près de son oreille. Ils sont venus m'arrêter.

Il prit ses deux mains dans les siennes et baissa les yeux sur elle, son regard noir plein de compassion.

— Pour quoi?

— Le meurtre de Grant, le frère de Cameron... Notre frère...

— C'est ridicule! Vous ne devez pas avoir peur. Nous allons trouver ces hommes et leur dire qu'ils ont fait une erreur.

Des larmes coulèrent alors sur les joues de Taye. Elle secouait la tête, fixant le sol.

— Je ne peux pas descendre. Je ne peux pas leur faire face.

— Pourquoi?

Elle releva lentement ses cils humides.

— Parce que j'ai bien tué Grant. Et si c'était à refaire, je le referais.

27

Cameron fixait le capitaine Grey, replongée dans des souvenirs qu'il aurait mieux valu laisser enfouis. Taye *avait effectivement* tué leur frère Grant d'un coup de feu. C'était un fait irréfutable que Taye et elle avaient simplement essayé d'oublier.

Taye l'avait tué par une brûlante soirée d'août, quatre ans plus tôt, et Cameron et Jackson l'avaient enterré dans le cimetière d'Elmwood, à côté de la tombe du sénateur. Il n'y avait pas eu de funérailles, pas de prières dites, pas de larmes versées. Il y avait seulement eu du soulagement, un infini soulagement de se sentir enfin en sécurité.

Lorsque Taye et Cameron avaient fui vers le Nord pour se mettre en sûreté, Jackson avait tranquillement fait savoir en ville que Grant était mort et qu'il avait été enterré sur la plantation. Puis il avait commandé des pierres tombales pour Sukey et lui, et avait payé pour les faire mettre en place. Personne, en ville, n'avait assez apprécié Grant pour demander comment il était mort.

La lèvre inférieure de Cameron se mit à trembler et elle la mordit jusqu'à sentir le goût métallique du sang sur sa langue. Le capitaine Grey ne savait rien de Grant Campbell ; il ne savait rien de l'homme vil et malfaisant que Grant avait été.

Selon Jackson, le départ de Grant de cette Terre avait encore été trop facile. Parce qu'il n'acceptait pas le projet de son père d'affranchir tous les esclaves d'Elmwood, ce qui aurait modifié sa propre existence oisive et luxueuse, Grant l'avait délibérément poussé par-dessus la balustrade de la véranda du premier étage et le sénateur était mort dans sa chute.

Grant avait alors vendu les esclaves d'Elmwood, puis avait lancé des chasseurs d'esclaves aux trousses de ceux qui essayaient de s'échapper. Sukey, la mère de Taye, avait été tuée sur la berge de la Pearl River en essayant de fuir ces hommes. Mais le mal qu'il avait déjà fait ne lui suffisant pas, Grant avait alors tenté de vendre la virginité de Taye aux enchères dans un bordel de Baton Rouge. Qui sur cette Terre aurait pu soutenir que Grant Campbell ne méritait pas de mourir pour ces offenses ?

Mais Taye n'avait pas tiré sur son demi-frère pour ces crimes commis. Non, elle l'avait fait pour sauver Cameron, que Grant voulait abattre. Et Cameron était aussi certaine en cet instant qu'elle l'avait été cette nuit-là que Taye n'aurait jamais tué pour une autre raison.

Elle s'efforça de chasser ces souvenirs, mais n'y parvint pas, subitement transportée en pensée sur le balcon de son père… Elle pouvait sentir de nouveau le parfum du chèvrefeuille qui embaumait. Elle voyait encore son frère se pencher sur la balustrade, le pistolet de leur père à la main, les yeux rendus sauvages par la folie.

Quand il lui avait tiré dessus, plus tard, il se tenait sur ce même balcon d'où il avait poussé leur père. Il l'avait manquée la première fois, mais elle avait su qu'il ne la raterait pas une seconde. Poussé par la haine, la cupidité, la luxure et la jalousie, il était prêt à la tuer. A tuer sa propre sœur…

Taye savait qu'il ne s'arrêterait pas. Elle s'était alors avancée dans l'obscurité qui tombait et avait tiré un seul coup de feu, le tuant instantanément.

— Comment osez-vous vous présenter chez moi, capitaine, pour soutenir de tels mensonges ? fulmina-t-elle, la réalité de la situation la frappant aussi soudainement qu'une gifle.

— Madame, je ne fais que mon travail. Il s'agit d'une charge sérieuse et justice doit être faite. En particulier maintenant que nous essayons de ramener les Etats…

— Une charge sérieuse ! le coupa-t-elle. Au lieu de poursuivre des fantômes, pourquoi ne chassez-vous pas les hommes qui pillent ce comté ? Combien de femmes encore devront être violées ? Combien devront mourir avant que vous ne descendiez de votre...

Jackson pressa une main douce mais ferme sur l'avant-bras de Cameron pour la faire taire.

— Puis-je vous demander comment cette accusation vous est parvenue, capitaine Grey ? Grant Campbell est mort durant l'été 1861. C'était il y a quatre ans.

— Tout ce que je peux vous dire, monsieur, c'est que des preuves sont venues à la lumière. Nous ne ferions pas notre travail si nous ne prenions pas cette affaire au sérieux.

— Quelle sorte de preuves ? demanda Cameron, l'esprit en déroute.

Personne ne pouvait savoir que Taye avait tué Grant. Personne à part Naomi, peut-être, qui était à la maison ce jour-là. Mais Naomi n'aurait jamais parlé ; Cameron était prête à parier sa vie là-dessus. Grant la retenait prisonnière à Elmwood comme esclave sexuelle, l'enchaînant à son lit la nuit pour l'empêcher de s'échapper.

— Je ne peux pas dire quelles preuves ont été présentées, madame.

Le capitaine Grey regarda Jackson, peut-être pour faire appel à la raison masculine.

— Si vous pouviez appeler miss Campbell, elle doit venir avec nous, capitaine.

— Vous allez l'emmener en prison ?

Cameron frappa le capitaine de son éventail.

— Vous allez l'enfermer avec des hommes qui volent et qui violent ?

Le capitaine regarda Jackson.

— Des arrangements seront pris pour s'assurer qu'elle soit en sécurité et jouisse d'autant d'intimité que possible. Si je peux me permettre, monsieur, vous devriez engager immédiatement un avocat pour miss Campbell.

— Un avocat ?

Les yeux de Cameron s'arrondirent sous l'insulte.

— Laissez-moi vous dire, monsieur...

— Cameron...

Jackson croisa son regard d'un air éloquent.

— Je vous en prie, montez chercher Taye...

— Jackson! Vous ne voulez sûrement pas dire que vous allez la leur remettre?

Elle le dévisagea, incrédule. Il savait que Taye avait tué Grant, mais il connaissait aussi la réputation de Grant, et savait quel genre d'homme il était.

— Le capitaine Grey n'est pas responsable des accusations, poursuivit-il d'un ton calme, mais qui n'admettait pas de réplique. A présent, faites descendre votre sœur, ou ces gentlemen seront forcés de fouiller la maison et de la traîner dehors.

Il plongea ses yeux gris dans les siens.

— Est-ce ce que vous voulez?

Ses paroles la glacèrent jusqu'à la moelle. Sa première réaction fut de la colère, mais elle savait que Jackson et le capitaine Grey avaient raison et elle s'efforça de combattre sa fureur. Une fois accusée, Taye devrait faire face à son accusateur, quel qu'il soit.

Jackson posa la main au creux de ses reins et la poussa légèrement vers le grand escalier. Cameron voulait être furieuse contre lui, mais elle ne le pouvait pas. Il les avait aidées à cacher la mort non naturelle de Grant. Il s'était occupé des pierres tombales. Et surtout, il n'en avait jamais reparlé.

— Je vais la chercher, dit-elle doucement, luttant contre un sentiment de défaite tandis qu'elle montait lentement l'escalier.

Ils allaient engager un avocat au plus vite. Taye ne pouvait languir en prison.

Thomas la défendrait-il? Et surtout, la défendrait-il lorsqu'elle lui avouerait qu'elle était coupable?

Arrivée sur le palier, Cameron tourna dans le couloir qui menait aux chambres d'hôtes. Elle s'arrêta devant la porte fermée de Taye, inspira à fond et frappa.

— Taye? appela-t-elle doucement.

— Tante Cameron? répondit Lacy derrière la porte.

Cameron ouvrit et trouva l'adolescente vêtue d'une des robes préférées de Taye, celle de soie bleue avec une traîne.

— Lacy ? Où est tante Taye ?

— Elle a dit que j'pouvais mettre n'importe laquelle de ses robes, à partir du moment où j'avais les mains propres.

Elle chassa la jupe de côté et tourna pour se faire admirer. Sans jupons ni crinoline, la robe bâillait comme une fleur ouvrant ses pétales.

— Que *je* pouvais mettre…, corrigea distraitement Cameron, troublée par l'absence de Taye.

Lacy traversa le parquet ciré en dansant, sans se soucier de piétiner l'ourlet de la robe.

— Tante Taye m'apprend à valser.

Elle leva les mains vers un partenaire invisible et s'exerça à sourire, ses yeux brillant d'excitation.

— Vous voulez danser avec moi, tante Cam ? Ma maman dansait bien.

— Lacy, écoute-moi…

Cameron jeta son éventail sur le lit de Taye et alla à sa protégée, prenant ses deux mains dans les siennes.

— Il faut que tu me dises où Taye est allée.

Lacy pinça les lèvres comme si elles étaient collées par de la glu.

— Lacy Campbell !

La fillette serra encore plus les lèvres.

— Vous pouvez me torturer et me pendre par les pouces, je dirai rien !

— Je *ne* dirai rien.

Cameron la prit par le bras.

— Ecoute-moi. Je ne joue pas, Lacy… J'ai besoin de savoir tout de suite où elle est.

— J'ai promis de rien dire.

Cameron relâcha son souffle, se rendant compte que ce n'était pas la bonne façon de s'y prendre avec Lacy.

— Pardon, murmura-t-elle en passant un bras autour des

épaules minces de sa nièce. C'est juste que des hommes sont ici pour lui parler et...

— Des *soldats*, corrigea Lacy avec véhémence, et qui viennent *l'arrêter*! Elle a bien fait de partir, parce qu'ils vont pas... parce qu'ils *ne* vont pas écouter ce qu'elle dit. Pas une négresse comme elle.

— Lacy! Taye n'est pas...

Elle se reprit. Taye était à moitié africaine, et elle savait au fond d'elle-même que même si cela ne devait pas faire de différence dans un tribunal, cela pourrait très probablement en faire une. Elle se souvint de ce qu'elle avait lu la veille dans le journal de son père.

La peau de Sukey est noire comme de l'ébène poli, et j'ai été élevé pour croire que ce seul fait la rend de moindre valeur que moi, un homme blanc. Mais quand je regarde ses yeux bruns, je sais que c'est moi qui ne suis pas digne d'elle.

Cameron se mordit de nouveau la lèvre qu'elle avait déjà fait saigner. Il fallait que Lacy grandisse en étant persuadée que la couleur de la peau ou les circonstances de la naissance ne devaient pas importer devant la loi. C'était ce que son père lui avait enseigné et ce qu'il aurait enseigné à sa petite-fille s'il avait été vivant.

— Ce n'est pas vrai, Lacy. Taye a droit à un procès. Un jugement de ses pairs. Elle sera présumée innocente sauf si l'on prouve qu'elle est coupable.

— Eh bien, je ne sais pas si c'est elle qui a tué mon père ou non, mais je peux vous le dire, tante Cameron : il n'y aura pas de Noirs dans ce jury dont vous parlez! Et pas de femmes, non plus. J'ai vécu dans les rues. Je sais pour qui est votre justice et pour qui elle est pas — *n'est* pas. Et croyez-moi, elle est sûrement pas pour des négresses qui tuent un homme blanc!

Cameron la serra contre elle, comprenant que l'adolescente, plus avisée que bien d'autres filles de son âge, touchait de plus près à la vérité qu'elle ne le pensait.

— Je suis désolée, murmura-t-elle. Ton père est bien

mort la nuit dont ils parlent, mais ils ne connaissent pas les circonstances.

Lacy ne lui rendit pas son étreinte, mais elle n'essaya pas non plus de se dégager.

— Je suis pas triste pour lui, tante Cam. Maman disait que c'était un voyou qui méritait de mourir en perdant sa queue pourrie.

A un autre moment ou à un autre endroit, Cameron aurait ri.

— Je suis désolée quand même.

Elle s'écarta pour regarder Lacy dans les yeux, essayant de ne pas voir Grant.

— Alors, tu ne peux pas me dire où Taye est allée? demanda-t-elle à mi-voix.

Lacy secoua la tête.

— Et pas avec qui, non plus.

A ces mots, Cameron sut que sa sœur s'était enfuie, et avec qui.

Elle pivota sur ses talons et sortit en hâte de la chambre.

— Je dois redescendre. Reste ici.

— Vous pensez que je peux mettre un peu de ce truc rouge sur mes joues, tante Cam?

— Non!

Cameron ferma bruyamment la porte et, arrivée à l'escalier, elle inspira et descendit lentement les marches, comme si elle faisait sa première apparition à un bal.

— Je suis navrée, messieurs, mais je me trompais, dit-elle d'un ton suave en arrivant dans le vestibule. Ma sœur ne semble pas être à la maison.

Le capitaine Grey regarda Jackson et fronça les sourcils.

— Que signifie ceci, Logan? Je suis venu à la nuit tombée, pour ne pas causer trop de désagréments à miss Campbell. Mais on ne se jouera pas de moi! Je suis ici pour faire mon devoir et je le ferai.

Jackson se tourna vers Cameron.

— Elle n'est pas là, chérie?

Elle secoua la tête, soutenant son regard. C'est alors qu'elle comprit qu'il avait su quelque chose avant elle, probablement avant qu'elle ne monte chercher Taye.

— J'ignore où elle peut être, mais je vais demander aux domestiques. Le capitaine Logan n'est arrivé que par le train de l'après-midi. Lui et moi inspections la plantation d'Elmwood, la maison de mon père, et nous venions juste de rentrer quand vous êtes arrivés. Je supposais que ma sœur était ici, mais je n'avais pas encore eu le temps de lui parler.

— Nous allons devoir fouiller la maison, déclara le capitaine Grey d'un ton dur.

— Bien sûr.

Jackson recula et fit un grand geste d'invite.

— Deux étages. Les quartiers des domestiques sont au-dessus de la cuisine, et des hommes vivent au-dessus de l'écurie. Si nous pouvons vous aider, veuillez nous le faire savoir.

— Si ça ne vous ennuie pas, madame, pourriez-vous demander à vos domestiques s'ils savent où miss Campbell peut être ?

— Oui, capitaine.

Cameron afficha son sourire le plus généreux et se hâta d'aller dans la cuisine. Elle savait qu'elle devait parler à Naomi… Non pas de Taye, mais de la nuit où Grant était mort.

Cameron prit la main fine de Naomi dans la sienne et la conduisit dans l'obscurité du petit jardin d'herbes.

— J'sais pas où elle est allée, dit d'emblée Naomi en s'essuyant les mains sur son tablier blanc. Alors pas la peine de me demander…

Cameron jeta un coup d'œil à la maison qui se dressait derrière elles, guettant les soldats.

— Je ne veux pas savoir où elle est allée, du moins pas encore.

Elle regarda Naomi dans les yeux.

— Tu sais pourquoi ces hommes sont ici ?

Naomi haussa légèrement les épaules.

— La cuisine n'est pas si loin du vestibule.

— Naomi, j'ai besoin que tu réfléchisses avec soin à la nuit où Grant est mort.

— Une des meilleures nuits de ma vie, excusez-moi de le dire.

— Il faut que tu y repenses… Est-ce que Dorcas et Efia étaient près de la maison ?

Cameron essayait elle-même de se rappeler, mais ses souvenirs étaient maigres concernant l'endroit où se trouvaient les autres.

— Est-ce que Taye et les jumelles n'étaient pas allées à l'écurie, ou au quartier des esclaves pour essayer de trouver de la nourriture ?

— J'crois que c'est ce qu'elles ont dit après. J'en suis pas sûre, parce que j'étais dans la maison à essayer de me libérer.

Naomi posa une main sur sa hanche, réfléchissant.

— Mais j'sais que personne a vu ce qui s'est passé à part vous et Taye. Ces sottes de filles sont même pas venues à la maison après avoir entendu les coups de feu.

— C'est ce que je pensais aussi.

— Mais cette petite négresse d'Efia est de nouveau ici, en ville, ajouta-t-elle d'un air soupçonneux.

Cameron hocha la tête.

— C'est sûrement elle qui raconte des histoires.

Naomi toucha sa petite bourse de gri-gris.

— J'savais que ces garces, elles valaient rien ! Et elle qui s'est mise avec Clyde Macon après ce qu'il a fait à ces petites filles !

Elle fit claquer sa langue contre ses dents.

— C'est comme coucher avec Ghede Satan lui-même.

— Je sais que Taye a peur, mais elle n'aurait pas dû s'enfuir. Elle n'en paraîtra que plus coupable.

Des bruits peu familiers se firent alors entendre de la cuisine, et elles se tournèrent pour regarder par la porte ouverte. Les soldats étaient entrés pour la fouiller.

— Qu'est-ce que vous allez faire ? chuchota Naomi.

— Je ne sais pas, Naomi. Je ne sais pas. Lorsque les soldats seront partis, Jackson et moi irons probablement voir Thomas. Puis il faut que nous trouvions Taye et que nous la convainquions de se rendre.

Elle secoua la tête, détestant penser à ce qui pourrait se passer.

— Considérant que Taye était la fille de la gouvernante et Grant le fils du sénateur, un jury du Sud ne va pas aimer cela. Il y a beaucoup d'amertume dans cette ville contre ton peuple. Et beaucoup de colère que personne ne sait où déposer.

— Pourquoi elle l'a tué ou s'il le méritait plus de deux fois, ça pourrait donc pas compter ? murmura Naomi.

Cameron posa la main sur son épaule.

— Je dois rentrer. Je ne veux pas paraître suspecte.

Naomi quitta son tablier et le jeta dans un buisson.

— Et moi, je vais faire un petit tour à J-Ville pour aller voir une certaine jeune dame.

Cameron lui prit la main.

— Pas question, Naomi... Tu ne peux pas aller à J-Ville, pas seule et de nuit. On dit qu'aucune femme n'est en sécurité, là-bas.

Naomi eut un sourire rusé.

— Vous avez vu mon homme dernièrement, ma fille ? Il fait quatre pieds de large et a des bras comme des troncs d'arbre, dit-elle fièrement. Je connais personne qui essaie pas de l'éviter.

— Entendu, alors, si tu y vas avec Noah. Trouve ce que tu peux. Merci.

Cameron lui pressa la main et la lâcha, puis se dirigea vers la porte de derrière.

— Y'a rien que Naomi peut pas faire pour ses filles.

Cameron lui sourit, reconnaissante, une fois de plus, pour l'excellente amie qu'elle avait trouvée dans un personnage aussi improbable.

28

Cameron entra dans la cuisine par la porte de derrière.

— Vous voilà, miss Cameron. Ils vous cherchent tous, en haut !

Patsy tortillait nerveusement ses mains osseuses dans son tablier.

— Cette fille, elle est devenue folle furieuse.

Cameron pouvait entendre en effet Lacy qui glapissait à l'étage. Elle quitta la cuisine et monta précipitamment l'escalier, au sommet duquel Jackson la rejoignit, désignant le couloir qui menait à la chambre de Taye et à la source du vacarme.

— Lacy ! appela Cameron en se hâtant dans le couloir.

— Me touchez pas ! hurla Lacy.

Cameron entendit un bruit de verre brisé, et l'un des soldats sortit de la chambre à reculons.

— Le capitaine Grey m'a dit de regarder partout, dit-il d'un ton penaud. Alors je dois aussi regarder sous le lit.

— Accordez-moi un instant, monsieur.

Cameron franchit la porte et se courba juste à temps pour éviter un verre qui frôla sa tête.

Le verre explosa contre le cadre de la porte, et des débris et de l'eau éclaboussèrent Cameron.

— Lacy Campbell, descendez immédiatement de ce lit et cessez de lancer des objets !

Lacy était perchée au milieu du lit, ouvrant de grands yeux.

— Tante Cam ! s'exclama-t-elle en abaissant le pichet en cristal qu'elle tenait à la main. Je vous ai pas touchée, au moins ?

Cameron alla au lit et lui arracha le pichet.

— Descends tout de suite !

Lacy était toujours vêtue de la robe de Taye, et ses joues et ses lèvres étaient peintes en rouge vif.

— Parce que si je dois monter te chercher, la menaça Cameron, tu le regretteras !

Elle posa le pichet sur une table.

— Je voulais pas qu'ils entrent ici, tante Cam, expliqua doucement Lacy. J'aime pas les soldats.

Cameron lui tendit la main pour l'aider à descendre.

— Je m'en doute, dit-elle d'un ton plus doux, se rappelant ce que l'adolescente lui avait dit des soldats et de sa mère. Maintenant, viens avec moi. Il faut qu'ils fouillent cette chambre. Taye n'est pas ici, alors ils ne la trouveront pas ce soir, ajouta-t-elle à voix plus basse pour la rassurer. Tout ira bien…

Lacy prit sa main et Cameron fut surprise de constater qu'elle tremblait. Lacy était une peste, mais de maintes façons, elle n'était encore qu'une petite fille.

— Vous avez fouillé la chambre de maître ? demanda-t-elle au soldat.

Il hocha la tête, reculant pour éviter la jeune furie.

— Alors je vais la conduire là. Je vous fais mes excuses pour sa conduite, mais ses expériences avec des soldats n'ont pas été très bonnes.

— Oui, madame. Vous pouvez y aller.

Cameron mit un bras autour des épaules de Lacy et la guida dans le couloir. Jackson se tenait toujours en haut de l'escalier.

— Je vais l'emmener dans notre chambre jusqu'à ce qu'ils s'en aillent, dit-elle. Ils l'ont effrayée.

— L'effrayer, *elle* ? Diable ! Apparemment, elle s'est plutôt bien débrouillée pour faire une peur bleue à ce pauvre garçon !

— Venez me retrouver quand ils seront partis, murmura-t-elle.

Elle le laissa traiter avec les soldats et escorta Lacy jusqu'à sa propre chambre.

— Tu dois apprendre à te conduire comme une dame, la

sermonna-t-elle. Les filles Campbell ne grimpent pas sur les lits et ne lancent pas des pots de chambre à la tête des gens.

Lacy crispa la mâchoire.

— Il m'a demandé s'il pouvait entrer, alors je lui ai dit que non, bon sang !

Cameron dut cacher son sourire.

— Les dames ne jurent pas non plus. Maintenant, nous allons t'enlever cette robe.

Elle alla à un coffre et en sortit une jolie chemise de nuit jaune brodée de violettes. Lacy la laissa lui ôter la robe de Taye ainsi que ses dessous, puis lui enfiler la chemise. Ensuite, elle la conduisit à la table de toilette et lui tendit un linge, étudiant son visage.

— Je t'avais dit : pas de rouge !

— C'était pas du rouge.

— Bien sûr que si. Essuie-le.

— Non. C'était rien que de la salive et un peu de peinture rouge de ce papier avec des roses rouges.

— Ça revient au même, déclara fermement Cameron.

Lacy poussa un soupir théâtral, plongea le linge dans l'eau et se frotta la figure.

— Ma maman, elle en mettait souvent, de la peinture…

C'est exactement la raison pour laquelle je ne veux pas que tu en portes, pensa Cameron. *Regarde où son visage peint l'a conduite.* Mais elle ne le dit pas à voix haute, car elle ne voulait pas la blesser ni ternir la mémoire de sa mère.

— Tu en as encore ici, dit-elle en touchant le coin de sa bouche. Je vais faire monter un plateau pour ton dîner et ensuite, je veux que tu ailles au lit.

Elle désigna son grand lit à baldaquin.

Le visage de Lacy s'illumina.

— Est-ce que vous allez me lire quelque chose, ce soir ? Quelque chose du journal de mon grand-père ?

Durant les dernières semaines, c'était devenu une habitude pour elles de se blottir l'une contre l'autre le soir pendant que Cameron faisait la lecture. Parfois elle lisait la Bible, bien que Lacy n'ait aucune éducation religieuse, ou bien l'un des nombreux livres de la bibliothèque. De temps en temps, elle lisait aussi des passages du journal de David Campbell. Taye soutenait que Cameron n'avait pas le droit de s'immiscer ainsi dans la vie privée de sa mère et de leur père, mais Lacy, tout comme Cameron, était fascinée par ce journal.

— Nous verrons...

Cameron passa la tête par la porte pour appeler Patsy et vit Jackson qui venait vers elle.

— Vous avez besoin de quelque chose ? lui demanda-t-il.

— Je cherchais Patsy. Je veux qu'elle monte un plateau pour le dîner de Lacy.

Il posa une main sur sa taille.

— Vous devriez manger aussi. Vous êtes très mince.

— Est-ce que les soldats sont partis ? demanda-t-elle au lieu de répondre à sa remarque.

— Ils sont en train... Grey est furieux. Mais à quoi est-ce qu'il s'attendait, aussi ? A ce que Taye le suive bien docilement ?

— Elle a dû nous entendre d'en haut.

Il approuva d'un hochement de tête.

— Vous pensez qu'elle est partie seule ? demanda encore Cameron, sûre de connaître la réponse.

Jackson fit signe que non.

Elle soupira et se massa les tempes, comme pour chasser une migraine naissante.

— C'est l'une des choses dont je voulais vous parler... Comme je vous l'ai dit plus tôt, je trouve que Thomas s'est conduit de façon très étrange... Ce n'est pas seulement qu'il soit allé s'installer dans la maison de sa famille... Je ne peux obtenir que Taye ou lui me disent quoi que ce soit, mais je sais qu'ils se sont brouillés.

Elle fit un geste vague de la main.

— Et je soupçonne aussi qu'il est malade. Sa toux s'est aggravée.

— Et Falcon ?

Elle soupira de nouveau.

— Ni Taye ni lui ne m'ont dit un mot, mais je sais qu'il y a quelque chose entre eux. Je vois la façon dont ils se regardent quand ils pensent que je ne les observe pas.

— Je pensais bien que quelque chose de ce genre pourrait arriver…, dit Jackson, pensif.

— Et vous n'avez rien dit ? Vous n'avez pas essayé d'empêcher Taye de gâcher sa vie ?

Il rencontra son regard ; ses yeux gris avaient une expression ferme et grave.

— Quand vous m'avez choisi, Cam, est-ce que quelqu'un aurait pu vous faire changer d'avis ?

La façon dont il le dit lui serra le cœur. Ils semblaient tous les deux souffrir de ce qui avait été perdu. Ou peut-être simplement égaré ?

Elle pinça les lèvres et fixa le sol.

— Je suppose que non, admit-elle.

— Eh bien, pour le cas où vous ne l'auriez pas remarqué, Taye est plus Campbell qu'on ne le lui accorde !

— Je veux simplement qu'elle ne fasse pas de bêtise. Je n'aimerais pas la voir souffrir.

— Je ne pense pas que quelqu'un le veuille, ici…

— Et Thomas… Je suis si triste pour lui ! Il était si loyal envers papa et il a été si bon avec nous.

— Ça ne veut pas dire que nous devons lui donner Taye en récompense, Cameron…

Elle le regarda de nouveau. Elle n'avait jamais envisagé les choses sous cet aspect auparavant.

— Je suppose que non, dit-elle. Quoi qu'il en soit, où que Falcon et Taye soient allés, nous devons les ramener. Fuir ne fera que rendre Taye coupable aux yeux des gens.

— Elle *est* coupable, Cam…

Cameron lui donna une tape sur la poitrine du plat de la main.

— Ne dites pas ça ! ordonna-t-elle d'un ton sec, en regardant des deux côtés du couloir pour être sûre que personne ne l'avait entendu.

— Sapristi, Cameron, je ne veux pas dire que je pense qu'on doive la considérer comme fautive ! Si j'avais été là, j'aurais tué ce scélérat, moi aussi, et avec moins d'excuses !

— Eh bien, cela ne dépend plus de nous, maintenant. Il faut juste la ramener à la maison.

— Je vais aller parler à Thomas dès que les soldats seront partis.

— J'irai avec vous.

Elle fit demi-tour dans l'intention de remonter prendre un châle dans la chambre, mais il lui saisit le bras et la retint.

— Non. Laissez-moi y aller seul. Je vais devoir annoncer à Thomas qu'elle est partie avec Falcon. Inutile que vous soyez là comme témoin. Restez ici, pour le cas où Taye reviendrait. En outre... — il désigna d'un signe de tête la porte entrouverte — je pense que vous avez de quoi vous occuper.

— Jackson, si vous vouliez juste donner une chance à Lacy..., dit-elle doucement. Je pense que vous l'aimeriez beaucoup.

Elle hésita et ajouta :

— Je vois beaucoup de moi en elle.

— Sauf que votre mère n'était pas une catin, et que vous savez avec certitude qui était votre père.

— C'est une autre chose dont nous devons discuter. J'ai demandé à Thomas de faire une enquête après votre départ. Il a parlé à des gens qui ont connu Maureen. Il est d'avis que Lacy pourrait bien être la fille de Grant. Tout ce que Lacy nous a dit de leur vie est vrai : le saloon, puis le logement au-dessus de la pharmacie...

— Quelqu'un peut-il prouver de manière indéniable qu'elle est la fille de Grant ?

Cameron secoua la tête.

— Non bien sûr, mais...

Il posa un doigt sur ses lèvres.

— Nous avons décidé que nous ne nous disputerions pas à son sujet ce soir. Et puis je dois aller voir Thomas...

Cameron saisit le bouton de la porte, souhaitant pouvoir aller avec lui, mais comprenant qu'il était plus raisonnable qu'elle reste. Le silence tomba entre eux. Elle aurait aimé retrouver en cet instant ce sentiment d'intimité qu'elle avait éprouvé cet après-midi-là à Elmwood, mais Jackson était nanti d'une nouvelle mission et ne songeait plus maintenant qu'à son but.

— Je vous attendrai, dit-elle. Je veux savoir ce que dit Thomas.

Il hocha la tête. Un instant, il lui donna l'impression de vouloir l'embrasser, peut-être l'enlacer. Mais il tourna les talons et s'éloigna dans le couloir.

Cameron ravala la boule qu'elle avait dans la gorge et rejoignit Lacy dans la chambre.

Nous avons commencé aujourd'hui les plantations de printemps. Il est difficile de croire que Sukey est ici depuis presque un an. Je suis surpris de voir combien le temps passe vite quand on est heureux.

Cameron jeta un coup d'œil par-dessus le journal et vit que Lacy dormait profondément, ses cheveux blond-roux étalés sur les oreillers.

Elle sourit et consulta la pendule sur le manteau de la cheminée. Presque minuit... Jackson était parti depuis longtemps. Elle ramena les yeux sur le journal de son père et feuilleta quelques pages. Elle avait lu ce passage à Lacy parce qu'il ne contenait rien d'inconvenant. Mais à présent qu'elle dormait, Cameron était impatiente de reprendre sa lecture là où elle l'avait arrêtée la veille.

Je ne sais pas comment c'est arrivé. Je n'ai pas été aussi prudent que j'aurais dû l'être, je suppose. Pas aussi patient. Papa m'a surpris me faufilant hors de la maison pour retrouver Sukey. Lorsqu'il a voulu savoir où j'allais, je n'ai pas pu lui mentir. Je lui ai avoué ma relation avec elle.

Cameron se mordit la lèvre, essayant d'imaginer comment son père s'était senti ce soir-là, partagé entre sa loyauté pour son père et sa loyauté pour la femme qu'il aimait, mais qu'il ne pourrait jamais avoir véritablement.

Papa m'a surpris, continua-t-elle à lire en silence. *Il ne m'a pas sermonné de coucher avec l'une de nos esclaves. Il m'a seulement suggéré d'être à l'avenir plus discret. Il a dit que ma mère serait affectée d'apprendre que son fils grandissait et avait les mêmes pulsions que les autres hommes. Je voulais demander à papa s'il y avait jamais eu dans sa vie une esclave ou une personne qu'il avait aimée alors qu'il n'aurait pas dû, mais il a si vite changé de sujet que je n'ai pas pu le faire.*

Après m'avoir donné la permission de coucher avec Sukey, il m'a annoncé platement qu'il avait passé un accord avec une autre famille du Mississippi pour un contrat de mariage entre leur fille et moi. Il m'a semblé que mon cœur se brisait tandis qu'il me donnait les détails. Je dois épouser Caroline Parnell dans l'année…

Cameron referma le journal et le garda sur ses genoux, crispant les paupières pour retenir ses larmes. Elle pouvait sentir la douleur de son père à travers ses mots, et d'une certaine manière, une partie de cette douleur devenait sienne.

— Eh bien, regardez ce qu'on a là !

Clyde Macon sortit sous le porche branlant de sa cabane. Une lumière blafarde venait de l'intérieur, et il régnait une forte odeur de chou.

Naomi le connaissait ; tout le monde le connaissait dans le comté. Et pour autant qu'elle le sache, tous le méprisaient, Noirs comme Blancs.

— 'Soir, dit-elle en ravalant la bile qui lui montait dans la gorge.

Rien que de voir ce vilain visage qui la lorgnait, elle avait envie de vomir sur ses bottes boueuses.

— Vot'missus est à la maison ?

Clyde gloussa et gratta derrière l'oreille un chiot qu'il tenait dans ses bras.

— Ma missus ? C'est trop drôle ! Tu es qui, d'abord ?

Il la reluqua d'un air lascif, lui donnant la chair de poule. Il n'y avait pas de mauvais sort assez méchant à lui jeter.

— Qui je suis, ça vous regarde pas.

Elle mit une main sur sa hanche, l'air vindicatif.

— Efia est là, oui ou non ?

— Une bagarreuse ? J'aime ça, dit Clyde d'un ton traînant.

Il s'approcha d'un pas et Naomi l'esquiva.

— Vous voyez ce grand homme assis sur ce cheval dans l'ombre ? demanda-t-elle.

Clyde jeta un coup d'œil derrière elle.

— Fais un signe à Clyde ! lança-t-elle à Noah.

Il obéit et Clyde recula d'un pas. Visiblement, il n'avait pas encore vu le colosse.

— Fee ! Amène tes fesses par ici, feignante ! Tu vois pas que tu as de la visite ?

— De quoi vous parlez, Clyde ?

Efia sortit sous le porche en s'essuyant les mains sur un tablier sale et déchiré. Assez curieusement, elle semblait porter en dessous une robe neuve. Elle s'arrêta au milieu de sa phrase.

A l'instant où elle émergea de la maison, elle sut pourquoi Naomi était là. Et Naomi sut au même instant qu'Efia avait dénoncé Taye aux soldats.

— Il faut que je te parle, dit-elle d'une voix sourde, sans dissimuler sa colère.

Le regard d'Efia alla vivement à Clyde.

— C'est des affaires de femmes. Pas besoin que vous restiez là à regarder.

— Des affaires de femmes ? Quel genre ? demanda-t-il d'un air soupçonneux.

— Efia a eu un petit problème avec ses saignements. Vous voulez que je vous fasse une potion, à vous aussi ?

Clyde pâlit et recula dans la pièce.

— Fais vite, Fee. Je veux mes petits pains…

Naomi attendit qu'il ait disparu à l'intérieur, puis elle riva son regard sombre sur Efia.

— Qu'est-ce que tu as fait, fille ?

— J'sais pas de quoi tu parles.

La voix d'Efia tremblait. Elle avait peur de Naomi.

— Tu sais exactement de quoi je parle : aller rapporter des histoires aux gens de loi !

Efia secoua la tête avec vigueur.

— J'sais pas de quoi tu parles. Ote-toi de mon porche !

— Tu sais pas de quoi je parle ?

Naomi l'attrapa par son poignet osseux et combattit l'envie de la secouer.

— T'as rien vu, cette nuit-là. Tu savais même pas que ce diable était mort avant de le voir mis en terre le lendemain.

Efia pinça ses lèvres pleines.

— J'dois pas en parler. Ils ont dit que je suis un témoin officiel, et j'dois en parler à personne.

Il y avait une pointe de défi dans sa voix tandis qu'elle dégageait son bras.

— Tu devrais avoir honte ! dit Naomi d'une voix sifflante. Taye Campbell a nourri ta carcasse noire et t'a traînée à travers la moitié du Sud pour te libérer, et c'est comme ça que tu la remercies ?

— J'sais ce que j'ai vu.

Naomi fronça les sourcils.

— Qu'est-ce qu'ils t'ont donné pour dire ce mensonge ?

Elle regarda la robe.

— De l'argent ? Ton âme vaut combien d'argent, ma fille ?

— Va-t'en d'ici, rétorqua Efia. Reviens seulement et j'appellerai le shérif. Et t'avise pas de me jeter un mauvais sort, non plus !

Naomi secoua la tête, dégoûtée.

— Un mauvais sort ? répéta doucement Naomi en descendant les marches à reculons. Je te jette pas de sort. Je gaspille pas mon souffle pour toi, Efia, parce que tu as creusé ton propre trou. Il sort jamais de bien de ce genre de méchanceté.

Elle se détourna et s'éloigna. Noah la hissa derrière lui et ils partirent, laissant Efia debout sous le porche et seule dans la nuit.

Jackson longea sur la pointe des pieds le couloir sombre. Il était plus tard qu'il ne l'avait escompté et la maison était silencieuse.

Il avait parlé longtemps avec Thomas. Sautant immédiatement sur l'occasion de défendre l'honneur de Taye, ce dernier avait insisté pour assurer sa défense avec une équipe des meilleurs avocats du pays.

Etrangement, avait trouvé Jackson, Thomas avait presque paru soulagé, et non surpris ou choqué, quand il lui avait révélé que Taye était partie avec Falcon. Puis il lui avait dit quelque chose qui pesait maintenant lourdement sur son esprit et son cœur.

Il fixa la porte fermée de la chambre. Il avait promis à Cameron de lui rapporter toute sa conversation avec Thomas lorsqu'il rentrerait, mais en cet instant, il n'avait plus qu'une seule envie, se mettre au lit et dormir en la serrant dans ses bras. Il avait parfaitement conscience que leur étreinte de la fin d'après-midi ne résoudrait pas tous leurs problèmes, mais il espérait que c'était un baume suffisant pour amorcer la guérison. Si Cameron pouvait lui pardonner, peut-être pourraient-ils réparer les dégâts et prendre un nouveau départ.

Il tourna la poignée de verre et entra. Une seule lampe brûlait près du lit.

Il sourit à la vue de Cameron endormie sur le côté, le journal de son père sur son cœur. Ses cheveux défaits tombaient en vagues cuivrées brillantes autour de sa tête, et elle portait une fine chemise de nuit qui avait remonté, révélant une cuisse fuselée.

Son sourire se figea quand il remarqua une deuxième forme endormie dans le lit.

Lacy…

Il serra les dents. Il ne comprenait pas pourquoi Cameron ne voyait pas que cette fille essayait simplement de profiter d'elle. Elle n'était pas plus la fille de Grant que lui! Cameron avait le cœur trop tendre; elle voyait l'adolescente comme une pouliche perdue et non comme la petite opportuniste intelligente et retorse qu'elle était.

Sachant qu'il ne pourrait porter Lacy dans sa chambre sans causer du grabuge, il contempla Cameron avec nostalgie. Il avait tant besoin de s'allonger à côté d'elle et de la tenir dans ses bras! Mais il ne voulait pas troubler son sommeil. Il s'approcha du lit et ôta avec précaution le journal des bras de sa femme, le posant sur la table de chevet. Puis il souffla la lampe et quitta la chambre en silence.

29

Le lendemain matin, Cameron s'attarda au lit, flottant dans cet état agréable entre sommeil et conscience où toutes les arêtes de la vie semblent émoussées. Elle se rappelait rêveusement l'odeur de l'herbe sous elle et l'arche de l'écurie au-dessus de sa tête tandis que Jackson et elle faisaient l'amour l'après-midi précédent. Le souvenir très précis du contact de ses doigts sur sa peau et du goût de sa bouche sur la sienne, la fit sourire de bien-être et elle s'étira avec paresse.

Lorsqu'elle ouvrit les yeux, cependant, la réalité la secoua : la visite des soldats, la veille au soir, et la disparition de Taye.

Elle tourna la tête sur l'oreiller et son cœur sombra plus encore. Ce n'était pas Jackson qui dormait paisiblement à côté d'elle, comme elle l'avait rêvé, mais Lacy.

Elle se leva avec un soupir et, tandis qu'elle s'habillait d'une simple robe bleu pâle et jaune et coiffait ses cheveux en un chignon bas sur la nuque, mille pensées l'assaillirent et pas des plus douces.

Jackson n'était peut-être même pas rentré de la nuit. Peut-être était-il resté avec Thomas, bouleversé par la nouvelle de l'accusation portée contre Taye. Ou peut-être la situation avait-elle changé pendant qu'elle dormait. Peut-être que Falcon et Taye avaient été arrêtés en essayant de quitter la ville…

En bas, elle trouva Jackson sous la véranda, buvant son café. Il lui jeta un coup d'œil par-dessus son journal. Il portait des culottes noires et une chemise blanche amidonnée, mais pas d'écharpe ni de veste. Il paraissait plus jeune que ses trente-neuf ans, avec ses cheveux sombres encore humides et son menton rasé de frais.

Elle respira avec bonheur le parfum exquis de fleurs de myrte. Cette senteur lui rappelait des souvenirs d'une vie entière, des souvenirs doux et doux-amers. La sueur lui picotait déjà la nuque ; la journée allait encore être très chaude.

— Il paraît que le treizième amendement, qui donne leur liberté aux Noirs, sera voté par le Congrès avant Noël, annonça Jackson en tournant une page de son journal. Et un quatorzième amendement suivra de près, qui fera de toute personne née dans ce pays un citoyen quelle que soit la couleur de sa peau.

Il ne se leva pas pour l'embrasser, et elle fut aussitôt sur ses gardes.

Pourquoi ne l'avait-il pas rejointe dans leur lit la nuit précédente ? S'il avait voulu reprendre avec elle des habitudes de mari et femme, ne serait-il pas venu dans leur chambre ? S'il avait vraiment voulu dormir avec elle, une enfant abandonnée de quatorze ans l'en aurait-elle empêché ? Autrefois, une horde de chevaux sauvages, un régiment de soldats et même une guerre civile ne l'auraient pas arrêté !

Elle se glissa sur une chaise en face de lui, ne sachant pas très bien si elle était fâchée ou juste blessée. Elle prit la serviette bien pliée posée devant elle.

— Le président Lincoln aurait été content.

— Oui.

Jackson tourna une autre page. Patsy arriva pour servir du café à Cameron.

— Le capitaine a dit pas de petit déjeuner pour lui, miss Cameron. Il a dit qu'il y a personne d'autre pour qui préparer un petit déjeuner, à part vous et la petite. Vous voulez que j'aille dire dans la cuisine qu'ils se remuent ?

Cameron secoua la tête en regardant le café noir couler dans sa tasse en porcelaine.

— Juste quelques petits pains et de la confiture, Patsy.

— Oui, miss Cameron.

Cameron sucra son café et le but, regardant Jackson par-dessus le rebord de sa tasse.

— Vous avez vu Thomas, hier soir ?

Il hocha la tête.

— Il veut bien représenter Taye. Il pense que le jury sera plus enclin à la déclarer innocente si elle est défendue par son fiancé, un homme qu'ils connaissent.

Il posa le journal et prit sa propre tasse.

— Il a l'intention de prendre contact avec des collègues aujourd'hui même pour former une équipe d'avocats.

— Il pense donc que cette accusation ridicule est fondée ?

— Il craint que, comme la Reconstruction ne fait que commencer, le gouvernement juge qu'il doive se montrer prudent dans une affaire comme celle-ci.

Il hésita.

— Cam… en vérité, j'ai appris que la tête de Taye est mise à prix. Cinq cents dollars pour l'esclave qui a tué son maître — morte ou vive.

— C'est barbare ! En outre, mon père a affranchi Sukey et Taye des années avant sa mort.

— Je comprends.

— Grant n'a donc jamais été le *maître* de Taye !

— Je le comprends aussi.

— C'est si injuste pour Taye ! Comment quelqu'un a-t-il pu…

— Cameron, la coupa Jackson en se penchant vers elle par-dessus la table. Je n'exprime pas ma propre opinion, mais plutôt ce qu'un jury blanc du Mississippi pourrait dire. Ce que les journaux sudistes et les républicains conservateurs pourraient dire. Grant a essayé de vendre sa virginité dans un bordel. Il sera même légitime de se demander pourquoi elle ne l'a pas tué plus tôt !

— Ce n'est pas la raison. Elle ne lui aurait jamais tiré dessus s'il n'avait pas tiré sur moi. Et maintenant vous me dites que sa vie est en danger pour cela ?

— Cam, il est stupide de se disputer alors que vous et moi sommes du même côté. Nous savons très bien tous les deux que c'était une forme de légitime défense parce que Taye vous défendait. Tout ce que je dis, c'est que nous devons procéder avec prudence parce qu'un jury pourrait ne pas le voir ainsi dans le contexte actuel.

— Comment un jury peut-il dire ce qui s'est passé ou non ? demanda-t-elle. Il n'y avait personne à part Taye et moi.

— Personne sauf vous, Taye, Naomi, Efia et Dorcas. Vous oubliez les jumelles.

Cameron leva les yeux et le fixa, s'efforçant de se reprendre.

— Je ne les oublie pas, dit-elle, mais elles n'étaient pas là. Elles n'ont pas pu voir quoi que ce soit. Et de toute façon, Naomi est allée voir Efia hier soir.

— J'ai déjà parlé à Naomi ce matin. Votre intuition était juste. Efia n'a rien voulu dire, mais Naomi est certaine que c'est elle qui est allée trouver le capitaine Grey.

— Pourquoi ? Pourquoi ferait-elle une chose pareille ? Vous savez ce que nous avons fait, toutes, pour ces deux filles.

Elle secoua la tête, accablée à l'idée de la trahison d'Efia, repensant aux semaines qu'elles avaient passées ensemble. A ce moment-là, rien de ce qu'elles avaient dit ou fait ne pouvait laisser deviner qu'Efia se retournerait ainsi contre Taye. Contre elles.

— Nous ignorons pourquoi elle l'a fait. Mais le Sud grouille actuellement d'hommes et de femmes désespérés qui tueraient leur propre sœur pour un peu d'argent. Nous devons trouver Taye et Falcon avant que quelqu'un d'autre ne le fasse.

— Falcon la protégera.

— De sa vie s'il le faut, mais il n'est qu'un homme. Si nous ne redressons pas cette affaire, Taye pourrait passer le reste de sa vie à fuir. Il faut que nous les trouvions. Mais nous devons être prudents. Nous ignorons quel genre de dossier Thomas compte monter. Il ne faudrait pas entraver ses efforts.

— Nous devons commencer à la chercher aujourd'hui ! Jackson fit « non » de la tête.

— Pourquoi pas ? insista Cameron. Fuir ne fait paraître

Taye que plus coupable aux yeux de la loi! Et maintenant, si elle est en plus en danger d'être tuée, nous devons…

— Je veux laisser à Thomas le temps de rassembler ses idées et d'échafauder un plan.

— Et si nous la trouvons? La ramènerons-nous pour affronter un procès? Qui peut dire que quelque chose de terrible ne lui arrivera pas ici?

Le visage de Jackson se durcit.

— Si nous la trouvons, ou plutôt *quand* nous la trouverons, je prendrai soin d'elle, Cam. Je vous le promets.

— Mais comment?

— Je ne le sais pas encore, mais je trouverai quelque chose, soyez-en certaine. C'est ce à quoi j'ai été entraîné. D'une manière ou d'une autre, nous la garderons en sûreté.

Il marqua une pause.

— J'ai d'ailleurs une assez bonne idée de l'endroit où ils sont allés.

— Vraiment?

Cameron posa son regard sur le sien.

— Où?

— Moins de gens le sauront, mieux ce sera. Une fois que nous aurons un plan, j'irai la chercher.

— Vous n'irez pas sans moi?

Le coin de la bouche de Jackson se releva en un sourire ironique qui rappelait leurs premières années ensemble.

— J'ai le sentiment que je pourrais essayer, mais je doute d'y parvenir!

Elle esquissa un demi-sourire et pendant un instant, très fugace, elle sentit une étincelle jaillir entre eux. Juste pour cet instant, elle eut l'impression d'être de nouveau en terrain familier avec l'homme qu'elle avait aimé plus que la vie elle-même.

Jackson se leva et le moment s'évanouit.

— Il y a autre chose que je dois vous dire, Cam. Il est important que vous le gardiez pour vous, mais j'ai dit à Thomas que je vous en parlerais.

Cameron fronça les sourcils.

— De quoi parlez-vous ?

Elle sentit sa poitrine se contracter. Thomas et Taye avaient-ils rompu leurs fiançailles ? Elle savait que quelque chose ne tournait pas rond. Pourquoi ni l'un ni l'autre ne lui avaient-ils rien dit ?

— Thomas est mourant, annonça platement Jackson.

— Quoi ?

— Il se meurt.

— Comment...

Jackson leva la main pour la faire taire.

— Je pense qu'il le sait depuis quelque temps. Il a essayé plusieurs traitements médicaux, mais aucun n'a marché. J'imagine qu'il a refusé la vérité pendant des semaines, peut-être des mois.

Cameron ne put que le fixer, incrédule. Thomas, mourant ? Cela paraissait impossible. Il était encore un homme si jeune, plus jeune que Jackson. Il avait été présent dans sa vie pendant tant d'années, solide et fiable ! Elle avait toujours su qu'il serait là pour elle. Et maintenant, ce ne serait plus le cas ?

— La tuberculose, dit doucement Jackson.

Un frisson parcourut Cameron tandis qu'elle croisait son regard plein de compassion. Elle repensa aux quintes de toux de Thomas, à sa maigreur, qui prenaient un autre sens tout à coup. Comment avait-elle pu être aussi aveugle ? Elle lui avait même demandé récemment s'il avait vu l'apothicaire. Thomas avait soutenu qu'il travaillait simplement trop dur. Pourquoi ne lui était-il pas venu à l'esprit qu'il pouvait être gravement malade ?

La réponse lui vint d'elle-même, rapide et sûre : *Pour la même raison que tu n'as pas pu voir que Taye n'aimait plus Thomas.*

— Non !

Elle saisit l'anse de sa tasse délicate. Sa main tremblait légèrement. Quand elle reprit la parole, essayant de se ressaisir, elle balbutia :

— Est-ce... est-ce que Taye est au courant ?

Autrefois, Taye lui disait tout. Mais depuis qu'elle était

venue la rejoindre à Baltimore, Cameron savait qu'il y avait des secrets entre elles.

Parce que tu as cessé de penser à son bonheur, s'accusa-t-elle durement. *Tu ne pensais qu'à toi. Tu pensais à toi plus qu'à Taye, plus qu'à Jackson — et même plus qu'à ton propre bébé. Il fallait que tu n'en fasses qu'à ta tête !*

— Elle ne le sait pas, et Thomas a demandé que nous ne le lui disions pas.

— Mais il faut le lui dire !

— Il aimerait le lui dire lui-même...

Jackson s'écarta de la table.

— C'est son droit, Cam. Et il a également le droit de décider quand il le lui dira.

Cameron fixa les larges planches peintes de la véranda. Elle se sentait coupable de ne pas avoir été plus perspicace. Elle se sentait coupable d'avoir été si immergée dans ses propres problèmes qu'elle n'avait pas vu les signes de la maladie de Thomas. Mais elle n'avait jamais fait volontairement de mal à Taye. Elle l'aimait.

— C'est peut-être ce qui n'allait pas entre Taye et lui, dit-elle. Je sais qu'elle trouvait qu'il ne lui donnait pas l'attention qu'elle attendait. Sa maladie est peut-être la raison pour laquelle il a déménagé.

Elle leva les yeux.

— Il savait, mais ne savait pas comment le lui dire.

Jackson contourna la table et s'approcha d'elle.

— Je pense qu'il espérait encore se tromper sur la gravité de son état. On ne peut pas l'en blâmer.

Il posa une main sur son épaule. Elle ferma les yeux, savourant ce contact.

— Pourrais-je lui parler ? murmura-t-elle.

— Pas encore. Donnez-lui quelques jours. Il était assez bouleversé. Je ne crois pas qu'il ait parlé à quiconque de sa tuberculose, et maintenant, il y a cette affaire avec Taye...

Il ôta sa main et elle rouvrit les yeux, le charme évanoui.

— Alors je dois juste rester assise à ne rien faire pendant que l'Etat monte un procès contre ma sœur ?

— Je serai de retour ce soir.

Il entra dans la maison, la laissant sous la véranda.

Elle ne put supporter de le regarder partir.

— Antoine, c'est bon de vous voir !

Antoine Gallier était un homme que Jackson avait connu pendant la guerre. Ils étaient tous les deux dans le transport de marchandises, et leurs chemins s'étaient croisés plusieurs fois. Jackson le savait en ville parce que Thomas travaillait sur des documents juridiques pour lui. Mais dans le remue-ménage causé par l'accusation de meurtre portée contre Taye, et avec le déplacement qu'il avait fait pour suivre la piste des Thompson's Raiders, il n'avait pas encore eu l'occasion de rencontrer son vieil ami.

— C'est bon de vous voir aussi, Jackson.

Ils se serrèrent la main avec chaleur.

— Je dois vous remercier de m'avoir adressé à M. Burl. Il m'a rendu de grands services. Il s'y connaît parfaitement dans les circonvolutions des expéditions internationales.

— Je suis content qu'il ait pu vous aider. Je vous avais dit qu'il ne vous décevrait pas. Etes-vous en ville pour longtemps ? Ma femme et moi serions heureux de vous avoir à dîner un soir.

— Je suis ici jusqu'à la fin de la semaine, puis je fais un détour à La Nouvelle-Orléans avant de rentrer à Baton Rouge.

— Que diriez-vous de ce soir, alors ?

— *Merci*, Jackson. Vous êtes trop aimable. Vous devez savoir combien il est sinistre de dîner seul lorsqu'on doit voyager aussi souvent !

— Quelle heure vous conviendrait ?

Jackson fit un signe de tête à une jeune dame qui passait en calèche, en agitant son mouchoir.

Gallier sortit sa montre de sa poche.

— Voyons, il est 5 heures…

Le portrait d'une femme à l'intérieur du couvercle de la montre en or accrocha le regard de Jackson.

— Sapristi, Antoine, qui est-ce ?

Gallier tourna la montre pour qu'il puisse mieux voir la miniature.

— *Mon Dieu...* C'est ma chère nièce, Minette...

Il se signa.

— Dieu ait son âme, qui repose au fond de la mer.

Jackson fixait le portrait de la jeune femme, choqué par sa ressemblance incroyable avec Taye.

— Je suis navré de l'apprendre, Antoine. Je dois vous le dire, elle ressemble tant à ma belle-sœur que vous auriez pu me dire que c'était elle et je l'aurais cru.

Le créole ferma la montre en or.

— *Oui,* j'ai eu le plaisir de rencontrer cette demoiselle la dernière fois que j'étais en ville. La ressemblance est en effet tout à fait troublante. Bien sûr, j'ai trouvé la jeune dame charmante...

Le cerveau de Jackson s'emballa soudain tandis qu'il considérait l'idée absurde qui venait de le frapper.

— Pourriez-vous me dire quand votre nièce est morte, Antoine ?

— En mai 61, juste avant le début de la guerre. Disparue en mer dans le golfe lors d'une terrible tempête. *Affreux !* Tous les matelots perdus. Mon propre bateau...

Il secoua tristement la tête.

— Un accident tragique. Ma femme était dévastée.

— Je suis désolé pour votre perte.

Jackson lui toucha affectueusement le bras, la tête bourdonnant des possibilités qu'il envisageait. Son idée ne tiendrait jamais la route ! C'était une idée ridicule, mais si ridicule qu'après tout elle pourrait bien marcher.

— Ecoutez, Antoine, voudriez-vous considérer de me faire une énorme faveur ? Une faveur plus grande qu'un homme ne peut décemment en demander à un autre...

Gallier leva les yeux.

— Vous savez que je ferais n'importe quoi pour vous, Jackson. Sans vous, mon entreprise aurait périclité pendant la guerre et ma famille aurait souffert de la faim.

— Ma proposition ne serait pas tout à fait légale, je vous le dis d'emblée, l'avertit Jackson. Mais je vous jure que ce serait pour une bonne cause. Cela signifierait énormément pour la famille de ma femme. Et pour moi...

Gallier eut un sourire rusé.

— Ce ne serait pas la première fois que je ferais quelque chose d'illégal, pas vrai, *mon ami*?

— Je ne comprends pas, Jackson...

Tout en parlant, Cameron jetait des vêtements sur le lit pour les emballer dans sa malle.

— Comment pouvons-nous sauver Taye en la ramenant ici pour affronter un procès? Vous avez dit vous-même qu'elle ne serait pas traitée justement! Et qu'est-ce que ce M. Gallier a à voir avec elle? Je n'ai jamais entendu parler de lui.

— Je n'ai pas encore tout mis au point dans mon esprit, mais Thomas et moi devons le rencontrer dans les bureaux de Thomas dans une heure. J'en saurai plus quand Thomas nous aura expliqué les ramifications légales.

Cameron empila des camisoles, des bas et un corset sur le lit. Elle ne faisait pas attention à ce qu'elle prenait. Elle voulait se dépêcher pour être prête quand Jackson serait lui-même prêt à quitter la ville.

— Je ne comprends pas, répéta-t-elle.

Elle se tourna vers lui. Il se tenait debout sur le seuil. Il n'était même pas entré dans la chambre quand il était venu lui dire qu'ils allaient chercher Taye.

— Dites-moi au moins où nous allons. Où est Taye?

— J'ai idée que Falcon et elle sont à La Nouvelle-Orléans.

— A La Nouvelle-Orléans? Pourquoi? Nous n'y connaissons personne.

Il secoua la tête.

— Cela n'a pas d'importance. Ce qui compte, c'est que nous devons la ramener ici.

— Je peux être prête dans l'heure. Il ne me faudra pas longtemps pour empaqueter les affaires de Lucy, aussi.

Il avait commencé à se tourner pour repartir dans le couloir, mais il pivota.

— Non, Cam… Juste vous. Je n'emmènerai pas cette tigresse plus loin que le bout de l'allée.

— Jackson…

— Il n'y a pas à discuter, la coupa-t-il avant qu'elle puisse présenter un argument. Cette petite restera ici avec Naomi, ou bien vous resterez ici avec elle. Je ne voyagerai pas avec elle. Je n'ai pas le temps de m'occuper de ses caprices !

Cameron ouvrit la bouche pour répondre, mais elle croisa alors le regard de son mari et comprit qu'elle ne remporterait pas cette bataille. Elle devait se décider : laisserait-elle Lacy entre les mains capables de Naomi, ou manquerait-elle cette occasion non seulement de retrouver Taye, mais aussi d'être seule avec Jackson pour quelques jours ?

Elle détestait l'idée de laisser Lacy, mais elle savait qu'elle devait accompagner Jackson. Si la seule façon de le faire était de ne pas emmener sa nièce, alors Lacy resterait à Atkins' Way.

Elle pinça les lèvres et releva ses cils pour regarder Jackson dans les yeux. Elle serrait un jupon jaune clair dans ses bras.

— Je serai prête dans quelques minutes.

— Prenez le temps qu'il vous faut. Nous ne pourrons probablement pas partir d'ici avant demain matin, de toute façon. Je n'ai pas encore décidé si nous irions en train, en voiture, par bateau ou les trois. Je veux juste que vous soyez prête.

— Je le serai, murmura-t-elle alors qu'il s'éloignait à grands pas dans le couloir.

30

— Désirez-vous autre chose ? demanda Falcon à Taye par-dessus la petite table dressée à l'extérieur.

Ils étaient descendus dans un hôtel de La Nouvelle-Orléans. Des bougies brillaient sur les tables, des lanternes dans les arbres, et trois hommes à la peau foncée jouaient une musique créole riche et envoûtante sur une estrade au-dessus d'eux.

— Autre chose ?

Taye le regarda, incrédule, et se mit à rire.

— Vous m'avez gavée de jambalaya, de cailles farcies aux huîtres et de crevettes, énuméra-t-elle, et vous voulez encore me faire manger ?

Elle prit le verre de vin qu'une belle quarteronne venait d'apporter.

— *Merci,* dit-elle en français.

Elle croisa les yeux sombres de la femme et ajouta :

— *Vous avez de très beaux yeux.*

La jeune femme inclina la tête et murmura :

— *Pas aussi beaux que les vôtres, madame.*

Taye se sentit rougir à ce compliment.

— *Comment vous appelez-vous ?*

— *Josette.*

— *Merci de vos mots aimables,* Josette…

La femme sourit et s'éclipsa.

— Je ne savais pas que vous parliez le créole, dit Falcon en l'observant intensément à la lumière vacillante des bougies.

Elle fit tourner son verre, regardant le vin écarlate glisser sur les côtés.

— Je parle quatre langues.

Elle lui jeta un coup d'œil par-dessus le bord du verre.

— Le français de Cameron est à peine passable, mais notre préceptrice disait toujours que j'avais un don pour les langues.

La bouche sensuelle de Falcon se releva d'un côté en un demi-sourire.

— Est-ce que l'une de ces langues, par hasard, est celle de ma mère ?

— Le cherokee ?

Elle rit et secoua la tête.

— Je crains que non ! Mais je parle la langue de votre père, l'espagnol.

— Alors si vous veniez en Californie avec moi, vous pourriez parler à mon *padre* dans mon dos. Je ne parle pas sa langue.

— Pourquoi ?

Il haussa ses larges épaules musclées.

— J'ai grandi parmi les Cherokees.

— Alors vous n'avez pas connu votre père quand vous étiez un petit garçon ?

Il secoua la tête.

— J'étais jeune homme quand je l'ai vu pour la première fois.

Elle but une gorgée de vin, pensive.

— D'une certaine façon, nous nous ressemblons. Moi aussi, j'ai grandi sans père. Sauf qu'il était là, et que je ne l'ai jamais su.

— Est-ce que ça vous met en colère ?

Elle réfléchit avant de répondre :

— En colère ? Non. Il ne pouvait pas en être autrement, je crois. Ce n'était pas notre façon de faire, avant la guerre.

Elle sourit avec bonne humeur.

— Mais j'ai la nostalgie de ce que j'ai manqué.

Falcon désigna du menton la quarteronne qui les avait servis et qui débarrassait une autre table.

— Je ne parle qu'un peu le français créole. Qu'a-t-elle dit ?

— Je lui ai dit qu'elle avait de beaux yeux. Elle a répondu que moi aussi, avoua timidement Taye.

— Elle a raison. Vous semblez très à l'aise, ici. J'en suis content. Je pensais bien que vous le seriez...

Il avait raison. Cela paraissait étrange à Taye qu'elle puisse se sentir tellement chez elle dans un endroit aussi éloigné de sa maison. Mais ici, à La Nouvelle-Orléans, il y avait tant d'hommes et de femmes de races mélangées que pour une fois, elle ne se sentait pas déplacée. Falcon avait eu la même impression lorsqu'il était venu à La Nouvelle-Orléans avec Jackson pendant la guerre. C'était l'une des raisons pour lesquelles il avait choisi d'amener Taye ici, pour lui montrer que sa vie pouvait être différente.

Elle but une gorgée de vin suave et fruité, et reposa son verre. Falcon tendit une main à travers la table pour couvrir la sienne.

— Aimeriez-vous danser avec moi ? demanda-t-il.

Un chant triste et doux d'amour trouvé et perdu montait dans les arbres couverts de mousse au-dessus d'eux, et des couples s'enlaçaient déjà pour danser. Ce n'était pas une valse ou une autre danse que Taye connaissait ; les hommes et les femmes semblaient seulement osciller en musique, dans les bras l'un de l'autre. Une façon de faire qui lui parut très osée, et terriblement séduisante en même temps.

— Vous dansez ? demanda-t-elle, enchantée par chaque nouvelle facette de la personnalité de Falcon qu'elle découvrait.

Il prit sa main et la conduisit au patio en briques pour rejoindre les autres couples.

— En général, je mets une coiffe de guerre sur ma tête et je danse autour d'un feu de camp, mais ce soir, il fait trop chaud pour faire du feu.

Elle mit une main dans la sienne et posa l'autre sur son épaule, en riant. Au clair de lune, parmi les lueurs scintillantes des lanternes dans les arbres, Taye pouvait presque oublier qu'elle était à La Nouvelle-Orléans parce qu'elle fuyait. Qu'elle fuyait pour rester en vie.

Falcon l'attira plus près et elle posa sa joue sur son épaule.

— Savez-vous ce que je souhaite? chuchota-t-elle.

— Les souhaits ne doivent pas être partagés, lui murmura-t-il à l'oreille. Sauf avec le ciel et notre mère la terre.

— Eh bien, c'est un souhait que je désire pourtant partager avec vous…

Elle renversa la tête en arrière pour le regarder dans les yeux, ces yeux d'ébène.

— J'aimerais pouvoir danser ainsi dans vos bras pour toujours.

Il effleura sa bouche de la sienne.

— Venez avec moi dans l'Ouest et nous danserons chaque soir sous les étoiles.

Elle secoua la tête.

— J'y ai pensé toute la nuit, Falcon. Et je ne crois pas pouvoir le faire. Je ne crois pas pouvoir laisser ma sœur. Pas sans au moins lui dire au revoir.

Et Thomas, songea-t-elle. *Comment puis-je simplement l'abandonner sans le délier de sa promesse?*

Elle regrettait à présent de ne pas être allée chez Thomas la nuit où les soldats étaient venus la chercher. Au moins, elle aurait eu l'impression d'achever quelque chose dans sa vie. Maintenant, tout était laissé en suspens. Il lui semblait qu'elle ne pouvait ni aller de l'avant, ni reculer.

La chanson s'arrêta et un banjo entama un rythme plus rapide. Main dans la main, ils regagnèrent leur table, mais là, Taye prit simplement son réticule.

— Retournons dans la chambre, dit-elle doucement.

Falcon tourna la tête pour la regarder dans les yeux et parut voir une signification dans ses paroles, une signification qu'elle ne comprenait pas tout à fait elle-même.

Au cours de la semaine qui avait suivi leur arrivée à La Nouvelle-Orléans, Falcon lui avait montré ce qu'il y avait à voir en ville. Ils avaient pique-niqué dans Jackson Square et avaient marché le long des quais à Decatur. Elle avait vu les dames de petite vertu s'exposer aux balcons de Bourbon Street et s'était promenée dans le Vieux Carré où Marie Laveau, la reine vaudou, se montrait parfois au crépuscule. Ils avaient regardé les créoles danser sur leur musique, s'étaient rassasiés des délices offerts par la Louisiane et avaient joué aux tables de jeu jusque tard dans la nuit.

Chaque soir, ils rentraient à leur hôtel de Royal Street où ils partageaient une chambre. Falcon avait dit que ce serait plus sûr s'ils voyageaient comme mari et femme ; Taye lui avait laissé prendre cette décision. Mais chaque nuit lorsqu'ils se retiraient, elle dormait seule dans le grand lit drapé d'une moustiquaire et lui s'installait par terre, près de la porte.

Mais ce soir, ce serait différent, parce qu'elle savait qu'elle devait retourner dans le Mississippi et affronter ses accusateurs. Elle savait qu'elle pourrait être pendue pour ce qu'elle avait fait, mais elle recommencerait si cela signifiait sauver sa Cameron bien-aimée.

Toutefois, sans mettre un terme à la vie qu'elle avait laissée derrière elle, elle n'avait aucun espoir d'explorer la possibilité d'une vie avec Falcon. Elle ne trouverait pas de vrai bonheur dans ses bras tant qu'elle n'aurait pas fait la paix avec Grant et Thomas.

Falcon lui prit le bras en silence, sentant qu'elle avait besoin d'être seule avec ses pensées, et quelques minutes plus tard, ils entraient dans leur luxueuse suite de l'hôtel des Trois-Sœurs. Il referma la porte à clé derrière eux et jeta son chapeau sur un fauteuil.

Ils avaient tous les deux acheté des habits en arrivant à La Nouvelle-Orléans. Taye portait une robe orange en dentelle qu'elle avait choisie sur une impulsion. Falcon avait choisi un pantalon noir et une veste rouge, et y avait ajouté un haut-de-forme noir qui le faisait paraître encore plus grand et plus imposant.

Elle posa ses gants sur le fauteuil à côté de son chapeau et se tourna face à lui. Il semblait lire dans son esprit, comme si elle était un livre de la bibliothèque de Jackson. Il prit ses mains dans les siennes. Elles étaient chaudes et rassurantes.

— Taye, dit-il doucement. Je vais vous prendre pour femme ici et maintenant, mais vous devez venir à moi de votre plein gré, sans regret. Vous savez que je peux vous emmener loin d'ici, là où on ne vous trouvera jamais.

Elle secoua la tête.

— Je dois retourner là-bas, Falcon.

Elle baissa la tête, puis la releva pour le regarder.

— Je sais que vous ne comprenez pas, mais je dois libérer Thomas de sa promesse de m'épouser. Et je dois répondre à mes accusateurs en justice.

Il fronça les sourcils.

— Je comprends l'importance d'une promesse, mais vous laisser arrêter…

Il secoua la tête.

— Je crains que vous ne trouviez pas la justice dans le tribunal des Blancs. Je crains que vous ne soyez jugée sur la couleur de votre peau et non sur vos actes, comme je l'ai été maintes fois par le passé. Comme je sais que vous l'avez été…

Elle pinça les lèvres, sentant les larmes lui brûler les paupières. Elle craignait qu'il se fâche contre elle, mais elle ne s'en souciait pas. Elle savait ce qu'elle avait à faire.

— Je dois quand même rentrer.

A sa surprise, il sourit.

— Vous êtes une femme très courageuse, Taye Campbell, assez brave pour être une Cherokee.

Il la prit dans ses bras, et elle leva le menton pour rencontrer ses lèvres.

Ils s'étaient embrassés souvent depuis le soir où ils avaient fui Atkins' Way, mais il y avait quelque chose de différent dans ce baiser. Taye se rappela les nuits où elle s'était caressée en rêvant de Falcon. Maintenant, elle savait qu'elle allait vivre ces fantasmes dans sa chair.

Elle comparaîtrait peut-être en justice, on la jugerait peut-être coupable et elle serait peut-être pendue pour le meurtre de Grant Campbell, mais elle aurait cette nuit, décida-t-elle.

Elle aurait cette nuit parfaite avec l'homme qu'elle aimait véritablement et avec qui elle voulait passer le reste de sa vie. Elle passa ses bras autour du cou de Falcon et l'attira contre elle. Elle sentit son pouls s'accélérer lorsqu'elle glissa sa langue dans sa bouche et en goûta l'intérieur sombre et brûlant. Il y avait quelque chose dans son odeur boisée, dans son goût, quelque chose de sauvage qui l'excitait d'une façon qu'elle n'avait jamais connue auparavant.

Falcon posa une main sur sa hanche et elle la couvrit de la sienne. Puis, lentement mais hardiment, elle la guida jusqu'à ce qu'elle couvre la rondeur d'un sein.

Elle poussa un soupir en sentant la chaleur de cette main traverser la fine étoffe de sa robe et de ses dessous. Il faisait si chaud et si humide à La Nouvelle-Orléans qu'aucune femme ne portait plus de vêtements que ce qui était absolument nécessaire.

Il tira sur sa lèvre inférieure avec ses dents et passa son pouce sur son téton. Elle soupira de nouveau, mais cette fois cela ressembla plus à un gémissement.

Elle était prise entre sa timidité et les sentiments irrésistibles qui s'épanouissaient en elle. Elle désirait non seulement être touchée, mais toucher aussi. Elle le désirait si fort ! Elle n'était pas une complète innocente ; elle avait grandi dans une plantation. Elle savait à quoi ressemblait le sexe d'un homme, et elle voulait toucher Falcon, sentir sa chair virile dans sa main.

Elle aurait peut-être dû avoir honte, mais ce n'était pas le cas.

Elle renversa la tête en arrière afin que Falcon puisse presser sa bouche au creux de sa gorge. En même temps, elle osa poser sa main sur sa cuisse et la faire remonter.

— Taye, grogna-t-il d'une voix sourde.

Le son de sa voix, rauque et pleine de désir, la rendit plus hardie encore. Elle fit glisser sa main jusqu'à ce qu'elle atteigne son érection, sous son pantalon, et fut récompensée par un autre grognement de plaisir.

Elle le caressa, fascinée par la façon dont il semblait se durcir sous ses doigts malgré son manque d'expérience.

— Taye…

Falcon fit glisser sa bouche sur la rondeur de sa poitrine au-dessus de son corsage. En même temps, il saisit son poignet et arrêta ses caresses.

Elle ouvrit brusquement les paupières et, durant un instant, craignit de s'être trompée. Peut-être ne voulait-il pas faire l'amour avec elle?

— Taye, je suis désolé… Je vous remercie du cadeau que vous m'offrez, mais je ne peux pas prendre ce qui est destiné à un autre.

Le souffle de Taye était si haché qu'il lui fallut une minute pour répondre. Elle était soulagée de ne pas avoir mal compris et de savoir qu'il la désirait.

— Falcon, je sais ce que je fais. Je sais ce que je veux. Quoi qu'il m'arrive, je sais que vous êtes destiné à prendre ma virginité, murmura-t-elle.

Il sourit, d'un sourire très doux et qui semblait triste en même temps. Il posa sa main sur sa poitrine, et elle sentit battre son cœur sous ses doigts.

— Vos paroles me touchent, mais je dois refuser. Vous êtes toujours liée par votre promesse à Thomas.

La lèvre inférieure de Taye se mit à trembler. Elle avait tellement besoin de lui en cet instant qu'elle savait qu'un frôlement de ses doigts sur son sexe la ferait exploser de plaisir. Mais elle ne pouvait pas s'imposer à lui s'il ne la voulait pas.

Elle baissa le menton, et sentit son visage s'échauffer d'un mélange de déception et d'embarras. Elle sentait sa nuque moite de la chaleur et de l'humidité de la nuit.

— Vous ne voulez pas faire l'amour avec moi alors que je suis consentante?

Il prit son menton entre son pouce et son index, et le leva pour l'obliger à le regarder dans les yeux.

— Je n'ai pas dit que je ne ferais pas l'amour avec vous, seulement que je ne prendrais pas votre virginité tant que vous ne pourrez me la donner librement.

Quand elle comprit ce qu'il voulait dire, son visage s'éclaira d'un sourire espiègle.

— Je n'y avais pas pensé, murmura-t-elle.

Cela se tenait, bien sûr. Si elle pouvait se donner du plaisir, pourquoi ne pourrait-il pas la satisfaire de la même façon? Pourquoi ne pourrait-elle pas le contenter et rester vierge? Elle leva les mains et Falcon les saisit dans les siennes. Leurs doigts se mêlèrent tandis qu'il approchait son visage du sien. Il prit sa lèvre inférieure entre ses dents et la mordilla doucement. Elle entrouvrit les lèvres et taquina sa langue de la sienne. Puis il couvrit sa bouche d'un baiser qui la suffoqua.

Elle eut un rire de gorge lorsqu'il la souleva dans ses bras et la porta jusqu'au grand lit qu'ils n'avaient pas encore partagé. La posant doucement dessus, il se redressa et entreprit d'ôter lentement ses vêtements. Ses bottes. Ses chaussettes. Sa veste rouge, sa chemise et son écharpe blanches.

Taye l'observait avec fascination, tandis qu'une chaleur intense gagnait d'abord ses joues, puis se répandait en elle lorsqu'il se dévêtit complètement. Son estomac se contracta; son pouls résonna plus fort dans ses oreilles. Elle humecta ses lèvres sèches du bout de sa langue quand il posa les mains sur la ceinture de son pantalon.

Là, il marqua un temps d'arrêt.

Elle baissa les paupières, continuant à le fixer, les yeux mi-clos.

— Je veux vous voir tout entier, Falcon. Je dois inspecter la marchandise avant de faire quelque promesse que ce soit!

Son rire sourd et chaud fut le meilleur baume possible pour ses nerfs. Elle le regarda alors sans plus aucune timidité faire glisser son pantalon noir sur ses hanches minces et hâlées.

Son souffle se coinça dans sa gorge quand elle vit les poils sombres. Puis il jaillit, plus grand qu'elle ne s'y attendait et pas si étranger que cela. Elle sourit et tendit une main vers lui.

— Il fait si chaud ici, murmura-t-elle en s'asseyant à moitié. Aidez-moi à retirer cette ennuyeuse robe...

Sans détacher son regard du sien, il lui ôta ses chaussures, puis ses bas de soie. Tandis qu'il la déshabillait, il s'attardait, passant ses doigts chauds sur sa peau, faisant remonter des frissons le long de ses jambes. Puis il s'assit sur le lit, face à elle, et la releva complètement en la prenant par les épaules. Il effleura ses lèvres de petits baisers légers, puis trouva les boutons dans le dos de sa robe.

— Pour un homme, vous êtes bien versé dans les toilettes de femme, plaisanta-t-elle d'une voix altérée tandis qu'il tirait les mètres d'étoffe par-dessus sa tête, faisant attention au tissu délicat.

Il prit le temps d'aller au fauteuil et de poser délicatement la robe sur le dossier.

Elle le regarda revenir vers elle, sa virilité raide et droite. Elle avait toujours su qu'elle ferait l'amour avec quelqu'un, mais elle avait toujours pensé que ce serait par devoir, celui d'une épouse envers son mari. Jusqu'à ce qu'elle rencontre Falcon, il ne lui était jamais venu à l'idée qu'elle désirerait réellement toucher un homme, le sentir en elle.

Il se rassit au bord du lit et l'aida à quitter son corset et sa camisole. Ce fut seulement lorsqu'elle fut complètement nue qu'il s'allongea à côté d'elle sur le grand lit et abaissa la moustiquaire de sorte qu'ils soient enveloppés dans un cocon vaporeux.

— Vous êtes plus belle que je ne l'avais rêvé, lui murmura-t-il à l'oreille.

Tout en parlant, il fit glisser un doigt entre ses seins, puis le fit descendre sur son ventre et remonter en un cercle nonchalant.

Taye soupira et, sans réfléchir, souleva les hanches quand sa main descendit de nouveau.

— Vous rêviez de moi?

Il se pencha pour presser un baiser sur la pointe de son petit sein ferme.

— Chaque nuit depuis que je vous ai trouvée dans ce jardin. Un cadeau tombé du ciel…

Elle retint son souffle lorsque sa main descendit plus bas sur son ventre, puis, au dernier moment, remonta.

Elle roula vers lui et se souleva pour prendre sa bouche de la sienne. Elle tremblait de la tête aux pieds, emplie de tension. En même temps qu'elle l'embrassait avec avidité, elle fit glisser sa main le long de sa jambe et, sans hésiter, s'empara de sa chair dure et brûlante.

Falcon grogna et leur baiser s'approfondit.

Taye était fascinée par son sexe, par sa forme, sa réactivité, la texture soyeuse de sa peau. Elle avait toujours trouvé un corps de femme magnifique, un cadeau du Créateur, mais elle ne savait pas à quel point un corps d'homme pouvait être superbe.

Falcon roula sur elle, et elle poussa un petit cri de protestation, pas encore prête à le lâcher.

Il plongea les yeux dans les siens, puis glissa le long de son corps, semant une traînée qui allait toujours plus bas de sa langue chaude et humide. Il taquina son nombril, puis posa sa joue sur son ventre.

Taye pouvait à peine respirer. Tout tournait autour d'elle. La chambre, le lit, ses pensées...

Falcon effleura le nid de boucles brunes entre ses cuisses de ses doigts habiles, et un cri s'échappa des lèvres de Taye.

— Chut, chuchota-t-il. Doucement... Nous avons toute la nuit...

Elle rit et ferma les yeux, essayant de reprendre son souffle et de ralentir son cœur qui tambourinait.

Il attendit un moment, puis se remit à la toucher légèrement. Elle haussa les hanches pour aller vers sa main. Une seule fois il frôla sa chair rose et gonflée, et elle cria de plaisir. Il reposa sa joue sur son ventre, prenant sa féminité dans sa paume, laissant les vagues suaves de la volupté la parcourir et la noyer.

Quand sa respiration fut plus régulière, il se mit à la toucher pour de bon. Il caressa les replis tendres et moites d'une main douce. Il voulait savoir ce qui lui plaisait, et cette pensée lui gonfla le cœur d'amour.

D'amour. Oui, elle l'aimait... Elle le savait, maintenant. Non seulement elle aimait Falcon, mais elle était amoureuse de lui. Et c'était très différent de ce qu'elle avait connu avec Thomas.

Peu à peu, il descendit dans le lit, semant des baisers de

plus en plus bas sur son ventre. Lorsqu'elle comprit ce qu'il comptait faire, elle songea à l'arrêter. Mais elle ne le put pas. Elle était incapable de mettre un terme à ce besoin qui semblait maintenant instinctif.

Elle enfila ses doigts dans les épais cheveux noirs de Falcon, se disant qu'elle ne lui permettrait qu'un seul baiser *là*. Mais dès que sa langue caressa les replis moites au creux de ses cuisses, elle se perdit dans les sensations. Il suffit d'un coup de langue — de deux — pour qu'elle se mette à gémir et à se tortiller sous lui.

De nouveau il s'immobilisa, lui laissant le temps de reprendre son souffle. Lorsqu'elle put parler, elle tendit la main vers lui.

— Falcon...

— Chut, fit-il. J'ai attendu longtemps de vous toucher, de vous goûter. Ne m'arrêtez pas maintenant.

Tout en parlant, il s'était mis à la caresser, explorant sa féminité en connaisseur, comme elle ne l'avait pas explorée elle-même.

Deux fois encore, elle cria de jouissance. Finalement, quand elle fut si fatiguée qu'elle ne pouvait plus lever les paupières, Falcon s'allongea à côté d'elle. Il souffla la lampe près du lit et l'enveloppa de ses bras.

— Je vous aime, ma Taye, lui murmura-t-il à l'oreille. Dites-moi que vous m'aimez et je vous attendrai jusqu'à la fin de mes jours.

— Je vous aime, chuchota-t-elle, les yeux fermés. Je veux être avec vous. Toujours.

— Alors, demain, j'enverrai un message à Jackson. Il nous dira ce que nous devons faire pour être toujours ensemble.

Taye ouvrit les yeux une dernière fois et vit Falcon qui la regardait. Puis elle glissa dans le sommeil, satisfaite de savoir que quoi qu'il arrive, elle pourrait mourir heureuse.

31

En mettant le pied sur le pont du bateau à aubes, Cameron inspira profondément l'air piquant de la nuit. Il était saturé d'odeurs entêtantes, aussi chaudes et puissantes que du whisky : la riche terre noire, la végétation, des morceaux de bois qui pourrissaient sur le quai et l'odeur du fleuve éternel en lui-même, pétri de vase, aussi sombre et lisse que de la mélasse.

Le craquement des armatures du bateau, le battement rythmé des pales et le chuintement de l'étrave qui fendait l'eau noyaient les bruits du fleuve qu'elle sentait tout autour d'elle. Mais elle les entendait dans sa tête, et ils semblaient plus réels que les notes de piano ou les rires des passagers venant du grand salon.

Elle imaginait sans mal les battements d'ailes des oiseaux de nuit, le coassement des grenouilles et les éclaboussures des poissons. Elle apercevait, faibles et vacillantes, les lumières des maisons le long de la berge, et essayait inconsciemment de distinguer les visages et les silhouettes des gens qui s'agitaient devant.

Elle entendait presque tinter une timbale en fer-blanc contre un seau tandis que des amoureux buvaient de l'eau fraîche à un puits, le murmure ensommeillé d'une mère qui chantait une berceuse au bébé qu'elle allaitait, le grincement d'un fauteuil à bascule usé…

— Ce vieux Mississippi…, murmura-t-elle. Je l'aime tellement !

Comment Jackson pouvait-il escompter qu'elle vive à Washington ou dans le Maryland, quand elle était à ce point une enfant du Sud profond ? Déchirée par la guerre et ravagée, cette région n'en restait pas moins toujours son pays, et elle en chérissait la terre et les gens de chaque fibre de son être.

Elle aperçut la silhouette de Jackson au clair de lune à l'autre bout du bastingage, et elle hésita à le rejoindre. Il voulait visiblement être seul, sans quoi il n'aurait pas choisi un endroit aussi à l'écart sur le bateau. Allait-elle simplement retourner dans sa cabine ?

Après un moment d'indécision, elle traversa le pont pour aller vers lui. Elle pressa les mains sur la rampe de bois peinte en noir et inspira de nouveau à fond, heureuse de ne pas être dans la cabine étouffante.

Jackson lui jeta un coup d'œil, puis regarda de nouveau l'eau sombre qui se ridait. Il était d'humeur pensive depuis qu'ils avaient embarqué sur le *Magnolia Queen*, la veille, à Vicksburg. Avant la guerre, il aurait été plus rapide pour eux de prendre la route et le train jusqu'à La Nouvelle-Orléans, mais comme le reste du Sud, la Louisiane était une friche de plantations détruites, de champs à l'abandon et de voies ferrées saccagées. Sur le quai, juste avant qu'ils ne montent à bord, un caporal, unijambiste portant encore les lambeaux d'un uniforme gris, avait dit à Cameron qu'un quart des hommes du Sud étaient morts. Trois cent mille esclaves avaient été libérés et erraient sur les routes sans travail et sans abri. Au regard de ces statistiques, il était même étonnant que ne sévissent pas plus de bandes de voleurs et d'assassins comme celle qui terrorisait la ville de Jackson.

— Je regrette de n'avoir pas pu me procurer un logement plus confortable, dit Jackson sans la regarder.

Il n'avait pu leur assurer une cabine privée dans un si bref délai, aussi Cameron partageait-elle une cabine minuscule avec miss Fanny Motterbee et sa grand-tante Frances Motterbee. Les deux femmes étaient très bavardes, ravies d'avoir avec elles une dame de la haute société du Mississippi. Le fait que le mari de Cameron soit un uankee semblait peu importer. Elles s'intéressaient plus aux ourlets des robes et à la forme des nouveaux bonnets qu'à la politique. Cameron était sortie pour échapper à leurs bavardages incessants. Elle écouta le bourdonnement du moteur à vapeur, qui dominait le bruit des pales.

— La cabine est parfaitement convenable, dit-elle.

Elle essayait de ne pas s'attarder sur le fait que depuis que Jackson était rentré, ils n'avaient pas dormi ensemble. La première nuit, quand les soldats étaient venus et que Taye s'était enfuie, Lacy avait dormi avec elle. Ensuite, Jackson s'était retiré chaque soir dans l'une des chambres d'hôtes et Cameron avait dormi seule. Non pas qu'elle le souhaitât ; simplement, elle ne savait comment lui demander de revenir dans leur lit. C'était en partie parce qu'elle voulait qu'il aborde le sujet le premier ; elle voulait qu'il ait *envie* d'être de nouveau avec elle.

— Nous avons même un petit hublot, continua-t-elle pour faire la conversation. Comment sont les quartiers des hommes ?

— Encombrés.

Il lui jeta un petit regard en biais, et elle vit sa bouche esquisser un sourire. Une parcelle de l'homme qu'elle avait connu avant la guerre.

— Enfumés et bruyants…

Cameron prit un risque et fit glisser sa main sur le bois ciré pour couvrir la sienne. Elle souhaitait si désespérément arranger les choses avec Jackson, surtout maintenant, avec la vie de Taye en danger. C'était juste qu'elle ne savait pas comment combler la brèche.

— Peut-être qu'à La Nouvelle-Orléans nous pourrions partager une chambre, juste nous deux, sans Fanny, Frances et votre douzaine de nouveaux amis, dit-elle d'un ton léger.

Il se tourna vers elle, et dans le clair de lune elle vit sur son visage des rides qui n'y étaient pas avant la guerre. La tendresse l'envahit. Elle souhaita pouvoir effacer ces rides, effacer les tragédies qu'il avait vécues et dont il parlait rarement. Mais elle savait qu'elle ne pouvait pas modifier le passé ; ni la guerre, ni la perte de leur bébé, ni les choses qu'elle lui avait dites par colère ou douleur. Tout ce qu'elle pouvait faire était aller de l'avant, essayer de réparer ce qui pouvait l'être, et accepter ce qui ne le pouvait pas.

Jackson lui prit la main et la porta à ses lèvres, puis il regarda les eaux boueuses du Mississippi.

— Parlez-moi, dit-il d'une voix altérée. Dites-moi ce que vous avez fait pour passer le temps.

— J'ai lu le journal de papa.

— Encore?

Il sourit et frotta sa main fine sur sa joue.

Il ne s'était pas rasé avant de dîner dans la cabine du capitaine, et sa peau était délicieusement rugueuse. Cameron craignait de respirer, de rompre le charme. C'était leur premier moment de véritable intimité depuis des semaines, peut-être des mois. Certes, ils avaient fait l'amour à Elmwood, l'après-midi de son retour, mais il ne s'était agi que de désirs accumulés et d'assouvissement.

— J'aurais cru que vous en aviez fini avec ce journal, à présent, dit-il d'un ton pensif. Si cela avait été le journal de mon père, je n'aurais pas pu m'empêcher de le lire jusqu'au bout d'une traite.

Elle s'appuya contre lui, pressant sa joue sur son épaule. Il sentait si bon, il avait une odeur si familière et si réconfortante! L'amidon de son écharpe, le cuir de ses chaussures fraîchement cirées, une pointe de tabac et l'odeur intrinsèque de sa peau, tout cela se combinait pour faire danser ses sens. C'était l'homme qu'elle aimait depuis ses dix-sept ans et son premier corset de dame. Un tel amour ne pouvait sûrement pas mourir si facilement; il devait y avoir, *quelque part,* une étincelle à ranimer…

— J'essaie de savourer ses mots, dit-elle doucement. Quand je lis, je ne le vois pas seulement lui, je me vois moi-même.

Jackson reposa les mains sur le bastingage, tout en gardant la sienne.

— Dites-moi ce que vous avez lu aujourd'hui.

— C'était à propos du mariage de mes parents. Un mariage arrangé, vous savez.

Il eut un sourire entendu.

— Un bon homme d'affaires par-dessus tout, votre grand-père paternel !

— Papa n'était pas amoureux de ma mère. Il la connaissait à peine. Mais il a fait ce que son père demandait et l'a épousée.

— C'est ce que font les hommes du Sud, fit observer Jackson.

— Mais une semaine avant le mariage, il a amené Sukey dans la maison pour qu'elle commence à s'entraîner à devenir gouvernante.

Elle parlait à voix basse, sur le ton de la conspiration, presque comme si elle était de mèche avec son père.

— En fait, il a discuté ouvertement de la question avec son père et a obtenu sa permission. La seule chose que mon grand-père avait stipulée, c'était qu'il soit discret.

Elle releva la tête de son épaule pour le regarder. Elle avait toute son attention, pour une fois, et il l'écoutait, aussi captivé qu'elle par l'histoire.

— Papa et ma mère se sont mariés, et moins d'un an plus tard Grant est né.

Elle sourit, se rappelant les mots de son père.

— Il a écrit, dit-elle en citant de mémoire : « Caroline a mis au monde à l'aube un garçon petit mais en bonne santé, sans faire d'histoires. Tous deux vont bien. J'espérais une petite fille rousse à faire sauter sur mes genoux, mais il y aura d'autres enfants. »

— Et alors vous êtes arrivée. La fille que tout homme désire en secret.

Elle eut un petit sourire triste, se demandant si Jackson avait souhaité que leur enfant soit un garçon, comme la plupart des hommes, ou si lui aussi avait espéré une fille aux cheveux roux.

Elle se tourna vers lui.

— Jackson…

Il écrasa sa bouche de la sienne, la prenant par surprise et la faisant taire. Puis il la fit pivoter dans ses bras, la coinça contre le bastingage et l'embrassa profondément.

Les flammes du désir s'attisèrent rapidement en elle, et

elle glissa ses paumes sous sa veste, sur son torse. Dans l'air chaud et moite de la nuit, la toile de sa chemise en coton était humide sous ses doigts.

Jackson fit alors descendre sa bouche le long de son menton et de son cou. Elle lui offrit sa peau crémeuse, et un frisson de volupté la parcourut.

Tandis qu'il pressait de petits baisers enflammés sur la rondeur de ses seins, elle glissa sa jambe entre les siennes et leva son genou pour le caresser. Il grogna.

— Sapristi, j'aimerais avoir obtenu une cabine pour nous seuls !

Cameron arqua le dos et sentit le bois dur s'imprimer dans sa chair, mais elle ne s'en soucia pas. La bouche de Jackson était trop bonne sur sa poitrine. Sa main qui la caressait à travers sa robe et ses dessous était bien trop exquise.

Leurs bouches se joignirent de nouveau ; leur désir fiévreux augmentait à chaque baiser brûlant.

Il saisit l'ourlet de sa robe de soie lavande, la pressant encore plus contre le bastingage. Elle rit, et repoussa sa main d'un geste joueur.

— Jackson ! Nous sommes dans un lieu public. Quelqu'un pourrait nous voir.

— Et que verraient-ils ? chuchota-t-il, son souffle chaud sur son oreille.

Il en taquina le lobe de sa langue.

— Un homme qui tient une femme dans ses bras… Quel mal y a-t-il à cela ? Vous êtes mon épouse. C'est mon devoir de vous montrer mon affection.

Elle rit de nouveau. Elle serait mortifiée si quelqu'un arrivait, mais en vérité, il avait raison. Bien qu'ils soient sur le pont, l'endroit était retiré et il n'y avait personne à proximité. Tous ceux qui étaient encore éveillés sur le bateau étaient occupés à boire et à jouer à l'intérieur.

Jackson lui prit la main et l'attira sur le devant de son pantalon.

— Vous voyez ? J'ai désespérément besoin de vous, Cam.

Elle caressa son érection, terriblement tentée. Une femme de son âge ne devait sûrement pas s'ébattre sur le pont d'un bateau, mais comme Jackson l'avait fait remarquer, ils étaient un couple marié depuis longtemps.

— Si nous sommes surpris, le menaça-t-elle, un frisson d'excitation la parcourant à l'idée de faire quelque chose d'aussi osé, je jure que je vous jetterai par-dessus bord !

Il rit et l'embrassa de nouveau tandis qu'elle s'attaquait aux boutons de son pantalon. Son baiser fut long et profond, et la laissa de nouveau à bout de souffle ; elle le désirait autant qu'il la désirait visiblement.

Jackson poussa un grognement et posa son menton sur son épaule alors qu'elle caressait son sexe dur et brûlant. Puis elle se surprit elle-même en attrapant ses jupes et en se mettant à genoux.

— Cameron, protesta-t-il. Vous ne...

— Chut..., fit-elle. Ne me dites pas que ça ne vous plaît pas !

Il lui massa les épaules.

— Si quelqu'un arrivait...

— Personne ne nous verra. Et si l'on nous voyait, chuchota-t-elle, j'aurais simplement laissé tomber mon gant et essaierais de le ramasser.

— Cam, vous ne pouvez pas...

Elle passa sa langue sur la peau soyeuse de son sexe, le faisant brusquement taire.

— Bonté divine ! marmonna-t-il.

Le pouls de Cameron s'emballa tandis qu'elle le taquinait de sa langue. Elle prit ses bourses dans une main et les caressa doucement.

Jackson avait le souffle court et serrait plus fort ses épaules. Tandis que son désir augmentait, celui de Cameron aussi. Elle le caressait de sa main et de sa bouche, le titillant au maximum pour se retirer jusqu'à ce que sa respiration s'apaise.

Elle avait bien l'intention de l'exciter jusqu'au point de non-retour, mais juste comme elle sentait qu'il était prêt à craquer, il la saisit fermement par les épaules et la remit sur ses pieds.

— Cam, arrêtez ! Vous allez me tuer.

— La mort n'était pas ce que j'avais à l'esprit, murmura-t-elle en souriant contre ses lèvres.

Elle abaissa de nouveau la main vers son sexe turgescent.

— Ce serait très bien si...

— Non, non, ce ne serait pas bien ! répliqua-t-il, comprenant ce qu'elle allait dire.

Il attrapa sa main, l'écarta et la poussa de nouveau contre le bastingage.

Il faisait sombre sur le pont, mais dans le clair de lune elle pouvait voir qu'il la regardait dans les yeux. Ses prunelles grises étaient embrumées de désir, et elle sentit qu'il s'adoucissait. Il tenait toujours à elle comme elle savait qu'il avait tenu à elle autrefois.

Il releva sa robe, ses jupons et sa crinoline. Sans détacher ses yeux des siens, elle lui prit l'étoffe des mains et se pencha en arrière, haussant les hanches.

Sa main trouva les replis tendres et moites de sa féminité, et elle se mordit la lèvre pour étouffer un cri de plaisir.

— Jackson...

La tenant fermement contre le bastingage, il se coula en elle. Elle laissa retomber ses jupes et ses jupons de sorte que les mètres de tissu les enveloppent.

Jackson l'enlaça alors de ses bras et commença à bouger en elle. Elle s'accrochait à ses épaules, crispant les paupières tandis que de grandes vagues de volupté la frappaient comme l'océan frappe le rivage. Le souffle de Jackson dans son oreille, chaud et haletant, ne faisait qu'accroître son ardeur. Il alla plus vite, et elle ouvrit davantage ses cuisses, le prenant aussi profondément qu'elle le pouvait.

Elle ouvrit soudain la bouche en un cri de jouissance, et il pressa ses lèvres sur les siennes si bien que le son les franchit à peine. Avec un dernier gémissement d'extase, il s'immobilisa.

Cameron eut brusquement l'impression qu'elle ne pouvait tenir debout. Ses jambes étaient faibles et sa tête tournait. Sa respiration était encore trop rapide, son cœur tambourinait.

Jackson se retira, baissa ses jupes et se hâta de refermer son pantalon. Puis il lui ouvrit les bras et elle se blottit contre lui. Ils changèrent de place, de sorte qu'il s'appuie contre le bastingage et qu'elle s'appuie sur lui.

Elle posa la joue sur son torse et écouta les battements de son cœur qui ralentissaient peu à peu leur cadence. Lorsqu'il l'embrassa sur le front et écarta une mèche humide de sa joue, elle sentit l'odeur musquée de leur étreinte sur ses doigts et ce parfum la parcourut d'un frisson de bonheur.

Relevant ses cils pour le regarder dans les yeux, elle glissa une main sur son épaule. Il effleura ses lèvres d'un tendre baiser et elle fut satisfaite.

— Je voudrais une chambre, dit Jackson à l'homme qui se tenait au grand comptoir richement orné de l'hôtel des Trois-Sœurs, dans Royal Street, à La Nouvelle-Orléans.

Cameron observa pendant ce temps le vestibule élégant et l'escalier tournant, en acajou, qui menait aux étages. A travers des arcades, elle pouvait voir un charmant patio où des clients prenaient de la citronnade et des douceurs. C'était le crépuscule, et les magnolias odorants étaient pleins de grâce dans la lumière qui baissait.

— Combien de temps resterez-vous? demanda l'homme avec un fort accent créole.

— Je ne sais pas. Deux ou trois nuits.

Cameron jeta un coup d'œil à Jackson. La nuit précédente, ils étaient restés blottis sur le pont du bateau et avaient parlé pendant des heures après avoir fait l'amour. Il lui avait fait part de son plan pour sauver Taye. C'était une entreprise impossible. Outrageuse. Mais pour l'heure, ils devaient trouver Taye et la ramener dans le Mississippi afin de mettre les événements en branle.

— Certainement, monsieur…

Jackson se pencha sur le comptoir.

— Pourriez-vous me dire si vous avez un client du nom de Falcon Cortès ?

— Je suis désolé. Non.

L'homme sourit.

— Pourrais-je avoir votre nom, monsieur, pour nos registres ?

Jackson fronça les sourcils.

— Capitaine Jackson Logan. Et madame.

Le large front du créole se plissa.

— Excusez-moi, monsieur, comment avez-vous dit ?

— Capitaine Jackson Logan.

— Comme c'est curieux. Nous avons déjà un capitaine Logan chez nous. Un homme grand, avec une jolie petite femme. Un parent à vous ?

— Apparemment, nous les avons trouvés, dit Jackson.

Cameron sourit.

Ils s'arrêtèrent à la porte de la chambre voisine de la leur et Cameron frappa. Ils entendirent du bruit derrière. Elle reconnut la voix de Taye, même si elle ne put distinguer ce qu'elle disait. La voix de Falcon était sourde.

Au bout d'un long moment, la porte s'entrebâilla.

Falcon jeta un regard à Jackson, à Cameron, puis il ouvrit complètement pour les laisser entrer.

— Pour un Cherokee, vous ne vous cachez pas très bien, mon ami ! fit Jackson en passant devant lui.

— Vous me connaissez trop bien, répondit Falcon en s'écartant pour laisser passer Cameron.

Au milieu de la pièce, il y avait une petite malle que l'on était visiblement en train de remplir. Jackson regarda Taye.

— Vous allez quelque part, belle-sœur ?

En voyant Cameron, Taye fit quelques pas vifs et se jeta dans ses bras.

— Comment êtes-vous arrivés ici si vite ? Nous n'avons envoyé le télégramme qu'hier matin.

Cameron étreignit sa sœur, puis recula pour la regarder.

— Nous n'avons pas eu votre message, mais nous sommes venus vous chercher. Taye, on offre une récompense pour te ramener à Jackson, morte ou vive.

Taye pâlit.

— Mais ne t'inquiète pas. Jackson a un plan...

Elle jeta un coup d'œil à Falcon, ne sachant toujours pas ce qu'elle pensait de lui. Mais à présent qu'elle connaissait la maladie de Thomas, elle était contente qu'il y ait quelqu'un dans la vie de Taye.

— Jackson et Thomas pensent qu'ils peuvent arranger cette terrible situation, mais tu dois rentrer à Jackson. Maintenant.

Cameron regarda Falcon et ajouta :

— Et vous, vous devez vous cacher jusqu'à ce que ce soit terminé. Ensuite...

Elle regarda de nouveau Taye.

— Je suppose que ce sera à vous deux de décider...

— Ce que dit Taye est la vérité, déclara Falcon. Nous vous avons envoyé un message hier disant qu'elle allait rentrer à Jackson pour affronter ses accusateurs.

Il parlait lentement, avec cette étrange cadence que Cameron trouvait presque séduisante maintenant.

— Parlez-moi de ce plan.

Taye serra le bras de Cameron. Des larmes emplirent ses yeux bleus tandis qu'elle la regardait.

— Non, nous ne pouvons pas parler de moi. Pas encore.

Soudain, elle avait l'air de vouloir se dissoudre dans ses bras. Cameron lui prit la main et la conduisit au lit.

— Taye, je t'en prie, ne sois pas bouleversée. Je pense vraiment que le plan de Jackson...

— Non, s'il te plaît. Tu dois m'écouter.

Des larmes roulaient sur les joues de Taye.

— Je... j'ai besoin de te dire...

Elle baissa la tête.

— ... combien je regrette ce que j'ai fait. D'avoir tué Grant, murmura-t-elle.

Jackson s'éclaircit la gorge.

— Falcon, il me faut un cigare, et peut-être quelque chose à boire. Descendons pour laisser un peu d'intimité à ces dames…

— Une minute, chaton, dit gentiment Cameron en pressant la main de Taye.

Elle suivit Jackson à la porte.

— Merci, chuchota-t-elle. Je pense qu'un moment seule avec moi lui fera du bien.

— Je veux juste que vous soyez heureuse, murmura-t-il. C'est tout ce que j'ai toujours voulu.

La sincérité de sa voix fit monter une boule dans la gorge de Cameron, et soudain des larmes emplirent ses yeux ambrés.

Il posa un baiser sur sa tête, puis suivit Falcon hors de la chambre et referma la porte derrière eux.

Cameron retourna au lit et s'assit à côté de sa sœur. Elle prit la main de Taye et la frotta. Malgré la chaleur du soir, sa peau était froide et moite.

— Veux-tu de l'eau?

Taye secoua la tête.

— Non. Je… je veux juste te dire que je regrette. Ce n'était pas par vengeance pour ce que Grant a fait à maman ou m'a fait…

Un sanglot lui échappa.

— J'ai seulement tiré parce qu'il t'aurait tuée, sinon…

Cameron sut qu'à cet instant Taye revoyait, elle aussi, Grant debout sur le balcon de leur père, agitant son pistolet. Il les avait accusées toutes les deux d'avoir gâché sa vie. Il les avait accusées de lui avoir volé l'amour de leur père. Puis il avait tiré. Il l'avait manquée de justesse et avait redressé l'arme pour tirer de nouveau. A ce moment-là, Taye était sortie de l'obscurité et avait fait feu sur lui.

— Oh! Taye! s'écria Cameron en l'enlaçant. Pas une minute je ne t'ai blâmée! Il a tué notre père. Il a tué ta mère aussi sûrement que s'il l'avait abattue lui-même, et il nous aurait tuées toutes les deux!

Elle sourit à travers ses larmes et essuya les joues mouillées de Taye en un tendre geste de sœur.

— A présent, je ne veux plus entendre un mot à ce sujet. Je ne t'ai jamais rien reproché. Jamais.

Elle tira de sa manche un mouchoir parfumé et le mit dans la main de Taye.

— Sèche tes larmes. Je vais retourner dans notre chambre, mais je n'en ai que pour une minute. Je veux que tu entendes quelque chose.

Elle pressa une dernière fois la main de Taye pour la rassurer et s'échappa. Quelques minutes plus tard, elle revint avec le journal de leur père.

— Je te l'ai dit, c'est personnel, protesta Taye en reniflant et en portant le mouchoir roulé en boule à ses yeux rougis.

— Je m'en moque. Je veux que tu entendes ceci.

Elle posa le volume.

— Mais d'abord, je vais t'aider à te déshabiller et nous allons grimper dans ce lit. A te voir, on dirait que tu n'as pas dormi depuis des nuits.

Pour une fois, Taye laissa Cameron s'occuper d'elle. Elle se tint comme une enfant au milieu de la pièce pendant que sa sœur la dévêtait, jusqu'à ce qu'elle soit pieds nus et vêtue d'une fine camisole.

Après avoir ôté ses propres habits, Cameron monta dans le beau lit ancien à côté de sa sœur et arrangea la moustiquaire autour d'elles. Puis elle alluma la lampe de chevet et ouvrit le journal sur ses genoux.

— Ecoute…

Taye s'adossa à un oreiller et croisa les mains sur son ventre.

Aujourd'hui, Sukey a donné naissance à une fille, et je ne peux m'arrêter de pleurer comme une vieille femme stupide. Tout ce que je peux faire est de la tenir dans mes bras dans la petite case d'esclaves et toucher ses orteils parfaits, ses doigts parfaits. J'ai toujours su que j'aurais des enfants et que je les aimerais. J'aime certainement mon Grant et ma Cameron. Mais ce bébé, cet enfant de ma chair, est né de l'amour. Et je remercie Dieu tout-puissant de ce don. J'espère seulement qu'elle grandira pour connaître la moitié de la joie qu'elle m'a donnée cette nuit.

Sukey et moi l'appellerons Taye.

Quand Cameron leva les yeux du journal, des larmes roulaient de nouveau sur les joues de Taye, mais c'étaient des larmes de bonheur.

Elle posa le journal et souffla la lampe. Puis elle se mit sur le côté et prit sa sœur dans ses bras, comme quand elles étaient petites filles à Elmwood et qu'elles partageaient le même lit.

— Dors maintenant, chaton, et demain matin tout ira mieux.

Les paupières de Taye se fermèrent.

— Ne me quitte pas.

Cameron posa un baiser sur son épaule nue.

— Je ne te quitterai pas. Je te le promets. Ni ce soir, ni quand nous rentrerons à Jackson. Tu vas traverser tout ceci, et ensuite tu auras une vie heureuse.

Elle posa la tête sur l'oreiller et ferma les yeux.

— Je le sais.

32

— Je ne peux pas faire ça…, murmura Taye. Je n'y arriverai pas…

Ses mains tremblaient tandis qu'elle les glissait dans des gants fauves.

— Bien sûr que si.

Cameron lui ajusta sur la tête un chapeau de paille neuf, puis elle en lissa le gros-grain bleu pâle parfaitement assorti à sa robe de mousseline portée sur une doublure de soie. Il était de la même couleur que ses yeux, la rendant encore plus ravissante, ce qui était exactement ce que Cameron avait espéré quand elle avait choisi l'ensemble.

Taye secoua la tête, se mordillant nerveusement la lèvre.

— Je ne suis pas une actrice. Ils vont voir clair en moi.

— Alors parle français autant que tu pourras.

Cameron prit les joues échauffées de sa sœur dans ses paumes et la regarda dans les yeux.

— Je doute que le capitaine Grey parle beaucoup français. Il est du New Jersey.

Ils étaient arrivés deux jours plus tôt à Meridian, dans le Mississippi. Les trajets en train et en voiture avaient été épuisants, mais Jackson avait soutenu qu'ils étaient nécessaires pour mettre en place la ruse qu'ils allaient déployer. Nul ne pourrait savoir que Taye était revenue dans le Mississippi avant que leur plan ne soit mis en œuvre.

La veille au soir, Antoine Gallier était arrivé lui aussi à Meridian et avait rencontré en secret Jackson et Cameron.

Taye et Gallier allaient prendre le train de midi pour Jackson. Cameron et Jackson rentreraient chez eux dans une voiture de louage, venant d'une autre direction.

Lorsque Taye et Gallier arriveraient à Jackson, ils se rendraient à l'hôtel Magnolia dont un bienfaiteur « inconnu » avait financé la rénovation, et seraient les premiers clients depuis la guerre. Mme Pierre n'avait même pas battu d'un cil quand Jackson lui avait demandé d'ouvrir avant la date prévue. Et, grâce à Dieu, elle n'avait pas posé de questions.

— Maintenant, tu dois veiller à te conduire comme si tu n'avais jamais vu la ville, rappela Cameron à Taye. Tu ne dois reconnaître personne, pas même moi.

— Je sais. Je sais.

Taye saisit les mains de sa sœur.

— Je connais le plan. Je prie que quelqu'un nous voie descendre du train et que cette comédie commence. M. Gallier et moi savons exactement ce que nous devons dire et faire.

— Bien.

Cameron essaya de se dégager, mais Taye la retint.

— Cameron, écoute-moi. Je veux que tu saches que si ça ne marche pas...

Sa voix se brisa et elle pinça ses lèvres roses.

— Si ça ne marche pas, reprit-elle fermement, je veux que tu saches que ce ne sera pas grave. Ce ne sera pas ta faute.

— Ne sois pas sotte. Cela marchera.

— Cameron...

Jackson entrouvrit la porte.

— Nous devons y aller. Nous n'aurions pas dû rester aussi longtemps.

Cameron planta un baiser rapide sur la joue de sa sœur.

— Tu réussis ça et tu feras carrière sur les scènes de New York !

Elle se hâta vers la porte.

— A bientôt, chaton.

Elle se força à sortir lentement, donnant l'impression d'avoir une foi totale dans le plan qu'ils avaient mis au point. Seul son cœur qui tambourinait comme un fou dans sa poitrine donnait une autre indication.

Taye arborait un sourire suave, son bras glissé sous celui d'Antoine Gallier, tandis qu'ils longeaient la rue pour se rendre à l'hôtel Magnolia. En marchant, elle essayait de ne pas penser à elle-même comme Taye Campbell, mais comme une jeune femme qui gisait au fond de l'océan Atlantique.

M. Gallier et elle étaient arrivés à l'heure, avaient payé des jeunes gens entreprenants pour livrer leurs malles au Magnolia et avaient quitté la gare à pied. Devant la gare, Gallier avait dû décliner deux offres pour des voitures, expliquant haut et fort, pour que tout le monde entende, que sa nièce et lui avaient besoin de prendre l'air après leur long voyage. Jackson avait insisté : il était important qu'autant de gens que possible les voient arriver en ville.

— *Il fait chaud, mon oncle,* dit Taye en s'efforçant de déguiser légèrement sa voix comme Cameron l'avait entraînée à le faire dans la semaine.

Antoine Gallier sourit aimablement et lui tapota le bras.

— *Il fait plus chaud qu'à Baton Rouge, si c'est possible.*

— Excusez-moi…

Un officier de l'armée en uniforme bleu traversa la rue, se dirigeant vers eux.

Le souffle de Taye se coinça dans sa gorge et elle dut se forcer à rester calme. Elle était certaine que l'homme était le capitaine Grey. Elle ne l'avait jamais vu — elle avait eu trop peur de regarder du haut de l'escalier, le soir où il était venu l'arrêter —, mais Jackson et Cameron le lui avaient décrit.

— Bonjour, monsieur, dit Gallier, et son accent créole parut plus prononcé à Taye qu'auparavant.

Deux jeunes soldats suivaient le capitaine, à trois pas derrière lui. Grey s'arrêta devant Taye et Gallier.

— Etes-vous Taye Campbell ? demanda-t-il.

Elle recula comme si elle était stupéfaite et le fixa.

— *Non.* Je suis Minette Dubois.

Elle répondit en anglais en prenant soin de prendre un accent créole.

— *C'est ma nièce.* Mademoiselle est ma nièce, dit Gallier en plissant son large front. Que pouvons-nous faire pour vous, monsieur ? demanda-t-il avec grandeur.

— Vous n'êtes pas Taye Campbell ? La sœur de Cameron Campbell ? insista Grey qui paraissait troublé.

Taye secoua la tête et pressa sa main gantée sur les ruchés de son corsage.

— *Non.* J'ai… hum…

Elle se tourna vers Gallier.

— Comment dites-vous *accompagné* ?

Il lui dit le mot en anglais.

— J'ai « accompagné » mon oncle, répéta Taye comme une étudiante docile, qui est venu en voyage d'affaires dans cette ville.

L'officier l'étudia un moment encore, puis jeta un coup d'œil dans la direction de la prison, qui était visible de l'endroit où ils se tenaient.

— Cabot ! aboya-t-il à l'intention de l'un des soldats.

— Monsieur ?

— Retournez à la prison, et amenez cette femme ici.

— Quelle femme, monsieur ?

— La femme qui est entrée dans la prison voilà un instant et qui a demandé pourquoi nous n'avions pas arrêté miss Campbell alors qu'elle marchait dans la grand-rue avec un homme en veste noire et avec une grosse moustache sombre. La femme qui a dit que c'était Taye Campbell !

— Oui, monsieur.

— Je suis désolé…

Le capitaine fit un demi-sourire, mais il bloquait toujours le passage à Taye et Gallier.

— Je suis le capitaine Grey, de l'armée des États-Unis. J'ai été posté à la prison de Jackson. Je crois que nous sommes peut-être devant un cas d'erreur d'identité. Nous recherchons une femme qui correspond à votre description, mademoiselle. Si vous pouviez juste attendre un instant, je suis sûr que nous pourrons éclaircir rapidement cette affaire.

Taye regarda Gallier. Il n'était pas difficile de paraître mal à l'aise. Elle tremblait dans ses chaussures neuves à talons.

— *Mon oncle, je ne comprends pas. Que veulent-ils ?*

— Je préférerais que vous parliez anglais, mademoiselle, vu que je ne parle pas français.

Taye dut réprimer un sourire de triomphe. C'était précisément ce qu'ils espéraient.

— *Je pense qu'il marche,* ajouta-t-elle à l'intention de Gallier.

— Minette, ma chère, dit Gallier. Le capitaine demande que nous parlions anglais, pas français.

— *Oui,* fit Taye en battant des cils à l'intention de Grey. Bien sûr, monsieur. Je vous demande pardon de ma grossièreté.

— Ma nièce est récemment arrivée de France, voyez-vous, expliqua Gallier comme Jackson le lui avait indiqué la veille au soir. Elle a appris l'anglais, bien sûr, mais elle n'a pas eu autant d'occasions de pratiquer cette langue qu'elle l'aurait désiré avant de nous rejoindre, ma femme et moi, à La Nouvelle-Orléans.

Taye sourit joliment, tenant toujours le bras de Gallier. Le capitaine Grey la regarda.

— Et elle arrive juste de France, dites-vous ?

— *Oui.* Oui, se corrigea Taye.

Tous trois levèrent les yeux et virent alors Cabot qui conduisait Efia dans la rue.

— Bien sûr, que c'est elle ! l'entendit dire Taye.

Elle s'efforça de combattre les émotions qui bouillonnaient en elle. Elle devait jouer son rôle si elle voulait avoir une chance de ne pas être condamnée pour meurtre. De ne pas être pendue jusqu'à ce que mort s'ensuive.

— Là, c'est Taye Campbell ! répéta Efia en la montrant du doigt. Vous la voyez pas ? Je vous disais bien qu'elle marchait dans la rue, fière comme un paon avec ce chapeau !

Taye porta son regard sur Gallier. Ses yeux sombres croisèrent les siens, et elle éprouva une étrange sensation de calme. Elle pouvait le faire. Après tout, elle était une Campbell, non ?

— *Je ne comprends pas…* Je ne comprends pas, reprit-elle dans son meilleur anglais hésitant.

— Etes-vous sûre qu'il s'agit de Taye Campbell ? demanda le capitaine à Efia.

— Sûr, que j'en suis sûre ! lâcha Efia. Regardez-la : habillée comme une Blanche, mais on sait de quelle couleur est vraiment sa peau, pas vrai ? Elle est noire comme la boue du Mississippi, comme le reste d'entre nous, pauvres nègres !

Taye fut déconcertée par la haine qu'elle entendait dans la voix d'Efia, une haine qu'elle ne comprenait pas. Pourquoi cette hostilité ? Cameron et elle n'avaient été que bonté envers Efia et sa sœur Dorcas. Elle resserra son emprise sur le bras de son « oncle ».

Le capitaine Grey regarda Taye de nouveau.

— Et vous dites que vous n'êtes pas Taye Campbell ?

— *Non…,* répondit Taye d'un air innocent. Je suis Minette Dubois… J'arrive de la Sorbonne à Paris.

— C'est absurde, marmonna l'officier en frottant son front moite.

— J'sais pas ce qu'elle raconte dans ses mots français, capitaine, protesta Efia en agitant la main. Tout ce que j'sais, c'est que c'est elle.

Elle fit un pas vers Taye, qui recula comme si elle était effrayée par cette folle furieuse. Efia pointa son index vers elle.

— C'est elle qui a tué Grant Campbell de sang-froid ! J'ai tout vu.

Ils commençaient à attirer des badauds. Le boulanger sortit de sa boutique, les mains couvertes de farine. Deux dames sous leurs ombrelles traversèrent la rue boueuse pour venir voir ce qui se passait. Un jeune garçon passa la tête par une fenêtre et cria à sa mère de venir voir. Un groupe d'hommes noirs qui se tenaient au coin de la rue commença à se rapprocher.

Le capitaine Grey regarda la foule qui grossissait et jaugea rapidement la situation.

— C'est bon. C'est bon.

Il leva les deux mains et se plaça entre les deux femmes.

— Mademoiselle, je suis navré, dit-il à Taye. Je dois vous demander de m'accompagner à la prison. Juste jusqu'à ce que nous puissions éclaircir les choses.

— Vous l'arrêtez? se récria Antoine Gallier, feignant le choc. C'est ridicule!

Grey tendit la main, indiquant la direction de la prison.

— Mademoiselle... je vous en prie.

Taye lança un bref coup d'œil à Gallier et lâcha son bras. Son cœur battait si fort dans sa poitrine qu'elle craignait que le capitaine ne l'entende. Mais tout ce à quoi elle pouvait penser, c'était à Falcon, qui la jugeait aussi courageuse qu'une femme cherokee. C'était le plus grand compliment qu'il pouvait lui faire. Et maintenant, il attendait quelque part hors de la ville, se cachant jusqu'à ce qu'elle soit relâchée et qu'ils puissent être ensemble.

— *Mon oncle?* murmura-t-elle d'un ton pathétique.

Elle ouvrit de grands yeux, essayant de ressembler à un lapin effrayé.

— *Tout va bien...* Tout va bien, ma chère enfant, soutint Gallier, sa moustache frémissant. Je vais faire venir mon avocat sur-le-champ à la prison. Il pourra sûrement redresser cette affaire.

Grey laissa Taye passer devant lui.

— Votre avocat, monsieur? demanda-t-il sur la défensive. Vous êtes venu en ville avec votre avocat?

— Certainement pas!

Gallier se redressa de toute sa hauteur, l'air indigné.

— Je suis ici, à Jackson, parce que c'est ici que mon avocat exerce. M. Thomas Burl s'occupe d'affaires pour moi. C'est un expert en législation relative aux expéditions internationales.

Grey regarda Taye, perplexe. Et toujours sceptique.

Il était plutôt commode que M. Gallier, de Baton Rouge, ait un avocat à Jackson. Cameron et Jackson avaient discuté pour savoir s'ils devaient ou non employer Thomas comme avocat de *Minette,* quand il était censé être fiancé à Taye. Ils savaient que cela pourrait paraître suspect. Finalement, Jackson avait gagné, déclarant que l'avantage d'avoir Thomas plaidant devant le tribunal et disant que ce n'était pas sa fiancée l'emportait sur le risque de suspicion.

Taye s'obligea à respirer lentement tandis qu'elle se frayait un chemin dans la rue boueuse au côté du capitaine Grey, ignorant Efia qui les suivait et continuait à proférer ses accusations à voix haute, pour que tout le monde l'entende.

Les hommes et les femmes qui se trouvaient dans la rue les regardaient fixement. Quelques-uns connaissaient Taye et étaient visiblement troublés. Elle pouvait le voir sur leur visage, l'entendre dans leurs murmures. Elle baissait les yeux, feignant de ne connaître personne.

S'il vous plaît, faites que ça marche, priait-elle en silence. *S'il vous plaît, mon Dieu!*

— Cabot!

— Monsieur?

Le soldat s'empressa de s'approcher.

— Je veux que vous alliez avec Tattersaw à Atkins' Way. Amenez le capitaine Logan ici. Il pourra sûrement identifier cette femme et nous dire si elle est ou non sa belle-sœur.

Cameron était dans sa chambre et faisait travailler Lacy, quand elle entendit l'une des nombreuses nouvelles soubrettes introduire le soldat Cabot en bas. Etant sûre de savoir pourquoi il était là, même si elle ne pouvait entendre la discussion dans le vestibule, elle s'apprêta à aller en ville.

— Finis d'écrire tes lettres, Lacy, dit-elle. Et pas de pâtés, s'il te plaît.

— Mais où allez-vous? demanda sa protégée.

Lacy était une élève douée, et sa grammaire devenait tout à fait bonne quand elle voulait.

— Je dois aller en ville.

Cameron attrapa son chapeau de paille qui ressemblait à un canotier d'homme et l'ajusta devant le miroir.

Lacy fronça son joli nez piqueté de taches de rousseur. Au cours des semaines passées, elle avait pris un peu de poids et ses joues s'étaient remplies. Grâce à un régime approprié, à des leçons et des habits corrects, la jeune dame enfouie en la sauvageonne Lacy commençait à émerger. Et chaque jour qui passait, Cameron était plus convaincue qu'elle était bien sa nièce, malgré l'absence de preuves.

— Je n'aime pas beaucoup Jackson, dit Lacy d'un ton détaché.

Cameron la regarda dans le miroir.

— Dommage.

— Pourquoi ?

— Parce qu'il est mon mari… et que je l'aime. Et j'espère qu'il sera le père de mes enfants.

Lacy lui jeta un regard en coin.

— Vous avez encore un polichinelle dans le tiroir, tante Cammy ?

— Lacy Campbell, tu ne dois pas parler ainsi !

Cameron se détourna du miroir, l'air sévère.

— Tu aurais dû dire : « Tante Cammy, *avez-vous* de nouveau un polichinelle dans le tiroir ? »

Lacy se jeta sur le lit et rit aux éclats, battant des pieds d'une manière qui ne convenait pas du tout à une dame.

— Vous êtes si drôle, tante Cammy ! J'adore quand vous me faites des blagues.

Cameron sourit et se pencha pour poser un baiser sur sa tête qui sentait bon. Ses cheveux avaient été proprement nattés par Naomi ce matin-là.

— Madame Logan ? appela Jackson d'en bas. Madame Logan, pouvez-vous venir tout de suite ?

— Je dois y aller, dit Cameron avec un petit geste de la main. Quand tu auras fini, tu pourras jouer avec Ngosi.

— Extra !

Lacy se jeta de nouveau à plat ventre sur le lit et attrapa l'abécédaire pour prendre modèle.

Cameron sortit dans le couloir.

— Oui, capitaine? lança-t-elle en allant au sommet de l'escalier, jouant le rôle de la bonne épouse pour le public qu'elle savait être en bas. Qu'y a-t-il?

Jackson se tenait à la porte d'entrée avec un jeune soldat qui paraissait à peine assez âgé pour être sorti de la nurserie.

— Désolé de vous déranger, ma chère, mais ce jeune homme dit que votre sœur a peut-être été trouvée.

Cameron saisit la rampe et se hâta de descendre.

— Va-t-elle bien? Oh! Dieu merci! J'avais peur que cet effrayant Peau-Rouge ne lui ait fait du mal!

— Le capitaine Grey a demandé que je vienne l'identifier à la prison, et je savais que vous voudriez venir. Mais il semble qu'il y ait une certaine confusion...

— Bien sûr, que je viens. J'allais partir pour Elmwood, répondit Cameron en tapotant son chapeau, mais je vais plutôt vous accompagner.

Jackson se tourna vers le soldat en uniforme bleu.

— Mme Logan et moi arrivons tout de suite, militaire.

— Oui, monsieur.

Cabot sortit à reculons et ferma la porte derrière lui.

Jackson offrit son bras à Cameron avec un sourire espiègle.

— Belle comédie, madame Logan. J'ai toujours pensé que vous aviez du talent pour l'art dramatique.

Elle prit son bras avec un sourire malicieux.

— Vous n'êtes pas si mal vous-même, capitaine Logan.

33

— Capitaine Grey! s'écria Cameron en se précipitant dans la prison devant Jackson. Le ciel soit loué, vous avez retrouvé ma sœur!

Elle abaissa son ombrelle en dentelle beige et agita devant son visage un éventail de bois de santal. La chaleur de fin d'été était étouffante dans la petite pièce.

— J'ai craint le pire quand mon mari a soupçonné que Taye avait été enlevée par ce Peau-Rouge!

Le capitaine se leva de sa chaise derrière le bureau.

— Madame Logan.

Il hocha la tête.

— Capitaine Logan.

Son regard revint à Cameron.

— Je vous fais mes excuses. Je ne voulais pas dire que vous deviez amener Mme Logan en ville par cette chaleur.

— Mon mari savait que je voudrais revoir ma sœur sans tarder.

Elle regarda dans la direction des cellules.

— Puis-je la voir, je vous prie?

Paraissant nerveux et peu sûr de lui, le militaire conduisit Cameron dans un couloir qui pouvait être fermé par une porte de bois et une grille en fer. Le jeune soldat qui était venu à Atkins' Way montait la garde à l'entrée des geôles.

— Juste ciel, murmura Cameron en s'éventant. Ma pauvre sœur. Je ne peux imaginer ce qu'elle a traversé.

Le capitaine Grey s'écarta, la laissant passer dans un corridor qui comportait quatre petites cellules, chacune barrée de fer.

— Taye? appela-t-elle en se précipitant en avant. Taye, ma sœur chérie.

Elle s'arrêta devant la seule cellule occupée. La porte en était ouverte. Taye était assise sur une chaise de bois. Dès que Cameron la vit, son estomac se crispa, mais elle mordit sa lèvre inférieure et élargit les yeux de surprise.

— Juste ciel! Mais qui êtes-vous?

Taye se leva et la regarda en feignant une égale surprise.

— Capitaine, je croyais que vous aviez retrouvé ma sœur? s'écria Cameron.

L'officier s'approcha de la cellule.

— Ce n'est pas votre sœur?

Cameron regarda de nouveau Taye.

— Eh bien, je dois reconnaître qu'il y a une légère ressemblance, mais…

Elle jeta un coup d'œil au capitaine, et ajouta, baissant discrètement la voix et ses cils :

— Vous savez que ma sœur est à moitié noire…

Le militaire attendit. Cameron baissa plus encore la voix, comme si elle était gênée d'aborder la question.

— Et cette jeune dame n'est visiblement pas d'origine africaine, monsieur.

Grey regarda Taye une fois encore; la perplexité se lisait sur son visage.

— Ce n'est pas votre demi-sœur, Cameron Campbell?

— *Non.*

Taye joignit ses mains fines.

— Je n'ai jamais vu cette femme de ma vie, monsieur.

— Seigneur, marmonna Grey à mi-voix. Capitaine Logan?

Il désigna la cellule d'un geste impatient.

— Ce n'est pas votre belle-sœur, Taye Campbell?

Jackson tendit le cou vers la cellule, jeta un coup d'œil à Taye et se tourna vers le militaire.

— Une jolie fille, mais ce n'est pas Taye.

— Alors puis-je partir, capitaine? demanda timidement Taye.

Le capitaine Grey lui lança un regard sans répondre, sortit d'un pas pesant de la cellule et retourna dans le bureau de devant, suivi de Jackson et Cameron.

Alors que Cameron se détournait, son regard croisa un instant celui de Taye. Elle n'osa pas parler de peur que l'un des hommes ne l'entende, mais elle vit l'amour et le souci dans les yeux de sa sœur.

— Ainsi, vous n'avez pas trouvé ma sœur, dit-elle une fois revenue dans l'entrée de la prison.

Le capitaine s'assit et essuya son front moite de sa main.

— Franchement, madame Logan, je ne comprends rien à ce qui se passe.

Il leva les yeux.

— Cette femme, Efia, dit qu'il s'agit de Taye Campbell.

— Et vous croiriez une femme de J-Ville plutôt que moi? Voyons, capitaine Grey, ne savez-vous donc pas qui je suis? Qui était mon père?

— Je suis désolé, dit le militaire en s'adressant à Jackson. J'irai au fond de cette affaire. Mes excuses pour vous avoir fait venir jusqu'ici.

— Ce n'est rien, capitaine. Je comprends que vous faites ce que l'on vous demande.

Jackson remit son chapeau.

— Vous continuerez à chercher ma belle-sœur, n'est-ce pas? Nous craignons le pire avec M. Cortès qui a disparu lui aussi.

Il le regarda dans les yeux, d'homme à homme.

— Comprenez-vous?

— Parfaitement.

L'officier hocha la tête.

— Merci encore.

Il était maintenant visiblement impatient de se débarrasser d'eux.

— Si j'entends dire quelque chose, capitaine, je vous avertirai.

Exactement dans les temps, Thomas entra dans la prison avec Antoine Gallier juste comme Jackson et Cameron en sortaient.

— Oh! Thomas! s'exclama Cameron en tirant un mouchoir de sa manche. Il n'est pas utile que vous entriez. Cette jeune personne n'est pas notre Taye.

— Bien sûr, que ce n'est pas cette *Taye*! fulmina Gallier. C'est ma nièce que l'on retient injustement ici!

Thomas se pencha pour embrasser Cameron sur la joue, et elle ne put s'empêcher de remarquer combien il paraissait maintenant mince et frêle, combien sa peau était pâle. Le seul fait de le voir lui fit presque venir les larmes aux yeux. Elle battit des cils et regarda Jackson, puis tendit la main vers lui.

— Je ne me sens pas bien, tout à coup, capitaine…

— Je suis désolé, dit Thomas en s'écartant pour laisser Jackson prendre le bras de Cameron et la conduire dehors. Je vous en prie, n'hésitez pas à l'emmener dans mes bureaux. Mon assistant pourra vous donner quelque chose de frais à boire. Peut-être Mme Logan a-t-elle seulement besoin de s'asseoir.

Cameron laissa Jackson la guider dans la rue.

— Vous devriez avoir honte de vous, lui murmura-t-il à l'oreille, en plaisantant. Vous allez pousser ce pauvre capitaine Grey à boire.

— Je m'en moque, chuchota-t-elle, à partir du moment où il relâche Taye d'abord.

Thomas s'avançait maintenant vers le fond de la prison.

Taye se leva de sa chaise pour le saluer et fit une petite révérence.

— Minette, voici M. Thomas Burl, mon avocat, dit Antoine Gallier, faisant les présentations. Et il m'assure, mon petit cœur, qu'il peut arranger cette histoire en quelques heures.

— Oh! Je l'espère tellement, *mon oncle*! murmura Taye à l'intention du capitaine Grey et du soldat qui se tenaient dans la cellule.

Thomas se tourna vers le capitaine.

— J'aimerais voir ma cliente seule, dit-il gravement.

Grey parut sur le point de protester, puis il leva une main.

— Certainement, monsieur Burl. Prenez tout le temps qu'il vous faut. Le juge Mortimer n'est pas en ville, mais je crois savoir qu'il rentrera dans la semaine.

— Et vous allez retenir ma cliente jusque-là ?

— Elle… Miss Campbell a été accusée de meurtre. J'ignore qui va tirer cette affaire au clair, mais franchement cela ne relève pas de moi, monsieur.

Il repassa dans le bureau de devant sur les talons du soldat et ferma la porte massive.

Ce fut seulement lorsqu'elle l'entendit se fermer que Taye poussa un soupir de soulagement.

— Oh ! Thomas…, murmura-t-elle.

Elle franchit les quelques pas qui les séparaient et l'enlaça. Il détourna son visage et elle recula, craignant de se mettre à pleurer.

— Vous avez tous les droits d'être fâché contre moi, de me détester, dit-elle doucement. Mais je vous en prie, laissez-moi…

— Monsieur Gallier, ceci est très embarrassant, dit Thomas avec raideur. Voudriez-vous nous laisser un peu d'intimité ?

— Bien sûr.

Le créole souleva son chapeau et sortit de la cellule.

— Je vais attendre près de la porte pour être certain que personne n'arrivera ou n'écoutera.

Taye attendit qu'il disparaisse avant de reprendre à mi-voix :

— Thomas…

— Nous n'avons pas beaucoup de temps, la coupa-t-il.

— Mais je dois vous dire…

Il lui prit les deux mains et plongea son chaud regard brun dans ses yeux.

— Taye, je vous libère.

— Quoi ?

Elle scruta son visage familier, cherchant à comprendre.

— Je vous libère de notre engagement à nous marier. Quand tout ceci sera terminé, vous vous rendez compte que vous devrez partir loin d'ici, n'est-ce pas ?

Elle pinça les lèvres, retenant ses larmes, et hocha la tête.

— Vous devrez aller dans un endroit où vous serez en sûreté. Changez de nom et faites-vous passer pour une Française ou une créole. Devenez quelqu'un d'autre. M. Gallier a même proposé de vous laisser utiliser le nom de sa nièce défunte. Je veux que vous trouviez un endroit où la vie sera plus facile pour vous. Je crains qu'il ne faille longtemps avant que le Sud ne soit prêt à vous accepter.

Il baissa les yeux, puis les releva pour la regarder.

— Vous devriez partir avec lui.

Taye savait de qui il parlait. De Falcon. Elle sentit sa poitrine se contracter dans un mélange de fierté et de douleur. Thomas l'aimait, simplement pas de la façon dont elle avait besoin d'être aimée.

— Oh! Thomas, mon cher Thomas, je n'avais pas l'intention que ceci arrive!

— Nous ne pouvons contrôler de qui nous tombons amoureux.

Il lui offrit un sourire courageux.

— Vous et moi n'étions pas faits pour nous marier, et nous nous en sommes rendu compte voilà un certain temps déjà, n'est-ce pas?

Taye voulut protester, mais elle ne le put pas; il avait raison. C'était juste que la vérité faisait mal.

— Maintenant, reprit Thomas, vous connaissez le plan. Je n'avais pas prévu que le juge serait absent de la ville. Je suis désolé, mais il se peut que vous deviez passer la nuit ici. Je ne pense pas que le capitaine Grey croie Efia, mais il est assez intelligent pour mesurer quelle coïncidence nous avons là. Il ne prendra pas de décision qui risquerait de l'exiler dans un fort loin de tout, perdu dans les territoires de l'Ouest, à combattre des Indiens.

— C'est bon, dit-elle doucement. Je vous sais juste gré d'avoir pensé à ce stratagème.

— Moi?

Thomas rit.

— Je n'y aurais jamais pensé tout seul! Seul Jackson pouvait élaborer une telle ruse.

— Vous croyez que ça va marcher?

— Oui, surtout quand Antoine Gallier interviendra avec ses documents et le portrait de sa nièce Minette dans sa montre de gousset.

— C'est tellement absurde! murmura-t-elle, encore incrédule. Comment pourrez-vous prouver que je ne suis pas qui je suis?

— En nous appuyant sur la façon dont fonctionne la justice américaine. C'est aux autorités de prouver que vous êtes Taye Campbell.

— Et si je suis la nièce de M. Gallier, qu'advient-il de Taye Campbell? La loi ne va-t-elle pas continuer à la chercher?

— Jackson a beaucoup d'influence. Il m'assure qu'avec le temps, il convaincra les autorités qu'elle est morte. Laissez-nous nous occuper de ceci, Taye. Laissez-nous…

Il se mit à tousser et sortit son mouchoir de sa veste. Taye l'observa tandis que son corps amaigri était secoué de spasmes.

— Excusez-moi, dit-il d'une voix enrouée quand la quinte se termina enfin.

Il s'essuya la bouche, replia son mouchoir et s'essuya de nouveau.

C'est alors que Taye aperçut les taches de sang.

— Thomas!

Elle essaya de lui prendre la main, de voir le sang, mais il remit prestement le mouchoir dans sa poche.

— Vous êtes malade, murmura-t-elle, les larmes aux yeux. Gravement malade.

Il garda la tête basse un moment. Quand il parla, ce fut sans la regarder.

— Je suis désolé, Taye… J'aurais dû vous le dire.

Elle connaissait les symptômes. De nombreuses maladies pouvaient causer de violentes quintes de toux, mais une seule faisait que le malade crachait du sang : la tuberculose.

— Oh! Thomas!

Ce fut tout ce qu'elle put dire.

Il secoua la tête et reprit :

— Je n'en ai pas eu le courage.

— Avez-vous vu un chirurgien ? L'apothicaire ?

Il releva finalement la tête.

— On ne peut rien faire, et vous le savez. Alors vous voyez, tout ceci est finalement pour le mieux. Je n'aurais pas pu vous épouser, de toute façon.

Taye s'approcha de lui, et il essaya de s'écarter.

— Non, vous ne devez pas.

— Je ne dois pas quoi ? demanda-t-elle à travers ses larmes. Etreindre un vieil ami ?

Elle pressa son visage dans sa veste et inspira profondément, essayant de graver son odeur dans sa mémoire.

Il lui effleura le dos de la main, puis se dégagea avec précaution de son étreinte.

— Je dois y aller, Taye. Il faut que je parle à Antoine Gallier, et Jackson a emmené Cameron à mes bureaux. Je dois les renvoyer à Atkins' Way pour qu'ils ne semblent pas trop s'intéresser au sort de Minette Dubois.

Taye hocha la tête, tamponnant ses larmes de son mouchoir brodé.

— J'aimerais savoir comment vous remercier, Thomas. Non seulement pour ceci, mais pour tout ce que vous avez été pour moi, pour Cameron, pour mon père…

Il rencontra son regard.

— Souriez-moi, murmura-t-il.

Elle lui sourit, bien qu'elle n'en ait pas envie.

— C'est un remerciement suffisant, dit-il, et il s'en alla.

— Vous n'avez pas faim ? demanda Jackson.

Cameron secoua la tête et repoussa son assiette. Elle avait commandé un dîner léger sous la véranda, espérant qu'il y aurait une brise fraîche, mais il n'y en avait pas. L'air nocturne était immobile, et la chaleur toujours étouffante.

Jackson avait ôté sa veste et remonté ses manches. Elle-même avait enlevé ses chaussures et ses bas, et les avait laissés en haut, choquant même Lacy qui avait dîné de bonne heure et s'était couchée.

— Non, je n'ai pas faim, dit-elle en prenant son verre d'eau qui contenait un précieux glaçon.

Jackson s'était arrangé pour acquérir un plein chariot de glace empaquetée dans de la sciure, qui avait été placée dans la glacière souterraine de la maison et recouverte d'une autre couche de sciure. Il n'aurait pas pu faire un plus beau cadeau à Cameron, même s'il lui avait offert des diamants et des émeraudes.

Elle but, savourant la froideur de la glace sur sa langue.

— Vous pensez que ça va marcher ? demanda-t-elle doucement.

— Cessez de vous inquiéter. Ça va marcher.

Il repoussa sa propre assiette, à moitié pleine.

— Le juge va rentrer, étudier les preuves et relâcher Taye.

— Et ensuite ?

Elle leva les yeux et vit qu'il l'observait intensément à la lumière des bougies.

— Ensuite, elle devra partir.

Il fit une pause, et reprit, d'un ton étonnamment tendre :

— Mais vous le saviez, n'est-ce pas ? Et Taye le savait aussi quand elle a fait le choix de revenir au lieu de continuer à fuir avec Falcon.

Des larmes montèrent aux yeux de Cameron. D'après ses calculs, elle était tombée enceinte le jour où Jackson était rentré, il y avait un peu plus de deux semaines. Ses menstrues n'étaient en retard que de quelques jours, mais elle pouvait déjà dire, à ses brusques changements d'humeur, à l'exacerbation de ses émotions, qu'elle attendait de nouveau un enfant.

— Ah, Cam…, murmura Jackson.

Il lui tendit les deux bras, et elle le laissa l'attirer à lui. Elle se blottit sur ses genoux, ne se souciant pas de la chaleur, ayant simplement besoin de sentir son contact.

— Elle veut partir avec lui, vous savez, dit-elle en posant la joue sur son épaule.

Il lui frotta doucement le bras.

— Ce n'est pas la même chose que de vouloir vous quitter.

— Elle va me manquer.

— Bien sûr. Mais vous avez Elmwood, lui rappela-t-il. Et Lacy.

Surprise, elle le regarda dans les yeux.

— Cela signifie qu'elle peut rester?

Il ne répondit pas, mais elle sut que son silence était aussi proche que possible d'un acquiescement.

— Je pense vraiment qu'elle est la fille de Grant, dit-elle en suivant sa clavicule d'un doigt. Je ne peux pas l'expliquer. Parfois, c'est sa façon de parler, ou de me regarder.

Il soupira.

— Notre maisonnée a pris de telles proportions, alors qu'est-ce qu'une femme au mauvais caractère de plus?

Elle lui sourit.

— Alors vous ne la détestez plus?

— Je ne l'ai jamais détestée — elle n'est qu'une enfant. C'est elle qui me déteste.

Il s'arrêta comme s'il voulait ajouter quelque chose.

— Et?

— Et, poursuivit-il, je dois l'avouer, je m'inquiétais un peu du temps qu'elle vous prendrait.

Cameron ne put retenir un sourire en le regardant. Chaque fois qu'elle pensait tout connaître de cet homme, elle apprenait quelque chose de nouveau. Il ne lui était jamais venu à l'idée qu'il pourrait se sentir incertain de son amour pour lui.

— Vous étiez jaloux de cette petite?

— Bien sûr que non!

Elle rit et l'embrassa sur la bouche.

— Je n'ai jamais eu l'intention de vous laisser penser qu'elle était plus importante — que n'importe quoi était plus important — que vous, se risqua-t-elle à dire, en pensant à Elmwood. C'est juste que vous êtes rentré à Baltimore au bout de quatre ans et avez commencé à me donner des ordres, à me dire ce que je pouvais et ne pouvais pas faire, après être parti si longtemps.

Il repoussa une mèche humide derrière son oreille.

— Peut-être que Naomi et Taye avaient raison. Peut-être qu'il faut un certain temps pour s'ajuster à la vie conjugale.

Cameron songea à son secret. Elle brûlait d'impatience de le lui dire, mais elle avait peur. Si elle se remettait à saigner ? Si ce n'était pas cela, finalement ? Mieux valait attendre quelques jours de plus…

Elle se redressa et prit son verre d'eau froide. Lorsqu'elle but une gorgée, un peu d'eau coula sur son menton. Jackson cueillit la goutte d'un doigt et le fit descendre le long de sa gorge. Elle arqua le cou ; la fraîcheur était délicieuse sur sa peau échauffée.

— Oh ! murmura-t-elle. Je pense que je pourrais me baigner dans un verre d'eau glacée, en cet instant !

Il lui prit le verre de la main, but et pressa sa bouche sur la sienne. Lorsqu'elle écarta les lèvres, de l'eau froide passa de la bouche de Jackson dans la sienne. Elle gémit de plaisir tandis que leurs langues se touchaient.

Puis Jackson trempa ses doigts dans le verre et fit couler de l'eau entre ses seins. Elle rit et renversa la tête en arrière, lui livrant accès à sa poitrine humide. Il accepta l'invitation et se pencha pour baiser sa peau fraîche et mouillée de sa bouche brûlante.

— Mmm…, grogna-t-elle. C'est agréable.

Ils s'embrassèrent encore, puis il prit carrément le glaçon et le promena sur sa joue, sur son cou, jusqu'à la vallée entre ses seins. Le contact du morceau de glace sur sa peau brûlante la parcourut de frissons de plaisir.

— Jackson…

Elle passa les bras autour de son cou.

— Pensez-vous que nous devrions nous retirer dans notre chambre ?

— Je me demandais justement comment je pourrais y avoir de nouveau accès.

— Vous n'aviez qu'à demander.

Il embrassa encore ses lèvres, puis la fit glisser de ses genoux pour pouvoir se lever. Il laissa tomber le glaçon dans le verre, provoquant des éclaboussures.

— Dois-je apporter ma glace avec moi?

Elle traversa la véranda, pieds nus, lui faisant signe d'entrer.

— Oh! Absolument, capitaine…

Elle releva ses cils pour rencontrer son regard, ses yeux ambrés brillant à la lueur des bougies.

— Absolument…

34

Trois jours plus tard, Cameron fut réveillée par le bruit de la porte de sa chambre. Elle ouvrit les yeux et vit Jackson, le visage éclairé par le soleil du matin, qui entrait en portant un plateau chargé d'un service à thé, de petits pains et de confiture. Elle lui sourit en s'étirant sur les draps, entièrement nue. Il avait fait trop chaud les nuits précédentes pour porter un brin d'étoffe, et la seule pensée d'une couverture était déjà suffocante.

— Bonjour! lança-t-elle d'un ton enjoué, ravie de l'avoir de nouveau dans sa chambre.

Jackson lui rendit son sourire et referma la porte d'un coup de pied. Ce matin-là, il portait un pantalon de toile et une simple chemise en coton, les manches coupées au coude révélant ses avant-bras musclés. Les vêtements simples le faisaient paraître plus jeune et beaucoup plus insouciant qu'un homme de son âge et de ses responsabilités.

Il venait de prendre un bain, apparemment, car ses cheveux étaient plus foncés que d'habitude et lissés en arrière.

— Bonjour, répondit-il. J'étais à l'écurie, tôt ce matin... Un des chevaux a eu des coliques.

Elle s'assit aussitôt, inquiète.

— Dois-je m'habiller? Je peux y aller et...

— Non, non, la jument va bien. Elle est debout, marche et mange de nouveau. Je pense qu'elle était déshydratée par la chaleur.

Cameron se radossa aux oreillers, soulagée. Jackson posa le plateau sur ses genoux.

— Du sucre dans votre thé, ce matin?

Elle hocha la tête. Le fait de se redresser brusquement lui avait donné le tournis et son estomac avait commencé à protester. Le sucre la calmerait.

— C'est gentil à vous d'apporter ce plateau, mais Patsy aurait pu le faire.

— Je sais, mais j'en avais envie.

Il versa le thé de la théière en porcelaine dans la tasse délicate comme s'il était un domestique chevronné.

— Je devrais mettre quelque chose, d'abord, dit Cameron en faisant mine de se lever.

Mais Jackson s'assit sur le bord du lit, la coinçant.

— Vous me plaisez beaucoup plus ainsi.

Il eut de nouveau ce sourire espiègle qui l'avait conquise tant d'années auparavant.

— Vous devriez avoir honte de vous, de faire des remarques aussi lubriques en plein jour! le gronda-t-elle à moitié, savourant son attention.

Depuis qu'il était rentré de son long déplacement, les choses allaient tellement mieux entre eux. Ils n'avaient toujours pas reparlé de sa fausse couche, mais la tension avait tellement diminué entre eux que Cameron avait de l'espoir. Peut-être que lorsque cette terrible épreuve à propos de Taye serait terminée, ils pourraient tous deux faire leur chemin vers une sorte de trêve. Peut-être pourraient-ils même recommencer depuis le début et gommer le souvenir pénible des derniers mois.

Jackson prit un petit pain sur le plateau et le tartina de marmelade de fraises.

— Cam, il faut que je vous parle…

Le ton de sa voix l'alerta immédiatement. Elle prit sa tasse et le regarda, attendant la suite.

— Je dois aller à Memphis ce soir.

Elle reposa la tasse sans boire. Son estomac, déjà chaviré, se retournait.

— Pourquoi ? demanda-t-elle doucement, sans croiser son regard.

— Je ne peux pas vous le dire.

Et en un clin d'œil, toute la tendresse qu'elle avait éprouvée pour lui quelques instants plus tôt s'évanouit et elle fut de nouveau en colère.

— Bien sûr…

— Cam, vous devez me croire quand je vous dis que c'est la dernière fois. Une fois cette mission achevée, je remettrai ma démission au secrétaire d'Etat Seward. Mais Falcon m'a fait savoir ce matin qu'il a intercepté un message. C'est la chance que nous attendions et je dois y aller. Aujourd'hui même.

— Vous devez partir maintenant ? Et Taye ? Le juge doit enfin revenir aujourd'hui, et Thomas pense qu'une décision sera prise demain ou après-demain. Vous ne pouvez pas nous laisser maintenant. Vous ne pouvez pas, Jackson !

Elle voulait dire qu'il ne pouvait pas *la* laisser, elle, mais elle ne put le dire. Elle avait peur de lui laisser voir à quel point elle avait besoin de lui en cet instant. Combien elle se sentait vulnérable.

— Je ne vous *laisse* pas, Cam. Je ne serai parti que quelques jours. Si je pouvais rester ici, je le ferais, croyez-moi. Mais cette affaire doit être réglée.

— Et vous ne voulez pas me dire ce que c'est ?

— Il ne s'agit pas de ne pas vouloir, mais de ne pas pouvoir.

Il parlait avec sa voix de capitaine, à présent. Tout à ses affaires, sans émotion.

Il repartait une fois encore, songea Cameron au bord des larmes. Quoi qu'il en dise, il la laissait bel et bien… Ces derniers jours de bonheur ne signifiaient-ils donc rien pour lui ? La veille, il s'était occupé de Lacy et lui avait appris à jouer aux billes. Elle considérait que l'adolescente était trop grande pour des jeux aussi enfantins, mais Lacy avait été si enchantée des billes qu'il lui avait apportées et il s'était montré si patient avec elle qu'elle ne les aurait arrêtés pour rien au monde.

Et ils avaient parlé, réellement parlé, comme ils le faisaient avant la guerre, avant leur mariage.

— Je ne veux pas que vous partiez, Jackson.

— Et je n'ai pas envie de partir, Cam. Sapristi, je n'en ai vraiment pas envie!

Il voulut lui prendre la main, mais elle se rétracta. Même s'il était sot d'être blessée, elle l'était.

— Je dois le faire, reprit-il en se levant. J'ai promis de servir l'Union et le président.

— Et qu'en est-il de vos promesses envers moi?

Elle repoussa le plateau du petit déjeuner et sortit du lit, attrapant un peignoir pour se couvrir.

— Qu'en est-il de vos vœux de mariage?

Elle ignorait pourquoi elle appréhendait si fortement son départ, mais quelque chose lui disait qu'il ne devait pas partir. Elle noua la ceinture de soie avec des mains qui tremblaient. Devrait-elle lui dire qu'elle pensait être de nouveau enceinte? Voulait-elle qu'il reste pour le bébé, pour elle? Ou pour eux deux?

— Cameron, écoutez-moi...

Il la suivit à la fenêtre où elle écarta les rideaux pour regarder dehors.

— Cette mission concerne la sécurité de notre nation. Je vous expliquerai tout quand je reviendrai. Je vous jure que vous saurez tout. Mais je dois vraiment partir et je dois partir maintenant.

L'esprit de Cameron criait les mots qu'elle aurait voulu lui jeter à la figure, et elle dut faire appel à toute sa volonté pour ne pas hurler : « Si vous partez maintenant, ce n'est pas la peine de revenir! » Quelque chose dans son intonation faisait qu'elle le croyait. Ou peut-être voulait-elle juste le croire parce qu'elle souhaitait lui donner une deuxième chance. Leur donner une deuxième chance à tous les deux.

— Très bien, murmura-t-elle. Allez... Occupez-vous de notre pays. Taye et moi nous débrouillerons sans vous.

Il resta derrière elle, silencieux, pendant ce qui sembla durer une éternité, puis elle l'entendit tourner les talons pour partir.

— Une fois que le juge renverra l'affaire, ce que je sais qu'il fera, j'ai pris des dispositions pour que Taye reste au Magnolia avec Gallier jusqu'à ce que Falcon et moi revenions, dit-il. Ce sera mieux que si elle quittait simplement la ville. Ensuite, je suppose que Falcon et elle feront des plans.

Cameron posa la main sur l'appui de la fenêtre, se sentant la tête légère.

— Je reviendrai dès que je le pourrai, Cam.

Jackson gardait la tête baissée, le visage obscurci par un chapeau à large bord, tandis qu'il suivait le chemin plein d'ornières derrière le cercueil drapé de crêpe noir. Il souffrait de la canicule de l'Alabama, dans son costume de drap noir qui le faisait transpirer autant que tous ceux qui formaient la pitoyable procession. Même les arbres qui bordaient la route paraissaient asphyxiés par l'air lourd et humide. Il n'y avait pas un souffle de brise. Les chevaux qui tiraient le corbillard avançaient lourdement, leurs sabots s'enfonçant dans le sol sablonneux, et ils remuaient trop faiblement la queue pour menacer les mouches vertes qui bourdonnaient autour de l'attelage et des gens en deuil.

Le cimetière et les restes noircis d'une église en briques apparurent brusquement dans un creux sombre sur la gauche de Jackson. L'ancien cimetière était entouré par ce qui avait été jadis un solide mur en briques. Maintenant, les grilles en fer forgé pendaient de travers, envahies de plantes grimpantes et de ronces. Des mauvaises herbes montaient jusqu'au genou entre les tombes pas entretenues et les stèles affaissées.

Un ange en pierre et un tas de terre fraîche indiquaient la nouvelle tombe dans un endroit ceint de piliers en pierre sculptés de la lettre « T ». On y avait coupé l'herbe et installé une paire de tréteaux grossiers. Quatre hommes, dont le cocher du corbillard, prirent le cercueil en merisier sur leurs épaules, le portèrent jusqu'à la tombe, le posèrent avec précaution sur les tréteaux et reculèrent pour permettre aux gens présents de présenter leurs derniers respects à la défunte.

Jackson reconnut Thompson flanqué de deux jeunes femmes qui portaient des voiles noirs. D'après les rapports, il avait deux sœurs. L'une des femmes se mit à pleurer, et Thompson passa un bras autour de sa taille pour la soutenir.

Jackson leva les yeux et balaya du regard les grandes pierres tombales et les caveaux qui se dressaient devant eux. Bien qu'il ne puisse pas voir Falcon ni la douzaine d'hommes qu'il avait amenés, il savait qu'ils étaient là.

Se faisant toujours aussi discret sous son chapeau, il prit place dans la file des amis et parents qui faisaient leurs adieux à Cora Thompson, épouse et mère bien-aimée. Derrière lui, il entendait des soupirs étouffés. Il glissa sa main droite dans sa veste et referma les doigts sur la crosse de son pistolet. Il était juste derrière Thompson, à présent. L'une des jeunes femmes s'agenouilla, posant les mains et la tête sur le cercueil de la mère, réconfortée par sa sœur.

Jackson sortit son pistolet de sa veste et se pencha pour murmurer à l'oreille de Thompson :

— Vous pouvez sortir d'ici tranquillement, avec dignité, ou bien avec des menottes et les pieds entravés. Votre choix, capitaine Thompson ?

L'homme, qui avait environ trente-cinq ans, se raidit et Jackson lui enfonça le canon de son pistolet dans le dos pour bien lui faire comprendre qu'il ne plaisantait pas.

— Je ne pense pas que vous vouliez vraiment faire ça, monsieur, murmura Thompson en regardant le cercueil de sa mère.

— Non ? releva Jackson.

— Non, dit une voix grave derrière lui.

Il sentit alors la pression d'un pistolet au creux de ses reins. Un sourire passa sur son visage tandis qu'il levait la tête. Falcon et trois hommes en noir sortirent de derrière les pierres tombales, à vingt pieds de là, pointant leurs fusils. L'homme derrière Jackson abaissa immédiatement son arme.

— Bon sang, chuchota Thompson. Vous arrêteriez un homme à l'enterrement de sa mère ?

— J'arrêterais un homme à ses propres funérailles.

Jackson poussa Thompson de son pistolet.

— Maintenant, écartez-vous et allez-y doucement. J'ai d'autres hommes derrière ces tombes et six de plus près du corbillard. Si vous vous conduisez bien, vos hommes pourront simplement disparaître. Ce n'est pas eux que nous voulons. C'est vous.

Tandis que Thompson commençait à s'éloigner lentement du cercueil, l'une de ses sœurs l'appela, mais il secoua la tête.

— Prends soin d'Alma, dit-il en indiquant son autre sœur.

La foule de gens endeuillés se tint immobile, choquée, tandis que Jackson faisait remonter la petite butte à Thompson en direction de la rangée de voitures et du corbillard.

— Où m'emmenez-vous ? demanda Thompson.

— A la gare. J'ai une douzaine de soldats pour vous escorter à Washington où vous serez jugé.

— Je n'ai pas trahi mon pays, dit amèrement le bandit. C'est mon pays qui m'a trahi.

— Vous aurez l'occasion de faire votre discours.

Jackson fit un signe de tête au soldat qui venait de sortir de derrière le corbillard.

— Allez, venez... Je vais vous conduire à pied en ville. Vous avez un train à prendre, et moi, je dois rentrer chez moi à bride abattue.

— Attendez une minute... Laissez-moi voir si je comprends bien, dit le juge Mortimer à Thomas en fixant les documents étalés sur sa table.

Taye était assise à côté d'Antoine Gallier dans le bureau du juge, situé à côté du tribunal, et s'efforçait de rester calme. Comme le magistrat n'était pas rentré comme prévu, elle avait passé une semaine entière en prison. Ce n'étaient pas tant les conditions matérielles qui avaient été difficiles à supporter, mais plutôt le fait de ne pas savoir ce qui allait arriver. Et maintenant qu'une décision allait être prise, elle était terrifiée.

— Nous recherchons Taye Campbell, reprit le juge Mortimer, et cette jeune dame a été identifiée par le témoin du meurtre comme étant Taye Campbell.

— C'est exact, Votre Honneur, dit Thomas.

— Le témoin connaissait intimement miss Campbell, intervint le procureur. L'idée que cette personne puisse ne pas être miss Campbell est absurde, Votre Honneur.

— Ce qui est absurde, dit le juge sans lever les yeux, c'est que mon bureau croule sous les dossiers et que vous me faites perdre mon temps, monsieur Johnson !

Il fouilla parmi les documents et en prit un pour le lire.

— Monsieur Gallier ?

— Monsieur ?

Gallier se leva, tenant sa canne et son chapeau à la main.

— Cette jeune femme est-elle votre nièce, mademoiselle Minette Dubois ? demanda Mortimer en indiquant Taye d'un geste de la main.

— *Oui,* Votre Honneur.

— Et non pas Taye Campbell ?

— Avec mes respects, *monsieur,* dit le créole, je ne connais pas cette Taye Campbell. Je suis venu à Jackson pour traiter des affaires avec mon avocat et j'ai amené ma nièce avec moi pour qu'elle puisse voir autre chose de ce beau pays que la buanderie de ma femme.

Le juge sourit dans sa barbe blanche.

— Une fois, une jeune cousine est venue séjourner chez nous, dit-il. Ma femme l'a fait travailler jusqu'à ce que ses mains en saignent. Elle est repartie dans le mois.

Antoine Gallier se mit à rire doucement comme si le juge et lui étaient de vieux amis.

— *Oui,* Votre Honneur. Vous comprenez parfaitement, donc.

Mortimer leva alors les yeux vers Thomas et le procureur, qui se tenaient devant lui.

— Messieurs, vu les documents que j'ai devant moi et le portrait de M. Gallier, nous n'avons pas d'affaire concernant cette dame, car elle n'est pas Taye Campbell.

— Mais, Votre Honneur, protesta Johnson, la plupart de ces prétendus documents sont en français! J'ignore ce qu'ils disent. Et je n'ai pas eu le temps de trouver un traducteur.

Le juge regarda le jeune homme de loi.

— Je parle un peu français, monsieur Johnson. Que voulez-vous faire valoir?

— Comment pouvons-nous être sûrs que ces documents sont authentiques et non pas des faux?

Le juge ramassa les papiers et les tendit à travers son bureau à Thomas, puis fixa intensément le procureur.

— Jeune homme, avez-vous par hasard connu M. Grant Campbell?

— Non, monsieur.

— Alors vous êtes un homme fortuné.

Mortimer ôta ses lunettes.

— Monsieur Johnson, en interrogeant votre témoin, l'accusatrice de miss Campbell, j'ai découvert qu'en fait elle n'avait pas assisté à la mort de Grant Campbell. Nous ne savons pas comment il est mort parce qu'il n'y a pas eu de témoin oculaire. A l'époque, Mme Logan a annoncé la mort de son frère sans mentionner de meurtre, comme le prétend votre témoin.

— Mais Votre Honneur...

Le juge leva un doigt, faisant taire le procureur.

— Si nous n'avons pas d'autre témoignage que celui de votre cliente à propos de ce prétendu meurtre, alors nous n'avons pas d'affaire contre miss Taye Campbell — il jeta un coup d'œil à Taye — ou contre la charmante miss Dubois. *Mademoiselle...*, dit-il dans son meilleur français.

Taye se leva et joignit les mains pour que personne ne les voie trembler.

— *Oui?*

— Je vous fais toutes mes excuses pour vous avoir retenue si longtemps en prison. J'espère que vos conditions de détention n'ont pas été trop horribles.

Taye crut que son cœur allait s'arrêter de battre. Il allait abandonner l'affaire contre elle. Dieu soit loué, il allait la libérer !

— Vous pouvez partir, *mademoiselle*. Profitez bien de votre séjour à Jackson, et je vous présente encore mes excuses pour les soucis que nous vous avons causés.

— *Merci, merci,* merci, Votre Honneur, dit Taye en un anglais au fort accent créole.

Elle fit une révérence et accepta le bras de Gallier.

Le juge Mortimer regarda Johnson, qui était toujours assis devant son bureau.

— Vous pouvez sortir, monsieur, et à l'avenir je vous suggère d'être plus circonspect dans les affaires que vous me soumettrez. Je n'apprécie pas que l'on me fasse perdre mon temps !

Sentant qu'il était prudent de céder, le jeune homme se leva, ses documents sous le bras.

— Merci, Votre Honneur. Bonne journée, Votre Honneur.

Il se hâta vers la porte.

Thomas, Antoine Gallier et Taye se tournèrent également pour sortir, mais le juge les arrêta d'un geste.

— S'il vous plaît… Si vous voulez bien rester un moment…

Il attendit que la lourde porte en chêne se referme sur le procureur.

— Ce que je vais dire est, bien sûr, totalement confidentiel. Si vous le répétez, je nierai vous l'avoir dit et vous finirez tous les trois derrière les barreaux pour une chose ou une autre. Cela dit, laissez-moi exposer ce qui suit…

Taye agrippa fortement le bras de Gallier.

— J'ignore ce qui s'est passé la nuit où Grant Campbell est mort et je ne veux pas le savoir. En ce qui me concerne, c'était pour le mieux. Pour l'heure, il n'y a pas d'accusation contre Taye Campbell…

Il croisa le regard de Taye.

— Mais un jour ou l'autre, Dieu sait qui pourrait émettre de nouvelles accusations, fondées ou non.

Il regarda alors Thomas.

— Je pense donc qu'il vaudrait mieux que Taye Campbell ne réside pas dans l'Etat du Mississippi.

Thomas hocha la tête.

— Nous comprenons tout à fait, Votre Honneur. Et si… si nous retrouvions miss Campbell, nous ne manquerions pas de lui faire cette recommandation.

Le juge prit une pile de documents sur son bureau et la fit glisser devant lui, leur signifiant ainsi qu'il les congédiait.

— Bonne journée.

Ce fut seulement lorsqu'ils eurent quitté le bureau du juge que Taye, enfin, respira.

— Merci beaucoup, Thomas, chuchota-t-elle tandis que le procureur passait près d'eux, l'air dédaigneux.

Thomas lui sourit gentiment.

— J'ai fait un bon plaidoyer, n'est-ce pas ?

— Oh ! Oui !

Elle lâcha le bras de Gallier et se haussa sur la pointe des pieds pour embrasser Thomas sur la joue.

— Je resterai quelques jours au Magnolia.

Elle lança une œillade en coin à Gallier et ajouta :

— Mon oncle et moi aimerions vous inviter à dîner avec nous ce soir. Je pensais que je pourrais aussi inviter une femme que j'ai rencontrée. Elle a été très aimable avec moi en apprenant ma détention. Une certaine Mme Jackson Logan. J'ai cru comprendre qu'elle est une amie à vous.

— Je serais honoré de me joindre à vous, *mademoiselle.*

Il prit sa main gantée et s'inclina solennellement pour la baiser. Puis il s'en alla, et Taye s'avisa qu'elle avait soudain une vie entière devant elle.

*
* *

— Fee! aboya Clyde depuis son fauteuil à bascule sous le porche. Y'a un maudit soldat qui te cherche. Il a des galons d'officier et tout.

Efia leva les yeux de la table où elle finissait de coudre les petits sacs que Clyde lui avait demandé de couper dans des sacs de farine. Elle ignorait pour quoi c'était faire ; on ne pourrait pas mettre grand-chose dedans. Mais elle n'avait pas demandé. Elle savait qu'elle n'avait pas intérêt à se montrer trop curieuse. En entendant brailler Clyde, elle posa le dernier sac sur la table et se leva. Un soldat ? C'était ce qu'il avait dit ? Quel soldat voulait la voir ? Elle avait pourtant dit à cet homme qu'elle avait rencontré à l'épicerie qu'elle ne vendait pas ses fesses !

— Fee !

— J'arrive, j'arrive, cria-t-elle en sortant sous le porche et en levant les yeux.

Elle fut stupéfaite de voir qui c'était.

— Capitaine Grey ?

Elle n'avait aucune idée de la raison pour laquelle il était là, mais ça ne pouvait pas être pour du bon.

Le capitaine resta sur son cheval. Il la regarda durement.

— Je voulais juste vous faire savoir que nous n'apprécions pas de perdre notre temps avec de fausses accusations.

— Je... je comprends pas, balbutia Efia.

— Je pense que si. Ce n'était pas Taye Campbell. Apparemment, soit cette personne s'est enfuie avec un Peau-Rouge, soit il l'a enlevée. Cette jeune femme que vous avez identifiée en ville était seulement de passage.

— Non, c'est pas vrai. Elle a menti, protesta faiblement Efia.

— Eh bien, vous pouvez deviner qui le juge a cru, déclara le capitaine d'un ton sarcastique.

Il jeta un coup d'œil à Clyde, qui continuait à se balancer dans son fauteuil, un chiot sur chaque genou. Puis il regarda de nouveau Efia qui s'était mise à trembler.

— Et je veux que vous sachiez que je vous tiendrai à l'œil, désormais. Il y a des rumeurs comme quoi vous avez volé, en ville.

— J'ai pas…

Il pointa un doigt accusateur, la faisant taire.

— Vous me causez des problèmes, et je peux vous en causer, moi aussi!

Efia pinça les lèvres, les genoux flageolants. Elle avait conscience maintenant qu'elle n'aurait jamais dû aller au bureau du shérif. Elle n'avait pas vu Taye tuer Grant Campbell. Et même si elle l'avait vue, il méritait d'être abattu. Il méritait même pire! C'était juste méchant de sa part d'accuser Taye. Et qu'est-ce que ça lui avait rapporté? Taye avait toujours le chapeau bleu. Et qu'est-ce qu'elle avait, elle? Rien du tout, pensa-t-elle, misérable. La même chose qu'avant, sauf que maintenant le capitaine Grey l'aurait à l'œil. Si elle était prise à voler, elle irait en prison jusqu'à ce que ses dents pourrissent et lui tombent de la bouche.

Efia regarda fixement le capitaine qui s'en allait à cheval, puis elle fit demi-tour pour rentrer dans la cabane et préparer quelque chose à manger.

— Qu'est-ce qui va pas avec toi, Fee?

Clyde reposa les chiots par terre et se leva, lui barrant le passage. Son ton était encore plus mauvais que d'habitude.

— Tu cours en ville raconter des histoires qui sont même pas vraies et tu amènes des soldats chez moi?

— Elle l'a tué, murmura-t-elle. Je le jure sur la tombe de ma mère.

Le bras velu de Clyde se détendit et il la gifla fortement.

— J'ai de nouveaux trucs qui mijotent ici, tu le sais donc pas? J'ai trouvé un moyen de faire de l'argent, et du bon. J'peux pas me permettre d'avoir des soldats qui viennent mettre le nez dans mes affaires!

— Pardon, chuchota Efia, la tête basse.

— T'es pas aussi désolée que tu vas l'être, crois-moi!

Il empoigna une des courtes tresses qui hérissaient la tête d'Efia et tira dessus.

— Maintenant, fais tes paquets et va-t'en d'ici!

Elle leva la tête, les yeux pleins de larmes, pas tant parce qu'il lui avait fait mal en lui tirant les cheveux, même si c'était douloureux, mais parce qu'elle ne voulait pas partir. Elle n'avait nulle part où aller.

— Clyde, s'il vous plaît…

— Tu m'entends?

Il lâcha ses cheveux et lança une jambe en arrière pour lui donner un coup de pied. Efia tenta d'esquiver le coup, et tandis qu'elle posait le pied par terre, elle entendit couiner un des chiots.

— Salope! explosa Clyde. Tu fais mal à mes petits et je le jure devant Dieu, je te tue!

Efia chancela en arrière et buta contre la rampe du porche. Tandis que Clyde se ruait sur elle, elle se plia en deux et tomba du porche à la renverse.

— Viens ici, espèce de garce qui marche sur mes chiots!

Clyde descendit les marches d'un pas lourd.

Efia atterrit sur ses fesses nues et se remit debout tant bien que mal, faisant prestement redescendre sa robe en toile de sac sur ses hanches. Puis elle détala.

— Reviens ici, espèce de salope trop cuite! brailla Clyde, en rage.

Mais Efia fonça derrière la cabane sans se retourner, contourna les cabinets et courut vers les bois qui s'assombrissaient pour sauver sa vie.

35

— Comment ça, tu ne resteras pas pour dîner ? demanda Taye en prenant les mains de Cameron dans les siennes.

— Je... je ne me sens pas bien. Je vais rentrer à la maison.

Elles se tenaient dans un petit salon à côté de la salle à manger de Mme Pierre, où cette dernière servait un petit festin pour fêter la libération de la *nièce* de M. Gallier.

— Es-tu malade ?

Taye posa sa main fraîche sur le front de Cameron.

— Bien sûr que non.

Cameron s'écarta comme elle le faisait autrefois lorsqu'elles étaient enfants et que Taye essayait de la couver.

— C'est juste que pour l'instant, la simple pensée de cailles rôties me retourne l'estomac.

En vérité, elle se sentait bien, elle avait juste besoin d'être seule. Maintenant que l'accusation qui pesait sur Taye était levée, son esprit soulagé revenait à Jackson. Elle regrettait de ne pas s'être montrée plus compréhensive lorsqu'il était parti pour sa mission, plus compréhensive durant tous ces mois. Elle avait toujours été si fière de la façon dont il avait servi leur pays, si fière qu'il ait joué un rôle pour préserver l'Union. Son père aussi aurait été fier de lui, pensa-t-elle tristement. Qu'est-ce qui lui avait pris, tout à coup, de le lui reprocher ? Est-ce que ce n'était pas son père qui lui avait appris par l'exemple comment servir au mieux leur pays ? Qu'est-ce qui lui avait fait penser que Jackson pourrait négliger ses devoirs simplement parce qu'elle avait besoin de lui ? Qu'est-ce qui lui avait fait penser qu'elle était plus importante que les Etats-Unis en plein reconstruction ?

Elle commençait à se rendre compte à quel point elle avait été égoïste depuis que Jackson était rentré de la guerre, et maintenant qu'elle portait de nouveau son enfant, il fallait qu'elle mette cet égoïsme de côté. Ces dernières semaines, s'occuper de Lacy lui avait procuré une force et un bonheur inattendus. Elle avait découvert à quel point s'occuper d'une autre personne pouvait être une source de plaisir et de satisfaction.

— Mon estomac n'est pas d'aplomb, dit-elle à Taye, mais il devrait aller mieux dans neuf mois.

— Tu es de nouveau enceinte ? s'écria Taye, ravie, en se jetant à son cou. Oh ! Cameron, je suis si heureuse pour toi ! Tu vois, je t'avais dit que tout s'arrangerait. Et qu'en dit Jackson ?

Elle recula.

— Il doit être transporté !

— Il ne le sait pas.

Cameron baissa les yeux sur le tapis orné de roses, souhaitant maintenant le lui avoir dit avant qu'il ne parte.

— Eh bien, tu auras tout le temps de le lui dire quand il reviendra. Falcon m'a fait savoir qu'ils pourraient être de retour demain. Ensuite Falcon et moi devrons partir. Malgré mon nouveau nom et l'intention de Jackson de faire mourir Taye Campbell aussi vite que possible, Thomas pense que je dois suivre le conseil du juge et quitter l'Etat sans tarder.

— Je ne peux pas supporter l'idée que tu partes, mais je suis si heureuse pour toi, dit Cameron d'une voix douce-amère. Jackson affirme que Falcon est un homme bien, qu'il t'aime et qu'il prendra bien soin de toi.

Taye caressa son bras, ses yeux bleus brillant d'excitation.

— Nous avons parlé d'aller dans l'Ouest. Il dit que je dois voir les bisons avant qu'ils ne disparaissent. Et là-bas, les choses sont différentes, les gens sont différents. Le fait que ma mère était une esclave et mon père le maître d'une plantation n'aura plus aucune importance…

Elle joignit les mains.

— Falcon dit qu'il m'emmènera voir l'océan Pacifique. Et puis que nous irons dans l'hacienda de son père, en Californie.

— Et vous allez vous marier ?

— Il me l'a demandé, admit Taye en hésitant. J'ai besoin d'y réfléchir, mais oui, je pense que nous allons nous marier.

— Un toast à ma nièce ! lança alors Antoine Gallier de la salle à manger. Où est-elle donc, ma Minette ?

— Un toast ! renchérit Thomas.

Taye regarda dans leur direction et se haussa sur la pointe des pieds pour embrasser la joue de Cameron.

— Rentre si tu le dois et repose-toi. Je te verrai demain.

— Bonne nuit, lui dit Cameron.

Taye s'arrêta sur le seuil et se retourna.

— Oh ! Nous avons renvoyé Noah à Atkins' Way. Il ne devait venir te chercher qu'à 22 heures. Tu ne devrais pas rentrer seule à la nuit tombée. Je peux demander à Mme Pierre de te procurer un domestique pour t'escorter.

— Non.

Cameron fit un geste de la main.

— Il faudra que quelqu'un le raccompagne, après. Il ne fait pas encore nuit et je vais me dépêcher.

Taye lui dit au revoir, et elle quitta le salon pour passer dans le vestibule de l'hôtel. Elle était en train d'enfiler ses gants quand une femme s'approcha d'elle.

— Pardonnez-moi, mais n'êtes-vous pas Mme Logan ?

Cameron leva les yeux et vit une grande femme très belle, avec de superbes cheveux noirs et des yeux d'ébène, vêtue d'une ravissante robe de voyage bourgogne. Elle sut tout de suite que cette femme était étrangère à la ville, tout en lui paraissant curieusement familière.

— Oui, je suis Cameron Logan.

Elle tira sur son gant, essayant de mettre une identité sur le beau visage de la femme.

— Que puis-je pour vous ?

L'autre lui tendit une main où des bagues étincelaient.

— Je suis Marie LeLaurie.

Tandis que Cameron lui serrait la main, le souvenir se fit jour dans sa tête. Elle regarda la femme dans les yeux et retira sa main comme si elle l'avait brûlée.

— Vous étiez au bal chez moi à Baltimore…, dit-elle.

Elle se rappelait maintenant l'avoir vue parler brièvement à Jackson. Et le toucher.

Marie continuait à sourire, mais ce n'était pas un sourire aimable.

LeLaurie. Cameron savait qu'elle avait déjà entendu ce nom, mais d'où le connaissait-elle?

Puis elle se souvint des deux péronnelles qui jasaient dans la boutique de chapeaux. La femme dont elles parlaient était une certaine Mme LeLaurie.

Son estomac se contracta brusquement. C'était la femme qui d'après elles avait eu une liaison avec Jackson!

— Vous connaissez mon mari, je crois, murmura-t-elle, sa colère montant de son estomac pour lui embraser les joues.

— Oui, en effet.

Marie soutint son regard d'un air éloquent.

— Très bien même, j'ai le plaisir de le dire…

Toute autre explication était inutile. Cameron eut alors la certitude que Jackson et cette femme avaient été liés et qu'ils l'étaient peut-être encore. Un instant, la douleur de sa trahison fut si grande qu'elle en perdit le souffle. Une partie d'elle avait envie de tourner les talons et de s'enfuir, mais elle était une Campbell, et les femmes Campbell ne fuyaient pas.

— Y a-t-il quelque chose que vous voulez me dire? demanda-t-elle d'un ton glacé.

— Non.

Marie rit gaiement, la voix rauque et triomphante.

— Je passais juste par le Mississippi et j'ai eu envie de rencontrer la femme du capitaine Logan. Nous avons travaillé ensemble, vous savez, Jackson et moi. Je regrette de le manquer, mais je ne peux pas rester. J'ai des affaires à régler pour le département d'Etat à La Nouvelle-Orléans, mais je suis certaine que je le reverrai bientôt. Très bientôt…

Ses insinuations étaient claires ; son histoire avec Jackson allait continuer.

Cameron posa son regard sur cette beauté ténébreuse, le cœur battant très fort. Et elle qui s'était tancée de la manière dont elle avait traité Jackson depuis son retour de la guerre ! Alors que lui, pendant ce temps, il la trompait ! Ce scélérat la trompait avec cette… cette…

— Espèce de catin, dit-elle doucement, les yeux étincelant de colère. Comment osez-vous ?

Elle se rapprocha de Marie et celle-ci recula, les yeux élargis de surprise. Visiblement, elle ne s'était pas attendue à ce que Cameron réagisse par l'attaque.

— Comment osez-vous venir ici et m'aborder ! continua-t-elle en appuyant un doigt menaçant sur la clavicule de sa rivale. A présent, laissez-moi vous dire une chose : si vous ne faites que *reparler* à mon mari, je vous pourchasserai et vous arracherai les cheveux ! Me comprenez-vous ? Puis j'irai voir le secrétaire d'Etat Seward et j'exigerai que vous soyez rayée du gouvernement et envoyée en disgrâce, comme la vulgaire catin que vous êtes !

Elle la considéra avec dégoût.

— Et il vous renverra, soyez-en sûre, parce qu'il connaissait mon père. Et parce que le secrétaire Seward respecte la décence !

— Comment osez-vous me parler de cette manière !

Marie la gifla. Un instant, Cameron fut si choquée qu'elle ne put que la fixer.

— Vous sentez-vous mieux maintenant, madame LeLaurie ? dit-elle enfin. A présent, fichez le camp avant que je me mette vraiment en colère !

Marie se tourna et monta l'escalier.

— Cameron ! Cameron, est-ce que tu vas bien ?

Cameron entendit Taye l'appeler, mais elle ne put supporter de lui faire face, sachant que sa sœur avait dû tout entendre ou presque.

Aveuglée par la colère, elle contourna le comptoir du hall

de réception, écarta un rideau et sortit par-derrière, dans la cour des écuries.

— Cameron! cria Taye en courant dans le vestibule.

— Taye, laissez-la aller…

Thomas, un pas derrière elle, posa une main sur son épaule.

— Mais vous avez entendu ce que cette horrible femme lui a dit! s'écria-t-elle en levant les yeux vers lui. De grâce, dites-moi que ce n'était pas cette LeLaurie! Je lui arracherais les cheveux moi-même.

Elle reprit son souffle.

— Je dois la rejoindre…

— Non, laissez-la tranquille, Taye, répéta fermement Thomas. Donnez-lui le temps d'être seule. Vous parler maintenant ne ferait qu'aggraver les choses pour elle.

Taye essuya ses yeux embués.

— Vous étiez au courant pour cette… cette créature et vous ne m'avez rien dit?

— Marie ment.

— Ceci ne peut être entièrement inventé. Il y a trop…

— Taye… Je n'ai pas la liberté de discuter de la vie privée de Jackson avec vous, mais je sais avec certitude qu'il n'a pas été intime avec Marie depuis son retour de la guerre. Je soupçonne que c'est ce qui a provoqué cette visite, pour commencer.

— Alors nous devons rejoindre Cameron! Nous devons lui dire la vérité!

— Elle ne nous écoutera pas. Elle n'écoutera personne, pour l'instant. Laissez-lui du temps, puis nous irons la voir à Atkins' Way, même si vous savez que seul Jackson peut arranger ceci maintenant.

Il lui offrit son bras.

— A présent venez, célébrons votre libération, Minette!

Cameron ordonna aux valets de l'hôtel de faire atteler ses chevaux. Tremblant intérieurement, mais retenant ses larmes, elle attendit que la calèche soit prête, puis en quelques minutes, elle sortit de la ville.

Jackson l'avait trompée. Il lui avait menti. Leur mariage était de la comédie et il était terminé. Elle tremblait de la tête aux pieds, si furieuse qu'elle ne pouvait contrôler sa rage.

Lorsqu'elle avait quitté Taye, elle avait eu l'intention de rentrer à Atkins' Way. Il commençait à faire sombre et elle savait que les routes n'étaient pas sûres après le coucher du soleil. Mais alors qu'elle approchait de l'embranchement qui menait à Elmwood, elle ne put se retenir et la calèche tourna presque de sa propre volonté.

Qu'allait-elle faire maintenant ? Son mariage était fini. Jackson aimait une autre femme. Taye s'en allait loin d'elle. Et elle allait avoir un bébé seule. Comment s'en sortirait-elle ?

Il ne lui restait rien, plus rien qu'Elmwood.

— Bon, les gars…

Clyde cracha un long jet de jus de tabac qui éclaboussa la botte de Buster.

— Ecoutez !

Ils étaient allés à cheval dans les bois et étaient bien cachés derrière une haie qui embaumait le chèvrefeuille. Clyde se sentait bien, comme lorsqu'il frottait sa joue sur le ventre d'un de ses chiots.

— Vous écoutez, Buster et Manchot, ou je vous mets ma botte dans le cul ?

Il attendit que tous les yeux soient fixés sur lui.

— A présent, voilà l'idée. Rien de terrible, alors vous devriez être capables de la réaliser.

A mi-chemin d'Elmwood, les chevaux de Cameron furent soudain effrayés et firent un écart, déséquilibrant la calèche. Elle dut tirer fortement sur les rênes pour l'empêcher de quitter la route.

— Tout doux, tout doux, dit-elle d'une voix apaisante, en regardant la haie qu'ils dépassaient.

Qu'avaient vu les chevaux qui les effraie ainsi ?

Tandis qu'elle scrutait l'obscurité, elle aperçut un éclair rouge du coin de l'œil. Un homme qui courait ?

Elle pirouetta pour regarder derrière elle et son cœur bondit dans sa poitrine. Un autre mouvement. Un autre homme.

Les bandits sortirent l'un après l'autre de la haie. Deux, trois, quatre, tous portant des sacs sur la tête avec des trous pour les yeux.

Elle hurla.

L'homme à la chemise rouge attrapa un harnais de l'attelage, et l'un des chevaux se cabra de frayeur. Le petit véhicule pencha dangereusement, et Cameron s'agrippa au côté pour éviter d'être projetée par terre. Quand l'animal retomba sur ses sabots, elle fit claquer les rênes aussi fort qu'elle put.

— Hue ! cria-t-elle, essayant de forcer les chevaux terrifiés à avancer.

Mais des hommes leur barraient le passage. Les bêtes étaient bien dressées : elles ne feraient jamais de mal volontairement à une personne. Un autre homme empoigna le second harnais, et Cameron saisit le fouet. Elle le fit claquer au-dessus de la tête de l'homme, tentant de le surprendre. La deuxième fois, elle frappa le haut de sa tête recouverte d'un sac de la pointe de la lanière en cuir.

L'homme hurla de douleur.

Un autre homme, trapu, avec un pantalon coupé, escalada la roue de la calèche et tendit le bras vers elle.

Cameron lâcha les rênes et se dressa, essayant de trouver son équilibre. Elle saisit ses jupes et sauta de l'autre côté, mais lorsqu'elle atterrit, le cerceau de sa crinoline accrocha la roue et elle tomba à plat ventre dans l'herbe sèche.

Le choc fut rude, mais la terre était molle. Si elle perdit un instant le souffle, elle se ressaisit rapidement. Elle était à genoux, se redressant pour partir en courant, quand un quatrième homme l'attrapa par son chignon et l'empêcha de s'échapper.

— Je la tiens! brailla-t-il. Je tiens la garce, Clyde!

Un autre homme émergea de la haie, tirant un sac sur sa tête.

— M'appelle pas par mon nom, espèce d'imbécile!

Il se pencha sur Cameron, que l'autre homme maintenait à genoux.

— On dirait qu'on a fait une belle prise, pour notre première nuit dehors, pas vrai, les gars? lâcha-t-il en gloussant. Vous savez qui on a pris? Miss Cameron Campbell, la fille du sénateur!

— Je parie qu'ils donneront plein d'argent pour la récupérer, marmonna l'un des bandits.

L'haleine dudit Clyde sentait l'alcool. L'alcool, la sueur aigre et les dents gâtées. Cameron en eut un haut-le-cœur, mais elle ne détourna pas les yeux. Elle fixa d'un regard haineux les trous percés dans le sac.

Clyde recula.

— Ligotez-la. Détachez les chevaux, on va les prendre. Laissez la voiture avec ma note, pour qu'ils ne la ratent pas.

L'homme qui maintenait Cameron à terre la remit brutalement sur ses pieds et tira une corde grossière du dos de son pantalon.

— Vous allez nous laisser nous amuser un peu avec elle, patron?

— C'est quasiment la royauté du Mississippi, gronda Clyde. Si quelqu'un doit l'avoir, c'est moi.

Cameron grimaça quand son agresseur lui tira les mains dans le dos pour les attacher. Pendant ce temps, elle fusilla le chef du regard, pensant en elle-même que si ce Clyde la violait, elle serait bien la dernière femme qu'il violerait, car il ne lui resterait plus rien après pour réitérer.

Jackson s'attarda dans l'écurie d'Atkins' Way après avoir nourri son cheval. L'endroit était tranquille et rassurant dans l'obscurité.

Sa mission à Memphis avait été un plein succès. Un coup de chance, vraiment, que le message annonçant le décès de

Cora Thompson ait été intercepté! Thompson lui avait avoué que ses hommes et lui projetaient de marcher sur Washington. Ils avaient prévu de se faufiler dans la ville de nuit et de brûler le Capitole. C'était un plan téméraire, qui aurait eu peu de chance, de réussir, mais aurait néanmoins sérieusement ébranlé le gouvernement.

Jackson avait convaincu les officiers de l'armée de laisser partir la plupart des soldats sudistes après les avoir interrogés. Il pensait qu'ils avaient été suffisamment punis par les années de guerre. Finalement, seuls Thompson et une poignée de ses hommes les plus âgés avaient été transportés à Washington pour y être jugés pour trahison.

Quant à lui, sa mission était terminée ; il était enfin libre de retourner à sa femme.

Comme il était très tard, il avait insisté pour que Falcon passe la nuit à Atkins' Way. Couché dans le grenier au-dessus de l'écurie, où personne ne le verrait, il pourrait repartir sans être remarqué au point du jour et regagner son abri, qui se trouvait à dix milles de la ville. Là, il attendrait des instructions lui disant où Taye le rejoindrait. Puis ils partiraient vers l'Ouest, Taye devenue sa femme si elle l'acceptait. Jackson détestait l'idée que l'Indien parte aussi loin de lui et qu'il ne le reverrait peut-être plus jamais. Mais dans le même temps, il ne pouvait s'empêcher d'être heureux pour lui. Falcon aimait réellement Taye, et apparemment celle-ci accueillait à bras ouverts la vie qu'il avait à lui offrir.

Il traversa la cour dans l'obscurité, écoutant les bruits nocturnes, les grillons qui chantaient et les grenouilles qui coassaient dans la mare voisine. Il entendit les battements d'ailes d'un grand oiseau de nuit. Un hibou, peut-être.

— Miss Cameron! Nous étions morts d'inquiétude…, entendit-il tandis qu'il tournait la poignée de la porte d'entrée.

Patsy bondit de sa chaise et le fixa avec stupeur.

— Capitaine?

Jackson fronça les sourcils en entrant dans le vestibule et referma la lourde porte derrière lui.

— Pourquoi pensiez-vous que j'étais Mme Logan ? Il est très tard. N'est-elle pas là ?

Patsy secoua la tête, terrifiée.

— Nous n'avons pas pu la trouver, monsieur...

— Que voulez-vous dire ? tonna-t-il.

La jeune servante fondit en larmes.

Une porte s'ouvrit dans le couloir de service et Naomi arriva précipitamment, dans un bruissement de jupons amidonnés.

— Le Jésus de Noah soit loué, vous êtes ici ! dit-elle sombrement.

— Que se passe-t-il ?

Il traversa le vestibule. Les chandeliers brûlaient encore, malgré l'heure tardive.

— Cameron a disparu. Noah vient de rentrer de la ville y'a une minute. Il devait retourner au Magnolia à 22 heures pour la chercher. Ils faisaient un dîner pour fêter la libération de miss Taye. Sauf que Taye a dit à Noah qu'elle était partie depuis des heures.

— Et personne ne l'a vue depuis ?

Naomi secoua la tête.

— Noah s'apprête à repartir sur la route, mais il a dit qu'elle y était pas et qu'il avait pas vu la calèche, non plus.

Jackson sentit un frisson de peur lui serrer l'estomac, une peur si perturbante que pendant un instant il fut incapable de penser clairement. Tout ce qu'il pouvait faire était d'imaginer Cameron allongée quelque part sur la route, blessée, peut-être mourante. Il avait affronté maintes situations de vie et de mort durant les années passées, et il avait certainement connu la nervosité, mais il n'avait jamais vraiment eu peur. Pas comme en ce moment précis.

— Capitaine, dit doucement Naomi en passant la main sur sa manche. Vous m'entendez ? Je disais que Noah est en train de rassembler des hommes dans la cuisine. Vous voulez aller avec eux, pas vrai ?

Jackson leva les yeux vers le beau visage sombre de Naomi et vit également de la peur dans son regard.

451

— Je vais aller avec eux, bien sûr. Falcon est ici. Il viendra aussi.

Naomi haussa un sourcil étonné à la mention du Cherokee « disparu » qui avait prétendument enlevé Taye, mais elle ne dit rien.

— Et Noah a dit que Taye était certaine que Cameron avait l'intention de rentrer directement à la maison ? demanda-t-il avec l'impression d'avoir affaire à une sorte de fugue.

Il se dirigea à grands pas vers la cuisine. Naomi dut trotter pour rester à sa hauteur.

— Taye a dit à mon Noah qu'elle a quitté l'hôtel vers sept heures et demie. Elle a dit qu'elle avait l'estomac patraque et qu'elle rentrait à Atkins' Way pour dormir.

— Elle avait encore l'estomac malade ?

Jackson s'arrêta et prit Naomi par le bras.

— Elle est enceinte, n'est-ce pas ?

Il plongea les yeux dans les yeux noirs de Naomi, dont on disait qu'ils pouvaient lancer des sortilèges. Il voulait bien le croire.

— Ne me mentez pas, Naomi. Pas à ce sujet.

Elle esquissa un petit sourire entendu.

— Elle m'a rien dit, mais j'ai lu dans les os qu'elle tenait une petite fille dans ses bras. Et les os mentent jamais.

Jackson eut l'impression que quelqu'un serrait son cœur dans sa main nue. Il entraîna Naomi avec lui.

— Il faut la retrouver, Naomi, et il faut la retrouver rapidement !

Ils entendirent la porte d'entrée qui s'ouvrait derrière eux et un bruit de voix. Celle de Patsy puis celles de Taye et Thomas.

— Par ici ! leur cria Jackson. A la cuisine !

Taye se précipita dans le couloir de service, Thomas sur les talons. Il fut pris d'une quinte de toux et dut s'arrêter pour reprendre son souffle. Taye l'aida à entrer dans la cuisine où Noah rassemblait déjà un groupe de travailleurs, noirs et blancs. Il les organisait en petits groupes qui partiraient dans différentes directions. Ils prendraient les meilleurs chevaux de l'écurie.

— Je veux que ces routes soient inspectées de fond en comble, leur ordonna Jackson d'un ton sec.

Il voulait croire que Cameron était juste partie sur un coup de tête, comme lorsqu'elle avait quitté Baltimore pour venir sans lui dans le Mississippi. Qui sait quelle idée folle avait encore pu passer dans sa tête dure ?

Mais au fond de lui, il savait que ce n'était pas le cas cette fois. Il *savait* qu'elle était en danger de mort... si elle n'était pas déjà morte.

— Et pas seulement les routes principales, reprit-il en se forçant à se concentrer sur la tâche en cours. Chaque chemin, chaque champ. Même le fleuve.

Il tira sa montre de gousset de sa veste et regarda l'heure. Il était plus de 23 heures.

— Noah va s'installer à la lisière de la ville où vous pourrez venir lui faire votre rapport. Deux hommes à cheval chaque fois. Personne ne sort seul.

Il étudia le visage des hommes. Il les regarda dans les yeux et vit leur inquiétude. Cela lui fit du bien. Malgré sa conduite exaspérante, Cameron avait fait une différence positive dans leur vie. Elle leur avait donné du travail, un toit et de quoi manger. Il voyait dans leurs yeux que tous la respectaient. Que tous étaient attachés à elle.

— Très bien, dit-il d'un ton bourru, craignant que son émotion ne perce dans sa voix. Allons-y...

— Attendez ! lança Noah. D'abord, courbez la tête, les gars...

Toutes les têtes se courbèrent. Même Naomi ferma les yeux pour prier, elle qui jurait qu'elle n'était pas chrétienne.

Jackson n'était pas homme à faire des prières, mais il ferma les yeux aussi. A ce moment-là, il sentit la petite main de Taye se glisser dans la sienne.

— Notre Père, dit Noah de sa voix grave et riche, s'il Vous plaît, accompagnez ces hommes. Ce sont des hommes bien, tous. Faites qu'ils aillent rapidement et sûrement. Conduisez-les à miss Cameron. Gardez-la en sûreté jusqu'à ce que nous puissions la ramener à la maison. Et si le pire arrive, prenez-la tout de suite dans Votre paradis et envoyez ceux qui lui ont fait du mal en enfer. Nous prions au nom du Christ.

— Amen, murmurèrent beaucoup des hommes, en chœur.

Jackson rouvrit les yeux et les regarda sortir les uns derrière les autres.

— Vous êtes sûre qu'elle est partie à sept heures et demie, et vous êtes sûre qu'elle venait ici ? demanda-t-il alors à Taye.

Taye hocha la tête et regarda autour d'elle pour s'assurer que personne ne pouvait l'entendre.

— Mais il y a autre chose que je dois vous dire.

— Quoi ?

Taye le fixa, paraissant hésiter tout à coup.

— Taye, je dois partir !

— Marie LeLaurie est venue à l'hôtel. Je ne sais pas d'où elle venait. Thomas a dit qu'elle était repartie, mais…

— Mais elle a parlé à Cameron, acheva-t-il platement.

— Elle lui a laissé entendre que vous aviez une liaison et que ça continuerait.

— Mais ce n'est pas vrai !

— Il faut que vous le disiez à Cameron, murmura Taye.

Il se passa une main nerveuse sur le visage.

— Si je peux la trouver à temps.

36

Taye était assise sur la première marche du grand escalier depuis un bon quart d'heure. Elle regardait fixement la lumière vacillante des appliques sur le mur. Les bougies avaient fondu, elles crachotaient et s'éteindraient bientôt, la laissant dans le noir si elle ne se levait pas pour les remplacer. Elle frissonna malgré la chaleur de la nuit. Elle était seule dans le vestibule désert, qui lui paraissait effrayant avec ses hautes ombres tremblantes et ses échos vides.

Elle avait aperçu Falcon lorsque Jackson, Thomas et les autres hommes étaient partis. Elle avait eu envie de courir à lui, mais elle savait qu'il devait accompagner les autres et qu'il lui reviendrait. Tout ce qu'elle pouvait faire était d'attendre.

— Elle est pas revenue ? demanda Lacy du haut de l'escalier.

— Elle *n'est pas* revenue, corrigea automatiquement Taye. Non, elle n'est pas rentrée.

Lacy descendit les marches de son pas léger, ressemblant beaucoup à une version plus jeune de Cameron avec ses cheveux blond-roux en bataille et son menton levé d'un air déterminé. Ses pieds nus sortaient de sous sa chemise de nuit jaune pâle.

— Alors qu'est-ce qu'on fiche ici ? demanda-t-elle en se laissant tomber sur la marche à côté de Taye.

— Ce qu'on fait ? Eh bien, nous attendons, parce que les hommes la cherchent.

Taye hésita.

— Parce que... je ne sais pas. Parce que Jackson a dit de rester ici, je suppose.

— Il est pas mon patron! Aucun homme me dira jamais quoi faire!

Elle pivota sur ses pieds nus et remonta prestement l'escalier.

— Où vas-tu, Lacy?

— Je monte m'habiller et mettre mes bottes de cheval.

— Tu n'iras nulle part, jeune fille!

— Si, à moins que vous vouliez m'attacher à un montant de mon lit. Je vais à la recherche de tante Cammy. Vous venez?

Taye considéra cette idée une seconde seulement, puis elle saisit ses jupes et monta l'escalier en courant derrière l'adolescente.

Jackson se tenait à côté de la calèche abandonnée, la note froissée dans sa main. Il était si furieux qu'il ne pouvait parler.

Falcon restait silencieux à côté de lui, connaissant bien cette humeur noire.

Thomas faisait les cent pas dans l'herbe, toussant et s'essuyant la bouche.

— Peut-être devrions-nous faire ce qu'ils disent, Jackson, rentrer et réunir l'argent, suggéra-t-il.

— Regardez cette note. Ce scélérat ne connaît même pas l'orthographe! A votre avis, combien de temps sera-t-elle en sécurité avec un homme... — il regarda autour de lui, voyant les nombreuses empreintes de sabots — *des hommes* de cet acabit?

Falcon s'accroupit dans l'herbe à côté de la haie, étudiant les marques de sabots et de bottes. Il en suivit une paire jusqu'à la route et releva les yeux d'un air pensif.

— Des hommes trop stupides pour couvrir leurs traces, dit-il d'un ton songeur, allant à son cheval et se mettant en selle. Nous allons les suivre.

Jackson l'imita et poussa son cheval en avant avant même d'enfiler les pieds dans ses étriers, laissant Thomas les rattraper comme il pouvait.

*
* *

Taye et Lacy chevauchaient en silence vers Elmwood, coupant à travers champs pour éviter le point de rendez-vous de Noah. Lacy connaissait bien les environs et semblait étonnamment à son aise en selle.

— Si elle n'est pas à Elmwood? Si les hommes y sont déjà allés et qu'elle n'y soit pas? demanda Taye. Alors où irons-nous?

— J'sais pas.

Lacy observait les champs sombres et mal entretenus, étudiant chaque mouvement des arbres au-dessus d'elles d'un œil acéré. La lune pleine s'était levée dans le ciel et éclairait leur chemin comme le rayon blanc d'une lampe.

— Maman disait toujours qu'il faut se fier à son instinct. Et je vous le dis, mes tripes me disent d'aller par là.

Soudain, elle tira sur sa bride.

— Hé, vous voyez ça? chuchota-t-elle.

— Quoi?

Lacy retint son cheval jusqu'à ce que Taye arrive à côté d'elle.

— Juste là, ce vieil arbre?

Taye scruta l'obscurité.

— Oui?

— Vous voyez cette branche qui sort d'une façon bizarre du tronc?

Lacy regarda T

— Vous c   des branches qui sortent tout droit d'un vieu   me ça, vous?

—   ors? Il fait noir. Dans le noir, votre esprit pe   des tours.

de sa selle et sauta à terre, laissant tomber sa bride.

vas-tu? chuchota Taye.

y leva un doigt mince jusqu'à ses lèvres pour lui faire gne de se taire tandis qu'elle traversait lentement un petit fossé pour se diriger vers le chêne.

Taye la regarda se mouvoir dans l'obscurité, paraissant glisser sur les ombres de la nuit. Elle était presque à la base du chêne quand Taye vit un mouvement soudain. Lacy partit en courant, poursuivant une ombre.

— Lacy! cria-t-elle, glissant de sa jument juste comme l'adolescente atteignait la forme qui s'enfuyait, et qu'elles tombaient toutes les deux durement sur la terre du champ.

Taye se mit à courir vers elles.

— Lacy, je t'en prie!

Elle parcourut rapidement la distance et s'arrêta, lâchant ses jupes.

Lacy était à califourchon sur une femme, le poing levé en un geste menaçant. Au clair de lune, Taye reconnut Efia.

— Où elle est? criait Lacy.

— Où elle est qui? riposta Efia en se débattant.

— Ma tante Cammy!

Lacy lança son poing en arrière.

— J'sais pas de quoi vous parlez, espèce de folle. Otez-vous de moi!

Efia regarda Taye, les yeux affolés.

— J'sais pas que quoi elle parle. Je le jure!

Lacy se redressa, croisant les bras sur sa poitrine, clouant toujours Efia au sol.

— C'est le milieu de la nuit. Y'a personne qui marche sur cette route dans le noir à part des gens qui cherchent rien de bon.

Efia secoua la tête avec vigueur.

— Non. C'est pas ça. Je… j'ai nulle part où aller. Je marchais juste. Je le jure.

Taye nota les pieds nus d'Efia et le fait qu'elle ne portait qu'une mince robe sans manches.

— Miss Cameron a disparu, Efia. Est-ce que tu l'as vue?

— Dis… disparu? Qu'est-ce que vous voulez dire?

Lacy plissa ses yeux verts de Campbell d'un air farouche.

— Ce qu'elle veut dire, c'est que si tu nous dis pas où est ma tante Cammy, j'vais te faire mordre la poussière!

Efia réussit à libérer une main et la leva devant son visage pour se protéger. La peur qui se lisait dans ses yeux toucha Taye, malgré tout le mal qu'elle lui avait fait.

— Lacy, dit-elle. Laisse-la se lever.

— Pas avant de lui avoir fait cracher la vérité, marmonna Lacy en levant de nouveau son poing. Je vais lui faire dire tout ce qu'elle sait.

Taye l'attrapa par les épaules et la fit bouger. Au lieu de se lever et de partir en courant, Efia resta allongée par terre, des traces de larmes sur ses joues sombres.

— Clyde t'a mise à la porte ? demanda Taye.

Efia s'assit, essuya ses joues maculées de terre et hocha la tête.

— Et tu n'as nulle part où aller ?

La jeune Noire fit signe que non. Taye n'hésita qu'un instant.

— Lève-toi et nous te ramènerons à Atkins' Way. Ce n'est pas sûr pour toi de rester seule dehors à cette heure de la nuit.

— Vous... vous le pensez ?

Efia la dévisagea comme si elles ne parlaient pas la même langue.

— Bien sûr, que je le pense.

Taye ne put se forcer à sourire, mais elle se sentait quand même désolée pour la pathétique jeune femme.

— Peut-être pourrons-nous te trouver du travail, ou au moins te donner à manger et des vêtements corrects.

Efia continuait à la fixer comme si elle était un spectre ou un ange.

— Vous feriez ça ?

Taye hocha la tête.

Efia regarda alors Lacy, puis de nouveau Taye. Au bout d'un moment, elle demanda d'un ton entrecoupé :

— De quoi elle parle ? Qu'est-ce qui se passe avec miss Cameron ?

— Nous l'ignorons.

Taye tendit une main à Efia et l'aida à se mettre debout.

— Elle a quitté la ville vers 7 heures et demie et elle était censée rentrer directement à Atkins' Way, mais elle n'y est jamais arrivée. Personne ne sait où elle est.

Efia tourna les yeux vers elle, tremblant de peur.

— Je... j'ai peut-être une idée d'où elle pourrait être...

— Vous devriez me laisser partir, maintenant, dit calmement Cameron en regardant celui que les autres avaient appelé Clyde. Je m'en irai à pied. Mieux encore, laissez-moi emmener mes chevaux.

Elle ne put s'empêcher de hausser le ton ; la seule pensée de laisser ses chevaux bien soignés à cet homme la révulsait.

— Faites-le et vous pourriez survivre à cette nuit.

Clyde porta un pichet à ses lèvres et but longuement.

— Si vous ne me laissez pas partir, mon mari ne se contentera pas de vous tuer quand il arrivera, poursuivit-elle.

Honnêtement, elle n'avait aucune idée de l'endroit où se trouvait Jackson. Toujours en Alabama, pour autant qu'elle sache, mais Clyde l'ignorait.

— Il vous torturera avant de vous tuer, l'avertit-elle.

— Bon Dieu, femme ! Vous vous taisez jamais ? cria Clyde, l'éclaboussant de salive et d'alcool.

Cameron ferma les yeux. La plupart des autres hommes dormaient ou étaient ivres morts. Si seulement elle pouvait se détacher, elle aurait une bonne chance de s'échapper. Si elle pouvait se libérer de cette chaise, elle pourrait attendre que Clyde s'endorme, puis partir avec les chevaux.

Et après, quoi ? se demanda-t-elle. Si elle survivait à cette nuit, que ferait-elle du reste de sa vie ?

Plus tôt dans la soirée, en quittant l'hôtel, elle avait décidé de divorcer de Jackson. Tandis qu'elle conduisait la calèche, sa colère et son chagrin l'avaient consumée jusqu'à ce que demeure seul le désir de se venger, fût-ce au prix de son propre bonheur. Mais quand Clyde avait refermé sa main sale sur son poignet, tout avait changé. Elle avait su alors qu'elle voulait vivre. Et que son bébé vive. Elle voulait Jackson. La vérité était qu'elle l'aimait toujours. S'il était d'accord pour essayer de retrouver la confiance et l'amour qu'ils avaient jadis ressentis l'un pour l'autre, s'il renonçait à Marie, lui revenait et lui restait fidèle, elle le reprendrait. Elle était désireuse de le reprendre parce qu'elle l'aimait depuis ses dix-sept ans et qu'elle n'aimerait plus jamais aussi farouchement et profondément quelqu'un d'autre.

Elle tortilla ses mains derrière elle, déterminée à se libérer. Elle ne mourrait pas ici.

Jackson, Thomas et Falcon suivirent les empreintes de sabots. D'après le Cherokee, il y avait huit chevaux en tout, deux sans cavalier et un portant deux personnes.

A plusieurs milles de la ville, les traces quittèrent la route principale. Lorsqu'ils aperçurent à distance ce qui semblait être une ferme abandonnée, ils mirent pied à terre.

A moins de dix mètres de l'endroit où ils avaient attaché les chevaux, dans un bosquet d'arbres, Thomas se mit à tousser. Falcon s'arrêta, inquiet que les bandits puissent l'entendre s'ils étaient à l'intérieur.

— Peut-être devriez-vous faire demi-tour et rester avec les chevaux, suggéra-t-il doucement.

Thomas plongea la tête au creux de son coude, toussant dans sa veste.

— Non, dit-il d'une voix râpeuse. Je veux vous aider. Je veux le faire pour le sénateur.

Jackson s'approcha de lui et passa un bras autour de ses épaules, surpris de constater qu'il n'avait plus que la peau sur les os.

— Vous avez votre pistolet?

Thomas fit signe que oui, son mouchoir pressé sur ses lèvres.

— Vous allez garder les chevaux, lui dit alors fermement Jackson. Parce que nous en aurons besoin pour partir d'ici à bride abattue. Si quelqu'un d'autre passe sur cette route, criez. Vous ferez le guet pour nous.

Il le lâcha et Thomas se détourna, les épaules affaissées de déception.

Jackson ravala la boule qui lui serrait la gorge et suivit Falcon.

*
* *

Taye et Lacy suivaient lentement la route au clair de lune, Efia juchée derrière l'adolescente. Arrivées près de l'endroit où les avait conduites Efia, elles laissèrent les chevaux.

— Il faut se faufiler en douce, chuchota Lacy tandis qu'elles se glissaient entre les pins en direction d'une vieille maison où Clyde avait coutume d'entreposer des marchandises volées jusqu'à ce qu'il puisse les écouler.

Lorsqu'elles entendirent un cheval hennir dans le lointain, Taye se tourna vers Lacy.

— Apparemment, il y a quelqu'un d'autre, murmura-t-elle en se tordant les mains. Je me demande si l'une de nous ne devrait pas retourner en ville chercher Noah.

— Je vais pas…

— Je *ne* vais pas, corrigea Taye.

Lacy pivota brusquement, les poings sur les hanches.

— Je *ne* vais pas retourner en ville, dit-elle en articulant chaque mot. Je vais retrouver tante Cammy. Et si ces saligauds l'ont…

— Lacy! Les jeunes dames n'emploient pas des mots aussi vulgaires.

— Les jeunes dames ne devraient pas être dans le genre de situation qui fait parler comme ça, pour commencer, mais on y est, pas vrai, tante Taye?

Taye faillit rire. C'était exactement le genre de réplique que Cameron aurait lancée.

— Très bien, chuchota-t-elle en suivant Lacy et Efia. Nous allons essayer de voir si Cam est ici. Mais je vous avertis : si nous la trouvons, nous retournons chercher les hommes.

Tandis qu'elles avançaient dans les bois, elles aperçurent trois chevaux et la silhouette d'un homme appuyé à un arbre. Elles les contournèrent en silence et continuèrent vers l'arrière de la maison, dépassant d'autres chevaux attachés.

— Clyde est là, c'est sûr, marmonna Efia d'un ton amer. Je le sens puer d'ici.

Alors qu'elles s'approchaient en douce, Taye aperçut la lumière d'une bougie qui brillait à une fenêtre.

— Nous devrions faire demi-tour, dit-elle. Aller chercher les hommes.

— Ce salopard ! grommela Efia en avançant à croupetons. J'ai fait la cuisine et le ménage pour lui, j'ai lavé ses caleçons, et qu'est-ce que j'ai eu ?

— Efia, non...

Taye tendit la main pour arrêter la jeune Noire, mais celle-ci semblait dans une transe, marchant résolument vers la maison.

Taye prit la main de Lacy.

— Lacy, mon chou. Nous devons faire demi-tour.

— Oh ! la, la !

La voix de Cameron brisa le silence, dans l'air lourd de la nuit.

Taye et Lacy se figèrent. Efia continua à avancer vers la maison délabrée.

— Je n'aimerais pas être à votre place, demain matin, continua Cameron d'un ton de défi, la voix forte et assurée. Je ne peux pas vous imaginer vous promenant sans vos parties viriles, ou alors qu'elles pendront tout ensanglantées entre vos jambes. Il paraît qu'un homme mutilé ainsi saigne à mort...

— Vous m'avez entendu ? gronda une voix d'homme. Je vous ai dit de la fermer, ou alors je vous ferai taire !

Taye entendit un claquement sonore et frémit, sachant que l'homme avait dû gifler sa sœur.

— Il faut que nous allions chercher de l'aide, murmura-t-elle, désespérée.

Mais Lacy et Efia ne se retournèrent pas. En entendant l'homme frapper Cameron, elles détalèrent à travers la clairière et franchirent l'ouverture où pendait autrefois une porte.

Jackson et Falcon venaient de se cacher dans les buissons à côté du porche de devant qui s'affaissait, quand ils entendirent glapir une femme. Ils avaient entendu Cameron provoquer celui qui la détenait durant les cinq dernières minutes, mais cette fois, ce n'était pas sa voix. C'était celle d'une autre femme.

— Par tous les diables, qu'est-ce qui se passe? maugréa Jackson.

— Efia, non! cria Cameron.

Jackson et Falcon bondirent sous le porche, puis chargèrent par la porte ouverte. Jackson avait un pistolet dans chaque main, Falcon un fusil à répétition.

Jackson aperçut une Cameron dépenaillée et tachée de terre attachée sur une chaise. A quelques pas de là, Efia tenait l'un des kidnappeurs à distance avec un couteau de boucher rouillé. Jackson se rendit compte que Cameron essayait de déplacer sa chaise derrière la jeune Noire.

Un mouvement sur la gauche accrocha son regard. Le canon d'un pistolet brillait depuis le seuil. Il se tourna et tira. Un homme s'affala sur le plancher pourri, mort avant de toucher terre. Jackson tira de nouveau et abattit un deuxième homme, puis un troisième.

Le fusil de Falcon retentit à son tour. Le bandit qui s'était précipité vers Taye serra les mains sur son ventre, grogna et s'effondra à ses pieds.

— Allez en enfer, Clyde!

Efia lança le bras en avant et découpa une profonde entaille dans l'avant-bras de Clyde, mais il tendit la main, saisit son poignet et lui arracha le couteau. Puis il le lui plongea dans la poitrine.

— Non! hurla Cameron en se libérant enfin des cordes qui l'attachaient à la chaise.

Elle se jeta en avant, essayant de retenir Efia qui glissait vers le sol, la robe écarlate.

Jackson tenta d'atteindre sa femme, mais trois autres bandits armés surgirent dans la ferme. Le fusil de Falcon en abattit deux tandis qu'une lanterne se brisait et que de l'huile enflammée se répandait sur la table.

— Cameron!

Jackson pouvait à peine respirer, l'air devenu saturé de l'odeur de la fumée, de la poudre et du sang.

— Jackson! cria Cameron. Ils ont Lacy!

Il vit alors un homme encapuchonné entraîner l'adolescente dans le couloir du fond. Le fusil de Falcon cracha des flammes et du plomb. Le ravisseur de Lacy tomba à la renverse, heurta le mur et glissa sur le plancher, sans vie. Lacy rampa sur le sol, sanglotant et appelant Cameron.

Au milieu du chaos, Clyde attrapa Cameron, noua ses doigts épais dans ses cheveux et la tira sur ses pieds devant lui.

— J'ai un couteau, avertit-il en tirant un couteau de chasse de sa ceinture et en posant la lame de douze pouces sur sa gorge. Quelqu'un bouge et je la tue.

La tenant devant lui comme un bouclier, il recula vers la porte d'entrée.

— Cam...

Jackson fit un pas en avant, et Clyde fit glisser le couteau sur le cou de Cameron. Elle cria de douleur.

— Arrière, j'ai dit, ou elle est morte ! Vous pouvez me tuer, mais elle s'en sortira pas non plus.

Du sang perlait sur le cou mince et pâle de Cameron, et ses yeux pétrifiés se rivèrent à ceux de Jackson tandis que Clyde l'entraînait dehors, dans l'obscurité.

Falcon traversa la pièce à grands pas, sans bruit.

— Je vais sortir par-derrière et les suivre. Il ne me verra pas, Jackson.

— Non... non...

Les hurlements de Cameron déchiraient la nuit.

— Jackson !

— Cameron !

Il se rua par la porte et aperçut juste un éclair de la robe de Cameron dans le noir. Elle était à genoux et deux silhouettes luttaient à côté d'elle. Un homme tomba à terre et le pistolet de Jackson retentit, abattant l'autre alors qu'il s'enfuyait vers les bois.

— Taye ! hurla Cameron.

Jackson fonça à travers la clairière pour la rejoindre.

Cameron tenait Thomas dans ses bras ; le couteau de Clyde sortait de sa poitrine trempée de sang.

Taye sortit à son tour de l'obscurité et se laissa elle aussi tomber à genoux.

— Oh! Thomas... Thomas! sanglota-t-elle.

Cameron fit doucement passer la tête de Thomas sur les genoux de sa sœur. Le jeune homme fixait sans les voir deux yeux bleu pâle qu'il aimerait toujours.

— Bonjour, belle dormeuse...

Cameron ouvrit les yeux dans la lumière vive du milieu de l'après-midi et sourit à Jackson.

— Bonjour, vous, dit-elle d'une voix ensommeillée.

Puis elle referma un instant les yeux, repensant aux événements tragiques de la nuit.

— Taye? murmura-t-elle.

— Elle est avec Falcon dans le jardin. Et vous feriez bien de commencer à l'appeler Minette. Un certificat de décès sera établi pour Taye Campbell d'ici quelques jours. La pauvre fille a été aux prises avec une bande de voleurs et d'assassins, et elle est morte parmi eux cette nuit.

Cameron pinça les lèvres.

— Et le corps?

— Il n'y aura personne pour réclamer la pauvre Efia. Au moins, elle aura un enterrement décent...

— Et Lacy?

— Dans la cuisine, où elle distrait le bébé de Naomi.

Cameron rouvrit les yeux; des larmes lui piquaient les paupières.

— Je ne peux toujours pas croire que Thomas est mort! Je ne peux pas croire non plus qu'il se soit sacrifié pour Falcon. Savait-il que Taye l'aimait? murmura-t-elle.

— Thomas était quelqu'un de bien. Un homme bon en train de mourir. Et au lieu d'agoniser dans un lit à cracher ses poumons... — Jackson tendit la main et écarta tendrement ses cheveux de sa joue — il a choisi de mourir en héros.

Le regard de Cameron rencontra le sien et il se racla la gorge.

— Taye m'a dit que Marie est venue...

Soudain effrayés, ses yeux ambrés s'emplirent de larmes.

— L'aimez-vous ? chuchota-t-elle.

Il secoua la tête, prit sa main et la baisa.

— Cameron, chérie, c'est vous que j'aime, et je suis désolé de vous blesser. Vous devez me croire quand je vous dis qu'une fois seulement Marie et moi...

Il s'interrompit, la regardant dans les yeux.

— C'était il y a deux ans, il y a une vie de cela, c'était mal et je le regrette tellement !

— Oh ! Jackson ! sanglota-t-elle.

Elle jeta ses bras autour de lui et enfouit son visage dans son cou.

— Je suis désolée, moi aussi, tellement désolée pour tout ! Pour tout ce que j'ai dit, tout ce que j'ai fait qui vous a fait du mal.

Des larmes coulaient sur son visage, et elle s'écarta pour regarder ces yeux gris qu'elle adorait.

— Je pourrais vous donner un million de raisons, expliquant pourquoi j'ai fait ces choses-là, mais ce ne seraient que de piètres excuses. Je vous en prie, donnez-moi une autre chance. Donnez-nous une autre chance, Jackson...

— Cameron... Vous aviez raison sur tant de choses que vous avez dites. Je vous ai bien commandée quand je suis rentré à Baltimore. Puis j'ai été jaloux de Lacy, d'Elmwood, et même du journal de votre père. Je suis désolé... Et je le jure sur tout ce qui est sacré, mon travail pour le gouvernement est terminé. Je suis de nouveau un civil.

Cameron pleurait et riait en même temps.

— Je veux rentrer à la maison, murmura-t-elle, posant la tête sur son épaule.

— Mon cœur, il faudra des mois avant qu'Elmwood ne soit habitable !

— Non, Jackson. Chez nous. Chez nous à Baltimore. Je ne suis plus d'ici, je m'en rends compte à présent. Nos enfants non plus ne sont pas d'ici.

— Nos enfants?

Il releva son menton d'un doigt. Elle sourit en prenant sa main et en la posant sur son ventre.

— Je ne voulais pas encore vous le dire parce que je craignais que vous ne soyez déçu. Si quelque chose arrivait, je suppose que je ne voulais pas que vous me blâmiez de nouveau.

— Vous blâmer de nouveau?

Jackson plissa le front. Il porta leurs mains jointes à sa poitrine pour qu'elle sente battre son cœur.

— Je ne vous ai jamais blâmée, Cam. C'est moi que je blâmais.

— Vous? Comment auriez-vous pu me faire faire une fausse couche?

— Par la façon dont j'ai crié ce jour-là, à Elmwood. Par les choses cruelles que j'ai dites.

— Oh! Jackson, comme nous sommes sots tous les deux! Je pensais que vous me blâmiez. Je pensais que c'était pour cela que vous ne veniez pas dans mon lit, que vous êtes parti si longtemps.

— Et moi, je pensais que vous ne vouliez pas de moi, avoua-t-il.

Elle rit de nouveau à sa propre stupidité et à la sienne.

— Promettez-moi qu'à l'avenir, nous parlerons. D'ordinaire, nous sommes assez bons pour ça.

— Je promettrai si vous promettez.

Il porta sa main à ses lèvres et la baisa tendrement.

— Voulez-vous vraiment retourner à Baltimore, Cam? Parce que si vous n'en avez pas envie…

Elle le fit taire d'un baiser.

— Vous avez dit que vous avez acheté une plantation dans la baie de Chesapeake, il me semble?

Elle lui sourit, posant la tête sur son épaule.

— Cela semble être un bon endroit pour élever notre fils.

— Ou peut-être notre fille.

Il lui releva le menton et effleura sa bouche de la sienne.

— Je suppose que nous devrions nous lever, dit-elle contre

ses lèvres. Nous devrions parler à Taye. Il faut qu'ils partent rapidement. Je suis sûre que le capitaine Grey va revenir et voudra nous parler à tous.

— Je ne pense pas qu'ils partiront avant la nuit tombée. Et je me suis déjà occupé du capitaine Grey. Je lui ai dit que vous seriez indisposée aujourd'hui, mais que vous le verriez sans tarder demain matin. Il a la garde de ce qui reste de ces bandits et c'est ce qui compte pour lui.

— Très bien, alors.

Cameron se glissa dans le lit, lui faisant de la place.

— Voudriez-vous me rejoindre ?

Il haussa un sourcil espiègle.

— Je suis sûr que j'ai besoin d'une sieste.

— Une sieste n'est pas ce que j'avais à l'esprit, capitaine Logan, murmura-t-elle d'une voix altérée en tendant la main pour l'attirer dans ses bras.

Et tandis que leurs lèvres se touchaient, tandis qu'elle le goûtait, Cameron sut au fond de son cœur que certaines choses pouvaient être réparées, alors que d'autres devaient simplement être laissées derrière soi.

— Il arrive quand, le train ? demanda Lacy en sautillant dans ses chaussures neuves. J'suis jamais… Je *ne* suis encore jamais montée dans un train.

Cameron leva les yeux du banc de bois sur lequel elle était assise à la gare et sourit. Voir Lacy si excitée par leur voyage vers le Nord lui faisait du bien.

Taye et Falcon étaient partis depuis près d'une semaine. Ils s'en étaient allés tout de suite après les obsèques privées de Thomas à Elmwood. Le départ de Taye meurtrissait le cœur de Cameron, mais elle savait que sa sœur serait désormais en sûreté et heureuse.

— Il arrive ? demanda encore Lacy en allant vers Jackson, qui se tenait debout sur le côté avec leurs bagages.

Cameron serra le journal de son père sur sa poitrine et sourit quand Jackson tendit la main pour tirer sur une des nattes de l'adolescente. Il y aurait encore une période d'ajustement entre eux, mais ils semblaient bien s'adapter l'un à l'autre.

Son regard alla ensuite à Patsy, assise en face d'elle, qui paraissait aussi nerveuse de prendre le train que Lacy était excitée. La jeune Noire les accompagnait à Baltimore pour servir comme soubrette.

Naomi, Noah et Ngosi resteraient dans le Mississippi. D'après Naomi, ses os lui avaient dit que la terre avait besoin d'elle. Quand Jackson avait gentiment demandé à Cameron ce qu'ils devaient faire au sujet d'Elmwood, le mettre en vente ou juste fermer la maison, elle avait purement et simplement décidé de donner la plantation à Naomi et Noah. La maison, les écuries, chaque arpent de terrain… A leur tour, ils divi-seraient la propriété en fermes qu'ils loueraient à des esclaves affranchis. Des familles noires auraient la possibilité d'acheter des lopins de terre à un prix raisonnable, et Naomi et Noah seraient disponibles pour les conseiller.

Jackson avait déclaré qu'elle était folle, mais il s'était tout de suite rendu en ville pour entamer les démarches légales.

C'était curieux, se rappela Cameron, comme il lui avait été facile de regarder Naomi dans les yeux et de lui annoncer que la plantation était à elle. Cela semblait être un maigre paiement pour ce que son frère lui avait fait, ce qu'il avait fait à tous les esclaves d'Elmwood.

En souriant pour elle-même, Cameron ouvrit le journal de son père. Il ne lui restait plus que quelques passages à lire. Les entrées étaient plus espacées dans le temps, et parfois il se passait des mois ou même des années avant que David Campbell ne reprenne la plume.

29 novembre 1855. Je suis allé en ville aujourd'hui pour voir ma petite-fille. C'est une enfant délicieuse. Vive, curieuse. Je regrette seulement que Grant ne soit pas enclin à prendre une part plus active dans sa vie. Il ne comprend pas la joie que des enfants peuvent donner. Même des enfants nés hors des liens du mariage, comme ma Taye.

Cameron effleura les mots du regard, les lisant à peine pour aller plus loin. Et c'était là, enfin.

Elle leva les yeux.

— Jackson! Lacy! Venez ici! appela-t-elle.

Elle se poussa sur le banc pour leur faire de la place, et ils s'assirent chacun d'un côté.

— Ecoutez ceci…

Elle lut le journal à haute voix.

Alors que ma position précaire ne me permet pas de prendre l'enfant à la maison, je continue à l'entretenir avec sa mère. Une fois que ces troubles politiques seront passés et que je pourrai me retirer, je souhaite l'amener à Elmwood. Je souhaite que Lacy prenne le nom qui est le sien de droit — Campbell.

Cameron regarda Lacy, les larmes aux yeux. Elle était enceinte d'un mois maintenant, et ne savait faire que pleurer.

— Tu es bien ma nièce, murmura-t-elle.

— Bien sûr, que je le suis! répondit Lacy d'un ton pratique. Je vous l'ai déjà dit, tante Cammy.

Puis elle se leva et s'éloigna.

— Allez-y, dites-le, fit Jackson à côté d'elle. Dites-le devant tout le monde.

Il écarta les mains avec bonne humeur. Cameron ferma l'épais journal sur ses genoux et se tourna pour le regarder.

— Que je dise quoi?

— Que vous me l'aviez dit.

— Je pourrais être persuadée de ne pas le dire, pour une fois.

— Comment?

Il se pencha vers elle, les yeux pleins d'un amour qui parut différent à Cameron.

— Par un baiser.

— Un baiser en paiement?

Retour dans le Mississippi

— Juste un, chuchota-t-elle.
Il pressa sa bouche sur la sienne.
— Et moi qui pensais mille, au moins.

Epilogue

Cinq ans plus tard,
plantation de Day's End, Maryland.

— Jackson, êtes-vous devenu sourd? lança Cameron avec bonne humeur tandis qu'elle marchait dans le verger de pommiers, évitant des branches, la dernière lettre de Taye à la main.

Une lettre de Californie. Les arbres fruitiers commençaient juste à fleurir, et elle pouvait sentir l'odeur suave de leurs petites fleurs blanches, entendre le bourdonnement des abeilles.

Jackson leva les yeux du banc de bois où il était assis parmi les arbres.

— Nous arrivons.

— Vraiment? Vraiment? le taquina Cameron en s'agenouillant devant le banc pour chatouiller le ventre de ses filles.

Les jumelles, assises de chaque côté de leur père, éclatèrent de rire, agitant leurs petites bottes de cheval sous leur costume d'équitation vert, le même pour toutes les deux.

— Maman! s'écria Abby, ravie.

Katie, dont les petites tresses rousses sortaient de son bonnet, tendit les mains pour toucher les joues de Cameron.

— Maman! Nous sommes montées sur les poneys!

— Ah oui? Et j'ai manqué ça! Après déjeuner, vous devrez remonter pour que je vous voie.

Cameron glissa la lettre sous son bras et prit une petite main dans chacune des siennes. Un instant, elle craignit d'être trop heureuse pour vivre une heure de plus sur cette Terre. Au cours des cinq dernières années, ses rêves d'enfant ne s'étaient pas seulement réalisés. Sa vie avec Jackson et leurs filles était encore meilleure que ce qu'elle avait imaginé.

Elle savait maintenant qu'elle n'avait eu aucune idée de ce que c'était qu'aimer véritablement, jusqu'à ce que Naomi, venue tout exprès du Mississippi, place ses deux filles dans ses bras le jour de leur naissance. Elle n'avait pas su non plus véritablement ce que c'était qu'aimer un homme jusqu'à ce qu'elle lève les yeux et voie les larmes de Jackson, qui s'était agenouillé à côté de son lit pour la remercier.

— Qu'avez-vous là, chérie ? demanda Jackson.

— Une lettre de…

Cameron faillit dire Taye et se reprit.

— Minette…

Elle lâcha ses filles pour feuilleter les pages. Sa sœur lui manquait terriblement, mais elle ne pouvait s'empêcher d'être heureuse pour elle. *Minette* et Falcon s'étaient bâti une vie dans les étendues sauvages de Californie et s'en sortaient mieux que quiconque n'aurait pu l'espérer.

— Vous pourrez la lire plus tard. Falcon et elle vont bien, et…

Elle leva des yeux pétillants d'excitation.

— Elle attend un enfant.

Jackson sourit largement.

— Falcon est un homme heureux.

Cameron croisa le regard de son mari et se perdit un moment dans ses profondeurs grises.

— Maman ?

Katie tira sur sa main.

— Est-ce que Lacy a fini ses devoirs pour aujourd'hui ? Est-ce qu'elle peut nous voir monter les poneys, aussi ?

— Elle a fini, et nous devons tous y aller, maintenant. Ou bien Patsy fera des histoires si nous sommes en retard à table !

Jackson se leva du banc et aida les fillettes à descendre.

— Je pense qu'on devrait faire la course, dit Katie.

Elle tira sur la manche de son père.

— On fait la course, papa?

— Je ne sais pas.

Jackson secoua la tête d'un air théâtral.

— Maman gagne toujours.

— A vos marques, dit Abby en pointant un petit pied en avant, ses jupes serrées dans ses mains et relevées presque jusqu'à la taille.

— Partez! glapit Katie.

Les jumelles s'élancèrent à travers le verger.

Cameron se tourna vers Jackson; elle ne pouvait cesser de sourire.

— Alors comment s'est passée la leçon d'équitation? Franchement?

— Franchement?

Il passa un bras autour de sa taille, et ils suivirent les enfants d'un pas nonchalant.

— Eh bien, à elles deux, elles ne sont tombées que trois fois.

Il la regarda, les yeux malicieux.

— Une bonne journée, je dirais.

Cameron rit, puis s'arrêta et se tourna face à lui.

— Si vos aptitudes de professeur sont si bonnes, je devrais peut-être prendre quelques leçons d'équitation moi-même?

Il l'enlaça et l'attira à lui.

— Oh! Je pourrais vous enseigner certaines choses, madame Logan, mais ce n'était pas exactement ce que j'avais à l'esprit.

Cameron eut un rire altéré et ferma les yeux tandis qu'il avançait sa bouche vers la sienne.

— Maman! Papa!

— Maman! Papa Ours!

Quatre petits bras tiraient sur leurs vêtements.

— Vous avez dit qu'on allait faire la course!

Jackson soupira et lâcha Cameron.

— Les filles, je ne pense pas que votre mère veuille…

Mais Cameron releva ses jupes et détala à travers le verger.

— Le dernier à table se changera en crapaud! cria-t-elle par-dessus son épaule.

Les jumelles poussèrent des cris d'horreur et de ravissement, et s'élancèrent derrière elle.

— Attendez-moi! lança Jackson en se mettant à courir à son tour.

— Vous devez nous attraper! répondit Cameron en riant.

Et tous les quatre traversèrent le verger en courant, vers la maison et le bonheur qu'ils y avaient construit.

CHEZ MOSAÏC

Par ordre alphabétique d'auteur

Composé et édité par les

éditions ✛ **HARLEQUIN**

Achevé d'imprimer en Allemagne
par GGP Media GmbH, Pößneck
en avril 2013

Dépôt légal en mai 2013